0,50

LE DIRECTEUR DE NUIT

JOHN LE CARRÉ

Le directeur de nuit

ROMAN
TRADUIT DE L'ANGLAIS PAR MIMI ET ISABELLE PERRIN

LAFFONT

Couverture : page 1, photo D. R. ; page 4, photo David Levenson/Blackstar/Rapho.

Titre original : THE HIGHT MANAGER
© David Cornwell, 1993
Traduction française : éditions Robert Laffont, S. A, Paris, 1993

ISBN 2-221-07608-7
(édition originale :
ISBN 0-340-59281-8 Hodder & Stoughton, Londres)

*A la mémoire
de Graham Goodwin*

1

Un soir enneigé de janvier 1991, l'Anglais Jonathan Pyne, directeur de nuit au Meister Palace de Zurich, quitta son bureau derrière la réception et, en proie à des sentiments jusqu'alors inconnus de lui, se posta dans le hall, prêt à accueillir en grande pompe un hôte de marque tardif. La guerre du Golfe venait de commencer. Toute la journée, les nouvelles des bombardements alliés, discrètement relayées par le personnel, avaient semé la consternation à la Bourse de Zurich. Les réservations dans les hôtels, toujours peu nombreuses en janvier, étaient tombées à un niveau de temps de crise. Une fois de plus dans sa longue histoire, la Suisse se trouvait en état de siège.

Mais le Meister Palace était à la hauteur de la situation. Le Meister, comme l'appelaient affectueusement chauffeurs de taxis et habitués, dominait seul tout Zurich, par emplacement et par tradition, telle une vieille dame anglaise trônant sur sa colline, qui contemple avec mépris l'agitation absurde de la vie citadine. Plus les choses changeaient dans la vallée, plus le Meister demeurait immuable, inflexible dans ses exigences, véritable bastion d'un certain art de vivre dans un monde qui courait obstinément à sa perte.

Jonathan avait choisi pour position stratégique un petit recoin situé entre les deux élégantes vitrines de l'hôtel consacrées à la mode féminine. Adèle, de la Bahnhofstrasse, y présentait une étole de zibeline sur un mannequin seulement vêtu d'un slip de bikini doré et de boucles d'oreilles en corail (prix sur demande chez le concierge). La croisade contre le port de la vraie fourrure est aussi violente actuellement à Zurich que dans les autres villes occidentales, mais le Meister Palace n'y prêtait pas la moindre attention. La seconde vitrine, réalisée par César, également de la Bahnhofstrasse, préférait satisfaire au goût arabe en offrant un assortiment de robes longues aux broderies raffinées, de turbans endiamantés et de montres incrustées de pierres précieuses à soixante mille francs suisses chacune. Flanqué de ces châsses dédiées au luxe, Jonathan pouvait surveiller l'entrée de l'hôtel.

Cet homme trapu aux manières timides se retranchait derrière un sourire réservé. Même sa nationalité anglaise était un secret bien gardé. Agile, dans la force de l'âge, ce loup de mer aurait été repéré d'emblée par un de ses pairs à ses gestes mesurés, à sa façon de se planter solidement sur ses pieds et à sa main toujours prête à s'agripper au bateau. Il avait des cheveux frisés coupés court et un front bas de boxeur. Ses yeux délavés déconcertaient, car on s'attendait à une teinte plus agressive, à des ombres plus profondes.

Cette douceur de comportement malgré une carrure de lutteur lui conférait une présence troublante. Durant un séjour à l'hôtel, on ne pouvait le confondre avec aucun autre ; ni avec Herr Strippli, le chef de réception aux cheveux d'un blanc crémeux, ni avec l'un des jeunes Allemands de Herr Meister qui se pavanaient d'un air supérieur, telles des divinités en route vers d'autres gloires. Jonathan s'incarnait tout entier dans sa fonction d'hôtelier. On ne se demandait pas qui étaient ses parents, s'il écoutait de la musique, ni s'il avait une femme, des enfants ou un chien. Son regard ainsi rivé à la porte était aussi fixe que celui d'un tireur d'élite. Il portait un œillet à la boutonnière, comme tous les soirs.

Même pour cette époque de l'année, la neige était impressionnante. D'énormes tourbillons balayaient l'avant-cour illuminée de l'hôtel, telles des vagues frangées d'écume lors d'une tempête. Les chasseurs, prévenus de l'arrivée d'un hôte de marque, scrutaient la tourmente dans l'expectative. Roper ne va jamais y arriver, se dit Jonathan. Même si l'avion a eu l'autorisation de décoller, il n'aura jamais pu atterrir par ce temps. Herr Kaspar a dû faire erreur.

Mais Herr Kaspar, le chef concierge, n'avait jamais fait d'erreur de sa vie. Quand il murmurait « arrivée imminente » dans l'interphone, seul un optimiste congénital pouvait s'imaginer que l'avion du client avait été dérouté. Et puis, pourquoi Herr Kaspar aurait-il été à son poste à cette heure-là sinon pour attendre un gros client ? Il fut un temps, avait dit Frau Loring à Jonathan, où Herr Kaspar vous aurait estropié pour deux francs et étranglé pour cinq. Mais la vieillesse, ça vous change un homme. Maintenant, seul l'espoir de gagner beaucoup pouvait arracher Herr Kaspar aux joies vespérales de la télévision.

Je suis désolé, l'hôtel est complet, monsieur Roper. Dans un ultime effort pour éviter l'inévitable, Jonathan répétait sa réplique. *Herr Meister est absolument confus. Un employé intérimaire a commis une erreur impardonnable. Cependant, nous avons réussi à vous retenir une suite au Baur au Lac*, et cetera. Mais ce beau rêve mourut dans l'œuf. Pas un grand hôtel en Europe ne pouvait se vanter d'avoir plus de cinquante clients ce soir-là. Les nantis de ce monde restaient tous accrochés au plancher des vaches, à la seule exception de Richard Onslow Roper, négociant de Nassau, aux Bahamas.

Les mains de Jonathan se crispèrent et il écarta instinctivement les coudes, comme pour se préparer au combat. Une voiture, une Mercedes à en juger par le radiateur, venait de pénétrer dans la cour de l'hôtel, le faisceau lumineux des phares amorti par les tourbillons de flocons. Il vit la tête auguste de Herr Kaspar se redresser et ses ondulations gominées briller sous l'éclat du lustre. Mais la voiture se gara à l'autre bout de la cour. C'était un taxi, un simple taxi, autant dire personne. Herr Kaspar laissa retomber sa tête nimbée de reflets acryliques, et reprit sa lecture des cours de la Bourse à la fermeture. Soulagé, Jonathan se permit l'ombre d'un sourire averti : la perruque, bien sûr, l'éternelle perruque de Herr Kaspar, sa couronne de cent quarante mille francs, fierté de tout concierge suisse qui se respectait. Celle que Frau Loring appelait la perruque *Guillaume Tell* de Herr Kaspar ; celle qui avait osé se rebeller contre Mme Archetti, la despotique milliardaire.

Peut-être pour fixer son esprit vagabond, ou parce qu'il trouvait dans cette histoire quelque lien avec ses difficultés présentes, Jonathan se la raconta exactement comme Frau Loring, la gouvernante générale, la lui avait rapportée la première fois qu'elle lui avait fait de la fondue au fromage dans sa mansarde. Frau Loring avait soixante-quinze ans et venait de Hambourg. Elle avait été la nourrice de Herr Meister et, selon la rumeur, la maîtresse du père de Herr Meister. C'était elle la gardienne de la légende de la perruque, le témoin vivant.

« Mme Archetti était la femme la plus riche d'Europe à cette époque, mon petit Herr Jonathan, avait déclaré Frau Loring comme si elle avait également couché avec le père de Jonathan. Tous les hôtels du monde se l'arrachaient. Mais elle préférait le Meister à tout autre jusqu'à ce que Kaspar se rebiffe. Après ça, eh bien, elle est encore venue, mais uniquement pour se montrer. »

Toujours selon Frau Loring, Mme Archetti avait hérité la fortune des supermarchés Archetti, et vivait des intérêts sur les intérêts. À l'âge de cinquante et quelques années, son petit plaisir était de faire la tournée des grands hôtels d'Europe dans son cabriolet grand sport anglais, tandis que personnel et garde-robe suivaient dans une fourgonnette. Elle connaissait le nom de tous les concierges et maîtres d'hôtel, depuis le Four Seasons de Hambourg jusqu'au Cipriani à Venise en passant par la Villa d'Este sur le lac de Côme. Elle leur prescrivait régimes et tisanes, leur disait leur horoscope, et leur distribuait des pourboires d'une largesse inimaginable, à condition qu'ils sachent gagner ses faveurs.

Et des faveurs, Herr Kaspar savait en gagner des tonnes, avait dit Frau Loring. Jusqu'à l'équivalent de vingt mille francs suisses à chaque visite annuelle, sans parler des remèdes de charlatan contre la calvitie, des pierres magiques à mettre sous l'oreiller pour guérir sa sciatique, et, à Noël et autres jours de fête, des demi-kilos de caviar Beluga que Herr Kaspar convertissait discrètement en espèces sonnantes et trébuchantes, grâce à un arrangement avec un traiteur connu en ville. Tout cela parce qu'il obtenait quelques places de théâtre et réservait quelques tables pour le dîner, services sur lesquels il retenait par ailleurs sa commission habituelle. Et parce qu'il accordait à Mme Archetti les pieuses marques de dévouement qu'exigeait son rôle de châtelaine régnant sur le royaume des domestiques.

Jusqu'au jour où Herr Kaspar avait acheté sa perruque.

Il ne l'avait pas achetée sur un coup de tête, d'après Frau Loring. Il avait d'abord fait l'acquisition de terres au Texas, grâce à un client du Meister qui travaillait dans le pétrole. L'investissement avait fructifié et il en avait tiré bénéfice. Alors seulement avait-il décidé que, tout comme sa protectrice, il avait atteint un stade de sa vie qui lui conférait le droit de se débarrasser de quelques années en trop. Après des mois d'ajustage et de tergiversations, l'objet fut prêt – une merveille de perruque, un miracle d'imitation ingénieuse. Pour l'essayer, il avait profité de ses vacances annuelles à Mykonos, et, un lundi matin de septembre, il avait fait sa réapparition derrière son bureau, tout bronzé et rajeuni de quinze ans tant qu'on ne le regardait pas d'en haut.

Ce que personne ne fit, avait dit Frau Loring. Ou alors, sans en parler. Incroyable mais vrai, absolument personne n'avait mentionné la perruque. Ni Frau Loring, ni André, le pianiste à l'époque, ni Brandt, le prédécesseur de maître Berri au restaurant, ni Herr Meister père, pourtant extrêmement attentif au moindre écart dans la tenue de son personnel. L'hôtel tout entier avait tacitement décidé de jouir du rayonnement que faisait rejaillir sur lui le rajeunissement de Herr Kaspar. Frau Loring elle-même avait osé mettre une robe d'été au décolleté plongeant et des bas à couture ornée d'un motif fougère. Tout allait ainsi pour le mieux dans le meilleur des mondes, jusqu'au soir où Mme Archetti arriva pour son séjour habituel d'un mois et et que sa grande famille s'aligna dans le hall pour l'accueillir selon la tradition : Frau Loring, maître Brandt, André et Herr Meister père, qui attendait pour la conduire pour la conduire personnellement jusqu'à la suite de la Tour.

Et, à son bureau, Herr Kaspar arborant perruque.

Au début, racontait Frau Loring, Mme Archetti ne s'accorda pas le temps de remarquer cet ajout à l'apparence de son protégé. Elle lui sourit au passage, mais de ce sourire impersonnel dont une princesse gratifie l'assistance à son premier bal. Elle autorisa Herr Meister à l'embrasser sur les deux joues et maître Brandt sur une seule. Elle sourit à Frau Loring. Elle entoura dignement de ses bras les frêles épaules d'André le pianiste qui ronronna « *Madame* ». Et alors seulement elle s'approcha de Herr Kaspar.

« Qu'avez-vous sur la tête, Kaspar ?
— Des cheveux, madame.
— Les cheveux de qui, Kaspar ?
— Les miens, répondit Herr Kaspar sans se laisser décontenancer.
— Enlevez-moi ça, ou vous n'aurez plus jamais un sou de moi.
— Je ne peux pas les enlever, madame. Mes cheveux font partie de ma personnalité, partie intégrante.
— Alors, désintégrez-les, Kaspar. Pas maintenant, c'est trop compliqué, mais pour demain matin. Sinon, rien. Que m'avez-vous réservé au théâtre ?
— *Othello*, madame.

— Je vous passerai en revue demain matin. Qui joue le rôle ?

— Leiser, madame. C'est le Maure le plus extraordinaire, de nos jours.

— Nous verrons. »

Le lendemain, à 8 heures pile, Herr Kaspar reprit son poste, les clés entrecroisées de son insigne étincelant sur ses revers comme les médailles d'un ancien combattant. Et, sur le crâne, le symbole triomphant de sa révolte. Toute la matinée, un calme incertain régna dans le hall. À en croire Frau Loring, les clients de l'hôtel, telles les célèbres oies de Fribourg, avaient conscience de l'imminence du cataclysme alors même qu'ils en ignoraient la cause. À midi, son heure, Mme Archetti quitta la suite de la Tour et descendit l'escalier au bras de son soupirant du moment, un jeune barbier prometteur originaire de Graz.

« Mais où est Herr Kaspar ce matin ? demanda-t-elle avec un vague regard dans la direction de l'intéressé.

— Il est derrière son bureau et à votre service, comme toujours, madame, répondit Herr Kaspar d'une voix qui, pour ceux qui l'entendirent, résonnerait à jamais dans le temple de la liberté. Il a vos billets pour le Maure.

— Je ne vois pas de Herr Kaspar ici, dit Mme Archetti à son compagnon. Je vois des cheveux. Veuillez bien lui dire qu'il nous manquera dans son inexistence. »

« Ce fut le chant du cygne de Herr Kaspar, aimait à conclure Frau Loring. Dès l'instant où cette femme est entrée dans l'hôtel, Herr Kaspar ne pouvait plus échapper à son destin. »

Et ce soir, c'est mon chant du cygne à moi, pensa Jonathan en attendant de recevoir l'homme le plus ignoble au monde.

Jonathan se souciait de ses mains, pourtant impeccablement soignées, comme toujours depuis les inspections-surprises à l'école militaire. Il les avait d'abord gardées repliées sur la couture brodée de son pantalon, dans la position qu'on lui avait inculquée pour les défilés. Mais maintenant elles s'étaient rejointes à son insu dans son dos et trituraient un mouchoir, tant la sueur qui perlait constamment au creux de ses paumes l'angoissait.

Reportant ses inquiétudes sur son sourire, Jonathan l'étudia d'un œil critique dans les miroirs de chaque côté. C'était l'Aimable Sourire de Bienvenue mis au point pendant les années passées à exercer ce métier : un sourire de sympathie, mais prudemment réservé, car il savait par expérience que les clients, surtout les plus riches, peuvent être irritables après une journée fatigante, et que la dernière chose dont ils ont besoin, c'est bien d'un directeur de nuit grimaçant comme un chimpanzé.

Il constata que son sourire était bien là. La nausée qu'il ressentait ne l'avait pas délogé. Sa cravate, un modèle à nouer soi-même choisi par déférence pour les invités de marque, lui conférait une élégance décontractée. Ses cheveux, s'ils ne pouvaient se comparer au panache de Herr Kaspar, étaient au moins les siens, et, comme d'habitude, parfaitement lisses et brillants.

C'est un autre Roper, s'annonça-t-il à lui-même. *Tout cela n'est qu'un malentendu. Ça n'a rien à voir avec elle. Il y a deux Roper, tous deux négociants, tous deux domiciliés à Nassau.* Mais Jonathan avait envisagé le problème sous tous les angles depuis 17 h 30 quand, arrivant à son bureau pour prendre son service, il avait machinalement relevé la liste des arrivées de la soirée établie par Herr Strippli et vu le nom de Roper éclater en majuscules électroniques au sortir de l'imprimante.

Roper R. O. et un groupe de seize personnes, en provenance d'Athènes par jet privé, attendu à 21 h 30. À cela Herr Strippli avait fébrilement ajouté l'annotation : « VVIP ! » Jonathan avait ouvert le dossier relations publiques sur son écran et tapé le nom. Roper R. O. suivi des lettres GCO, le code maison anodin pour garde du corps ; le O signifiait officiel et officiel signifiait permis de port d'arme délivré par les autorités fédérales suisses. Roper, GCO, adresse professionnelle : Ironbrand, société de terrains, minerais et métaux précieux à Nassau ; adresse personnelle : un numéro de boîte postale à Nassau, crédit couvert par la Banque Tartempion de Zurich. Combien y avait-il donc de Roper au monde avec R pour initiale et des sociétés appelées Ironbrand ? Combien de coïncidences Dieu cachait-il encore dans Sa manche ?

« Mais qui est donc Roper R. O. dans l'intimité ? avait demandé Jonathan à Herr Strippli en allemand tout en affectant de s'occuper d'autre chose.

— Il est anglais, comme vous. »

Strippli avait cette sale habitude de répondre en anglais alors que Jonathan parlait mieux l'allemand.

« Pas du tout comme moi, en fait. Il habite Nassau, fait le commerce des métaux précieux, a des comptes bancaires en Suisse. Qu'est-ce que ça a à voir avec moi, ça ? » Après tous ces mois d'un huis clos étouffant, leurs querelles avaient une mesquinerie toute conjugale.

« M. Roper est un client très important, avait répondu Strippli de sa voix chantante et légèrement traînante, tout en bouclant la ceinture de son pardessus en cuir avant d'affronter la neige. Parmi nos clients privés, c'est le numéro cinq pour les dépenses, et le numéro un si on ne compte que les Anglais. La dernière fois qu'il est venu avec son groupe, il a dépensé en moyenne vingt et un mille sept cents francs suisses par jour, service en sus. »

Peu après, Jonathan entendit le clapotement de la moto de Herr Strippli qui, méprisant la tourmente, descendait doucement la colline pour rentrer chez sa mère. Puis il s'assit à son bureau un instant, la tête enfouie entre ses mains fines, comme dans l'attente d'un raid aérien. Doucement, se dit-il, Roper a pris son temps, tu peux faire pareil. Alors il se redressa et, avec une lenteur délibérée, s'intéressa aux lettres sur son bureau. Un fabricant de logiciels de Stuttgart contestait la facture de son réveillon de Noël. Jonathan prépara une réponse cinglante à faire signer par Herr Meister. Une société de relations publiques du Nigéria demandait des renseignements sur les salles de conférences. Jonathan répondit qu'il regrettait, l'hôtel était complet.

Une belle Française distinguée nommée Sybille, qui avait séjourné à l'hôtel avec sa mère, se plaignait une fois encore de la manière dont il l'avait traitée : « Vous m'emmenez faire de la voile. Des promenades en montagne. Nous passons des journées superbes. Êtes-vous si typiquement anglais que nous ne puissions être qu'amis ? Quand vous me regardez, votre visage s'assombrit ; comme si je vous dégoûtais. »

Éprouvant le besoin de bouger, il entreprit une tournée d'inspection des travaux en cours dans l'aile nord, où Herr Meister faisait construire un grill-room en bois d'arolle récupéré sur le toit d'un chef-d'œuvre en péril de la ville. Personne ne savait pourquoi Herr Meister voulait un grill, personne ne se rappelait quand le chantier avait commencé. Les panneaux numérotés alignés contre le mur nu dégageaient une odeur musquée qui rappela à Jonathan le parfum de vanille des cheveux de Sophie, le soir où elle était entrée dans son bureau à l'hôtel Reine Néfertiti, au Caire.

Mais les travaux de construction de Herr Meister n'étaient pas seuls responsables de cette réminiscence. Dès qu'il avait vu le nom de Roper, à 17 h 30, Jonathan s'était retrouvé au Caire.

Il l'avait souvent aperçue mais ne lui avait jamais parlé : une beauté langoureuse de quarante ans, élégante et distante, aux cheveux bruns et à la taille élancée. Il l'avait remarquée lorsqu'elle faisait le tour des boutiques du Néfertiti ou lorsqu'un chauffeur musclé l'aidait à monter dans une Rolls-Royce bordeaux. Quand elle flânait dans le hall, le chauffeur devenait garde du corps, toujours sur ses talons, les mains croisées devant les couilles. Quand elle prenait une menthe frappée au restaurant Le Pavillon, ses lunettes noires repoussées dans les cheveux, son journal français à bout de bras, le chauffeur sirotait un soda à la table voisine. Le personnel l'appelait « Madame Sophie » et Mme Sophie appartenait à Freddie Hamid, et Freddie était le petit dernier de ces odieux frères Hamid qui, à eux trois, possédaient une bonne partie du Caire, y compris l'hôtel Reine Néfertiti. Le plus remarquable exploit de Freddie, à l'âge de vingt-cinq ans, était d'avoir perdu un demi-million de dollars au baccara en dix minutes.

« Vous êtes M. Pyne », lui avait-elle dit d'une voix qui fleurait la France, en se perchant sur le fauteuil de l'autre côté de son bureau. Elle avait rejeté la tête en arrière et, avec un regard oblique, avait ajouté : « La fine fleur de l'Angleterre. »

Il était 3 heures du matin. Elle portait un tailleur pantalon en soie et, au cou, une amulette de topaze. Elle a peut-être un peu bu, avait-il estimé : méfiance.

« Eh bien, merci, avait-il répondu aimablement. Il y a longtemps qu'on ne m'a pas dit ça. Que puis-je faire pour vous ? »

Quand il avait discrètement humé l'air autour d'elle, tout ce qu'il avait senti, c'était ses cheveux. Et, mystère, bien que noirs et brillants, ils avaient un parfum de blonde, un parfum de vanille capiteux.

« Et moi je suis Mme Sophie de la suite numéro trois, avait-elle continué, comme pour se le remettre en mémoire. Je vous ai souvent vu, monsieur Pyne. Très souvent. Vous avez un regard direct. »

Elle portait des bagues anciennes, des grappes de diamants nuageux sertis dans de l'or pâle.

« Je vous connais aussi, avait-il rétorqué, avec son sourire de commande.

— Et vous faites de la voile, en plus », avait-elle ajouté, comme l'accusant d'un petit vice amusant. Le « en plus » était un autre mystère qu'elle laissa inexpliqué. « Mon protecteur m'a emmenée au yacht-club du Caire, dimanche dernier. Votre bateau est arrivé alors que nous prenions des cocktails au champagne. Freddie vous a reconnu et vous a fait signe, mais vous étiez trop occupé à jouer au marin pour vous soucier de nous.

— Nous devions avoir peur de heurter la jetée, avait dit Jonathan, qui se rappelait un groupe bruyant de riches Égyptiens se gorgeant de champagne sur la véranda du club.

— C'était un joli bateau bleu battant pavillon anglais. Il est à vous ? Un vrai bateau de roi.

— Grand Dieu, non ! Il est au ministre.

— Vous faites de la voile avec un vrai ministre ?

— Non, avec le numéro deux de l'ambassade britannique.

— Il avait l'air si jeune. Vous aussi, d'ailleurs. J'ai été impressionnée. Je ne sais pas pourquoi, je m'étais figuré que les gens qui travaillent la nuit sont du genre maladif. Quand dormez-vous ?

— C'était mon week-end de repos, avait vivement répondu Jonathan, qui ne souhaitait pas parler de ses habitudes de sommeil au tout début de leur relation.

— Vous faites toujours de la voile pendant vos week-ends de congé ?

— Quand on m'invite.

— Quoi d'autre ?

— Un peu de tennis. Un peu de jogging. Un peu de méditation sur mon âme immortelle.

— Elle est vraiment immortelle ?

— Je l'espère.

— Vous le croyez ?

— Quand je suis heureux.

— Et quand vous êtes malheureux, vous en doutez. Pas étonnant que Dieu soit si changeant. Pourquoi serait-il constant alors que nous sommes de si peu de foi ? »

Elle avait froncé les sourcils d'un air réprobateur en regardant ses sandales dorées, comme pour les accuser de s'être mal conduites. Jonathan s'était demandé si en fait elle n'était pas à jeun et vivait simplement à un autre rythme que le monde qui l'entourait. Ou peut-être qu'elle touche un peu aux drogues de Freddie, avait-il pensé. Car le bruit courait que les Hamid faisaient commerce d'huile de haschisch libanaise.

« Vous montez à cheval ? avait-elle demandé.
– Hélas, non.
– Freddie a des chevaux.
– C'est ce qu'on dit.
– Des chevaux arabes. Magnifiques. Les éleveurs de chevaux arabes forment une élite internationale, vous le saviez ?
– C'est ce qu'on m'a dit. »

Elle s'était accordé un petit temps de réflexion. Jonathan en avait profité : « Y a-t-il quelque chose que je puisse faire pour vous, madame Sophie ?
– Et ce ministre, ce monsieur...
– Ogilvey.
– Sir Machin Ogilvey ?
– Simplement monsieur.
– C'est un de vos amis ?
– Un ami de navigation.
– Vous étiez à l'école ensemble ?
– Non. Je n'ai pas fréquenté ce genre d'école.
– Mais vous êtes de la même classe, enfin, je ne sais pas comment on appelle ça. Vous n'êtes peut-être pas éleveurs de chevaux arabes, mais vous êtes tous les deux – euh, mon Dieu, comment dit-on ? – tous les deux des gentlemen.
– M. Ogilvey et moi-même sommes des compagnons de voile, avait-il répondu avec son sourire le plus évasif.
– Freddie a aussi un yacht. Un bordel flottant. C'est bien comme ça qu'on dit ?
– Sûrement pas.
– Mais si, mais si. » Elle s'était tue à nouveau, tendant son bras habillé de soie pour examiner le dessous de ses bracelets. « J'aimerais bien une tasse de café, s'il vous plaît, monsieur Pyne. Du café égyptien. Ensuite, je vous demanderai un service. »

Mahmoud, le serveur de nuit, avait apporté une cafetière en cuivre et cérémonieusement servi deux tasses. Avant Freddie, elle avait appartenu à un riche Arménien, se rappelait Jonathan, et, avant lui, à un Grec d'Alexandrie propriétaire de concessions douteuses le long du Nil. Freddie avait fait le siège, la noyant sous des bouquets d'orchidées à toute heure et dormant dans sa Ferrari devant son appartement. Les journalistes spécialistes des commérages avaient publié ce qu'ils avaient osé. L'Arménien avait quitté la ville.

Elle essayait d'allumer une cigarette, mais, comme sa main tremblait, Jonathan lui avait offert du feu. Elle avait tiré une bouffée en fermant les yeux. Des rides étaient apparues sur son cou. Et Freddie Hamid qui n'a que vingt-cinq ans ! avait pensé Jonathan, en reposant le briquet sur le bureau.

« Moi aussi je suis anglaise, monsieur Pyne, avait-elle fait remarquer, comme s'il s'agissait là d'un malheur qu'ils partageaient. Quand j'étais jeune et sans principes, j'ai épousé un de vos compatriotes pour son passeport. Il se trouve qu'il m'aimait profondément. Un type très droit. Il n'y a rien de mieux qu'un bon Anglais et rien de pire qu'un mauvais. Je vous ai observé. Je pense que vous êtes de la bonne espèce. Monsieur Pyne, connaissez-vous Richard Roper ?

— Je ne crois pas.

— C'est impossible ! Il est célèbre. Il est beau. Un Apollon de cinquante ans. Il élève des chevaux, comme Freddie. Ils parlent même d'ouvrir une écurie de courses ensemble. M. Richard Onslow Roper, célèbre homme d'affaires international. Allons !

— Ce nom ne me dit rien. Désolé.

— Mais Dicky Roper fait beaucoup d'affaires au Caire ! Il est anglais, comme vous, tout à fait séduisant, riche, plein de charme, éloquent. Pour nous, simples Arabes, presque trop éloquent. Il possède un superbe yacht à moteur, qui fait deux fois la taille de celui de Freddie ! Comment pouvez-vous ne pas le connaître, alors que vous faites du bateau, vous aussi ? Vous le connaissez forcément. Vous plaisantez.

— Puisqu'il a un superbe yacht à moteur, il n'a peut-être pas besoin de se trouver des hôtels. Je ne lis pas assez les journaux. Je ne suis pas dans le coup. Désolé. »

Mais Mme Sophie n'était pas désolée. Elle était rassurée. Son soulagement se lisait sur son visage soudain radieux et dans son geste décidé pour saisir son sac à main.

« Je voudrais que vous me fassiez des photocopies de documents personnels, je vous prie.

— Mais nous avons un service bureautique, en face, de l'autre côté du hall, madame Sophie. M. Ahmadi s'y trouve généralement la nuit. »

Il allait décrocher le téléphone, mais elle l'avait arrêté.

« Ce sont des documents confidentiels, monsieur Pyne.

— Vous pouvez avoir toute confiance en M. Ahmadi, je vous assure.

— Merci, mais je préférerais me servir de cette machine-là », avait-elle répondu avec un coup d'œil à la photocopieuse posée sur une table roulante dans le coin. Elle avait dû la repérer au cours de ses promenades dans le hall, tout comme elle l'avait repéré lui. De son sac à main elle avait tiré une liasse non pliée de documents sur papier blanc. Elle les lui avait fait glisser sur le bureau, du bout de ses doigts écartés couverts de bagues.

« Ce n'est qu'un petit modèle, madame Sophie, l'avait prévenue Jonathan en se levant. Vous devrez introduire les documents à la main. Permettez-moi de vous montrer comment, et je vous laisserai seule.

— Nous le ferons ensemble, avait-elle rétorqué d'un ton anxieux lourd de sous-entendus.

— Mais puisque c'est confidentiel...

— Aidez-moi, s'il vous plaît. Dans le domaine technique, je suis une vraie gourde, je ne suis plus moi-même. »

Elle avait pris sa cigarette dans le cendrier et tiré quelques bouffées. Ses yeux grands ouverts semblaient choqués de ses propres actes.

« Faites-le vous-même, je vous prie », avait-elle ordonné.

Et il avait obéi.

Il avait allumé la photocopieuse, inséré une à une les dix-huit pages et les avait parcourues sans effort conscient quand la copie sortait – sans effort non plus pour résister à la tentation. Ses dons d'observateur ne l'avaient jamais trahi.

D'Ironbrand terrains, minerais et métaux précieux, de Nassau, à la Société commerciale et hôtelière Hamid InterArab, du Caire, reçue le 12 août. Réponse de Hamid InterArab à Ironbrand, assurances de considération distinguée.

De nouveau, Ironbrand à Hamid InterArab : il était question de marchandises, des articles quatre à sept sur notre catalogue, du choix de l'utilisateur final confié à Hamid InterArab, et dînons ensemble sur le yacht.

La signature au bas des lettres d'Ironbrand s'ornait d'un paraphe, comme un monogramme sur une poche de chemise. Celles d'InterArab n'étaient pas signées à la main, mais portaient le nom de Said Abu Hamid, en énormes majuscules sous l'espace vide.

Puis Jonathan avait vu la liste des marchandises, et son sang avait fait ce que le sang fait toujours dans ces circonstances : il vous picote le dos et vous amène à vous demander quel son aura votre voix quand vous rouvrirez la bouche. Une simple feuille de papier, pas de signature, pas de provenance, avec l'en-tête : « Marchandises disponibles au 1er octobre 1990 ». Un lexique diabolique sorti du passé d'insomniaque de Jonathan.

« Êtes-vous sûre qu'une seule copie suffira ? » avait-il demandé avec cette légèreté de ton qui lui venait naturellement dans les moments de crise, comme une acuité de vision exceptionnelle quand on est sous un feu roulant.

Elle se tenait debout, l'avant-bras plaqué sur le ventre, le coude dans la main, et elle fumait tout en le regardant.

« Vous êtes expert, avait-elle déclaré sans préciser en quoi.

– Eh bien, ce n'est pas si compliqué, une fois qu'on a compris. Tant qu'il n'y a pas de bourrage de papier. » Il avait réparti les originaux et les copies en deux tas. Il avait cessé de penser. Il avait bloqué son cerveau de la même manière que s'il avait dû faire la toilette d'un mort. Se tournant vers elle, il avait lancé : « Voilà » d'un air trop détaché, avec une assurance qu'il n'éprouvait pas du tout.

« Dans un grand hôtel, on peut demander n'importe quoi, avait-elle commenté. Vous avez une enveloppe à la bonne taille ? Mais oui, bien sûr. »

Les enveloppes se trouvaient dans le troisième tiroir de son bureau, à gauche. Il en avait choisi une jaune, format A4, et l'avait fait glisser sur le bureau, mais elle n'y avait pas touché.

« Mettez les copies dans l'enveloppe, s'il vous plaît. Puis fermez-la bien et déposez-la dans votre coffre. Ajoutez peut-être du ruban adhésif. Oui, c'est ça. Je n'ai pas besoin de reçu, merci. »

Jonathan avait un sourire particulièrement chaleureux quand il refusait.

« Hélas, nous n'avons pas le droit de garder les paquets des clients, madame Sophie. Même pour vous. Je peux vous donner un coffre personnel dont vous aurez la clé. C'est tout, malheureusement. »

Tandis qu'il disait cela, elle était déjà en train de fourrer les originaux dans son sac, qu'elle avait fermé d'un coup sec et remis en bandoulière.

« Ne jouez pas au petit fonctionnaire avec moi, monsieur Pyne. Vous avez vu le contenu de l'enveloppe. Vous l'avez fermée. Inscrivez votre nom dessus. Ces lettres sont à vous, maintenant. »

Jamais surpris de sa propre obéissance, Jonathan avait choisi un feutre rouge dans le porte-stylos en argent et écrit PYNE en majuscules sur l'enveloppe.

Vous l'aurez voulu, lui avait-il dit mentalement. Moi, je n'ai rien demandé, je ne vous ai pas poussée.

« Combien de temps pensez-vous les laisser ici, madame Sophie ?

— Peut-être toujours, peut-être une nuit. On ne peut pas prévoir. C'est comme pour une histoire d'amour. » Son air aguichant l'avait quittée, et elle avait pris l'air suppliant. « C'est confidentiel. Hein ? C'est bien compris, oui ? »

Il avait dit oui, bien sûr. Il lui avait adressé un sourire laissant entendre qu'il était quelque peu surpris que la question fût même posée.

« Monsieur Pyne.
— Madame Sophie ?
— En ce qui concerne votre âme immortelle.
— Oui ?
— Nous sommes tous immortels, naturellement. Mais s'il se trouvait que je ne le sois pas, voudriez-vous, je vous prie, remettre ces documents à votre ami M. Ogilvey ? Puis-je être assurée que vous le ferez ?
— Si c'est ce que vous souhaitez, bien sûr. »

Elle souriait toujours, toujours mystérieusement déphasée par rapport au monde de Jonathan.

« Vous êtes directeur de nuit en permanence, monsieur Pyne ? Régulièrement ? Toutes les nuits ?
— C'est mon métier.
— Vous l'avez choisi ?
— Bien sûr.
— Vous-même ?
— Qui d'autre l'aurait fait ?
— Mais vous êtes si séduisant au grand jour.
— Merci.
— Je vous téléphonerai de temps en temps.
— Ce sera un honneur pour moi.
— Comme vous, il m'arrive d'être un peu fatiguée de dormir. Ne vous donnez pas la peine de me raccompagner. »

Et à nouveau ce parfum de vanille quand il lui avait ouvert la porte, tout en mourant d'envie de la suivre dans son lit.

Figé au garde-à-vous dans l'obscurité du grill éternellement inachevé de Herr Meister, Jonathan se revoyait, simple figurant dans son petit théâtre secret trop rempli de personnages, en train de se mettre méthodiquement au travail sur les documents de Mme Sophie. Pour le soldat bien entraîné, même si l'entraînement remonte à loin, il n'y a rien de déroutant dans l'appel du devoir. Il n'y a plus que les gestes d'automates et rien d'autre :

Pyne, debout dans l'embrasure de la porte de son bureau à l'hôtel Reine Néfertiti, le regard fixé de l'autre côté du hall en marbre désert sur les chiffres en cristaux liquides au-dessus de l'ascenseur qui indiquent par à-coups sa montée vers les suites.

L'ascenseur qui revient vide au rez-de-chaussée.

Pyne a des fourmillements dans les paumes sèches de ses mains, ses épaules sont décontractées.

Pyne rouvre le coffre. La combinaison choisie par ce flagorneur de directeur général de l'hôtel est la date de naissance de Freddie Hamid.

Pyne sort les photocopies, replie l'enveloppe pour la glisser dans une poche intérieure de sa veste de smoking et la détruire plus tard.

La photocopieuse est encore tiède.

Pyne fait des doubles des copies, après avoir augmenté le contraste pour une meilleure impression. Des noms de missiles. Des noms de systèmes de guidage. Du jargon technologique que Pyne ne comprend pas. Des noms de produits chimiques que Pyne ne sait pas prononcer et dont il connaît pourtant l'utilisation. D'autres noms aussi mortels mais plus faciles à prononcer. Sarin, Soman et Tabun.

Pyne cache les nouvelles photocopies dans le menu du dîner du jour, puis le plie dans le sens de la longueur et le glisse dans son autre poche intérieure. Les copies sont encore chaudes entre les pages du menu.

Pyne met les anciennes dans une enveloppe neuve identique à la première. Il écrit PYNE sur la nouvelle enveloppe et la replace au même endroit, sur la même étagère, dans la même position.

Pyne referme le coffre et le verrouille. Retour au monde de la transparence.

Huit heures plus tard, Pyne devient un autre genre de serviteur, assis à côté de Mark Ogilvey dans la petite cabine du yacht du ministre tandis que Mme Ogilvey, dans la cuisine, vêtue d'un jean de grand couturier, prépare des sandwichs au saumon fumé.

« Freddie Hamid achète de vilains joujoux à Dicky Onslow Roper ? répète Ogilvey d'un ton incrédule, en feuilletant les documents pour la seconde fois. Mais, bon Dieu, qu'est-ce que ça veut dire, tout ça ? Ce petit fumier ferait mieux de s'en tenir au baccara. L'ambassadeur va être furax. Chérie, écoute celle-là, c'est vraiment la meilleure. »

Mais celle-là, Mme Ogilvey la connaît déjà. Les Ogilvey forment un tandem. Ils préfèrent faire de l'espionnage plutôt que des enfants.

Je t'aimais, songe Jonathan. Pensée vaine. Voici la femme de ta vie à l'imparfait.

Je t'aimais, mais je t'ai trahie, je t'ai donnée à un espion britannique prétentieux qui ne m'était même pas sympathique.

Parce que j'étais sur sa petite liste de gens qui font toujours leur part du boulot quand le clairon sonne.

Parce que j'étais l'Un des Nôtres – les Nôtres, c'est-à-dire les Anglais dont la loyauté et la discrétion sont évidentes. Les Nôtres, c'est-à-dire les Bons.

Je t'aimais, mais je ne suis jamais arrivé à te le dire, à l'époque.

La lettre de Sybille lui revient à l'esprit : « Je vois votre visage s'assombrir ; comme si je vous dégoûtais. »

Non, non, vous ne me dégoûtez pas, Sybille, s'était empressé de répondre l'hôtelier à sa correspondante importune. Ça n'a rien à voir. Le dégoût, je l'éprouve pour moi-même.

2

Herr Kaspar releva de nouveau sa tête désormais célèbre. Dominant les rafales de vent, les vibrations d'un puissant moteur se faisaient entendre. Kaspar roula les bulletins de la Bourse de Zurich assiégée, les relia avec un élastique et laissa tomber le rouleau dans le tiroir réservé à ses investissements, qu'il ferma à clé. Il fit un signe de tête à Mario, le chef voiturier, puis sortit un peigne de sa poche revolver et recoiffa sa perruque. Mario jeta un regard autoritaire en direction de Pablo et celui-ci, à son tour, adressa un sourire affecté à Benito, le stagiaire mignon à croquer venu de Lugano qui accordait sans doute ses faveurs aux deux premiers. Ils s'étaient mis à l'abri de la tempête dans le hall, mais à présent, avec une bravoure toute méditerranéenne, ils se préparaient à l'affronter. Ils boutonnèrent leur cape, attrapèrent parapluies et chariots à bagages, et disparurent, engloutis par la neige.

Rien ne s'est passé, songea Jonathan en guettant chaque signe de l'approche de la voiture. Il n'y a que la neige qui balaie la cour. C'est un rêve.

Mais Jonathan ne rêvait pas. La limousine était bien réelle, même si elle semblait flotter dans un vide de blancheur. Une limousine à rallonge, plus longue que l'hôtel, qui s'arrêta devant l'entrée, comme un paquebot noir accostant avec précaution, tandis que les voituriers en cape se précipitaient avec un empressement exagéré – tous sauf l'impertinent Pablo qui, dans un moment d'inspiration, avait déniché un balai de curling et époussetait délicatement les flocons de neige du tapis rouge. Pendant un instant miraculeux, une rafale de neige oblitéra toute la scène, et Jonathan put imaginer qu'un raz de marée avait entraîné le paquebot vers la haute mer et qu'il sombrait au pied des collines voisines escarpées, si bien que M. Richard Onslow Roper, ses gardes du corps officiels et tous les autres membres du groupe de seize auraient péri jusqu'au dernier dans leur *Titanic* personnel, lors de la mémorable Grande Tempête de janvier 1991, Dieu ait leur âme.

Mais la limousine réapparut. Des fourrures, des hommes bien bâtis, une belle jeune femme aux longues jambes, des diamants, des bracelets-montres en or et des monceaux de bagages noirs assortis... un fabuleux butin émergeait du luxueux véhicule, bientôt rejoint par une deuxième limousine, puis une troisième. Une véritable procession de limousines. Déjà Herr Kaspar propulsait la porte à tambour à la vitesse adéquate pour le passage du groupe. D'abord, un pardessus marron en poil de chameau légèrement élimé se profila derrière la porte vitrée, et un petit tour de manège l'amena en pleine vue : une écharpe de soie crasseuse pendait sur le col, surmontée d'une cigarette détrempée et de ces yeux bouffis des rejetons de la haute société anglaise. Celui-là n'était pas un Apollon de cinquante ans.

Après le poil de chameau vint un blazer bleu marine, de coupe droite pour pouvoir dégainer croisé – une vingtaine d'années et des yeux tellement à fleur de tête qu'ils semblaient peints. Et un GCO, un ! pensa Jonathan, en essayant de ne pas lui rendre son regard malveillant ; un autre va suivre, et un troisième si Roper a la frousse.

La belle femme aux cheveux châtains portait un manteau molletonné bigarré qui lui tombait presque aux chevilles ; cependant, elle réussissait à ne pas paraître trop habillée. Elle avait l'allure cocasse de Sophie et, comme elle, ses cheveux lui encadraient le visage. L'épouse de quelqu'un ? La maîtresse de quelqu'un ? De tout le monde ? Pour la première fois en six mois, Jonathan ressentit le choc brutal d'un désir irrationnel, ravageur. Comme Sophie, elle rayonnait d'un éclat que rehaussaient ses bijoux, et semblait nue même habillée. Deux rangs de perles magnifiques mettaient son cou en valeur. Des bracelets de diamant lançaient des éclairs furtifs sous les manches molletonnées. Mais c'étaient son apparence vaguement négligée, son petit sourire en coin et son port plein d'aisance qui la désignaient d'emblée comme une citoyenne du paradis. Quand les portes se rouvrirent, cette fois elles dégorgèrent tout le reste de la troupe, et une délégation de la classe aisée anglaise se retrouva ainsi alignée sous le lustre, chacun de ses membres si parfaitement soigné de mise, si bien bronzé, qu'ils semblaient tous partager les mêmes valeurs excluant maladie, pauvreté, teint pâle, vieillesse et travail manuel. Seul le pardessus en poil de chameau, avec ses boots en daim honteusement éculées, demeurait volontairement banni de leurs rangs.

Et au milieu, quoique à l'écart, l'Homme, correspondant parfaitement à la description enflammée de Sophie. Grand, mince et, à première vue, majestueux. Des cheveux blonds striés de gris, lissés en arrière et rebiquant au-dessus des oreilles. Le visage d'un homme contre lequel on perdrait forcément aux cartes. La posture que savent le mieux adopter les Anglais arrogants : un léger déhanchement, une main posée sur le cul impérial. *Freddie est si faible*, avait expliqué Sophie. *Et Roper est tellement anglais*.

Comme tous les gens efficaces, Roper multipliait ses gestes : il serra la main de Kaspar, lui donna une tape sur le bras, envoya un baiser à Fräulein Eberhardt, qui devint toute rose et lui fit un petit signe de la main, telle une groupie ménopausée, puis il posa finalement son regard de grand seigneur sur Jonathan, qui se dirigeait alors vers lui sans en avoir vraiment conscience, si ce n'est qu'il avait dépassé le mannequin de chez Adèle, le kiosque à journaux, la réception où trônait Fräulein Eberhardt au visage empourpré, et arrivait maintenant devant l'Homme en personne. *Il n'a aucun scrupule*, avait dit Sophie. *C'est l'homme le plus ignoble au monde*.

Il m'a reconnu, pensa Jonathan, qui attendit la dénonciation. Il a vu ma photo, entendu la description que l'on faisait de moi. Dans un instant, il va s'arrêter de sourire.

« Je suis Dicky Roper, annonça une voix nonchalante

tandis qu'une main possessive se refermait sur celle de Jonathan. Mes hommes ont retenu des chambres ici. Enfin, des tas de chambres. Enchanté. »

La prononciation traînante des beaux quartiers de Londres, l'accent prolétaire des immensément riches. Chacun venait de pénétrer dans l'espace privé de l'autre.

« C'est vraiment un très grand plaisir de vous rencontrer, monsieur Roper », murmura Jonathan. Une voix typiquement anglaise s'adressant à une autre. « Je vous souhaite la bienvenue, monsieur. Mais quel voyage épouvantable vous avez dû faire ! Ce n'était pas un peu téméraire de vous aventurer dans les airs ? Personne d'autre n'a osé, je peux vous l'assurer. Je m'appelle Pyne, je suis le directeur de nuit. »

Il a entendu parler de moi, pensa-t-il, dans l'expectative. Freddie Hamid lui a dit mon nom.

« Et que devient le vieux Meister ? » demanda Roper en jetant un regard vers la beauté, debout près du kiosque en train de choisir des revues de mode. Ses bracelets ne cessaient de retomber sur sa main, tandis que, de l'autre, elle repoussait constamment ses cheveux en arrière. « Bien au chaud dans son lit, avec une tasse de chocolat et un livre, c'est ça ? J'espère que c'est avec un livre, en tout cas. Jeds, ça va, chérie ? Elle adore les magazines, c'est sa drogue. Moi, j'ai horreur de ça. »

Il fallut un certain temps à Jonathan pour comprendre que Jeds était la femme. Ce n'était pas Jed, un monsieur, mais Jeds, une dame aux multiples facettes. Sa chevelure châtaine dévoila un instant son sourire malicieux et bon enfant.

« Ça va très bien, chéri, dit-elle crânement, comme si elle se remettait d'un choc.

— Hélas, Herr Meister a des obligations incontournables ce soir, monsieur, dit Jonathan. Mais il a vraiment hâte de vous voir demain matin, quand vous serez reposé.

— Vous êtes anglais, Pyne ? Vous avez l'accent.

— Jusqu'au bout des ongles, monsieur.

– Vous avez bien raison. » Le regard délavé erra de nouveau, cette fois du côté de la réception, où le pardessus en poil de chameau remplissait des fiches pour Fräulein Eberhardt. « Corky, tu la demandes en mariage, ou quoi ? lança Roper. Ça, ce serait le pompon ! glissa-t-il dans un murmure à Jonathan. C'est le major Corkoran, mon assistant, confia-t-il sur un ton méprisant.

– J'ai presque fini, patron ! » dit Corkoran en agitant son bras en poil de chameau. Il prit bien appui sur ses jambes et sortit les fesses comme s'il s'apprêtait à taper dans une boule de croquet ; un déhanchement naturel ou étudié trahissait en lui une certaine féminité. Une pile de passeports britanniques bleus était posée près de son coude.

« Mais il n'y a que quelques noms à recopier, bon Dieu ! C'est pas un contrat de cinquante pages, Corks.

– Je suis désolé, monsieur, expliqua Jonathan, ce sont les nouvelles consignes de sécurité. La police suisse y tient beaucoup. Nous n'y pouvons rien, apparemment. »

La belle Jeds avait choisi trois revues mais en voulait d'autres. L'une de ses bottines, légèrement éraflée, reposait sur son haut talon, le bout pointé en l'air. Sophie prenait souvent cette posture. Environ vingt-cinq ans, pensa Jonathan. Éternellement vingt-cinq ans.

« Il y a longtemps que vous travaillez ici, Pyne ? Il n'était pas là la dernière fois, hein, Frisky ? On aurait forcément remarqué un jeune Britannique égaré.

– C'est sûr », répondit le blazer en regardant Jonathan à travers un viseur imaginaire. Les oreilles en feuilles de chou, remarqua Jonathan. Les cheveux blonds, déjà blanchissants. Les mains comme des battoirs.

« Cela fait six mois, monsieur Roper, presque jour pour jour.

– Et avant, où étiez-vous ?

– Au Caire, répondit promptement Jonathan. À l'hôtel Reine Néfertiti. »

Les secondes s'égrenèrent, comme avant une explosion. Mais les miroirs sculptés du hall ne se brisèrent pas à cette référence au Néfertiti, les pilastres et les lustres ne tremblèrent pas.

« Ça vous a plu, le Caire ?
— Énormément.
— Pourquoi en êtes-vous parti, alors ? »

À cause de vous, à vrai dire, pensa Jonathan. Au lieu de quoi, il répondit : « Oh, l'envie de bouger, j'imagine, monsieur. Vous savez ce que c'est. La vie errante est un des plaisirs de ce métier. »

Soudain, tout se mit en mouvement. Corkoran avait quitté la réception et avançait vers eux à grands pas, brandissant sa cigarette. La femme, Jeds, avait choisi ses revues et attendait, comme Sophie, que quelqu'un les paye pour elle.

« Faites-les mettre sur la note, mon cœur », lui dit Corkoran.

Herr Kaspar déchargeait une liasse de courrier dans les bras du second blazer qui, du bout des doigts, explora avec ostentation les paquets les plus volumineux.

« Pas trop tôt, Corks. T'es paralysé d'une main, ou quoi ?
— Sans doute la crampe du branleur, patron, répondit le major Corkoran. Ou c'est à force d'avoir le petit doigt en l'air, ajouta-t-il, avec un sourire spécial pour Jonathan.
— Oh, Corks ! » gloussa Jeds.

Du coin de l'œil, Jonathan aperçut Mario, le chef voiturier, qui poussait un chariot où s'entassaient des valises assorties jusqu'à l'ascenseur de service, avec la démarche chaloupée des bagagistes espérant ainsi se faire remarquer par les clients à la mémoire courte. Puis il vit dans les miroirs son propre reflet fragmenté dépasser Mario, et à côté de lui Corkoran, tenant sa cigarette d'une main et les revues de l'autre. Il eut un moment de panique exagérée parce que Jeds avait disparu. Il se retourna, l'aperçut, croisa son regard, et elle lui sourit, ce qui, dans la surprenante résurgence de désir qu'il éprouvait, répondait à ses vœux les plus chers. Il vit aussi Roper, parce qu'elle était pendue à son bras, qu'elle enserrait de ses longues mains tandis qu'elle lui marchait presque sur les pieds. Les gardes du corps et la société d'abondance suivaient. Jonathan remarqua un superbe jeune homme aux cheveux blonds noués sur la nuque, et sa femme au physique banal et au regard maussade.

« Les pilotes arriveront plus tard, disait Corkoran. Un truc qui n'allait pas dans la boussole. Quand c'est pas la boussole, c'est la chasse d'eau des chiottes qui marche pas. Vous êtes ici à demeure, mon ange, ou rien que pour cette nuit ? »

Son haleine sentait toutes les bonnes choses qu'il avait avalées dans la journée : les martinis avant le déjeuner, les vins pendant et les alcools après, noyés dans la fumée de ses horribles cigarettes françaises.

« Oh, aussi longtemps que possible compte tenu de ce métier, major, répondit Jonathan, adaptant son attitude à ce sous-fifre.

– C'est vrai pour nous tous, mon cœur, croyez-moi, répondit le major avec ardeur. Des permanents temporaires, mon Dieu ! »

Un nouveau plan dans le film : les voilà traversant le grand hall sur l'air de *When I Take My Sugar To Tea* joué par Maxie le pianiste pour deux vieilles dames vêtues de soie grise. Roper et la femme étaient encore enlacés. Il n'y a pas longtemps que vous vous connaissez, songea amèrement Jonathan en les observant du coin de l'œil. Ou alors vous êtes en train de vous raccommoder après une dispute. *Jeds*, se répétait-il en lui-même. Il avait soudain besoin du refuge sécurisant de son lit de célibataire.

Encore un autre plan et les voilà debout sur trois rangs devant les portes sculptées du nouvel ascenseur conçu par Herr Meister pour la suite de la Tour, avec les pépiements de la société d'abondance en bruit de fond.

« Qu'est-ce qui est arrivé au vieil ascenseur ? demanda sèchement Roper. Je croyais que Meister était un maniaque des vieilleries. Ces foutus Suisses moderniseraient Stonehenge, s'ils pouvaient. Pas vrai, Jeds ?

— Roper, tu ne vas pas faire une scène à cause d'un ascenseur, dit-elle agacée.

— Tu crois ça ? »

De très loin, Jonathan entendit une voix qui ressemblait à la sienne énumérer les avantages du nouvel ascenseur : une mesure de sécurité, monsieur Roper, mais aussi une commodité supplémentaire, installé l'automne dernier pour le seul usage des clients de la suite de la Tour... Et tout en parlant il balançait entre ses doigts le passe-partout doré dessiné par Herr Meister lui-même, orné d'un gland et surmonté d'une couronne plutôt amusante.

« On se croirait au temps des pharaons, vous ne trouvez pas ? Assez extravagant, mais je peux vous assurer que nos clients moins raffinés adorent, confia-t-il avec un petit sourire cabotin qu'il n'avait jamais octroyé à quiconque auparavant.

— Eh bien moi, j'adore, et je suis extrêmement raffiné », dit la voix off du major.

Roper soupesa la clé dans sa main comme pour en évaluer le nombre de carats. Il en étudia les deux faces, puis la couronne, puis le gland.

« Taiwan », dit-il et, à la grande inquiétude de Jonathan, la jeta au blazer blond avec les oreilles en feuilles de chou, qui la rattrapa prestement, très bas sur sa gauche, en criant : « Je l'ai ! » au moment où il plongea.

Beretta 9 mm automatique, cran de sécurité enclenché, enregistra Jonathan. Finition ébène, étui sous l'aisselle droite. Un GCO gaucher, qui a un autre chargeur dans son sac ceinture.

« Bien joué, mon petit Frisky, bonne prise ! » dit Corkoran d'une voix traînante, et le public aisé se mit à rire, soulagé, mené par la femme qui serrait le bras de

Roper et dit : « Incorrigibles ! », mais l'ouïe brouillée de Jonathan perçut : « *Un corps rigide* ».

Maintenant tout se passe au ralenti, comme sous l'eau. On ne peut pas monter à plus de cinq dans l'ascenseur, les autres doivent attendre. Roper entre d'un pas décidé, entraînant la jeune femme derrière lui. Collège privé à Roedean puis école de mannequins, analyse Jonathan. Plus un cours spécial, que Sophie avait suivi elle aussi, où on vous apprend à vous déhancher comme ça en marchant. Puis Frisky, le major Corkoran sans sa cigarette, et enfin Jonathan. Ses cheveux sont châtains, mais souples aussi. Et puis elle est nue. C'est-à-dire qu'elle a enlevé son manteau et l'a jeté sur son bras à la façon d'une capote militaire. Elle porte une chemise d'homme blanche aux manches bouffantes, comme celles de Sophie, remontées jusqu'au coude. Jonathan fait démarrer l'ascenseur. Renfrogné dans son coin, Corkoran regarde en l'air comme un homme en train de se soulager. La hanche de la fille effleure celle de Jonathan, avec une négligence de franche camaraderie. *Laisse tomber*, a-t-il envie de lui dire, irrité. *Si tu flirtes, arrête. Si tu ne flirtes pas, recule ta hanche.* Son parfum n'est pas celui de la vanille mais des œillets blancs qu'il y avait le jour de la commémoration des morts à l'école militaire. Roper se tient juste derrière, ses larges mains sur les épaules de la fille, en un geste possessif. Frisky regarde d'un œil vide le suçon à demi effacé sur son cou et les seins libres sous la chemise de luxe. Comme Frisky, certainement, Jonathan a l'envie inavouable d'en dégager un de la chemise.

« Et si je vous montrais toutes les améliorations que Herr Meister a faites pour vous depuis votre dernière visite ? » suggère-t-il.

Il serait peut-être temps que vous cessiez de considérer les bonnes manières comme un mode de vie, lui avait dit Sophie alors qu'elle se promenait à côté de lui, à l'aube.

Il entre le premier et montre les avantages inappréciables de la suite : l'incroyable bar encastré dans le sol... les fruits millénaires... le tout dernier cri en matière de toilettes à jet rotatif super-hygiénique, ça fait tout pour vous sauf vous laver les dents... toutes ses petites plaisanteries saugrenues présentées sur un plateau pour le bon plaisir de M. Richard Onslow Roper et de cette femme d'une séduction impardonnable avec sa taille élancée et sa drôle de frimousse. Comment ose-t-elle être si belle en un moment pareil ?

La tour légendaire du Meister plane comme un énorme colombier au-dessus des pics et vallées magiques du toit édouardien de l'hôtel. À l'intérieur, le luxueux duplex de trois chambres est une symphonie de tons pastel que Jonathan surnomme ouvertement le style Versailles helvétique. Les bagages sont arrivés, les chasseurs ont reçu leur pourboire, Jeds s'est retirée dans la chambre principale d'où parviennent le son de sa voix et des bruits d'eau. On n'entend pas distinctement la chanson qu'elle fredonne, mais les paroles semblent légères, voire carrément grivoises. Frisky le blazer s'est posté près du téléphone sur le palier et donne, à voix basse, des ordres à quelqu'un qu'il traite avec mépris. Le major Corkoran, muni d'une nouvelle cigarette mais sans son poil de chameau, parle lentement français sur une autre ligne dans la salle à manger à quelqu'un qui maîtrise moins bien cette langue que lui. Il a un visage joufflu de bébé, et des taches de couleur très haut sur les pommettes. Son français est authentique, cela ne fait aucun doute. Il l'utilise instinctivement, comme si c'était sa langue maternelle, ce qui est peut-être le cas, car tout chez Corkoran indique un passé complexe.

Ailleurs dans la suite se poursuivent d'autres vies et d'autres conversations. Le grand type au catogan s'appelle Sandy, apprend-on, et sur un autre téléphone il s'adresse en anglais à un certain Gregory, de Prague, tandis que Mme Sandy, toujours en manteau, assise sur une chaise, regarde le mur d'un œil noir. Mais Jonathan a exclu ces seconds rôles de sa conscience du moment.

Ils existent, ils sont élégants, ils décrivent une lointaine orbite autour du centre lumineux qu'est M. Richard Roper, de Nassau, aux Bahamas. Mais ils forment le chœur. La visite guidée des splendeurs du palace est terminée. Il est temps que Jonathan prenne congé. Après un geste élégant de la main, une charmante invite à « passer un excellent séjour », normalement il serait redescendu sans état d'âme au rez-de-chaussée, laissant ses ouailles seules profiter au mieux des plaisirs à quinze mille francs la nuit, taxes, service et petit déjeuner continental inclus.

Sauf que cette nuit n'est pas une nuit normale, mais celle de Roper, celle de Sophie, et curieusement ce soir le rôle de Sophie est tenu par la compagne de Roper, dont le nom, pour tous sauf lui, n'est pas Jeds mais Jed-M. Onslow Roper aime à multiplier ses avoirs.

La neige tombe toujours et fascine l'homme le plus ignoble au monde, comme s'il revoyait son enfance au milieu des flocons tourbillonnants. Roper se tient le dos droit, tel un officier de cavalerie, au centre de la pièce, face aux portes-fenêtres et au balcon nappé de blanc. Il tient un catalogue vert de chez Sotheby's, comme un livre de psaumes qu'il suivrait pour chanter, son autre bras levé, prêt à faire démarrer un instrument jusqu'alors silencieux dans un coin de l'orchestre. Il a chaussé les demi-lunettes d'un juge érudit.

« Soldat Boris et son copain disent OK pour déjeuner lundi, crie Corkoran de la salle à manger. C'est bon ?

— Parfait, répond Roper en tournant une page du catalogue, sans quitter des yeux la neige par-dessus ses lunettes. Regardez ça. Un aperçu de l'infini.

— À chaque fois, ça me ravit, dit Jonathan avec conviction.

— Notre ami Appétits de Miami demande si ça ne pourrait pas être plutôt au Kronenhalle, on y mange mieux…, lance de nouveau Corkoran.

— Il y a trop de monde. On déjeune ici ou il apporte ses sandwichs. Sandy, ça se monte à combien maintenant, un cheval de Stubbs, un bon ? »

Le joli minois au catogan apparaît dans l'entrebâillement de la porte.

« Quelle taille ?

— Soixante-quinze centimètres par trente-sept. »

Le joli minois fait une légère moue.

« Il y en a eu un pas mal qui s'est vendu chez Sotheby's en juin dernier. *Protector in a Landscape*, signé et daté de 1779. Un petit bijou.

— *Quanto costa ?*

— Vous êtes bien assis ?

— Accouche, Sands !

— Un million deux. Plus la com.

— Livres ou dollars ?

— Dollars. »

Depuis l'autre porte, le major Corkoran se plaint.

« Les gars de Bruxelles veulent la moitié en espèces, patron. Ils manquent pas d'air, à mon avis.

— Dis-leur que tu ne signes pas, rétorque Roper d'un ton plus bourru qu'il utilise apparemment pour maintenir les distances avec Corkoran. C'est un hôtel là-bas, Pyne ? »

Le regard de Roper est rivé sur l'obscurité derrière les vitres, où les flocons de son enfance continuent leur valse.

« Une balise, en fait, monsieur Roper. Pour faciliter la navigation aérienne, je crois. »

La précieuse pendule en similor de Herr Meister sonne l'heure, mais Jonathan, malgré son habituelle agilité, est incapable d'avancer vers la porte par laquelle il pourra s'échapper. Ses souliers vernis restent plantés dans l'épaisse moquette du salon aussi fermement que dans du ciment. Son regard doux, en telle opposition avec son front de boxeur, reste fixé sur le dos de Roper. Pourtant Jonathan ne le voit que dans une partie de son esprit. L'autre partie n'est pas dans la suite de la Tour, mais dans celle de Sophie, au dernier étage de l'hôtel Reine Néfertiti au Caire.

Sophie lui tournait également le dos, et ce dos était aussi beau que Jonathan l'avait toujours su, d'une blancheur qui se détachait sur celle de sa robe du soir. Elle ne contemplait pas la neige mais les immenses étoiles embuées de la nuit cairote et le croissant de lune suspendu par ses pointes au-dessus de la ville silencieuse. Les portes qui menaient au toit terrasse étaient ouvertes, elle n'y cultivait que des fleurs blanches : jasmin, bougainvillée, tubéreuse. Un parfum de jasmin d'Arabie l'effleura et pénétra dans la pièce. Une bouteille de vodka était posée à côté d'elle sur une table. Assurément à moitié vide, pas à moitié pleine.

« Vous avez sonné », lui rappela Jonathan avec un sourire dans la voix, en jouant à l'humble domestique. Peut-être est-ce notre nuit, pensait-il.

« Oui, j'ai sonné. Et vous avez répondu. C'est gentil. Je suis sûre que vous êtes toujours gentil. »

Il sut aussitôt que ce n'était pas leur nuit.

« Il faut que je vous pose une question, commença-t-elle. Me direz-vous la vérité ?

— Si je peux, bien sûr.

— Vous voulez dire que, dans certaines circonstances, vous me mentiriez ?

— Non, mais il se pourrait que je ne sache pas la réponse.

— Oh, vous la connaissez. Où sont les documents que je vous ai confiés ?

— Dans le coffre. Dans l'enveloppe. Avec mon nom dessus.

— Quelqu'un les a-t-il vus en dehors de moi ?

— Plusieurs membres du personnel utilisent le coffre, la plupart du temps pour y laisser de l'argent liquide avant de le déposer à la banque. À ma connaissance, l'enveloppe est toujours cachetée. »

Ses épaules retombèrent en signe d'agacement, mais elle ne tourna pas la tête.

« Les avez-vous montrés à quelqu'un ? Oui ou non, je vous prie ? Ce n'est pas mon genre de juger les gens. Je suis venue d'instinct vous demander de l'aide. Ce ne serait pas votre faute si je m'étais trompée. J'ai vu en vous un Anglais honnête. »

Moi aussi, pensait Jonathan. Et pourtant il ne lui vint pas à l'esprit qu'il avait le choix. Dans le monde auquel il demeurait mystérieusement fidèle, il n'y avait qu'une réponse à sa question.

« Non. Non, à personne.

— Si vous me dites que c'est la vérité, je vous croirai. J'aimerais beaucoup qu'il reste encore un gentleman dans le monde.

— C'est la vérité. Je vous ai donné ma parole. C'est non. »

Elle lui donna à nouveau l'impression d'ignorer ses dénégations ou de les trouver prématurées.

« Freddie est persuadé que je l'ai trahi. Il m'a confié ces papiers. Il ne voulait pas les garder au bureau ou chez lui. Dicky Roper pousse Freddie à se méfier de moi.

— Pourquoi cela ?

— Roper est l'autre intéressé, dans cette correspondance. Jusqu'à aujourd'hui, Roper et Freddie projetaient de s'associer. J'ai assisté à certaines de leurs discussions sur le yacht de Roper. Il n'appréciait guère ma présence comme témoin, mais Freddie tenait absolument à m'exhiber devant lui, il n'avait donc pas le choix. » Elle semblait attendre qu'il parle, mais il garda le silence. « Freddie est venu me voir ce soir. Plus tard que d'habitude. Quand il est en ville, il passe généralement avant le dîner. Il utilise l'ascenseur du parking par respect pour sa femme, il reste deux heures, puis il retourne dîner avec sa famille. Ça peut sembler navrant, mais je me vante d'avoir contribué à sauver son mariage. Ce soir, il est venu tard. Il avait eu une conversation au téléphone. Il semblerait que Roper ait reçu un avertissement.

— De qui ?

— De bons amis londoniens. » Un sursaut d'amertume : « Bien fait pour Roper. Ça c'est sûr.

— On lui disait quoi ?

— Que les autorités étaient au courant de ses accords avec Freddie. Roper est resté prudent au téléphone, il a simplement dit qu'il avait compté sur la discrétion de Freddie. Les frères de Freddie n'ont pas été aussi discrets. Il ne leur avait pas parlé de la transaction. Il voulait faire ses preuves seul. Il avait été jusqu'à "emprunter" quelques camions Hamid sous un prétexte quelconque afin de transporter les marchandises à travers la Jordanie. Ses frères n'ont pas apprécié non plus. Donc, comme Freddie a peur, il leur a tout dit. Et il est furieux de perdre l'estime de M. Roper. Alors, c'est non ? répéta-t-elle, le regard toujours perdu dans la nuit. C'est vraiment non ? M. Pyne n'a aucune idée de la façon dont ce renseignement peut être arrivé à Londres ou être parvenu aux oreilles des amis de M. Roper ? Le coffre, les documents... il n'a aucune idée ?

– Non. Désolé. »

Jusque-là, elle ne l'avait pas regardé. Finalement, elle se retourna et lui laissa voir son visage. Un œil était complètement fermé, les deux joues enflées, les traits méconnaissables.

« J'aimerais bien que vous m'emmeniez faire un tour, s'il vous plaît, monsieur Pyne. Freddie ne se contrôle plus quand on menace sa fierté. »

Le temps a suspendu son vol. Roper est encore absorbé dans le catalogue de Sotheby's. Personne ne lui a mis la figure en bouillie, à lui. La pendule en similor sonne toujours l'heure. Bêtement, Jonathan en vérifie l'exactitude à sa montre-bracelet, puis, s'apercevant qu'il peut enfin bouger les pieds, il ouvre le verre de la pendule et avance la grande aiguille. File te mettre à l'abri, se dit-il. À plat ventre. La radio invisible joue Mozart dirigé par Alfred Brendel. Dans la coulisse, Corkoran parle de nouveau, cette fois dans un italien moins sûr que son français.

Mais Jonathan ne peut pas courir se mettre à l'abri. Cette femme exaspérante descend l'escalier ornemental. Tout d'abord, il ne l'entend pas, parce qu'elle est pieds nus et vêtue du peignoir mis à la disposition des clients par Herr Meister, mais ensuite, il supporte à peine de la regarder. Au sortir du bain, ses longues jambes ont la teinte rosée des peaux de bébé, ses cheveux châtains soigneusement brossés retombent sur ses épaules comme ceux d'une sage petite fille. Le parfum tiède d'une mousse de bain a remplacé celui des œillets du jour des morts. Jonathan est presque malade de désir.

« Et pour les rafraîchissements, puis-je vous recommander également votre bar personnel ? conseille-t-il à Roper, toujours de dos. Du whisky pur malt, choisi personnellement par Herr Meister, et des vodkas de six pays différents. » Quoi d'autre ? « Ah, et puis le service d'étage vingt-quatre heures sur vingt-quatre pour vous et vos invités, naturellement.

– Ma foi, je meurs de faim », dit la fille qui refuse qu'on l'ignore.

Jonathan lui offre son sourire détaché d'hôtelier.

« Eh bien, n'hésitez pas à leur demander tout ce que vous voudrez. Le menu n'est là qu'à titre indicatif, et ils adorent qu'on les oblige à travailler. » Il revient à Roper, et un petit démon le pousse à en rajouter. « Vous avez les informations en anglais sur le câble, si vous voulez des nouvelles de la guerre. Vous n'avez qu'à appuyer sur le bouton vert du boîtier, puis sur le numéro neuf.

– Ça va, je connais le topo, merci. Vous vous y connaissez, vous, en statues ?

– Pas beaucoup.

– Moi non plus. Comme ça, on est deux. Coucou, chérie, tu as pris un bon bain ?

– Fabuleux. »

La Jed traverse la pièce, se love dans un fauteuil bas, prend le menu du service d'étage et chausse de toutes petites lunettes rondes cerclées d'or, tout à fait superflues, Jonathan en est certain. Sophie les aurait remontées dans ses cheveux. Le fleuve musical si fluide de Brendel est arrivé à la mer. La radio quadriphonique dissimulée annonce que Fischer-Dieskau va interpréter une sélection de lieder de Schubert. La large épaule de Roper effleure celle de Jonathan. Hors de son champ de vision, Jed croise ses jambes roses et les recouvre machinalement de son peignoir tout en continuant à étudier le menu. Sale pute ! hurle une voix dans la tête de Jonathan. Traînée ! Ange ! Pourquoi suis-je soudain la proie de ces fantasmes d'adolescent ? L'index effilé de Roper est posé sur une illustration pleine page.

Lot 236, Vénus et Adonis en marbre, un mètre soixante-quinze sans le piédestal. Vénus frôle des doigts le visage d'Adonis en un geste d'adoration. Copie contemporaine de Canova, non signée, original à la villa La Grange, Genève, estimée à 60 000-100 000.

Un Apollon de cinquante ans souhaite acheter Vénus et Adonis.

« Qu'est-ce que c'est, *rousti* ? demande Jed.

– Vous voulez dire *rösti*, j'imagine, répond Jonathan du ton supérieur de celui qui sait. C'est une spécialité suisse à la pomme de terre. Une sorte de galette frite de purée légère, avec beaucoup de beurre. Si on a très faim, c'est absolument délicieux. Et ils la réussissent à la perfection.

– Alors, que dites-vous de ce lot ? demande Roper. Vous aimez ? Vous n'aimez pas ? Soyez honnête. Ça vaut mieux pour tout le monde – ce sont des genres de croquettes, chérie, tu en as mangé à Miami. Qu'est-ce que vous en pensez, monsieur Pyne ?

– Je crois que cela dépend de l'endroit où on va les mettre, répond prudemment Jonathan.

– Au bout d'une allée fleurie protégée par une pergola, vue sur la mer. Face à l'ouest, pour profiter du soleil couchant.

– Le plus bel endroit du monde », ajoute Jed.

Jonathan est aussitôt furieux contre elle. Pourquoi tu la fermes pas deux secondes ? Pourquoi ton blabla semble si proche alors que tu parles de l'autre bout de la pièce ? Pourquoi faut-il que tu interviennes tout le temps au lieu de lire ton foutu menu ?

« Ensoleillement garanti ? demande-t-il avec son sourire le plus condescendant.

— Trois cent soixante jours par an, dit fièrement Jed.
— Allez-y, insiste Roper. Allez-y carrément. Votre verdict ?
— Personnellement, je ne les trouve pas à mon goût », rétorque Jonathan sans réfléchir.

Mais pourquoi dit-il cela ? C'est sûrement la faute de Jed. Il n'y connaît strictement rien, il n'a aucun avis sur les statues, il n'en a jamais acheté ou vendu une, s'est à peine arrêté pour en regarder, à l'exception de cet horrible bronze représentant Earl Haig regardant Dieu avec des jumelles sur l'une des aires de rassemblement de son enfance militaire. Tout ce qu'il essayait de faire, c'était de dire à Jed de garder ses distances.

L'expression altière de Roper ne change pas, mais pendant un instant Jonathan se demande s'il n'est pas lui aussi de marbre.

« Tu te fous de moi, Jemima ? » demande Roper avec un sourire parfaitement charmant.

Le menu s'abaisse et, au-dessus, le visage malicieux qu'on n'a pas abîmé jette un regard pétillant.

« Voyons, pourquoi je me moquerais de toi ?
— Il me semble me souvenir que ces statues ne te disaient pas grand-chose quand je te les ai montrées dans l'avion. »

Elle pose le menu sur ses genoux et, des deux mains, enlève ses lunettes inutiles. À cet instant, la manche courte du peignoir maison bâille, et Jonathan, totalement offusqué, se voit gratifié de la vision d'un sein parfait, dont le mamelon pointé est tendu vers lui à cause du mouvement des bras, et le galbe illuminé d'un reflet doré par la lampe au-dessus d'elle.

« Chéri, tu déconnes complètement ! roucoule-t-elle. J'ai dit qu'elle avait un trop gros derrière. Si tu aimes les gros culs, achète-la. C'est ton argent. Ce sera ton cul à toi. »

Roper sourit, tend la main, attrape la bouteille de Dom Pérignon offerte par Herr Meister, et l'ouvre.

« Corky !
— Ici, patron ! »

Une seconde d'hésitation. La voix qui s'est reprise.
« Sonne Danby et MacArthur. Champ'.
– Tout de suite, patron.
– Sandy ! Caroline ! Champ' ! Bon Dieu, où sont-ils, ces deux-là ? Encore en train de se bagarrer. Quels emmerdeurs. Vive les pédés, ajoute-t-il en aparté à Jonathan. Ne partez pas, Pyne, la fête ne fait que commencer. Corks, commande deux autres bouteilles ! »

Mais Jonathan s'en va. Il exprime ses regrets tant bien que mal en quelques gestes appropriés et gagne le palier ; il se retourne pour voir Jed lui faire un petit signe d'adieu par-dessus son verre de champagne. Il répond par son sourire le plus glacial.

« Bonne nuit, mon poussin, lui souffle Corkoran lorsqu'ils se croisent. Merci de toutes vos attentions.
– Bonne nuit, major. »

Frisky, le GCO blond cendré, s'est installé sur un trône tendu de tapisserie à côté de l'ascenseur, et lit attentivement un livre de poche d'histoires érotiques victoriennes.

« Vous jouez au golf, mon cœur ? demande-t-il au moment où Jonathan passe comme une flèche.
– Non.
– Moi non plus. »

Je tue facilement la bécasse, chante Fischer-Dieskau. *Je tue facilement la bécasse.*

Une demi-douzaine de clients étaient assis à leurs tables éclairées aux chandelles, tels des adorateurs dans une cathédrale. Jonathan se trouvait parmi eux, baignant dans une euphorie de commande. C'est pour ça que je vis, se disait-il, pour cette demi-bouteille de Pommard, ce foie de veau glacé accompagné de légumes de trois couleurs, cette argenterie d'hôtel un peu cabossée par l'âge, qui me fait des clins d'yeux avisés depuis la nappe damassée.

Dîner seul avait toujours été pour lui un vrai plaisir et, ce soir-là, compte tenu du petit nombre de clients dû à la guerre, maître Berri l'avait promu de sa table solitaire près de la porte de service à l'un des autels situés près de la fenêtre. Son regard allait du terrain de golf enneigé aux lumières de la ville le long du lac, et il se félicitait obstinément de la plénitude satisfaisante de sa vie jusqu'à maintenant, avec toutes les horreurs abandonnées derrière lui.

Ça n'a pas été facile pour toi là-haut avec ce satané Roper, mon petit Jonathan, disait d'un ton approbateur le vieux général-instructeur à son meilleur élève officier. *Et ce major Corkoran, c'est quelque chose. La fille aussi, si tu veux mon avis. Peu importe. Tu as été ferme, tu t'es bien défendu. Bien joué.* Et Jonathan accorda même un sourire de félicitations à son propre reflet dans la vitre éclairée par les chandelles, tandis qu'il se remémorait honteusement toutes ses phrases flatteuses et ses pensées lascives dans leur ordre d'apparition.

Soudain le foie de veau prit un goût de cendre dans sa bouche et le Pommard un goût métallique. Son estomac se noua, sa vision se troubla. Il se leva de table en hâte, marmonna une vague excuse à maître Berri, et arriva juste à temps aux toilettes.

3

Orphelin, fils unique d'une beauté allemande emportée par le cancer et d'un sergent d'infanterie anglais mort pour la patrie au cours d'une de ses nombreuses guerres post-coloniales, diplômé d'un archipel pluvieux d'orphelinats, de foyers d'accueil, de mères adoptives, d'unités d'élèves officiers et de camps d'entraînement, successivement enfant-loup au sein d'une unité spéciale de l'armée cantonnée dans une Irlande du Nord encore plus pluvieuse, traiteur, chef cuisinier, hôtelier itinérant, fuyant sans cesse les engagements amoureux, collectionneur de langues étrangères, créature de la nuit volontairement condamnée à l'exil et marin sans destination, Jonathan Pyne était assis dans son bureau suisse aseptisé, derrière la réception, à fumer exceptionnellement sa troisième cigarette en méditant les sages paroles du fondateur révéré de l'hôtel, encadrées et accrochées à côté de son imposante photographie sépia.

Plus d'une fois au cours des derniers mois, Jonathan avait pris sa plume pour tenter de libérer les maximes du grand homme de leur carcan syntaxique allemand, mais ses efforts s'étaient toujours heurtés à quelque proposition subordonnée incontournable. « La vraie hospitalité est à la vie ce que la vraie cuisine est à la nourriture, commença-t-il, croyant un instant avoir trouvé. C'est l'expression de notre respect pour l'essence fondamentale de chaque individu confié à nos soins au cours de son long labeur dans la vie, quelle que soit sa condition sociale, de responsabilité réciproque dans l'esprit d'humanité investi dans le... » Puis il perdit le fil, comme d'habitude. Mieux valait laisser certaines choses en version originale.

Son regard retourna se poser sur le poste de télévision tape-à-l'œil de Herr Strippli, posé devant lui comme un attaché-case. Il passait le même jeu électronique depuis un quart d'heure : le viseur du bombardier se fixe sur la petite tache grise d'un bâtiment loin au-dessous ; la caméra fait un zoom avant ; un missile file vers la cible, y pénètre et descend plusieurs étages ; la base du bâtiment éclate comme un sac en papier, pour la plus grande satisfaction de l'onctueux présentateur. En plein dans le mille. Deux autres coups pour le prix d'un. Personne ne parle des morts et des blessés. Vu de cette hauteur, il n'y en a pas. L'Irak n'est pas Belfast.

L'image a changé. Sophie et Jonathan sont en voiture.

Jonathan conduit. Le visage tuméfié de Sophie est en partie caché par un foulard et des lunettes noires. Le Caire ne s'est pas encore éveillé. Le rougeoiement de l'aube embrase le ciel poussiéreux. Pour la faire discrètement sortir de l'hôtel et monter en voiture, le soldat clandestin a pris toutes les précautions. Il se dirige vers les pyramides, sans savoir qu'elle a un autre spectacle en tête.

« Non, dit-elle. Par là. »

Une chape de crasse exsude sa puanteur au-dessus des tombes croulantes de la cité des morts du Caire. Dans un paysage lunaire de cendres fumantes, entre les taudis faits de sacs en plastique et de boîtes de conserves, s'agglutinent les damnés de la terre, tels des charognards bigarrés fouillant dans les ordures. Jonathan se gare sur un accotement sableux. Des camions qui font des aller et retour à la décharge passent dans un vacarme assourdissant, laissant derrière eux un sillage nauséabond.

« C'est ici que je l'ai amené, déclare-t-elle du coin de la bouche entre ses lèvres monstrueusement enflées.

— Pourquoi? demande Jonathan, voulant dire : Pourquoi m'amener ici à mon tour?

— Je lui ai dit : "Regarde tous ces gens, Freddie. Chaque fois que quelqu'un vend des armes à une crapule de tyran arabe, ces gens crèvent un peu plus de faim. Et tu sais pourquoi? Je vais te le dire, Freddie. Parce que c'est plus drôle d'avoir une jolie petite armée que de nourrir les ventres creux. Tu es arabe, Freddie. On a beau dire en Égypte qu'on n'est pas arabes, on l'est. Tu trouves ça normal, toi, que tes frères arabes paient tes rêves de leur chair?"

— Je vois, lâche Jonathan avec la gêne d'un Anglais confronté à des émotions d'ordre politique.

— "Nous n'avons pas besoin de meneurs, lui ai-je dit. Le prochain grand leader arabe sera un humble artisan. Il saura faire marcher les choses et il donnera au peuple la dignité au lieu de lui infliger la guerre. Ce sera un administrateur, pas un guerrier. Il sera comme toi, Freddie, comme tu pourrais être si tu devenais adulte."

— Et qu'a répondu Freddie? »

Le visage défiguré de Sophie est une accusation

chaque fois qu'il le regarde. Les ecchymoses autour de ses yeux virent au bleu et au jaune.

« Il m'a dit de m'occuper de mes affaires. » Jonathan saisit la pointe de rage dans sa voix, et il a le cœur encore plus serré. « Moi, je lui ai répliqué que c'était mes affaires, justement ! La vie et la mort, c'est mes affaires ! Les Arabes, c'est mes affaires ! Lui, c'est mes affaires ! »

Et tu l'as prévenu, pense-t-il, écœuré. Tu lui as fait comprendre que tu étais une force avec laquelle il fallait compter, pas une faible femme qu'on largue quand on veut. Tu lui as laissé entendre que toi aussi tu avais ton arme secrète, et tu l'as menacé de faire ce que j'ai fait, sans savoir que je l'avais déjà fait.

« Les autorités égyptiennes ne le toucheront pas, dit-elle. Il les achète et elles gardent leurs distances.

– Quittez la ville, l'implore Jonathan. Vous savez comment sont les Hamid. Partez.

– Les Hamid peuvent aussi bien me faire assassiner à Paris qu'au Caire.

– Dites à Freddie qu'il doit vous aider. Poussez-le à vous soutenir contre ses frères.

– Freddie a peur de moi. Quand il ne joue pas les héros, c'est un lâche. Pourquoi regardez-vous fixement la circulation ? »

Parce que c'est tout ce qu'il y a à regarder en dehors de toi et des damnés de la terre.

Mais elle n'attend même pas de réponse. Peut-être qu'au plus profond d'elle-même cette femme qui a étudié la faiblesse des hommes comprend la honte qu'il éprouve.

« Je voudrais boire un café, s'il vous plaît. Égyptien. » Et ce sourire courageux qui fait plus mal que toutes les récriminations du monde.

Il lui offre un café dans un souk, puis la reconduit au parking de l'hôtel. Il téléphone chez les Ogilvey et tombe sur la bonne.

« Lui sorti, crie-t-elle.

– Et Mme Ogilvey ?

– Lui pas là. »

Il téléphone à l'ambassade. Lui pas là non plus. Lui parti à Alexandrie aux régates.

Il téléphone au yacht-club pour laisser un message. Une voix d'homme pâteuse répond qu'il n'y a pas de régates aujourd'hui.

Il téléphone à un ami américain de Louxor, Larry Kermody – Larry, ta chambre d'amis, elle est libre ?

Il téléphone à Sophie.

« Un de mes amis archéologue a un appartement libre à Louxor. C'est dans un immeuble qui s'appelle Chicago House. Vous pouvez l'occuper pendant une semaine ou deux. » Il cherche quelque chose de drôle à dire pour meubler le silence. « C'est un genre de cellule de moine pour universitaire en visite, juste derrière la maison, avec un petit toit terrasse privatif. Personne ne saura que vous êtes là.

– Vous viendrez aussi, monsieur Pyne ?

– Vous pouvez vous débarrasser de votre garde du corps ? demande Jonathan sans une seconde d'hésitation.

– Il a déjà débarrassé le plancher. Apparemment, Freddie a décidé que je ne vaux pas la peine d'être protégée. »

Il téléphone à une agence de voyage en relation avec l'hôtel, dirigée par une Anglaise à la voix chargée de bière.

« Écoute, Stella. Deux clients très importants veulent se rendre incognito à Louxor ce soir. Peu importe le prix. Je sais que tout est fermé, je sais qu'il n'y a pas d'avions. Que peux-tu faire ? »

Un long silence. Stella a un sixième sens. Depuis le temps qu'elle vit au Caire...

« Je sais bien que tu es quelqu'un de très important, mon chéri, mais qui est la fille ? »

Et elle éclate d'un rire sardonique et sifflant qui s'étrangle mais résonne encore aux oreilles de Jonathan longtemps après qu'il a raccroché.

Jonathan et Sophie sont assis côte à côte sur le toit terrasse de Chicago House, à contempler les étoiles en buvant de la vodka. Dans l'avion, elle a à peine parlé. Il lui a proposé de manger quelque chose, mais elle ne veut rien. Il lui a mis un châle sur les épaules.

« Roper est l'homme le plus ignoble au monde », déclare-t-elle.

L'expérience de Jonathan en matière de scélérats est limitée. Il a tendance à se condamner lui-même avant de condamner les autres.

« Tous ceux qui font ce métier doivent être assez épouvantables, avance-t-il.

– Il n'a aucune excuse, rétorque-t-elle, insensible au calme de Jonathan. Il est en bonne santé. Il est blanc. Il est riche. Il est bien né, il a reçu une bonne éducation. Il a du charme. » La monstruosité de Roper croît à mesure qu'elle énumère ses qualités. « Il est à l'aise avec tout le monde. Il est amusant. Il a de l'assurance. Et il gâche tout ça. Qu'est-ce qui peut bien lui manquer ? » Elle attend que Jonathan réagisse, mais en vain. « Pourquoi est-il comme ça ? Il n'est pas né dans le caniveau. Il est béni des dieux. Vous êtes un homme. Peut-être que vous, vous savez. »

Mais Jonathan ne sait plus rien. Il observe les contours de son visage meurtri profilé sur le ciel nocturne. *Que vas-tu faire ?* lui demande-t-il en pensée. *Et moi, que vais-je faire ?*

Quand il éteignit le téléviseur de Herr Strippli, la guerre prit fin. Je t'aimais. Je t'aimais, même avec ta figure en bouillie, quand on marchait côte à côte parmi les temples de Karnak. *Monsieur Pyne*, m'as-tu dit, *il est temps de renverser le cours des choses.*

Il était 2 heures du matin, heure à laquelle Herr Meister exigeait que Jonathan fasse sa tournée. Il commença par le hall, à son habitude. Il se planta au centre du tapis, comme Roper un peu plus tôt, écoutant les bruits incessants de l'hôtel qui, le jour, se perdaient dans le brouhaha : les pulsations de la chaudière, le ronflement d'un aspirateur, le cliquetis des assiettes dans la cuisine du service d'étage, le pas d'un serveur dans l'escalier de derrière. Il se tenait au même endroit que les autres soirs, imaginant qu'elle allait sortir de l'ascenseur, le visage remodelé, les lunettes noires remontées dans ses cheveux de jais, traverser le hall, s'arrêter devant lui et le toiser d'un œil critique.

« Vous êtes monsieur Pyne. La fine fleur de l'Angleterre. Et vous m'avez trahie. »

Le vieux concierge de nuit, Horwitz, dormait sur son comptoir, sa tête rasée posée dans le creux de son bras. Tu es toujours un réfugié, Horwitz, pensa Jonathan. Tu marches et tu dors, tu marches et tu dors. Il posa la tasse de café vide du vieil homme hors de sa portée par sécurité.

À la réception, Fräulein Eberhardt avait été remplacée par Fräulein Vipp, une femme affable aux cheveux gris et au sourire discret.

« Puis-je voir la liste des arrivées tardives de ce soir, s'il vous plaît, Fräulein Vipp ? »

Elle lui remit les fiches de la suite de la Tour. Alexander, lord Langbourne, alias Sandy, certainement. Adresse : Tortola, îles Vierges britanniques. Profession (selon Corkoran) : pair du royaume. Accompagné de sa femme Caroline. Pas de référence aux longs cheveux attachés dans la nuque, ni à ce qu'un pair du royaume pourrait faire d'autre qu'être pair. Onslow Roper, Richard, profession : directeur de société. Jonathan examina rapidement les autres fiches. Frobisher, Cyril, pilote. MacArthur, X. et Danby, Y. : cadres de société. D'autres assistants, d'autres pilotes, des gardes du corps. Inglis, Francis, de Perth en Australie (Francis donc Frisky, probablement), moniteur d'éducation physique. Jones, Tobias, d'Afrique du Sud (Tobias, c'est-à-dire Tabby), athlète. Il garda celle de Jed pour la fin, exprès, comme la seule bonne photo dans tout un paquet de clichés ratés. Marshall, Jemima W., adresse, comme celle de Roper : un numéro de boîte postale à Nassau. Britannique. Profession (inscrite avec des fioritures toutes particulières par le major) : *cavalière*.

« Vous pouvez me faire des copies de ces fiches, Fräulein Vipp ? Nous faisons une étude sur les clients de la suite de la Tour.

— Bien sûr, monsieur Pyne, acquiesça-t-elle avant d'entrer dans le bureau derrière la réception.

— Merci, Fräulein Vipp. »

Mais ce que vit Jonathan en imagination, c'était lui-même actionnant le photocopieur de l'hôtel Reine Néfertiti pendant que Sophie le regardait en fumant. *Vous êtes expert*. Oui, je suis expert. J'espionne. Je trahis. Je tombe amoureux quand il est trop tard.

Frau Merthan la standardiste, un autre soldat de la nuit, était postée dans sa guérite, une petite cabine mal aérée à côté de la réception.

« *Guten Abend, Frau Merthan*.

— Bonjour, monsieur Jonathan. »

Leur petite plaisanterie habituelle.

« La guerre du Golfe se poursuit gentiment, j'imagine ? lança Jonathan avec un coup d'œil aux dépêches d'agence qui pendaient de l'imprimante. Les bombardements continuent au même rythme. Déjà mille missions aériennes. Vive la loi des grands nombres, quoi !

— Tant d'argent dépensé pour un seul Arabe », commenta Frau Merthan d'un ton désapprobateur.

Il entreprit de classer les papiers, manie qu'il traînait depuis son premier internat, et son regard tomba sur les fax. Un beau petit plateau pour les arrivées, à distribuer le lendemain matin, et un autre pour les envois, originaux à restituer aux expéditeurs.

« Beaucoup d'appels téléphoniques, Frau Merthan ? Tout le monde panique et vend ses actions ? Vous devez avoir l'impression d'être le centre de l'univers.

— La princesse du Four doit appeler son cousin à Vladivostok. Depuis que les choses vont mieux en Russie, elle appelle Vladivostok tous les soirs et lui parle pendant une heure. Et tous les soirs, la ligne est coupée et il faut rappeler. À mon avis, elle cherche son prince charmant.

— Et les princes de la Tour ? Ils sont pendus au téléphone depuis qu'ils ont mis les pieds ici. »

Frau Merthan tapota sur son clavier et scruta l'écran à travers ses lunettes à double foyer.

« Belgrade, Panamá, Bruxelles, Nairobi, Nassau, Prague, Londres, Paris, Tortola, un appel quelque part en Angleterre, Prague à nouveau, et encore Nassau. Tout en direct. Bientôt, tous les appels se feront en direct et je n'aurai plus de travail.

— Un jour, nous serons tous des robots, affirma Jonathan, qui se pencha par-dessus le comptoir en affectant une curiosité de profane. Et cet écran vous indique les numéros composés par les clients ?

— Bien sûr, sinon ils se plaindraient immédiatement. C'est normal.

— Montrez-moi. »

Elle s'exécuta. Roper connaît les scélérats du monde entier, avait dit Sophie.

Dans le restaurant, Bobbi le factotum, perché sur un escabeau d'aluminium, nettoyait les pendeloques d'un lustre en cristal avec une tête-de-loup. Jonathan entra sans faire de bruit pour ne pas le déconcentrer. Au bar, les nièces de Herr Kaspar, nymphettes vêtues de blouses froufroutantes et de jeans délavés, arrosaient des plantes en pots. Bondissant vers lui, l'aînée lui montra un tas de mégots pleins de terre qu'elle tenait dans sa main gantée.

« Les hommes font ça, chez eux ? lui demanda-t-elle avec effronterie, sa poitrine se gonflant d'indignation. Ils jettent leurs mégots dans les pots de fleurs ?

— J'en ai peur, Renate. Les hommes font les pires choses sans hésiter un quart de seconde. » Demande donc à Ogilvey, songea-t-il. Perdu dans ses pensées, il était agacé plus que de raison par l'impertinence de la petite. « Je ferais attention à ce piano, si j'étais vous. Herr Meister vous tuera si vous l'éraflez. »

Aux cuisines, les chefs préparaient un festin nocturne

à l'intention des jeunes mariés allemands du bel étage : steak tartare pour lui, saumon fumé pour elle, une bouteille de Meursault pour réveiller leur ardeur. Jonathan regarda Alfred, le serveur de nuit autrichien, regonfler délicatement de ses doigts effilés les serviettes pliées en forme de rosettes, et ajouter un vase de camélias pour la note romantique. Alfred était un danseur classique raté, profession : « artiste » selon son passeport.

« Alors, on bombarde Bagdad, hein ? jubila-t-il tout en travaillant. Ça leur donnera une leçon.

– La suite de la Tour a dîné, ce soir ? »

Alfred prit son souffle et récita. Son sourire commençait à faire un peu jeune pour lui.

« Trois saumons fumés, un poisson-frites à l'anglaise, quatre tournedos à point, et une double portion de gâteau à la carotte, avec cette crème fouettée qu'on appelle *Rahm*. Son Altesse voue un vrai culte au gâteau à la carotte, il me l'a dit. Résultat, de la part du Herr Major, sur les instructions de Son Altesse, un pourboire de cinquante francs. Vous, les Anglais, vous donnez toujours des pourboires quand vous êtes amoureux.

– C'est vrai ? dit Jonathan. J'en prends bonne note. »

Il monta le grand escalier. Roper n'est pas amoureux, il est en rut. Il a dû louer les services de la fille par l'intermédiaire d'une agence spécialisée, à tant la nuit. Jonathan était arrivé devant la double porte qui menait à la grande suite. Les nouveaux mariés étaient aussi nouveau-chaussés, remarqua-t-il : lui de vernis à boucles, elle de sandales dorées jetées par terre à la va-vite. Poussé par une vie d'obéissance, Jonathan se baissa et les plaça l'une à côté de l'autre.

Arrivé au dernier étage, il colla son oreille à la porte de Frau Loring et entendit braire un expert militaire britannique sur la chaîne câblée de l'hôtel. Il frappa. Pardessus sa chemise de nuit, elle portait la robe de chambre de son défunt mari. Du café glougloutait sur un réchaud. Soixante ans en Suisse n'avaient pas altéré son haut allemand d'une consonne.

« Ce sont des mômes, mais ils se battent, alors ce sont des hommes », annonça-t-elle avec le même accent que la mère de Jonathan, en lui tendant une tasse de café.

Le vieux ponte de la télévision anglaise déplaçait des soldats de plomb dans un bac à sable avec une ferveur quasi mystique.

« Alors qui occupe la suite de la Tour, ce soir ? demanda Frau Loring, pourtant toujours au courant.

– Oh, un grand manitou anglais et sa cour. Roper. M. Roper et un groupe. Et une dame deux fois plus jeune que lui.

– Le personnel dit qu'elle est sublime.

– je n'ai pas regardé.

– Et pas peinturlurée. Naturelle.

– Il faut croire. »

Elle l'étudiait, comme toujours quand il avait l'air détaché. Parfois, elle semblait le connaître mieux qu'il ne se connaissait lui-même.

« Vous êtes radieux, ce soir. Vous pourriez mettre le feu à la ville. Qu'est-ce qui vous arrive ?

– Ça doit être la neige.

– C'est vraiment bien que les Russes soient enfin de notre côté, non ?

– C'est une grande réussite diplomatique.

– C'est un miracle, rectifia Frau Loring. Et comme pour la plupart des miracles, personne n'y croit. »

Elle lui tendit son café et le fit asseoir avec autorité dans son fauteuil habituel. Elle avait un téléviseur énorme, plus impressionnant que la guerre. De leurs camions blindés, des soldats agitaient joyeusement la main. De nouveaux missiles filaient avec élégance vers leur objectif. Les tanks avançaient dans un crissement sourd. M. Bush se faisait bisser par son public admiratif.

« Vous savez ce que ça me fait, de voir la guerre ? demanda Frau Loring.

– Pas encore », dit-il affectueusement. Mais elle semblait avoir déjà oublié ce qu'elle avait eu l'intention de dire.

Ou peut-être Jonathan ne l'entendit-il pas, car les affirmations tranchées de Frau Loring lui rappelaient irrésistiblement Sophie. L'heureux assouvissement de son amour pour elle est oublié. Louxor même est oublié. Il est de retour au Caire pour l'horrible tableau final.

Il est dans le luxueux appartement de Sophie, vêtu de – mais qu'est-ce que ça peut foutre, ce que je portais ? – vêtu précisément du même smoking que ce soir. Un inspecteur de police égyptien en uniforme et ses deux assistants en civil fixent sur lui un regard de poisson mort. Il y a du sang partout, qui dégage une âcre puanteur de fer rouillé. Sur les murs, le plafond, le divan. Et sur la coiffeuse, comme des éclaboussures de vin. Les vêtements, les pendules, les tapisseries, les livres en français, en arabe et en anglais, les miroirs dorés, les flacons de parfum et les pots de cosmétiques, tout a été dévasté par une sorte de géant piquant sa crise comme un sale môme. En comparaison, Sophie elle-même n'est qu'un détail insignifiant au milieu de ce carnage. Elle a dû ramper, peut-être vers les portes-fenêtres ouvertes sur sa terrasse blanche, et gît maintenant dans ce que le manuel de secourisme militaire appelle la position de récupération, la tête posée sur un bras tendu. Ses jambes sont recouvertes par un dessus-de-lit, et le haut de son corps par les lambeaux d'un chemisier ou d'un déshabillé d'une couleur à présent indéfinissable. D'autres policiers s'affairent sans grande conviction. Un homme se penche par-dessus le parapet du jardin suspendu, apparemment à la recherche d'un coupable. Un autre manipule la porte du coffre-fort mural, qui cliquette à chaque fois qu'il l'ouvre et la referme sur ses gonds cassés. Pourquoi portent-ils des étuis à revolver noirs ? se demande Jonathan. Font-ils partie du monde de la nuit, eux aussi ?

Dans la cuisine, un policier parle en arabe au téléphone. Deux autres gardent la porte menant au palier, où un groupe de touristes première classe, vêtues de robes de chambre en soie et le visage barbouillé d'une crème de nuit, regardent d'un œil indigné leurs protecteurs. Un jeune homme en uniforme note une déposition dans un calepin. Un Français dit qu'il va appeler son avocat.

« Les clients de l'étage au-dessous se plaignent du remue-ménage », dit Jonathan à l'inspecteur, avant de se rendre compte de son erreur tactique. En cas de mort violente, il n'est ni normal ni convenable de justifier sa présence.

« Vous ami avec cette femme ? » lui demande l'inspecteur, la cigarette au bec.

Est-il au courant pour Louxor ?

Et Hamid ?

Les meilleurs mensonges se disent bien en face, avec une pointe d'arrogance : « Elle aimait descendre ici, répond Jonathan, cherchant à prendre un ton naturel. Qui a fait ça ? Qu'est-ce qui s'est passé ? »

L'inspecteur manifeste son indifférence par un haussement d'épaules prolongé. *Normalement, Freddie n'a pas de problèmes avec les autorités égyptiennes. Il les achète et elles gardent leurs distances.*

« Vous faire l'amour avec cette femme ? » demande l'inspecteur.

Nous ont-ils vus monter à bord de l'avion ?

Nous ont-ils suivis jusqu'à Chicago House ?

Ont-ils mis des micros dans l'appartement ?

Jonathan a retrouvé son calme. Il y arrive toujours. Plus la situation est éprouvante, plus il peut compter sur son calme. Il affecte une certaine irritation : « Si prendre un café de temps en temps c'est de l'amour, oui. Elle avait un garde du corps, employé par M. Hamid. Où est-il ? Il a disparu ? C'est peut-être lui qui a fait le coup.

– Hamid ? Qui ça, Hamid, s'il vous plaît ? demande l'inspecteur, l'air peu impressionné.

– Freddie. Le cadet des frères Hamid. »

L'inspecteur fronce les sourcils comme si ce nom lui semblait déplaisant, déplacé ou inconnu. Un de ses assistants est chauve, l'autre a les cheveux roux. Ils ont des jeans, des blousons d'aviateur, et un visage très poilu. Tous deux écoutent très attentivement.

« Vous parler de quoi avec cette femme ? La politique ?
– De choses et d'autres.
– D'autres ?
– On parlait de restaurants, des potins de la haute société, de la mode. M. Hamid l'emmenait quelquefois au yacht-club, ici ou à Alexandrie. On échangeait un sourire, un petit signe de la main pour se dire bonjour.
– Vous tuer cette femme ? »

Oui, songe-t-il. *Pas tout à fait comme vous le pensez, mais oui, il n'y a pas de doute, moi la tuer.*

« Non », répond-il.

Des deux pouces, l'inspecteur remonte sa ceinture noire. Son pantalon aussi est noir, ses boutons et son insigne dorés. Il aime son uniforme. Un acolyte lui parle, mais il ne l'écoute pas.

« Elle vous dire que quelqu'un vouloir la tuer ? demande-t-il à Jonathan.
– Non, évidemment.
– Pourquoi, s'il vous plaît ?
– Dans ce cas-là, je vous aurais informé.
– D'accord. Allez-vous en.
– Avez-vous prévenu M. Hamid ? Qu'allez-vous faire ? »

L'inspecteur porte un doigt à la visière de sa casquette noire afin de donner un caractère officiel à ses théories. « C'est un cambrioleur. Cambrioleur fou, tuer la femme. Peut-être la drogue. »

Des médecins aux yeux chassieux, vêtus de blouses vertes et chaussés de tennis, arrivent avec un brancard et une housse à cadavre. Leur chef porte des lunettes noires. L'inspecteur écrase son mégot sur le tapis et allume une autre cigarette. Un homme avec des gants de caoutchouc déclenche un flash d'appareil photo. Tous ont l'air d'avoir fait une razzia dans le coffre à accessoires pour être habillés différemment. Au moment où ils retournent le corps pour l'étendre sur le brancard, les tristes restes d'un sein blanc s'échappent du vêtement déchiré qui le recouvrait. Jonathan remarque le visage de Sophie, presque entièrement oblitéré à coups de pied ou de crosse de revolver.

« Elle avait un chien, dit-il. Un pékinois. »

Mais au même instant il l'aperçoit par la porte ouverte de la cuisine, gisant sur le carrelage, d'une raideur anormale. Une entaille court le long de son abdomen, comme une fermeture Éclair, de la gorge aux pattes arrière. Deux hommes, songe Jonathan, hébété : un pour tenir, l'autre pour éventrer ; un pour tenir, l'autre pour cogner.

« Elle était citoyenne britannique, précise-t-il en utilisant l'imparfait en guise d'auto-punition. Vous feriez bien d'appeler l'ambassade. »

Mais l'inspecteur ne l'écoute plus. L'assistant chauve prend Jonathan par le bras et l'entraîne vers la porte. Pendant un instant, bien assez long pourtant, Jonathan sent le feu de la bagarre lui embraser les épaules et descendre le long de ses bras jusque dans ses mains. L'assistant le perçoit également et recule comme s'il avait reçu un coup. Puis il fait un inquiétant sourire de complicité. Alors Jonathan sent la panique s'emparer de lui. Une panique qui ne vient pas de la peur, mais de la conscience d'une perte définitive, inoubliable. Je t'aimais. Et je ne l'ai jamais avoué, ni à toi ni à moi-même.

Frau Merthan somnolait près de son standard. Quelquefois, tard dans la nuit, elle appelait sa petite amie pour lui susurrer des cochonneries, mais pas aujourd'hui. Six fax destinés à la suite de la Tour attendaient le matin en compagnie des originaux de ceux expédiés la veille au soir. Jonathan les regarda sans y toucher. Il écoutait la respiration de Frau Merthan. Par prudence, il passa la main devant ses yeux clos. Elle émit un ronflement porcin. Tel un gamin dégourdi qui chipe dans le sac à provisions de sa mère, il fit glisser les fax hors de leur plateau. Le photocopieur sera-t-il encore chaud ? L'ascenseur est-il redescendu vide du dernier étage ? *Vous la tuer ?* Il effleura une touche sur l'ordinateur de Frau Merthan, puis une autre, puis une troisième. *Vous êtes expert.* L'ordinateur émit un petit bip, et Jonathan revit l'apparition troublante de la maîtresse de Roper descendant l'escalier intérieur dans la suite de la Tour. Qui étaient les gars de Bruxelles ? Qui était Appétits, de Miami ? Qui était Soldat Boris ? Frau Merthan tourna la tête et grogna. Jonathan commença de noter les numéros de téléphone tandis qu'elle continuait à ronfler.

L'ancien chef de peloton Jonathan Pyne, fils de sergent entraîné à se battre par tous les temps, marchait en faisant crisser la neige sur le sentier qui longeait le cours d'eau à flanc de colline cascadant joyeusement à travers bois. Il portait un anorak par-dessus son smoking et des chaussures d'escalade légères sur ses chaussettes bleu nuit. Contre sa hanche gauche se balançait un sac en plastique renfermant ses vernis. Tout alentour, dans les arbres et les jardins, le long de la rive, les fines dentelures neigeuses scintillaient sous un ciel parfaitement bleu. Mais, pour une fois, Jonathan restait indifférent à une telle beauté. À 8 h 20, il se dirigeait vers son appartement de fonction dans la Klosbachstrasse. Je vais manger un solide petit déjeuner, se dit-il : œufs à la coque, toasts, café. Parfois c'était un vrai plaisir de se servir soi-même. Peut-être d'abord un bain pour se remettre. Et pendant le petit déjeuner, s'il arrivait à rassembler ses idées, il prendrait une décision. Il glissa une main dans son anorak. L'enveloppe était toujours là. Dans quoi je m'embarque ? Un imbécile, c'est quelqu'un à qui l'expérience n'apprend rien. Pourquoi ce sentiment d'être prêt pour la bataille ?

En arrivant à son immeuble, Jonathan s'aperçut qu'il s'était mis à marcher au pas. Au lieu de s'arrêter là, il se laissa entraîner à la même allure jusqu'au Römerhof où, curieux présage, un tramway l'attendait toutes portes ouvertes. Il monta sans s'interroger durant le trajet sur son comportement, l'enveloppe en papier kraft lui raclant la poitrine. Il descendit à la gare centrale et, avec la même passivité, poursuivit de nouveau à pied jusqu'à un bâtiment austère du Bleicherweg, où travaillaient les représentants consulaires et commerciaux d'un certain nombre de pays dont le sien.

« Je voudrais parler au lieutenant-colonel Quayle, je vous prie », annonça Jonathan à l'Anglaise à la mâchoire carrée derrière le guichet pare-balles. Il sortit son enveloppe et la glissa par la fente. « C'est personnel. Dites-lui que je suis un ami de Mark Ogilvey, du Caire. Nous avons fait de la voile ensemble. »

L'affaire de la cave à vins de Herr Meister joua-t-elle un rôle dans la décision de Jonathan de prendre les choses en main ? Il y avait été emprisonné pendant seize heures, quelques semaines avant l'arrivée de Roper, et dans son souvenir il considérait cette expérience comme un cours d'initiation à la mort.

Parmi les tâches confiées à Jonathan par Herr Meister figurait la préparation de l'inventaire mensuel du cellier situé au plus profond de la roche bleue, sous la partie la plus ancienne de l'hôtel. D'habitude, Jonathan l'entreprenait le premier lundi du mois, avant le congé de six jours auquel il avait droit par contrat à la place des week-ends. Le lundi en question, il ne changea pas ses habitudes.

Les grands crus avaient été récemment assurés pour un montant de six millions et demi de francs suisses. Les dispositifs de sécurité de la cave étaient d'une complexité proportionnelle à la valeur du contenu. Il fallait composer une combinaison et ouvrir deux serrures de sécurité avant qu'une dernière serrure, à bec de cane, ne cède. L'œil menaçant d'une caméra vidéo épiait toute personne qui s'approchait. Après avoir actionné les serrures, Jonathan se lança dans son décompte traditionnel, commençant comme d'habitude par le Château

Petrus 1961, vendu cette année quatre mille cinq cents francs la bouteille, et terminant par les magnums de Mouton Rothschild 1945 à dix mille francs. Il était plongé dans ses calculs quand les lumières s'éteignirent.

Or Jonathan avait horreur de l'obscurité. Pour quelle autre raison un homme choisirait-il de travailler la nuit ? Enfant, il avait lu Edgar Allan Poe et partagé toutes les affres endurées par la victime de *La Barrique d'Amontillado*. Chaque catastrophe minière, chaque écroulement de tunnel, chaque histoire d'alpinistes coincés dans une crevasse avait dans sa mémoire son mausolée individuel.

Il resta immobile, privé de tout repère. Se trouvait-il la tête en bas ? Avait-il eu une attaque ? L'avait-on fait sauter ? Le montagnard en lui se prépara au choc. Le marin aveugle s'agrippa à l'épave. Le combattant entraîné se déplaça furtivement vers son adversaire invisible sans le réconfort d'une arme. Avec la démarche malaisée d'un scaphandrier, Jonathan se mit à tâtonner le long des rayons de bouteilles, en quête d'un interrupteur. Le téléphone, pensa-t-il. Y en avait-il un ici ? Sa mémoire quasi photographique le gênait, car elle le submergeait d'images. La porte, la porte a-t-elle une poignée intérieure ? Par un énorme effort mental, il arriva à se rappeler qu'il y avait un bouton d'appel. Mais une sonnette, ça marche à l'électricité.

Il perdit la topographie des lieux et se mit à tourner en rond autour des rayons comme une mouche prise sous un abat-jour noir. Rien dans son entraînement ne l'avait préparé à un tel cauchemar. Les marches forcées, les combats au corps à corps, les exercices de privation ne lui étaient d'aucun secours. Il se rappela avoir lu que les poissons rouges ont la mémoire tellement courte qu'ils éprouvent des sensations nouvelles à chaque tour d'aquarium. Il transpirait, il pleurait probablement. Il cria plusieurs fois : À l'aide ! C'est moi, Pyne ! Le nom résonna en vain. Les bouteilles, pensa-t-il. Les bouteilles vont me sauver ! Il envisageait de les lancer dans le noir pour attirer l'attention. Mais, même dans sa folie furieuse, son sens de la discipline l'emporta et il fut tout simplement incapable de se résoudre à briser l'une après l'autre des bouteilles de Château Petrus à quatre mille cinq cents francs pièce.

Qui se rendrait compte de son absence ? Tout ce que savait le personnel, c'est qu'il avait quitté l'hôtel pour ses six jours de congé mensuel. En principe, l'inventaire faisait partie de son congé, arrangement douteux que lui avait extorqué Herr Meister. Sa propriétaire supposerait qu'il avait décidé de dormir à l'hôtel, ce qu'il faisait à l'occasion quand il y avait des chambres libres. Sauf intervention providentielle d'un milliardaire qui commanderait une bouteille de vin rare, il serait mort avant qu'on ne remarque son absence. Et les milliardaires étaient cloués au sol par la guerre imminente.

Jonathan se força à se calmer, s'assit au garde-à-vous sur ce qui lui sembla un cageot en carton, et s'évertua à faire le bilan de sa vie, une ultime mise en ordre avant de mourir : les bons moments, les leçons tirées, les améliorations apportées à sa personnalité, les femmes bien. Il n'y en avait pas. Pas de moments, de leçons, de femmes, rien. Pas une hormis Sophie, qui était morte. Quel que fût l'angle sous lequel il se regardait, il ne voyait que des demi-mesures, des échecs et des faux-fuyants humiliants, dont Sophie était le couronnement suprême. Son enfance avait été un combat de chaque instant qui avait finalement fait de lui un adulte inadapté. En tant que membre des forces spéciales, il s'était enfermé dans une obéissance aveugle et, à quelques défaillances près, avait tenu bon. En tant qu'amant, époux et homme adultère, il n'avait guère mieux à son actif : une ou deux explosions de plaisir mesuré, suivies d'années de disputes et de plates excuses.

Et petit à petit la vérité se fit jour en lui, si l'on peut parler de jour dans l'obscurité totale : sa vie avait consisté en une série de répétitions pour une pièce dans laquelle il n'avait pas eu de rôle. Et ce qu'il lui fallait faire désormais, s'il y avait un désormais, c'était abandonner sa quête morbide de l'ordre, et s'offrir un peu de chaos, car autant il était avéré que l'ordre ne pouvait en aucun cas remplacer le bonheur, autant le chaos pourrait en ouvrir la voie.

Il quitterait le Meister.

Il achèterait un bateau, qu'il pourrait barrer seul.

Il trouverait la seule fille qui compterait pour lui et l'aimerait dans l'instant présent, une Sophie moins la trahison.

Il se ferait des amis.

Il se trouverait un foyer. Et l'orphelin qu'il était deviendrait père.

Il ferait n'importe quoi, absolument n'importe quoi, plutôt que de ramper plus longtemps dans l'ambiguïté d'obscurs emplois serviles où, lui semblait-il maintenant, il avait gâché sa vie, et celle de Sophie.

Ce fut Frau Loring qui le sauva. Avec sa vigilance habituelle, elle l'avait remarqué à travers ses rideaux en voilage alors qu'il se rendait à la cave, et s'était plus tard aperçu qu'il n'en était pas ressorti. Quand la petite troupe arriva pour le libérer en criant : « Herr Pyne ! Herr Jonathan ! », menée par un Herr Meister coiffé d'un filet à cheveux et armé d'une torche de douze watts, Jonathan n'avait pas les yeux exorbités de terreur, comme on aurait pu s'y attendre. Il était calme.

Seuls les Anglais, se dirent-ils les uns aux autres en le ramenant vers la lumière, étaient capables d'autant de flegme.

4

Le recrutement de Jonathan Pyne, ancien soldat clandestin, par Leonard Burr, ancien officier du Renseignement, fut conçu par ce dernier dès que Jonathan se fut présenté au lieutenant-colonel Quayle, mais se concrétisa seulement après des semaines de vives controverses internes à Whitehall, malgré les protestations croissantes de Washington et le désir permanent à Whitehall de se faire bien voir par les politiciens versatiles de Capitol Hill.

La partie de l'opération qui concernait Jonathan, d'abord appelée Troyen, fut rapidement rebaptisée Bernicle, car, si certains membres de l'équipe mixte ignoraient presque tout du cheval en bois d'Homère, tous savaient en revanche que Troyen était une des marques de préservatifs les plus connues aux États-Unis. Mais Bernicle convenait parfaitement. Une bernicle s'accroche aux rochers contre vents et marées.

Jonathan était un don du ciel, et personne ne le savait mieux que Burr. Dès que les premiers rapports en provenance de Miami avaient atterri sur son bureau, celui-ci s'était creusé la cervelle pour trouver un moyen, n'importe lequel, de pénétrer dans le camp de Roper. Mais comment ? Son propre mandat tenait à un fil, ainsi qu'il le découvrit en faisant les premiers sondages sur les possibilités de réaliser son plan.

« Très franchement, Leonard, mon maître est légèrement circonspect, lui avait malicieusement confié un mandarin nommé Goodhew en utilisant la ligne téléphonique sûre. Hier, c'était à cause du coût total, et aujourd'hui, c'est qu'il n'a pas très envie d'aggraver une situation déjà délicate dans une ancienne colonie. »

Les journaux du dimanche avaient un jour surnommé Rex Goodhew le Talleyrand de Whitehall sans le pied-bot. Mais une fois de plus ils avaient fait erreur, car son apparence était trompeuse. S'il y avait en lui une certaine singularité, elle provenait de ses qualités, pas de ses intrigues. Derrière son sourire pitoyable, sa casquette plate et sa bicyclette ne se dissimulait rien de plus inquiétant qu'un anglican à l'âme noble, mû par un zèle réformateur. Et si jamais vous aviez la chance de pénétrer dans sa vie privée, vous n'y trouviez pas de grands mystères, mais une épouse ravissante et des enfants intelligents qui l'adoraient.

« Délicate, mon œil, Rex ! explosa Burr. Aux Bahamas, on ne fait pas dans la délicatesse. Il n'y a pas un gros bonnet à Nassau qui ne soit plongé jusqu'au cou dans le trafic de cocaïne. On trouve plus d'hommes politiques véreux et de trafiquants d'armes douteux sur cette seule île...

– Du calme, Leonard », avait conseillé Rooke du fond de la pièce.

Rob Rooke, l'influence modératrice de Burr, était un quinquagénaire retraité de l'armée, aux cheveux grisonnants et au visage buriné taillé à coups de serpe. Burr n'était pas d'humeur à l'écouter.

« Quant à vos autres arguments, Leonard, reprit imperturbablement Goodhew, j'ai trouvé que vous les présentiez avec énormément de brio, même si vous avez légèrement forcé sur les adjectifs. En revanche, mon maître a trouvé que "vous lisiez dans le marc de café en y ajoutant une bonne dose de courbettes". »

Goodhew parlait de son ministre, un homme politique cauteleux d'à peine quarante ans.

« Du marc de café ? répéta Burr, abasourdi et furieux. À quoi ça rime, ces histoires de marc de café ? Il s'agit d'un rapport cinq étoiles, parfaitement étayé, vérifiable, et qui nous a été remis par un informateur haut placé du Service d'Intervention américain. C'est un miracle que Strelski nous l'ait même montré ! Qu'est-ce que le marc de café vient foutre là-dedans ? »

De nouveau, Goodhew attendit que Burr ait fini sa tirade. « Passons à la question suivante – là encore, c'est l'opinion de mon maître, Leonard, pas la mienne, alors ne tirez pas sur le messager ! Quand avez-vous l'intention d'en informer nos amis de l'autre côté de la Tamise ? »

Cette fois, il parlait de l'ancien service de Burr, aujourd'hui rival du sien, qui se consacrait au Renseignement Pur dans une tour sinistre de la rive sud.

« Jamais, répliqua Burr d'un ton agressif.
— Eh bien, je pense que vous avez tort.
— Pourquoi ?
— Mon maître considère que vos anciens collègues sont réalistes. Il est beaucoup trop simple, dans une nouvelle agence comme la vôtre, petite, toute jeunette et, s'est-il permis d'ajouter, idéaliste, de ne pas voir plus loin que le bout de son nez. Il se sentirait beaucoup plus à l'aise si vous mettiez les gars de la Tamise dans le coup.
— Vous voulez dire que votre maître aimerait voir quelqu'un d'autre tabassé à mort dans un appartement du Caire, c'est ça ? » fit Burr, perdant le peu de retenue qui lui restait.

Rooke s'était levé, la main droite en l'air pour l'arrêter comme un agent de la circulation. Au téléphone, la désinvolture de Goodhew fit place à une certaine dureté.

« Mais que voulez-vous insinuer, Leonard ? Peut-être vaut-il mieux ne pas le dire.
— Je n'insinue rien, je vous l'affirme. J'ai travaillé avec les réalistes de votre maître, Rex. J'ai vécu avec eux, menti avec eux. Je les connais. Je connais Geoffrey Darker. Et je connais son Groupe d'Analyses logistiques. Je connais leurs villas de Marbella, leur deuxième Porsche dans le garage, et leur attachement inconditionnel à une économie de marché libre, pourvu que ce soit leur liberté et l'économie de quelqu'un d'autre. Parce que j'ai été là-bas !
— Leonard, je ne veux pas entendre un mot de plus, et vous savez que je ne plaisante pas.
— Et je sais qu'il y a trop d'escroqueries dans cette boîte, trop de sales promesses à tenir, de déjeuners avec l'ennemi, et de gardes-chasse devenus braconniers, pour la bonne santé de mon opération, ou de mon agence !
— Laissez tomber ! » lui conseilla calmement Rooke.

Burr raccrocha si violemment qu'une fenêtre à guillotine échappa à son antique tourniquet et tomba comme un couperet. Patiemment, Rooke plia une enveloppe en papier kraft usagée, souleva le châssis, et coinça la vitre.

Toujours assis à son bureau, la tête entre les mains, Burr parlait à travers ses doigts écartés. « Mais qu'est-ce qu'il veut, Rob ? Un jour il faut que je déjoue les magouilles de Geoffrey Darker, et le lendemain il m'ordonne de collaborer avec lui. Mais bon Dieu, qu'est-ce qu'il veut, à la fin ?

– Que vous le rappeliez, fit patiemment Rooke.

– Darker est le mal incarné. Vous le savez, je le sais, et par beau temps Rex Goodhew le sait aussi. Alors pourquoi doit-on jouer les putes en faisant semblant de croire que Darker est réaliste ? »

Burr rappela quand même Goodhew, en toute logique d'ailleurs puisque, comme ne cessait de le lui répéter Rooke, Goodhew était leur meilleur et seul défenseur.

En apparence, Rooke et Burr auraient difficilement pu être plus différents : Rooke toujours prêt pour la revue dans ses costumes quasi impeccables, Burr aussi négligé dans ses manières que dans ses paroles. On sentait le Celte chez Burr, l'artiste et le rebelle – Goodhew disait « le bohémien ». Quand il prenait la peine de s'habiller pour une occasion spéciale, il ne réussissait qu'à paraître encore plus miteux. Ainsi qu'il l'admettait volontiers, il ne correspondait pas au stéréotype des natifs du Yorkshire. Ses ancêtres n'étaient pas mineurs mais tisserands, donc leurs propres maîtres et non les vassaux de la société. Le village de grès noirci où Burr avait grandi était construit à flanc de colline, face au sud, chaque maison exposée au soleil, chaque fenêtre de mansarde semblant s'élargir pour en recevoir le plus possible. Dans leurs greniers solitaires, les ancêtres de Burr tissaient seuls à longueur de journée tandis qu'en bas les femmes bavardaient en filant. Les hommes menaient des vies monotones en communion avec le ciel. Et tandis que leurs mains accomplissaient mécaniquement la tâche quotidienne, leur esprit vagabondait dans toutes sortes de directions imprévisibles. Cette unique petite ville regorge d'histoires sur les poètes, les joueurs d'échecs et les mathématiciens dont l'esprit s'est épanoui à la lumière du jour dans leurs nids d'aigle. Et Burr, jusqu'à Oxford et après, était l'héritier de leur sens collectif de l'économie, de leur vertu et de leur mysticisme.

Aussi était-il en quelque sorte écrit dans le ciel que, du jour où Goodhew avait arraché Burr à River House et lui avait donné sa propre agence mal financée et mal aimée, Burr se choisirait Richard Onslow Roper comme antéchrist.

Oh, il y en avait eu d'autres avant Roper. Dans les dernières années de la guerre froide, à l'époque où la nouvelle agence n'était même pas encore à l'état de projet dans l'esprit de Goodhew, où Burr rêvait déjà de la nouvelle Jérusalem post-thatchérienne, et où même ses collègues les plus respectables du Renseignement Pur cherchaient désespérément à s'approprier les ennemis et les boulots des autres, rares étaient les initiés qui ne se rappelaient pas les vendettas de Burr contre les plus fameux trafiquants des années 80, tel Tyler, le « ferrailleur » milliardaire aux complets gris, qui ne faisait jamais de réservations pour ses vols, ou Lorimer le « comptable » peu loquace qui passait tous ses coups de fil depuis des cabines publiques, ou encore l'odieux sir Anthony Joyston Bradshaw, gentleman, satrape et membre occasionnel du prétendu Groupe d'Analyses logistiques de Darker, qui exploitait un vaste domaine aux confins de Newbury, et n'allait pas chasser à courre sans son maître d'hôtel pour se faire servir le coup de l'étrier et des canapés au foie gras.

Mais, à en croire les burrologues, Richard Onslow Roper était l'adversaire dont Leonard avait toujours rêvé ; il avait dans sa manche tout ce dont Leonard avait besoin pour apaiser sa conscience socialiste. Dans le passé de Roper n'existaient ni lutte ni handicaps. La classe sociale, les privilèges, tout ce que Burr haïssait, lui avaient été offerts sur un plateau. Burr avait même un ton particulier pour parler de lui : « notre Dicky », disait-il en exagérant son accent du Yorkshire ; ou, pour changer, « le Roper ».

« Il tente le Diable, notre Dicky. Tout ce que le Diable possède, le Roper veut l'avoir en double, et ça le mènera à sa perte. »

Une telle obsession ne favorisait guère la diplomatie. Retranché dans son agence de quatre sous, Burr était un paranoïaque de la conspiration. S'il manquait un dossier, si une autorisation était retardée, il y voyait le bras long des gens de Darker.

« Je vous le dis, Rob, si le Roper commettait en plein jour une attaque à main armée au vu et au su du premier président de la cour d'appel...
– Le président lui prêterait sa pince-monseigneur, suggéra Rooke. Et c'est Darker qui la lui aurait achetée. Allez, on va déjeuner. »

Dans leurs bureaux crasseux de Victoria Street, les deux hommes restaient à ruminer tard le soir. Le dossier de Roper représentait onze volumes et une demi-douzaine d'annexes secrètes, indexés et bourrés de renvois. Rassemblés, ils décrivaient son passage progressif de ventes d'armes « grises », semi-tolérées, à ce que Burr considérait comme « noir corbeau ».

Mais le Roper faisait l'objet d'autres dossiers : à la Défense, aux Affaires étrangères, à l'Intérieur, à la Banque d'Angleterre, aux Finances, à la Coopération, et au Fisc. Les obtenir sans éveiller la curiosité dans les cercles où Darker pouvait avoir des alliés exigeait du doigté, de la chance et, éventuellement, la complicité en sous-main de Rex Goodhew. Il fallait inventer des prétextes, demander des documents dont on n'avait aucun besoin afin de brouiller les pistes.

Petit à petit, cependant, on constitua des archives. Tôt le matin, Pearl, la fille d'un agent de police, arrivait en poussant un chariot métallique où se trouvaient les dossiers subtilisés, couverts de sparadraps et de bandages comme des blessés de guerre, et la petite équipe des assistants dévoués de Burr se remettait au travail. Tard le soir, Pearl remportait le tout dans la cellule d'origine. Avec sa roue bancale qui crissait sur le linoléum du couloir, ils avaient baptisé le chariot « le tombereau de Roper ».

Mais, quoique absorbé par toutes ces tâches, Burr avait toujours Jonathan à l'esprit. « Reggie, ne le laissez pas jouer son va-tout maintenant, suppliait-il Quayle par téléphone sur la ligne sûre tout en rongeant son frein dans l'attente de ce que Goodhew appelait ironiquement le « peut-être » définitif et officiel de son maître. Il ne doit pas voler d'autres fax ni écouter aux portes, Reggie. Qu'il y aille sur la pointe des pieds et agisse avec naturel. Il nous en veut encore pour le Caire ? Je ne lui ferai pas d'avances tant que je ne serai pas sûr de l'avoir. J'ai déjà commis cette erreur. » Et à Rooke, il disait : « Je n'en parle à personne, Rob. Pour tous les autres, il s'appelle Mister Brown. Darker et son ami Ogilvey m'ont donné une leçon que je ne suis pas près d'oublier. »

Ultime précaution, Burr ouvrit pour Jonathan un dossier-leurre sous un faux nom, y consigna tous les détails de la vie d'un agent fictif, et l'entoura ouvertement de mystère pour attirer l'œil de prédateurs éventuels. Paranoïa, comme le suggérait Rooke ? Burr jura que ce n'était rien de plus qu'une sage précaution. Il savait trop bien ce dont Darker était capable pour éliminer un adversaire, dit-il, même une petite agence minable comme celle de Burr.

En attendant, de son écriture nette, Burr ajoutait note après note au dossier de Jonathan, qui grossissait à vue d'œil, rangé dans un classeur anonyme au plus profond des archives. Par des intermédiaires, Rooke obtint le livret militaire du père de Jonathan. Le fils avait à peine six ans quand le sergent Peter Pyne avait reçu une médaille à titre posthume pour « actes de bravoure remarquables contre l'ennemi » à Aden. Une coupure de presse montrait un gamin fantomatique qui l'exhibait sur son imperméable bleu devant les grilles du Palais. Une tante en larmes l'accompagnait. Sa mère n'allait pas assez bien pour assister à la cérémonie. Un an plus tard, elle était morte elle aussi.

« C'est ce genre de type qui est le plus attaché à l'armée, commenta Rooke avec sa simplicité habituelle. Je n'arrive pas à comprendre pourquoi il a abandonné. »

À l'âge de trente-trois ans, Peter Pyne avait déjà combattu les Mau Mau au Kenya, poursuivi Grivas dans tout Chypre et lutté contre la guérilla en Malaisie et en Grèce du Nord. Personne n'avait jamais eu à se plaindre de lui.

« Un sergent et un gentleman », avait dit Burr l'anticolonialiste à Goodhew, avec une ironie désabusée.

Revenant au fils, Burr examina les rapports relatant le parcours de Jonathan, de foyers d'accueil militaires en orphelinats civils pour finir à l'École militaire du duc d'York, à Douvres. Leur manque de cohérence eut vite fait de l'exaspérer. *Timide*, disait l'un, *a du cran*, disait l'autre ; *un solitaire, quelqu'un de très sociable, un introverti, un extraverti, un meneur-né, manque de charisme*, un coup à droite, un coup à gauche comme le balancier d'une horloge. Et une fois, *a une passion pour les langues étrangères*, comme s'il s'agissait d'un penchant malsain, inavouable. Mais c'est l'expression *ne s'accepte pas* qui tapa sur les nerfs de Burr.

« Nom de Dieu ! s'indigna-t-il. Mais qui a décrété qu'un gamin de seize ans, sans domicile fixe, qui n'a jamais pu connaître l'amour de ses parents, devrait s'accepter ? »

Rooke ôta sa pipe de sa bouche et fronça le sourcil, ce qui représentait son effort maximum en matière de discussion métaphysique.

« Qu'est-ce que ça veut dire, "à la coule" ? demanda Burr, plongé dans sa lecture.

– Dégourdi comme un gamin des rues, entre autres choses. Roublard.

— Jonathan n'est pas dégourdi ! s'offusqua aussitôt Burr. Pas pour deux sous. Il est malléable. Et un "roulement", c'est quoi ?

— Une affectation de cinq mois », répondit patiemment Rooke.

Burr était tombé sur le rapport concernant le séjour de Jonathan en Irlande où, après une série de cours d'entraînement spécial pour lesquels il s'était porté volontaire, on lui avait confié une mission de surveillance étroite dans l'Armagh du sud, une région de bandits.

« Qu'est-ce que c'était, l'opération Hibou ?

— Je n'en ai pas la moindre idée.

— Allons, Rob. C'est vous, le soldat de la famille. »

Rooke appela le ministère de la Défense et se vit répondre que les dossiers sur l'opération Hibou étaient trop secrets pour être remis à une agence non officielle.

« Comment, non officielle ? explosa Rooke, frisant l'apoplexie. Nom de Dieu, mais pour qui nous prennent-ils ? Pour une agence marron de Whitehall ? C'est un monde ! »

Mais Burr était trop préoccupé pour savourer cette sortie exceptionnelle de Rooke. Il observait la photo du jeune garçon pâle arborant la médaille de son père pour le bon plaisir des photographes. Burr se façonnait une image mentale de Jonathan. C'était leur homme, sans aucun doute, et les paroles prudentes de Rooke ne pourraient ébranler cette conviction.

« Quand Dieu a eu fini d'assembler Dicky Roper, dit-il sérieusement à Rooke un vendredi au restaurant indien, Il a respiré un grand coup, et Il s'est attaqué à notre Jonathan pour rétablir l'équilibre écologique. »

La nouvelle qu'espérait Burr arriva exactement une semaine plus tard. Ils étaient restés au bureau pour l'attendre, sur les ordres de Goodhew.

« Leonard ?

— Oui, Rex.

— Cette conversation n'a pas lieu, nous sommes bien

d'accord ? En tout cas, pas avant la réunion du Comité directeur interservices, lundi…

— Comme vous voulez.

— Voilà le topo. Nous avons été obligés de leur offrir quelques babioles, sinon ils auraient fait la tête. Vous savez bien comment ils sont, au Trésor. » Burr n'en savait rien. « Primo. L'affaire est de la compétence du Service d'Intervention, à cent pour cent. L'organisation et l'exécution relèveront exclusivement de vous, et River House vous fournira de l'aide, sans poser de questions. Est-ce que j'entends des cris de joie ? Je n'en ai pas l'impression.

— Exclusivement, ça veut dire jusqu'à quel point ? demanda Burr, en homme prudent du Yorkshire.

— Quand vous devrez utiliser des ressources extérieures, bien évidemment, ce sera à vos risques et périls. Par exemple, on ne peut pas s'attendre à ce que les gars de River House procèdent à une écoute téléphonique pour vous et ne jettent pas un coup d'œil sur le résultat avant de lécher l'enveloppe. Vous en convenez ?

— Certes. Et nos vaillants Cousins américains ?

— Comme son équivalent de l'autre côté de la Tamise, Langley en Virginie restera à l'extérieur du cercle magique. C'est le parallélisme. Dixit Goodhew. Si les Anglais du Renseignement Pur doivent être tenus à l'écart, il tombe sous le sens que leurs homologues de Langley doivent l'être aussi. C'est l'argument que j'ai défendu, et que mon maître a accepté. Leonard… ? Leonard, vous dormez, là-bas ?

— Goodhew, vous êtes un sacré génie.

— Tertio – ou est-ce le petit d ? – mon maître, en tant que ministre de tutelle, sera censé tenir votre petite main, mais il portera des gants les plus épais possible, parce que sa nouvelle phobie, c'est le scandale. » Le ton frivole disparut de sa voix pour laisser place à celui du proconsul : « Par conséquent, aucune communication directe entre vous et lui, je vous prie, Leonard. Il n'y a qu'un moyen d'arriver à mon maître, et c'est par moi. Si je risque ma réputation, je ne veux pas que vous veniez flanquer la pagaille. Entendu ?

— Et mon budget prévisionnel ?

— Oui ?

— On l'a approuvé ? »

Le petit plaisantin refit surface : « Oh, grands dieux, non, pauvre naïf ! On ne l'a pas approuvé. On l'a subi en grinçant des dents. Il a fallu que je le répartisse sur trois ministères et que j'obtienne un petit supplément de ma tante. Et comme c'est moi personnellement qui maquillerai les registres, vous voudrez bien me rendre compte à moi de l'utilisation de votre argent ainsi que des péchés que vous commettrez. »

Burr était trop heureux pour s'inquiéter d'autres détails. « C'est le feu vert, alors ? dit-il, autant pour Rooke que pour lui-même.

— Avec une bonne dose de feu orange quand même, répliqua Goodhew. Plus de vilains coups de patte à la pieuvre Logistique de Darker, plus de bêtises à propos d'agents secrets en train de se faire leur pelote. Vous devez être tout miel avec vos copains du Service d'Intervention américain, mais ça, vous le serez de toute façon, et vous ne devez pas faire perdre à mon maître sa petite place bien pépère et sa jolie voiture. À quel rythme souhaitez-vous faire vos rapports ? Toutes les heures ? Trois fois par jour avant les repas ? Simplement, n'oubliez pas que nous n'avons pas eu cette conversation avant la fin des délibérations douloureuses de lundi, qui, pour cette fois, sont une formalité. »

Pourtant, ce fut seulement quand l'équipe du Service d'Intervention américain débarqua à Londres que Burr osa penser qu'il avait gagné la partie. Les policiers américains firent souffler un vent d'activité qui balaya d'un coup les relents de marchandages interservices. Burr les apprécia instantanément, et eux l'apprécièrent aussi — plus que Rooke, en tout cas, ce militaire réservé qui se raidit dès qu'il se retrouva en leur compagnie. Ils apprécièrent le franc-parler de Burr et son mépris de la bureaucratie. Et ils l'apprécièrent de plus belle quand il devint clair qu'il avait délaissé la cuisine peu ragoûtante du Renseignement Pur pour la dure tâche de combattre l'ennemi. À leurs yeux, le Renseignement Pur représentait tout ce qu'il y avait de pire, à Langley ou à River House : fermer les yeux sur certains des plus grands escrocs de l'hémisphère pour conserver quelques nébuleux atouts ailleurs ; abandonner des opérations en plein milieu sans raison apparente, et appliquer des contrordres venus d'en haut ; recruter à Yale des fumistes bien propres sur eux, qui se croyaient plus malins que les pires assassins d'Amérique latine, et avaient toujours six arguments irréfutables pour choisir la mauvaise option.

Le premier des Intervenants à arriver fut le célèbre Joseph Strelski de Miami, un slave taciturne né aux États-Unis, qui portait des tennis et un blouson de cuir. Burr en avait entendu parler pour la première fois cinq ans auparavant, lorsque Strelski menait la difficile campagne de Washington contre les trafiquants d'armes, ennemis déclarés de Burr également. Dans cette lutte, Strelski s'était heurté de front à ceux-là mêmes qui auraient dû être ses alliés. Vite affecté à d'autres tâches, il s'était engagé dans la guerre contre les cartels sud-américains de la cocaïne et leurs ramifications aux États-Unis : les juristes véreux payés au pourcentage, les grossistes m'as-tu-vu, les syndicats de transporteurs peu recommandables, les blanchisseurs d'argent, ainsi que les politiciens et fonctionnaires « non voyants », selon ses propres termes, qui dégageaient la voie et touchaient leur part.

Les cartels de la drogue étaient devenus l'obsession de Strelski. « L'Amérique dépense plus d'argent pour la drogue que pour la nourriture, Leonard ! s'indignait-il dans un taxi, dans un couloir, ou en prenant un verre de Seven Up. C'est le coût total de la guerre du Vietnam, Rob, tous les ans, et hors impôts ! » Sur ce, il débitait le prix des principales drogues avec la même flamme que d'autres accros mentionnent l'indice Dow Jones. Il commençait par les feuilles de coca brut à un dollar le kilo en Bolivie, enchaînait avec les deux mille dollars le kilo de base en Colombie, puis vingt mille le kilo en gros à Miami, pour atteindre les deux cent mille à la revente. Après quoi, comme s'il s'était surpris à jouer les raseurs une fois de plus, il disait avec un grand sourire qu'il ne voyait vraiment pas comment quelqu'un pouvait refuser de faire un profit de cent dollars par dollar. Mais le sourire n'éteignait pas le feu glacial de son regard.

Cette hargne permanente donnait l'impression que Strelski éprouvait un dégoût physique pour lui-même. Chaque matin de bonne heure et chaque soir, quel que soit le temps, il allait faire du jogging dans les parcs royaux, ce qui remplissait Burr d'une horreur feinte.

« Joe, pour l'amour du ciel, prenez une bonne tranche de plum-pudding et ne vous démenez pas autant, le suppliait Burr avec une fausse sévérité. On a tous des crises cardiaques rien qu'en pensant à vous. »

Tout le monde riait. Entre les Intervenants régnait une atmosphère de vestiaire de gymnase. Seul Amato, le bras droit américano-vénézuelien de Strelski, restait de marbre. Pendant leurs conférences, il avait toujours la bouche crispée, ses yeux d'un violet sombre perdus dans le vague. Puis soudain, le jeudi, il se mit à sourire de toutes ses dents comme un débile mental. Sa femme venait d'accoucher d'une petite fille.

L'étonnant bras gauche de Strelski était un Irlandais obèse au visage empâté nommé Pat Flynn, qui venait du service des Douanes américaines : le genre de flic qui tape ses rapports le chapeau vissé sur la tête, dit Burr à Goodhew avec délectation. Flynn était à juste titre légendaire. C'est lui, disait-on, qui avait inventé la caméra à sténopé dite « appareil poteau » ; maquillée en boîte de dérivation, elle pouvait se fixer sur le premier pylône venu en quelques secondes. C'est lui qui avait mis au point l'art de poser des micros sur des petits bateaux en nageant sous l'eau. Et il avait d'autres talents, confia Strelski à Burr tandis qu'ils se promenaient dans St James's Park un soir, Strelski vêtu de son jogging et Burr de son costume froissé.

« Pat est l'homme qui connaissait l'homme qui connaissait l'homme qu'il nous fallait, dit Strelski. Sans lui, on n'aurait jamais mis la main sur frère Michael. »

Strelski parlait de sa source la plus sensible et la plus précieuse, et c'était là une terre sainte sur laquelle Burr ne s'aventurait que s'il l'y conviait.

Si les deux Services d'Intervention resserraient un peu plus les liens tous les jours, les espiocrates du Renseignement Pur ne prenaient pas à la légère leur rôle de citoyens de seconde classe. La première prise de bec eut lieu le jour où Strelski laissa échapper que son agence avait l'intention de mettre Roper sous les verrous. Il avait même déjà choisi la prison, dit-il d'un ton joyeux à la compagnie.

« Ça oui, monsieur. Un petit coin qui s'appelle Marion, dans l'Illinois. Vingt-trois heures et demie par jour en régime cellulaire, aucune communication, la promenade menottes aux poignets, et les repas sur un plateau qu'on passe par une fente dans le mur de la cellule. Le rez-de-chaussée est le plus dur : il n'y a pas de vue. Les étages sont un peu mieux, mais l'odeur y est pire. »

Un silence glacial accueillit cette annonce, finalement interrompu par la voix aigrelette d'un conseiller juridique rattaché au Cabinet.

« Croyez-vous vraiment que ce soit le genre de choses dont nous devrions discuter, monsieur Strelski ? demanda-t-il avec une arrogance de prétoire. J'avais cru comprendre qu'un scélérat identifié est plus utile à la société quand on le laisse en liberté. Tant qu'il peut aller où il veut, vous le tenez à votre merci : vous identifiez ses complices et les complices de ses complices, vous écoutez, vous observez. Mais, une fois que vous l'avez enfermé, il faut repartir de zéro avec un autre. À moins que vous ne pensiez pouvoir faire un unique coup de filet. Personne ici n'y croit, me semble-t-il? Pas dans cette pièce?

— Monsieur, selon moi il n'y a pas trente-six méthodes, répondit Strelski, avec le sourire respectueux d'un élève attentif. Soit on fait de la collecte et du traitement d'informations, soit on fait de la répression. La collecte, c'est une histoire sans fin : on recrute l'ennemi pour attraper l'ennemi suivant, puis on recrute cet ennemi-là pour attraper le suivant, *ad infinitum*. La répression, c'est ce que nous pensons faire avec M. Roper. Quelqu'un qui se dérobe à la justice, d'après moi, on l'attrape, on le juge selon les lois sur le trafic d'armes international, et on l'emprisonne. Si on se borne à exploiter les renseignements, à la fin, on se demande qui exploite qui : les criminels, le public, ou la justice. »

Peu après, alors qu'ils attendaient sur le trottoir, à l'abri sous leur parapluie, Goodhew confia à Burr avec un plaisir évident : « Strelski est un franc-tireur. Et vous êtes du même acabit. Pas étonnant que les juristes aient des inquiétudes.

— Moi, j'ai bien des inquiétudes à propos des juristes. »

Goodhew embrassa du regard la rue balayée par la pluie. Il était d'une humeur rayonnante. La veille, sa fille avait décroché une bourse pour South Hampstead et son fils Julian avait été accepté à Clare College, à Cambridge.

« Mon maître est quasiment aphone, Leonard. Il a encore eu des tonnes d'entretiens. Pire que le scandale, il craint maintenant d'avoir l'air d'une brute. Il est choqué de penser qu'il lance une vaste conspiration unissant deux puissants gouvernements contre un négociant britannique solitaire aux prises avec la récession. Son sens du fair-play lui dit que vous y allez trop fort.

— Une brute..., répéta doucement Burr, repensant aux onze volumes du dossier de Roper et aux tonnes d'armes sophistiquées généreusement lâchées sur des

êtres non sophistiqués. Mon Dieu, c'est qui, la brute, dans l'histoire ?
— Laissez Dieu hors du coup, s'il vous plaît. J'ai besoin d'arguments solides pour la contre-attaque. Lundi à la première heure. Mais que ça tienne sur une carte postale, et pas d'adjectifs. Et dites à votre ami Strelski que j'ai adoré son petit couplet. Ah, un bus ! On est sauvés. »

Whitehall est une jungle mais, comme dans toute jungle, il existe quelques points d'eau où les créatures qui s'étriperaient à toute autre heure du jour peuvent se rassembler au crépuscule et boire jusqu'à plus soif en une précaire communion. Tel était le Fiddler's Club, avec sa salle en étage sur les quais de la Tamise, qui tirait son nom d'un pub voisin, le Fiddler's Elbow, aujourd'hui disparu.

« Pour moi, Rex est à la solde d'une puissance ennemie, vous ne croyez pas, Geoffrey ? dit à Darker le conseiller juridique du Cabinet, tandis qu'ils tiraient chacun une pinte de bière d'un tonneau posé dans le coin et signaient leur note. Non ? À mon avis, il reçoit de l'or des Français pour miner l'efficacité du gouvernement britannique. À votre santé ! »

Darker était petit, comme souvent les hommes de pouvoir, avec des joues creuses, des yeux enfoncés et un regard impassible. Il s'habillait de costumes bleus distingués, de chemises à larges manchettes et portait ce soir-là des chaussures en daim marron qui lui donnaient une certaine élégance malgré son sourire de gibier de potence.

« Oh, Roger, comment avez-vous deviné ? rétorqua Goodhew avec une gaieté forcée, décidé à prendre cette boutade du bon côté. Il y a des années que je palpe, n'est-ce pas, Harry ? fit-il, renvoyant la balle à Harry Palfrey. Sinon, comment croyez-vous que je pourrais m'offrir cette étincelante bicyclette neuve ? »

Darker souriait toujours. Et comme il n'avait aucun humour, ce sourire paraissait quelque peu sinistre, presque dément. Outre Goodhew, huit hommes étaient assis à la longue table de réfectoire : un mandarin du Foreign Office, un grand manitou du Trésor, le conseiller juridique du Cabinet, deux députés conservateurs sans portefeuille aux costumes mal coupés, et trois espiocrates parmi lesquels Darker était le plus imposant et le pauvre Harry Palfrey le plus miteux. Avec ses murs imprégnés de fumée de tabac, la salle mal aérée n'avait rien d'attrayant, sinon sa proximité de Whitehall, de la Chambre des communes et du palais en béton de Darker, sur l'autre rive de la Tamise.

« Si vous voulez mon avis, Roger, Rex divise pour régner, dit l'un des conservateurs qui passait tant de temps à siéger dans des commissions secrètes qu'on le prenait souvent pour un haut fonctionnaire. La soif du pouvoir élevée au rang de langue de bois constitutionnelle. Il est en train de miner volontairement la citadelle de l'intérieur, pas vrai, Rex ? Avouez.

– Pures balivernes, votre honneur, répondit Goodhew d'un ton léger. Tout ce que souhaite mon maître, c'est faire entrer les services secrets dans l'ère nouvelle à la force du poignet, et les aider à se décharger de leurs vieux fardeaux. Vous devriez lui en être reconnaissants.

– Je ne crois pas que Rex ait vraiment un maître, objecta le mandarin du Foreign Office, déclenchant l'hilarité. Est-ce que quelqu'un l'a déjà vu, ce type ? Pour moi, c'est une invention de Rex.

– Mais pourquoi on fait tant de chichis au sujet de la drogue ? se plaignit un homme du Trésor, en joignant le bout de ses doigts effilés. C'est une industrie de services. Acheteur consentant, vendeur consentant. De grands bénéfices pour le tiers monde, dont une partie va là où elle doit aller, forcément. Nous acceptons le tabac, l'alcool, la pollution, la vérole. Pourquoi sommes-nous si bégueules dès qu'il s'agit de la drogue ? Moi, ça ne me gênerait pas de recevoir une commande d'armes pour deux millions de livres, même s'il y avait des traces de cocaïne sur les billets, c'est moi qui vous le dis ! »

Une voix imbibée d'alcool interrompit leurs plaisanteries. C'était celle de Harry Palfrey, un juriste de River House, maintenant détaché de façon permanente auprès du Groupe d'Analyses logistiques de Darker.

« Burr n'est pas un rigolo », les prévint-il d'une voix rauque sans que personne ne l'y ait encouragé. Il buvait un grand whisky, et ce n'était pas le premier. « Burr fait toujours ce qu'il dit.

– Oh, mon Dieu, s'horrifia le Foreign Office. Alors on est tous bons pour la trappe ! Pas vrai, Geoffrey ? Pas vrai ? »

Mais Geoffrey Darker n'écoutait que du regard, son sourire sans joie aux lèvres.

Pourtant, de tous ceux présents au Fiddler's Club ce soir-là, seul Harry Palfrey, le juriste sur le retour, avait une idée de l'ampleur de la croisade lancée par Rex Goodhew. Palfrey était un dégénéré. Dans toute organisation britannique, il y a toujours un homme qui met un point d'honneur à courir à sa perte et, dans ce domaine en tout cas, Harry Palfrey était le champion de River House. Tout ce qu'il avait pu faire de bien dans la première moitié de sa vie, il l'avait systématiquement détruit dans la seconde – qu'il s'agisse de son cabinet juridique, de son mariage, ou de sa fierté, dont on décelait les derniers misérables lambeaux dans son sourire piteux. La raison pour laquelle Darker – ou quiconque – le gardait n'était un mystère pour personne : Palfrey était le raté en comparaison duquel tout le monde faisait figure de gagnant. Rien n'était trop dégradant pour lui, trop humiliant. En cas de scandale, Palfrey se portait toujours volontaire pour aller au casse-pipe. S'il fallait commettre un crime, Palfrey se trouvait là, avec un seau et une serpillière pour éponger le sang, et vous trouvait trois témoins prêts à jurer que vous n'aviez pas mis les pieds ici. Et avec toute la lucidité des dépravés, il connaissait l'histoire de Goodhew comme s'il s'agissait de la sienne, ce qui d'une certaine manière était le cas, puisqu'il avait fait depuis longtemps les mêmes constatations, bien qu'il n'ait jamais eu le courage d'en tirer les mêmes conclusions.

L'histoire, c'est qu'après vingt-cinq ans de bons et loyaux services à Whitehall quelque chose s'était imperceptiblement brisé en Goodhew. Était-ce dû à la fin de la guerre froide ? Il avait la pudeur de n'en rien savoir.

L'histoire, c'est qu'un beau lundi matin il s'était réveillé comme d'habitude et avait décidé impromptu que depuis bien trop longtemps, soi-disant au nom de la liberté, il sacrifiait scrupules et principes au grand dieu des expédients, et qu'il n'avait plus d'excuse pour agir ainsi.

Et qu'il avait conservé toutes les mauvaises habitudes de la guerre froide alors qu'elles n'étaient plus justifiées. Il devait réformer sa façon d'agir ou y perdre son âme. Parce que le danger qui menaçait aux portes avait purement et simplement disparu.

Mais par où commencer ? Une périlleuse promenade à bicyclette lui fournit la réponse. Par ce même matin pluvieux de février – le dix-huit, Rex Goodhew n'oubliait jamais une date – il se rendait comme d'habitude à vélo de sa maison de Kentish Town à Whitehall, slalomant entre les files serrées des voitures de banlieusards, quand il fit l'expérience d'une épiphanie secrète. Il étêterait la pieuvre. Il en répartirait les pouvoirs entre de petites agences séparées, et les rendrait chacune séparément responsable de ses actes. Il déconstruirait, décentraliserait, humaniserait. Et il allait commencer par l'influence la plus corruptrice de toutes : le mariage contre nature entre le Renseignement Pur, Westminster, et le trafic d'armes secret auquel présidait Geoffrey Darker de River House.

Et comment Harry Palfrey savait-il tout cela ? Grâce à Goodhew. Par charité chrétienne, ce dernier l'avait invité pendant l'été à passer des week-ends à Kentish Town pour boire des Pimms dans le jardin et jouer bêtement au cricket avec les enfants, parfaitement conscient que, derrière son sourire pitoyable, Palfrey était au bord du gouffre. Et après dîner Goodhew l'avait laissé à table avec sa femme pour qu'il s'épanche auprès d'elle, car rien ne plaît plus aux hommes dissolus que de se confesser à des femmes vertueuses.

Et c'était à la suite d'une de ces sublimes confessions que Harry Palfrey, avec un empressement navrant, s'était porté volontaire pour devenir l'informateur de Goodhew sur les manigances en coulisse de certains barons véreux de River House.

5

Blottie au bord du lac, Zurich frissonnait sous un nuage gris et glacé.

« Je m'appelle Leonard, annonça Burr, s'extirpant du fauteuil de Quayle comme pour s'interposer dans une bagarre. Ma spécialité, c'est les escrocs. Vous fumez ? Tenez. Empoisonnez-vous. »

L'offre était faite sur un tel ton de complicité enjouée que Jonathan, qui fumait rarement et le regrettait toujours après, obéit aussitôt et prit une cigarette. Burr sortit un briquet de sa poche, l'arma et le braqua sous le nez de Jonathan.

« Vous devez penser que nous vous avons laissé tomber, non ? demanda-t-il, visant le point sensible. Ogilvey et vous avez eu une sérieuse explication avant votre départ du Caire, si je ne m'abuse. »

C'est surtout *elle* que vous avez laissé tomber, faillit répondre Jonathan. Mais, comme il était sur ses gardes, il répliqua avec son plus beau sourire d'hôtelier : « Oh, rien d'irréparable, je vous assure. »

Burr avait mûrement réfléchi à cet instant et décidé que l'attaque serait la meilleure défense. Qu'il eût les pires soupçons sur le rôle d'Ogilvey dans cette affaire importait peu ; ce n'était pas le moment de suggérer qu'il parlait au nom d'une maison divisée.

« On ne nous paie pas pour rester spectateur, Jonathan. Dicky Roper vendait des joujoux high-tech au Voleur de Bagdad, entre autres un kilo d'uranium à usage militaire tombé d'un camion russe. Freddie Hamid organisait un convoi humanitaire pour faire passer la marchandise par la Jordanie. Qu'est-ce qu'on était censés faire ? Classer le dossier et tout oublier ? » Burr vit avec satisfaction le visage de Jonathan revêtir une expression de soumission révoltée qui lui faisait penser à lui-même. « La fuite aurait pu se produire de dix autres façons sans que votre Sophie en soit accusée. Si elle n'avait pas tout déballé à Freddie, elle se la coulerait douce aujourd'hui.

– Ce n'était pas ma Sophie, l'interrompit trop vite Jonathan.

– Le problème, continua Burr, feignant de n'avoir pas entendu, c'est de savoir comment on va coincer notre ami. J'ai une ou deux idées à ce sujet, si ça vous intéresse. Ça y est ! lança-t-il avec un chaleureux sourire. Vous avez mis le doigt dessus, je vois. Je suis un roturier du Yorkshire, et notre ami M. Richard Onslow Roper, lui, c'est du beau monde. Eh bien, tant pis pour lui ! »

Jonathan se fit un devoir de rire et Burr se leva, heureux de se retrouver en terrain sûr, avec le meurtre de Sophie derrière eux.

« Allez, Jonathan, je vous invite à déjeuner. Ça ne vous dérange pas, Reggie ? Le problème, c'est qu'on est pris par le temps. Vous avez accompli un bon travail d'éclaireur. Je le ferai savoir. »

Dans sa hâte, Burr ne remarqua pas que sa cigarette brûlait dans le cendrier de Quayle. Jonathan l'écrasa en partant, désolé de s'en aller. Quayle était un homme direct, nerveux, qui avait pour manie de se tamponner les lèvres avec un mouchoir qu'il sortait de sa manche comme tous les militaires, ou vous offrait soudain des gâteaux secs écossais achetés hors taxes. Pendant les six semaines d'attente, Jonathan avait pris goût à leurs curieuses entrevues où tout se disait à demi-mot. Et en prenant congé, il se rendit compte qu'il en était de même pour Reggie Quayle.

« Merci, Reggie, merci pour tout.

— Mais, mon cher, tout le plaisir a été pour moi! Bon voyage, et garez bien vos fesses!

— Merci. Vous aussi.

— Vous êtes motorisé? Je vous appelle un carrosse? Parfait. Couvrez-vous bien, surtout. On se revoit à Philippi.

— Vous remerciez toujours les gens qui font leur boulot? demanda Burr à Jonathan quand ils se retrouvèrent sur le trottoir. J'imagine qu'on apprend ça, dans votre métier.

— C'est seulement que j'aime bien être poli, si vous voulez savoir. »

*

Comme pour toute rencontre avec un agent, Burr avait préparé le terrain dans les moindres détails. Il avait choisi le restaurant à l'avance et en avait fait l'inspection la veille : une trattoria au bord du lac, en dehors de la ville, peu susceptible d'attirer les clients du Meister. Il avait repéré une table dans un coin et, pour la somme de dix francs donnée au chef de rang avec la parcimonie d'un paysan du Yorkshire, l'avait réservée sous un de ses noms de guerre, Benton. Malgré tout, il ne voulait rien laisser au hasard.

« Si on tombe sur quelqu'un que vous connaissez mais moi pas, Jonathan, ce qui peut arriver selon la loi de l'emmerdement maximum, comme vous le savez, ne donnez pas d'explications sur moi. Et, s'il n'y a pas moyen d'y couper, je suis un de vos vieux copains de caserne de Shorncliffe, et vous enchaînez sur la météo, dit-il, trahissant pour la seconde fois qu'il avait bien révisé le passé de Jonathan. Vous faites toujours de l'escalade?

— Un peu.
— Où ça ?
— Surtout dans l'Oberland bernois.
— Des coins intéressants ?
— Un Wetterhorn tout à fait correct pendant la saison froide, quand on aime la glace. Pourquoi, vous en faites aussi ? »

Si Burr sentit la malice dans cette question, il préféra l'ignorer. « Moi ? Je suis du genre à prendre l'ascenseur pour monter au premier. Et la voile ? lança-t-il en regardant par la fenêtre le lac gris d'où s'élevaient des vapeurs comme d'un marécage.

— C'est un peu plan-plan par ici. À Thoune, c'est mieux. Mais froid, quand même.
— Et la peinture ? L'aquarelle, je crois ? Vous y touchez encore un peu ?
— Pas souvent.
— De temps en temps, quoi. Et le tennis, ça marche ?
— Moyen.
— Non, sérieusement.
— Disons que j'ai un bon petit niveau d'amateur.
— Je croyais que vous aviez gagné un championnat au Caire.
— Oh, juste un petit tournoi entre exilés..., rectifia Jonathan en rougissant modestement.
— Bon, commençons par les choses sérieuses, vous voulez bien ? suggéra Burr, voulant dire : choisissons les plats pour pouvoir parler en paix. Vous faites bien la cuisine, me semble-t-il ? demanda-t-il alors qu'ils enfouissaient leur visage dans des menus géants. Vous êtes un homme très doué. J'admire ça. Vous savez tout faire. Les types de la Renaissance ne courent pas les rues, de nos jours. Tout le monde se spécialise à outrance. »

Viandes, poissons, desserts, Jonathan tournait les pages en songeant à Sophie et non à ce qu'il allait manger. Il se retrouvait face à Mark Ogilvey, dans sa splendide résidence de ministre au cœur d'une banlieue verdoyante du Caire ; partout dans la pièce, des meubles imitation XVIIIᵉ choisi par le ministère de l'Équipement, et des lithographies de Roberts choisies par Mme Ogilvey. Jonathan portait son smoking, qu'il croyait toujours maculé du sang de Sophie. Il criait, mais sa voix, quand il l'entendit, résonnait comme l'écho d'un sonar. Il traitait Ogilvey de tous les noms, et la sueur lui coulait le long des poignets. Ogilvey était vêtu d'une espèce de robe de chambre d'un brun terne aux manches ornées de brandebourgs dorés tout effilochés. Mme Ogilvey faisait du thé de façon à pouvoir écouter la conversation.

« Pas de paroles déplacées, d'accord, mon vieux ? lui disait Ogilvey en lui montrant le lustre du doigt pour le mettre en garde contre d'éventuels micros.

– Déplacées, mon cul ! Vous l'avez tuée, vous m'entendez ! Vous êtes censé protéger vos sources, pas les faire tabasser à mort ! »

Ogilvey se réfugia derrière la seule réponse connue dans son métier : il attrapa un carafon de cristal sur un plateau de métal argenté et en ôta prestement le bouchon.

« Prenez donc une goutte de ça, mon vieux. Vous faites fausse route, voyez-vous. Tout ça n'a rien à voir avec nous, ni avec vous. Qu'est-ce qui vous fait croire que vous étiez son seul confident ? Elle en a sans doute parlé à une quinzaine de ses meilleurs amis. Vous connaissez le dicton : deux personnes peuvent garder un secret si l'une des deux est morte. C'est le Caire, ici. Un secret, c'est ce que tout le monde connaît sauf vous. »

Mme Ogilvey choisit cet instant pour apporter la théière.

« Peut-être qu'il préfère du thé, chéri, dit-elle d'un ton plein de discrétion. Le cognac a de drôles d'effets, quand on est dans tous ses états.

– Les actes ont des conséquences, mon vieux, affirma Ogilvey en tendant un verre à Jonathan. C'est la première leçon de la vie. »

Un infirme traversa le restaurant en traînant la jambe

pour se rendre aux toilettes. Il s'appuyait sur deux cannes, et une jeune fille l'aidait. Sa lenteur mit les clients mal à l'aise et personne ne put se remettre à manger tant qu'il n'eut pas disparu.

« Alors vous n'avez pas beaucoup vu notre ami après le soir de son arrivée ? demanda Burr, orientant la conversation sur le séjour de Roper au Meister.
— En dehors de bonjour le matin et le soir, non. Quayle m'avait recommandé de ne pas tenter le diable, j'ai obéi.
— Mais vous avez discuté ensemble de choses et d'autres avant son départ.
— Roper m'a demandé si je skiais. J'ai répondu oui. Il m'a demandé où. J'ai dit à Mürren. Il m'a demandé comment était la neige cette année. J'ai répondu : "bonne". Il a dit : "Dommage qu'on n'ait pas le temps d'y faire un saut pendant quelques jours, ma belle dame meurt d'envie d'essayer." Fin de la conversation.
— Elle était là aussi, sa maîtresse... Jemima ?... Jed ? »
Jonathan feignit de fouiller sa mémoire alors qu'en secret il se remémorait avec délice le regard radieux qu'elle lui avait lancé. *Vous skiez vraiment très bien, monsieur Pyne ?*
« Je crois qu'il l'appelait *Jeds*. Au pluriel.
— Il donne des surnoms à tout le monde. C'est sa façon de s'approprier les gens. »
Ça doit être absolument magnifique, avait-elle dit avec un sourire à faire fondre l'Eiger.
« Il paraît que c'est une beauté, avança Burr.
— Si on aime ce genre-là.
— J'aime tous les genres. Le sien, c'est quoi ?
— Oh, je ne sais pas..., commença Jonathan d'un air blasé. Une bonne culture générale... des chapeaux mous noirs... la petite milliardaire insupportable... Mais au fait, qui est-ce ? »
Burr semblait ne pas savoir ou ne pas s'en soucier.
« Une geisha de luxe, études dans une institution reli-

gieuse, chasse à courre. Bref, vous vous êtes bien entendu avec lui. Il ne vous oubliera pas.

— Il n'oublie personne. Il connaissait les noms de tous les serveurs sur le bout des doigts.

— Mais ce n'est pas à tout le monde qu'il demande son avis sur la sculpture italienne, si ? J'ai trouvé que c'était plutôt bon signe. » Bon signe pour qui ? Pour quoi ? Burr ne s'expliqua pas, et Jonathan n'avait pas envie de poser des questions. « Il l'a quand même achetée, finalement. L'homme ou la femme qui ôtera du Roper l'idée d'acheter quelque chose dont il a envie n'est pas encore né. Et merci, poursuivit-il simplement après s'être consolé avec une grosse bouchée de veau. Merci pour tout ce travail. Dans les rapports que vous avez envoyés à Quayle, il y a des détails précieux, inédits. Le tueur gaucher, la montre au poignet droit, le fait qu'il change son couteau et sa fourchette de main pour porter la nourriture à sa bouche, je veux dire, tout ça, c'est du grand art.

— Francis Inglis, récita Jonathan. Moniteur d'éducation physique, originaire de Perth, en Australie.

— Il ne s'appelle pas Inglis, et il ne vient pas de Perth. C'est Frisky, un ancien mercenaire britannique, et sa vilaine petite gueule est mise à prix. C'est lui qui a appris aux gars d'Idi Amin à arracher des confessions volontaires à l'aide d'un aiguillon électrique. Notre ami s'entoure d'Anglais, et de préférence avec un passé chargé. Il n'aime pas les gens sur lesquels il n'a pas prise, ajouta-t-il en coupant soigneusement son petit pain pour le beurrer. Dites donc, continua-t-il en pointant son couteau vers Jonathan, comment se fait-il que vous sachiez les noms de ses visiteurs alors que vous travaillez seulement la nuit ?

— Depuis quelque temps, toute personne qui veut monter à la suite de la Tour doit signer le registre.

— Et vous traînez dans le hall le soir ?

— C'est ce que Herr Meister attend de moi. Je traîne, je pose les questions que je veux. Je suis une présence, c'est mon rôle là-bas.

— Alors, parlez-moi de ces visiteurs qu'il reçoit, suggéra Burr. Il y a eu l'Autrichien, comme vous dites. Trois visites à la suite de la Tour.

— Le Dr Kippel, domicilié à Vienne, un loden vert.

— Il n'est pas autrichien, et il ne s'appelle pas Kippel. C'est un humble Polonais, pour autant que ça existe, ça. On dit que c'est l'un des nouveaux tsars de la pègre polonaise.

— Pourquoi diable Roper se fourvoierait-il avec la pègre polonaise ? »

Burr eut un sourire navré, car son objectif n'était pas d'informer Jonathan mais de l'appâter. « Et le costaud en costume gris brillant, avec les sourcils broussailleux, alors ? Il se faisait appeler Larsen. Suédois.

— J'ai simplement pensé que c'était un Suédois du nom de Larsen.

— C'est un Russe. Il y a trois ans, c'était une grosse légume au ministère de la Défense soviétique. Aujourd'hui, il dirige une agence de recrutement florissante et il joue les maquereaux auprès des physiciens et des ingénieurs du bloc de l'Est. Il y en a qui empochent vingt mille dollars par mois. Votre M. Larsen prend sa part aux deux bouts. Comme activité secondaire, il vend du matériel militaire en contrebande. Si vous voulez acheter deux cents tanks T72 ou quelques missiles Scud par la porte de service russe, M. Larsen est votre homme. Têtes de missiles biologiques en prime. Et vos deux Britanniques à l'allure militaire ? »

Jonathan se rappelait deux hommes agiles en blazer anglais. « Eh bien ?

— Ils viennent de Londres, en effet, mais ils ne s'appellent pas Forbes et Lubbock. Leur base est en Belgique, et ils fournissent des instructeurs militaires aux principaux tarés de ce monde. »

Les gars de Bruxelles, pensa Jonathan qui commençait à suivre les fils que Burr tissait tranquillement devant l'œil de sa mémoire. *Soldat Boris.* Qui est le prochain ?

« Celui-là vous rappelle quelque chose ? Vous n'en avez pas spécialement parlé, mais j'ai pensé que ce pourrait bien être un de ces messieurs en costume que notre ami recevait dans la salle de conférences du rez-de-chaussée. »

Burr avait sorti une petite photographie de son portefeuille et la tendit à Jonathan par-dessus la table, pour qu'il la regarde de près. On y voyait un quadragénaire aux lèvres pincées, aux yeux tristes et vides, aux cheveux noirs permanentés, avec une croix en or ridicule qui pendait sur sa pomme d'Adam. La photo avait été prise en plein jour et, à en juger par les ombres, le soleil était juste à la verticale.

« Oui, dit Jonathan.
— Oui quoi ?
— Il était deux fois plus petit que les autres, mais ils lui témoignaient du respect. Il avait un attaché-case noir trop grand pour lui. Et il portait des talonnettes.
— Suisse ? Britannique ? D'après vous ?
— Plutôt le genre sud-américain, avança Jonathan en lui rendant la photo. Mais il pourrait être de n'importe où. Il pourrait être arabe.
— Croyez-le si vous le voulez, il s'appelle Apostoll, Apo pour abréger. » Et Appétits pour rallonger, pensa Jonathan, se rappelant une fois de plus les apartés du major Corkoran avec son patron. « Américain fils d'immigrés grecs, docteur en droit de l'Université du Michigan, magna cum laude, escroc. Bureaux à La Nouvelle-Orléans, Miami, et Panamá, toutes ces villes étant éminemment respectables, comme vous le savez sûrement. Vous vous souvenez de lord Langbourne ? Sandy ?
— Bien sûr, répondit Jonathan, se rappelant l'homme à la beauté déconcertante, avec un catogan et une épouse aigrie.
— Encore un putain de juriste. Celui de Dicky Roper, à vrai dire. Apo et Sandy Langbourne font des affaires ensemble. Des affaires très lucratives.
— Je vois.

— Non, vous ne voyez pas, mais vous commencez à comprendre. Au fait, comment parlez-vous espagnol ?
— Pas mal.
— Oh, sûrement mieux que ça, non ? Après dix-huit mois au Ritz de Madrid, avec vos dons, vous devez être bilingue.
— Je me suis un peu rouillé, c'est tout. »

Une pause pendant laquelle Burr se recula sur sa chaise pour permettre au serveur d'enlever leurs assiettes. Jonathan fut surpris de redécouvrir l'excitation, le sentiment de se rapprocher du centre caché, l'attrait de l'action après une trop longue période d'inactivité.

« Vous n'allez pas me lâcher pour le dessert, hein ? demanda Burr avec agressivité quand le serveur tendit à chacun une carte plastifiée.
— Grands dieux, non. »

Ils se décidèrent pour une crème de marrons à la chantilly.

« Et Corky, le major Corkoran, votre frère d'armes, son larbin à lui ? lança Burr du ton de qui a gardé le meilleur pour la fin. Qu'en pensez-vous ? Pourquoi riez-vous ?
— Il était assez drôle.
— Quoi d'autre ?
— Le larbin, comme vous dites. Le majordome. Il signe.
— Que signe-t-il ? fit Burr, se jetant sur ce mot comme s'il l'attendait depuis le début du repas.
— Des fiches d'identité. Des factures.
— Des factures, des lettres, des contrats, des renonciations, des garanties, des comptes de société, des bordereaux de transport, des chèques ! énonça Burr tout excité. Des récépissés, des certificats de fret, et un très grand nombre de documents attestant que tout ce que son employeur a pu faire d'illégal n'a pas été fait par Richard Onslow Roper mais par son loyal serviteur le major Corkoran. Il est très riche, le major. Il a des centaines de millions à son nom, sauf qu'il les a tous remis

à M. Roper par contrat signé. Le Roper ne fait pas une seule affaire louche sans que Corky y appose sa signature. "Corks, viens ici ! Tu n'as pas besoin de lire, mon vieux Corks, tu signes ici, c'est tout. Voilà, mon brave, tu viens juste de gagner encore dix ans à Sing Sing." »

La puissance d'évocation de Burr, plus la pointe d'excitation dans sa voix quand il avait imité Roper, redonna un peu de vigueur au rythme tranquille de leur conversation.

« Il n'y a pas une seule piste écrite solide qui mène à lui, confia Burr, sa figure pâle tout près de celle de Jonathan. Vous pouvez remonter jusqu'à il y a vingt ans, si vous voulez, vous ne trouverez le nom de Roper au bas d'aucun papier plus compromettant qu'une donation à une église. C'est vrai, je le hais. Je le reconnais. Mais vous aussi, vous devriez le haïr après ce qu'il a fait à Sophie.

– Oh, ce n'est pas mon problème.
– Ah non ?
– Non.
– Eh bien, continuez comme ça. Je reviens tout de suite. Ne bougez pas. »

Rattachant la ceinture de son pantalon, Burr alla se soulager, laissant Jonathan qui exultait en secret. Le haïr ? La haine était une émotion qu'il ne s'était jamais permise. Il pouvait éprouver de la colère, du chagrin, certes, mais la haine, comme le désir, lui semblait un sentiment vil sauf dans un contexte noble. Et Roper, malgré son catalogue de Sotheby's et sa belle maîtresse, ne le lui avait pas encore fourni. Cependant, l'idée de la haine, à laquelle le meurtre de Sophie conférait une certaine grandeur, la haine qui pourrait se muer en vengeance, commençait à séduire Jonathan, comme la promesse d'un grand amour inaccessible... et Burr s'était autoproclamé l'entremetteur dans l'affaire.

*

« Alors pourquoi ? reprit tranquillement Burr une fois revenu. C'est ce que je n'ai cessé de me demander. Pourquoi fait-il cela ? Pourquoi M. Jonathan Pyne, distingué hôtelier, risque-t-il sa carrière en subtilisant des fax et en mouchardant sur un client très apprécié ? D'abord au Caire, puis à Zurich. Surtout après avoir été furieux contre nous. À juste titre, d'ailleurs. Même moi, j'étais furieux contre nous.

— On le fait, c'est tout, répondit Jonathan comme s'il y pensait pour la première fois.

— Faux. Vous n'êtes pas un animal, vous ne marchez pas à l'instinct. Vous avez décidé de le faire. Qu'est-ce qui vous y a poussé ?

— Quelque chose s'est réveillé en moi, j'imagine.

— Mais qu'est-ce qui s'est réveillé ? Comment ça se rendort ? Et qu'est-ce qui ferait que ça se réveillerait de nouveau ? »

Jonathan prit son souffle mais pendant un temps ne dit mot, s'apercevant qu'il était furieux, sans savoir pourquoi. « Quand un type passe en douce un arsenal privé à un escroc égyptien, quand le type est anglais, quand vous, vous êtes anglais, quand il y a une guerre qui se prépare, et quand les Anglais sont sur le point de se battre de l'autre côté...

— Quand on a soi-même été soldat...

— ... alors on le fait, c'est tout », répéta Jonathan, la gorge serrée.

Burr repoussa son assiette vide et se pencha par-dessus la table. « On nourrit le rat, c'est bien ça l'expression, chez les alpinistes ? Le rat qui nous ronge à l'intérieur et nous dit de prendre le risque ? Votre rat à vous doit être bien gros, avec ce besoin d'être à la hauteur de votre père. Il était agent secret aussi, non ? Enfin ça, vous le saviez.

— Non, je l'ignorais, dit poliment Jonathan, l'estomac noué.

— On l'a remis en uniforme après qu'il a été tué. On ne vous l'a pas dit ? »

Le sourire d'hôtelier de Jonathan, plaqué d'une

oreille à l'autre. La voix d'hôtelier, faussement suave. « Eh bien non, absolument pas. C'est très étrange. On pourrait penser qu'on m'en aurait informé, non ? »

Burr hocha la tête, l'air consterné devant les agissements mystérieux des fonctionnaires.

*

« En fait, vous avez pris votre retraite de bonne heure, quand on y pense, commenta Burr d'un ton sentencieux. Il y a peu de gens qui abandonnent à vingt-cinq ans une carrière prometteuse dans l'armée pour aller faire le larbin de nuit. Surtout avec toutes ces activités de plein air, la voile, l'escalade. Qu'est-ce qui vous a poussé à choisir l'hôtellerie, bon sang ? Parmi toutes les voies qui s'ouvraient à vous, pourquoi celle-là ? »

Pour me soumettre, pensa Jonathan.

Pour abdiquer.

Pour me reposer la tête.

Et occupez-vous de vos oignons.

« Oh, je n'en sais rien, avoua-t-il avec un sourire plein d'humilité. Pour le train-train, j'imagine. À dire vrai, il doit y avoir un vieux fond de sybarite en moi.

– Ça, je n'y crois pas une seconde, Jonathan. Je vous suis de très près depuis quelques semaines, et je pense beaucoup à vous. Parlons un peu plus de l'armée, d'accord ? Parce que certaines des choses que j'ai lues sur votre carrière m'ont beaucoup impressionné. »

Formidable, pensa Jonathan, en pleine activité cérébrale. On parle de Sophie, alors on parle de haine. On parle de haine, alors on parle d'hôtellerie. On parle d'hôtellerie, alors on parle de l'armée. Tout à fait logique. Tout à fait rationnel.

Malgré tout, il n'avait rien à reprocher à Burr, qui trouvait grâce à ses yeux en raison de sa sincérité. Il était peut-être malin, il maîtrisait peut-être la rhétorique des intrigues, il repérait les forces et les faiblesses de chacun, mais il se laissait guider par son cœur, comme le savait Goodhew et comme le pressentait Jonathan. Voilà pourquoi ce dernier permettait à Burr de pénétrer dans son jardin secret, et pourquoi le sens de la mission qui animait Burr commençait à marteler l'oreille de Jonathan comme un roulement de tambour.

6

C'était l'heure des confidences bien arrosées. Ils avaient tous deux commandé un verre de prune après le café.

« J'ai eu une Sophie autrefois, fit mine de se rappeler Burr. C'est étonnant que je ne l'aie pas épousée, quand j'y pense. D'habitude, c'est ce que je fais. Celle que j'ai en ce moment s'appelle Mary, c'est du banal! Cela dit, nous sommes ensemble depuis... oh, ça doit faire cinq ans maintenant. Elle est médecin. Généraliste, simplement. C'est-à-dire curé de la paroisse avec un stéthoscope... Et une conscience sociale grosse comme une citrouille géante. Ça a l'air de coller, entre nous.

– Je vous souhaite que ça dure, lança courtoisement Jonathan.

– Mary n'est pas ma première épouse, remarquez. Ni la seconde, d'ailleurs. Je ne sais pas ce que j'ai, avec les femmes. J'ai visé haut, j'ai visé bas, j'ai visé à droite et à gauche, et ça ne marche jamais. Est-ce que c'est moi, est-ce que c'est elles ? Je me le demande.

– Je sais ce que vous voulez dire », l'assura Jonathan, méfiant malgré tout. Par nature, il ne parlait pas des femmes. C'étaient des enveloppes cachetées dissimulées dans son bureau. C'étaient les sœurs et les amies d'une jeunesse qu'il n'avait jamais eue, la mère qu'il n'avait jamais connue, la femme qu'il n'aurait jamais dû épouser, et la maîtresse qu'il aurait dû aimer et non trahir.

« Je dois les percer à jour trop vite, et ça enlève tout intérêt à la chose, se lamenta Burr, affectant une fois encore d'ouvrir son cœur à Jonathan, dans l'espoir de recevoir la même faveur en retour. Le problème, c'est les enfants. Nous en avons deux chacun, et maintenant un ensemble. Avec eux, les relations perdent de leur piquant. Vous n'en avez jamais eu, n'est-ce pas ? Vous les avez soigneusement évités. C'est ce que j'appelle être sage. Malin, ajouta-t-il avant d'avaler une gorgée de Pflümli. Parlez-moi un peu plus de votre Sophie, suggéra-t-il, bien que Jonathan ne lui en ait jusqu'alors rien dit.

– Ce n'était pas *ma* Sophie, c'était celle de Freddie Hamid.

– Mais vous l'avez baisée », suggéra Burr d'un ton égal.

Jonathan est dans la chambre du petit appartement de Louxor ; le clair de lune filtre obliquement entre les rideaux à demi fermés. Sophie est étendue sur le lit dans sa chemise de nuit blanche, les yeux clos, le visage levé. Elle a retrouvé un peu de sa gaieté. Elle a bu un peu de vodka. Lui aussi. La bouteille se trouve entre eux.

« Pourquoi restez-vous à l'autre bout de la chambre, monsieur Pyne ?

– Par respect, j'imagine. »

Le sourire de l'hôtelier. La voix de l'hôtelier, un mélange soigneusement élaboré de celles des autres.

« Mais vous m'avez amenée ici pour me réconforter, je crois ? » Cette fois, pas de réponse de M. Pyne. « Suis-je trop amochée pour vous ? Trop vieille, peut-être ? »

M. Pyne, à la parole d'habitude si facile, garde un silence prudent.

« Je m'inquiète pour votre dignité, monsieur Pyne. Ou peut-être pour la mienne. Si vous restez loin de moi, c'est que vous avez honte de quelque chose. J'espère que ce n'est pas de moi.

— Je vous ai amenée ici parce que c'était un endroit sûr, madame Sophie. Vous avez besoin de reprendre votre souffle, le temps de décider de ce que vous allez faire et de l'endroit où vous irez. Je pensais pouvoir vous être utile.

— Et M. Pyne ? Il n'a besoin de rien, lui ? L'homme en pleine forme secourt l'invalide, c'est ça ? Merci de m'avoir accompagnée à Louxor.

— Merci d'avoir accepté de venir. »

Dans la pénombre, ses grands yeux étaient fixés sur Jonathan. Difficile pour elle d'avoir l'air d'une faible femme reconnaissante de l'aide qu'il lui apportait.

« Vous avez tant de voix différentes, monsieur Pyne, reprit-elle après un trop long silence. Je ne sais plus qui vous êtes. Vous me regardez, vous me caressez du regard. Et je ne suis pas insensible à ce contact, loin de là. » Sa voix se brisa légèrement. Elle se redressa dans le lit et sembla se reprendre. « Quand vous dites quelque chose, vous êtes un certain homme, et cet homme m'émeut. Puis il s'en va, et quelqu'un de très différent prend sa place, qui dit autre chose, et je suis émue à nouveau. C'est un peu la relève de la garde, quoi. Comme si chacun des hommes qui sont en vous ne pouvait me supporter qu'un instant, avant d'aller prendre du repos. Vous êtes pareil avec toutes vos femmes ?

— Mais, madame Sophie, vous n'êtes pas une de mes femmes.

— Alors, pourquoi êtes-vous là ? Pour jouer les boy-scouts ? Je ne le pense pas. » Elle se tut à nouveau. Il devina qu'elle se demandait s'il fallait mettre fin aux faux-semblants. « J'aimerais bien que l'un de vous reste avec moi ce soir, monsieur Pyne. Pouvez-vous arranger ça ?

— Bien sûr. Je dormirai sur le canapé, si c'est ce que vous souhaitez.

— Non, au contraire. Je veux que vous dormiez dans mon lit et que vous me fassiez l'amour. Je veux sentir que j'ai rendu au moins l'un d'entre vous heureux, et que cet exemple redonnera du courage aux autres. Je ne peux pas supporter que vous ayez tellement honte. Vous êtes beaucoup trop sévère avec vous-même. Nous avons tous fait des choses répréhensibles. Mais vous êtes un homme bien... beaucoup d'hommes bien à la fois. Et vous n'êtes pas responsable de mes malheurs. Si vous y avez une part... » (elle se tenait debout face à lui, les bras ballants) « je souhaiterais que vous soyez ici pour de meilleures raisons que la honte. Monsieur Pyne, pourquoi tenez-vous tant à rester si loin de moi ? »

Dans la lumière déclinante, sa voix était devenue plus forte, son apparence plus fantomatique. Il fit un pas vers elle, et s'aperçut qu'ils étaient l'un contre l'autre. Il lui tendit les bras et, timidement à cause de ses meurtrissures, l'attira à lui, glissa les mains sous les bretelles de son déshabillé blanc et les posa avec délicatesse à plat sur son dos nu. Quand elle appuya sa joue contre la sienne, il sentit encore le parfum de vanille et découvrit la douceur inattendue de ses longs cheveux noirs. Il ferma les yeux. Ainsi enlacés, ils se laissèrent tomber mollement sur le lit. Et lorsque vint l'aube, elle lui fit ouvrir les rideaux pour que le directeur de nuit ne fasse plus l'amour dans le noir.

« Nous étions tous là, lui murmura-t-il à l'oreille. Tout le régiment, les officiers, les simples soldats, les déserteurs et les cuistots. Il n'en manquait aucun.

— Je ne le pense pas, monsieur Pyne. Vous avez caché les renforts, j'en suis sûre. »

Burr attendait toujours la réponse.
« Non, dit Jonathan d'un ton de défi.
— Et pourquoi donc ? Moi, je n'en laisse jamais passer une. Vous aviez quelqu'un, à l'époque ?
— Non, répéta Jonathan en rougissant.
— Ce qui veut dire : Occupez-vous de vos affaires ?
— En gros, oui.
— Parlez-moi de votre mariage, alors ! fit Burr, apparemment satisfait qu'on l'ait remis à sa place. Ça fait

tout drôle, de vous imaginer marié. Ça me met mal à l'aise, je ne sais pas pourquoi. Vous êtes un célibataire, je le sens. J'en suis peut-être un aussi. Que s'est-il passé?

— J'étais jeune. Elle, plus jeune encore. Ça me met mal à l'aise, moi aussi.

— Elle était peintre, n'est-ce pas? Comme vous?

— Moi, j'étais un barbouilleur amateur. Elle, c'était un vrai talent. Du moins le pensait-elle.

— Pourquoi l'avez-vous épousée?

— Par amour, je suppose.

— Vous supposez. Par courtoisie, c'est plus probable, vous connaissant. Pourquoi l'avez-vous quittée?

— Pour ma santé mentale. »

Incapable de contenir plus longtemps le flot de ses souvenirs, Jonathan s'abandonna à la vision exaspérante de leur vie conjugale se désagrégeant sous leurs yeux : l'amitié qu'ils n'éprouvaient plus, l'amour qu'ils ne faisaient plus, les restaurants où ils voyaient bavarder des gens heureux, les fleurs fanées dans le vase, les fruits qui pourrissaient dans le compotier, le chevalet barbouillé de peinture séchée appuyé contre le mur, l'épaisse couche de poussière sur la table, et eux qui se regardaient fixement à travers leurs larmes taries – un tel chaos que même Jonathan n'aurait pu y remettre de l'ordre. C'est de ma faute, lui répétait-il en essayant de la toucher, mais reculant en même temps qu'elle à son contact. J'ai grandi trop vite et je ne connais pas les femmes. Ça vient de moi, ça n'a rien à voir avec toi.

Dieu merci, Burr avait une fois encore changé de sujet.

« Alors qu'est-ce qui vous a amené en Irlande? demanda-t-il avec un sourire. Est-ce que c'était pour la fuir, par hasard?

— Non, une mission. Quand on était dans l'armée britannique, qu'on voulait être un vrai soldat, se rendre utile, voir de vrais combats après toutes les séances d'entraînement, c'est en Irlande qu'il fallait aller.

— Et vous vouliez vraiment vous rendre utile ?
— Pas vous, à cet âge-là ?
— Si, mais moi, ça n'a pas changé. » Jonathan laissa passer la question sous-entendue. « Vous espériez peut-être vous faire tuer ? continua Burr.
— Ne dites pas de bêtises.
— Je ne dis pas de bêtises. Votre mariage allait à vau-l'eau. Vous n'étiez encore qu'un gosse. Vous vous croyiez responsable de tous les maux de la terre. Je suis simplement surpris que vous ne vous soyez pas foutu en l'air ou engagé dans la Légion étrangère. Enfin bref, qu'est-ce que vous avez fait là-bas ?
— On avait ordre de gagner les cœurs et les esprits des Irlandais. Dire bonjour à tout le monde, tapoter la tête des enfants. Et puis, patrouiller le secteur.
— Parlez-moi de ça.
— Des BR tout ce qu'il y a de plus barbant. Aucun intérêt.
— Je suis nul pour les abréviations, Jonathan.
— Des barrages routiers. On choisissait une colline ou un virage sans visibilité, et on sortait du fossé où on était planqués pour arrêter les voitures. De temps en temps on tombait sur un partisan de la lutte armée, un "joueur", comme on disait.
— Et dans ces cas-là ?
— On appelait le contrôleur par Cougar et il nous disait ce qu'il fallait faire. Le fouiller, le laisser passer, l'interroger. On obéissait aux ordres.
— Il y avait d'autres boulots au menu, en dehors des BR ?
— Des survols en hélicoptère…, dit Jonathan, impassible, après avoir fait mine de chercher. Chaque groupe devait couvrir un morceau de terrain. On retenait son Lynx, on prenait son sac de bivouac, on campait dehors une nuit ou deux, et puis on rentrait se boire une bière.
— Et les contacts avec l'ennemi ?
— Pourquoi seraient-ils venus se battre avec nous alors qu'ils pouvaient nous faire sauter à distance dans

nos jeeps ? rétorqua Jonathan avec un sourire désabusé.

— En effet. » Burr prenait toujours son temps pour abattre ses cartes maîtresses. Il but une petite gorgée, secoua la tête et sourit comme si tout cela lui paraissait un peu confus. « Mais alors, c'était quoi ces missions spéciales ? Tous ces entraînements intensifs, dont le compte rendu m'a épuisé rien qu'à le lire ? J'ai peur dès que je vous vois prendre une cuiller et une fourchette. Je me dis que vous pourriez me faire la peau. »

La réticence de Jonathan ralentit soudain le rythme de la conversation.

« Il y avait des sections d'observation rapprochée.

— C'est-à-dire ?

— Le peloton de tête de chaque régiment, créé artificiellement.

— Avec qui ?

— Tout soldat qui le souhaitait.

— Je croyais que c'était l'élite. »

Des phrases courtes, concises, remarqua Burr. Jonathan se surveillait. Il parlait paupières baissées, lèvres pincées.

« On vous entraînait. On vous apprenait à observer, à reconnaître les joueurs. À vous trouver des planques, y entrer et en sortir dans le noir. À vous y cacher pendant deux nuits. Dans des greniers, des buissons, des fossés.

— Quelles armes vous donnait-on ? »

Jonathan haussa les épaules, comme pour dire « Qu'est-ce que ça peut faire ? »

« Des Uzi, des Heckler, des fusils de chasse. On vous en apprend le maniement et vous choisissez. Vu de l'extérieur, ça paraît excitant. Une fois qu'on y est, c'est un boulot comme un autre.

— Qu'aviez-vous choisi ?

— Un Heckler, avec ça on met toutes les chances de son côté.

— Ce qui nous amène à l'opération Hibou », avança Burr d'un ton inchangé. Puis il se cala sur sa chaise pour observer l'expression inchangée sur le visage de Jonathan.

Jonathan parlait comme en dormant. Il avait les yeux ouverts, mais son esprit était dans un autre pays. Il n'aurait jamais cru que ce déjeuner prendrait l'allure d'une visite guidée des pires moments de sa vie.

« On avait un tuyau : quelques joueurs allaient passer la frontière pour entrer dans l'Armagh et déménager une planque d'armes. Des RPGs. » Cette fois, Burr ne demanda pas ce que signifiaient les initiales. « On est restés planqués deux jours et, finalement, ils sont arrivés. On en a sorti trois. Dans l'unité, on était tout excités. On se disait "trois" à voix basse quand on se croisait, et trois fois merde aux Irlandais !

– Pardon ? fit Burr comme s'il avait mal entendu. Dans ce contexte, "sorti" veut dire "tué" ?

– Ouais.

– Et c'est vous qui les avez sortis ? À vous tout seul ?

– Non, avec les autres.

– Vous faisiez partie du peloton d'exécution ?

– D'une petite section de l'équipe.

– Combien de membres ?

– Deux. Brian et moi.

– Brian ?

– C'était mon partenaire pour l'exercice. Un première classe.

– Et vous ?

– Caporal. Je commandais, en fait. Notre tâche consistait à les attraper quand ils s'enfuyaient. »

Il avait soudain les traits durcis et les muscles de la mâchoire contractés, remarqua Burr.

« Ça a été un coup de pot, poursuivit Jonathan avec une totale désinvolture. Tout le monde rêve de sortir un terroriste. L'occasion s'est présentée. On a simplement eu une chance folle.

– Et vous en avez sorti trois. Vous et Brian. Vous avez tué trois hommes.

– Absolument. Je vous l'ai dit. Un coup de chance. »

Il est crispé, remarqua Burr. Un naturel crispé et des sous-entendus assourdissants.

« Un et deux ? Deux et un ? Qui a fait le plus gros score ?

— Un chacun et un à nous deux. D'abord, on s'est engueulés, puis on a décidé qu'on en avait eu la moitié chacun. Dans le feu de l'action, c'est souvent dur de savoir qui descend qui. »

Soudain Burr n'eut plus à le pousser. On eût dit que Jonathan avait décidé de raconter l'histoire pour la première fois. Et c'était peut-être le cas.

« Il y avait une ferme désaffectée juste à la frontière. Le propriétaire était un éleveur de bovins subventionné qui faisait passer la frontière en douce à ses vaches et touchait les subsides des deux côtés. Il avait une Volvo, une Mercedes toute neuve et cette petite ferme minable. Le Renseignement nous avait fourni les noms de trois joueurs qui allaient venir du Sud pour passer la frontière, après la fermeture des pubs. On est restés accroupis à attendre. Leur cache se trouvait dans une grange ; notre planque, dans un buisson à cent cinquante mètres de là. On avait consigne de rester discrets, de voir sans être vus. »

C'est ça, son truc, pensa Burr. Voir sans être vu.

« On devait les laisser entrer dans la grange et récupérer leurs joujoux. Après leur départ, on devait transmettre la direction qu'ils prendraient et filer sans se montrer. Une autre équipe installerait un barrage à huit kilomètres de là, ferait un contrôle-surprise, tout aurait l'air dû au hasard. C'était pour protéger la source. Après quoi ils les sortiraient. Le seul ennui, c'est que les joueurs n'avaient pas l'intention d'emporter les armes. Ils avaient décidé de les enterrer dans un fossé à dix mètres de notre planque, ils avaient même enterré une caisse à l'avance. »

Il se retrouvait à plat ventre dans la mousse moelleuse d'une colline de l'Armagh du sud, observant, à travers des lunettes à intensificateur de lumière, trois hommes verts qui traînaient des caisses vertes sur un sol lunaire vert. L'homme de gauche se dresse lentement sur la pointe des pieds, lâche la caisse et se retourne avec grâce, les bras en croix. *Cette encre verte, c'est son sang. Je suis en train de le sortir et ce pauvre con ne se plaint même pas*, se dit Jonathan en prenant conscience du recul de son Heckler.

« Alors vous les avez tués, suggéra Burr.

— Il fallait prendre l'initiative. On en a tué un chacun, puis on a tous les deux tiré sur le troisième. Ça n'a duré que quelques secondes.

— Ils ont riposté ?

— Non, dit Jonathan avec un sourire, toujours crispé. On a eu de la chance, il faut croire. Si on fait mouche au premier coup, après on est tranquille. C'est tout ce que vous voulez savoir ?

— Vous y êtes retourné depuis ?

— En Irlande ?

— En Angleterre.

— Non. Dans aucun des deux pays.

— Et le divorce ?

— Tout a été organisé en Angleterre.

— Par qui ?

— Elle. Je lui ai laissé l'appartement, tout mon argent, et les amis qu'on avait. Elle a appelé cela un partage équitable.

— Vous lui avez aussi laissé l'Angleterre.

— Oui. »

Jonathan avait fini de parler mais Burr l'écoutait toujours.

« Je crois que ce que je cherche vraiment à savoir, Jonathan, reprit-il enfin, sur le même ton neutre que pendant la majeure partie de la discussion, c'est si l'idée de faire un deuxième essai vous tente. Je ne parle pas de mariage, je parle de servir le pays. »

Il s'entendit le dire, mais, vu le peu de réaction de son interlocuteur, il aurait aussi bien pu parler à un mur de granit. Il demanda l'addition d'un geste. Et puis merde, se dit-il, quelquefois les pires moments sont en fait les meilleurs. Alors il se jeta à l'eau, ce qui était dans sa nature, tout en comptant des billets suisses qu'il posa sur une soucoupe blanche.

« Si je vous demandais de mettre toute votre vie passée au rancart pour en refaire une meilleure ? suggéra-t-il. Pas meilleure pour vous, peut-être, mais pour ce que vous et moi aimons appeler le bien public. Une cause en béton, en or, amélioration garantie du sort de l'humanité ou on vous rembourse. Au revoir au vieux Jonathan, entrée de la nouvelle version améliorée : le pur patriote. Ensuite, réinsertion, avec une nouvelle identité, de l'argent, bref comme d'habitude. Je connais beaucoup de gens qui pourraient se laisser tenter. Même moi, si ça se trouve, sauf que ce serait dur pour Mary. Mais vous, à qui devez-vous des comptes, hormis vous-même ? Personne, à ce que je sais. Vous nourrirez le rat — trois repas par jour —, vous vous accrocherez du bout des ongles au milieu de tempêtes force 12, vous vous donnerez à fond, vous serez terrorisé vingt-quatre heures sur vingt-quatre. Et vous ferez ça pour votre pays, comme votre père, quoi que vous ayez pu penser de l'Irlande. Ou de Chypre, d'ailleurs. Et vous le ferez aussi pour Sophie. Dites au garçon que j'ai besoin d'une note, je vous prie. Au nom de Benton. Déjeuner pour deux. Qu'est-ce que je laisse ? Encore cinq francs ? Je ne vous demanderai pas de signer pour moi, contrairement à d'autres. Allons-nous en. »

Ils marchaient le long du lac. Il ne neigeait plus. Le soleil de l'après-midi rayonnait sur le chemin d'où s'élevait une fine vapeur. Des adolescents drogués, emmitouflés dans de coûteux pardessus, contemplaient la glace qui fondait. Jonathan avait enfoncé les mains dans les poches de son manteau, et il entendait Sophie le féliciter d'être un amant si tendre.

« Mon mari anglais l'était aussi, disait-elle en lui effleurant le visage du bout des doigts, avec admiration. J'avais si jalousement conservé ma virginité qu'il lui a fallu des jours pour me persuader que je me porterais aussi bien sans. » Intuitivement, elle l'avait attiré à elle pour se sentir protégée. « N'oubliez pas, monsieur

Pyne, vous avez un avenir. N'y renoncez plus jamais. Ni pour moi ni pour personne. Promettez-le moi. »

Il l'avait fait. On promet n'importe quoi quand on est amoureux.

Burr parlait de justice. « Quand je gouvernerai le monde, annonça-t-il tranquillement au lac vaporeux, j'organiserai le procès de Nuremberg, acte deux. Je ramasserai tous les trafiquants d'armes, tous les scientifiques de merde, et tous ces beaux parleurs de marchands qui forcent toujours plus la main aux tarés parce que ça fait marcher les affaires, et puis tous les politiciens menteurs, les juristes, les comptables, les banquiers, et je les mettrai tous dans le box des accusés pour qu'ils défendent leur peau. Et vous savez ce qu'ils diront ? "Si nous, on ne l'avait pas fait, ça aurait été quelqu'un d'autre. "Et vous savez ce que je répondrai ? "Oh, je vois. Si vous n'aviez pas violé la fille, c'est un autre qui l'aurait fait, et c'est comme ça que vous justifiez le viol. Notez, greffier. " Puis je les passerai tous au napalm. Flouch !

— Mais qu'est-ce qu'il a fait, Roper ? demanda Jonathan plein d'une frustration exaspérée. En dehors de... Hamid, et tout ça.

— C'est ce qu'il fait maintenant qui compte.

— Mais s'il s'arrêtait aujourd'hui, à quel point est-il pourri ? Jusqu'où l'a-t-il été ? »

Il se rappelait l'épaule de Roper frôlant inconsciemment la sienne. *Couverte d'une pergola, vue sur la mer au bout.* Il se souvenait de Jed : *Le plus bel endroit du monde.*

« Il pille, répondit Burr.
— Où ? Qui ?
— Partout et tout le monde. Dès qu'il y a une transaction louche, notre ami est là, il touche sa com et il fait signer Corkoran pour lui. Il a un business respectable, c'est Ironbrand : capital-risque, transactions foncières hardies, minéraux, tracteurs, turbines, matières premières, deux ou trois pétroliers, quelques OPA agressives. Les bureaux sont dans la partie la plus smart de

Nassau, avec de brillants jeunes cadres à la coupe de cheveux très clean, qui tapotent sur leurs ordinateurs. C'est ça qui ne marche pas du tout, et c'est ça que vous avez lu dans les journaux.

– Je n'ai rien lu là-dessus…

– Eh bien, vous auriez dû. Ses résultats de l'année dernière étaient dramatiques et ceux de cette année seront encore pires. Ses actions sont descendues de 160 à 70, et, il y a trois mois, il a fait de gros investissements dans le platine, juste à temps pour voir s'effondrer les cours. Sa situation n'est pas grave, elle est désespérée. » Il respira et reprit : « Et, bien cachées sous la couverture d'Ironbrand, il a ses sales petites affaires. D'abord les cinq grands classiques des Caraïbes : le blanchiment de l'argent, l'or, les émeraudes, le bois de la forêt amazonienne, et les armes, toujours les armes. En plus, il y a les médicaments bidon et les convois humanitaires bidon pour des ministres de la Santé véreux, et les engrais bidon pour des ministres de l'Agriculture véreux. »

La voix de Burr grondait comme un orage qui couve, d'autant plus inquiétant qu'il n'éclate pas.

« Mais les armes, c'est son grand amour. Il les appelle ses joujoux. Si vous aimez le pouvoir, rien de tel que les joujoux pour vous faire planer. N'allez jamais croire des foutaises du genre *une denrée comme une autre, l'industrie des services*. Les armes sont une drogue, et Roper est accro. L'ennui, c'est que tout le monde pensait qu'elles échapperaient à la récession, or c'est faux. L'Iran et l'Irak, c'était le filon en or pour les trafiquants d'armes, et ils pensaient que ça durerait éternellement. Mais depuis, c'est la chute libre. Trop de fabricants et pas assez de guerres. Trop de surplus qui inondent le marché. Trop de paix dans le monde et pas assez de gros sous. Notre Dicky s'est un peu mêlé de l'affaire serbo-croate, bien sûr – les Croates via Athènes, les Serbes via la Pologne –, mais ce n'était pas un assez gros coup pour lui, et il y avait trop de concurrents en course. Cuba c'est fini, l'Afrique du Sud aussi, ils fabriquent leurs propres armes. L'Irlande ne vaut pas un clou, sans ça il s'en serait occupé. Au Pérou, il fournit les gars du Sentier lumineux. Et il a fait des propositions aux insurgés musulmans des Philippines du Sud, mais là, les Coréens du Nord l'ont devancé, et j'ai l'impression qu'une fois de plus il va y perdre des plumes.

— Mais qui ferme les yeux ? demanda agressivement Jonathan, laissant pour une fois Burr sans voix. C'est quand même un peu gros pour passer inaperçu, surtout avec des gens comme vous sur les talons ? »

Pendant un instant, Burr ne sut que répliquer. La même question, suivie de sa réponse honteuse, lui avait traversé l'esprit alors même qu'il parlait : *River House ferme les yeux*, avait-il envie d'avouer. *Whitehall ferme les yeux. Geoffrey Darker et ses copains du Groupe d'Analyses logistiques ferment les yeux. Le maître de Goodhew le regarde de loin au télescope et il ferme les yeux. À condition que ses joujoux soient anglais, tout le monde fermera les yeux sur tout ce qu'il aura envie de faire*. Mais sa bonne étoile lui fournit une diversion.

« Nom de Dieu ! s'exclama-t-il en saisissant le bras de Jonathan. Mais qu'est-ce que fout son père, à celle-là ? »

Sous l'œil de son petit ami, une gamine d'environ dix-sept ans remontait une jambe de son jean. Son mollet était couvert de marques fraîches semblables à des piqûres d'insecte. Elle enfonça l'aiguille sans sourciller. Burr fit la grimace, lui, et se mura dans son dégoût quelques instants, si bien qu'ils firent un bout de chemin en silence tandis que Jonathan, oubliant un moment Sophie, pensa aux longues jambes toutes roses de Jed qui descendait le grand escalier du Meister, et à son sourire quand elle avait croisé son regard.

« Mais c'est qui, ce type ? demanda Jonathan.
— Je vous l'ai dit. Une ordure.
— D'où sort-il ? Qu'est-ce qui le fait courir ?
— Son père était commissaire-priseur de petite enver-

gure, en province..., commença Burr en haussant les épaules. Sa mère était un pilier de l'église du coin. Un frère. Des écoles privées au-dessus de leurs moyens.

– Eton ?

– Pourquoi Eton ?

– À cause de sa façon de parler. De son accent. Il n'articule pas. »

Encore un haussement d'épaules.

« Je ne l'ai entendu qu'au téléphone, et ça me suffit. Il a une de ces voix qui me soulèvent l'estomac.

– Roper est l'aîné ou le plus jeune ?

– Le cadet.

– Il est allé à l'université ?

– Non. Il devait être trop pressé d'enculer le monde entier.

– Et son frère ?

– Oui. Vous finassez, là, ou quoi ? Le frère est entré dans l'entreprise familiale, qui a plongé dans la récession. Maintenant, il a un élevage de porcs. Et alors ? » Il jeta à Jonathan un regard furieux du coin de l'œil. « N'essayez pas de lui trouver des excuses, Jonathan. Si le Roper était allé à Eton et à Oxford et avait un demi-million de revenu annuel, il enculerait quand même le monde entier. C'est un salaud, croyez-moi. Le mal, ça existe.

– Oh, je sais, je sais », dit Jonathan pour le calmer. Sophie avait dit la même chose.

« Alors ce qu'il a fait... il a tout fait, reprit Burr. High-tech, moyen-tech, petit-tech et foutu-tech. Il déteste les tanks parce qu'ils ont la vie longue, mais si on y met le prix, il fera une entorse à ses règles. Bref, les bottes, les uniformes, les gaz toxiques, les bombes antipersonnel, les produits chimiques, les rations de survie, les systèmes de navigation à inertie, les avions de combat, les rampes de signalisation, les crayons, le phosphore rouge, les grenades, les torpilles, les sous-marins faits sur commande, les vedettes rapides, les insecticides, les systèmes de guidage, les attelles, les cuisines roulantes, les boutons en cuivre, les médailles,

les épées d'apparat, les projecteurs de signalisation à main Metz, les laboratoires fantômes maquillés en élevages de poulets, les pneus, les ceinturons, les douilles, les cartouches de tous calibres compatibles avec des armes américaines ou soviétiques, les Red Eye ou autres lance-grenades portables genre Stinger, et les housses à cadavre... j'en passe et des meilleures. Ou plutôt j'en passais, car aujourd'hui on parle surplus, banqueroutes nationales et gouvernements qui offrent des conditions encore plus alléchantes que les escrocs. Vous devriez voir ses entrepôts. Taipei, Panamá, Port of Spain, Gdansk. Avant, il employait près de mille hommes, notre ami, rien que pour faire reluire l'équipement qu'il entreposait pendant que les prix grimpaient. Toujours en hausse, jamais en baisse. Maintenant, il n'en a plus que soixante et les prix sont au plus bas.

— Alors, comment réagit-il ?

— Il prépare un coup énorme..., répondit Burr, laconique à son tour. La cerise sur le gâteau. Le marché du siècle. Il veut renflouer Ironbrand et puis raccrocher dans un feu d'artifice. Dites-moi... » Jonathan n'était pas encore habitué à ces changements subits de sujet. « Ce matin-là, au Caire, quand vous avez emmené Sophie faire un tour en voiture, après que Freddie l'avait malmenée...

— Oui ?

— Pensez-vous que quelqu'un se soit douté de quelque chose ? vous ait vu avec elle et en ait tiré des conclusions ? »

Jonathan s'était posé la même question mille fois : la nuit, quand il errait dans son royaume enténébré pour échapper à lui-même, le jour, quand il n'arrivait pas à dormir et allait se colleter avec la montagne ou faire de la voile sans destination.

« Non.

— Vous en êtes certain ?

— Autant qu'il est possible de l'être.

— Avez-vous pris d'autres risques avec elle ? Êtes-vous allés quelque part où on aurait pu vous reconnaître ? »

Jonathan prit un secret plaisir à mentir pour protéger Sophie, même s'il était trop tard.

« Non, répéta-t-il avec assurance.

— Bon, donc vous êtes au-dessus de tout soupçon ? » conclut Burr, reprenant sans le savoir les termes de Sophie.

Partageant un moment de tranquillité, les deux hommes sirotaient un scotch dans un café de la vieille ville, un lieu où le jour et la nuit n'existaient pas, où de riches ladies en chapeau de feutre dégustaient des gâteaux à la crème. Parfois, le conformisme des Suisses enchantait Jonathan. Ce soir-là, il eut l'impression qu'ils avaient repeint tout leur pays de différentes nuances de gris.

Burr entreprit de raconter une anecdote amusante sur maître Apostoll, le distingué juriste. Il se lança d'un coup dans son histoire, presque par mégarde, comme s'il s'était immiscé dans ses propres pensées. Il n'aurait pas dû la raconter et s'en rendit compte dès qu'il eut commencé. Mais, quand on garde un tel secret, il arrive qu'on ne puisse penser à rien d'autre.

« Apo est un voluptueux, dit-il une fois de plus. Apo baise tout ce qui passe. Il ne faut pas se laisser tromper par son air collet monté, c'est un de ces petits mecs qui ont besoin de prouver qu'ils ont un plus gros zizi que tous les grands mecs réunis. Les secrétaires, les femmes des autres, des kyrielles de putes prises dans les agences, Apo a tout fait. Et puis, un beau matin, sa fille se réveille et se tue. Et c'était pas joli-joli, à supposer que ça le soit jamais. Un meurtrier n'aurait pas fait mieux. Cinquante cachets d'aspirine arrosés d'une demi-bouteille d'eau de Javel pur.

— Mais pourquoi elle a fait ça ? s'horrifia Jonathan.

— Apo lui avait offert une montre en or pour son dix-huitième anniversaire. Quatre-vingt-dix mille dollars chez Cartier à Bal Harbour. Le nec plus ultra.

— Quel mal à cela ?
— Aucun, si ce n'est qu'il lui avait offert la même pour ses dix-sept ans et qu'il ne s'en souvenait plus. La petite devait avoir envie de se sentir rejetée, et la montre a fait pencher la balance. » Il enchaîna sans hausser le ton ni changer de voix, voulant seulement se sortir de cette histoire le plus vite possible. « Vous avez dit oui à ma proposition ? Je n'ai pas entendu.
— Et qu'a-t-il fait alors ? demanda Jonathan, qui préférait continuer sur le sujet d'Apostoll, au grand dam de Burr.
— Apo ? Ce qu'ils font tous. La deuxième naissance. Il est allé vers Jésus. Il a pleuré comme une madeleine dans tous les cocktails. Alors, Jonathan, on vous enrôle ou on vous oublie ? Ce n'est pas mon genre, de faire la cour longtemps. »

À nouveau, le visage du jeune garçon, le sang vert qui s'écoule des blessures. Le visage de Sophie, mis en bouillie une deuxième fois, quand ils l'avaient massacrée. Le visage de sa mère, renversé en arrière, la bouche béante avant que l'infirmière de nuit ne la ferme et ne l'attache avec un bout de tulle à fromage. Le visage de Roper, trop proche quand il s'avance et envahit l'espace privé de Jonathan.

Mais Burr suivait le fil de ses propres pensées. Il s'en voulait d'avoir brossé pour Jonathan un portrait aussi détaillée d'Apostoll, et se demandait s'il arriverait jamais à tenir sa maudite langue.

Dans le petit appartement de Jonathan sur la Klosbachstrasse, ils buvaient du whisky coupé d'eau de Henniez, ce qui ne leur valait rien ni à l'un ni à l'autre. Jonathan était assis dans l'unique fauteuil tandis que Burr arpentait la pièce en quête d'indices. Il avait manipulé l'équipement d'escalade et regardé deux des insignifiantes aquarelles de Jonathan représentant l'Oberland bernois. Il examinait maintenant les livres rangés dans l'alcôve. Il était fatigué, et sa patience envers lui-même et Jonathan commençait à s'épuiser.

« Vous êtes un fanatique de Thomas Hardy, à ce que je vois, remarqua-t-il. Pourquoi donc ?
– L'exil loin de l'Angleterre, sans doute. Un accès de nostalgie.
– Nostalgie, mon œil. Pour Hardy, l'homme est une souris et Dieu un salaud qui se fout de tout. Tiens donc ! Le colonel T. E. Lawrence d'Arabie ! » Il agitait comme un drapeau pris à l'ennemi un petit livre à jaquette jaune. « Le génie solitaire qui souhaitait l'anonymat plus que tout. Abandonné par son pays. Ah voilà, on brûle, là. Écrit par la femme qui tomba amoureuse de lui après sa mort. Votre héros, bien sûr. Toute cette abstinence, ces efforts infructueux, cette vie à la dure, il était fait pour ça. Pas étonnant que vous ayez accepté ce boulot en Égypte. » Il regarda la page de garde. « Ce sont les initiales de qui ? Pas les vôtres. »

Mais au moment où il posa la question il connaissait déjà la réponse.

« Celles de mon père, en fait. Ce livre était à lui. Vous voulez bien le ranger, s'il vous plaît ? »

Remarquant la tension dans la voix de Jonathan, Burr se retourna. « Ai-je touché un point sensible ? J'en ai l'impression. Il ne m'était jamais venu à l'esprit que les sergents lisaient. » Délibérément, il explorait la blessure. « Je croyais que la lecture était l'apanage des officiers. »

Jonathan, debout devant Burr, le bloquait dans l'alcôve. Son visage était livide, et ses mains, instinctivement prêtes à l'action, s'étaient écartées de ses hanches. « Si vous voulez bien le remettre sur l'étagère, je vous prie, c'est personnel. »

Prenant son temps, Burr replaça le livre parmi ses compagnons.

« Dites-moi... » commença-t-il, annonçant un autre changement de sujet, et passant tranquillement devant Jonathan pour aller au centre de la pièce. On eût dit que leur conversation précédente n'avait pas eu lieu. « Vous arrive-t-il jamais d'avoir de l'argent liquide dans votre hôtel ?

– Parfois.
– Quand ?
– Si quelqu'un part tard dans la nuit et paie en espèces, c'est nous qui nous en occupons. La réception est fermée de minuit à cinq heures du matin, alors c'est le directeur de nuit qui s'en charge.
– Alors, c'est vous qui recevriez l'argent et qui le mettriez dans le coffre. C'est bien cela ? »

Jonathan se laissa tomber dans le fauteuil et se croisa les mains derrière la nuque. « Possible.

– Supposons que vous le voliez. Quand s'en apercevrait-on ?

– À la fin du mois.

– Vous pourriez toujours le remettre le jour des comptes et le reprendre après, j'imagine, dit Burr pensif.

– Meister fait très attention. Il est suisse jusqu'au bout des ongles.

– Je suis en train de vous créer une légende, voyez-vous.

– Je sais.

– Faux, vous ne savez rien. Je veux vous voir entrer dans le cerveau de Roper, Jonathan. Je vous en crois capable. Je veux que vous l'ameniez jusqu'à moi. Sinon, je ne le coincerai jamais. Il est peut-être dans une situation désespérée, mais il ne baisse pas sa garde. Je peux lui fourrer des micros dans le cul, faire passer des satellites au-dessus de chez lui, lire son courrier, et écouter ses conversations téléphoniques. Je peux le renifler, l'entendre et l'observer. Je peux envoyer Corkoran en tôle pour cinq cents ans, mais je ne peux pas toucher au Roper. On ne vous attend pas au Meister avant quatre jours. Venez à Londres avec moi dans la matinée. Vous rencontrerez mon ami Rooke, et il vous mettra le marché en main. Je veux récrire votre vie depuis le début pour qu'à la fin vous vous aimiez. »

Il jeta un billet d'avion sur le lit, alla près de la fenêtre mansardée, ouvrit les rideaux et regarda l'aube se lever. Il y avait encore de la neige dans l'air. Le ciel était sombre et bas.

« Vous n'avez pas besoin de temps pour y réfléchir. Vous n'avez eu que ça à faire depuis que vous avez plaqué l'armée et votre pays. Il y a de bonnes raisons de dire non, tout comme il y a de bonnes raisons de vous creuser un trou bien profond et d'y vivre terré jusqu'à la fin de vos jours.

– Ça prendrait combien de temps ?
– Je n'en sais rien. Si vous refusez, bien moins d'une semaine. Vous voulez un autre sermon ?
– Non.
– Vous voulez m'appeler dans une heure ou deux ?
– Non.
– Où en êtes-vous, alors ? »

Nulle part, pensa Jonathan en regardant l'heure de départ sur le billet. Ça n'existe pas, les décisions, ça n'a jamais existé. On passe une bonne ou une mauvaise journée, on va de l'avant parce qu'il n'y a rien derrière, et on court parce que si on reste immobile plus longtemps on s'écroule. Il y a l'action ou la stagnation, il y a le passé qui vous pousse et l'aumônier militaire qui vous raconte, dans ses prêches, que seuls ceux qui obéissent sont libres, et puis il y a les femmes qui vous disent que vous êtes insensible mais qu'elles ne peuvent pas vivre sans vous. Il y a une prison appelée l'Angleterre, il y a Sophie que j'ai trahie, il y a un Irlandais sans arme qui a continué à me regarder après que je lui ai fait exploser la figure, et il y a une fille à laquelle j'ai à peine parlé, qui inscrit *cavalière* sur son passeport et qui m'a tellement énervé que, six semaines après, je lui en veux encore. Il y a un héros à la hauteur duquel je n'arriverai jamais, qu'on a dû remettre en uniforme pour l'enterrer. Et un joueur de flûte du Yorkshire qui a des sueurs froides et me susurre à l'oreille de le suivre et de tout recommencer.

Rex Goodhew était en forme pour le combat. Il avait passé la première moitié de la matinée à défendre avec succès la cause de Burr auprès de son maître, et la seconde à disserter devant des représentants de Whitehall sur la mauvaise utilisation du secret d'État, pour terminer par une petite altercation avec un jeune blanc-bec de River House tout juste assez vieux pour faire son premier mensonge. Maintenant, c'était l'heure du déjeuner, le soleil rasant éclairait les façades blanches de Carlton Gardens, et son cher Athenaeum n'était qu'à quelques pas.

« Ton Leonard Burr fait beaucoup parler de lui, Rex, dit Stanley Padstow, du ministère de l'Intérieur, avec un sourire inquiet, tout en alignant son pas sur le sien. Pour tout dire, je ne m'étais pas vraiment rendu compte de la galère dans laquelle tu nous embarquais.

– Mon pauvre ami. Qu'a-t-il donc fait ? »

Padstow avait étudié à Oxford à la même époque que Goodhew, mais le seul souvenir qu'en gardait ce dernier, c'est que Padstow paraissait investi d'une mission auprès des filles moches.

« Oh, pas grand-chose, répondit Padstow avec une feinte désinvolture. Il a utilisé mon personnel pour blanchir ses demandes de dossiers. Il a persuadé la secrétaire des archives de mentir à fond pour lui. Il a invité des officiers de police gradés à des déjeuners de trois heures chez Simpson's, et il nous a demandé de nous porter garants pour lui s'ils se défilaient. » Il ne quittait pas Goodhew des yeux mais n'arrivait pas à capter son regard. « Ça ne pose pas de problème, hein ? C'est juste qu'avec ces types-là on ne sait jamais, pas vrai ? »

Il y eut une petite pause, le temps d'être hors de portée d'oreille d'un troupeau de nonnes.

« Non, Stanley, on ne sait jamais, dit Goodhew. Mais je t'ai envoyé une confirmation écrite détaillée, top secret, pour ton dossier. »

Padstow s'efforçait d'avoir un ton dégagé. « Et ses escapades diaboliques dans le sud-ouest, euh... tout ça sera couvert ? Ta lettre n'était pas tout à fait claire à ce sujet. »

Ils étaient arrivés en bas des marches de l'Athenaeum.

« À moi, ça me paraît parfaitement clair, Stanley, dit Goodhew. Si je me souviens bien, le troisième paragraphe de ma lettre couvre totalement les escapades dans le sud-ouest.

– Assassinat compris ? le pressa Padstow dans un souffle au moment où ils entraient.

– Oui, oui, il me semble bien. Pourvu que personne ne soit blessé, Stanley. » Le ton de sa voix changea. « Et tout est compartimenté, d'accord ? Pas un mot à River House, ni à quiconque sauf Leonard Burr et moi, si tu es inquiet. Cela te convient, Stanley ? Ce ne sera pas trop dur ? »

Ils s'installèrent à des tables séparées. Goodhew s'offrit une tourte à la viande arrosée d'un verre de bordeaux maison. Mais Padstow mangea très vite, comme s'il chronométrait ses bouchées.

7

Jonathan arriva à l'épicerie-bureau de poste de Mme Trethewey par un vendredi maussade et se présenta sous le nom de Linden, choisi au hasard sur les conseils de Burr. Il n'avait jamais rencontré un Linden de sa vie, mais peut-être s'était-il inconsciemment rappelé un souvenir de famille – une chanson ou un poème allemands que sa mère lui aurait répétés sur son lit de mort, où elle avait agonisé si longtemps.

En cette journée morose et humide, on se serait cru le soir dès les premières heures de la matinée. Le village se trouvait à quelques kilomètres de Land's End. L'aubépine qui courait sur le mur de granit de Mme Trethewey était tordue par les bourrasques du suroît. Sur les pare-chocs des voitures garées derrière l'église, des autocollants recommandaient aux étrangers de retourner chez eux.

On se sent voleur quand on revient en cachette dans son propre pays après l'avoir abandonné, quand on utilise une fausse identité toute neuve pour incarner un nouveau soi-même. On se demande à qui on a volé les vêtements que l'on porte, l'ombre que l'on projette, et si on est déjà venu ici sous un autre nom. Le premier jour où l'on joue ce rôle après six ans d'exil dans la peau d'une personnalité mal définie, on a le sentiment de vivre un événement spécial. Cette exaltation devait se lire sur le visage de Jonathan, car Mme Trethewey a toujours affirmé par la suite avoir remarqué une certaine audace dans son attitude – ce qu'elle appelait une petite flamme. Et Mme Trethewey n'est pas du genre à broder. C'est une grande femme imposante et futée, qui n'a rien d'une campagnarde. Certaines de ses remarques vous amènent à vous demander ce qu'elle aurait pu devenir si elle avait bénéficié de l'éducation actuelle, ou d'un mari avec un peu plus de cervelle que ce pauvre vieux Tom, mort d'une attaque à Penzance, à Noël dernier, après quelques excès au buffet de la loge maçonnique.

« Jack Linden, c'était un malin, celui-là, affirmet-elle aujourd'hui avec cet aplomb des gens de la Cornouailles. Il avait un regard pas désagréable quand on le voyait pour la première fois, un regard rieur, je dirais. Mais il vous observait de la tête aux pieds, et pas du tout comme tu penses, Marilyn. Il scrutait votre âme. On aurait cru qu'il avait volé quelque chose avant même d'être entré dans la boutique. Eh bien, c'était vrai. On le sait maintenant. Ça, et un tas d'autres choses qu'on préférerait ignorer. »

À 17 h 20, dix minutes avant la fermeture, elle faisait ses comptes sur la caisse électronique avant d'aller regarder « Les Voisins » à la télévision avec sa fille Marilyn, qui gardait sa propre petite fille au premier étage. Elle entendit la grosse moto – « un de ces machins qui font un bruit de tonnerre » – et le vit la caler brutalement sur la béquille, enlever son casque et lisser ses beaux cheveux – moins par nécessité que pour se détendre, devina-t-elle. Et elle crut le voir sourire. Une fourmi, se dit-elle, et une fourmi joyeuse, qui plus est. Dans l'ouest de la Cornouailles, fourmi signifie étranger et étranger signifie toute personne venue de l'est de la Tamar.

Mais cette fourmi-là aurait pu venir de la lune. Mme Trethewey eut envie de retourner la pancarte sur la porte, dit-elle aujourd'hui, mais l'apparence de l'homme l'arrêta. Et puis ses chaussures, aussi bien entretenues que celles de Tom jadis, luisantes comme des marrons d'Inde ; en outre il s'essuya méticuleusement les pieds sur le paillasson en entrant, ce qu'on n'aurait pas attendu d'un motard.

Aussi continua-t-elle ses comptes tandis qu'il errait dans les rayons sans avoir pensé à prendre un panier, et ça, c'est bien les hommes, qu'ils soient beaux comme Paul Newman ou laids comme des poux : ils entrent acheter un paquet de lames de rasoir, et ils se retrouvent les bras chargés, mais jamais de panier. Et puis il marchait à pas feutrés, presque sans bruit, il était si léger. Les motards ne sont généralement pas du genre silencieux.

« Alors, comme ça, vous venez du nord, mon grand ? lui demanda-t-elle.

– Euh, eh bien, oui, j'en ai peur.

– Il n'y a pas de raison d'avoir peur, cher monsieur. Il y a beaucoup de gens charmants qui viennent du nord, et il y en a beaucoup dans ce coin que je voudrais bien voir partir là-bas. »

Pas de réponse. Il se concentrait sur les gâteaux secs. Ses mains, remarqua-t-elle maintenant qu'il avait ôté ses gants, étaient parfaitement soignées, ce qu'elle appréciait.

« Vous venez d'où ? Un endroit agréable, j'espère.

– Eh bien, de nulle part, en fait », avoua-t-il, plus désinvolte que jamais. Il attrapa deux paquets de biscuits Digestive et un de crackers, et en déchiffra les étiquettes comme pour la première fois.

« Vous ne pouvez pas venir de Nulle-Part-En-Fait, mon lapin, rétorqua-t-elle en le suivant du regard. Vous n'êtes peut-être pas de Cornouailles, mais vous n'êtes pas non plus un courant d'air. Alors, vous venez d'où ? »

Si les gens du village avaient tendance à se mettre au garde-à-vous dès qu'elle prenait sa voix sévère, Jonathan se contenta de sourire.

« J'ai vécu à l'étranger, expliqua-t-il pour lui faire plaisir. Je suis un voyageur errant qui rentre au bercail. »

Et sa voix était comme ses mains et ses chaussures, raconte-t-elle : polie comme le verre.

« Alors où, à l'étranger, mon chou ? Il y a beaucoup d'endroits à l'étranger, même pour nous. Contrairement à ce que pensent pas mal de gens, on n'est quand même pas si primitifs que ça, ici ! »

Mais elle n'a pas pu le coincer, reconnaît-elle aujourd'hui. Il restait là, souriant, faisait provision de thé, de thon et de gâteaux à la farine d'avoine avec les gestes calmes d'un jongleur, et chaque fois qu'elle lui posait une question il lui faisait sentir son effronterie.

« Eh bien, c'est moi qui ai loué la petite maison du Lanyon.
— Alors vous êtes complètement cinglé, jeune homme ! dit Ruth Trethewey sans se gêner. Il faut être fou pour vouloir vivre au Lanyon, au milieu des rochers toute la journée. »

Et cet air distant, se souvient-elle. Bien sûr, il était marin, on le sait aujourd'hui, même si ce n'était pas pour la bonne cause. Ce sourire figé qu'il avait en étudiant les conserves de fruits comme s'il apprenait les étiquettes par cœur. *Insaisissable*, c'est ça. Comme une savonnette dans la baignoire. On croyait le tenir et il vous glissait entre les doigts. Il avait quelque chose de bizarre, c'est tout ce que je sais.

« Bon, mais vous devez avoir un nom au moins, si vous avez décidé de vous installer chez nous, avait-elle enchaîné avec un désespoir indigné. Ou bien vous avez choisi de l'abandonner à l'étranger en rentrant au pays ?

— Linden, dit-il en sortant son argent. Jack Linden. Avec un i et un e, ajouta-t-il aimablement. À ne pas confondre avec Lyndon, y et o. »

Elle se rappelle qu'il rangea soigneusement ses emplettes dans les sacoches de sa moto, tantôt dans l'une, tantôt dans l'autre, comme s'il équilibrait la charge de son bateau. Puis il démarra en agitant le bras pour lui dire au revoir. Linden du Lanyon, songea-t-elle en le regardant monter jusqu'au croisement et prendre un petit virage à gauche. Venu de Nulle-Part-En-Fait.

« Je viens d'avoir un Monsieur-Linden-du-Lanyon-avec-un-i-et-un-e dans la boutique, dit-elle à Marilyn en remontant. Et il a une moto plus grosse qu'un cheval.

— Marié, à tous les coups », commenta Marilyn qui avait une petite fille mais ne parlait jamais du père.

Et c'est ce qu'était devenu Jonathan, dès le premier jour et jusqu'au moment où l'on apprit la nouvelle : Linden du Lanyon, un de ces Anglais à l'âme nomade qui s'enfoncent de plus en plus loin vers le sud-ouest du pays, comme sous l'effet de la pesanteur, pour essayer d'échapper à leurs secrets et à eux-mêmes.

Les autres informations à son sujet furent recueillies par bribes dans le village grâce à ces méthodes quasi-surnaturelles qui font la fierté de tout réseau efficace. On le savait riche, car il payait comptant et presque avant même de devoir la somme – en billets neufs de cinq et dix livres qu'il abattait comme des cartes à jouer sur le couvercle du congélateur de Mme Trethewey – enfin, ceux-là, on sait où il les avait pris, non? Pas étonnant qu'il ait payé en espèces!

« Dites-moi quand ça suffira, je vous prie, madame Trethewey », demandait Jonathan en continuant d'étaler ses billets. Choquant, malgré tout, de penser qu'ils n'étaient même pas à lui. Mais l'argent n'a pas d'odeur, dit-on.

« Alors, ça, ce n'est pas mon rôle, monsieur Linden, protestait-elle. C'est le vôtre. Je peux vous prendre tous les billets que vous avez, et même plus. » À la campagne, les blagues marchent d'autant mieux qu'on les répète souvent.

On savait qu'il parlait toutes les langues étrangères du monde, en tout cas l'allemand. Lorsque Dora Harris du Count House avait eu une auto-stoppeuse allemande qui s'était trouvée mal en point à l'auberge, Jack Linden avait été au courant, on ne sait trop comment, s'y était rendu à moto et lui avait parlé, Mme Harris restant assise sur le lit pour les convenances. Il avait attendu l'arrivée du Dr Maddern afin de pouvoir lui traduire les symptômes ressentis par la jeune fille, dont certains très intimes, à en croire Dora, mais Jack Linden connaissait tous les mots. Selon le docteur Maddern, il devait très bien maîtriser la langue pour savoir ces termes-là.

On savait qu'il arpentait le chemin de la falaise au petit matin comme un insomniaque ; Pete Hosken et son frère, qui relevaient à l'aube les nasses à homards au large de la pointe du Lanyon, l'apercevaient marchant d'un pas martial au sommet de la falaise, le plus souvent avec un sac à dos, et bon Dieu, qu'est-ce qu'il pouvait bien transporter à cette heure-là ? De la drogue, sans doute. Eh oui, c'était bien ça. On le sait aussi, maintenant.

Et on savait qu'il labourait la terre des prairies avec sa pioche comme s'il voulait punir le sol qui l'avait porté. Ce type aurait pu gagner décemment sa vie comme ouvrier, s'il avait voulu. C'était pour faire pousser des légumes qu'il bêchait, soi-disant, mais il n'était pas resté assez longtemps pour les manger.

Et il se faisait sa cuisine lui-même, disait Dora Harris. Un vrai cordon-bleu, à en juger par l'odeur. Quand le suroît soufflait assez légèrement, elle en avait l'eau à la bouche, même à un kilomètre de là, et pareil pour Pete et son frère qui étaient en mer.

On savait aussi qu'il avait le béguin pour Marilyn Trethewey, ou plutôt elle pour lui, car Linden faisait plus ou moins du charme à tout le monde – alors que Marilyn, elle, n'avait pas souri depuis trois hivers, jusqu'à ce que Jack Linden lui en donne l'occasion.

Et on savait que, deux fois par semaine, il venait à moto chez Mme Trethewey chercher des provisions pour la vieille Bessie Jago qui habitait au coin de la route du Lanyon, et qu'au lieu d'entasser les conserves et les paquets n'importe comment sur la table en lui laissant faire le tri après, il lui rangeait tout bien en ordre sur ses étagères. Et puis il bavardait de sa maison avec elle, lui racontant qu'il consolidait le toit avec du ciment, qu'il mettait de nouveaux châssis aux fenêtres et faisait un chemin devant la porte d'entrée.

Mais c'était tout ce dont il parlait. Pas un mot sur lui-même, où il avait vécu, de quoi il avait vécu, aussi fut-ce par pur hasard qu'ils eurent vent de ses intérêts dans une affaire de bateaux à Falmouth, Sea Pony, une entreprise spécialisée dans la location et le leasing de yachts. Mais qui n'avait pas du tout bonne réputation, selon Pete Pengelly ; c'était plutôt un repère pour les cowboys de la mer et les drogués du nord. Pete l'avait aperçu dans le local, un jour où il avait pris sa camionnette pour aller chercher un hors-bord qu'il avait donné à réparer chez Sparrow, le chantier de construction de bateaux voisin. Linden était assis à une table, avait dit Pete, et il parlait à un gros barbu dégoulinant de sueur, avec les cheveux frisés et une chaîne en or autour du cou, qui semblait être le patron. En arrivant chez Sparrow, Pete avait immédiatement demandé au vieux Jason : « Qu'est-ce qui se passe donc à côté, chez Sea Pony, Jason ? Ils ont été repris par la mafia, ou quoi ? »

Il y a Linden, et l'autre, c'est Harlow, lui avait dit Jason. Linden vient du nord et Harlow, le gros barbu, il est australien. Ils ont racheté l'affaire en payant cash, mais ils ne font rien, sauf fumer des cigarettes et se balader en yacht dans l'estuaire. Linden, c'est un sacré marin, avait concédé Jason. Mais le gros Harlow, il est pas foutu de reconnaître son cul de son gouvernail. Ils passent leur temps à s'engueuler. Ou plutôt c'est Harlow qui gueule, comme un putois. L'autre, Linden, il se contente de sourire. Tu parles d'associés ! avait commenté Jason, outré.

C'était donc la première fois qu'on avait entendu parler de Harlow. Linden & Harlow, associés et ennemis.

Une semaine plus tard, à l'heure du déjeuner, au Snug, le même Harlow apparut en chair et en os... c'est le cas de le dire! Un tas de chair de cent vingt kilos, au bas mot. Il entra avec Jack Linden et s'assit là, dans le coin lambrissé de pin, près du jeu de fléchettes, à la place habituelle de William Charles. Il remplissait tout le banc... et il mangea trois tourtes. Ils restèrent jusqu'à la fermeture de l'après-midi, penchés sur une carte, à murmurer comme deux satanés pirates. Eh ben, on sait pourquoi. Ils mettaient leur coup au point.

Et maintenant, voilà que Jumbo Harlow est mort et Jack Linden a disparu sans dire au revoir à personne, le salaud.

*

Disparu si vite que la plupart n'avaient que leurs souvenirs pour tenter de cerner le personnage. Disparu si complètement que, s'il n'y avait eu les coupures de presse punaisées au mur du Snug, ils auraient pu croire qu'il n'avait jamais croisé leur chemin; qu'on n'avait jamais entouré la vallée du Lanyon d'un cordon orange gardé par deux jeunes flics vicelards de Camborne; que les inspecteurs en civil n'étaient jamais venus traîner leurs guêtres dans le village, de l'heure de la traite des vaches jusqu'au crépuscule – « y en avait trois voitures pleines, de ces cons-là », dit Pete Pengelly; que les journalistes n'avaient jamais débarqué en masse de Plymouth et de Londres, même qu'il y avait des femmes dans le lot, et d'autres qu'auraient bien pu en être, et qu'ils mitraillaient tout le monde de questions stupides, depuis Ruth Trethewey jusqu'à Lucky, l'idiot du village qui promène son berger allemand à longueur de journée, un chien aussi crétin que son maître mais avec plus de dents. Comment était-il habillé, monsieur Lucky? De quoi parlait-il? A-t-il parfois été violent avec vous?

« Le premier jour, on faisait même pas la différence entre les flics et les journalistes ! aime à rappeler Pete, pour la plus grande hilarité des habitués du Snug. On appelait les reporters "monsieur l'inspecteur" et on disait aux flics d'aller se faire foutre. Le deuxième jour, on leur disait à tous d'aller se faire foutre.

– Mais c'est pas lui qui a fait le coup, nom de Dieu ! ronchonne le vieux William Charles, tout ratatiné à sa place près du jeu de fléchettes. Ils ont jamais rien prouvé. Quand on trouve pas de cadavre, y'a pas d'assassin, bordel ! C'est la loi.

– Ils ont trouvé du sang, quand même, William..., remarque Jacob, le jeune frère de Pete Pengelly, qui a eu le bac avec mention.

– Du sang, mon œil ! rétorque William Charles. Une goutte de sang, ça prouve rien. Un pauvre con du nord se coupe en se rasant et la police arrive et traite Jack Linden d'assassin. Qu'ils aillent se faire foutre.

– Ben, pourquoi il est parti, alors ? Pourquoi il a filé en plein milieu de la nuit s'il a tué personne ?

– Qu'ils aillent se faire foutre », répète William Charles, comme un bel Amen.

Et pourquoi il a abandonné cette pauvre Marilyn, qu'a l'air d'avoir été mordue par un serpent et qui scrute la route toute la journée pour le cas où sa moto reviendrait ? Elle, elle a pas voulu raconter de salades à la police. Elle leur a dit qu'elle n'avait jamais entendu parler de lui, et toc ! Venant d'elle, c'est pas étonnant.

Et il coule, le flot bigarré des réminiscences perplexes, il coule de-ci de-là ; il coule chez eux, alors qu'épuisés après le labour ils s'installent devant leur écran de télé, ou bien au Snug, les soirs de brouillard, tandis qu'ils dégustent leur troisième bière en contemplant le plancher. La nuit tombe, les écharpes de brume se collent aux fenêtres à guillotine comme de la buée, il n'y a pas un souffle d'air. Le vent s'arrête net, les corneilles se taisent. Sur le chemin du pub se mêlent les odeurs du lait de la laiterie encore tout chaud, des poêles à pétrole, des cuisinières à charbon, de la fumée des pipes, du fourrage ensilé, et des algues du Lanyon. Un hélicoptère vole lentement en direction de Scilly. Un tanker beugle dans le brouillard. Le carillon du clocher de l'église vous résonne dans l'oreille comme le gong sur un ring de boxe. Chaque chose est isolée, odeurs, sons ou souvenirs. Des pas sur le chemin claquent avec un bruit de nuque brisée.

« J'vais t'dire une chose, mon gars! lance Pete Pengelly comme s'il intervenait dans une discussion animée alors que personne ne parle depuis plusieurs minutes. Jack Linden devait avoir une sacrée bonne raison. Jack, il avait une bonne raison pour tout ce qu'il faisait. Dis-moi si c'est pas vrai.

— Et puis, dans un bateau, c'était quelqu'un, reconnaît le jeune Jacob qui, comme son frère, pêche dans un petit rafiot au large de Porthgwarra. Il est sorti avec nous un samedi, hein, Pete? Il a pas desserré les dents. Il ramènerait un poisson chez lui, qu'il a dit. Je lui ai proposé de lui nettoyer, pas vrai? Oh, je le ferai, qu'il a dit. Et il a dégagé le poisson de son arête. La peau, la tête, la queue, la chair. Il l'a mieux nettoyé qu'un phoque.

— Et pour c'qui est de naviguer à la voile, dis donc! Aller des îles Anglo-normandes à Falmouth, tout seul, alors qu'il y avait une sacrée tempête!

— Ce connard d'Australien, il a eu que ce qu'il méritait! dit une voix dans un coin de la pièce. Il était cent fois plus violent que Jack. T'as vu ses mains, Pete? Grosses comme des battoirs! »

Il faut Ruth Trethewey pour ajouter une touche de philosophie à la conversation, même si elle n'aborde pas le sujet de Marilyn et fait taire toute personne qui s'y hasarde devant elle : « Chaque homme a son démon personnel qui l'attend quelque part, déclare Ruth qui, depuis la mort de son mari, défie à l'occasion la clientèle majoritairement masculine du Snug. Il n'y a pas un homme ici ce soir qui ne soit capable de commettre un meurtre si un mauvais conseiller l'y pousse. Et ça vaut même pour le prince Charles, j'ai pas honte de le dire.

Jack Linden était trop poli pour pas que ça lui joue des tours. Tout ce qu'il gardait à l'intérieur de lui est ressorti d'un seul coup.

— Le diable t'emporte, Jack Linden, annonce soudain Pete Pengelly, le visage empourpré par la boisson, alors qu'ils restent tous assis dans le silence respectueux qui suit invariablement les sages réflexions de Ruth Trethewey. Si t'entrais ici ce soir, je te paierais une bière, mon vieux, et je te serrerais la main comme ce soir-là. »

Et le lendemain on oublie Jack Linden, peut-être pour des semaines. On oublie son incroyable traversée, et les deux mystérieux hommes en Rover qui, selon la rumeur, lui ont rendu visite de nuit au Lanyon la veille de sa disparition – et plusieurs fois avant, à en croire une ou deux personnes bien placées pour le savoir.

Mais les coupures de presse restent punaisées au mur du Snug, les rochers suintants, gris et escarpés de la vallée du Lanyon se morfondent encore sous l'éternel mauvais temps, les ajoncs et les jonquilles fleurissent toujours sur les rives du Lanyon, au lit aujourd'hui si étroit qu'un homme agile pourrait l'enjamber d'un pas. Sur la berge, le chemin sombre serpente jusqu'à la petite maison qui fut celle de Jack Linden. Les pêcheurs trouvent toujours un bon mouillage près de la pointe du Lanyon, où se tapissent les rochers bruns comme des crocodiles à marée basse et où les courants peuvent vous faire chavirer par les journées les plus calmes, si bien que, tous les ans, un imbécile venu du nord avec une petite amie et un canot pneumatique plonge pour trouver quelques restes d'épaves et se noie ou doit être repêché par l'hélicoptère de sauvetage venu de Culdrose.

Il y avait bien assez de corps dans la baie du Lanyon, dit-on dans le village, longtemps avant que le souriant Jack Linden vienne ajouter son Australien barbu à la collection.

Et Jonathan ?

Jack Linden était autant un mystère pour lui-même

que pour le village. Un crachin sale tombait quand il ouvrit d'un coup de pied la porte de la petite maison et laissa tomber ses sacoches sur le plancher. Il avait fait plus de cinq cents kilomètres en cinq heures, et pourtant, tandis qu'il passait d'une triste pièce nue à l'autre, toujours chaussé de ses grosses bottes de moto, et en contemplait le paysage apocalyptique par les fenêtres aux vitres cassées, il souriait intérieurement comme quelqu'un qui a trouvé le palais de ses rêves. Je suis en voie de me réaliser, pensait-il en se rappelant le serment qu'il s'était fait dans la belle cave à vins de Herr Meister. En voie de découvrir les morceaux manquants de ma vie. De me racheter, pour la mémoire de Sophie.

Son entraînement à Londres était relégué dans une autre case de son esprit : les exercices mnémotechniques, photographiques ou de télécommunications, le goutte-à-goutte régulier de la formation méthodique dispensée par Burr : soyez ceci, ne soyez jamais cela, soyez plus naturel que nature. Leur organisation le fascinait, il appréciait leur ingéniosité et leurs raisonnements retors.

« Nous allons partir du principe que vous garderez Linden pendant tout le premier round », avait dit Burr à travers le nuage de fumée émanant de la pipe de Rooke. Les trois hommes étaient assis dans la maison spartiate de Lisson Grove réservée à l'entraînement. « Après, on vous trouvera une autre identité. Vous marchez toujours ? »

Oh oui, il marchait ! Avec un sens du devoir ravivé, il participait avec joie à sa destruction imminente, ajoutant des touches personnelles qu'il trouvait plus fidèles à l'original.

« Une seconde, Leonard. Je suis en fuite et recherché par la police, d'accord ? Vous me dites de filer en France. Mais je viens d'Irlande. Je ne traverserais jamais une frontière si j'étais en cavale. »

Ils tinrent compte de son avis, notèrent qu'il devrait passer encore une semaine infernale à se planquer, furent très impressionnés, et se le dirent dans son dos.

« Ne le lâchez pas, conseilla Rooke à Burr, en parfait gardien du petit soldat Jonathan. Pas de gâteries. Pas de rations supplémentaires. Pas de visites superflues au front pour lui remonter le moral. S'il ne peut pas encaisser, plus tôt on s'en apercevra, mieux ça vaudra. »

Et Jonathan encaissait. Il avait toujours encaissé. Les privations, c'était son élément. Mais il désirait profondément une femme, une inconnue chargée d'une mission comme la sienne, pas une frivole cavalière dotée d'un riche protecteur, une femme possédant la *gravitas*, le cœur et la sexualité débridée de Sophie. Lors de ses promenades sur la falaise, son visage s'éclairait parfois d'un sourire à la pensée familière que ce parangon de vertu féminine qu'il n'avait pas encore rencontré l'attendrait au détour du chemin : *Oh, bonjour, Jonathan, vous voilà enfin.* Et pourtant, trop souvent, quand il examinait de plus près son visage, elle ressemblait à Jed de façon gênante : elle avait le corps parfait de Jed la rebelle, et son sourire envoûtant.

La première fois que Marilyn Trethewey rendit visite à Jonathan, elle venait lui livrer une caisse d'eau minérale trop volumineuse pour tenir sur sa moto. Elle était sortie du même moule que sa mère : la mâchoire volontaire, les cheveux noir jais de Sophie, les joues colorées des habitants de Cornouailles, les seins hauts et fermes. Elle ne devait pas avoir plus de vingt ans. Lorsqu'il l'avait vue pousser son landau dans la grand-rue du village, toujours seule, ou bien dans la boutique de sa mère, derrière le tiroir-caisse, toujours sur son quant-à-soi, Jonathan s'était demandé si elle le voyait ou fixait simplement son regard sur lui, absorbée par d'autres pensées.

Elle tint à porter la caisse de bouteilles jusqu'à la porte d'entrée, et quand il fit mine de s'avancer pour la lui prendre, elle le repoussa. Aussi resta-t-il sur le seuil pendant qu'elle posait la caisse sur la table de la cuisine, puis embrassait le séjour du regard avant de ressortir.

« Faites votre trou là-bas, avait conseillé Burr. Achetez une serre, cultivez un jardin, nouez des amitiés à vie. Il faut que les gens se disent que vous avez dû vous arracher de là en partant. Si vous vous trouvez une fille à laisser tomber par la suite, ça n'en sera que mieux. L'idéal, ce serait que vous la quittiez enceinte.

– Merci bien. »

Burr avait perçu le ton de Jonathan et lui avait jeté un coup d'œil en coin. « Eh bien, qu'est-ce qui ne va pas ? Vous avez fait vœu de célibat ? Cette Sophie vous a vraiment marqué, hein ? »

Deux jours plus tard, Marilyn revint, sans rien à livrer cette fois. Et au lieu de son éternel jean et d'un corsage négligé, elle portait une jupe et une veste, comme pour un rendez-vous chez le notaire. Elle sonna et, dès qu'il ouvrit la porte, lui dit : « Attention, vous allez vous tenir tranquille, hein ? » Il recula d'un pas pour la laisser passer, et elle se planta au centre de la pièce comme si elle le mettait à l'épreuve. Il remarqua que les manchettes en dentelle de son chemisier tremblaient, et comprit qu'il lui en avait coûté de venir.

« Alors, vous vous plaisez ici ? lui demanda-t-elle d'un air de défi. Tout seul ? » Elle avait l'œil vif de sa mère et sa perspicacité instinctive.

« C'est une aubaine pour moi, dit Jonathan en se réfugiant derrière sa voix d'hôtelier.

– Et vous faites quoi ? Vous pouvez pas regarder la télé toute la journée. Vous n'en avez pas.

– Je lis, je me promène, je travaille un peu à droite à gauche. » Et maintenant, va-t'en ! pensa-t-il, en lui adressant un sourire crispé, les sourcils levés.

« Ah, vous peignez ? dit-elle en examinant les aquarelles étalées sur la table devant la fenêtre qui donnait sur la mer.

– J'essaie.

– Je sais peindre. » Elle choisissait parmi les pinceaux, testant leur fermeté et leur épaisseur. « J'étais bonne en peinture. J'ai même gagné des prix.

– Alors, pourquoi ne pas vous y remettre ? »

Il avait formulé une question, mais s'aperçut avec consternation qu'elle l'avait prise pour une proposition. Après avoir vidé le pot d'eau dans l'évier, elle le remplit, s'assit à la table, choisit une feuille de papier à dessin vierge, rejeta ses cheveux derrière les oreilles et s'absorba totalement dans son travail. De dos, ses cheveux noirs lui retombant sur les épaules, la tête auréolée par les rayons flamboyants du soleil, c'était Sophie, l'ange accusateur venu lui rendre visite.

Il l'observa un moment, espérant en vain que cette ressemblance s'estomperait, et sortit jardiner jusqu'au crépuscule. Quand il rentra, il la trouva en train d'essuyer la table comme à l'école. Puis elle appuya contre le mur sa peinture inachevée qui, au lieu de la mer, du ciel, ou de la falaise, représentait une fillette rieuse aux cheveux noirs – Sophie enfant, par exemple, avant qu'elle ait épousé son parfait gentleman anglais à cause de son passeport.

« Je reviens demain, alors ? lui demanda Marilyn de son ton sec, agressif.

— Bien sûr. Si vous voulez. Pourquoi pas ? répondit l'hôtelier en se disant qu'il irait à Falmouth. Si je dois sortir, je laisserai la porte ouverte. »

Et quand il rentra, il trouva le portrait de l'enfant terminé et un petit mot lui disant sans façon que c'était pour lui. Par la suite, elle revint presque tous les après-midi et, quand elle avait fini sa peinture, elle s'asseyait en face de lui dans le fauteuil de l'autre côté de la cheminée et lisait le *Guardian*.

« Il y a une belle pagaille dans le monde, pas vrai, Jack ? » annonça-t-elle en froissant le journal. Il l'entendit rire, et c'est ce que tout le village commençait à entendre aussi. « C'est un merdier pas possible, Jack Linden. Vous pouvez me croire.

— Oh, je vous crois, l'assura-t-il, veillant à ne pas prolonger son sourire trop longtemps en retour. Je vous crois tout à fait, Marilyn. »

Mais il commençait à souhaiter vivement qu'elle s'en aille. Sa vulnérabilité lui faisait horriblement peur, et aussi ce sentiment qu'il avait d'être très loin d'elle. Pas question, promit-il mentalement à Sophie, même si je devais vivre mille ans. Je le jure.

En de rares occasions, au petit matin car il se réveillait souvent à l'aube, Jonathan sentait que sa détermination à agir menaçait de flancher. Pendant une heure sombre, il devenait le jouet d'un passé bien plus ancien que sa trahison de Sophie. Il se rappelait les picotements de l'uniforme kaki sur sa peau d'enfant et le col qui lui sciait le cou. Il se revoyait à la caserne, dormant raide comme un piquet dans le petit lit en fer de sa chambre, attendant la sonnerie du clairon et les premiers ordres criards de la journée : Te tiens pas comme un putain de maître d'hôtel, Pyne, mets les épaules en arrière, mon garçon ! Bien en arrière ! Plus que ça ! Il ressentait à nouveau sa peur de tout, des moqueries s'il perdait, de l'envie s'il gagnait ; du terrain de manœuvres, du terrain de sport et du ring de boxe ; de se faire prendre quand il volait des objets pour se réconforter – un canif, la photo des parents d'un autre ; sa peur de l'échec, c'est-à-dire de n'avoir su gagner les bonnes grâces des autres ; sa peur d'être en retard ou en avance, trop propre ou pas assez, trop bruyant ou trop calme, trop soumis ou trop hardi. Il se rappelait avoir appris à être courageux pour ne pas être couard. Il se rappelait le jour où il avait rendu un coup, et le jour où il avait frappé le premier, s'apprenant progressivement à passer de la passivité à l'action. Il se rappelait ses premières femmes, identiques aux suivantes, chacune plus décevante que la précédente alors qu'il s'efforçait de les élever au rang de la déesse qu'il n'avait jamais eue.

Il pensait constamment à Roper – il lui suffisait de fouiller dans les replis de sa mémoire pour sentir monter en lui le sentiment que tout avait un but et un sens. Il ne pouvait pas écouter la radio ou feuilleter le journal sans déceler la main de Roper derrière tous les conflits. S'il lisait le compte rendu d'un massacre de femmes et d'enfants à Timor-Oriental, c'étaient les fusils de Roper qui avaient commis cette atrocité. Si une voiture piégée explosait à Beyrouth, c'était Roper qui avait fourni la bombe, et sans doute le véhicule : *Ça va, je connais le topo, merci.*

Après Roper, c'était son entourage qui devenait l'objet de sa fascination indignée. Il pensait au major Corkoran, alias Corky, alias Corks, avec son écharpe douteuse et ses horribles bottines en daim : Corky, l'éternel signataire, Corky qu'on pourrait envoyer en prison pour cinq cents ans si Burr le voulait.

Il pensait à Frisky, à Tabby, au vague cercle des subalternes : lord Sandy Langbourne, avec ses cheveux d'or noués sur la nuque ; maître Apostoll, avec ses talonnettes et une fille qui se suicide à cause d'une montre Cartier ; MacArthur et Danby, les deux cadres en costume gris représentant le côté presque respectable de l'affaire... jusqu'à ce que la maisonnée Roper au complet devienne pour lui une espèce de monstrueuse Première Famille, avec Jed comme Première Dame de la Tour.

« Que sait-elle de ses affaires à lui ? avait demandé Jonathan.
– Le Roper ne se vante pas et reste discret, avait répondu Burr en haussant les épaules. Personne n'en sait plus que nécessaire. C'est comme ça avec notre Dicky. »

Une orpheline de la haute société, avait pensé Jonathan. Une éducation chez les sœurs. Une foi perdue. Une enfance emprisonnée comme la mienne.

Le seul confident de Jonathan était Harlow, mais entre agents travaillant sur la même opération il y a des limites aux confidences. « Harlow est un figurant, l'avait averti Rooke au cours d'une visite nocturne au Lanyon. Il n'est là que pour se faire tuer par vous. Il ne connaît pas l'objectif et il n'a pas besoin de savoir. Ça doit rester ainsi. »

Néanmoins, pour cette étape de l'aventure, le meurrier et sa victime étaient alliés, et Jonathan s'efforçait de créer des liens entre eux.

« Tu es marié, Jumbo ? »

Ils étaient assis à la table en pin brut de la cuisine de Jonathan, au retour de leur passage prémédité au Snug. Jumbo secoua tristement la tête et but une gorgée de bière. C'était un être gauche, comme la plupart des obèses, un acteur ou un chanteur d'opéra raté, avec cette cage thoracique énorme. Jonathan le soupçonnait d'avoir laissé pousser sa barbe noire spécialement pour son rôle actuel et de vouloir s'en débarrasser dès la fin du spectacle. Jumbo était-il vraiment australien ? Peu importait. C'était un expatrié partout où il se trouvait.

« J'espère avoir de belles obsèques, monsieur Linden, dit gravement Jumbo. Des chevaux noirs, un corbillard étincelant et un petit giton de neuf ans en chapeau haut de forme. Santé !
– À la tienne, Jumbo. »

Après sa sixième cannette de bière, Jumbo remit sa casquette de toile bleue et partit d'un pas lourd vers la porte. Jonathan regarda sa vieille Land-Rover déglinguée avancer cahin-caha sur le chemin tortueux.

« Mais qui c'était ? demanda Marilyn qui arrivait avec deux maquereaux frais.
– Oh, ce n'est que mon associé.
– Pour moi, il ressemblait plutôt à Godzilla par une nuit sans lune. »

Elle voulait faire frire le poisson, mais il lui montra comment le cuire au four en papillotes, avec du fenouil frais et des épices. Elle poussa l'audace jusqu'à lui attacher son tablier autour de la taille, et il sentit ses épais cheveux noirs lui effleurer la joue. Il attendit le parfum de vanille. Ne t'approche pas de moi. Je trahis. Je tue. Rentre chez toi.

Un après-midi, Jonathan et Jumbo prirent l'avion de Plymouth à Jersey et, dans le petit port de Saint-Hélier, examinèrent avec ostentation un yacht de plus de sept mètres amarré au bout du port. Leur voyage, comme leur apparition au Snug, était pour la galerie. Le soir, Jumbo revint seul.

Selon son livre de bord, le yacht en question, l'*Ariadne*, était arrivé de Roscoff deux semaines auparavant, barré par un Français nommé Lebray. Avant Roscoff, Biarritz et avant ça, la haute mer. Jonathan passa deux jours à l'équiper, faire le ravitaillement et préparer l'itinéraire. Le troisième jour, il le sortit pour s'y habituer, et, tant qu'à faire, il se récita les aires du vent car, sur mer comme sur terre, il n'avait confiance qu'en lui-même. Dès l'aube du quatrième jour, il hissa les voiles. La météo pour la région était bonne et, après quinze heures de navigation à quatre nœuds, porté par le suroît, il arriva à Falmouth. Mais, le soir, le vent fraîchit, atteignant force 6 ou 7 à minuit, et une grosse lame de fond fit tanguer l'*Ariadne*. Jonathan réduisit la voilure et fuit le gros temps pour se mettre en sécurité à Plymouth. Comme il dépassait le phare d'Eddystone, le vent tourna à l'ouest et mollit, aussi changea-t-il de route encore une fois pour reprendre la direction de Falmouth et naviguer vers l'ouest, en suivant le rivage et en tirant des petits bords pour éviter le grain. Quand il arriva finalement au port, il naviguait sans relâche depuis deux nuits, pendant lesquelles il n'avait pas dormi. Tantôt les bruits de la tempête l'avaient assourdi, tantôt il n'entendait plus rien et se demandait s'il n'était pas mort. La houle et le clapot l'avaient fait rouler comme un boulet, ses articulations craquaient et, à cause de la solitude de la mer, sa tête sonnait creux. Mais durant tout le voyage il n'avait pensé à rien qu'il se rappelât par la suite. À rien sinon à sa propre survie. Sophie avait raison. Il avait de l'avenir.

« Alors, vous êtes allé dans un endroit agréable ? » lui demanda Marilyn en regardant fixement le feu. Elle avait enlevé son cardigan et portait un chemisier sans manches, boutonné dans le dos.

« Juste un petit voyage vers le nord. »

Horrifié, il comprit qu'elle l'avait attendu toute la journée. Une autre peinture, qui ressemblait beaucoup à la première, reposait sur la cheminée. Elle lui avait apporté des fruits, et des freesias pour le vase.

« Eh bien, merci, dit-il poliment. C'est très gentil à vous. Merci.

– Est-ce que vous voulez de moi, Jack Linden ? »

Elle leva les bras pour défaire sur sa nuque les deux premiers boutons de son chemisier. Elle avança d'un pas en souriant. Puis elle se mit à pleurer et il ne sut que faire. Il lui passa le bras autour des épaules et la reconduisit à sa camionnette, où il la laissa pleurer jusqu'à ce qu'elle soit en état de rentrer chez elle.

*

Cette nuit-là, Jonathan fut envahi par le sentiment quasi métaphysique de sa souillure morale. Dans sa solitude extrême, il se persuada que le faux meurtre qu'il s'apprêtait à commettre était l'extériorisation des vrais assassinats perpétrés en Irlande et contre Sophie, et que l'épreuve à venir n'était qu'un avant-goût d'une vie de pénitence.

Pendant les journées qui lui restaient, un attachement passionné pour le Lanyon s'empara de son cœur, et chaque nouveau détail ajoutant à la perfection de la falaise l'emplissait de joie : les oiseaux marins qui se posaient toujours au bon endroit, les faucons portés par le vent, le soleil couchant se fondant en un nuage noir, les flottilles de petits bateaux groupés sur les bancs de sable en contrebas, les mouettes formant aussi un banc au-dessus d'eux. Et l'obscurité venue, les bateaux ressemblaient à une minuscule cité au milieu de la mer. À chaque heure qui passait avant son départ, ce désir ardent de se fondre dans le paysage, de s'y cacher, de s'y enfouir, devenait presque insoutenable.

Une tempête se leva. Il alluma une bougie dans la cuisine, et regarda au loin les volutes de la nuit soulevées par le vent qui faisait craquer les châssis des fenêtres et crépiter le toit d'ardoise comme un Uzi. Au petit matin, quand la tempête s'apaisa, il s'aventura dehors pour déambuler sur le champ de bataille de la nuit précédente, puis, tel Lawrence d'Arabie, il sauta sans casque sur sa moto, se rendit à l'un des vieux forts de la colline et scruta la côte pour finalement déceler un point de repère qui indiquait le Lanyon. C'est ici chez moi. La falaise m'a accepté. Je vivrai ici pour toujours. Je serai purifié.

Mais ses vœux étaient inutiles. Le soldat en lui cirait déjà ses bottes pour la longue marche qui le mènerait vers l'homme le plus ignoble au monde.

C'est au cours des derniers jours de Jonathan dans la petite maison que Pete Pengelly et son frère Jacob commirent l'erreur d'aller braconner à la lampe dans le Lanyon.

Pete raconte l'histoire avec circonspection et, s'il y a des visiteurs, il s'abstient, car elle comporte une certaine dose d'aveux et d'orgueil blessé. Dans la région, chasser des lapins à la lampe est un sport sacré depuis plus de cinquante ans. Avec deux batteries de moto dans une petite boîte attachée sur la hanche par une lanière, un vieux phare de voiture au faisceau étroit et un paquet d'ampoules de six volts, on peut hypnotiser un régiment de lapins assez longtemps pour les descendre en quelques salves. Aucune loi, aucun bataillon de harpies en béret marron et socquettes n'ont réussi à y mettre fin, et le Lanyon est un terrain de chasse privilégié depuis des générations – ou plutôt l'était jusqu'à ce que quatre hommes montent là-haut une nuit, munis de fusils et de lampes, guidés par Pete Pengelly et son jeune frère Jacob.

Ils se garèrent à Lanyon Rose, puis avancèrent prudemment le long du lit de la rivière. Pete jure encore aujourd'hui qu'ils ne faisaient pas plus de bruit que les lapins et qu'ils n'avaient pas utilisé les lampes mais trouvé leur chemin à la clarté de la pleine lune, motif du choix de cette nuit-là pour leur sortie. Mais quand ils arrivèrent sur la falaise, veillant à rester au-dessous de la ligne d'horizon, Jack Linden était là, à moins de six pas d'eux, ses deux mains nues en l'air. Par la suite, Kenny Thomas ne cessait de parler de ses mains si pâles et imposantes sous la lune, mais c'était dû aux circonstances. Ceux qui l'ont connu savent que Jack Linden n'avait pas de grandes mains. Pete préfère parler du visage de Linden, qui se découpait sur le ciel avec la dureté de la pierre. On se serait fracassé le poing dessus. Il n'y a aucune divergence de vues sur ce qui s'est passé ensuite.

« Excusez-moi, messieurs, mais où croyez-vous aller, je vous prie ? demanda Linden avec le même ton respectueux que d'habitude, mais sans sourire.

— Chasser à la lampe, fit Pete.

— J'ai bien peur que personne ne chasse à la lampe ici, Pete, répondit Linden, qui n'avait vu Pete Pengelly qu'une ou deux fois mais n'oubliait jamais un nom. Ces champs m'appartiennent, vous le savez. Je ne les cultive pas mais ils sont à moi et je les laisse tels quels. Et je souhaite que tout le monde en fasse autant. Alors désolé, mais la chasse à la lampe, c'est exclu.

— Ah oui, monsieur Linden ?

— Oui, monsieur Pengelly. Je ne laisserai personne abattre du gibier sans défense sur mes terres. Ce n'est pas fair-play. Alors pourquoi ne pas tous décharger vos fusils, retourner à la voiture et rentrer chez vous, sans rancune ? »

Là-dessus, Pete dit : « Allez vous faire voir, mon vieux. » Les trois autres se resserrèrent aussitôt autour de lui, et le petit groupe regardait Linden, quatre fusils contre un seul homme qui se détachait sur la lune. Ils étaient venus directement du Snug, d'autant plus en forme qu'ils avaient bu une ou deux bières.

« Tirez-vous de là, monsieur Linden », lança Pete.

Il commit alors l'erreur de tripoter son fusil, coincé sous son bras. Pas pointé sur Linden, il jure qu'il n'aurait jamais fait ça, et ceux qui le connaissent le croient. En plus, le fusil était cassé : jamais Pete ne se serait promené la nuit avec un fusil fermé et chargé, dit-il. Cependant, comme il le manipulait pour prouver qu'il parlait sérieusement, il est possible que d'un coup sec il l'ait refermé par erreur, ça il veut bien l'accorder. Il ne prétend pas se rappeler à cent pour cent tout ce qui s'est passé car, à partir de ce moment-là, il vit le monde à l'envers, la lune dans la mer, son derrière par-dessus sa tête et ses pieds par-dessus son derrière. Le premier renseignement utile dont il prit conscience fut que Linden se tenait debout au-dessus de lui en train de vider les cartouches du fusil. Les hommes corpulents se recevant plus mal que les autres après une chute, Pete était tombé très lourdement, et l'impact du coup de poing, où qu'il ait pu l'atteindre, lui avait coupé le souffle et toute envie de se relever.

La logique de la violence exigeait que ce fût maintenant le tour des autres, et il en restait trois. Les deux frères Thomas avaient toujours eu le coup de poing facile ; le jeune Jacob, bâti comme une armoire à glace, était ailier avant des Pirates, et tout prêt à suivre son frère. C'est Pete, allongé dans les fougères, qui lui ordonna de n'en rien faire.

« Ne le touche pas, mon gars. T'approche jamais de lui, nom de Dieu. C'est un sorcier, ce salaud. On retourne à la voiture, dit-il en se remettant péniblement debout.

— Videz d'abord vos fusils, s'il vous plaît », exigea Linden.

Sur un signe de tête de Pete Pengelly, les trois autres s'exécutèrent. Puis tous repartirent en groupe vers la voiture.

« J'aurais pu le tuer, bon Dieu, râla Jacob dès qu'ils se furent éloignés. Je lui aurais cassé les jambes à ce connard, Pete, après ce qu'il t'a fait !

— Oh non, tu lui aurais rien cassé du tout, mon mignon ! Mais lui, il t'aurait brisé les jambes, c'est sûr. »

Et on dit dans le village qu'à partir de cette nuit-là Pete Pengelly réforma ses manières, mais peut-on parler si vite d'un lien de cause à effet ? En septembre, Pete épousa la fille d'un fermier de St Just qui avait la tête sur les épaules. Raison pour laquelle il arrive à prendre du recul en repensant à cet épisode, et à parler de la nuit où Jack Linden lui a presque fait la peau, comme au gros Australien.

« Je vais te dire une chose, mon gars. Si Jack lui a vraiment réglé son compte, il a fait ça proprement, j'te l'dis. »

Mais la fin de l'histoire est meilleure, même si Pete la garde pour lui comme un trésor trop précieux pour être partagé. La nuit qui a précédé la disparition de Jack Linden, ce dernier est entré au Snug, a posé une main bandée sur l'épaule de Pete et lui a payé une bière, nom de Dieu. Ils ont parlé dix minutes, puis Jack Linden est rentré chez lui. « Il mettait de l'ordre dans ses affaires, insiste Pete, tout fier. Écoute-moi bien, mon gars. Jack Linden faisait son ménage après avoir liquidé c't'enfoiré d'Australien. »

Sauf qu'il ne s'appelait pas Jack Linden, et ça, ils n'arrivaient pas à s'y habituer et n'y arriveront sans doute jamais. Deux jours après sa disparition, on apprit que Linden-du-Lanyon-avec-un-i-et-un-e était devenu Jonathan Pyne de Zurich, recherché par la police suisse, soupçonné d'avoir détourné des fonds dans un hôtel de luxe où il avait été un employé de toute confiance. « L'hôtelier navigateur en fuite » annonçait le *Cornishman* au-dessus d'une photographie de Pyne, alias Linden. « Dans l'affaire de la disparition de l'Australien, la police recherche le négociant en bateaux de Falmouth. "Nous pensons que cet assassinat est lié à une histoire de drogue", déclare le chef de la police criminelle. L'homme devrait être facile à identifier : il a une main bandée. »

Mais ils ne connaissaient pas Pyne.

Bandée, mais oui. Et blessée. La blessure et le bandage faisaient tous deux partie intégrante du plan de Burr.

La main de Jack Linden, celle-là même qu'il avait posée sur l'épaule de Pete Pengelly. Ils étaient nombreux, outre Pete, à l'avoir remarquée, et sur l'instigation de Burr la police en fit toute une histoire : qui étaient-ils tous, de quelle main s'agissait-il, quand l'avaient-ils vue ? Et après avoir découvert qui, laquelle et quand, comme ils étaient de la police, ils voulurent savoir pourquoi, c'est-à-dire qu'ils notèrent les différentes versions fournies par Jack pour expliquer le gros pansement en gaze – un travail de pro – et le bout des doigts ficelé comme une botte d'asperges. Avec l'aide de Burr, la police veilla à ce que tout cela paraisse dans la presse.

« C'est en voulant poser un carreau neuf à la maison », avait dit Jack Linden à Mme Trethewey le jeudi, en la payant de la mauvaise main et pour la dernière fois.

« Ça m'apprendra à aider un ami, avait dit Jack au vieux William Charles rencontré par hasard au garage de Penhaligon, où il tuait le temps et où Jack prenait de l'essence pour sa moto. Il m'a demandé de faire un saut chez lui pour l'aider à réparer sa fenêtre, et maintenant, me voilà bien. » Puis il avait fourré sa main bandée sous le nez de William Charles comme un chien malade tend la patte, parce que Jack pouvait tout tourner en plaisanterie.

Mais c'est Pete Pengelly qui les avait vraiment démontés.

« Bien sûr que ça s'est passé dans son foutu hangar à bois, et comment ! avait-il dit à l'inspecteur. Il ajustait un carreau, ouais, là-haut, au Lanyon, dans son hangar à bois, et le cutter a glissé. Y avait du sang partout. Il a mis un pansement, l'a bien serré et, d'une seule main, il a conduit sa moto jusqu'à l'hôpital, avec du sang qui lui coulait dans la manche tout le long du chemin jusqu'à Truro, qu'il m'a dit ! Ça, ça s'invente pas. On le fait, voilà tout ! »

Mais quand la police était allée consciencieusement inspecter le hangar à bois du Lanyon, elle n'avait trouvé ni verre, ni cutter, ni sang.

Les assassins mentent, avait expliqué Burr à

Jonathan. C'est dangereux de s'en tenir à la même histoire. Si vous ne faites pas d'impair, vous ne serez pas un vrai criminel.

Le Roper vérifie tout, avait poursuivi Burr. Même quand il n'a pas de soupçons, il vérifie. C'est pour ça qu'on vous fabrique ces petits mensonges d'assassin, pour que le faux meurtre ait l'air vrai.

Et une belle cicatrice en dit long.

Une fois, vers la fin de son séjour, Jonathan avait violé toutes les règles et, sans que Burr y consente ou le sache, était allé voir son ex-femme, Isabelle, pour faire amende honorable.

Je serai de passage, avait-il menti en lui téléphonant d'une cabine de Penzance, déjeunons dans un coin tranquille. En route pour Bath sur sa moto, seule sa main gauche gantée, l'autre étant bandée, il avait répété sa tirade jusqu'à en faire un chant héroïque : Tu liras des choses sur moi dans les journaux, Isabelle, mais elles ne seront pas vraies. Je suis désolé pour les mauvais moments, Isabelle, mais il y en a eu aussi de bons. Puis il lui souhaitait bonne chance en imaginant qu'elle ferait de même.

Dans les toilettes pour hommes, il se changea pour mettre son costume et redevenir l'hôtelier. Après cinq ans sans la voir, il la reconnut à peine quand elle entra d'un pas assuré, vingt minutes en retard à cause de cette foutue circulation. Les longs cheveux châtains qu'elle brossait autrefois sur son dos nu avant qu'ils n'aillent au lit avaient fait place à une coupe courte et pratique. Elle portait des vêtements larges pour dissimuler ses formes, et avait un grand sac à fermeture Éclair contenant un téléphone portable. Il se rappela qu'à la fin elle ne parlait plus qu'au téléphone.

« Seigneur ! s'exclama-t-elle. Tout va bien pour toi, à ce que je vois. Ne t'inquiète pas, je vais le couper. »

Qu'est-ce qu'elle est devenue maniérée ! pensa-t-il, et il se rappela que son nouveau mari faisait partie du cercle local de chasse à courre.

« Ça alors ! cria-t-elle. Caporal Pyne. Après toutes ces années. Mais qu'est-ce que tu t'es fait à la main ?

— J'ai lâché un bateau dessus », dit-il, explication qui sembla suffire à Isabelle. Il lui demanda comment allaient les affaires. Dans son costume, cela semblait être la question appropriée. Il avait entendu dire qu'elle s'était lancée dans la décoration intérieure.

« Très mal, répondit-elle d'un ton cordial. Et que fabrique Jonathan ? Oh, mon Dieu ! dit-elle quand il lui eut répondu. Toi aussi, tu es dans l'industrie des loisirs. On est marqué par le destin, mon chéri. Ce n'est pas dans la construction de bateaux que tu travailles, au moins ?

— Non, non. Dans le courtage, le transport. On a pris un assez bon départ.

— On, c'est qui, chéri ?

— Un pote australien.

— Un monsieur ?

— Un monsieur de cent vingt kilos.

— Et côté vie sexuelle, tu en es où ? Je me suis toujours demandé si t'étais pas pédé. Mais en fait non, hein ? »

C'était une accusation qu'elle avait souvent lancée à l'époque, mais elle paraissait l'avoir oublié.

« Grands dieux, non ! avait répondu Jonathan en riant. Et comment va Miles ?

— Il est très méritant, adorable. Dans la banque et les bonnes œuvres. Il faut qu'il paie mon découvert le mois prochain, alors je suis très gentille avec lui en ce moment. »

Elle commanda une salade tiède au canard et de la Badoit, puis alluma une cigarette. « Pourquoi as-tu abandonné l'hôtellerie ? demanda-t-elle en lui soufflant de la fumée au visage. Tu t'ennuyais ?

— Par attrait de la nouveauté. »

On va déserter, lui avait murmuré l'indomptable fille du capitaine en allongeant son corps sublime sur celui de Jonathan. *Si je dois manger encore un repas au mess, je ferai sauter cette caserne à moi toute seule.*

Baise-moi, Jonathan. Fais de moi une femme. Baise-moi et emmène-moi dans un endroit où je pourrai respirer.

« Et la peinture, ça marche ? s'enquit-il en se rappelant qu'ils avaient tous deux voué un culte à son grand talent, qu'il s'était rabaissé pour l'élever elle, qu'il avait fait la cuisine, porté les paquets, balayé à sa place, persuadé qu'elle n'en peindrait que mieux s'il se sacrifiait.

– Ma dernière exposition remonte à trois ans ! se plaignit-elle. J'ai vendu six tableaux sur trente, et tous aux riches amis de Miles. Il fallait sans doute un type comme toi pour me démolir. Mon Dieu, tu m'en as fait voir. Qu'est-ce que tu cherchais donc ? Moi, je voulais être Van Gogh, mais toi ? En dehors d'être le Rambo de l'armée britannique. »

Toi, pensa-t-il. C'est toi que je voulais, mais tu n'étais pas là. Il ne pouvait rien dire de cela. Il aurait voulu avoir de moins bonnes manières. Les mauvaises manières, c'est la liberté, disait-elle autrefois. Baiser, c'est des mauvaises manières. Mais la querelle qu'elle soulevait n'avait plus de raison d'être. Il était venu demander pardon pour l'avenir, pas pour le passé.

« Et puis, pourquoi tu n'as pas voulu que je dise à Miles que je te voyais ? » lui reprocha-t-elle.

Jonathan arbora son vieux sourire hypocrite. « Je ne voulais pas que ça l'embête. »

Un instant, comme par magie, il la revit telle qu'elle était quand il l'avait possédée pour la première fois, la belle du dépôt régimentaire : le visage mutin chaviré par le désir, les lèvres entrouvertes, l'étincelle de colère dans les yeux. Reviens, lui cria-t-il dans son cœur, essayons encore.

Le jeune fantôme disparut au profit du récent : « Mais pourquoi tu ne paies pas par carte ? lui demanda-t-elle quand il compta les billets de banque de la main gauche. C'est bien plus simple pour savoir où vont les sous, mon chéri. »

Burr avait raison, pensa-t-il. Je suis un célibataire.

8

Tassé sur le siège du passager dans la voiture de Rooke qui filait à travers la Cornouailles dans le jour finissant, Burr remonta le col de son pardessus jusqu'aux oreilles, et revit l'enfilade de salles sans fenêtres à la périphérie de Miami où, moins de quarante-huit heures auparavant, l'équipe « action spéciale » de l'opération Bernicle avait tenu sa première journée portes ouvertes.

En principe, les équipes « action spéciale » n'admettent pas les espiocrates et autres sophistes en leur sein, mais Burr et Strelski ont leurs raisons. L'atmosphère est celle d'un congrès de VRP qui se tiendrait au Holiday Inn dans un climat de guerre. Les délégués arrivent un par un, établissent leur identité, descendent par des ascenseurs d'acier, produisent de nouveau leurs papiers et se saluent prudemment. Si chacun porte à son revers l'indication de son nom et de sa fonction, certains patronymes n'ont été choisis que pour l'occasion, et certains titres sont si obscurs qu'il faut un moment aux vieux routiers pour les comprendre. « Dir.-Adj. COORD. OPS », dit l'une. « INSP. NARC. & A.F.S.O. », dit une autre. Et au milieu de cela l'agréable et reposante clarté de « SÉNATEUR U. S. », « PROCUREUR FÉDÉRAL », ou « LIAISON G. B. ».

River House est représenté par une Anglaise énorme aux cheveux impeccablement bouclés, vêtue d'un tailleur dans le plus pur style thatchérien, connue de tous sous le nom de Darling Katie, officiellement Mme Katherine Handyside Dulling, conseiller économique près l'ambassade de Grande-Bretagne à Washington. Depuis dix ans, Darling Katie détient la clé en or des relations privilégiées entre Whitehall et les innombrables agences de renseignement américaines. De l'Armée de terre, la Marine et l'Armée de l'air, jusqu'aux tout-puissants intrigants de la Maison-

Blanche, en passant par la CIA, le FBI et la NSA – des gens sains d'esprit aux doux dingues jusqu'aux clowns dangereux –, le secret appareil du pouvoir américain est la paroisse où Katie exerce son ministère, où elle explore, force la main, marchande, et invite les gens à ses célèbres dîners.

« Cy, tu entends de quoi il me traite, ce monstre, cette chose immonde ? beugle Katie à l'adresse d'un sénateur à la mine pincée dans son costume croisé, tout en pointant un index accusateur, tel un pistolet, contre la tempe de Rex Goodhew. De démagogue en jupons ! Moi ! Une démagogue en jupons ! A-t-on jamais entendu quelque chose de plus inconvenant ? Je suis une faible souris, espèce de brute. Une timide violette ! Et ça se prétend chrétien ! »

Un rire joyeux emplit la pièce. Les initiés connaissent bien les coups de gueule iconoclastes de Katie. D'autres délégués arrivent. Des groupes se défont, se reforment. « Tiens, Martha, toi ici ?... Salut, Walt... Content de te voir... Marie, quelle bonne surprise ! »

Quelqu'un a donné le signal. Chocs sourds des gobelets en carton que les délégués jettent dans des sacs-poubelle avant de se rendre en masse à la salle de projection. Les sans-grade, Amato en tête, se dirigent vers les premiers rangs. À l'arrière, occupant les meilleurs sièges, l'adjoint de Darker au Groupe d'Analyses logistiques, Neal Marjoram, blague tranquillement avec un espiocrate américain roux, dont le badge dit simplement : « Amérique centrale – Financement ». Leur rire baisse en même temps que l'éclairage. Un plaisantin s'écrie : « On tourne ! » Burr regarde une dernière fois Goodhew, qui se carre dans son fauteuil et sourit au plafond, comme un mélomane qui connaît bien la chanson. Joe Strelski se lance dans son exposé.

Et Joe Strelski est passé maître dans l'art de la désinformation. Burr est stupéfait. Après dix ans de pratique, il ne lui était jamais venu à l'idée que les plus rompus à cet exercice sont les raseurs. Il est convaincu que si l'on

reliait Strelski de la tête aux pieds à des détecteurs de mensonges, les aiguilles ne frémiraient même pas tant elles seraient paralysées par l'ennui. Strelski parle pendant cinquante minutes, au bout desquelles tout le monde a eu sa dose. Son ton monocorde et pesant réduit en poussière les renseignements les plus sensationnels. Il prononce à peine le nom de Richard Onslow Roper, alors qu'à Londres il l'avait utilisé sans aucun scrupule : C'est Roper notre cible ; c'est Roper qui est au cœur du réseau. Aujourd'hui à Miami, devant un public mêlé de Puristes et d'Intervenants, Roper est relégué dans l'obscurité, et quand Strelski annonce sans enthousiasme une série de diapos de la troupe, c'est Me Paul Apostoll qui ravit la vedette pour être *connu depuis sept ans comme le principal intermédiaire et agent du cartel dans cet hémisphère...*
Strelski fait à présent la chronique au jour le jour du fastidieux travail d'identification d'Apostoll comme *l'axe principal de nos premières investigations* et offre un récit laborieux de *l'entreprise fructueuse des agents Flynn et Amato* qui ont posé un micro dans les bureaux de l'avocat à La Nouvelle-Orléans. Si Flynn et Amato avaient réparé une fuite de plomberie dans les toilettes pour hommes, Strelski n'aurait pas paru moins excité. D'une phrase superbement assommante, tirée d'un texte préparé à l'avance, sans ponctuation et plein d'une emphase artificielle, il précipite le moment où son public va s'endormir :

« L'opération Bernicle repose sur les données fournies par diverses sources techniques de renseignements, à savoir que les trois principaux cartels colombiens ont signé un pacte de non-agression mutuelle en préalable à la constitution d'un bouclier de protection militaire proportionnel à leurs capacités de financement et susceptible de parer les menaces qui les préoccupent en tout premier lieu. » Respiration. « Ces menaces sont, primo... » Deuxième respiration. « Répression armée menée par les États-Unis à la demande du gouvernement colombien. » Il y est presque, mais pas tout à fait.

« Secundo, la force croissante des cartels non colombiens, principalement au Venezuela et en Bolivie. Tertio, le gouvernement colombien agissant de son propre chef mais avec l'encouragement actif d'agences américaines. »

Amen ! songe Burr, cloué d'admiration.

L'historique de l'affaire semble n'intéresser personne, ce qui explique probablement que Strelski le retrace. Au cours des huit dernières années, dit-il – l'attention baisse encore d'un cran –, « diverses parties séduites par les ressources financières illimitées des cartels » se sont employées à les persuader de prendre l'habitude d'acheter des armes dignes de ce nom. Français, Israéliens et Cubains ont tous offert leurs services avec insistance, ainsi que tout un tas de fabricants et de marchands indépendants, la plupart avec la connivence tacite de leurs gouvernements respectifs. Aidés par des mercenaires britanniques, les Israéliens ont même réussi à leur vendre quelques fusils d'assaut Galil et les séances d'entraînement qui vont avec.

« Mais les cartels, poursuit Strelski, eh bien, après un moment, ils finissent pour ainsi dire par ne plus être intéressés. »

Le public voit très bien ce que peuvent éprouver les cartels.

Quelques parasites sur l'écran, et l'on découvre Me Apostoll sur l'île de Tortola, filmé au téléobjectif depuis l'autre côté de la rue, assis dans les bureaux du cabinet juridique antillais Langbourne, Rosen et de Souta, notaires des crapules. On reconnaît à la même table deux banquiers suisses au teint lavabo venus de la Grande Caïman. Le major Corkoran est assis entre eux et, à la secrète satisfaction de Burr, l'homme-qui-signe tient dans sa main droite un stylo décapuchonné. Face à lui, de l'autre côté de la table, est assis un Latino-Américain non identifié. Son voisin immédiat, jeune premier languissant aux cheveux délicatement noués dans la nuque, n'est autre que lord Alexander alias Sandy Langbourne, conseiller juridique de M. Richard

Onslow Roper de la société Ironbrand, terrains, minerais et métaux précieux de Nassau, aux Bahamas.

« Qui a tourné ce film, je vous prie, monsieur Strelski ? lance dans le noir la voix autoritaire d'un Américain très à cheval sur le règlement.

— C'est nous », répond complaisamment Burr, pour le plus grand soulagement de l'auditoire : finalement, l'agent Strelski, n'a pas outrepassé les limites territoriales de son mandat.

Et voici que Strelski lui-même, sans pouvoir réprimer une certaine excitation, fait une brève mais claire allusion à Roper :

« En conséquence directe de l'accord de non-agression que je viens de mentionner, les cartels ont ordonné à leur représentant de prendre langue avec plusieurs marchands d'armes de cet hémisphère. Ce que nous voyons ici, selon nos sources, mais malheureusement filmé sans le son, est la première démarche à découvert de Me Apostoll auprès d'intermédiaires de Richard Roper qui ne sont pas directement impliqués dans le trafic. »

Strelski s'asseoit, Rex Goodhew s'éjecte de son siège. Aujourd'hui, il fait dans la simplicité. Il ne blague pas, il évite les enjolivures de l'anglais britannique qui exaspèrent parfois les Américains. Il déplore ouvertement que des nationaux britanniques soient mêlés à cette affaire, dont certains au nom illustre. Il regrette qu'ils puissent s'abriter derrière les lois de protectorats britanniques aux Bahamas et aux Antilles. Il se réjouit des bonnes relations établies au niveau opérationnel entre Britanniques et Américains. Il veut sa proie, et l'aide du Renseignement Pur pour l'attraper :

« Notre but commun est d'arrêter les coupables et d'en faire un exemple pour tous, déclare-t-il avec une simplicité digne de Truman. Avec votre concours, nous voulons faire régner le droit, empêcher la prolifération des armes dans une région instable et couper l'approvisionnement en drogue » – dans la bouche de Goodhew, le mot évoque une forme anodine d'aspirine – « que nous croyons être le mode de paiement choisi pour les armes, quelle que soit sa destination finale. À cette fin, nous vous demandons un soutien logistique total et sans réserves, en votre qualité d'agences de renseignement. Je vous remercie de votre attention. »

À Goodhew succède le procureur fédéral, jeune homme ambitieux dont la voix gronde comme le moteur d'une Formule 1 dans les stands. Il s'engage à « porter cette affaire devant la justice en un temps record ».

Burr et Strelski demandent s'il y a des questions.

« Et point de vue *humint*, Joe ? » lance une voix de femme du fond de la salle. Le contingent britannique reste un instant déconcerté par ce jargon d'outre-Atlantique. *Humint* !

Strelski est près de rougir. Il aurait préféré qu'elle ne pose pas cette question, visiblement. Son visage a l'expression d'un perdant qui refuse d'accepter sa défaite. « On y travaille, Joanne, croyez-moi. Pour obtenir une source humaine dans une histoire comme celle-ci, il faut attendre et croiser les doigts. On a posé des jalons, on a quelques espoirs, et on a des gens qui fouinent partout sur le terrain. Un de ces malfrats finira à coup sûr par avoir besoin de se faire protéger en échange de son témoignage. Un de ces soirs, il nous passera un coup de fil pour nous demander de lui rendre ce service. Ça va venir, Joanne. » Il hoche la tête avec détermination, comme s'il accordait du crédit à ses propres paroles quand personne d'autre n'y croit. « Ça va venir », répète-t-il, sans plus de conviction qu'auparavant.

C'est l'heure du déjeuner. L'écran de fumée est en place, même s'ils ne le voient pas. Personne n'a remarqué que Joanne est l'une des proches collaboratrices de Strelski. Le défilé vers la porte a commencé. Goodhew s'en va en compagnie de Darling Katie et de deux espiocrates.

« Maintenant, mes gaillards, attention ! lance Katie en partant. Si vous croyez que je vais me contenter de deux feuilles de laitue régime-régime, vous vous trompez, vous m'entendez? Je veux de la viande, trois légumes et du plum-pudding, ou je reste ici. Je vous en ficherai, moi, de la démagogue en jupons, Rex Goodhew! Et après, vous venez nous trouver en tendant votre escarcelle. Je vais vous tordre le cou, mon grand. »

C'est le soir. Flynn, Burr et Strelski sont assis sur la terrasse de la villa de Strelski, et regardent les reflets brouillés de la lune ondoyer dans le sillage des bateaux de plaisance qui rentrent au port. L'agent Flynn tient dans le creux de sa main un grand verre de Bushmills single malt, et garde prudemment la bouteille près de lui. La conversation est sporadique. Personne n'ose parler du déroulement de la journée. Le mois dernier, raconte Strelski, ma fille était végétalienne. Ce mois-ci, elle est amoureuse du boucher. Flynn et Burr rient poliment, et un nouveau silence s'abat.

« Quand est-ce qu'on lâche votre gars dans la nature? demande Strelski à voix basse.
— À la fin de la semaine, répond Burr du même ton feutré. Si Dieu et Whitehall le veulent bien.
— Avec votre gars dans la place pour tirer dans un sens, et le nôtre à l'extérieur pour pousser dans l'autre, on a un joli circuit en boucle fermée », déclare Strelski.

Flynn éclate de rire en hochant sa grosse tête brune dans la pénombre. Burr demande ce qu'il entend par « boucle fermée ».

« Ça veut dire qu'on va faire flèche de tout bois. » Nouveau silence pendant qu'ils regardent la mer. Quand Strelski reprend la conversation, Burr doit se pencher vers lui pour saisir ses propos.

« Trente-trois adultes dans une même salle, murmure-t-il. Neuf agences différentes, sept politicards. Doit bien y en avoir un ou deux qui sont en train de raconter aux cartels que Joe Strelski et Leonard Burr n'ont pas vu l'ombre de la queue d'une source *humint*, pas vrai, Pat? »

Le léger rire d'Irlandais de Flynn est presque couvert par le clapotis de la mer.

Bien qu'il le cache à ses compagnons, Burr ne parvient pas totalement à éprouver la même autosatisfaction. Les Puristes n'avaient pas trop posé de questions, certes. Mais au goût de Burr, en proie à l'inquiétude, ils en avaient posé trop peu.

De la brume émergèrent deux piliers de granit recouverts de lierre, sur lesquels une inscription gravée indiquait : Lanyon Rose. Il n'y avait pas de maison. Le paysan a dû mourir avant d'avoir eu le temps de la construire, songea Burr.

Ils avaient roulé pendant sept heures. Au-dessus des murs de granit et des prunelliers, un ciel tourmenté prenait une teinte crépusculaire. À cause des ombres changeantes et insaisissables sur le chemin défoncé, la voiture ne cessait de se cabrer comme sous l'effet d'un choc. C'était une Rover qui faisait la fierté de Rooke. Ses mains puissantes se crispaient sur le volant. Ils passèrent devant des bâtiments de ferme déserts et une croix celtique. Rooke alluma les phares, puis repassa en codes. Depuis qu'ils avaient franchi la Tamar, ils avançaient dans une semi-obscurité à travers des rouleaux de brume.

Le chemin se mit à grimper, et la brume disparut. Soudain ils ne voyaient plus derrière le pare-brise qu'un moutonnement de nuages blancs. Une rafale de pluie crépita sur l'aile gauche. La voiture tangua, puis franchit le sommet de la côte, capot pointé vers l'Atlantique. Ils prirent le dernier virage, le plus raide. Un vol d'oiseaux fous passa au-dessus d'eux dans un grand claquement d'ailes. Rooke ralentit au pas le temps que la tourmente se calme. Une nouvelle rafale de pluie s'abattit sur eux. Comme elle se dissipait, ils aperçurent la maisonnette grise tapie au creux des fougères noires.

Il s'est pendu, se dit Burr en voyant osciller la silhouette voûtée de Jonathan sous la lumière du porche.

Mais le pendu leva la main droite en signe d'accueil et s'avança dans le noir avant d'allumer sa torche. Un bout de terrain jonché d'éclats de granit fit office de parking. Rooke descendit et Burr entendit les deux hommes se saluer comme deux voyageurs. « Content de vous voir ! Super ! Bon sang, quel vent ! » Dans sa nervosité, Burr restait obstinément sur son siège et s'efforçait de boutonner le col de son pardessus, son visage crispé tourné vers le ciel. Le vent grondait autour de la voiture, et faisait trembler l'antenne.

« Magnez-vous, Leonard ! hurla Rooke. Vous vous ferez une beauté plus tard !

— Il va falloir vous transborder de ce côté, dit Jonathan par la fenêtre du conducteur. On vous évacue sous le vent, si ça ne vous gêne pas. »

Saisissant son genou droit à deux mains, Burr le fit passer par-dessus le levier de vitesse et le siège du conducteur, puis recommença la manœuvre avec le gauche. Il posa un pied finement chaussé sur le gravier. Jonathan tenait la torche braquée droit sur lui. Burr distingua des boots et un bonnet de laine style marin.

« Comment ça va ? cria Burr, comme s'ils ne s'étaient pas vus depuis des années. En forme ?

— Ma foi... oui, je crois bien, en pleine forme.

— Bravo, mon garçon. »

Rooke passa devant avec sa serviette. Burr et Jonathan le suivirent côte à côte sur l'allée taillée dans le sol rocheux.

« Alors, ça s'est bien passé ? demanda Burr, en désignant la main bandée de Jonathan. Il ne l'a pas amputée par erreur, apparemment.

— Non, non, ça n'a pas fait un pli. Scalpel, points de suture, bandage, ça n'a pas pris plus d'une demi-heure en tout. »

Ils se tenaient dans la cuisine. Le visage de Burr lui picotait encore à cause du vent. Il a récuré la table en pin, remarqua-t-il. Astiqué les dalles et la bouilloire en cuivre.

« Pas trop douloureux ?

— Pas au point de faillir à mon devoir, non. »

Ils rirent gauchement, étrangers l'un à l'autre.

« Je suis obligé de vous donner un papier, dit Burr, allant droit à ce qui le préoccupait, comme toujours. Vous devez le signer, Rooke et moi faisant office de témoins.

— Et qu'est-ce qu'il raconte ?

— Des conneries, voilà ce qu'il raconte ! lança Burr, rejetant la responsabilité sur une bureaucratie bienvenue. Pour limiter les dégâts. C'est leur police d'assurance. On ne vous a pas forcé, vous ne nous intenterez pas de procès, vous ne pourrez pas attaquer le gouvernement pour négligence, forfaiture, ou contamination par le virus de la rage. Si vous tombez d'un avion, c'est de votre faute. Et cetera.

— Ils se dégonflent, hein ? »

Burr saisit la question au vol, et la lui retourna : « C'est à vous qu'il faut demander ça, Jonathan. La vraie question est là, vous ne croyez pas ? » Jonathan commença à protester, mais Burr lui dit de la boucler et d'écouter. « Demain à cette heure-ci, vous serez recherché. Et pas pour le plaisir de votre compagnie. Tous ceux qui vous connaissent diront : "J'en étais sûr." Tous ceux qui ne vous connaissent pas examineront attentivement votre photo pour y trouver des signes de vos instincts meurtriers. C'est une condamnation à perpétuité, Jonathan. Ça vous collera toujours à la peau. »

Jonathan eut une vision passagère de Sophie au milieu des splendeurs de Louxor. Elle était assise sur un socle, les bras autour des genoux, le regard fixé sur l'allée de colonnes. *J'ai besoin du réconfort de l'éternité, monsieur Pyne.*

« Je peux encore arrêter le compte à rebours si vous voulez, poursuivit Burr. Je n'y verrais aucun mal, excepté pour ma fierté personnelle. Mais si vous avez envie de jeter l'éponge sans oser le dire, pour éviter de blesser tonton Leonard ou une sottise du genre, vous allez me faire le plaisir de rassembler votre courage et de l'avouer pas plus tard que maintenant. On se fait un bon dîner, on se dit au revoir, on rentre à la maison, sans rancune, rien de grave. Demain soir, ça ne sera plus possible, ni après. »

La figure rembrunie, Burr réfléchissait. Ce regard fixe du guetteur, qui reste posé sur vous alors qu'il a déjà détourné les yeux. Qu'avons-nous donc engendré là ? Une nouvelle fois, il embrassa la cuisine d'un coup d'œil. Des tapisseries de bateaux toutes voiles dehors. Des vieux bibelots, des cuivres de Newlyn. Une assiette en terre cuite vernissée portant l'inscription : « Tu m'observes, mon Dieu. »

« Vous ne voulez pas que je mette tout ça en réserve, vous êtes sûr ? demanda Burr.

— Absolument. C'est inutile. Vous n'avez qu'à les vendre. Faites ce qui vous arrange.

— Vous pourriez vouloir récupérer ça un jour, quand vous vous poserez quelque part.

— Autant voyager léger. Alors tout en est au même point, hein – la cible, je veux dire ? Il continue à faire ce qu'il fait, il n'a pas bougé, tout ça ? Rien n'a changé ?

— Pas que je sache, Jonathan, répondit Burr avec un sourire légèrement inquiet. Et je me tiens bien à jour. Il vient de s'acheter un Canaletto, si ça vous peut vous aider. Et deux pur-sang arabes de plus pour son haras. Et un joli collier de chien en diamants pour sa dame. J'ignorais qu'on appelait ça des colliers de chien. Ça fait penser à un petit animal de compagnie. Enfin, c'est un peu ça, d'ailleurs.

— Elle n'a peut-être pas le choix », remarqua Jonathan.

Il tendait sa main bandée. Comme pour une poignée de mains, pensa Burr, qui comprit ensuite que Jonathan réclamait le document, et fouilla dans ses poches de pardessus, puis de veston, pour en extraire la lourde enveloppe cachetée.

« Je ne plaisante pas, dit Burr. C'est à vous de décider. »

De la main gauche, Jonathan choisit un couteau à viande dans le tiroir, tapota du manche la cire du cachet pour la briser, puis ouvrit l'enveloppe proprement, comme avec un coupe-papier. Burr se demanda pourquoi il avait pris toute cette peine, sauf à vouloir démontrer sa dextérité.

« Lisez-le, ordonna Burr. Sans sauter un seul fichu mot, et autant de fois que ça vous chante. M. Brown, c'est vous, au cas où vous n'auriez pas deviné. Volontaire anonyme à notre service. Dans les papiers officiels, les gens de votre espèce s'appellent toujours M. Brown. »

Rédigé par Harry Palfrey pour Rex Goodhew. Confié à Leonard Burr pour que M. Brown le signe.

« Surtout, ne me dites pas son nom, avait insisté Goodhew. Si je l'ai vu, je l'ai déjà oublié. Restons-en là. »

Jonathan approcha la lettre de la lampe à pétrole. Quel type d'homme est-il ? se demanda Burr pour la centième fois en examinant l'expression douce-amère sur son visage. Je croyais savoir. En fait, non.

« Réfléchissez-y, insista Burr. Whitehall l'a fait de son côté. Je les ai obligés à reprendre la rédaction deux fois. » Il fit une dernière tentative. « Pour ma tranquillité personnelle, dites-moi simplement : "Moi, Jonathan, je suis sûr de ma décision", d'accord ? Vous savez ce que vous faites, vous y avez bien réfléchi, et vous êtes toujours sûr de vous. »

Ce même sourire, qui mit Burr encore plus mal à l'aise. Jonathan tendait de nouveau sa main bandée, lui réclamant cette fois son stylo. « Je suis sûr, Leonard. Et je serai sûr demain matin. Comment est-ce que je signe ? Jonathan Brown ?

– John. De votre écriture habituelle. » L'image de Corkoran le stylo décapuchonné à la main traversa l'esprit de Burr tandis qu'il regardait Jonathan s'appliquer pour écrire *John Brown*.

« Et voilà ! » dit gaiement Jonathan pour le réconforter.

Mais Burr aurait voulu plus. Plus d'émotion, plus de solennité. Il se leva péniblement, comme un vieillard, et laissa Jonathan l'aider à ôter son manteau. Ils se dirigèrent ensemble vers la salle à manger, Jonathan en tête.

La table était mise pour un dîner de cérémonie. Des serviettes en tissu, remarqua Burr, stupéfait. Trois cocktails de homard dans leur coupe. Des couverts en argent comme dans un restaurant trois étoiles. Une bonne bouteille de pommard débouchée pour laisser respirer le vin. Mais qu'est-ce qu'il essaye de me faire ?

Le dos tourné, les mains dans les poches, Rooke examinait la dernière aquarelle de Marilyn.

« J'aime assez celle-là, commenta-t-il, s'efforçant pour une fois de faire un compliment.

– Merci. »

Jonathan les avait entendus arriver bien avant de les voir. Et avant même de les entendre, il avait deviné leur présence parce que, seul sur la falaise, l'observateur rapproché avait appris à discerner les sons à peine naissants. Le vent était son allié. Quand le brouillard tombait et qu'il percevait seulement les gémissements du phare, c'était le vent qui lui apportait le ronflement d'un bateau de pêche en mer.

Ainsi il avait senti les vibrations du moteur de la Rover longtemps avant qu'elle ne dévale la falaise jusqu'à lui en grondant et, debout dans le vent, il s'était raidi dans l'expectative. Quand les phares étaient apparus, braqués droit sur lui, il avait riposté mentalement : estimant la vitesse de la Rover grâce aux repères des poteaux télégraphiques, il avait calculé la distance qu'il lui faudrait rajouter en avant du véhicule s'il pointait une roquette. Dans le même temps, une partie de son attention se fixait sur le sommet de la colline au cas où ils auraient été suivis, ou bien si la voiture avait été un leurre.

Quand Rooke s'était garé et que Jonathan s'était avancé en souriant dans la tempête avec sa torche à la main, il avait imaginé d'abattre ses deux invités pris dans le faisceau de la lampe, de faire exploser l'un après l'autre les deux visages verdâtres. Joueurs éliminés. Sophie vengée.

Mais maintenant qu'ils s'en allaient, Jonathan était calme et voyait les choses différemment. La tempête avait disparu, laissant dans son sillage des lambeaux de nuages déchirés. Quelques étoiles s'attardaient dans le ciel. Le halo de la lune était criblé de trous gris semblables à des impacts de balles. Il regarda les feux arrière de la Rover longer la prairie où il avait planté ses bulbes d'iris. Dans quelques semaines, songea-t-il, si le grillage résiste aux lapins, ce pré sera mauve. Les feux de la voiture passèrent la garenne, et il se rappela le soir où, en rentrant de Falmouth, il y avait surpris Jacob Pengelly et sa petite amie, nus comme des vers, Jacob en extase le buste dressé, la fille cambrée sous lui comme une acrobate.

Le mois prochain, tout sera bleu à cause des jacinthes des bois, lui avait dit Pete Pengelly. Mais ce mois-ci, Jack, ce mois-ci, c'est le mois de l'or, un or toujours plus doré, avec les ajoncs, les coucous et les jonquilles sauvages qui l'emportent sur tout le reste. Attends, et tu verras si j'exagère, Jack. Santé !

Pour me réaliser, se répétait Jonathan. Pour trouver les pièces manquantes de ma vie.

Pour faire de moi un homme – comme à l'armée, selon mon père : un homme tout d'une pièce.

Pour être utile. Pour redresser la tête. Pour soulager ma conscience de son fardeau.

Pris de nausée, il alla à la cuisine se servir un verre d'eau. Une pendule de bateau en laiton était accrochée au-dessus de la porte et, sans s'arrêter pour réfléchir à son geste, il la remonta. Puis il passa dans le salon, où il gardait son trésor : une horloge en bois fruitier et à poids unique achetée chez Daphne's de Chapel Street pour une bouchée de pain. Il tira sur la chaînette en laiton jusqu'à ce que le poids se retrouve tout en haut. Alors, il mit le balancier en branle.

« Si c'est comme ça, j'irai passer quelques jours chez ma tante Hilary à Teignmouth, avait dit Marilyn après avoir fini de pleurer. Ça me changera les idées, Teignmouth, pas vrai ? »

Jonathan aussi avait eu une tante Hilary, au pays de Galles, à côté d'un club de golf. Elle le suivait partout dans la maison pour éteindre les lumières, et elle implorait son doux Seigneur Jésus à voix haute dans le noir.

*

« Ne partez pas », avait-il demandé à Sophie sur tous les tons, pendant qu'ils attendaient le taxi qui les reconduirait à l'aéroport de Louxor. « Ne partez pas », l'avait-il suppliée à bord de l'avion. « Quittez-le, il vous tuera, ne prenez pas ce risque », lui avait-il enjoint en la mettant dans le taxi qui la ramènerait à son appartement, et à Freddie Hamid.

« Nous avons tous les deux nos rendez-vous avec la vie, monsieur Pyne, lui avait-elle répondu avec son sourire défiguré. Pour une Arabe, il y a plus humiliant que d'être battue par son amant. Freddie est très riche. Il m'a fait certaines promesses d'ordre pratique. Il faut bien que je songe à ma vieillesse. »

9

C'est la fête des mères pour l'arrivée de Jonathan à Espérance. Son troisième camion de ciment en six cents kilomètres l'a déposé au carrefour du haut de l'avenue des Artisans. Il marche à grandes enjambées, en balançant d'une main son sac de voyage bon marché, et lit sur des panneaux les inscriptions MERCI MAMAN, BIENVENUE À TOUTES LES MAMANS, et VASTE BUFFET CHINOIS DES MÈRES[1]. Le

1. Tous les mots en italiques dans ce chapitre sont en fraçais dans le texte. (NdT)

soleil du nord lui fait l'effet d'un élixir. Quand il respire, c'est comme s'il inhalait de la lumière en plus de l'air. Me voilà. Je suis de retour.

Après huit mois de neige, cette insouciante bourgade québécoise de chercheurs d'or retrouve toute son animation sous le soleil déclinant, fidèle à sa réputation parmi ses voisines disséminées dans la plus vaste région d'extraction de néphrite au monde. Bien plus animée que Timmins à l'ouest, dans l'Ontario sinistre, que Val d'Or ou Amos à l'est, bien plus que les mornes cités « col blanc » d'ingénieurs hydro-électriciens au nord. Jonquilles et tulipes paradent tels des soldats dans le jardin de l'église blanche au toit de plomb et à la flèche élancée, d'énormes pissenlits envahissent la pente herbeuse en contrebas du commissariat de police. Après leur hibernation sous la neige, les fleurs sont aussi exubérantes que la ville. Les magasins pour les nouveaux riches ou ceux qui espèrent le devenir – la *Boutique Bébé* et ses girafes roses, les pizzerias portant le nom de mineurs et de prospecteurs chanceux, la *Pharmacie des Croyants*, qui propose des séances de massage et d'hypnothérapie, les bars éclairés au néon baptisés Vénus ou Apollon, les majestueux bordels auxquels des maquerelles disparues ont légué leur nom, le sauna japonais avec sa pagode et son jardin de galets en plastique, les banques en tous genres, les bijouteries où, jadis comme aujourd'hui, on fondait le minerai volé aux mineurs, les boutiques de mariage et leurs virginales mariées de cire, les affiches en vitrine de la charcuterie polonaise qui vantent des « *films super-érotiques XXX* » comme des mets de choix, les restaurants ouverts à toute heure pour les ouvriers travaillant par roulement, jusqu'aux offices de notaires avec leurs fenêtres opaques – tout scintille dans la gloire du début de l'été, et *merci maman* pour tout ça : *on va avoir du fun!*

Dans la rue où Jonathan jette un coup d'œil sur les vitrines ou tourne vers le ciel bleu un regard reconnaissant, offrant au soleil son visage hâve, des motards portant barbe et lunettes noires caracolent en faisant vrombir leurs moteurs et en exhibant leurs fesses gainées de cuir aux filles qui sirotent leur Coca à la terrasse des cafés. À Espérance, les filles sont aussi chamarrées que des perruches. Si les matrones du sinistre Ontario voisin s'habillent comme pour un enterrement, ici à Espérance les ardentes Québécoises font carnaval tous les jours, avec des cotonnades colorées et des bracelets en or qui vous aguichent depuis le trottoir d'en face.

Il n'y a pas d'arbres à Espérance. Dans ce pays de forêts, les gens de la ville considèrent les perspectives dégagées comme une réussite. Il n'y a pas non plus d'Indiens à Espérance, pas au point de les remarquer en tout cas, sauf si comme Jonathan vous en repérez un devant le *supermarché* avec femme et enfants, qui charge dans un pick-up mille dollars de provisions. L'un d'eux reste à bord de la camionnette pour la garder, et les autres ne s'éloignent pas.

Il n'y a pas non plus en ville d'étalage vulgaire de la richesse, hormis les énormes paquebots à soixante-quinze mille dollars pièce garés devant les cuisines du Château Babette, ou les troupeaux de Harley-Davidson agglutinées autour du Saloon Bonnie and Clyde. Les Canadiens – français ou autres – n'aiment pas faire étalage d'argent ou de sentiment. Les chanceux font toujours fortune, et la chance est la véritable religion des habitants. Tout le monde rêve d'une mine d'or dans son jardin, et les plus vernis en ont bel et bien trouvé une. Dans d'autres villes, les hommes en tennis et blouson d'aviateur, coiffés d'une casquette de base-ball, seraient revendeurs de drogue, bonneteurs ou maquereaux, mais ici à Espérance ce sont de paisibles millionnaires de trente ans. Quant aux plus âgés, ils mangent leur déjeuner dans une gamelle en fer-blanc à un kilomètre sous terre.

Jonathan absorbe tous ces détails dès les premières minutes après son arrivée. Dans son état d'épuisement émerveillé, il s'en imprègne, le cœur débordant de gratitude, tel un marin qui aborde la côte promise. C'est beau. J'ai lutté pour l'avoir. Maintenant, c'est à moi.

Il avait quitté le Lanyon à l'aube sans un regard en arrière, pour aller passer une semaine dans une planque à Bristol. Il avait laissé sa moto dans une banlieue désolée où Rooke lui avait promis de la faire voler, et pris le car jusqu'à Avonmouth, où il trouva une auberge à matelots tenue par un couple de vieux homosexuels irlandais, connus pour leur refus de collaborer avec la police, aux dires de Rooke. La pluie tomba pendant quarante-huit heures, et le troisième jour, au petit déjeuner, Jonathan entendit son nom et sa description à la radio locale : l'homme a été aperçu pour la dernière fois dans l'ouest de la Cornouailles, il est blessé à la main droite, vous pouvez téléphoner à ce numéro. Il remarqua que les deux Irlandais écoutaient eux aussi, échangeant un regard entendu. Il régla sa note et retourna en car à Bristol.

Un nuage fangeux s'étirait sur le paysage industriel dévasté. La main dans la poche – il avait troqué le bandage pour un simple pansement –, il arpenta les rues humides. Assis chez un barbier, il entrevit sa photo en dernière page d'un journal, prise à Londres par l'équipe de Burr, ressemblante sans l'être vraiment. Il devint un fantôme, qui hantait une ville-fantôme. Dans les bouis-bouis et les salles de billard, il avait l'air trop propre et différent des autres, dans les rues chics, trop déguenillé. Les églises dans lesquelles il essayait d'entrer étaient fermées au verrou. Son visage, quand il l'examinait dans les miroirs, l'effrayait par la violence et l'hostilité de son expression. La mort simulée de Jumbo le tourmentait comme un aiguillon. À chaque instant venaient le harceler des visions de sa victime supposée, bien vivante et libre d'aller à sa guise, en train de faire sereinement la nouba dans quelque refuge secret. Néanmoins, son autre personnage endossait avec détermination le fardeau de son crime imaginaire. Il acheta une paire de gants en cuir et jeta son pansement. Pour son billet d'avion, il passa une matinée à faire le tour des agences de voyages avant de choisir la plus fréquentée, donc la plus anonyme. Il paya en liquide et fit sa réservation pour le surlendemain au nom de Fyne. Puis il prit le car jusqu'à l'aéroport et reporta sa réservation sur le vol du soir. Il restait une seule place. À la porte d'embarquement, une hôtesse en uniforme violine lui réclama son passeport. Il ôta un gant et le lui donna de sa bonne main.

« C'est Pyne ou Fyne, alors ? dit-elle d'un ton autoritaire.

— Comme vous préférez », l'assura-t-il, la gratifiant d'un de ses vieux sourires d'hôtelier, et elle lui fit signe à contrecœur de passer – ou bien Rooke les avait-il mis dans la combine ?

Arrivé à Orly, il n'osa pas courir le risque de franchir le contrôle, et passa toute la nuit sans dormir dans la zone de transit. Le matin venu, il prit un vol à destination de Lisbonne, cette fois au nom de Dyne, car sur les conseils de Rooke il s'efforçait de garder une longueur d'avance sur l'ordinateur. À Lisbonne, il se dirigea de nouveau vers les docks pour se cacher.

« Il s'appelle *Étoile de Béthel*, et c'est un vrai rafiot, avait dit Rooke. Mais le capitaine est cupide, ce qui tombe bien. »

Jonathan vit un homme mal rasé traîner d'un bureau maritime à l'autre sous la pluie, et cet homme, c'était lui. Il vit ce même homme payer une fille pour une nuit d'hébergement, puis dormir par terre pendant que la fille apeurée pleurnichait dans son lit. Aurait-elle moins peur de moi si je couchais avec elle ? Il ne resta pas assez longtemps pour le découvrir, mais partit à l'aube arpenter une nouvelle fois les docks, où il tomba sur l'*Étoile de Béthel* à quai dans l'avant-port, un charbonnier de douze mille tonnes ventru et crasseux, en partance pour Pugwash en Nouvelle-Écosse. Lorsqu'il se renseigna auprès de l'armateur, il se vit répondre que l'équipage était au complet et que le bateau partait le soir même avec la marée. Jonathan lui graissa la patte pour obtenir son passage à bord. Le capitaine l'attendait-il ? Il sembla à Jonathan que oui.

« Qu'est-ce que tu sais faire, mon garçon ? » demanda le capitaine, un gros Écossais de quarante ans, qui parlait d'une voix douce. Derrière lui se tenait une Philippine de dix-sept ans, pieds nus.

« La cuisine », répondit Jonathan. Le capitaine lui rit au nez, mais l'accepta en surnombre à condition qu'il travaille pour prix de sa traversée et lui donne sa paye.

À présent réduit au rang de galérien, il dormait sur la plus mauvaise couchette et se faisait insulter par l'équipage. Le cuisinier du bord était un lascar à demi tué par l'héroïne, et Jonathan accomplit bientôt un double service. Pendant ses rares heures de sommeil, il avait les rêves de luxe d'un forçat, et c'était Jed, sans son peignoir de l'hôtel Meister, qui y tenait le rôle principal. Puis, par un beau matin ensoleillé, l'équipage lui donna de grandes claques dans le dos en lui disant qu'ils n'avaient jamais si bien mangé en mer. Mais Jonathan refusa de descendre à terre avec eux. Muni de rations qu'il avait mises de côté, l'observateur rapproché préféra se faire une planque dans la soute avant et s'y tapir deux nuits de plus avant de passer discrètement devant la capitainerie du port.

Seul sur un continent immense et inconnu, Jonathan dut endurer une privation d'un genre différent. Sa détermination parut soudain se dissoudre dans l'éclatante légèreté du paysage. Roper est une chimère, Jed aussi, et moi aussi. Je suis mort, et ceci est ma vie après la vie. Pendant qu'il cheminait sur le bord de la grand-route indifférente, dormait dans les granges et les dortoirs de routiers, trimait deux jours durant pour gagner la paye d'une journée, il priait que lui soit rendu son sens du devoir.

« Vous avez toutes vos chances au Château Babette, avait dit Rooke. La maison est grande, et mal tenue par une vieille harpie qui n'arrive pas à garder son personnel. Vous ne pourriez pas trouver mieux comme planque.

– C'est l'endroit idéal pour commencer à rechercher votre ombre », avait ajouté Burr.

Par ombre, il entendait « identité ». Il entendait « substance », dans un monde où Jonathan était devenu un fantôme.

Le Château Babette était perché comme une vieille poule décrépite sur l'avenue des Artisans si clinquante. C'était l'équivalent local du Meister. Jonathan le repéra immédiatement d'après la description de Rooke, et il s'en approcha en restant sur le trottoir opposé afin de mieux l'étudier. C'était une haute bâtisse en bois délabrée, et austère pour un ancien bordel. Aux quatre coins de sa véranda hideuse se dressait une urne de pierre sur laquelle s'ébattaient de jeunes nymphes écaillées dans un décor sylvestre. Son nom sacré était blasonné verticalement sur une planche pourrie qu'un méchant vent d'est subit fit claquer bruyamment au moment où Jonathan commençait à traverser la rue, les yeux soudain emplis de poussière et les narines d'odeurs de *frites* et de laque pour cheveux.

Il gravit les marches d'un pas alerte et poussa avec assurance les antiques portes battantes pour pénétrer dans une obscurité sépulcrale. De loin, il perçut d'abord des rires d'hommes et sentit l'odeur rance du dîner de la veille. Petit à petit, il distingua une boîte à lettres en cuivre repoussé, puis une horloge au cadran fleuri qui lui rappela le Lanyon, et enfin un bureau de réception encombré de courrier et de tasses à café, éclairé d'en haut par un enchevêtrement de guirlandes électriques. Des silhouettes d'hommes entouraient Jonathan, et les rires venaient d'eux. Son arrivée avait manifestement coïncidé avec celle d'un groupe braillard d'arpenteurs québécois qui cherchaient à faire la fête avant de repartir le lendemain vers une mine dans le nord. Leurs valises et leurs sacs de voyage étaient empilés au pied d'un large escalier. Deux jeunes garçons au type slave, portant boucles d'oreilles et tablier vert, étudiaient les étiquettes d'un air renfrogné.

« *Et vous, monsieur, vous êtes qui ?* » lui hurla une voix de femme par-dessus le brouhaha.

Jonathan aperçut derrière le bureau la forme imposante de Mme Latulipe, la propriétaire, coiffée d'un turban violet, le visage lourdement fardé. Elle avait rejeté la tête en arrière pour s'adresser à lui, et faisait l'intéressante pour son public exclusivement masculin.

« Jacques Beauregard.
— *Comment, chéri ?*
— *Beauregard* », dut-il répéter en criant pour couvrir le vacarme, peu habitué à élever la voix. Mais, sans trop savoir pourquoi, ce nom lui vint plus facilement que celui de Linden.

« *Pas d'bagages ?*
— *Pas de bagages.*
— *Alors, bonsoir et amusez-vous bien, m'sieu* », lui hurla Mme Latulipe en lui tendant sa clé. Il soupçonna qu'elle l'avait pris pour un membre du groupe de géomètres, mais ne jugea pas utile de l'éclairer sur ce point.

« *Allez-vous manger avec nous à'soir, m'sieu Beauregard ?* » demanda-t-elle, ayant remarqué qu'il était beau garçon au moment où il montait les premières marches de l'escalier.

Jonathan pensait que non, merci madame — il était grand temps qu'il se couche.

« Mais ça n'est pas bon d'aller au lit le ventre vide, m'sieu Beauregard ! protesta Mme Latulipe en minaudant, toujours à l'intention de son public bruyant. Il faut avoir des forces au lit, quand on est un homme ! *N'est-ce pas, mes gars ?* »

S'arrêtant au demi-palier, Jonathan se joignit vaillamment aux rieurs, mais répéta néanmoins qu'il voulait se coucher.

« *Bien, tant pis, d'abord !* » cria Mme Latulipe.
Ni son arrivée inopinée ni sa mise négligée ne la troublèrent. Une mise négligée est bon signe à Espérance, et dénotait une certaine spiritualité aux yeux de Mme Latulipe, qui se posait en arbitre culturel de la ville. Il était *farouche*, mais *farouche* pour elle signifiait noble, et elle avait décelé l'esthète en lui. C'était un

sauvage distingué, son type d'homme préféré. À son accent, elle l'avait arbitrairement catalogué comme français. Ou peut-être belge – elle n'était pas experte en la matière, elle passait ses vacances en Floride. En tout cas, elle comprenait son français, mais lorsqu'elle lui avait répondu, il avait semblé décontenancé comme tous les Français par ce qu'elle considérait le modèle le plus pur de leur langue.

Néanmoins, emportée par ces observations hâtives, Mme Latulipe commit une erreur pardonnable. Elle n'installa pas Jonathan à un étage facilement accessible à d'éventuelles visiteuses, mais dans son *grenier*, dans l'une des quatre charmantes chambres sous les toits qu'elle réservait à ses congénères bohèmes. Et elle ne songea pas une minute – d'ailleurs, pourquoi y aurait-elle songé ? – que sa fille Yvonne avait momentanément établi son antre deux portes plus loin.

Pendant quatre jours, Jonathan resta dans l'hôtel sans susciter plus que les autres l'intérêt dévorant de Mme Latulipe pour ses clients masculins.

« Mais vous avez déserté votre groupe ! feignit-elle de s'alarmer lorsqu'il fit son apparition, tard et seul, pour le petit déjeuner le matin du cinquième jour. Vous n'êtes plus arpenteur ? Vous avez démissionné ? Vous avez envie de devenir poète, peut-être ? À Espérance, on écrit beaucoup de poèmes. »

À son retour le soir, elle lui demanda s'il avait composé une élégie ou peint un chef-d'œuvre. Elle lui proposa de dîner, mais il refusa encore.

« Vous avez mangé ailleurs, *m'sieu ?* » dit-elle d'un ton faussement accusateur.

Il lui sourit et fit non de la tête.

« *Tant pis d'abord* », lança-t-elle, sa réponse habituelle en toute occasion.

À part cela, il était pour elle le client sans problème de la chambre 306. Ce fut seulement le jeudi où il lui demanda du travail qu'elle le soumit à un examen plus poussé. « Quel genre de travail, *mon gars* ? interrogeat-elle. Vous avez envie de chanter pour nous à la discothèque, peut-être ? Vous jouez du violon ? »

Mais elle était déjà sur ses gardes. Captant son regard, elle ressentit la même impression qu'auparavant : un homme différent du lot, peut-être trop différent. Elle remarqua aussi que sa chemise était celle qu'il portait à son arrivée. Encore un prospecteur qui a perdu son dernier dollar au jeu, se dit-elle. Heureusement qu'on ne l'a pas nourri à crédit.

« N'importe quel boulot, répondit-il.

— Mais ça ne manque pas à Espérance, Jacques, objecta-t-elle.

— J'ai tout essayé, dit Jonathan, se remémorant les haussements d'épaule, ou pire, auxquels il avait eu droit ces trois derniers jours. J'ai essayé les restaurants, les hôtels, le chantier naval, et les marinas du bord de lac. J'ai essayé quatre mines, deux sociétés d'exploitation forestière, l'usine de ciment, deux stations d'essence et la papeterie. Je ne leur ai pas plu.

— Et pourquoi donc ? Vous êtes très beau, très sensible. Pourquoi est-ce que vous ne leur plaisez pas, Jacques ?

— Ils veulent des papiers. Mon numéro de sécurité sociale. Une preuve de nationalité canadienne. Une preuve que je suis un immigrant en règle.

— Et vous n'en avez pas ? Aucun ? Vous êtes trop esthète pour vous occuper de ces choses ?

— Mon passeport est au service de l'immigration à Ottawa, en cours d'examen. Mais personne ne me croit. Je suis Suisse », ajouta-t-il, comme si cela expliquait cette incrédulité.

Mme Latulipe avait déjà appuyé sur le bouton pour appeler son mari.

André Latulipe était né Kviatkovski. C'était seulement lorsque sa femme avait hérité l'hôtel de son père qu'il avait consenti à changer de nom pour adopter le sien, dans le but de perpétuer une branche de la noblesse d'Espérance. C'était un immigré de la première génération, au visage poupin, au front large et lisse, et à l'abondante chevelure prématurément blanche. Il était petit, trapu, et nerveux comme tous les quinquagénaires qui se sont presque tués au travail et commencent à se demander pourquoi. Dans son enfance, Andrzej Kviatkovski s'était caché dans des caves, avait clandestinement franchi des cols enneigés au cœur de la nuit, avait été détenu, interrogé, puis libéré. Il savait ce que c'était de se trouver devant des uniformes et de faire sa prière. Il jeta un coup d'œil à la note de Jonathan et, de même que son épouse, fut impressionné de constater qu'il n'y figurait aucun frais en dehors du prix des nuits. Un escroc aurait utilisé le téléphone, signé des notes au bar et au restaurant. Un escroc aurait filé sans payer en pleine nuit. Les Latulipe avaient déjà eu affaire à de tels personnages, qui leur avaient fait ce coup-là.

Sans lâcher la note, Latulipe jaugea lentement Jonathan du regard, comme sa femme avant lui, mais d'un œil pénétrant, remarquant ses souliers marron de vagabond, éraflés et pourtant d'une mystérieuse propreté, ses petites mains de travailleur manuel, plaquées avec déférence le long du corps, son maintien très correct, ses traits tirés et l'étincelle de désespoir dans ses yeux. Et M. Latulipe éprouva un sentiment de fraternité à la vue d'un homme qui luttait pour se tailler une petite place au soleil.

« Qu'est-ce que vous savez faire ? demanda-t-il.
— La cuisine », répondit Jonathan.

Il faisait désormais partie de la famille. Avec Yvonne.

Elle comprit aussitôt quel homme il était. Oui, ce fut comme si, par l'entremise de sa redoutable mère, des signaux qu'ils auraient peut-être mis des mois à échanger avaient été émis et reçus en l'espace d'une seconde.

« Je te présente Jacques, notre tout dernier secret », annonça Mme Latulipe, sans prendre la peine de frapper avant d'ouvrir à toute volée la porte d'une chambre sous les toits, à dix mètres seulement de celle de Jonathan dans le même couloir.

Et toi, tu es Yvonne, songea-t-il, mystérieusement libéré de toute pudeur.

Un bureau trônait au centre de la pièce. Une lampe de travail éclairait un côté du visage d'Yvonne, qui tapait sur un clavier d'ordinateur. Sachant que c'était sa mère, elle ne s'interrompit pas, et Jonathan fut condamné à regarder une tignasse blonde hirsute jusqu'au moment où elle voulut bien relever la tête. Un lit à une place était poussé contre le mur. Des panières de draps propres empilées occupaient l'espace restant. C'était bien en ordre, mais il n'y avait pas de souvenirs ni de photos. Juste une trousse de toilette près du lavabo, et sur le lit un lion en peluche avec une fermeture Éclair sur le ventre pour ranger la chemise de nuit. Il fut pris de nausée en se rappelant le pékinois éventré. J'ai aussi tué le chien, se dit-il.

« Yvonne est le petit génie de la famille, *n'est-ce pas, ma chère*? Elle a étudié les beaux-arts et la philosophie, elle a lu tous les livres. *N'est-ce pas, ma chérie*? Maintenant, elle joue les gouvernantes pour nous, elle vit comme une bonne sœur, et dans deux mois elle sera mariée à Thomas.

— Et elle sait se servir d'un ordinateur », dit Jonathan, Dieu seul sait pourquoi.

Une lettre émergea lentement de l'imprimante. Yvonne le regardait, et il vit son profil gauche dans les moindres détails : le regard franc, insoumis, le front slave et la mâchoire volontaire de son père, le fin duvet sur la pommette, et le cou musclé dans le col du chemisier. Elle portait ses clés sur une chaîne en sautoir, et quand elle se redressa elles vinrent se loger entre ses seins en cliquetant.

Elle se leva. Elle était grande, et masculine à première vue. Ils se serrèrent la main, une idée à elle. Il n'hésita pas un instant — pourquoi l'aurait-il fait? Lui, Beauregard, qui arrivait à Espérance, et revenait à la vie? Elle avait la paume ferme et sèche. Elle portait un jean, et ce fut de nouveau le côté gauche de son corps qu'il remarqua à la lumière de la lampe : les plis serrés du tissu en travers de sa cuisse depuis l'entre-jambes. Puis il prit conscience de la fermeté guindée de sa poignée de main.

Toi, tu as fait les quatre cents coups, jugea-t-il, tandis qu'elle soutenait calmement son regard. Tu as eu des amants très tôt. Tu t'es fait balader en Harley-Davidson après t'être défoncée à la marijuana ou pire. Aujourd'hui, à vingt ans et quelques, tu es arrivée à une charnière, à ce qu'on appelle aussi un compromis. Tu es trop sophistiquée pour la province, mais trop provinciale pour la grande ville. Tu es fiancée à un type ennuyeux, et tu essaies d'en faire un autre homme. Tu es Jed, mais sur la pente descendante. Tu es Jed avec la *gravitas* de Sophie.

Elle l'habilla sous le regard de sa mère.

Les uniformes du personnel étaient rangés dans une penderie de plain-pied au demi-palier inférieur. Yvonne marchait devant, et avant même qu'elle eût ouvert le placard, il remarqua que, malgré ses manières de sauvageonne, elle avait une démarche toute féminine, et non la dégaine crâneuse d'un garçon manqué, ni le déhanchement aguicheur d'une adolescente, mais bien le port décidé d'une femme adulte et sensuelle.

« Dans la cuisine, Jacques portera du blanc et rien que du blanc, et un rechange tous les jours, Yvonne. Jamais les mêmes vêtements deux jours de suite, Jacques, c'est une règle de la maison, comme chacun sait. Au Babette, on est excessivement attentif à l'hygiène. *Tant pis d'abord.* »

Tandis que sa mère papotait, Yvonne tendit devant lui la veste blanche, puis le pantalon à ceinture élastique, et lui ordonna d'aller les essayer dans la chambre 34. Son ton brusque contenait une pointe de sarcasme, peut-être à l'intention de sa mère. Quand il revint, Mme Latulipe affirma que les manches étaient trop longues. C'était faux, mais Yvonne consentit à les remonter avec des épingles, ses mains effleurant négligemment celles de Jonathan, la tiédeur de leurs deux corps se mêlant.

« Vous vous sentez à l'aise comme ça ? lui demanda-t-elle, l'air de s'en moquer éperdument.

— Jacques se sent toujours à l'aise. C'est un homme plein de ressources, *n'est-ce pas*, Jacques ? »

Mme Latulipe s'enquit de ses goûts en matière de loisirs. Jacques aimait-il danser ? Jonathan répondit qu'il était disposé à tout, mais peut-être pas si tôt. Avait-il des talents de chanteur, de musicien, d'acteur, de peintre ? Espérance offrait toutes ces activités et bien d'autres, l'assura-t-elle. Peut-être serait-il tenté de rencontrer des jeunes filles ? Ce serait normal : beaucoup de jeunes Canadiennes seraient intéressées d'en savoir plus sur la vie en Suisse. Esquivant courtoisement la question, Jonathan s'entendit faire une réponse follement imprudente :

« À vrai dire, je n'irais pas bien loin dans cette tenue, vous ne croyez pas ? s'écria-t-il si fort qu'il manqua éclater de rire, tout en tendant ses manches à Yvonne. La police me ramasserait au premier coin de rue, dans cet accoutrement, non ? »

Mme Latulipe eut le rire forcé des gens dénués d'humour. Mais Yvonne observait Jonathan avec une franche curiosité, yeux dans les yeux. Était-ce une tactique, un calcul machiavélique de ma part ? se demanda Jonathan par la suite. Était-ce une indiscrétion suicidaire de lui avouer dès notre première rencontre que j'étais en cavale ?

Le succès de leur nouvel employé ne tarda pas à ravir les Latulipe. Leur affection pour lui croissait à chaque nouveau talent qu'il révélait. En contrepartie, Jonathan le brave petit soldat leur consacrait chaque heure de sa journée. Il fut un temps où il aurait vendu son âme au diable pour échapper aux fourneaux et revêtir l'élégante veste noire du directeur. Mais plus maintenant. Le petit déjeuner était servi à partir de 6 heures pour les hommes qui travaillaient de nuit.

Jonathan les attendait. Une commande d'une entrecôte de trois cent cinquante grammes, de deux œufs et de *frites* n'avait rien d'extraordinaire. Dédaignant les sacs de frites surgelées et l'huile de restauration écœurante qu'affectionnait sa protectrice, il utilisait des pommes de terre fraîches qu'il épluchait et faisait bouillir avant de les frire dans un mélange d'huiles de tournesol et d'arachide première qualité. Il se mit à préparer lui-même des fonds de sauce, sélectionna un assortiment d'aromates, fit des ragoûts, des rôtis à la cocotte et des pommes dauphine. Il trouva un jeu de couteaux en acier qu'il aiguisa à la perfection – nul autre n'avait le droit d'y toucher. Il remit en usage la vieille cuisinière que Mme Latulipe avait tour à tour déclarée insalubre, dangereuse, laide ou trop précieuse pour qu'on s'en serve. Quand il salait, c'était à la manière d'un vrai chef, la main levée plus haut que la tête pour laisser tomber le sel en pluie. Il avait pour bible un volume éculé de son cher *Répertoire de la cuisine*, déniché à sa grande joie dans un bric-à-brac local.

Au début, Mme Latulipe remarqua tout cela chez lui avec une admiration proche de l'adoration, pour ne pas dire de l'obsession. Elle lui commanda des uniformes neufs, des toques neuves, et pour un peu elle lui aurait commandé des gilets jaune et noir, des bottillons vernis et des fixe-chaussettes. Elle lui acheta des marmites et des casseroles à double fond fort coûteuses, qu'il s'efforçait d'utiliser. Et lorsqu'elle découvrit qu'il grillait le glaçage de sa *crème brûlée* avec une banale lampe à souder, elle fut si impressionnée par ce mélange d'art et d'élégance qu'elle tint à faire défiler ses amies bohèmes dans la cuisine pour une démonstration.

« Il est si raffiné, notre Jacques, *tu ne crois pas*, Mimi, *ma chère*? Il est réservé, il est beau, il est habile, et quand il le veut il est extrêmement autoritaire. Allons, allons! Nous qui avons un certain âge, nous pouvons dire ce genre de choses. Quand nous voyons un bel homme, nous n'avons pas à rougir comme des petites filles. *Tant pis d'abord*, Hélène? »

Mais cette même distance qu'elle admirait tant chez lui l'énervait aussi prodigieusement. S'il ne lui appartenait pas, à qui d'autre alors ? Elle pensa d'abord qu'il écrivait un roman, mais une fouille des papiers sur son bureau ne lui livra que des brouillons de lettres de réclamation auprès de l'ambassade de Suisse à Ottawa que l'observateur rapproché, anticipant sa curiosité, avait rédigées pour qu'elle les trouve.

« Vous êtes amoureux, Jacques ?
— Pas à ma connaissance, madame.
— Vous êtes malheureux ? Vous vous sentez seul ?
— Je suis parfaitement satisfait de mon sort.
— Mais être satisfait ne suffit pas ! Il faut vous laisser aller. Il faut tout risquer chaque jour. Il faut que vous soyez fou de bonheur. »

Jonathan lui dit qu'il trouvait son bonheur dans son travail.

Après le déjeuner, Jonathan aurait pu avoir son après-midi, mais le plus souvent il descendait au sous-sol pour aider à porter les caisses de bouteilles vides dans la cour pendant que M. Latulipe vérifiait les livraisons – Dieu protège le serveur ou la barmaid qui apportait une bouteille en cachette pour la vendre au prix de la discothèque.

Trois soirs par semaine, Jonathan préparait le dîner pour la famille. Ils mangeaient de bonne heure, assis autour de la table de la cuisine pendant que Mme Latulipe faisait la conversation sur une note intellectuelle.

« Vous venez de Bâle, Jacques ?
— Des environs de Bâle, madame.
— De Genève ?
— Oui, plus près de Genève.
— Genève est la capitale de la Suisse, Yvonne. »
Yvonne ne leva pas la tête. « Tu te sens heureuse aujourd'hui, Yvonne ? Tu as parlé à Thomas ? Tu dois lui parler tous les jours. C'est normal, pour des fiancés. »

Et quand, vers 23 heures, il commençait à y avoir une chaude ambiance à la discothèque, Jonathan était encore là pour donner un coup de main. Jusqu'à 23 heures, les numéros étaient de simples étalages de nudité, mais après ils s'animaient, et les filles ne se rhabillaient plus entre deux passages sur scène, si ce n'est pour enfiler un tablier à paillettes où glisser leur argent, et peut-être un peignoir qu'elles ne se donnaient pas la peine de fermer. Quand, pour cinq dollars de plus, elles écartaient les jambes à la demande – prestation accomplie à votre table, sur un tabouret fourni par la maison – la vision évoquait le terrier moussu d'une bête nocturne sous un éclairage artificiel.

« Vous aimez notre petit spectacle, Jacques? Vous le trouvez culturel? Il vous titille un peu, même vous?

– Il fait de l'effet, madame.

– Voilà qui me ravit. C'est un tort de réprimer ses sentiments. »

Les rixes étaient rares, passagères comme des bagarres entre chiots. Seules les plus sérieuses se soldaient par des expulsions. Une chaise grinçait sur le plancher, une fille faisait un bond en arrière, puis c'était le bruit d'un coup de poing ou le silence absolu de deux hommes luttant au corps à corps. Alors, sorti de nulle part, André Latulipe s'interposait tel un Atlas miniature, et séparait les combattants jusqu'à ce que le calme revienne. La première fois, Jonathan le laissa régler l'affaire à sa façon. Mais quand un géant ivre-mort voulut décocher un coup de poing à Latulipe, Jonathan lui bloqua le bras dans le dos et l'emmena faire un tour à l'air frais.

« Où est-ce que vous avez appris ça? demanda Latulipe tandis qu'ils débarrassaient des bouteilles.

– À l'armée.

– Les Suisses ont une armée?

– Tout le monde est obligé d'y passer. »

Un dimanche soir, ils eurent la visite du vieux curé catholique, vêtu d'une soutane rapiécée au col d'un blanc douteux. Les filles arrêtèrent leur numéro et Yvonne mangea de la tarte au citron en sa compagnie, que le curé voulut absolument payer en sortant de l'argent d'une bourse de trappeur fermée par une lanière. Jonathan les observait dans la pénombre.

Un autre soir, un homme bâti comme une armoire à glace fit son apparition, les cheveux blancs coupés en brosse, vêtu d'un confortable veston en velours avec des pièces en cuir aux coudes. Une épouse à la mine enjouée se dandinait à ses côtés en manteau de fourrure. Les deux serveurs ukrainiens de Latulipe lui donnèrent une table près de la scène, il commanda du champagne et deux assiettes de saumon fumé, et regarda le spectacle avec une indulgence paternelle. Mais quand Latulipe chercha Jonathan des yeux dans la salle pour l'avertir de ne pas présenter la note au commissaire, Jonathan avait disparu.

« Vous avez quelque chose contre la police ?
— Tant que je n'ai pas récupéré mon passeport, oui.
— Comment avez-vous su qu'il était de la police ? »
Jonathan eut un sourire désarmant, mais par la suite Latulipe n'aurait su dire s'il avait répondu.

« On devrait avertir Jonathan, répéta Mme Latulipe pour la cinquantième fois, alors qu'elle cherchait le sommeil. Elle fait exprès de le provoquer. Elle recommence ses vieilles manigances.
— Mais ils ne se parlent jamais. Ils ne se regardent jamais, protesta son mari en posant son livre.
— Et tu ne devines pas pourquoi ? Deux voyous comme eux ?
— Elle est fiancée à Thomas, elle va l'épouser. Depuis quand est-ce un crime d'être innocent ? ajouta bravement Latulipe.
— Tu parles comme un sauvage, pour ne pas changer. Un sauvage, c'est quelqu'un qui n'a pas d'intuition. Est-ce que tu lui as dit de ne pas coucher avec les filles de la discothèque ?
— Ça n'a pas l'air de le tenter.
— Qu'est-ce que je disais ! Le contraire vaudrait peut-être mieux.
— C'est un athlète, bon sang ! s'exclama Latulipe,

emporté par son tempérament slave. Il se défoule autrement. Il court. Il fait de la randonnée, de la voile. Il loue des motos. Il cuisine. Il travaille. Il dort. Tous les hommes ne sont pas des obsédés sexuels.

— Alors, c'est une *tapette*, affirma Mme Latulipe. Je l'ai su dès que je l'ai vu. Yvonne perd son temps. Ça lui apprendra.

— Ce n'est pas une *tapette*! Demande aux petits Ukrainiens! Il est parfaitement normal!

— Tu as vu son passeport?

— Ça n'a aucun rapport avec le fait qu'il soit ou non une *tapette*! Son passeport est reparti à l'ambassade de Suisse. Il doit le faire proroger pour qu'Ottawa accepte d'y mettre un coup de tampon. Il est le jouet impuissant de deux administrations.

— "Le jouet impuissant de deux administrations!" Toujours ces belles phrases! Pour qui il se prend? Pour Victor Hugo? Un Suisse ne s'exprime pas comme ça!

— Je ne sais pas comment s'expriment les Suisses.

— Ben, demande à Cici! Elle dit que les Suisses sont grossiers. Elle en a épousé un, alors elle sait de quoi elle parle. Beauregard est français, j'en suis certaine. Il cuisine comme un Français, il parle comme un Français, il est arrogant comme un Français, il est fourbe comme un Français. Et décadent comme un Français. Bien sûr qu'il est français! Il est français et il ment! »

Respirant bruyamment, elle ignora son mari et fixa des yeux le plafond parsemé d'étoiles en papier qui brillaient dans le noir.

« Sa mère était allemande, dit Latulipe, s'efforçant de prendre un ton plus calme.

— Quoi? Ne dis pas de sottises! Les Allemands sont blonds. Qui t'a dit ça?

— Lui. Il y avait des ingénieurs allemands à la discothèque hier soir. Beauregard a parlé leur langue comme un vrai nazi. Je lui ai posé la question. Il connaît aussi l'anglais.

— Il faut que tu préviennes les autorités. Beauregard

se met en règle, ou il part. C'est son hôtel ou le mien, à la fin ? C'est un clandestin, j'en suis certaine. Il est trop spécial. *C'est bien sûr!* »

Furieuse, elle tourna le dos à son mari, alluma sa radio, et contempla ses étoiles en papier.

Jonathan passa prendre Yvonne en Harley-Davidson au Mange-Quick de la grand-route nord dix jours après qu'elle lui avait donné son uniforme blanc. Ils s'étaient rencontrés dans leur couloir sous les toits par un semblant de hasard – chacun ayant d'abord entendu l'autre bouger. Il lui dit que demain était son jour de congé, elle lui demanda comment il comptait l'occuper. Il pensait louer une moto et peut-être faire le tour des lacs, répondit-il.

« Mon père a un voilier dans sa maison de vacances », dit-elle, comme si sa mère n'existait pas. Le lendemain, elle l'attendait comme convenu, pâle mais déterminée.

Le paysage avait une paresseuse majesté, la forêt bleutée s'étendait sous un ciel délavé. Mais à mesure qu'ils progressèrent vers le nord, le jour s'assombrit et un vent d'est amena une petite bruine. Il pleuvait quand ils atteignirent la maison. Ils se déshabillèrent mutuellement, et une éternité passa sans que Jonathan s'apaise et se détende, car il avait des mois d'abstinence à rattraper. Elle le défia en le regardant droit dans les yeux, puis lui offrit une attitude différente, une femme différente.

« Attends », murmura-t-elle.

Son corps soupira, retomba, puis se redressa, son visage s'allongea, grimaça, mais sans que se produise l'explosion. Un cri de capitulation lui échappa, venu de si loin que ç'aurait pu être des bois détrempés alentour, ou des profondeurs du lac gris. Elle le chevaucha, et ils recommencèrent leur ascension de sommet en sommet jusqu'à se noyer dans les bras l'un de l'autre.

Allongé à côté d'elle, tous ses sens en éveil, il la regardait respirer, jaloux de sa tranquillité. Il essaya de savoir qui il trahissait. Sophie ? Ou juste moi, comme d'habitude ? C'est Thomas que nous trahissons. Elle roula sur le flanc, lui tournant ainsi le dos. Sa beauté ajoutait à la solitude de Jonathan. Il se mit à la caresser.

« C'est un brave garçon, dit Yvonne. À fond dans l'anthropologie et les droits des Indiens. Son père est avocat, il travaille pour les Cree. Il veut suivre son exemple. » Elle avait trouvé une bouteille de vin, et l'avait rapportée au lit. Sa tête reposait sur la poitrine de Jonathan.

« Je suis sûr que je l'aimerais beaucoup », dit-il poliment. Il s'imaginait un utopiste convaincu en pull marin, écrivant des lettres d'amour sur papier recyclé.

« Tu es un imposteur, lança-t-elle en l'embrassant avidement. Une espèce d'imposteur. Tout en toi est vrai, et pourtant tu es un imposteur. Je ne te comprends pas.

— Je suis en cavale. J'ai eu des histoires en Angleterre. »

Elle s'allongea sur lui et posa sa tête contre la sienne. « Tu as envie d'en parler ?

— Il faut que je me dégote un passeport. Ma nationalité suisse, c'est du flan. Je suis anglais.

— Tu es quoi ? » Ça l'excitait. Elle prit le verre de Jonathan, et but une gorgée. « On peut peut-être en voler un. Remplacer la photo. J'ai un ami qui a fait ça.

— Peut-être bien. » Elle le caressait, le regard enflammé. « J'ai essayé tout ce à quoi j'ai pu penser, continua-t-il. Fouillé les chambres à l'hôtel, cherché dans des parkings, personne dans le coin n'a de passeport. Je suis passé à la poste, j'ai pris les formulaires, étudié les formalités. Je suis allé au cimetière municipal pour trouver des morts de mon âge..., je me disais que je pourrais déposer une demande à leur nom. Mais on ne sait plus à quoi se fier aujourd'hui :

peut-être que tous les morts sont déjà sur ordinateur.

— Quel est ton vrai nom ? murmura-t-elle. Qui es-tu ? Qui es-tu ? »

Il éprouva un merveilleux apaisement en lui faisant le plus beau des cadeaux. « Pyne. Jonathan Pyne. »

Ils vécurent nus toute la journée, et quand la pluie cessa ils prirent le bateau jusqu'à une île au milieu du lac, se redéshabillèrent, et partirent à la nage depuis la plage de galets.

« Il rend sa thèse dans cinq semaines, dit-elle.
— Et ensuite ?
— Il épouse Yvonne.
— Et ensuite ?
— Il travaille avec les Indiens dans le grand nord. » Elle lui dit où. Ils nagèrent un peu plus loin.

« Ensemble ? demanda-t-il.
— Oui.
— Pendant combien de temps ?
— Un ou deux ans. Ça dépendra. On veut des enfants. Six ou sept.
— Tu lui seras fidèle ?
— Oui. De temps en temps.
— Qui est-ce qu'il y a par là-bas ?
— Des Cree surtout. Ce sont ses préférés. Il parle assez bien leur langue.
— Et la lune de miel ?
— Pour Thomas, la lune de miel idéale, c'est un McDo suivi d'une séance d'entraînement de hockey à la patinoire.
— Il voyage, des fois ?
— Dans les Territoires du Nord-Ouest. À Keewatin. Yellowknife. Au Grand Lac des esclaves. À Norman Wells. Il va partout.
— Je voulais dire à l'étranger.
— Pas Thomas, fit-elle en secouant la tête. Il dit qu'on trouve tout au Canada.
— Tout quoi ?
— Tout ce dont on a besoin dans la vie. On trouve tout

ici. Pourquoi aller plus loin ? Il dit que les gens voyagent trop. Il a raison.

— Alors, il n'a pas besoin de passeport.

— Va te faire voir, dit-elle. Ramène-moi à la plage. »

Mais, avant qu'ils aient préparé le dîner et refait l'amour, elle écoutait ce qu'il disait.

Pas un jour ou une nuit ne passait sans qu'ils s'aiment. Au petit matin, quand il remontait de la discothèque, Yvonne éveillée dans son lit attendait son frôlement à la porte. Il venait la rejoindre sur la pointe des pieds et elle l'attirait sur elle, sa dernière oasis avant le désert. Ils faisaient l'amour presque sans bouger. Le grenier était une véritable caisse de résonance et chaque son se serait propagé dans toute la maison. Quand elle se mettait à crier de plaisir, il lui posait la main sur la bouche et elle la mordait, laissant des marques autour du pouce.

Si ta mère nous trouve, elle me flanquera dehors, dit-il.

Et alors ? murmurait-elle en se blottissant contre lui. Je partirai avec toi. Elle semblait avoir tout oublié des projets d'avenir dont elle lui avait parlé.

J'ai besoin de plus de temps, insistait-il.

Pour le passeport ?

Pour toi, répondait-il, souriant dans le noir.

Elle avait horreur qu'il s'en aille, mais n'osait pas le garder près d'elle. Mme Latulipe s'était mise à lui rendre visite à toute heure du jour ou de la nuit.

« Tu dors, *cocotte* ? Tu es heureuse ? Plus que quatre semaines avant ton mariage, *mon p'tit chou*. Il faut que que la mariée se repose. »

Une fois, Jonathan était au lit avec Yvonne dans le noir lors d'un passage de sa mère, mais par miracle Mme Latulipe n'alluma pas la lumière.

Ils se rendirent dans la Pontiac bleu pâle d'Yvonne à un motel de Tolérance. Une chance qu'il lui ait fait quitter la chambre avant lui, parce que sur le parking, alors qu'elle était encore tout imprégnée de son odeur, elle vit Mimi Leduc qui lui faisait un grand sourire depuis l'emplacement voisin.

« *Tu fais visite au show* ? hurla Mimi après avoir baissé sa vitre.

— Oui, oui.

— *C'est super, n'est-ce pas ?* T'as vu *la little black dress ? Très low, très sexy* ?

— Oui, oui.

— Je me la suis achetée. *Toi aussi faut l'acheter ! Pour ton trouss-eauuu !* »

Ils firent l'amour dans une chambre inoccupée pendant que sa mère était au supermarché, et dans la penderie de plain-pied. Elle avait désormais acquis la témérité d'une obsédée sexuelle. Le risque était devenu une drogue pour elle. Elle passait toutes ses journées à inventer des moyens pour qu'ils se retrouvent.

« Quand iras-tu voir le curé ?

— Quand je serai prête », répondait-elle, avec la dignité primesautière de Sophie.

Elle décida d'être prête le lendemain.

Le vieux curé Savigny n'avait jamais déçu Yvonne. Depuis sa petite enfance, elle venait lui confier ses soucis, ses bonheurs et ses péchés. Quand son père l'avait frappée, c'est le vieux Savigny qui lui avait tendrement soigné son œil au beurre noir et l'avait calmée. Quand sa mère la rendait folle à lier, le vieux Savigny disait en riant : Elle fait juste la bête, des fois. Quand Yvonne avait commencé à coucher avec des garçons, jamais il ne lui avait dit de se réfréner. Et quand elle avait perdu la foi, il en avait été attristé, mais elle avait continué à lui rendre visite tous les dimanches soir après la messe à laquelle elle n'assistait plus, munie de ce qu'elle avait chipé à l'hôtel : une bouteille de vin ou, comme ce soir, du whisky.

« *Bon*, Yvonne ! Assieds-toi. Mon Dieu, tu es rouge comme une tomate. Doux Jésus, que m'as-tu apporté là ? C'est à moi de faire des cadeaux à la promise ! »

Il but à sa santé, bien carré dans son fauteuil,

contemplant l'infini de ses yeux larmoyants de vieillard.

« À Espérance, nous n'avions pas d'autre choix que de nous aimer les uns les autres, déclara-t-il, reprenant un passage de son homélie destinée aux futurs mariés.

— Je sais.

— Hier encore, tout le monde était un étranger en ces lieux, tout le monde regrettait sa famille, son pays, tout le monde avait un peu peur du grand nord et des Indiens.

— Je sais.

— Alors, nous nous sommes rapprochés. Et nous nous sommes aimés les uns les autres. C'était naturel, nécessaire. Nous avons offert notre communauté à Dieu, notre amour à Dieu. Et nous sommes devenus Ses enfants du désert.

— Je sais, répéta Yvonne, se disant qu'elle n'aurait jamais dû venir.

— Et aujourd'hui, nous sommes de braves citoyens. Espérance a grandi. Notre ville est belle et bonne, notre ville est chrétienne. Mais elle distille l'ennui. Comment va Thomas ?

— Très bien, dit-elle en attrapant son sac à main.

— Quand te décideras-tu à me le présenter ? Si c'est à cause de ta mère que tu ne veux pas qu'il vienne à Espérance, alors il est temps de le soumettre à l'épreuve du feu ! » Ils rirent ensemble. Savigny avait quelquefois des éclairs de perspicacité qui lui valaient l'affection d'Yvonne. « Ce doit être un sacré gaillard pour mettre le grappin sur une fille comme toi. Est-il passionné ? Est-ce qu'il t'aime à la folie ? T'écrit-il trois fois par jour ?

— Thomas est plutôt distrait. »

Ils rirent encore tandis que le curé ne cessait de répéter « distrait » en hochant la tête. Sortant de son sac deux photos sous cellophane, elle lui en tendit une, et lui passa ses vieilles lunettes à monture d'acier posées sur la table. Puis elle attendit qu'il se concentre sur le cliché.

« Alors, Thomas, c'est lui ? Mon Dieu, mais c'est

qu'il est beau garçon ! Pourquoi ne me l'as-tu jamais dit ? Cet homme-là, distrait ? C'est une force de la nature ! Ta mère se mettrait à genoux devant un homme comme ça ! »

Il tenait la photo de Jonathan à bout de bras, et la pencha pour mieux l'admirer dans le jour qui filtrait par la fenêtre.

« Je l'emmène de force en lune de miel-surprise, dit-elle. Il n'a pas de passeport. Je vais lui en fourrer un entre les mains dans la sacristie. »

Le vieil homme fouillait déjà dans son gilet en quête d'un stylo. Elle en avait un tout prêt. Elle retourna les photos et le regarda les signer l'une après l'autre, avec une lenteur enfantine, en sa qualité de ministre du culte habilité par les lois du Québec à conclure les mariages. De son sac à main elle sortit le formulaire bleu de demande de passeport : « *Formule A pour les personnes de 16 ans et plus* », et lui indiqua l'endroit où il devait signer, en tant que témoin connaissant personnellement le demandeur.

« Mais depuis combien de temps je le connais ? Je n'ai jamais posé les yeux sur ce gaillard !
— Vous n'avez qu'à mettre depuis toujours », répondit Yvonne, qui le regarda écrire « *la vie entière* ».

« Tom, télégraphia-t-elle triomphalement ce soir-là. Besoin extrait de naissance pour église. Envoi express à Babette. Baisers. Yvonne. »

Quand Jonathan frôla sa porte, elle fit semblant de dormir et ne bougea pas. Mais quand il arriva près du lit, elle se redressa et l'étreignit plus avidement que jamais. « Ça y est, ne cessait-elle de lui murmurer. Je l'ai ! Ça va marcher ! »

Peu après cet épisode, également en début de soirée, Mme Latulipe avait rendez-vous avec le gros commissaire de police dans son magnifique bureau. Elle portait une robe mauve, peut-être en signe de demi-deuil.

« Angélique, dit le commissaire en avançant un fauteuil. Ma chère, je suis toujours disponible pour vous. »

Comme le curé, le commissaire était un ancien pionnier. Des photos dédicacées accrochées aux murs le représentaient dans sa jeunesse, tantôt vêtu de fourrures, conduisant un traîneau tiré par des chiens, tantôt en héros solitaire à cheval, pourchassant son suspect dans le grand nord. Mais ces souvenirs n'étaient d'aucune utilité au commissaire. Un triple menton cachait désormais le profil naguère viril, et une panse bien tendue retombait sur la ceinture en cuir de son uniforme.

« Une de tes filles s'est encore fourrée dans le pétrin? demanda-t-il avec un sourire entendu.

— Non, Louis, pas autant que je sache.

— Quelqu'un se sert dans la caisse?

— Non, Louis, nos comptes sont parfaitement en ordre, merci. »

Le commissaire reconnut ce ton-là et se mit sur la défensive.

« J'en suis bien aise, Angélique. Il y a tellement d'histoires dans ce genre aujourd'hui. Rien à voir avec autrefois. *Un p'tit drink?*

— Merci, Louis, je ne suis pas venue par simple courtoisie. Je voudrais que tu enquêtes sur un jeune homme qu'André emploie à l'hôtel.

— Qu'est-ce qu'il a fait?

— Demande plutôt ce qu'André a fait. Il a engagé un homme sans papiers. Il est *naïf*.

— André est un brave homme, Angélique. La crème des hommes.

— Peut-être trop brave. Ce type est chez nous depuis déjà dix semaines et ses papiers ne sont toujours pas arrivés. Il nous met dans une situation illégale.

— On n'est pas à Ottawa, ici, Angélique. Tu le sais bien.

— Il prétend qu'il est suisse.

— Ben, c'est peut-être vrai. La Suisse est un beau pays.

— D'abord, il raconte à André que son passeport est

au service de l'immigration, ensuite à l'ambassade de Suisse pour renouvellement, et maintenant entre les mains d'une troisième administration. Où est ce passeport ?

— Pas ici, en tout cas, Angélique. Tu connais Ottawa. Ces pédés mettent trois mois à se torcher le cul », dit le commissaire, osant un sourire satisfait devant la justesse de sa formule.

Le visage de Mme Latulipe s'empourpra. Et pas d'un rose flatteur : ses joues cireuses se marbrèrent de plaques rouges sous l'effet de la rage. Le commissaire en fut intimidé.

« Il n'est pas suisse, affirma-t-elle.
— Voyons, Angélique, qu'en sais-tu ?
— J'ai téléphoné à l'ambassade de Suisse. Je me suis fait passer pour sa mère.
— Et alors ?
— Je leur ai dit que j'étais furieuse du retard, que mon fils ne trouvait pas de travail, qu'il accumulait les dettes, qu'il était déprimé, que, s'ils ne pouvaient pas lui expédier son passeport, ils pourraient au moins envoyer une lettre pour confirmer que tout était en ordre.
— Je suis sûr que tu as fait ça très bien, Angélique. Tu es une excellente comédienne. Nous le savons tous.
— Ils n'ont pas la moindre trace de lui. Pas de Jacques Beauregard, citoyen suisse installé au Canada, tout ça est inventé. C'est un séducteur.
— Un quoi ?
— Il a séduit ma fille, Yvonne. Elle s'est entichée de lui. C'est un excellent mystificateur, et ce qu'il cherche, c'est voler ma fille, voler l'hôtel, voler notre tranquillité, notre bonheur, notre... »

Elle avait toute une liste des larcins commis par Jonathan, établie au cours de ses nuits blanches et complétée à chaque nouvelle preuve de l'obsession de sa fille pour le voleur. Le seul crime qu'elle avait omis de mentionner était le vol de son propre cœur.

10

La piste d'atterrissage n'était guère qu'un ruban d'herbe courant sur le fond brun des marais de Louisiane. Vues d'en haut, les aigrettes juchées sur le dos des vaches qui paissaient en bordure ressemblaient à des flocons de neige. À l'extrémité de la piste se dressait une baraque en tôle délabrée, un ancien hangar. Un chemin de terre rougeâtre y menait depuis la grand-route, mais Strelski ne semblait pas sûr que ce fût bien là, ou peut-être l'endroit ne lui disait-il rien qui vaille. Il fit décrire au Cessna un virage sur l'aile, puis effectua un passage à basse altitude en diagonale au-dessus du marécage. De son siège à l'arrière, Burr aperçut une vieille pompe à carburant près de la baraque, et derrière un portail fermé en fil de fer barbelé, mais aucun signe de vie. Puis il remarqua des traces de pneus dans l'herbe au même moment que Strelski, tout heureux de les voir, qui mit les gaz et continua de virer pour revenir par l'ouest. Il dut dire quelque chose à Flynn dans l'interphone, car celui-ci leva ses mains tavelées du pistolet-mitrailleur posé sur ses genoux et haussa les épaules avec une exubérance latine inhabituelle chez lui. Ils avaient quitté Baton Rouge une heure auparavant.

Avec un grondement poussif, le Cessna atterrit et roula en cahotant sur la piste. Les vaches ne levèrent pas la tête, non plus que les aigrettes. Strelski et Flynn bondirent hors de l'appareil. La route était une langue de terre entre deux bancs de boue fumante qui frémissait avec des bruits de succion et grouillait de gros cafards. Flynn ouvrit la marche en direction de la baraque, le PM collé contre la poitrine, l'œil aux aguets. Strelski le suivait avec la sacoche, un automatique à la main. Derrière eux venait Burr, pourvu de son seul courage, car il n'était pas bon tireur et détestait les armes.

Pat Flynn a fait la Birmanie du Nord, avait dit

Strelski. Pat Flynn a fait le Salvador... Pat, c'est un drôle de paroissien... Strelski aimait à parler de Flynn avec une crainte respectueuse dans la voix.

Burr examina les traces de pneus à ses pieds. Automobile ou avion ? Il supposa qu'il était possible de faire la différence et eut honte de ne pas en être capable.

« On a dit à Michael que vous étiez une huile en Angleterre, avait confié Strelski. Du calibre de la tante de Churchill.

– La pointure au-dessus, même », avait renchéri Flynn.

« Ils sont deux : père Lucan et frère Michael, explique Strelski à Burr, la veille au soir, alors qu'ils se trouvent sur la terrasse de la villa sur la plage à Fort Lauderdale. C'est Pat Flynn qui mène le jeu. Si vous voulez demander quelque chose à Michael, le mieux c'est de laisser Pat s'en charger. Ce mec-là est une ordure et un fêlé. Pas vrai, Pat ?

– Michael est un type étonnant, déclare Flynn en portant une large main à sa bouche pour cacher son sourire édenté.

– Et pieux, ajoute Strelski. Michael est un saint homme, un très saint homme, pas vrai, Pat ?

– Un véritable croyant, Joe », confirme Flynn.

Alors, avec force gloussements, Strelski et Flynn racontent à Burr l'histoire de frère Michael, sa rencontre avec Jésus et son élévation à la haute charge de Grand Mouchard – une histoire qui n'aurait jamais commencé, précise bien Strelski, si l'agent Flynn ne s'était pas trouvé à Boston un week-end de carême pour effectuer une retraite spirituelle loin de sa femme, et soigner son âme à l'aide d'une caisse de Bushmills single malt, son whisky irlandais, en compagnie de deux séminaristes aussi buveurs d'eau que lui.

« C'est bien ça, Pat ? demande Strelski, peut-être par crainte que Flynn ne s'endorme.

– Absolument, Joe », acquiesce Flynn, qui sirote son

whisky et enfourne une énorme bouchée de pizza en contemplant benoîtement l'ascension de la pleine lune au-dessus de l'Atlantique.

Notre Pat que voilà et ses frères pasteurs ont à peine fait justice à leur première bouteille de whisky, Leonard, poursuit Strelski, que débarque le père abbé lui-même, qui demande si l'agent spécial Patrick Flynn, des Douanes américaines, aurait la sainte gentillesse de lui accorder un moment d'attention dans l'intimité de son bureau.

Flynn accepte gracieusement cette requête, et là, dans le bureau du père abbé, raconte Strelski, est assis un grand échalas de Texan, un gamin avec des oreilles comme des raquettes de ping-pong. C'est le père Lucan, de l'ermitage du Sang de la Vierge Marie à La Nouvelle-Orléans, institution qui, pour des raisons connues seulement du pape, se trouve sous la protection du père abbé à Boston.

Et ledit Lucan, continue Strelski, ce gamin boutonneux aux oreilles en raquettes de ping-pong, a pour spécialité de ramener les âmes égarées à la Sainte Vierge par la sanctification personnelle et l'exemple de Ses Apôtres.

Au cours duquel labeur, dit Strelski – tandis que Flynn, cramoisi, glousse, hoche la tête, et tire bêtement sur sa mèche de devant –, Lucan a reçu la confession d'un riche pénitent dont la fille s'est récemment suicidée d'une façon particulièrement horrible, à cause des mœurs débauchées et des activités criminelles de son père.

Et ce même pénitent – dit Strelski – bourrelé de remords, a mis son âme à nu devant Lucan, si bien que le pauvre gamin a rappliqué ventre à terre chez son père abbé de Boston pour qu'il éclaire sa conscience et lui fasse respirer des sels, vu que son pénitent est le plus bel enfoiré d'escroc que Lucan ou quiconque ait jamais rencontré de sa vie...

« Chez un trafiquant de drogue, Leonard, la pénitence est de courte durée..., philosophe à présent

Strelski tandis que Flynn, silencieux, sourit à la lune. Mais le remords, ça n'existe pas. À peine Patrick s'en est-il mêlé que Michael regrettait déjà son écart de bonne conduite, et invoquait la protection du premier et du cinquième amendement, et la santé défaillante de sa grand-mère. Et puis, tout ce qu'il avait raconté, c'était sous l'empire de la démence et du chagrin, et il ne fallait pas l'utiliser dans le dossier. Mais notre brave Pat » – le sourire de Flynn s'élargit – « Pat, avec sa foi toute personnelle, a rétabli la situation. Il a donné à Michael le choix entre deux possibilités – deux, pas trois. Petit 1 : de soixante-dix à quatre-vingt-dix ans en tôle. Petit 2 : passer dans le camp des légions divines, obtenir une amnistie et s'envoyer toute la première rangée de danseuses des Folies-Bergère. Michael a communié avec son Créateur pendant bien vingt secondes, consulté son sens de la morale, et il a courageusement choisi le petit 2. »

Depuis la baraque de tôle, Flynn faisait signe à Burr et Strelski d'entrer. L'intérieur empestait, et la chaleur étouffante les prit à la gorge. Il y avait des crottes de chauves-souris sur la table déglinguée, le banc de bois et les chaises en plastique cassées autour de la table. Par grappes de deux ou trois, les chauves-souris étaient suspendues la tête en bas aux poutrelles métalliques, tels des clowns tristes. Contre une paroi, un poste de radio brisé, et à côté un groupe électrogène criblé d'impacts de balles. Quelqu'un a tout saccagé ici, songea Burr. Ils ont dû se dire que, si eux n'utilisaient plus cette planque, personne ne devait en profiter, et ils ont cassé tout ce qu'ils pouvaient. Flynn jeta un ultime coup d'œil dehors, puis ferma la porte. Burr se demanda s'il s'agissait d'un signal. Flynn avait apporté des cordons fumigatoires verts contre les moustiques. Le sac en papier disait : *Sauvez la terre. Passez-vous de sac aujourd'hui*. Flynn alluma les cordons. Des volutes de fumée verte montèrent vers le toit de tôle, créant une certaine agitation chez les chauves-souris. Des graffitis en espagnol sur les murs promettaient la destruction des Yanquis.

Strelski et Flynn s'assirent sur le banc. Burr posa prudemment une fesse sur une chaise brisée. Une automobile, se dit-il. Ces traces avaient été laissées par une voiture. Quatre roues en ligne droite. Flynn coucha son PM en travers de ses genoux, recourba un index autour de la détente et ferma les yeux pour écouter les stridulations des cigales. La piste avait été construite par des trafiquants de marijuana dans les années soixante, avait dit Strelski, mais elle était trop petite pour le volume actuel des livraisons. Les trafiquants d'aujourd'hui se servaient de 747 cargo aux couleurs de compagnies aériennes régulières, planquaient leur camelote dans des cargaisons déclarées, et utilisaient des aéroports ultra-modernes. Au retour, ils bourraient leurs avions de manteaux de vison pour leurs putes et de grenades à fragmentation pour leurs amis. Comme tout le monde dans le métier de transporteur, les trafiquants détestaient rentrer à vide.

Une demi-heure passa. Burr avait la nausée à cause des fumigateurs. Son visage ruisselait de sueur, et sa chemise était à tordre. Strelski lui passa une bouteille en plastique remplie d'eau tiède, Burr en but quelques gorgées et s'humecta le front avec son mouchoir trempé. L'indic retourne sa veste une deuxième fois, songeait Burr, et on va nous faire sauter la gueule. Strelski décroisa les jambes pour être plus à l'aise. Il tenait son 45 automatique sur les genoux, et avait un revolver dans un étui en aluminium à la cheville.

« On lui a raconté que vous étiez médecin, avait dit Strelski. Je voulais lui dire que vous étiez duc, mais Pat n'a pas marché. »

Flynn alluma un nouveau cordon, puis, comme s'il s'agissait d'une seule et même opération, braqua son PM sur la porte en faisant silencieusement quelques pas de côté. Burr ne vit pas Strelski bouger, mais lorsqu'il se retourna il le découvrit collé contre le mur du fond, son automatique pointé vers le toit. Burr resta à sa place. Un passager modèle ne fait pas un geste et ne dit pas un mot.

La porte s'entrouvrit, et le soleil rougeoyant inonda la baraque. Le visage allongé d'un jeune homme à la peau irritée par le rasage apparut dans l'entrebâillement. Des oreilles comme des raquettes de ping-pong, constata Burr. Des yeux effrayés les étudièrent tour à tour, s'attardant sur Burr. La tête disparut, laissant la porte entrouverte. Ils entendirent un cri étouffé (« Où ? » ou « Tout ? ») et un chuchotement d'acquiescement en réponse. La porte s'ouvrit alors en grand, laissant passer la silhouette arrogante de Me Paul Apostoll, alias Apo, alias Appétits, alias frère Michael, dont la démarche hautaine évoquait moins un pénitent qu'un tout petit général qui aurait perdu son cheval. Burr oublia ses griefs tant le moment était magique. Voici donc Apostoll, se dit-il, le bras droit des cartels. Apostoll, qui le premier nous a fait part du projet de Roper, qui complote avec lui, mange son pain, fait la bombe sur son yacht, et le trahit à l'occasion.

« Je vous présente le médecin anglais dont je vous ai parlé, dit Flynn avec solennité, en indiquant Burr.

— Ravi de faire votre connaissance, docteur, répondit Apostoll, se drapant dans sa dignité. Un peu de classe sera bienvenue. J'ai beaucoup d'admiration pour votre grand pays. Nombre de mes ancêtres appartiennent à la noblesse anglaise.

— Je croyais que c'étaient des escrocs grecs, intervint Strelski, dont l'hostilité couvait depuis l'arrivée d'Apostoll.

— Par ma mère. Elle était apparentée au duc du Devonshire.

— Voyez-vous ça ? ironisa Strelski.

— Je suis un homme de principes, docteur, déclara Apostoll à Burr sans écouter Strelski. Je crois qu'en votre qualité de Britannique vous saurez l'apprécier. Je suis aussi un enfant de Marie, guidé par la lumière qu'elle répand sur ses légions. Je ne juge pas. Je prodigue mes conseils en fonction des faits qui me sont présentés. J'avance des recommandations sur la base d'hypothèses et de ma connaissance du droit. Puis je quitte la pièce. »

La chaleur, la puanteur, le chant des cigales étaient oubliés. Ils étaient à pied d'œuvre, en plein travail de routine. Un agent traitant débriefait son *Joe* dans une maison sûre : Flynn avec son accent irlandais de simple flic, et Apostoll avec sa truculente précision d'avocat. Il a perdu du poids par rapport aux photos, songea Burr, en remarquant la mâchoire plus anguleuse et les yeux caves.

Strelski avait récupéré le PM et avait ostensiblement tourné le dos à Apostoll pour couvrir l'entrée et la piste. Lucan se tenait assis dans une position rigide au côté de son pénitent, la tête inclinée, les sourcils levés. Il portait un jean, alors qu'Apostoll, en chemise blanche à manches longues et pantalon de coton noir, une statuette de Marie les bras ouverts accrochée à son cou par une chaîne en or, semblait habillé pour le peloton d'exécution. Son postiche noir ondulé, artistiquement incliné, était trop grand pour lui. Burr se dit qu'il avait dû se tromper de moumoute.

Flynn faisait consciencieusement son boulot d'officier traitant : Quelle est votre couverture pour cette entretien ? Est-ce qu'on vous a vu quitter la ville ? À quelle heure faut-il que vous soyez de retour ? Où et quand aura lieu notre prochaine rencontre ? Que devient cette Annette du bureau qui vous filait dans sa voiture, selon vous ?

À cet instant, Apostoll tourna les yeux vers le père Lucan, qui continua de regarder dans le vide.

« Je me rappelle cette affaire. Elle est réglée, répondit Apostoll.

— Réglée comment ? interrogea Flynn.

— Cette personne a conçu pour moi un intérêt amoureux. Je la pressais de rejoindre notre armée de fidèles, et elle s'est méprise sur mes intentions. Elle s'est excusée et j'ai accepté ses excuses. »

Mais c'en était déjà trop pour le père Lucan.

« Michael, ce n'est pas une description exacte de la vérité, le réprimanda-t-il, retirant sa longue main du côté de sa joue pour parler. Michael l'a roulée dans la farine, Patrick. D'abord, il s'envoie Annette, puis il s'envoie la fille avec qui elle loge. Annette a des soupçons, alors elle veut en avoir le cœur net. Quoi de neuf sous le soleil ?

— Question suivante, je vous prie », lança sèchement Apostoll.

Flynn posa deux dictaphones sur la table et les mit en marche.

« Est-ce que la vente des Blackhawk est maintenue, Michael ? demanda-t-il.

— Patrick, je n'ai pas entendu cette question, répondit Apostoll.

— Eh bien, moi si, répliqua Strelski. Est-ce que les cartels veulent toujours s'offrir leurs putains d'hélicoptères de combat, oui ou non ? Bon Dieu ! »

Burr avait déjà vu des numéros de bon flic / méchant flic, mais la répulsion de Strelski ne semblait malheureusement pas feinte.

« Ma conscience professionnelle m'interdit de me trouver dans la pièce quand on traite des affaires de cette nature, précisa Apostoll. Pour reprendre l'heureuse expression de M. Roper, c'est à lui qu'il revient de couper l'habit aux mesures de ses clients. S'il pense que des Blackhawk sont nécessaires, il y aura des Blackhawk.

— Il y a une date pour finaliser l'accord ? aboya Strelski en griffonnant rageusement quelque chose sur un calepin. Ou est-ce qu'on dit à Washington d'attendre encore une année, putain de merde ?

— Que votre ami tempère un moment ses ardeurs patriotiques ! ricana Apostoll. M. Roper refuse catégoriquement de précipiter les choses, et mes clients sont totalement d'accord. "Ce qui pousse bien pousse lentement", dit un vieux proverbe espagnol éprouvé. Mes clients sont latins, et ils ont de ce fait une conscience évoluée du temps qui passe. » Il lança un regard du côté de Burr. « Un mariste est stoïque, expliqua-t-il. Marie a de nombreux détracteurs. Leur mépris sanctifie son humilité. »

Le jeu de questions-réponses reprit. Personnes et lieux... commandes ou livraisons... entrées et sorties d'argent du lavomatique financier des Antilles... dernier projet immobilier des cartels pour le centre de Miami...

Flynn sourit finalement à Burr pour l'inviter à parler :

« Et vous, docteur, y aurait-il quelque point qui vous intéresse personnellement et que vous souhaiteriez aborder avec notre bon frère Michael ?

— À vrai dire, oui, Patrick, je vous remercie, dit Burr poliment. Comme je ne connais le frère Michael que depuis peu — et comme, bien sûr, j'apprécie au plus haut point toute la valeur de son aide en cette affaire —, je voudrais d'abord lui poser quelques questions d'ordre général. Avec votre permission. Sur le fond, dirons-nous, plutôt que sur les détails.

— Je vous en prie, docteur, intervint Apostoll avec prévenance, sans laisser à Flynn le temps de répondre. C'est toujours un plaisir pour l'intellect de converser avec un gentleman anglais. »

N'allez pas droit au but, procédez lentement, lui avait conseillé Strelski. *Mettez-y votre onctuosité britannique.*

« Eh bien, Patrick, il y a dans tout cela une énigme pour moi, qui suis le compatriote de M. Roper, dit Burr à Flynn. Quel est son secret ? Qu'a-t-il donc que tous les autres n'avaient pas ? Les Israéliens, les Français, les Cubains, tous ont offert de fournir aux cartels des armes plus performantes, et tous sauf les Israéliens sont repartis sans conclure de marché. Comment M. Richard Onslow Roper a-t-il réussi là où personne d'autre n'est parvenu à convaincre les clients de frère Michael de s'acheter une armée digne de ce nom ? »

À la surprise de Burr, les traits émaciés d'Apostoll s'éclairèrent d'une chaleur inattendue, et sa voix vibra avec passion quand il répondit.

« Docteur, votre compatriote M. Roper n'est pas un vulgaire représentant de commerce. C'est un enchanteur. Un homme de vision et d'audace, qui séduit et mène les gens où il l'entend. Si M. Roper est admirable, c'est qu'il est hors pair. »

Strelski marmonna une obscénité, mais Apostoll était intarissable.

« Se trouver en compagnie de M. Onslow Roper est un privilège, docteur, une vraie fête. Nombre de ceux qui rendent visite à mes clients éprouvent du mépris à leur égard. Ils flagornent, ils apportent des cadeaux, ils flattent, mais ils ne sont pas sincères. Ce sont des profiteurs intéressés par l'argent vite gagné. M. Roper a traité mes clients en égaux. C'est un gentleman, mais pas un snob. Il les a félicités de leur richesse. D'avoir su tirer parti des avantages que leur avait donnés la nature. De leur habileté, de leur courage. Le monde où nous vivons est une jungle, leur a-t-il dit, et tous ne peuvent pas survivre. Il est juste que les faibles soient sacrifiés. L'unique question est de savoir qui sont les forts. Puis il leur a offert une projection. Un film très professionnel, un montage très judicieux. Pas trop long. Pas trop technique. Juste comme il fallait. »

Et tu es resté dans la pièce, songea Burr, en voyant Apostoll se gonfler d'importance. Dans un ranch ou un appartement, entouré de putains et de jeunes paysans en jean armés d'Uzi, à te prélasser parmi les canapés en peau de léopard, les postes de télévision super-géants, et les shakers en or massif. Avec tes clients. Captivé par ce charmeur d'aristocrate anglais et son film.

« Il nous a montré l'assaut des SAS contre l'ambassade d'Iran à Londres, les forces spéciales américaines s'entraînant dans la jungle, la Delta Force américaine, et la promotion de certains des armements les plus récents et les plus sophistiqués au monde. Puis il nous a redemandé qui étaient les forts, et ce qui se passerait si les Américains se lassaient un jour de pulvériser des herbicides sur les récoltes en Bolivie et de saisir cinquante kilos à Detroit, et décidaient de venir arracher mes clients à leur lit, de les embarquer menottes aux poings dans un avion pour Miami, et de les soumettre à l'humiliation d'un procès public selon le droit américain, comme le général Noriega. Il a demandé s'il était juste ou normal que des hommes si fortunés restent sans protection. "Vous ne roulez pas dans de vieilles voitures. Vous ne portez pas de vieux vêtements. Vous ne faites pas l'amour avec de vieilles femmes. Alors, pourquoi vous privez-vous de la protection des armes les plus modernes ? Vous avez ici des garçons courageux, des hommes dévoués, loyaux, je le lis sur leur visage. Mais je ne crois pas qu'un sur vingt puisse se qualifier pour combattre dans l'unité que je me propose de constituer pour vous." Après quoi, M. Roper leur a décrit sa splendide société, Ironbrand. Il a fait valoir la respectabilité et la diversité de ses opérations, sa flotte de tankers et ses moyens de transport, ses résultats reconnus dans la vente de minéraux, de bois et de matériel agricole. Son expérience dans le transport discret de certains produits. Ses relations avec des fonctionnaires complaisants dans les plus grands ports du monde. Sa maîtrise et son usage inventif des sociétés off-shore. Un homme tel que lui serait capable de faire briller le message de Marie dans le cloaque le plus sombre. »

Apostoll s'interrompit le temps de boire une gorgée du verre d'eau minérale que le père Lucan lui avait versé.

« On n'est plus à l'époque où l'on bourrait les valises de coupures de cent dollars. Où les passeurs, le ventre plein de préservatifs lubrifiés, finissaient dans la salle des rayons X. Où de petits avions bravaient les forces de l'ordre pour traverser le golfe du Mexique. Ce que M. Roper et ses collègues leur proposaient, c'était l'expédition de leur produit, de porte à porte et sans risque, sur les nouveaux marchés d'Europe centrale et orientale.

— De la came ! éclata Strelski, incapable de supporter plus longtemps les circonlocutions d'Apostoll. Le produit de tes clients, c'est de la came, Michael ! Roper échange des armes contre cette putain de cocaïne raffinée, traitée, quasi pure, et au prix de gros ! Contre des montagnes de cette merde ! Il va l'expédier en Europe, la jeter sur le marché, empoisonner des gosses, bousiller des vies, et empocher des mégamillions ! C'est ça ? »

Apostoll ne daigna pas prêter attention à cette explosion de colère.

« M. Roper n'a sollicité aucune avance d'argent de mes clients, docteur. Il financera tous ses engagements avec ses ressources personnelles. Il n'a pas tendu la main. La confiance qu'il leur a témoignée transcendait celle dont est capable un homme normal. S'ils se dérobent à leurs obligations, leur a-t-il assuré, ils ruineront sa réputation, provoqueront la faillite de sa société, et détourneront à tout jamais ses investisseurs. Cependant, il a fait confiance à mes clients. Il savait que c'étaient des hommes bien. Leur meilleur atout, la meilleure garantie de tranquillité, a-t-il dit, était le financement de toute l'entreprise par ses propres deniers, et c'est ce qu'il leur proposait. Il a placé son sort entre leurs mains. Et il est même allé plus loin. Il a souligné qu'il n'avait nulle intention d'entrer en concurrence avec les correspondants habituels de mes clients en Europe. Il s'en remettrait entièrement à leur volonté pour décider de sa place dans la chaîne de distribution. Après remise de la marchandise au destinataire désigné par eux, il considérerait sa tâche accomplie. S'ils souhaitaient ne désigner personne, M. Roper accepterait volontiers de faire une livraison à l'aveugle. »

Tirant de sa poche un grand mouchoir de soie, Apostoll épongea la sueur qui perlait sous sa moumoute.

Ça y est, se dit alors Burr. *C'est le moment.*

*

« Et le major Corkoran était-il présent à cette occasion, Michael ? » demanda-t-il innocemment.

Le visage fermé d'Apostoll se renfrogna d'un air désapprobateur. Sa voix se fit cassante et accusatrice.

« Le major Corkoran, de même que lord Langbourne, était là et bien là. Le major était un invité de qualité. Il a fait fonctionner le projecteur et s'est montré fort sociable, courtois envers les dames, il a servi à boire, bref très agréable. Quand mes clients ont proposé, en plaisantant à moitié, de le garder en otage jusqu'à la conclusion de l'opération, l'idée a été chaleureusement accueillie par ces dames. Une fois les clauses générales de l'accord rédigées par moi-même et lord Langbourne, le major a prononcé un speech amusant avant de signer avec un beau paraphe pour le compte de M. Roper. Mes clients apprécient un peu de comique pour alléger leur fardeau quotidien. »

Il reprit rageusement son souffle, et ouvrit son petit poing dans lequel il tenait un chapelet.

« Malheureusement, docteur, poussé par Patrick et son ami mal embouché, je me suis vu contraint de noircir la réputation du major Corkoran aux yeux de mes clients, au point que leur enthousiasme à son égard s'est attiédi. Ce n'est pas une attitude chrétienne, docteur. C'est un faux témoignage, et je le déplore. Le père Lucan également.

— C'est franchement dégueulasse, se plaignit Lucan. Ça n'est même pas moral, à mon avis. Vous ne croyez pas ?

— Michael, si ça ne vous ennuie pas, auriez-vous l'obligeance de me dire précisément ce que vos clients ont appris qui fasse du tort au major Corkoran ?

— Docteur, je ne réponds pas de ce que mes clients ont pu apprendre par d'autres sources ! fit Apostoll, se dressant sur ses ergots. Quant à moi, je leur ai dit exactement ce que mes... » Il parut soudain ne pas trouver de mot pour ses officiers traitants. « En ma qualité d'avocat, j'ai avisé mes clients de certains faits présumés du passé de Corkoran, susceptibles d'invalider à long terme son choix comme mandataire.

– Par exemple?

– J'ai été obligé de les aviser de dérèglements dans son mode de vie, de ses abus d'alcool et de drogue. À ma grande honte, je leur ai aussi raconté qu'il manquait de discrétion, ce qui ne correspond nullement à ce que je connais personnellement du major. Même pris de boisson, il est la discrétion personnifiée. » Il fit un signe de tête indigné en direction de Flynn. « On m'a donné à entendre que le but de cette déplaisante manœuvre était d'évincer le major Corkoran pour amener M. Roper dans votre ligne de mire. Je suis obligé de vous dire que je ne partage pas l'optimisme de ces messieurs sur ce point, et que, même si je le partageais, je ne considérerais pas ces agissements comme compatibles avec les idéaux d'un authentique soldat de Marie. Si le major Corkoran est désavoué, M. Roper décidera tout simplement d'embaucher une autre personne pour remplir son office.

– Selon vous, M. Roper a-t-il connaissance des réserves de vos clients au sujet du major? demanda Burr.

– Docteur, on ne m'a pas confié la charge de M. Roper, ni celle de mes clients. Ils ne m'informent pas de leurs réflexions personnelles. Je respecte ce silence. »

Burr plongea la main dans son veston trempé de sueur et en extirpa une enveloppe qu'il ouvrit tandis que Flynn, avec son plus bel accent irlandais, en expliquait le contenu :

« Michael, ce qu'apporte le docteur est une liste exhaustive des méfaits commis par le major Corkoran avant d'entrer au service de M. Roper. La plupart des incidents ont trait à des actes de débauche. Mais nous avons aussi quelques cas de trouble à l'ordre public, conduite en état d'ivresse, usage de stupéfiants, et absence prolongée sans permission, sans compter le détournement de fonds militaires. En tant que gardien des intérêts de vos clients, vous êtes tellement inquiet devant les rumeurs qui vous parviennent sur ce pauvre diable que vous avez pris l'initiative de faire effectuer une enquête discrète en Angleterre, et ceci en est le résultat. »

Déjà, Apostoll objectait.

« Je suis un membre honorable des barreaux de Louisiane et de Floride, et ancien président de l'ordre des avocats du comté de Dade. Le major Corkoran n'est pas coupable de duplicité. Je refuse d'aider à monter une fausse accusation contre un innocent.

— Décollez pas votre cul de cette chaise, lui intima Strelski. Votre histoire d'ordre des avocats, c'est de la connerie.

— Il invente, dit Lucan désespéré à Burr. Il est incroyable. Chaque fois qu'il dit quelque chose, il implique le contraire. S'il donne un échantillon de vérité, ça se révèle un mensonge. Je ne sais pas quoi faire pour qu'il perde cette manie. »

Burr l'interrompit pour émettre calmement une requête :

« Si nous pouvions simplement discuter du calendrier, Patrick. »

Ils retournèrent au Cessna. Flynn ouvrait encore la marche, son arme dans le creux de ses bras.

« Vous croyez que ça a marché ? demanda Burr. Vous ne croyez vraiment pas qu'il a deviné ?

— On est trop bêtes pour lui, répondit Strelski. On est juste des idiots de flics.

— Des connards finis », acquiesça Flynn d'un ton serein.

11

Jonathan eut l'impression que le premier coup l'atteignait en plein sommeil. Il entendit sa mâchoire craquer, sa vision s'obscurcit comme après un K.O., puis il eut un long éblouissement. Il vit ensuite Latulipe qui le regardait, le visage grimaçant de colère, le bras droit levé pour le frapper de nouveau. C'était stupide d'utiliser ainsi le poing droit comme un marteau qui enfonce un clou, sans rester en garde pour parer une riposte éventuelle. Il entendit la question de Latulipe et s'aperçut que c'était la deuxième fois.

« Salaud ! Qui es-tu ? »

Puis il vit les cageots de bouteilles vides qu'il avait aidé les Ukrainiens à entasser dans la cour l'après-midi même, et entendit la musique du strip-tease à travers la porte coupe-feu de la discothèque. Un croissant de lune formait un demi-halo au-dessus de la tête de Latulipe. Jonathan se rappela que celui-ci lui avait demandé de sortir un instant. Il songea à lui rendre son coup, ou du moins à bloquer le suivant, mais l'indifférence ou un certain sens de l'honneur lui retint la main. Le poing le frappa à peu près au même endroit que la première fois, et il crut un instant être de retour à l'orphelinat le jour où il avait heurté une bouche d'incendie en courant dans le noir. Mais il devait déjà être légèrement engourdi, ou bien ce n'était pas vraiment une bouche d'incendie, car le second coup fut nettement moins douloureux, si ce n'est qu'il lui fendit le coin des lèvres, d'où jaillit un flot de sang tiède qui lui coula sur le menton.

« Où est ton passeport suisse ? Tu es suisse, oui ou non ? Réponds-moi ! Qui tu es ? Tu fous en l'air la vie de ma fille, tu me racontes des mensonges, tu rends ma femme dingue, tu manges à ma table, qui es-tu ? Pourquoi tous ces mensonges ? »

Mais cette fois, quand Latulipe leva le poing, Jonathan lui faucha les jambes et le fit tomber sur le dos, veillant à amortir sa chute car il n'y avait pas ici de moelleux tapis d'herbe ondulant sous le vent du Lanyon : la cour était bitumée en solide asphalte canadien. Sans se décourager, Latulipe se releva péniblement, attrapa le bras de Jonathan et le fit avancer de force dans la ruelle sordide qui longeait l'arrière de l'hôtel et servait d'urinoir de fortune à la population masculine de la ville depuis des années. La Cherokee de Latulipe était garée au bout. Jonathan entendait le moteur ronfler tandis qu'ils s'en approchaient.

« Monte ! » lui ordonna Latulipe, ouvrant la porte du passager et voulant forcer Jonathan à s'asseoir. Mais il n'avait pas la technique, et Jonathan monta de lui-même, sachant qu'à tout instant il aurait pu faire tomber Latulipe, et même le tuer d'un coup de pied à la tempe, son large front slave se trouvant juste à la bonne hauteur. À la lumière intérieure de la jeep, il vit son vieux sac de voyage posé sur le siège arrière.

« Attache ta ceinture. Tout de suite ! » cria Latulipe, comme si cette précaution garantissait l'obéissance d'un prisonnier.

Quoi qu'il en fût, Jonathan s'exécuta. Latulipe passa la marche avant, et les dernières lumières d'Espérance disparurent derrière eux comme ils s'enfonçaient dans l'obscurité de la nuit canadienne. Au bout de vingt minutes, Latulipe tendit un paquet de cigarettes à Jonathan, qui en prit une et l'alluma avec l'allume-cigares du tableau de bord, puis fit de même pour Latulipe. À travers le pare-brise, le ciel nocturne semblait un immense champ d'étoiles vacillantes.

« Alors ? dit Latulipe en essayant de garder son ton agressif.

— Je suis anglais. Je me suis bagarré avec un type qui m'avait volé. Il a fallu que je quitte le pays. Je suis venu ici. Ç'aurait pu être n'importe où ailleurs. »

Une voiture les dépassa, mais ce n'était pas une Pontiac bleu pâle.

« Tu l'as tué ?

— Il paraît.

— Comment ? »

Je lui ai tiré dessus en pleine figure, pensa-t-il. Avec un fusil à pompe. Je l'ai trahi. J'ai éventré son chien.

« On dit qu'il a eu la nuque brisée, répondit-il du même ton évasif, soudain envahi par une absurde réticence à mentir encore.

— Tu pouvais pas laisser ma fille tranquille ? demanda Latulipe, exaspéré, d'un air tragique. Thomas est un brave garçon. Elle a l'avenir devant elle. Mon Dieu !

— Où est-elle ? »

Pour toute réponse, Latulipe se racla bruyamment la gorge. Ils se dirigeaient vers le nord. De temps à autre, Jonathan apercevait dans le rétroviseur les deux phares d'une voiture qui les suivait, toujours les mêmes chaque fois qu'il regardait.

« Sa mère est allée à la police, dit Latulipe.

— Quand ? » Sans doute aurait-il dû demander : « Pourquoi ? ». La voiture se rapprochait. Reste à distance, pensa-t-il.

« Elle s'est renseignée sur toi auprès de l'ambassade suisse. Ils n'avaient jamais entendu parler de toi. Tu le referais ?

— Quoi ?

— Lui briser la nuque. À cet homme qui t'a volé.

— Il s'est jeté sur moi avec un couteau.

— Ils m'ont convoqué au poste, dit Latulipe, comme s'il s'agissait d'une nouvelle offense. La police. Ils voulaient savoir quel genre de type tu es. Si tu vends de la drogue, si tu donnes beaucoup de coups de fil à l'extérieur, qui tu fréquentes... Pour eux, t'es Al Capone. Il ne se passe pas grand-chose ici. Ils ont reçu une photo d'Ottawa, qui te ressemble plus ou moins. Je leur ai dit d'attendre jusqu'au matin, que les clients soient endormis. »

Arrivé à une intersection, Latulipe quitta la route. Il haletait comme s'il avait couru un marathon. « Ici, les fuyards filent vers le nord ou vers le sud, dit-il. Il vaudrait mieux que tu partes à l'ouest, vers l'Ontario. Et ne reviens jamais, compris ? Si tu reviens, je... » Il inspira plusieurs fois. « Peut-être que cette fois-là, c'est moi qui commettrai un meurtre. »

Jonathan prit son sac et descendit dans l'obscurité. Il y avait de la pluie dans l'air et une odeur de résine venant des pins. La voiture qui les suivait les dépassa et, pendant une seconde d'angoisse, Jonathan put voir la plaque arrière de la Pontiac d'Yvonne. Mais Latulipe avait les yeux fixés sur lui.

« Voilà ce que je te dois », dit-il en lui tendant brutalement une liasse de dollars.

*

Elle était revenue en suivant l'autre voie, puis avait fait demi-tour en traversant le terre-plein central. Ils étaient assis dans sa voiture, la lumière allumée. Posée sur les genoux d'Yvonne, une enveloppe en kraft fermée portant le nom de l'expéditeur dans le coin : Bureau des passeports, Ministère des Affaires extérieures, Ottawa. Et adressée à Thomas Lamont, aux bons soins d'Yvonne Latulipe, Le Château Babette. Thomas, selon lequel on trouve tout au Canada...

« Pourquoi tu ne lui as pas rendu les coups ? » demanda-t-elle.

Elle avait une joue enflée et un œil poché. Voilà ce que je fais dans la vie, pensa-t-il : je détruis les visages.

« Il était juste en colère, dit-il.

— Tu veux que je t'emmène quelque part en voiture ? Que je te dépose quelque part ?

— Je vais me débrouiller à partir d'ici.

— Je peux faire quelque chose pour toi ? »

Il secoua la tête le temps d'être bien sûr qu'elle l'avait vu.

« Qu'est-ce que tu as préféré ? dit-elle agressivement en lui tendant l'enveloppe. La baise ou le passeport ?

— Les deux étaient formidables. Merci.

— Réponds, j'ai besoin de savoir. Qu'est-ce que tu as préféré ? »

Il ouvrit la porte, descendit et vit à la lumière du plafonnier qu'elle lui faisait un sourire radieux.

« Tu as presque réussi à me piéger, tu sais ? Nom de Dieu, j'ai failli perdre les pédales ! Tu étais formidable pour un après-midi, Jonathan. Pour le long terme, je choisis Thomas à tous les coups.

— Je suis content d'avoir pu servir à quelque chose.

— Alors, pour toi, c'était comment ? demanda-t-elle, souriant toujours de toutes ses dents. Allez. Le niveau. Notation de un à neuf. Cinq ? Six ? Zéro ? Enfin, tu dois bien tenir les comptes, non ?

— Merci », répéta-t-il.

Il referma la portière et, à la lueur des étoiles, vit Yvonne baisser la tête, puis la relever en redressant les épaules. Elle mit le contact et laissa le moteur tourner un moment, le regard fixé droit devant elle. Jonathan était incapable de bouger, incapable de parler. Elle prit finalement l'autoroute et, sur deux cents mètres, oublia d'allumer ses phares ou ne se donna pas cette peine, roulant comme à la boussole dans l'obscurité.

Vous tuer cette femme ?
Non. Mais je l'ai épousée pour son passeport.

Un camion s'arrêta et Jonathan roula cinq heures aux côtés d'un Noir nommé Ed, qui avait besoin de parler de ses problèmes d'hypothèque. Quelque part au milieu de nulle part, Jonathan appela le numéro de Toronto et écouta les joyeux commérages des standardistes qui transmettaient son message à travers les étendues boisées de l'est du Canada.

« Je m'appelle Jeremy, je suis un ami de Philip », dit-il, comme chaque semaine lorsqu'il appelait de cabines téléphoniques différentes pour faire son rapport. Parfois il entendait qu'on retransmettait l'appel, d'autres fois il se demandait si celui-ci arrivait vraiment à Toronto.

« Bonjour, Jeremy ! Ou faut-il dire bonsoir ? Comment va la vie pour vous, mon vieux ? »

Jusque-là, Jonathan avait imaginé quelqu'un d'enjoué. Cette fois, il eut l'impression de parler à un autre Ogilvey, faussement bien élevé.

« Dites-lui que j'ai ma légende et que je suis en route.

— Alors permettez-moi de vous présenter les compliments de la maison », conclut le double d'Ogilvey.

Ce soir-là, il rêva du Lanyon et des vanneaux qui s'envolaient de la falaise par centaines dans de majestueux battements d'ailes, puis plongeaient en vrille. Soudain, un vent d'est hors saison les attaqua par surprise, et Jonathan en vit cinquante mourir et d'autres flotter au large. Et il rêva qu'il les avait invités, puis les avait laissés mourir tandis qu'il partait à la recherche de l'homme le plus ignoble au monde.

Voilà enfin ce que j'appelle une maison sûre, pensait Burr. Plus de hangar en tôle envahi par les chauves-souris dans les marais de Louisiane. Adieu les mini-studios à Bloomsbury qui puent le lait tourné et les cigarettes du précédent occupant. Dorénavant, nous retrouverons nos *Joes* ici-même, en plein Connecticut, dans des maisons de bois blanches, comme celle-ci, avec cinq hectares de forêt et des salons lambrissés de cuir, bourrés de livres affirmant qu'il est moral d'être immensément riche. Il y avait un panier de basket, une clôture électrifiée pour empêcher les daims d'entrer, et un appareil électrique qui, dès la nuit tombée, grillait avec des crépitements les insectes attirés par sa faible lueur violacée. Burr, qui avait tenu à s'occuper du barbecue, avait acheté assez de viande pour nourrir plusieurs régiments. Ayant ôté veste et cravate, il arrosait trois énormes steaks d'une sauce rouge cramoisi. Jonathan se prélassait en maillot de bain au bord de la piscine. Rooke, arrivé de Londres la veille, était assis dans une chaise longue et fumait sa pipe.

« Elle va parler ? demanda Burr sans obtenir de réponse. J'ai dit : elle va parler ?

— De quoi ? fit Jonathan.

— Du passeport. Qu'en pensez-vous ? »

Jonathan plongea et refit deux longueurs. Burr attendit qu'il fût ressorti et répéta sa question une troisième fois.

« Je ne crois pas, répondit Jonathan en se séchant vigoureusement les cheveux avec une serviette.
— Pourquoi pas ? demanda Rooke à travers un écran de fumée. D'habitude, elles parlent.
— Pourquoi le ferait-elle ? Elle a Thomas, maintenant », contra Jonathan.

Ils avaient supporté sa morosité toute la journée. Il avait passé le plus clair de la matinée à se promener seul en forêt puis, quand ils étaient allés faire les courses, il était resté dans la voiture pendant que Burr dévalisait le supermarché et que Rooke allait acheter un chapeau de cowboy pour son fils chez Family Britches.

« Détendez-vous, conseilla Burr. Prenez donc un scotch, par exemple. C'est moi, Burr. J'essaie seulement d'évaluer les risques. »

Jonathan resservit un gin tonic à Burr et s'en versa un.

« Comment ça va à Londres ? demanda-t-il.
— La merde habituelle », répondit Burr. Des volutes de fumée montaient des steaks. Il les retourna et badigeonna de sauce rouge le côté brûlé.

« Et le vieux prêtre ? cria Rooke de l'autre côté de la piscine. Ça va lui faire un choc, non, quand il va voir qu'il n'a pas signé les photos de qui il croit ?
— Elle a dit qu'elle s'arrangerait avec lui, répondit Jonathan.
— Ça doit être une sacrée bonne femme, commenta Rooke.
— Oui », dit Jonathan avant de retourner dans l'eau et de nager sans relâche, comme s'il savait qu'il ne pourrait jamais se nettoyer complètement.

*

Ils dînèrent au rythme déprimant des exécutions perpétrées par le tue-mouches électrique. Burr trouva que son steak n'était pas si mauvais que ça. Apparemment rien, sans doute, ne peut vraiment gâcher de la viande si elle est bonne. À la lueur des bougies, il jetait de temps en temps un regard furtif à Jonathan, qui racontait à Rooke ses balades à moto au Canada. Il se détend, jugea-t-il, soulagé. Il se remet. Il avait simplement besoin de bavarder un peu avec nous.

Ils passèrent dans le séjour, Rooke prenant pour une fois des initiatives. Il alluma le poêle à bois, et étala sur la table des lettres de recommandation faisant l'éloge d'un certain Thomas Lamont, ainsi qu'un dossier de prospectus illustrés concernant des yachts privés.

« Celui-ci s'appelle la *Salamandre*, dit-il, tandis que Jonathan regardait les photos par-dessus son épaule et que Burr les observait de l'autre bout de la pièce. Il fait quarante mètres de long, il appartient à un escroc de Wall Street. Pour le moment, il n'y a pas de cuistot. Celui-là, c'est le *Perséphone*, mais comme c'est imprononçable pour les friqués, le nouveau propriétaire va le rebaptiser *Lolita*... Soixante mètres de long, un équipage de dix hommes plus six gardes du corps, deux cuisiniers et un majordome. Ils cherchent un majordome, et nous pensons que vous êtes parfait pour le rôle. » Photographie d'un sportif souriant en tenue de tennis. « C'est Billy Bourne, il dirige une compagnie d'affrètement et de recrutement d'équipages à Newport, dans le Rhode Island. Les deux propriétaires sont des clients à lui. Dites-lui que vous savez cuisiner et manœuvrer un bateau, et donnez-lui vos références. Il ne les vérifiera pas, et, de toute manière, les gens qui sont censés les avoir écrites se trouvent à l'autre bout du monde. Tout ce qui intéresse Billy, c'est de savoir si vous pouvez faire le boulot, si vous êtes ce qu'il considère comme civilisé, et si vous êtes fiché par la police. Vous êtes bon sur toute la ligne, puisque Thomas, lui, n'a pas de casier.

— Roper est client de Billy, lui aussi ? anticipa Jonathan.

— Occupez-vous de ce qui vous regarde », fit Burr dans son coin, et ils se mirent tous à rire. Mais derrière cette gaieté se cachait une vérité dont ils étaient tous conscients : moins Jonathan en saurait sur Roper et ses activités, moins il risquerait de se trahir.

« Billy Bourne est votre atout maître, Jonathan, dit Rooke. Soignez-le. Dès que vous toucherez votre paie, pensez à lui envoyer sa commission. Si vous attaquez un nouveau boulot, ne manquez pas d'appeler Billy pour lui dire comment ça se passe. Soyez régulier avec lui et il vous ouvrira toutes les portes. Tous ceux qu'aime Billy aiment Billy.

– C'est votre dernier match de qualification avant la finale », ajouta Burr.

Le lendemain après la baignade matinale de Jonathan, quand tous étaient encore frais et dispos, Rooke sortit sa boîte magique : le radio-téléphone clandestin multi-fréquences. Ils allèrent d'abord jouer à cache-cache dans les bois, chacun à son tour devant dissimuler la radio, ou la retrouver. Ensuite, entre les séances de briefing, Jonathan s'entraîna sous la supervision de Rooke à appeler Londres et leur répondre jusqu'à ce qu'il se sente parfaitement à l'aise avec l'appareil. Rooke lui montra comment changer les piles ou les recharger en tirant du courant sur le secteur. Après le radio-téléphone, il sortit son autre petit trésor : un appareil-photo miniature monté dans un Zippo qui non seulement tromperait tous les imbéciles, dit-il, mais prenait vraiment des photos. En tout, ils passèrent trois jours dans le Connecticut, plus que Burr ne l'avait prévu.

« C'est notre dernière occasion de parler de tout ça », répétait-il à Rooke pour s'excuser du retard.

Parler de quoi ? Et pour en dire quoi ? Au fond de lui-même, Burr se l'avoua par la suite, il s'était attendu à une grande scène, mais, comme souvent avec Jonathan, sans idée précise de la façon dont elle se serait déroulée.

« La cavalière mène toujours la vie à toute bride, si ça peut vous consoler, dit-il dans l'espoir d'égayer un peu Jonathan. Elle ne s'est pas encore laissé démonter. »

Mais le souvenir d'Yvonne devait être encore trop présent, trop pesant, car il n'esquissa qu'un pâle sourire.

« Il a eu une aventure avec cette Sophie au Caire, j'en suis sûr », dit Burr à Rooke pendant le vol de retour.

Rooke fronça les sourcils d'un air désapprobateur. Il n'appréciait pas les éclairs d'intuition de Burr, non plus que les calomnies sur une morte.

*

« Darling Katie est folle de rage », annonça fièrement Harry Palfrey, sirotant un whisky dans le salon de Goodhew à Kentish Town. Il avait les cheveux gris, la cinquantaine ravagée, la bouche lippue et les yeux hagards d'un ivrogne. Il portait son gilet noir de juriste, étant venu directement du bureau de l'autre côté du fleuve. « Elle rentre de Washington en Concorde, et Marjoram va la chercher à Heathrow. C'est un conseil de guerre.

— Pourquoi Darker n'y va pas lui-même ?

— Il aime les coupe-circuits. Même si c'est son bras droit, comme Marjoram, il peut toujours dire qu'il n'était pas là. »

Goodhew faillit poser une autre question mais se ravisa, préférant ne pas interrompre Palfrey quand il se laissait aller.

« Selon Katie, les Cousins sont en train de prendre conscience de ce qui leur arrive. Ils ont compris que Strelski les avait roulés dans la farine à Miami, et que vous et Burr l'aviez aidé et soutenu. Elle dit qu'on voit la fumée s'élever de Capitol Hill depuis les rives du Potomac. Que tout le monde parle de nouveaux paramètres et de vacances du pouvoir à tous les niveaux. Vacances résorbées ou suscitées, je ne sais pas très bien.

— Mon Dieu, je ne déteste rien autant que les paramètres, déclara Goodhew avant de remplir le verre de Palfrey pour gagner du temps. J'ai vu le mot "formulabilisation" ce matin, et ça m'a gâché ma journée. Dans le même genre, mon maître parle toujours de "surenchère". Jamais d'augmentation, de hausse, de progression, d'avancée, d'intensification, d'accroissement ou de développement. Pour lui, il y a "surenchère". À la vôtre ! » lança-t-il en se rasseyant.

Tout en parlant, il fut parcouru d'un frisson glacé qui lui donna la chair de poule et provoqua une série de brefs éternuements.

« Que veulent-ils vraiment, Harry ? » demanda-t-il.

Palfrey grimaça comme s'il avait du savon dans les yeux, et but une gorgée.

« Bernicle », dit-il.

12

Le yacht à moteur de M. Richard Roper, le *Pacha de fer*, apparut au large de la pointe orientale de Hunter's Island à 18 heures précises, proue en avant comme un navire de guerre ; il se découpait sur un ciel vespéral dégagé et grossissait à vue d'œil en avançant vers Deep Bay sur une mer étale. Si doute il y avait eu quant à son identité, l'équipage avait déjà appelé par satcom pour réserver le long ancrage du port extérieur, ainsi que seize couverts à la table ronde en terrasse pour 20 h 30 et le premier rang pour la course de crabes ensuite. Même le menu avait été établi. Tous les adultes aiment les fruits de mer ; frites et poulet grillé pour les enfants. Et Roper devient fou s'il n'y a pas assez de glaçons.

On était hors saison, époque où l'on voit peu de grands yachts dans les Caraïbes en dehors des bateaux de croisière commerciaux venus de Nassau et de Miami. Mais si l'un d'eux avait essayé de faire escale à Hunter's Island, il n'aurait pas reçu un accueil très chaleureux de la part de Mama Low, qui aimait les richards et abhorrait le commun des mortels.

Jonathan attendait le *Pacha* depuis une semaine, mais dès qu'il l'eut aperçu il s'imagina piégé, l'espace d'un instant, et caressa l'idée de s'échapper vers l'unique ville par l'intérieur des terres ou de voler le vieux canot d'approvisionnement de Mama Low, le *Hilo*, ancré moteur dans l'eau à moins de vingt mètres de l'endroit où Jonathan suivait l'arrivée du *Pacha*. Deux moteurs Diesel de deux mille chevaux-vapeur, se répétait-il. Une plate-forme à hélicoptère sur l'arrière-pont, d'immenses stabilisateurs Vosper, un propulseur d'hydravion en poupe. Le *Pacha* est un sacré morceau. Mais connaître ces détails n'atténuait pas son appréhension. Jusqu'à présent, il s'était imaginé avançant sur Roper, or c'était Roper qui avançait sur lui. Il éprouva d'abord une sensation de faiblesse, puis de faim. Et en entendant Mama Low lui hurler de remuer son cul blanc de Canadien, et plus vite que ça, il se sentit mieux. Il remonta au pas de course la jetée en bois et le chemin de sable jusqu'à la cabane. Les semaines passées en mer lui avaient été physiquement bénéfiques. Il avait la démarche élastique du marin, le regard moins dur et le teint éclatant de santé. Tout en gravissant la pente, il vit le soleil commencer à grossir avant de se coucher, nimbé d'un anneau de cuivre. Deux des fils de Mama Low faisaient rouler sur le chemin de pierre montant à la terrasse le célèbre plateau de table rond. Ils s'appelaient Wellington et Nelson, mais Mama Low les surnommait Swats et Wet Eye. Swats, un adolescent de seize ans enrobé de graisse, aurait dû se trouver à Nassau pour ses études, mais refusait d'y aller. Wet Eye était maigre comme un clou, fumait de la ganja et détestait les Blancs. Tous deux s'acharnaient en vain sur la table depuis une demi-heure avec force ricanements.

« Les Bahamas, ça t'abrutit un homme, mon vieux ! lança Swats quand Jonathan passa près d'eux.

– C'est toi qui l'as dit, Swats, pas moi. »

Wet Eye le regarda sans sourire. Jonathan le salua

d'un vague geste de la main, et sentit son regard perçant qui le suivait le long du chemin. Si un jour je me réveille mort, ce sera que Wet Eye m'aura tranché la gorge avec ce qu'il appelle son « coutelas », se dit-il. Puis il se rappela que, mort ou vif, il n'avait pas l'intention de se réveiller très longtemps encore à Hunter's Island. Il vérifia la position du *Pacha*, qui avait commencé à virer, car il lui fallait une certaine profondeur d'eau.

« Missié Lamont, z'êtes un flemmard de Blanc, vous m'entendez ? Z'êtes le Blanc l'plus flemmard qu'un pauv'nèg'a jamais dû embaucher, et ça, c'est la vérité vraie. Vous êtes plus malade, missié Lamont. J'vais dire à ce Billy Bourne que vous êtes un flemmard de première. »

Assis sur le porche à côté d'une superbe grande Noire avec des bigoudis en plastique sur la tête, connue sous le simple nom de Miss Amelia, Mama Low buvait une canette de bière tout en s'époumonant. Selon ses propres termes, il mesurait « cent quarante kilos de haut », faisait « un mètre vingt de large », et n'avait « pas un poil sur le caillou ». Mama Low avait un jour dit à un vice-président des États-Unis d'aller se faire foutre, Mama Low avait engendré des enfants jusqu'à Trinidad et Tobago, Mama Low avait de grands immeubles de rapport en Floride. Il portait un collier de crânes en or autour de son cou de taureau, et, dans un instant, quand le soleil se serait couché, il mettrait le chapeau de paille qu'il portait pour aller à l'église, orné de roses en papier, avec « Mama » brodé au fil violet.

« Vous allez leur faire vos moules farcies, ce soir, missié Lamont ? demanda-t-il en hurlant comme si Jonathan était encore en bas au bord de l'eau. Ou vous allez continuer à péter au soleil en vous chatouillant vot'petite quéquette blanche ?

— Vous avez commandé des moules, vous aurez des moules, Mama ! répondit gaiement Jonathan tandis que Miss Amelia arrangeait délicatement sa coiffure de ses longues mains.

— Alors, où donc vous comptez les trouver, ces moules ? Vous y avez pensé ? Z'êtes qu'un tas de merde de Blanc !

— Vous avez acheté un beau panier de moules à M. Gums ce matin, Mama. Et quinze langoustes, exprès pour le *Pacha*.

— À ce sapajou de M. Gums ? Vraiment ? P'têt bien, oui. Eh ben, alors, faut les farcir, z'entendez ? Parce qu'on a du beau linge qui débarque, des ladies et des lords anglais, des p'tits princes et des p'tites princesses pleins aux as. On va leur jouer d'la belle musique nègre, et on va leur donner un p'tit aperçu de la vraie vie des nègres, voui patron. » Il but une gorgée de bière. « Swats, tu vas lui faire monter les marches à cette putain de table, ou t'attends de mourir de vieillesse ? »

À quelques variantes près, c'est ainsi que Mama Low s'adressait à ses troupes chaque soir, quand une demi-bouteille de rhum et les attentions de Miss Amelia lui avaient rendu sa bonne humeur altérée par les épreuves d'une nouvelle journée passée au paradis.

Jonathan alla se changer dans les toilettes derrière la cuisine. Comme à chaque fois qu'il mettait sa tenue blanche, il pensa à Yvonne, qui avait temporairement remplacé Sophie comme motif de sa haine pour lui-même. Il avait l'estomac noué, une fébrilité aussi intense que le désir sexuel. Tout en émincant le bacon et l'ail, il sentait des picotements d'impatience au bout de ses doigts et de petites décharges électriques le long de son dos. S'affairant ainsi dans la cuisine, aussi immaculée et bien équipée que celle d'un bateau, avec des plans de travail en acier inoxydable et un lave-vaisselle Hobart, Jonathan jeta un coup d'œil entre les barreaux de la fenêtre pour suivre l'arrivée du *Pacha de fer* en une succession d'instantanés : le mât du radar, la coupole du satcom, les projecteurs Carlisle et Finch. Il distinguait le pavillon de la marine marchande qui flottait à la poupe, et les rideaux dorés aux fenêtres des salons.

« Tous vos petits copains sont à bord », lui avait dit Burr, qui lui avait téléphoné à la troisième cabine sur la gauche quand on marche vers la mer le long de la jetée de Deep Bay.

Melanie Rose chantait un gospel avec la radio tout en grattant des patates douces dans l'évier. Elle enseignait le catéchisme et avait eu deux jumelles d'un homme appelé Cecil – prononcer Si-sel – qui s'était acheté un aller-retour pour Eleuthera trois mois plus tôt et n'avait pas encore utilisé le retour. Si-sel pourrait revenir un jour, et Melanie Rose vivait dans cette heureuse éventualité. En attendant, Jonathan avait remplacé Cecil comme cuisinier en second de Mama Low, et, le samedi soir, Melanie Rose se consolait avec O'Toole, qui en ce moment nettoyait des mérous sur le plan de travail pour les poissons. On était vendredi, aussi commençaient-ils à se rapprocher.

« Tu vas danser demain, Melanie Rose ? demanda O'Toole.

– C'est pas drôle toute seule, O'Toole », le défia Melanie Rose.

Mama Low entra en se dandinant, s'assit sur sa chaise pliante, sourit et secoua la tête, comme obsédé par le souvenir d'une mélodie. Un Perse en croisière lui avait récemment fait cadeau d'un chapelet oriental qu'il faisait rouler entre ses énormes doigts. Le soleil était presque couché. Au large, le *Pacha* faisait retentir ses sirènes en guise de salut.

« Mon vieux, t'es vraiment une grosse légume, toi ! murmura Mama Low d'un ton admiratif en se tournant pour regarder le yacht par la porte ouverte. Y'a pas à dire, t'es le roi des gros milliardaires blancs, ton Altesse Richard Onslow Roper de mes deux, ça oui. Missié Lamont, vous nous faites de la bonne cuisine ce soir, attention, hein ! Sinon, ce monsieur Pacha Roper, il va vous griller les fesses. Et après, nous, les pauv'nègres, on bouffera c'qui en restera, d'vot'cul, c'est toujours les pauv'nègres qui picorent dans l'assiette du riche.

— Comment gagne-t-il sa vie ? demanda Jonathan tout en travaillant.

— Roper ? répondit Mama Low interloqué. Vous voulez dire que vous savez pas ?

— En effet.

— Eh ben, c'est pas moi qui le sais, missié Lamont. Et puis surtout, je pose pas de questions. Il a une grosse société à Nassau qui perd tout son argent. Un homme qu'est riche comme ça en pleine récession, c'est sûr que c'est un gros gros escroc. »

Dans un instant, Mama Low allait concocter sa sauce au chili pour les langoustes. Un silence pesant tomberait alors sur la cuisine. Le sous-chef qui oserait suggérer que les yachts venaient à Hunter's Island pour autre chose que la sauce au chili de Mama n'était pas encore né.

Le *Pacha* est à quai, ses seize passagers vont bientôt arriver, une atmosphère de bataille s'empare de la cuisine tandis que les premiers dîneurs prennent place à des tables secondaires. Fini les vantardises, les dernières touches de peinture de camouflage, la vérification nerveuse des armes. L'unité de combat silencieuse ne communique plus que par regards et par gestes et évolue comme un groupe de danseurs muets. Gagnés par la tension, même Swats et Wet Eye se sont tus, alors que le rideau se lève sur une nouvelle soirée de légende chez Mama Low. Installée derrière la caisse avec ses bigoudis en plastique, Miss Amelia est fin prête pour la première addition. Mama Low, coiffé de son célèbre chapeau, est partout ; un instant, il rameute ses troupes à l'arrière en marmonnant un chapelet d'obscénités ; l'instant d'après, il se trémousse au front pour entortiller l'ennemi détesté ; puis il revient dans la cuisine donner des ordres d'autant plus efficaces qu'il les prononce à mi-voix :

« La belle Blanche à la huit, c'est une chieuse qui veut bouffer que des putains de feuilles de laitue, genre chenille. Deux salades de Mama, O'Toole ! Et le petit morveux à la six, lui, y veut que d'la chierie d'hamburger. Un baby hamburger, et crache dessus ! Mais qu'est-ce qui se passe dans ce monde, O'Toole ? Y z'ont plus d'dents ou quoi ? Y mangent plus d'poisson ? Wet Eye, sers cinq Seven up et deux punchs de Mama à la une. Secoue-toi. Missié Lamont, vous continuez à nous préparer ces moules, six douzaines de plus, ça s'ra pas trop, vous m'entendez, et manquez pas d'en garder seize portions pour le *Pacha*. Les moules, ça descend tout de suite dans les couilles, missié Lamont. Les messieurs-dames, y vont baiser à mort cette nuit, tout ça grâce à ces moules. O'Toole, où sont les sauces-salade ? Tu les as sifflées ? Melanie Rose, mon cœur, retourne tes patates si tu veux pas qu'elles se réduisent en cendres sous tes yeux ! »

Et en fond sonore, les doux accords du steel-band de Huntsman perché sur le vaste toit terrasse, le visage en sueur des six musiciens luisant sous les guirlandes électriques, leur chemise blanche étincelant à la lueur des stroboscopes. Henry, qui chante des calypsos, a fait cinq ans à la prison de Nassau pour avoir revendu de la coke, et à son retour il avait l'air d'un vieillard. Melanie Rose a raconté à Jonathan que Henry ne valait plus rien au lit après toutes les rossées qu'il avait reçues. « D'après les gens du coin, c'est pour ça qu'il chante si haut », dit-elle avec un sourire triste.

Il n'y a pas eu autant de clients chez Mama Low depuis des semaines, d'où l'extrême animation. Cinquante-huit dîneurs, plus seize autres en train de gravir la pente – Mama Low les a repérés avec sa lorgnette – et c'est encore la basse saison. Au bout d'une longue heure de tension, Jonathan peut enfin se livrer à son occupation favorite quand vient l'accalmie : se passer la tête sous l'eau froide et aller jauger les clients à travers le hublot rond de la porte battante.

Le regard de l'observateur rapproché. Précis, scientifique, détaillé. Un examen discret mais approfondi de sa proie, avant même le premier contact. Jonathan est capable de se concentrer ainsi des jours d'affilée ; il l'a fait caché dans des fossés, des buissons, des granges, le visage et les mains barbouillés de peinture de camouflage, du vrai feuillage cousu sur sa tenue de combat. Il le faisait en ce moment : j'irai à lui quand je le voudrai, pas avant.

D'abord, en contrebas, le port en fer à cheval, avec ses lumières blanches et ses petits yachts comme autant de feux de camp constellant le miroir lisse de l'eau. Lève à peine les yeux et le voilà : le *Pacha de fer* en tenue de fête, illuminé d'or de la proue à la poupe. Jonathan distingua les silhouettes des gardes, un à l'avant, un autre à l'arrière, et un troisième tapi dans l'ombre sur le pont. Frisky et Tabby ne se trouvaient pas parmi eux, car ce soir le devoir les appelait à terre. En quelques petits mouvements calculés, le regard de Jonathan remonta le chemin de sable et passa sous l'arche de bois flotté qui marquait l'entrée du royaume sacré de Mama Low. Il scruta les buissons d'hibiscus éclairés et les drapeaux des Bahamas déchirés qui flottaient à mi-mât de chaque côté du pavillon à tête de mort. Il s'arrêta sur la piste de danse où un très vieux couple se tenait enlacé, s'effleurant le visage du bout des doigts avec émerveillement. Jonathan supposa qu'il s'agissait d'émigrés encore tout ébahis d'avoir survécu. Des danseurs plus jeunes s'étreignaient dans une immobilité extatique. À une table en bordure de la piste, il remarqua deux gros durs – la quarantaine, des bermudas, des poitrines de catcheurs, des avant-bras prêts à la détente. Est-ce que c'est vous ? leur demanda-t-il en pensée – ou bien êtes-vous aussi des chiens tenus en laisse par Roper ?

« Ils utiliseront sans doute une Cigarette, avait dit Rooke. Un petit bateau ultra-rapide à faible tirant d'eau. »

Les deux hommes étaient arrivés, peu avant la tombée de la nuit, dans un bateau à moteur blanc tout neuf. Jonathan ignorait s'il s'agissait d'une Cigarette. Mais ils avaient un calme de professionnels.

Ils se levèrent, lissèrent leur bermudas et jetèrent leur sac sur leurs épaules. L'un d'eux fit un salut de la main à l'attention de Mama Low.

« Monsieur ? Ça nous a beaucoup plu. La cuisine est délicieuse. Remarquable. »

Les coudes décollés du corps, ils descendirent le chemin de sable jusqu'à leur bateau.

Des gens sans importance, décida Jonathan. Peut-être un couple, peut-être pas.

Il tourna son regard vers une table occupée par trois Français et leurs amies. Trop saouls, décida-t-il. Ils avaient déjà descendu douze punchs de Mama Low à eux six, et aucun n'avait vidé son verre dans le vase de fleurs. Il se concentra sur le bar de l'entrepont. Devant le mur orné de flammes de yachting, de têtes d'espadon et de bouts de cravates chipés aux clients, deux Noires en robes de coton bigarrées, perchées sur des tabourets, bavardaient avec deux Noirs d'une vingtaine d'années. Peut-être est-ce vous, se dit Jonathan. Peut-être les filles. Peut-être vous quatre.

Du coin de l'œil, il aperçut un petit bateau blanc à moteur qui sortait de Deep Bay en direction de l'océan. Mes deux candidats éliminés. Peut-être.

Il laissa son regard monter lentement vers la terrasse où l'homme le plus ignoble au monde, entouré de sa suite, de ses bouffons, de ses gardes du corps et de ses enfants, se divertissait dans son royaume. La personne de M. Richard Onslow Roper régnait sur la table ronde, la terrasse et le restaurant comme son bateau sur le port. Contrairement à lui, il n'était pas en tenue de fête, mais avait l'allure décontractée du type qui a enfilé quelques vêtements pour ouvrir la porte à un ami, un pull-over bleu marine négligemment jeté sur les épaules.

Et pourtant, il en imposait. Par la noblesse de son auguste tête, la vivacité de son sourire et l'intelligence de son expression. Par l'attention soutenue que lui accordait son public, quand il parlait ou écoutait. Par la manière dont toute l'ordonnance de la table, depuis les plats, les bouteilles et les bougies fichées dans des bocaux verts jusqu'au visage des enfants, semblait réglée en fonction de lui. Même l'observateur rapproché percevait sa force d'attraction : Roper, pensa-t-il. C'est moi, Pyne, le gars qui t'a dit de ne pas acheter tes marbres italiens.

Sur ces entrefaites, un éclat de rire général monta de la terrasse, déclenché par Roper et de toute évidence provoqué par lui, car son bras droit hâlé était tendu pour souligner l'humour de sa remarque, et sa tête tournée vers la femme qui lui faisait face, de l'autre côté de la table. Jonathan ne voyait pour l'instant d'elle que sa chevelure châtaine désordonnée et son dos nu, mais il se rappela aussitôt le grain de la peau sous le peignoir de Herr Meister, les jambes interminables et les monceaux de bijoux autour des poignets et du cou. Il sentit monter en lui le même désir que lors de leur première rencontre, et la même bouffée d'indignation à la pensée qu'une femme aussi jeune et belle acceptait d'être la captive d'un Roper. Elle sourit, de son curieux sourire en coin de comédienne, plein d'impertinence.

L'écartant de ses pensées, il laissa son regard errer à l'autre bout de la table où se trouvaient les enfants. *Les Langbourne en ont trois, MacArthur et Danby un chacun*, avait dit Burr. *Le Roper les enrôle pour amuser son Daniel.*

Enfin, il y avait Daniel lui-même, un petit garçon de huit ans au teint pâle, aux cheveux ébouriffés et au menton volontaire. Le regard de Jonathan s'arrêta sur lui avec un sentiment de culpabilité.

« On ne pourrait pas se servir de quelqu'un d'autre ? » avait-il demandé à Rooke, mais il s'était heurté contre un mur.

Roper tient à Daniel comme à la prunelle de ses yeux, avait répondu Rooke, tandis que Burr regardait par la fenêtre : pourquoi se contenter de moins ?

Ça durera cinq minutes, Jonathan, avait ajouté Burr. Qu'est-ce que c'est cinq minutes pour un gamin de huit ans ?

Une éternité, avait pensé Jonathan en se remémorant quelques épisodes de sa vie.

Daniel était en grande conversation avec Jed, dont la chevelure indisciplinée retombait de chaque côté de son visage quand elle se penchait pour lui parler. La flamme de la bougie jetait une lueur dorée sur leur visage. Daniel la tira par le bras. Elle se leva, jeta un coup d'œil vers l'orchestre au-dessus d'elle et lança un mot à un des musiciens qu'elle semblait connaître. Retroussant ses jupes en voile, elle passa une jambe puis l'autre par-dessus le banc de pierre, comme une adolescente qui saute la barrière du jardin. Main dans la main, Jed et Daniel descendirent en courant l'escalier de pierre. *Une geisha de la haute société*, avait dit Burr, *aucune charge retenue contre elle*. Tout dépend de ce qu'on retient, pensa Jonathan en la regardant prendre Daniel dans ses bras.

Le temps s'arrête. L'orchestre joue une samba lente. Daniel s'agrippe aux hanches de Jed comme s'il voulait se fondre en elle. La grâce des mouvements de cette femme est presque un crime. Un incident vient troubler la rêverie de Jonathan. Il est arrivé quelque chose d'affreux au pantalon de Daniel, dont Jed tient maintenant la ceinture, en riant pour chasser l'embarras du gamin : le bouton du haut a sauté. Prise d'une inspiration subite, Jed emprunte une épingle à nourrice de quinze centimètres à Melanie Rose. Debout sur le parapet, Roper les observe comme un fier amiral inspectant sa flotte. Daniel croise son regard et lâche Jed le temps de faire un grand signe de bras, auquel Roper répond en levant le pouce. Jed envoie un baiser à Roper, puis reprend les mains de Daniel et se cambre légèrement tout en scandant le rythme pour qu'il le suive. La samba s'accélère. Daniel se détend, il commence à comprendre. Le déhanchement souple de Jed frise l'outrage aux bonnes mœurs. L'homme le plus ignoble au monde a beaucoup trop de chance.

Reportant son regard sur la terrasse, Jonathan fait

pour la forme une inspection du reste de la bande qui accompagne Roper. Frisky et Tabby sont assis chacun à un bout de la table, Frisky prêt à dégainer de la main gauche, Tabby couvrant les dîneurs et la piste de danse, tous deux plus costauds que dans son souvenir. Lord Langbourne, les cheveux blonds toujours ramassés en queue de cheval, converse avec une jolie Anglaise au teint de rose tandis que sa sinistre épouse jette des regards noirs aux danseurs. En face d'eux, le major Corkoran, ex-membre des Life Guards, arborant un panama cabossé orné d'un ruban aux couleurs d'Eton, tient des propos grivois à une timide jeune femme en robe montante. Elle fronce le sourcil, puis rougit en gloussant, se reprend et avale une bouchée de glace d'un air pincé.

Du haut de la tour, Henry, le chanteur impuissant, entonne un calypso qui parle d'une-fille-très-fatiguée-qui-n'arrivait-pas-à-dormir. Sur la piste de danse, le buste collé au giron de Jed et la tête contre sa poitrine, Daniel s'accroche toujours à ses hanches, et elle le laisse se balancer lentement.

« La fille de la six a de ces nénés... on en mangerait ! » annonce O'Toole, poussant Jonathan dans le dos avec un plateau couvert de punchs de Mama.

Jonathan jette un dernier long regard à Roper, qui a le visage tourné vers la mer, où le reflet de la lune trace un chemin du yacht illuminé jusqu'à l'horizon.

« Missié Lamont, sonnez l'Allelujah ! » crie Mama Low en écartant O'Toole d'un geste majestueux. Affublé d'un jodhpur antédiluvien et d'un casque colonial, il s'est armé de son célèbre panier noir et de sa cravache. Jonathan le suit sur le balcon et, blanc comme une cible avec sa tunique et sa toque de chef, sonne le clairon. Les échos en résonnent encore jusqu'à la mer quand les enfants du groupe de Roper dévalent le chemin depuis la terrasse, suivis à une allure plus digne par les adultes, menés par Langbourne et deux frêles jeunes gens appartenant à la société des joueurs de polo. L'orchestre fait un roulement de tambour et, une fois les flambeaux en bordure de piste éteints, des spots de couleur lui donnent l'éclat d'une patinoire. Lorsque Mama Low s'approche du centre en faisant claquer son fouet, Roper et son entourage s'installent au premier rang à leurs places réservées. Jonathan regarde vers la mer. Le bateau à moteur blanc qui aurait pu être une Cigarette a disparu. Il a dû doubler la pointe en direction du sud, pense-t-il.

« Là où je me trouve, c'est le départ ! Et le premier sale négro de crabe qui essaie de partir avant le coup de pistolet, c'est dix coups de fouet tout de suite ! »

Son casque colonial incliné en arrière, Mama Low se livre à sa célèbre imitation d'un fonctionnaire de l'Empire britannique.

« Ce cercle historique, juste là » – il montre une tache rouge circulaire à ses pieds – « c'est l'arrivée. Tous les crabes dans ce panier ont un numéro. Et tous les crabes dans ce panier vont se magner le cul ou alors faudra qu'y s'expliquent avec moi. Et tous les crabes qui franchiront pas la ligne d'arrivée passeront direct à la casserole. »

Un autre claquement de fouet. Les rires s'éteignent. Au bord de la piste de danse, Swats et Wet Eye distribuent des punchs offerts par la maison, qu'ils sortent d'un vieux landau, celui-là même où dormit Low lorsqu'il était bébé. Les plus âgés des enfants sont assis en tailleur, les deux garçons bras croisés, les filles enserrant leurs genoux de leurs bras. Appuyé contre Jed, Daniel suce son pouce. Roper se tient debout à côté d'elle. Lord Langbourne prend une photo au flash, s'attirant les foudres du major Corkoran : « Sandy, vieux, par pitié, est-ce que, pour une fois, on ne pourrait pas simplement se *rappeler* la soirée ? » dit-il en un murmure qui emplit tout l'amphithéâtre. La lune est suspendue au-dessus de la mer comme un lampion rose, et les lumières du port vacillent en un arc scintillant. Sur le balcon où se tient Jonathan, O'Toole pose une main possessive sur le cul de Melanie Rose, qui vient complaisamment se serrer contre lui. Seule Miss Amelia, bigoudis sur la tête, refuse de s'intéresser à ce qui se passe. Dans la cuisine derrière eux, elle se découpe sur le rectangle blanc de la fenêtre et compte l'argent de la caisse avec une grande concentration.

L'orchestre fait retentir un autre roulement de tambour. Mama Low se penche vers le panier d'osier noir, en attrape l'anse et le soulève dans les airs. Les crabes attendent qu'on leur donne le départ. Abandonnant leur landau, Swats et Wet Eye avancent parmi le public avec leurs carnets de billets.

« Trois crabes partants, tous cotés à égalité ! » Jonathan entend hurler Swats.

Mama Low demande un volontaire parmi les spectateurs : « Je cherche ! Je cherche ! crie-t-il avec la grosse voix d'un Noir accablé de douleur. Je cherche un beau petit Blanc, chrétien pure souche, qui sait ce qu'il doit faire avec ces idiots de crabes et qui acceptera pas de réponses insolentes ou d'insurrection. Vous, monsieur ! Je mets en vous mes humbles espérances. »

Son fouet est pointé sur Daniel, qui laisse échapper un hurlement mi-sérieux mi-comique et se cache le visage dans les jupes de Jed, puis court se réfugier derrière le public. Mais une des filles s'avance déjà en trottinant. Jonathan entend les encouragements des joueurs de polo qui l'applaudissent.

« Bien joué, Sally ! Fous-leur une bonne râclée, Sals ! Bravo ! »

Toujours depuis sa position stratégique sur le balcon, Jonathan jette un coup d'œil au bar, où les deux hommes et leurs petites amies, absorbés dans leur conversation, ignorent résolument la piste de danse. Il laisse glisser son regard sur le public, l'orchestre, puis les dangereuses flaques d'obscurité entre les deux.

Ils arriveront de derrière la terrasse, estime-t-il. Ils utiliseront le couvert des buissons qui bordent les marches. *Surtout ne quittez pas le balcon de la cuisine*, avait dit Rooke.

La petite Sally, ou Sals, fait une grimace et scrute

l'intérieur du panier noir. Le batteur fait retentir un autre roulement de tambour. Courageusement, Sally enfonce un bras dans le panier, puis l'autre, et enfin, sous les éclats de rire du public, la tête toute entière. Elle la ressort avec un crabe dans chaque main et va les placer côte à côte sur la ligne de départ tandis que l'appareil-photo de Langbourne ronronne et zoome entre les éclairs du flash. Sally attrape le troisième crabe, l'ajoute sur la ligne de départ et retourne à sa place d'un bond, sous les ovations redoublées des joueurs de polo. Depuis la tour, le trompettiste sonne la parade. Les échos en retentissent encore dans tout le port quand un coup de pistolet déchire la nuit. Pris par surprise, Frisky s'accroupit tandis que Tabby écarte les spectateurs pour avoir la place de tirer, sans savoir sur qui.

Même Jonathan cherche un moment le tireur avant d'apercevoir Mama Low, en sueur sous son casque colonial, qui pointe vers le ciel nocturne son pistolet de starter encore fumant.

Les crabes sont partis.

Et puis, tout s'enchaîna très simplement.

Sans cérémonie, sans coup de théâtre, sans tumulte, sans hurlements – aucun bruit sinon l'ordre sec lancé par Roper à Frisky et Tabby : « Pas un geste, surtout. »

S'il y avait quelque chose d'étonnant, ce n'était pas le bruit mais le silence. Mama Low s'interrompit dans sa harangue, l'orchestre arrêta sa fanfare, et les joueurs de polo renoncèrent à leurs encouragements enthousiastes.

Et ce silence s'installa lentement, de la même manière qu'un grand orchestre s'arrête progressivement pendant une répétition, les musiciens les plus dynamiques ou les plus étourdis continuant quelques mesures après les autres. L'espace d'un instant, Jonathan remarqua les bruits que l'on entend soudain à Hunter's Island quand les hommes cessent leur vacarme : les cris d'oiseaux, les cigales, le clapotis de l'eau sur les coraux au large de Penguin Point, le braiement d'un poney sauvage dans le cimetière, et les petits coups métalliques du marteau d'un travailleur qui s'attarde à réparer son hors-bord dans Deep Bay. Puis il n'entendit plus rien du tout, le silence devint infini, terrible. Grâce à la vue dégagée qu'il avait du balcon, Jonathan aperçut les deux professionnels aux gros bras qui avaient quitté le restaurant plus tôt dans la soirée et étaient partis à bord de leur Cigarette blanche toute neuve. Ils passaient maintenant entre les rangées de spectateurs, comme pour faire la quête à l'église, et raflaient porte-cartes, portefeuilles, porte-monnaie, montre-bracelets et liasses de billets sortis des poches-revolver.

Et les bijoux, ceux de Jed en particulier. Jonathan arriva juste à temps pour la voir lever ses bras nus vers l'oreille gauche, puis la droite, repoussant ses cheveux, la tête légèrement inclinée. Vers sa gorge ensuite pour défaire son collier, comme si elle se préparait à entrer dans le lit de quelqu'un. Personne n'est assez fou de nos jours pour porter des bijoux aux Bahamas, avait dit Burr, à moins d'être la petite amie de Dicky Roper.

Et toujours pas d'histoires. Tout le monde avait compris les règles. Pas la moindre objection, pas la moindre résistance, pas la moindre réaction offensée – pour la bonne raison que, si l'un des voleurs tendait une sacoche en plastique ouverte pour recevoir les oboles de la congrégation, son complice poussait le landau déglingué chargé de bouteilles de rhum et de whisky et de canettes de bière dans leur glacière. Et entre les canettes et les bouteilles était assis le petit Daniel Roper, huit ans, tel un bouddha sacrificiel, un pistolet automatique pointé sur sa tempe, en train de vivre la première des cinq minutes qui, selon Burr, ne compteraient pas pour un enfant de son âge – d'ailleurs peut-être avait-il raison, car Daniel souriait et partageait cette bonne blague avec la foule, soulagé d'être ainsi dispensé de l'effrayante course de crabes.

Mais Jonathan ne partageait pas la plaisanterie. Au

contraire, une lueur s'alluma au fond de ses yeux, comme une explosion de fureur. Et il entendit un appel au combat plus fort que tous ceux dont il se souvenait depuis la nuit où il avait déchargé son Heckler sur le jeune Irlandais sans arme, si fort qu'il s'arrêta de réfléchir pour passer à l'action. Depuis des jours et des nuits, consciemment ou inconsciemment, il se préparait pour ce moment, le savourait, le redoutait, le planifiait : s'ils font ceci, la riposte logique sera cela ; s'ils sont ici, il faudra que je sois là-bas. Mais il avait compté sans ses sentiments. Jusque-là. Voilà sans doute pourquoi sa première réaction ne fut pas celle qu'il avait prévue.

Il recula le plus loin possible dans l'ombre du balcon, ôta sa toque et sa tunique blanches, puis se rua en short dans la cuisine, droit vers la caisse où Miss Amelia se faisait les ongles. Il décrocha le téléphone, porta le combiné à son oreille et actionna le berceau pour vérifier ce qu'il savait déjà : la ligne était coupée. Il ramassa un torchon, sauta sur la table centrale, et décrocha le tube au néon qui éclairait la cuisine. En même temps, il ordonna à Miss Amelia de laisser la caisse telle quelle et d'aller immédiatement se cacher à l'étage : pas de protestations, pas de tentative d'emporter l'argent, sinon ils la poursuivraient. À la lueur des lampes à arc extérieures, il se précipita vers le plan de travail où se trouvait sa panoplie de couteaux, choisit le plus dur et courut non pas vers le balcon, mais à travers l'arrière-cuisine jusqu'à la porte de service côté sud.

Pourquoi le couteau ? se demandait-il. Pourquoi ? Qui vais-je couper en rondelles ? Mais il ne le jeta pas. Il était content de l'avoir parce que, quelle que soit l'arme, un homme armé en vaut deux : voir le manuel du parfait soldat.

Une fois dehors, il continua vers le sud, slalomant entre les agaves et les raisiniers pour arriver à l'arête de la falaise qui dominait Goose Neck. Là, haletant et en sueur, il aperçut ce qu'il cherchait : le bateau à moteur blanc, amarré sur la rive est de la crique pour assurer la fuite des deux hommes. Mais il ne prit pas le temps d'admirer la vue. Son couteau à la main, il retourna en courant vers la cuisine obscure. Toute l'opération n'avait pas duré plus d'une minute, mais Miss Amelia avait déjà débarrassé le plancher.

Regardant par la fenêtre nord, Jonathan évalua la progression des voleurs et, heureusement, parvint dans le même temps à maîtriser un peu de sa première colère meurtrière : il réussit à se concentrer, ralentit sa respiration et retrouva plus ou moins le contrôle de lui-même. Mais d'où était venue cette colère ? D'un profond recoin obscur en lui, elle avait jailli, l'avait submergé, et pourtant l'origine en restait mystérieuse. Et il se cramponnait au couteau. *Le pouce par-dessus, Johnny, comme pour beurrer une tartine... agite la lame et surveille ses yeux... pas trop bas, et occupe-le un peu avec ton autre main...*

Coiffé de son panama, le major Corkoran s'était assis à califourchon sur une chaise, les bras croisés sur le dossier, le menton appuyé sur les bras, observant les voleurs comme s'il s'était agi d'un défilé de mode. Lord Langbourne leur avait donné son appareil-photo, mais l'homme à la mallette ne l'eut pas plus tôt en mains qu'il le jeta, l'air agacé et dédaigneux. Jonathan entendit une voix traînante qui disait : « Oh, va te faire foutre ! » Frisky et Tabby étaient pétrifiés, sur le qui-vive, à moins de cinq mètres de leurs proies. Mais le bras droit de Roper était toujours tendu pour les arrêter tandis que ses yeux restaient fixés sur Daniel et les voleurs.

Quand à Jed, dépouillée de ses bijoux, elle se tenait seule au bord de la piste de danse, le corps crispé par la tension nerveuse, les mains à plat sur les cuisses, comme pour se retenir de courir vers Daniel.

« Si c'est de l'argent que vous voulez, vous l'aurez. » Jonathan entendit Roper faire cette offre aussi calmement que s'il traitait avec un jeune délinquant. « Vous voulez cent mille dollars ? Je les ai en espèces sur le bateau. Rendez-moi simplement l'enfant. Je ne vous ferai pas poursuivre par la police. Je vous laisserai tranquilles. Pourvu que j'aie l'enfant. Vous comprenez ce que je vous dis ? Vous parlez anglais ? Corky, essaie en espagnol, tu veux ? »

Puis la voix obéissante de Corkoran, qui passait le même message en un espagnol correct.

Jonathan jeta un coup d'œil vers la caisse. Le tiroir de Miss Amelia était toujours ouvert. Des liasses de billets pas encore dénombrés jonchaient le comptoir. Il regarda le chemin tortueux, abrupt et mal pavé qui allait de la piste à la cuisine. Il faudrait être fou pour vouloir le remonter en poussant un landau chargé. En outre, il était inondé de lumière, donc toute personne qui entrerait dans la cuisine obscure échapperait aux regards. Jonathan glissa le couteau à découper dans sa ceinture et essuya sa paume moite sur le fond de son short.

Les agresseurs commençaient à remonter le chemin. La façon dont le ravisseur tenait son otage était d'un intérêt crucial pour Jonathan, parce que son plan d'action en dépendait — son plan de vraisemblance, comme avait dit Burr. *Écoute comme un aveugle, Johnny, regarde comme un sourd*. Mais, autant qu'il s'en souvenait, personne ne lui avait dit comment un seul homme muni d'un couteau de cuisine arrache un enfant de huit ans à deux hommes armés et s'en sort sain et sauf.

Ils avaient déjà fait la moitié du chemin. En contrebas, le visage luisant sous les lampes à arc, la foule immobile les suivait du regard. Jed restait à l'écart, les cheveux flamboyant de reflets cuivrés. Jonathan commençait à ne plus très bien savoir où il en était. Des images pénibles de son enfance lui revenaient en mémoire. Des insultes auxquelles il avait répondu, des prières auxquelles personne n'avait répondu.

D'abord, il y avait l'homme à la mallette, puis, vingt mètres derrière lui, son complice qui traînait Daniel sur le chemin en le tirant par le bras. Daniel ne s'amusait plus. Le premier des deux hommes avançait à grands pas, la sacoche pleine accrochée sur sa hanche. Mais le ravisseur de Daniel marchait péniblement en crabe, se retournant sans arrêt pour menacer la foule, puis l'enfant, avec son automatique. Droitier, enregistra Jonathan, bras nus. Il a laissé le cran de sécurité.

« Vous ne voulez pas négocier avec moi ? criait Roper depuis la piste de danse. Je suis son père. Pourquoi ne pas me parler ? Faisons affaire. »

La voix de Jed se fit entendre, effrayée mais agressive, dans laquelle pointait l'autorité de la cavalière : « Pourquoi ne prenez-vous pas un adulte ? Salauds. Prenez l'un de nous. Moi si vous voulez. » Et puis beaucoup plus fort, la peur se mêlant à la colère : « Ramenez-le, espèces d'ordures ! »

En entendant le défi dans la voix de Jed, le ravisseur de Daniel fit brutalement pivoter l'enfant face à la foule, le pistolet appuyé contre sa tempe, et aboya le texte du gros méchant avec les intonations hargneuses du Bronx :

« Si quelqu'un nous suit, si quelqu'un prend ce chemin, si quelqu'un nous coupe la route, je bute le gamin, compris ? Et après, je bute le premier qui m'emmerde. J'en ai rien à foutre. Je buterai n'importe qui. Alors, que personne ne bouge. »

Le sang battait dans les mains tendues de Jonathan, le bout des doigts lui élançait. Parfois elles semblaient vouloir agir d'elles-mêmes et l'entraîner à leur suite. Des pas pressés martelèrent le balcon en bois. La porte de la cuisine s'ouvrit, un poing s'avança vers l'interrupteur et appuya d'un petit coup, mais sans résultat. Une voix rauque dit en haletant : « Bordel, mais qu'est-ce qui... ? Merde ! » Une silhouette massive s'approcha de la caisse en trébuchant et s'arrêta à mi-chemin.

« Y'a quelqu'un ? Qui est ici ? Mais où est cette putain de lumière ? Bordel de merde ! »

Il vient du Bronx, nota de nouveau Jonathan, tapi derrière la porte donnant sur le balcon. Un authentique accent du Bronx, même quand il n'y a pas de public. L'homme avança encore, tenant la serviette ouverte devant lui et tâtonnant de l'autre main.

« S'il y a quelqu'un ici, dehors, bordel, vous entendez ? C'est un avertissement. On a le gosse. Si on nous emmerde, le gamin se fait buter. Nous faites pas chier. »

Il venait de trouver les piles de billets et les fourrait dans la serviette. Après quoi, il retourna à la porte et, sans savoir que Jonathan se trouvait juste derrière, cria à son complice :

« Je descends, Mike ! Je fais démarrer le bateau, tu entends ? Bon Dieu de merde ! » se plaignit-il comme si le monde était injuste envers lui. Puis il traversa rapidement la cuisine jusqu'à la porte de l'office, qu'il ouvrit d'un coup de pied avant de descendre le chemin en direction de Goose Neck. Au même instant, Jonathan entendit l'homme appelé Mike s'approcher avec son otage. Il essuya encore une fois sa paume sur son short, tira le couteau de sa ceinture et le fit passer dans sa main gauche, le tranchant vers le haut comme pour étriper quelqu'un. Ce faisant, il entendit Daniel sangloter. Un sanglot étouffé, étranglé, si bref que l'enfant avait dû se ressaisir avant même de le laisser échapper. Un demi-sanglot de fatigue, d'impatience, d'ennui ou de frustration, celui de tout enfant, pauvre comme Job ou riche comme Crésus, qui a un peu mal aux oreilles ou ne veut pas monter se coucher tant qu'on ne lui a pas promis de venir le border.

Pour Jonathan, toutefois, c'était le cri de son enfance. Il résonnait dans tous les couloirs sinistres, les casernes, les orphelinats et les chambres d'amis des tantes. Il se retint encore un instant, sachant que l'attaque n'en serait que plus efficace. Il sentit les battements de son cœur ralentir. Un brouillard rouge voila ses yeux, il devint léger et invulnérable. Il vit Sophie, le visage intact, souriante. Il entendit les pas lourds d'un adulte, puis ceux plus légers d'un enfant réticent tandis que le ravisseur descendait les deux marches du balcon en bois et arrivait à la cuisine, traînant Daniel derrière lui. Au moment où le pied de l'homme toucha le carrelage, Jonathan sortit de derrière la porte, saisit des deux mains le bras qui tenait le pistolet et le tordit avec une violence inouïe. En même temps, il cria : un long hurlement cathartique, pour s'oxygéner le sang, pour appeler à l'aide, pour terroriser, pour mettre fin à trop de patience contenue trop longtemps. Le pistolet cliqueta sur les dalles et Jonathan l'écarta d'un coup de pied. Tirant l'homme dans l'embrasure, il attrapa la porte, se jeta dessus de tout son poids et écrasa le bras déjà amoché entre le battant et le montant. L'homme appelé Mike hurla à son tour, mais s'arrêta quand Jonathan appuya la lame du couteau contre sa gorge en sueur.

« Merde ! murmura Mike, fou de douleur et de stupeur. Mais qu'est-ce que tu fais, bordel ? Merde ! T'es dingue ou quoi ? Bon Dieu !

— Va vite retrouver ta mère, dit Jonathan à Daniel. Va-t'en, allez ! »

Malgré toute la rage en lui, il choisit pertinemment ces mots, sachant qu'il lui faudrait les assumer par la suite. En effet, comment un simple cuistot aurait-il pu savoir que le prénom de Daniel était Daniel, que Jed n'était pas sa mère, et que sa vraie mère se trouvait à plusieurs milliers de kilomètres de là, dans le Dorset ? En prononçant ces paroles, il se rendit compte que Daniel n'écoutait plus, mais regardait derrière lui, vers l'autre porte. Et que l'homme à la serviette, alerté par les cris, était revenu prêter main-forte à son complice.

« Ce salaud m'a cassé le bras ! hurlait Mike. Lâche-moi le bras, enfoiré ! Il a un couteau, Gerry. Déconne pas. J'ai le bras cassé. Il me l'a cassé deux fois, bordel. Il rigole pas. Il est cinglé ! »

Mais Jonathan le tenait toujours par son bras sans doute réellement cassé, et maintenait le couteau contre son cou trapu. L'homme avait la tête renversée en arrière et la bouche ouverte, comme chez le dentiste, et ses cheveux collés de sueur frôlaient le visage de Jonathan. Avec ce brouillard rouge devant les yeux, celui-ci aurait fait tout ce qu'il aurait jugé nécessaire, sans retenue.

« Descends les marches, dit-il à Daniel, calmement pour ne pas l'effrayer. Vas-y doucement. Allez, hop ! »

Daniel consentit enfin à prendre congé. Il tourna les talons et commença à descendre les marches clopin-clopant en direction de la foule pétrifiée sous les lampes à arc, faisant un geste de la main au-dessus de sa tête comme pour marquer son exploit. C'est la vision consolante qui resta gravée dans l'esprit de Jonathan quand l'homme appelé Gerry le frappa avec la crosse de son pistolet, puis une deuxième fois sur la joue droite, sur l'œil, et encore une troisième au moment où Jonathan s'écroulait, entouré des voiles rouges du sang de Sophie. Alors qu'il gisait à terre dans la position de récupération, Gerry lui donna deux coups de pied dans l'aine pour faire bonne mesure, avant d'attraper le bras valide de son complice Mike et de l'entraîner à travers la cuisine jusqu'à la porte d'en face avec force hurlements et imprécations. Et Jonathan fut content de voir la mallette pleine à proximité, parce que de toute évidence Gerry ne pouvait s'occuper à la fois de l'estropié et du butin.

Puis il y eut d'autres pas, d'autres voix, et, pendant un instant désagréable, Jonathan crut qu'ils avaient décidé de revenir lui infliger le même traitement. En réalité, dans sa confusion d'esprit, il avait fait erreur sur l'origine des bruits : ce n'étaient pas ses ennemis qui se rassemblaient maintenant autour de lui en le regardant fixement, mais ses amis, ceux pour lesquels il s'était battu, pour lesquels il avait failli mourir : Tabby et Frisky, Langbourne et les joueurs de polo, les deux vieux qui se touchaient le visage en dansant et les quatre jeunes Noirs du bar, Swats et Wet Eye, Roper et Jed serrant entre eux le petit Daniel. Miss Amelia qui pleurait à chaudes larmes, comme si Jonathan lui avait cassé le bras à elle aussi. Et Mama Low qui criait à Amelia de fermer sa gueule et elle qui hurlait : « Ce pauvre Lamont ! ». Roper l'avait remarqué et s'en indignait.

« Mais pourquoi l'appelle-t-elle Lamont, bon sang ? protestait-il en penchant la tête de droite à gauche pour mieux voir le visage ensanglanté de Jonathan. C'est

Pyne, du Meister. Le type qui faisait le larbin de nuit. Un Anglais. Tu le reconnais, Tabby ?

— C'est bien lui, patron », confirma Tabby, agenouillé près de Jonathan dont il prenait le pouls.

Quelque part à la périphérie de son champ visuel, Jonathan vit Frisky saisir la serviette abandonnée et regarder à l'intérieur.

« Tout est là, patron ! le rassura-t-il. Y'a pas de mal, sauf les dégâts corporels. »

Roper restait accroupi près de Jonathan, et la vision devait être encore plus impressionnante que les bijoux, car il fronçait le nez comme s'il venait de goûter du vin bouchonné. Jed avait décidé que Daniel en avait vu assez et lui faisait lentement descendre l'escalier.

« Vous m'entendez, Pyne ? demanda Roper.
— Oui.
— Vous sentez ma main ?
— Oui.
— Ici aussi ?
— Oui.
— Et là ?
— Oui.
— Tabby, comment est son pouls ?
— Pas mauvais, patron, vu les circonstances.
— Pyne, vous m'entendez toujours ?
— Oui.
— Ça va aller. Les secours arrivent. On va vous trouver ce qu'il y a de mieux ici. Tu as le bateau, Corky ?
— En ligne, patron. »

Comme dans un rêve, Jonathan eut conscience que le major Corkoran portait un téléphone sans fil à son oreille, une main posée sur la hanche et le coude en l'air pour se donner de l'importance.

« On va l'emmener tout de suite à Nassau en hélicoptère, disait Roper du ton bourru qu'il réservait à Corkoran. Préviens le pilote, puis appelle l'hôpital. Pas ce truc de deuxième zone. L'autre. Le nôtre.

— Le Doctors Hospital, sur Collins Avenue, dit Corkoran.

— Retiens-lui une chambre. Comment s'appelle ce pédant de chirurgien suisse qui a une maison à Windermere Cay et qui essaie toujours d'investir dans nos sociétés ?

— Marti, répondit Corkoran.

— Appelle Marti, et fais-le venir là-bas.

— D'accord.

— Après ça, appelle les gardes-côte, la police et tous les imbéciles de service. Fais-en toute une histoire. Vous avez un brancard, Low ? Allez le chercher. Vous êtes marié, Pyne ? Vous avez une femme, quelqu'un ?

— Je vais bien, monsieur », dit Jonathan.

Mais, comme de bien entendu, c'est la cavalière qui devait avoir le dernier mot. Elle avait dû prendre des cours de secourisme au couvent. « Remuez-le le moins possible », l'entendit recommander Jonathan d'une voix qui semblait flotter dans les limbes de son inconscient.

13

Soudain, plus de Jonathan sur leurs écrans – porté disparu, sans doute tombé sous un tir ami. Tous leurs plans, leurs écoutes, leurs surveillances, leur prétendue maîtrise du jeu étaient bons à mettre au rancart, comme une limousine déglinguée qu'on abandonne au bord de la route. Ils étaient sourds, aveugles et ridicules. Leur quartier général sans fenêtres à Miami était devenu une maison fantôme où Burr errait dans les couloirs tel un possédé.

Le yacht de Roper, ses avions, ses maisons, ses hélicoptères et ses voitures étaient sous surveillance constante, ainsi que l'élégante demeure de style colonial au centre de Nassau où se trouvait le prestigieux siège social de la société Ironbrand terrains, minerais et métaux précieux. Idem pour les lignes téléphoniques et les fax des contacts de Roper dans le monde entier : depuis lord Langbourne à Tortola jusqu'aux banquiers suisses de Zug et aux collaborateurs plus ou moins anonymes de Varsovie ; depuis un mystérieux Rafi à Rio de Janeiro jusqu'à Micha à Prague, une société de notaires hollandais à Curaçao et un haut fonctionnaire non identifié de Panamá qui, même lorsqu'il parlait depuis son bureau du palais présidentiel, chuchotait d'une voix pâteuse et utilisait le pseudonyme de Charlie.

Mais de Jonathan Pyne, alias Lamont, repéré pour la dernière fois au service des urgences du Doctors Hospital à Nassau, pas la moindre nouvelle d'aucune de ces sources.

« Il a déserté, dit Burr à Strelski, la tête entre les mains. D'abord, il perd la boule, puis il s'échappe de l'hôpital. D'ici une semaine, on lira ses aventures dans les journaux du dimanche. »

Et pourtant, tout avait été si minutieusement préparé. Rien n'avait été laissé au hasard, depuis le moment où le *Pacha* avait quitté Nassau jusqu'au soir du faux enlèvement chez Mama Low. L'arrivée du groupe en croisière et de leurs enfants – les Anglaises pure race de douze ans au visage poupin, qui mangeaient des chips en parlant nonchalamment de gymkhanas, les garçons pleins d'assurance au corps athlétique, qui parlaient la bouche pincée, sans articuler, comme pour dire au monde entier d'aller se faire foutre, la famille Langbourne avec l'épouse renfrognée et la nurse trop jolie – tous avaient été secrètement accueillis, suivis, surveillés et maudits par les guetteurs d'Amato, puis accompagnés jusqu'au *Pacha*, sans que rien ne soit laissé au hasard.

« Vous savez quoi ? Ces gosses de riches ont fait arrêter la Rolls chez Joe's Easy, rien que pour aller acheter de l'herbe ! » s'était indigné Amato, le jeune papa tout fier, auprès de Strelski. L'histoire était bien évidemment entrée dans la légende de l'opération.

Comme celle des coquillages. La veille du départ du

Pacha, on avait entendu l'un des brillants jeunes cadres d'Ironbrand – MacArthur, qui avait fait ses débuts dans un rôle muet au Meister – appeler un contact bancaire douteux à l'autre bout de la ville : « Jeremy, au secours, dis-moi qui vend des coquillages aujourd'hui ? J'ai besoin d'un millier de ces foutus machins pour hier au plus tard. Je ne plaisante pas, Jeremy. »

Contrairement à leur habitude, les Oreilles s'étaient perdues en conjecture. *Des coquillages* ? De *vrais* coquillages ? Ou une façon de désigner des missiles ? Des projectiles mer-air peut-être ? Dans le jargon du trafic d'armes utilisé par Roper, on n'avait jamais parlé de coquillages auparavant. Leurs angoisses prirent fin plus tard dans la journée quand MacArthur exposa son problème au directeur de l'épicerie fine de Nassau : « L'anniversaire des deux jumelles de lord Langbourne tombe le second jour de la croisière... Le patron veut organiser une pêche aux coquillages sur l'une des îles désertes et donner des prix à ceux qui en auront rapporté le plus... mais comme l'année dernière personne n'en a trouvé un seul, cette fois, le patron ne prend pas de risques. Il va faire enterrer un millier de ces machins-là dans le sable par ses hommes de main la nuit précédente. Alors, s'il vous plaît, monsieur Manzini, où est-ce que je peux acheter des coquillages en gros ? »

L'anecdote avait fait mourir de rire toute l'équipe. Frisky et Tabby organisant un raid nocturne sur une jolie plage déserte, le sac à dos rempli de coquillages ? Ça, c'était la meilleure !

Quant à l'enlèvement, chaque étape en avait été répétée. D'abord Flynn et Amato s'étaient déguisés en yachtmen pour une reconnaissance du terrain à Hunter's Island. De retour en Floride, ils avaient reconstitué les lieux sur une petite dune qu'on leur avait réservée dans l'enceinte d'entraînement de Fort Lauderdale. On avait disposé des tables, marqué l'emplacement des allées par du scotch, construit une cabane représentant la cuisine, et réuni un groupe de dîneurs. Gerry et Mike, les deux méchants, étaient des gros durs professionnels de New York avec mission de faire ce qu'on leur disait et de la fermer. Mike, le kidnappeur, ressemblait à un ours. Gerry, l'homme à la sacoche, était un athlète à l'air sinistre. Hollywood n'aurait pas fait mieux.

« Vous avez bien compris les ordres, messieurs ? avait demandé Pat Flynn, l'Irlandais, en regardant les bagues en cuivre que portait Gerry à tous les doigts de la main droite. Attention, hein, juste un ou deux coups pas méchants, Gerry. Vous lui refaites simplement une petite beauté. Après, vous vous retirez avec les honneurs. Suis-je clair, Gerry ?

– Tout à fait, Pat. »

Puis on avait envisagé les repêchages et les impondérables. La totale. *Et si*, à la dernière minute, le *Pacha* ne faisait pas escale à Hunter's ? *Et si* il faisait escale à Hunter's, restait au mouillage mais que les passagers décident de dîner à bord ? *Et si* les adultes allaient dîner à terre mais que l'on ordonne aux enfants – peut-être punis pour quelque bêtise – de rester à bord ?

« Prions, avait dit Burr.

– Prions », avait acquiescé Strelski.

Mais ils ne s'en remettaient pas uniquement à la Providence. Même s'il y a toujours une première fois et que ce serait peut-être celle-ci, ils savaient que le *Pacha* n'était encore jamais passé au large de Hunter's Island sans faire escale. Qu'il se réapprovisionnait au chantier naval de Low à Deep Bay, et que le capitaine touchait sa commission sur la facture des achats et du dîner chez Low, parce que c'était la tradition. Ils comptaient beaucoup sur l'influence de Daniel auprès de son père. Au cours des précédentes semaines, Daniel avait eu plusieurs coups de fil douloureux avec Roper concernant la difficulté de s'adapter à la séparation de ses parents, et il avait indiqué que l'arrêt à Hunter's Island serait le point culminant de sa prochaine visite.

« Je vais *vraiment* sortir les crabes du panier cette année, papa, avait dit Daniel quand il lui avait téléphoné d'Angleterre à peine dix jours plus tôt. Ils ne me donnent plus de cauchemars. Maman est très fière de moi. »

Ayant tous deux eu ce genre de conversation bouleversante avec leurs enfants respectifs à une époque, Burr et Strelski pariaient que Roper, même s'il n'appartenait pas à une classe d'Anglais qui font passer les enfants en premier, se serait fait brûler vif plutôt que de décevoir Daniel.

Et ils ne se trompaient pas, absolument pas. Quand le major Corkoran avait appelé Miss Amelia par satcom pour réserver la table en terrasse, Burr et Strelski auraient pu se tomber dans les bras de joie – et selon leur équipe, c'est ce qu'ils avaient souvent tendance à faire, d'ailleurs.

Ce fut seulement vers 23 h 30 le soir du jour J qu'apparurent les premiers doutes. L'opération avait été prévue pour 23 h 03, dès le début de la course de crabes. Le hold-up, la montée jusqu'à la cuisine et la descente sur Goose Neck n'avaient jamais pris plus de douze minutes pendant les répétitions. Pourquoi diable Mike et Gerry n'avaient-ils pas envoyé le signal « mission accomplie » ?

Puis ce fut l'alerte rouge. Debout dans le centre des communications, les bras croisés, Burr et Strelski avaient écouté l'enregistrement des appels successifs de Corkoran au capitaine du bateau, au pilote de l'hélicoptère, au Doctors Hospital de Nassau, et enfin au Dr Rudolf Marti dans sa maison de Windermere Cay. La voix de Corkoran était lourde d'implications, froide et calme dans le feu de l'action :

« Le patron sait bien que vous ne donnez pas dans le genre premiers secours, docteur Marti. Mais il y a de sérieuses fractures du crâne et de la pommette ; le patron pense qu'il faudra les remodeler. Et pour l'hôpital, il faut que ce soit un médecin qui leur envoie le patient. Le patron voudrait que vous l'attendiez à l'hôpital quand il arrivera, et il sera tout prêt à vous dédommager généreusement pour votre peine. Je peux lui dire que vous serez là ? »

Des fractures du crâne et de la pommette ? À remodeler ? Mais que diable avaient fabriqué Mike et Gerry ? Les relations entre Burr et Strelski étaient déjà tendues lorsque, à la suite d'un appel téléphonique, ils foncèrent au Jackson Memorial Hospital de Miami, gyrophare allumé, avec Flynn assis à côté du chauffeur. À leur arrivée, Mike était encore en salle d'opération. Livide de colère, vêtu d'un gilet de sauvetage, Gerry fumait cigarette sur cigarette dans la salle d'attente.

« Cette espèce de brute a crucifié Mike sur cette chierie de porte, dit Gerry.

— Et à toi, qu'est-ce qu'il t'a fait, Gerry ? demanda Flynn.

— À moi, rien.

— Alors toi, qu'est-ce que tu lui as fait ?

— Qu'est-ce que tu crois, tête de nœud ? Que je lui ai roulé un patin ? »

Flynn souleva Gerry de sa chaise comme un enfant mal élevé et lui donna une bonne gifle, puis le rassit dans la même position avachie qu'avant.

« Tu l'as tabassé, Gerry ? demanda aimablement Flynn.

— Ce connard est devenu dingue. Il a fait comme si c'était pour de vrai. Il a mis un putain de couteau sous la gorge de Mike et lui a coincé le bras dans la porte, comme s'il avait voulu en faire du petit bois pour le feu. »

Ils rentrèrent à temps au centre des communications pour entendre Daniel appeler sa mère en Angleterre sur le satcom du *Pacha*.

« Maman, c'est moi. Ça va. Tout va vraiment bien. »
Un long silence pendant qu'elle se réveille.

« Daniel ? Chéri, tu n'es pas rentré en Angleterre, non ?

— Je suis sur le *Pacha*, maman.

— Vraiment, Daniel ! Tu sais l'heure qu'il est ? Où est ton père ?

— Je n'ai pas sorti les crabes du panier, maman. J'ai

eu la trouille. Ils me dégoûtent. Mais ça va, maman. Vraiment.
– Danny ?
– Oui ?
– Danny, qu'essayes-tu de me dire ?
– Rien, maman, seulement on était à Hunter's Island. Il y avait cet homme qui sentait l'ail et qui m'a fait prisonnier, et un autre qui a pris le collier de Jed. Mais le cuisinier m'a sauvé et ils m'ont relâché.
– Daniel, est-ce que ton père est là ?
– Paula. Bonjour. Désolé. Il voulait absolument te dire qu'il va bien. On a été menacés par deux gangsters armés, chez Mama Low. Dan a été pris en otage pendant dix minutes, mais il est sain et sauf.
– Une seconde », dit Paula. Comme son fils avant lui, Roper attendit qu'elle reprenne ses esprits. « Daniel a été kidnappé et relâché. Mais il va bien. Continue.
– Ils l'ont forcé à prendre le chemin qui va vers la cuisine. Tu te rappelles, en haut de la colline.
– Tu es sûr que tout ça est vraiment arrivé, oui ? On connaît tous les histoires de Daniel.
– Mais oui, j'en suis sûr. J'ai tout vu.
– Avec un revolver ? Ils lui ont fait monter une colline sous la menace d'un revolver ? Un gosse de huit ans ?
– Ils voulaient l'argent de la caisse dans la cuisine. Sauf qu'il y avait le cuistot là-haut, un Blanc, qui leur est tombé dessus. Il en a envoyé un au tapis, mais l'autre est revenu et ils l'ont tabassé pendant que Daniel s'échappait. Dieu sait ce qui serait arrivé s'ils avaient emmené Dan avec eux, mais ils ne l'ont pas fait. Tout est fini maintenant. On a même récupéré le butin. Longue vie aux cuisiniers ! Allons, Dan, dis-lui que ta bravoure va te valoir la Victoria Cross. Je te le repasse. »

Il était 5 heures du matin. Burr était assis, immobile comme un bouddha, devant son bureau dans le centre des communications. Rooke fumait la pipe et s'escrimait sur les mots croisés du *Miami Herald*. Burr laissa le téléphone sonner plusieurs fois avant de se décider à décrocher.

« Leonard ? fit la voix de Goodhew.

— Salut, Rex.

— Il y a un problème ? Je croyais que vous deviez m'appeler. Vous avez l'air en état de choc. Alors, ils ont mordu à l'hameçon ? Leonard ?

— Oh ça, ils l'ont même avalé.

— Alors, qu'est-ce qui ne va pas ? Vous n'avez pas l'air triomphant, vous avez l'air sinistre. Que s'est-il passé ?

— J'essaie de savoir si on tient encore la canne à pêche. »

M. Lamont est aux urgences, avait dit l'hôpital. *L'état de M. Lamont est stationnaire.*

Pas pour longtemps. Vingt-quatre heures plus tard, M. Lamont avait disparu.

*

Est-il sorti de son propre gré ? C'est ce que dit l'hôpital. Le Dr Marti l'a-t-il fait transférer dans une autre clinique ? Apparemment, mais pour très peu de temps seulement, et la clinique ne donne aucune information sur la destination suivante de ses patients. Quand Amato téléphone en se faisant passer pour un reporter, le Dr Marti lui-même répond que M. Lamont est parti sans laisser d'adresse. Soudain, des hypothèses délirantes circulent dans le centre des communications. Jonathan a tout avoué ! Roper a deviné la combine, et l'a jeté à l'eau ! On suspend la surveillance de l'aéroport de Nassau sur ordre de Strelski, car il craint que l'équipe d'Amato ne devienne trop repérable.

« On travaille sur la nature humaine, Leonard, dit Strelski, voulant consoler Burr et lui ôter un poids de la conscience. On ne peut pas gagner à tous coups.

— Merci. »

Le soir tombe. Burr et Strelski sont assis dans un grill au bord de la route, leur téléphone portable sur les genoux, et mangent des côtelettes avec du riz cajun en regardant passer les ventres pleins de l'Amérique. Un appel des Oreilles les ramène à toute vitesse au quartier général en plein milieu du repas.

Corkoran au rédacteur en chef du principal journal des Bahamas :

« Salut, ma vieille ! C'est Corky. Comment va ? Et tes petites danseuses ? »

Après un échange de grivoiseries intimes, on en arrive à l'essentiel :

« Écoute-moi, mon cœur, le patron a besoin qu'on étouffe une histoire... raisons pressantes pour que le héros du jour ne soit pas sous les feux de l'actualité... le jeune Daniel, un gamin super... Je parle de vraie reconnaissance, une méga amélioration de tes plans de retraite. Que penses-tu de "Une bonne blague tourne court" ? Tu peux faire ça, mon chou ? »

Le hold-up sensationnel de Hunter's Island est donc enterré dans le grand cimetière des histoires éliminées par les Hautes Sphères.

Corkoran au bureau d'un officier supérieur de la police de Nassau réputé pour sa compréhension à l'égard des peccadilles des riches :

« Comment ça va, mon lapin ? Écoute, à propos du sieur Lamont, vu pour la dernière fois au Doctors Hospital par un de tes mastards... on pourrait rayer ça de la carte, si ça te fait rien ? Le patron préférerait infiniment la discrétion, il trouve que c'est mieux pour Daniel... Il souhaite pas porter plainte, même si vous trouvez les coupables, toute cette histoire, ça l'embête... merci... Au fait, ne crois pas toutes ces conneries que tu as pu lire sur les actions d'Ironbrand qui s'écroulent... Le patron prévoit de jolis dividendes pour Noël ; on devrait tous pouvoir se payer une part de nos rêves... »

Le bras de la loi accepte de rentrer ses griffes. Burr se demande s'il s'agit là de l'éloge funèbre de Jonathan.

Et du reste du monde, pas la moindre nouvelle.

Burr devait-il retourner à Londres ? Et Rooke ? Logiquement, cela ne faisait aucune différence qu'ils frôlent la catastrophe à Miami ou à Londres. Illogiquement, Burr avait besoin de se sentir proche de l'endroit où son agent avait été vu pour la dernière fois. Au bout du compte, il envoya Rooke à Londres, et le même jour quitta son hôtel de verre et d'acier pour s'installer plus modestement dans un vieux quartier rénové de la ville.

« Leonard bat sa coulpe en attendant le fin mot de l'histoire, dit Strelski à Flynn.

– C'est dur », lâcha Flynn, essayant toujours de se faire à l'idée que son agent avait été immolé par le petit protégé de Burr.

La nouvelle cellule de Burr était un placard style arts déco couleur pastel près de la plage, avec une lampe de chevet en bronze représentant Atlas portant son globe, des fenêtres aux montants d'acier qui vibraient au passage de chaque voiture, et un vigile cubain drogué à lunettes noires, armé d'un énorme revolver, qui traînait dans le hall. Burr y dormait mal et gardait son téléphone portable sur l'oreiller.

Un matin, à l'aube, incapable de dormir, il alla se promener avec son téléphone le long d'un grand boulevard. Il crut voir d'innombrables bancs de cocaïne émerger du brouillard au-dessus de la mer. Mais à mesure qu'il avançait la vision disparut, et il se retrouva sur un chantier de construction plein d'oiseaux au plumage coloré qui piaillaient, perchés sur les échafaudages, et d'Hispano-Américains qui dormaient, comme des morts sur un champ de bataille, près de leurs bulldozers.

*

Jonathan n'était pas le seul disparu. Roper était lui aussi tombé dans un trou noir. Délibérément ou non, il avait semé les guetteurs d'Amato. L'écoute du siège social d'Ironbrand à Nassau ne révélait qu'une chose : le patron était parti vendre des fermes – ce qui, dans le jargon de Roper, signifiait : « Occupez-vous de vos oignons ».

Le super-mouchard Apostoll, consulté par Flynn avec insistance, n'apporta aucun réconfort. Il avait vaguement entendu dire que ses clients pourraient bien tenir une conférence d'affaires sur l'île d'Aruba, mais à laquelle il n'avait pas été convié. Non, il n'avait aucune idée de l'endroit où se trouvait M. Roper. Il n'était pas agent de voyages mais homme de loi et soldat de Marie.

Le lendemain soir, Strelski et Flynn décidèrent d'arracher Burr à ses sombres pensées. Ils passèrent le chercher à son hôtel et, téléphone à la main, l'emmenèrent flâner parmi la foule sur la promenade de la plage. Ils le firent asseoir à une terrasse de café, lui commandèrent des margaritas, le forcèrent à s'intéresser aux passants. En vain. Ils virent des Noirs musclés aux chemises bigarrées, les doigts couverts de bagues en or, déambuler majestueusement comme si la belle vie devait durer toujours, leurs nanas en mini-jupes collantes et cuissardes titubant entre eux, leurs gardes du corps au crâne rasé portant des tuniques gris mollah pour cacher leurs automatiques. Un essaim de jeunes plagistes passa à toute vitesse en skateboard, et les plus sages des dames garèrent bien vite leur sac à main. Refusant de se laisser impressionner, deux vieilles lesbiennes en chapeau de paille foncèrent droit sur eux avec leurs caniches, les obligeant à faire un écart. Après les garçons débouta un troupeau de mannequins au long cou montées sur patins à roulettes, chacune plus splendide que la précédente. À cette vue, Burr, qui aimait les femmes, reprit un instant goût à la vie – pour retomber aussitôt dans ses pensées mélancoliques.

« Eh, Leonard ! lança Strelski dans un dernier et courageux effort. Allons voir les coins où le Roper fait ses courses du week-end. »

Dans la salle de conférences d'un grand hôtel surveillée par des hommes aux épaules rembourrées, Burr et Strelski se mêlèrent aux acheteurs de tous pays et écoutèrent le boniment de jeunes vendeurs dynamiques qui portaient des badges nominatifs au revers de leur veste. Derrière eux étaient assises des filles avec leur carnet de commandes, et derrière encore, dans des châsses délimitées par des cordons rouge sang, trônait la marchandise – chaque pièce, astiquée comme un trésor, garantissait à son futur propriétaire d'en faire un homme, un vrai : depuis la bombe antipersonnel offrant le meilleur rapport qualité-prix jusqu'au dernier cri en matière de lance-roquettes manuels, mortiers et mines, en passant par les pistolets automatiques Glock indétectables car tout en plastique. Et pour les amateurs de littérature, des ouvrages classiques sur la façon de se construire un canon à booster dans son jardin ou de transformer un étui tubulaire de balles de tennis en silencieux à usage unique.

« Il ne manque qu'une fille en bikini qui tortille des fesses devant un canon de campagne de seize pouces », commenta Strelski alors qu'ils retournaient au centre des communications.

La blague tomba à plat.

Un orage tropical s'abat sur la ville, assombrissant le ciel, masquant le haut des tours. Les éclairs frappent, déclenchant les alarmes des voitures en stationnement. L'hôtel tremble et craque, la dernière lumière du jour se meurt comme si le compteur avait disjoncté. Des rafales de pluie cinglent les fenêtres de la chambre de Burr, et des traînées noires dégoulinent le long des vitres. Des tourbillons de vent ravagent les palmiers, entraînant chaises et plantes par-dessus les balcons.

Mais le téléphone de Burr, qui sonne près de son oreille, a miraculeusement survécu à l'attaque.

« Leonard ! dit Strelski d'une voix pleine d'excitation contenue, ramenez vos fesses, et vite. On a un ou deux murmures qui sortent du brouhaha. »

Les lumières de la ville reviennent d'un coup et brillent gaiement après ce nettoyage gratuit.

Corkoran à sir Anthony Joyston Bradshaw, président sans principes d'un groupe de sociétés britanniques en perdition et fournisseur d'armes occasionnel autant que discret aux ministres en logistique de Sa Majesté.

Persuadé à tort que la ligne est sûre, Corkoran téléphone de Nassau, depuis l'appartement d'un des brillants jeunes cadres d'Ironbrand.

« Sir Tony ? Ici Corkoran. Le larbin de Dicky Roper.
– Nom de Dieu, qu'est-ce que vous me voulez ? » Il a la voix pâteuse d'un ivrogne qui parlerait du fond d'une salle de bains.

« Désolé, sir Tony, affaire urgente. Le patron a besoin de vos bons offices. Vous avez de quoi écrire ? »

Pendant que Burr et Strelski, cloués sur place, écoutent, Corkoran essaie d'être précis :

« Non, sir Tony. *Pyne*. P comme Papa, Y comme Yoga, N comme Noémie, E comme Eric. C'est ça. Prénom : Jonathan. Comme Jonathan. » Il ajoute quelques détails anodins, tels que la date et le lieu de naissance, et le numéro du passeport britannique. « Le patron veut une vérification complète de son passé, sir Tony, je vous prie, de préférence pour hier. Et pas un mot, pas un seul mot.

– Qui est Joyston Bradshaw ? » demande Strelski après la fin de la conversation.

L'air d'émerger d'un rêve profond, Burr se permet un sourire prudent. « Sir Anthony Joyston Bradshaw, Joe, est un salopard anglais de première. Ses ennuis financiers sont une de nos grandes joies dans la récession actuelle. » Son sourire s'élargit. « Cela ne vous surprendra pas : c'est aussi un ancien associé de M. Richard Onslow Roper dans ses activités criminelles. » Il s'échauffe en parlant. « En fait, Joe, si vous et moi on était entraîneurs de l'équipe des Salopards anglais, on nommerait sir Anthony Joyston Bradshaw capitaine. Et puis, il jouit de la protection en haut lieu d'autres salopards anglais, dont certains ne travaillent pas très loin de la Tamise. » Le soulagement illumine le visage tendu de Burr quand il éclate de rire. « Il est en vie, Joe ! On ne vérifie pas le passé d'un cadavre, pas pour hier au plus tard ! Vérification complète, il a dit. Eh bien, elle est toute prête et elle l'attend, et personne n'est plus à même de la lui fournir que cet enfoiré de Tony Joyston Bradshaw ! Ils le veulent, Joe ! Il a le nez sous leur tente ! C'est un proverbe bédouin : Ne laissez jamais un chameau mettre le nez sous votre tente, parce que, sans ça, tout le chameau entre. »

Mais tandis que Burr se réjouit, Strelski pense déjà à l'étape suivante.

« Alors Pat peut y aller ? demande-t-il. Les hommes de Pat peuvent enterrer la boîte magique ?

— Si ça vous va, à vous et à Pat, c'est bon pour moi », dit Burr en se calmant aussitôt.

Ils tombent d'accord sur la nuit suivante.

Incapables de dormir, Burr et Strelski se rendirent chez Murgatroyd's, un fast-food situé sur la nationale 1 ; une pancarte annonçait : PAS DE CHAUSSURES = PAS DE SERVICE. Derrière les vitres en verre fumé, des pélicans sans chaussures étaient assis au clair de lune, chacun sur sa bitte d'amarrage le long de la jetée en bois, comme de vieux bombardiers à plumes qui ne lâcheraient plus jamais de bombes. Sur la plage de sable argenté, des aigrettes blanches contemplaient tristement leur reflet.

À 4 heures du matin, le téléphone de Strelski sonna. Il le porta à son oreille, dit « oui », écouta puis ajouta : « Alors, allez dormir un peu. » Il raccrocha. La conversation avait duré vingt secondes.

« Pas de problème », annonça-t-il à Burr, avant de boire une gorgée de Coca.

Il fallut un moment à Burr pour en croire ses oreilles. « Vous voulez dire qu'ils y sont arrivés ? C'est fait ? Ils l'ont mise dans la cache ?

— Ils ont accosté sur la plage, ont trouvé l'appentis et enterré la caisse. Ils n'ont pas fait un bruit, ils ont été très pros, et ils sont repartis. Maintenant, c'est à votre poulain de nous contacter. »

Jonathan se retrouvait dans son lit de fer à l'école militaire après l'ablation de ses amygdales — sauf que le lit était immense, tout blanc, avec des oreillers en duvet aux taies brodées comme au Meister, et un petit coussinet rempli d'herbes odoriférantes.

Il se retrouvait dans la chambre du motel après le court trajet en camion depuis Espérance, les rideaux tirés, à soigner sa mâchoire meurtrie et transpirer de fièvre après un coup de fil à une voix anonyme pour lui dire qu'il avait trouvé sa légende — sauf qu'il avait la tête bandée, et portait un pyjama en coton tout propre, avec un monogramme brodé sur la poche qu'il essayait de déchiffrer en braille. Pas le M de Meister, ni le P de Pyne, le B de Beauregard ou le L de Linden et Lamont. Plutôt une étoile de David, mais avec plus de branches.

Il se retrouvait dans la mansarde d'Yvonne, guettant les pas de Mme Latulipe dans la pénombre. Yvonne n'était pas là, mais c'était bien une mansarde — sauf qu'elle était plus grande que celle d'Yvonne ou celle qu'Isabelle utilisait comme atelier à Camden Town. Il y avait un vieux vase de Delft rempli de fleurs roses, et une tapisserie représentant de belles dames et de beaux messieurs à la chasse au faucon. Les pales d'un ventilateur suspendu à une poutre au plafond tournaient majestueusement.

Il se retrouvait étendu aux côtés de Sophie dans l'appartement de Chicago House à Louxor, et elle lui parlait de courage — sauf que le parfum qui lui chatouillait les narines n'était pas celui de la vanille, mais des sachets de fleurs séchées. *Il a dit que je méritais une bonne leçon*, expliquait-elle. *Mais ce n'est pas moi qui en mérite une. C'est Freddie Hamid et l'odieux Dicky Roper*.

Il distinguait maintenant des persiennes closes à travers lesquelles filtraient des rais de soleil, et plusieurs épaisseurs de rideaux en mousseline blanche. Il tourna la tête et vit le plateau en argent du service d'étage au Meister, garni d'un napperon de dentelle, sur lequel trônaient un pichet de jus d'orange et un verre en cristal taillé. Malgré sa vision affaiblie, floue, il aperçut au-delà d'une étendue d'épaisse moquette l'entrée d'une grande salle de bains où des serviettes pliées étaient alignées sur une tringle par ordre croissant de taille.

Mais déjà ses yeux larmoyaient, et son corps était agité de soubresauts, comme la fois où il s'était coincé les doigts dans une portière de voiture à l'âge de dix ans. Il s'aperçut qu'il était couché sur le bandage protégeant le côté de son visage qu'ils lui avaient écrabouillé et que le Dr Marti avait remodelé. Il tourna de nouveau la tête dans la même position qu'avant le début de son observation rapprochée et suivit du regard la lente rotation du ventilateur jusqu'à ce que les élancements douloureux se fussent calmés et que son gyroscope de soldat clandestin se remît à fonctionner correctement.

C'est là que vous vous retrouvez de l'autre côté du pont, avait dit Burr.

Ils devront vous abîmer un peu, avait prévenu Rooke. *Vous ne pouvez pas simplement arriver avec le gamin dans les bras sous les applaudissements du public.*

Fracture du crâne et de la pommette, avait diagnostiqué Marti. Commotion cérébrale, 8 sur l'échelle de Richter, dix ans de réclusion solitaire dans une pièce sombre.

Trois côtes cassées. Peut-être trente.

Testicules sérieusement contusionnés suite à une tentative de castration avec le bout d'un gros godillot.

Après avoir à moitié assommé Jonathan à coups de crosse de revolver, l'homme s'en était apparemment pris à son aine, laissant, entre autres marques, l'empreinte parfaite d'une chaussure de taille 45 sur l'intérieur de la cuisse, pour le plus grand amusement des infirmières.

Une silhouette blanche et noire traversa son champ de vision. Tenue blanche. Visage noir. Jambes noires.

Bas blancs. Chaussures blanches à semelle de crêpe fermées par des attaches Velcro. Il crut d'abord qu'il s'agissait d'une seule et même personne, en fait elles étaient plusieurs. Elles se déplaçaient comme des fantômes, astiquaient, époussetaient, changeaient les fleurs du vase et l'eau de la carafe sans le moindre bruit. L'une s'appelait Phoebe, et avait le toucher délicat d'une infirmière.

« 'Jour, m'sieur Thomas. Comment ça va, aujourd'hui ? C'est moi, Phoebe. Dis donc, Miranda, retourne chercher ce balai en vitesse et, cette fois, tu le passes *sous* le lit de M. Thomas. Parfaitement. »

Ainsi, je suis Thomas, songea-t-il. Pas Pyne. Thomas. Ou peut-être Thomas Pyne.

Il s'assoupit à nouveau, et à son réveil le fantôme de Sophie en pantalon blanc se penchait vers lui, et faisait tomber des comprimés dans un gobelet en carton. Il crut d'abord que c'était une nouvelle infirmière, mais remarqua la large ceinture ornée d'une boucle en argent, la courbe troublante des hanches, et la chevelure châtaine désordonnée. Et il entendit résonner la voix de la maîtresse d'équipage comme en pleine chasse à courre, sans respect pour personne.

« Enfin, Thomas..., insistait Jed. Il y a bien quelqu'un au monde qui vous aime énormément. Une mère, une petite amie, un père, un copain ? Vraiment personne ?

— Vraiment personne.

— Alors, qui est Yvonne ? demanda-t-elle, approchant son visage à quelques centimètres du sien, et l'aidant à se redresser en lui soutenant le dos d'une main et la poitrine de l'autre. C'est une beauté ?

— C'était seulement une amie, répondit-il, sentant l'odeur de shampooing dans ses cheveux.

— Dans ce cas, ne devrait-on pas prévenir Yvonne ?

— Non, pas question ! fit-il un peu trop sèchement.

— Le Dr Marti dit que vous devriez dormir tout le temps, déclara-t-elle en lui tendant les pilules et un verre d'eau. Alors ne pensez à rien d'autre qu'à vous remettre très lentement. Bon, passons aux distractions... Des livres, une radio, autre chose ? Pas pour le moment, mais dans un jour ou deux. On ne sait rien de vous, sauf que Roper vous appelle Thomas. Alors il faut nous dire ce dont vous avez besoin. Il y a une immense bibliothèque dans la maison principale, qui contient des tonnes de trucs hyper-littéraires ; Corky vous dira ce que c'est. Et puis on peut faire venir par avion de Nassau tout ce que vous désirez. Vous n'avez qu'à demander. »

Et ses yeux, immenses, dans lesquels se noyer.

« Merci. Je n'hésiterai pas.
– On ne vous remerciera jamais assez, l'assura-t-elle en posant la main sur son visage pour contrôler sa température, et en l'y oubliant. Roper vous le dira à son retour bien mieux que moi, mais sincèrement, vous êtes un héros. Quel courage ! » lança-t-elle depuis la porte. « Merde ! » lâcha l'ex-pensionnaire du couvent en accrochant malencontreusement la poche de son pantalon à la poignée.

Il comprit que ce n'était pas leur première entrevue depuis qu'il se trouvait là, mais la troisième, et que les deux premières n'étaient pas des rêves.

La première fois, tu m'as souri. C'était bien. Tu n'as rien dit, alors j'ai pu réfléchir – et le contact s'est produit. Tu avais rejeté tes cheveux derrière les oreilles, tu portais un jodhpur et un chemisier de coton. J'ai demandé : « Où suis-je ? » Tu as répondu : « À Crystal, l'île privée de Roper. À la maison. »

La deuxième fois, j'avais l'esprit embrumé, et je t'ai prise pour mon ex-femme Isabelle attendant que je l'emmène dîner dehors, parce que tu étais vêtue d'un tailleur-pantalon ridicule aux revers passementés de fils d'or. « Il y a une sonnette près de la carafe d'eau si vous désirez quelque chose », as-tu dit. Et j'ai répondu : « Je sonnerai sûrement. » Mais je pensais en moi-même : Pourquoi diable t'habilles-tu comme un clown ?

Son père s'est ruiné à force de jouer les hobereaux, avait dit Burr méprisant. *Il servait du bordeaux rouge millésimé alors qu'il n'arrivait pas à payer ses factures d'électricité. Il ne voulait pas envoyer sa fille à l'école de secrétariat parce qu'il trouvait ça déshonorant.*

Couché du bon côté, face à la tapisserie, Jonathan distingua une dame coiffée d'un chapeau à large bord, et ne fut pas surpris de reconnaître en elle sa tante Annie Ball.

Annie était une femme courageuse, toujours en train de chanter de jolis airs, alors que son paysan de mari buvait et détestait tout le monde. Un jour, Annie mit son chapeau, fit asseoir Jonathan à côté d'elle dans la camionnette, rangea sa valise à l'arrière, et lui dit qu'ils partaient en vacances. Ils roulèrent jusque tard le soir en chantant à tue-tête et finirent par arriver devant une maison qui portait l'inscription GARÇONS sculptée dans le granit au-dessus de la porte. Alors Annie Ball se mit à pleurer et donna son chapeau à Jonathan en lui promettant qu'elle reviendrait bientôt le chercher. Il fut conduit à l'étage dans un dortoir plein d'autres petits garçons, et il accrocha le chapeau au coin de son lit pour qu'Annie ne le confonde pas avec un autre quand elle reviendrait. Mais elle ne revint pas, et quand il se réveilla le lendemain matin, les autres garçons se repassaient le chapeau à tour de rôle. Alors il se battit pour le récupérer et sortit victorieux. Il l'enveloppa dans du papier journal et jeta le paquet sans adresse dans une boîte aux lettres rouge. Il aurait préféré le brûler, mais il n'avait pas d'allumettes.

Ici aussi je suis arrivé à la tombée de la nuit, songea-t-il. Dans un Beechcraft blanc à deux moteurs, l'intérieur tapissé en bleu. Frisky et Tabby, pas le surveillant de l'orphelinat, ont fouillé mes bagages à la recherche de bonbons défendus.

Je lui ai fait mal pour sauver Daniel, se dit-il.
Je lui ai fait mal pour pouvoir franchir le pont.

Je lui ai fait mal parce que j'en avais assez d'attendre et de jouer la comédie.

Jed était de nouveau dans la chambre. L'observateur rapproché le savait avec certitude. Pas à cause de son parfum car elle n'en mettait pas, ni du bruit car elle n'en faisait pas. Et pendant un long moment il ne la vit pas, donc ce n'était pas cela non plus. Plutôt le sixième sens du guetteur professionnel, qui sait que l'ennemi est proche sans pouvoir vraiment dire pourquoi.

« Thomas ? »

Faisant semblant de dormir, il l'entendit avancer vers lui sur la pointe des pieds. Il devina vaguement des vêtements clairs, un corps de danseuse, les cheveux épars, un léger bruissement quand elle les rejeta en arrière avant de coller son oreille contre sa bouche pour l'entendre respirer. Il sentit la tiédeur de sa joue. Puis elle se redressa, et il entendit son pas feutré s'éloigner dans le couloir et traverser la cour de l'écurie.

Il paraît que, lorsqu'elle est montée à Londres, elle a failli y rester, avait dit Burr. *Elle a rencontré une bande de dégénérés de la haute et s'est fait sauter par tous les joyeux turfistes. Alors elle est partie faire une cure de repos à Paris. Et elle a rencontré Roper.*

Il écoutait les échos prolongés des cris des mouettes de Cornouailles derrière les persiennes. Il sentait l'odeur saline du varech et savait qu'on était à marée basse. L'espace d'un instant, il voulut croire que Jed l'avait ramené au Lanyon et se tenait pieds nus devant la psyché, occupée à sa toilette avant d'aller se coucher. Puis il entendit le claquement des balles de tennis, et des voix nonchalantes s'interpellant en anglais. L'une était celle de Jed. Une tondeuse à gazon, et les braillements d'enfants anglais mal élevés qu'il attribua aux rejetons Langbourne. Le vrombissement d'un moteur électrique, sans doute un skimmer épurant l'eau de la piscine. Il s'endormit à nouveau, puis sentit une odeur de charbon de bois, et comprit à la teinte rosée du plafond que c'était le soir. Lorsqu'il eut le courage de soulever la tête, il vit Jed se profiler devant la fenêtre, regardant les dernières lueurs du jour par les interstices des volets clos, et la lumière du soir lui révéla son corps à travers sa tenue de tennis.

« Alors, Thomas, si on se mettait à manger un peu ? lança-t-elle d'un ton sans réplique, l'ayant apparemment entendu bouger dans le lit. Esmeralda vous a préparé du bouillon de bœuf avec du pain et du beurre. Le Dr Marti avait recommandé des toasts, mais l'humidité les rend tout mous. Il y a aussi du blanc de poulet ou de la tarte aux pommes. En fait, Thomas, à peu près tout ce que vous désirez, ajouta-t-elle sur ce ton d'étonnement auquel il commençait à s'habituer. Vous n'avez qu'à siffler.

— Merci. Je n'hésiterait pas.

— Thomas, c'est quand même incroyable que personne ne s'inquiète de vous. Je ne sais pas pourquoi, mais ça me donne un terrible sentiment de culpabilité. Vous n'avez même pas un frère ? Tout le monde a un frère.

— Hélas non.

— Eh bien moi, j'ai un frère formidable, et un autre qui est un vrai porc. L'un annule l'autre. Mais je préfère encore les avoir. Même le porc. »

Elle venait vers lui maintenant. Elle sourit tout le temps, songea-t-il inquiet. On dirait une pub à la télé. Elle a peur qu'on éteigne le poste si elle ne sourit plus. C'est une comédienne en quête d'un metteur en scène. Une minuscule cicatrice sur le menton. Pas d'autres signes particuliers. On l'a peut-être frappée, elle aussi. Le sabot d'un cheval ? Il retint son souffle quand elle arriva près du lit. Elle se pencha vers lui et posa une sorte de bande adhésive froide sur son front.

« Faut lui laisser le temps de chauffer », fit-elle avec un sourire encore plus large. Puis elle s'assit sur le lit en attendant, sa jupette de tennis entrouverte, ses jambes nues négligemment croisées, son mollet rebondi reposant sur l'autre tibia, la peau uniformément bronzée.

« C'est pour contrôler la température, expliqua-t-elle du ton théâtral d'une grande maîtresse de maison. Pour une raison totalement incompréhensible, il n'y a pas un seul thermomètre ordinaire dans cette maison. Thomas, vous êtes un véritable mystère. Toutes vos affaires étaient là-dedans ? Dans ce petit sac ?

– Oui.

– Vos affaires au complet ?

– Oui. » Descends de mon lit ou viens dedans ! Ne reste pas à moitié nue ! Pour qui me prends-tu ?

« Mon Dieu, vous en avez de la chance ! disait-elle, du ton d'une princesse royale, cette fois. Pourquoi ne pouvons-nous pas vivre comme ça ? Quand on prend le Beechcraft pour aller passer un week-end à Miami, on a du mal à tout caser dans la cale. »

Pauvre cocotte ! songea-t-il.

Elle dit des répliques toutes faites, remarqua-t-il tristement. Pas des mots. Des répliques. Des versions différentes suivant le personnage qu'elle veut incarner.

« Dans ce cas, pourquoi ne pas prendre votre gros yacht ? » suggéra-t-il malicieusement.

Mais il comprit avec agacement qu'elle n'avait pas l'habitude d'être taquinée. Peut-être en est-il ainsi de toutes les jolies femmes ?

« Le *Pacha* ? Oh, il mettrait bien trop de temps », expliqua-t-elle d'un ton condescendant. Elle allongea la main, décolla la bande plastique du front de Jonathan, et alla lire le résultat près de la fenêtre. « Roper est parti vendre des fermes. Il a décidé de ralentir un peu le rythme, et je trouve que c'est une excellente idée.

– Qu'est-ce qu'il fait, exactement ?

– Des affaires. Il dirige une compagnie. Comme tout le monde, de nos jours. En tout cas, c'est sa propre compagnie, ajouta-t-elle en guise d'excuse. Il l'a fondée lui-même. Et c'est un homme adorable, surtout. » Elle retourna la bande de plastique, le sourcil froncé. « Il possède aussi des quantités de fermes, ce qui est plus sympa, même si je n'en ai jamais vu une seule. Partout au Panamá et au Venezuela, et dans des coins où il faut toujours avoir un garde armé avec vous, même pour un simple pique-nique. Ce n'est pas vraiment mon idée de l'agriculture, mais enfin c'est quand même des terres. » Elle fronça davantage le sourcil. « Ça indique "normal", et aussi "nettoyer à l'alcool après usage". Corky fera ça très bien. Pas de problème. » Elle pouffa, lui révélant cette autre facette d'elle : la mondaine qui est la première à enlever ses chaussures pour danser quand l'ambiance monte.

« Il va falloir que je parte bientôt, dit-il. Vous avez tous été très gentils avec moi. Merci. »

Faites-vous désirer, avait conseillé Burr. *Sinon ils se lasseront de vous en moins d'une semaine.*

« Partir ? s'écria-t-elle, ses lèvres gardant la forme du mot un instant. Vous rêvez, ou quoi ? Vous n'irez nulle part avant le retour de Roper, et d'ailleurs le Dr Marti a dit expressément qu'il vous faut des semaines de convalescence. Le moins qu'on puisse faire, c'est de vous remettre en forme. Et puis, on a tous hâte de savoir comment vous vous êtes retrouvé à sauver une vie chez Mama alors que vous étiez un personnage si différent au Meister.

— Je ne suis pas vraiment différent. Je trouvais seulement que je m'encroûtais, là-bas. Qu'il était temps de jeter mon pantalon rayé au panier et de prendre le large.

— Une chance pour nous que vous ayez pris le large dans notre direction, croyez-moi ! affirma la cavalière d'une voix soudain grave.

— Parlez-moi un peu de vous.

— Moi ? Je vis ici, c'est tout.

— Tout le temps ?

— Quand on n'est pas sur le bateau. Ou en voyage. Oui, je vis ici. »

Mais sa réponse semblait l'étonner elle-même. Elle l'aida à se rallonger en évitant son regard.

« Roper veut que je le rejoigne quelques jours à Miami, dit-elle en partant. Mais Corky est de retour et tout le monde ici meurt d'envie de vous gâter, de vous dorloter. La ligne privée du Dr Marti reste ouverte. Alors je ne pense pas que vous risquiez de vous envoler du nid.

— Tâchez de voyager léger, cette fois ! rappela-t-il.

— Oh, je pars toujours avec trois fois rien. Roper tient absolument à faire du shopping, là-bas. Alors on revient hyper-chargés. »

Elle quitta la pièce, au grand soulagement de Jonathan. Ce n'était pas son rôle à lui qui l'avait épuisé, mais celui de Jed.

Le bruissement d'une page tournée le réveilla, et il aperçut Daniel en peignoir, allongé à plat ventre par terre, occupé à lire un gros album à la clarté d'un rayon de soleil. Jonathan sut que c'était le matin en voyant des brioches, des croissants, un cake aux raisins, de la confiture maison et une théière en argent sur sa table de chevet.

« Il y a des calmars géants qui font près de vingt mètres de long, affirma Daniel. Mais qu'est-ce qu'ils mangent, en fait ?

— Sans doute d'autres calmars.

— Je peux te lire des trucs sur eux, si tu veux, proposa-t-il en tournant une nouvelle page. Tu l'aimes, toi, Jed ?

— Bien sûr.

— Pas moi. Pas vraiment.

— Pourquoi ?

— C'est comme ça. Elle est nunuche. Ils sont tous super-impressionnés que tu m'aies sauvé. Sandy Langbourne parle d'organiser une collecte.

— Qui c'est, celle-là ?

— Celui-là. C'est un monsieur. Un lord, même. Mais il y a un point d'interrogation qui pèse au-dessus de ta tête, alors il s'est dit qu'il valait mieux attendre qu'il n'y en ait plus. C'est pour ça que Miss Molloy dit que je dois pas passer trop de temps avec toi.

— Qui est Miss Molloy ?

— Elle me fait la classe.

— À l'école ?
— Je ne vais pas à l'école.
— Pourquoi ?
— Ce n'est pas bon pour ma sensibilité. Roper invite d'autres gamins à jouer avec moi, mais je les déteste. Il a acheté une nouvelle Rolls-Royce pour Nassau, mais Jed préfère la Volvo.
— Tu aimes la Rolls ?
— Beurk !
— Qu'est-ce que tu aimes ?
— Les dragons.
— Quand est-ce qu'ils reviennent ?
— Les dragons ?
— Jed et Roper.
— Il faut l'appeler le patron.
— Parfait. Jed et le patron, alors.
— Comment tu t'appelles, au fait ?
— Thomas.
— C'est ton prénom ou ton nom de famille ?
— Comme tu préfères.
— Roper, il dit que c'est ni l'un ni l'autre, que c'est inventé.
— C'est lui qui t'a raconté ça ?
— Non, je l'ai entendu comme ça. Jeudi, sans doute. Ça dépend s'ils restent pour la fiesta d'Apo.
— Qui c'est, Apo ?
— Un sale type. Il a une garçonnière à Coconut Grove, c'est là qu'il baise des filles. À Miami. »

Alors Daniel lut à Jonathan des histoires de calmars, puis de ptérodactyles, et quand Jonathan s'assoupit, il lui donna une petite tape sur l'épaule pour lui demander s'il avait le droit de manger un peu de cake aux raisins et est-ce que tu en veux aussi ? Pour lui faire plaisir, Jonathan accepta, et but même la tasse de thé tiède qu'il lui versa d'une main tremblante.

« Alors, on se remet, Tommy ? Ils n'y sont pas allés de main morte, c'est le moins qu'on puisse dire. Du travail de pro. »

C'était Frisky, en T-shirt, pantalon de toile blanche et

sans Beretta, qui lisait le *Financial Times*, assis dans un fauteuil juste derrière la porte.

Tandis que le malade se reposait, l'observateur rapproché en lui réfléchissait.

Crystal. L'île personnelle de M. Onslow Roper dans les Exuma, à une heure d'avion de Nassau d'après la montre au poignet droit de Frisky que Jonathan avait réussi à consulter quand ils l'avaient embarqué, puis de nouveau à la descente. Affalé sur le siège arrière, l'esprit secrètement en éveil, il avait remarqué à la clarté lunaire les récifs qu'ils survolaient, déchiquetés comme les morceaux d'un puzzle. Puis une île isolée apparut, avec en son centre un tertre en forme de cône au sommet duquel il distingua une piste d'atterrissage illuminée, bien rectiligne, avec une aire à hélicoptère d'un côté, un hangar bas peint en vert et une tour de communications orange. Les sens en alerte, il chercha le groupe de huttes d'esclaves délabrées dans les bois, que Rooke avait indiqué comme point de repère, mais sans résultat. À l'atterrissage les attendait une jeep Toyota au toit bâché conduite par un géant noir avec des gants à grosses mailles laissant les jointures à nu pour faciliter le coup de poing.

« Il peut s'asseoir ou faut que j'abaisse le siège arrière ?

— Tu conduis tout doucement, et ça ira », dit Frisky.

Ils s'engagèrent sur une étroite sente sinueuse le long de laquelle les pins bleus firent place à une végétation luxuriante aux feuilles vertes en forme de cœur aussi larges que de grandes assiettes. La piste devint droite, et à la lumière des phares Jonathan vit un panneau délabré indiquant : FABRIQUE D'ÉCAILLE PINDAR, et derrière, un atelier au toit arraché et aux fenêtres brisées. Sur le bas-côté de la route, des lambeaux de coton restaient accrochés aux buissons comme des pansements usagés. Jonathan mémorisa tous les détails dans l'ordre, pour pouvoir les retrouver en sens inverse au cas où il réussirait à s'enfuir : champ d'ananas, bananeraie, champ de tomates, usine. À la clarté laiteuse de la lune, il aperçut des prés hérissés de bouts de bois, telles des croix inachevées, puis la chapelle du Calvaire et une église au toit de bardeaux. Tourner à gauche après l'église, se dit-il au moment où ils prenaient à droite. Le moindre détail devenait une information vitale, un fétu de paille auquel se raccrocher pour ne pas couler.

Un groupe d'autochtones assis au milieu de la route buvaient au goulot de bouteilles en verre marron. Le chauffeur les contourna respectueusement, levant sa main gantée en un salut amical. La Toyota bringuebala sur un pont de bois et Jonathan vit la lune sur sa droite, l'étoile polaire juste au-dessus. Il remarqua des flamboyants et des hibiscus, et, toujours avec la même lucidité, se rappela avoir lu que le colibri boit tout au fond de la corolle de l'hibiscus et non juste au bord. Mais il avait oublié si c'était l'oiseau ou la plante que ce détail rendait exceptionnel.

Ils passèrent entre les deux piliers d'un portail qui lui rappela les villas italiennes sur le lac de Côme. À l'entrée se trouvait un bungalow blanc aux fenêtres garnies de barreaux et de signaux d'alarme que Jonathan identifia comme un poste de garde, car la jeep ralentit au pas et deux gardes noirs jetèrent un coup d'œil de routine sur ses occupants.

« C'est lui que le major a annoncé ?
— Qui tu veux que ce soit ? lança Frisky. Un putain d'étalon arabe ?
— Simple question, vieux. Faut pas en faire une histoire. Qu'est-ce qu'ils lui ont fait au visage ?
— Ils lui ont arrangé le portrait. »

D'après la montre de Frisky, ils mirent quatre minutes pour aller du portail à la résidence, à environ quinze kilomètres heure pour éviter les cahots, et la Toyota sembla décrire une courbe vers la gauche ; de plus l'air était imprégné d'une douce odeur d'eau fraîche. Jonathan en déduisit qu'ils suivaient un chemin d'environ un kilomètre cinq qui longeait en arc de cercle la rive d'un lac ou d'une lagune artificiels.

Durant le trajet, il aperçut au loin des lumières entre les arbres, et devina qu'il s'agissait d'une barrière avec des lampes à halogène comme en Irlande. À un moment, il entendit le galop léger des sabots d'un cheval à côté de la voiture dans le noir.

La Toyota suivit un autre tournant et il vit la façade illuminée d'un palais palladien avec une coupole centrale et un fronton triangulaire reposant sur quatre hauts piliers. La coupole était percée de lucarnes rondes éclairées de l'intérieur, et surmontée d'une tourelle qui brillait comme une châsse dans la clarté lunaire. Une girouette plantée au sommet représentait deux chiens courant après une flèche en or illuminée par un projecteur. La maison a coûté douze millions de livres et ce n'est pas fini…, avait dit Burr. Son contenu est assuré pour sept millions, seulement en cas d'incendie. Le Roper élimine d'office l'éventualité d'un cambriolage.

Le palais se dressait sur un monticule herbeux sans doute créé artificiellement. Une allée de gravillons longeait un bassin à nénuphars et une fontaine en marbre qui babillait, et passait devant un escalier de marbre à arceaux avec une balustrade montant de l'allée à une imposante porte d'entrée flanquée de lanternes en fer forgé allumées. À travers les portes à double battant de verre, Jonathan aperçut un valet en tunique blanche debout sous le lustre dans le vestibule. La jeep poursuivit son chemin sur les gravillons, puis sur les pavés d'une cour entourée d'écuries où flottait une âcre odeur de cheval, dépassa un bosquet d'eucalyptus, une piscine illuminée avec un petit bain pourvu d'un toboggan, deux courts de tennis en terre battue également éclairés, une pelouse réservée au croquet et un terrain de golf, puis passa entre deux autres piliers de portail moins imposants mais plus décoratifs que les premiers, et s'arrêta enfin devant une porte en séquoïa.

À cet instant Jonathan dut fermer les yeux, sa tête prête à éclater et la douleur dans son bas-ventre le rendant presque fou. De toute façon, il était temps de faire à nouveau le mort.

Crystal, se répétait-il tandis qu'on le transportait jusqu'en haut d'un escalier en bois de teck. Crystal. Un cristal aussi gros que le Ritz...

À présent, dans sa luxueuse retraite, Jonathan continuait d'exercer la partie de son cerveau en éveil, enregistrant mentalement chaque détail significatif pour l'avenir. Il écoutait des voix de Noirs tenir d'interminables conversations de l'autre côté des persiennes, et sut bientôt reconnaître celle de Gums, qui réparait la jetée en bois, celle de Earl qui taillait des pierres pour faire une rocaille et était un fervent supporter de l'équipe de foot de St Kitts, enfin celle de Talbot, le patron du bateau, qui chantait le calypso. Il entendait passer des véhicules sans bruit de moteur, probablement des buggies électriques. Il entendait le Beechcraft faire des aller et retour dans le ciel, mais pas à heure fixe, et à chacun des passages il imaginait Roper avec ses demi-lunettes et son catalogue de Sotheby's rentrant chez lui, Jed à ses côtés lisant des magazines. Il entendait au loin le hennissement des chevaux et le martèlement de leurs sabots dans la cour de l'écurie. Il entendait de temps à autre le grondement d'un chien de garde, et les jappements de chiens plus petits, peut-être une meute de beagles. Et il découvrit peu à peu que l'écusson brodé sur la poche de sa veste de pyjama représentait un cristal, ce qu'il aurait dû deviner dès le début.

Il s'aperçut que sa chambre, aussi luxueuse fût-elle, n'échappait pas au délabrement dû au climat tropical. Lorsqu'il commença à utiliser la salle de bains, il remarqua que la tringle à serviettes, bien qu'astiquée chaque jour par les femmes de chambre, se couvrait en une nuit de taches d'humidité saline, et que les tasseaux soutenant les étagères en verre s'oxydaient, ainsi que leurs rivets fichés dans le mur en céramique. À certaines heures, l'air était si lourd qu'il défiait le ventilateur, collant à Jonathan comme une chemise trempée de sueur, lui enlevant toute volonté.

Et Jonathan savait qu'un point d'interrogation pesait toujours au-dessus de sa tête.

Un soir, le Dr Marti vint sur l'île par taxi aérien rendre visite à Jonathan. Il lui demanda s'il parlait français, et Jonathan répondit oui. Pendant que Marti lui palpait la tête et le bas-ventre, lui tapotait les genoux et les coudes avec un petit maillet en caoutchouc, lui examinait le fond de l'œil avec un ophtalmoscope, Jonathan répondit en français à une série de questions peu banales sur lui-même, et comprit que son état de santé n'était pas le seul motif de cet examen.

« Mais vous parlez français comme un autochtone, monsieur Lamont !
– C'est comme ça qu'on nous l'a appris à l'école.
– En Europe ?
– À Toronto.
– Mais c'était quelle école, ça ? C'étaient de vrais génies, ces gens ! »

Et ainsi de suite.

Reposez-vous, lui ordonna le docteur. Reposez-vous et attendez. Quoi ? Que vous me preniez en défaut ?

« Alors, on se sent mieux, Thomas ? demanda gentiment Tabby, assis dans le fauteuil près de la porte.

« Un peu, oui.
– Parfait. »

Plus Jonathan reprenait des forces, plus ses gardes ouvraient l'œil.

Mais, malgré tous ses sens en éveil, Jonathan n'apprit rien sur la maison dans laquelle on le gardait : pas de coup de sonnette, de téléphone, de fax, d'odeurs de cuisine, de bribes de conversation. Il sentait seulement l'odeur de miel de la cire pour meubles, l'insecticide, les fleurs fraîchement coupées, les coupelles de plantes séchées et, si la brise soufflait dans la bonne direction, l'odeur des chevaux. Les frangipaniers, l'herbe tondue, et le chlore de la piscine.

En tout cas, l'orphelin, le soldat et l'hôtelier en lui

prirent rapidement conscience d'un détail qui rappelait à Jonathan son passé : le rythme bien huilé d'une institution, même en l'absence du grand chef. Les jardiniers commençaient leur travail à 7 h 30 précises – Jonathan aurait pu régler sa pendule en fonction d'eux. Une cloche sonnait un seul coup pour annoncer la pause de 11 heures, et pendant vingt minutes c'était le silence complet, pas un bruit de tondeuse ni de machette pendant que tous faisaient la sieste. À une heure, la même cloche sonnait deux coups, et en tendant l'oreille Jonathan percevait les conversations étouffées des autochtones venant de la cantine du personnel.

On frappa à la porte. Frisky l'ouvrit avec un large sourire. *Corkoran est aussi dégénéré que Caligula*, avait prévenu Burr, *et aussi malin qu'un singe*.

« Alors, mon grand ? susurra une voix rauque à l'accent anglais aristocratique, encore chargée des vapeurs d'alcool de la veille et de l'horrible odeur des cigarettes françaises de la matinée. Comment allons-nous, aujourd'hui ? Je vois que la palette de couleurs s'élargit. On est passé du rouge communiste au bleu cul-de-babouin, pour virer maintenant à un jaune pisse d'âne plutôt beurk. Peut-on espérer qu'on est sur la voie de la guérison ? »

Sur la saharienne du major Corkoran, aux poches bourrées de stylos et de tout un attirail masculin, la sueur s'étalait en larges taches des aisselles jusqu'à la ceinture.

« À vrai dire, j'aimerais bien partir sous peu.
– Mais bien sûr, très cher, quand vous voulez. Parlez-en au patron. Dès qu'ils seront de retour. Chaque chose en son temps, quoi. On mange bien, et tout le reste, oui ? Le sommeil est le meilleur des remèdes. À demain. *Chüss*. »

Et le lendemain, Corkoran était là, à l'observer en tirant sur sa cigarette.

« Taille-toi, s'il te plaît, mon vieux Frisky.
– D'accord, major », répondit Frisky avec un sourire,

et il s'éclipsa sans discuter, tandis que Corkoran se traînait dans la pénombre jusqu'au rocking-chair, où il se laissa tomber avec un grognement satisfait. Pendant un moment, il tira sur sa cigarette sans dire un mot.

« Ça ne vous gêne pas, la clope, mon trésor ? Impossible de réfléchir sans une cigarette entre les doigts. C'est pas tellement d'aspirer et de rejeter la fumée qui me branche, c'est de tenir cette saloperie. C'est le geste qui compte. »

Son régiment ne pouvait pas l'encaisser, alors il a soi-disant passé cinq ans dans le Renseignement militaire, avait expliqué Burr. *Tous des andouilles, nous on le sait, mais Corky a fait du bon boulot chez eux. Le Roper ne l'aime pas que pour ses beaux yeux.*

« Et vous, vous fumez, mon chou ? Quand vous allez bien ?
— Par moments.
— Quel genre de moments ?
— En cuisine.
— Pardon ? J'entends mal.
— Quand je fais la cuisine. Quand je m'éloigne un peu de l'hôtellerie, quoi.
— Ça, je dois dire que c'est pas un mensonge ! s'enthousiasma le major. C'était rudement bon, ce que vous nous aviez préparé chez Mama avant de sauver le gamin, ce soir-là. Ces moules pimentées, c'était votre œuvre ?
— Oui.
— Succulentes, à s'en lécher les doigts. Et le gâteau aux carottes ? Là, vous avez tapé en plein dans le mille, je peux vous le dire. C'est le dessert préféré du patron. Vous l'avez fait venir par avion ?
— Non, je l'ai préparé moi-même.
— Redites-moi ça ?
— C'est moi qui l'ai fait. »

Corkoran en resta sans voix. « Vous voulez dire que vous avez fait le gâteau aux carottes vous-même ? De vos blanches mains ? Mon petit cœur ! Mon ange ! » Il tira sur sa cigarette, jetant un regard admiratif à

Jonathan à travers la fumée. « On a piqué la recette chez Meister, j'imagine ? fit-il en hochant la tête. Génial. » Il tira une énorme bouffée avant d'ajouter : « Et aurait-on piqué autre chose chez Meister pendant qu'on y était, très cher ? »

Immobile sur son oreiller en duvet, Jonathan feignit aussi l'immobilité d'esprit. Amenez-moi le Dr Marti. Amenez-moi Burr. Ammenez-moi loin d'ici.

« C'est un dilemme, honnêtement, mon lapin. Voyez-vous, je remplissais ces formulaires pour vous à l'hôpital. C'est mon boulot dans l'équipe, et ça le restera aussi longtemps que j'en aurai un. Remplisseur officiel de formulaires. Nous autres militaires, c'est la seule chose qu'on sait faire, pas vrai ? Et alors je me suis dit, tiens tiens, voyons voyons, un peu bizarre tout de même. C'est Pyne ou Lamont ? Un héros, ça on le sait, mais on ne peut pas écrire "héros" dans la case réservée au nom d'un type. Alors j'ai inscrit Lamont, Thomas Alexander. J'espère que j'ai bien fait, mon grand ? Né je ne sais pas quand à Toronto. Voir page 32 pour les plus proches parents – mais vous n'en avez pas. Dossier classé, je me suis dit. Ce type veut se faire appeler Pyne alors qu'il s'appelle Lamont, ou l'inverse. Pour moi, c'est son droit, après tout. »

Il attendit que Jonathan prenne la parole. Et attendit. Continua de fumer. Attendit encore, parce qu'il avait l'avantage de l'interrogateur : avoir tout son temps.

« Mais voyez-vous, mon grand, reprit-il finalement, le patron et moi, on n'est pas faits du même bois, comme on dit. Parmi ses nombreuses qualités, le patron est pinailleur. Depuis toujours. Il a téléphoné au Meister à Zurich. D'une cabine, d'ailleurs. Près de Deep Bay. Il aime pas toujours avoir du monde autour de lui. "À propos, comment va votre charmant M. Pyne ?" demande le patron. Et voilà que le vieux Meister se fout dans une rogne pas possible. "Pyne, Pyne, *Gott in Himmel*! Ce salaud m'a dévalisé ! Soixante et un mille quatre cent deux francs, dix-neuf centimes, et deux boutons de gilet volés dans mon coffre de nuit." Une chance qu'il ait pas été au courant pour le gâteau aux carottes, sinon il vous aurait aussi accusé d'espionnage industriel. On me suit, mon ange ? Je ne vous ennuie pas, au moins ? »

Attends, se disait Jonathan. Les yeux fermés. Le corps à plat. Ta tête te fait mal. Tu vas vomir. Le balancement du rocking-chair de Corkoran s'accéléra puis s'arrêta net. Jonathan sentit la fumée de cigarette tout près et vit la large silhouette de Corkoran se pencher vers lui.

« Mon cœur ? On me reçoit cinq sur cinq ? Je ne crois pas qu'on soit en si mauvais état qu'on veut le faire croire, pour être franc. Le toubib dit qu'on a fait une guérison spectaculaire.

— Je n'ai pas demandé à venir ici. Vous n'êtes pas la Gestapo. Je vous ai rendu un service. Remmenez-moi chez Low, c'est tout ce que je veux.

— Mais, mon chou, vous nous avez rendu un immense service. Le patron vous soutient totalement. Moi aussi. On a une dette envers vous. Une énorme dette. Et le patron n'est du genre à ne pas s'en acquitter. Il s'est attaché à vous, comme tous ces hommes d'intellect quand ils sont reconnaissants. Il a horreur d'être débiteur. Il préfère qu'on soit le sien. C'est sa nature. Comme tous les grands hommes. Alors il veut s'acquitter de sa dette envers vous. » Il arpenta la pièce, mains dans les poches, tout en continuant son raisonnement : « Mais il a aussi une certaine expérience. Il est malin. On ne peut pas lui reprocher, pas vrai ?

— Sortez. Laissez-moi tranquille.

— Il semble que le vieux Meister lui a raconté qu'après avoir dévalisé son coffre vous avez filé en Angleterre et buté un mec. Des bobards, tout ça, d'après le patron. C'est sûrement un autre Linden, le mien est un héros. Mais quand même, le patron se renseigne à droite à gauche. C'est son habitude. Et voilà que le vieux Meister avait raison. » Il tire encore une bouffée salvatrice sur sa cigarette. Jonathan fait le mort. « Le patron a rien dit à personne, bien sûr, à part moi. Y a des tas de gens qui changent de nom dans leur vie, y en a même qui n'arrêtent pas. Mais buter un type, c'est déjà plus personnel. Alors le patron garde ça pour lui. Bien sûr, il veut pas réchauffer un serpent dans son sein. Il aime sa famille. mais d'un autre côté, il y a serpent et serpent, si vous me suivez. Vous pourriez être de l'espèce non venimeuse. Alors il m'a chargé de vous sonder un peu pendant que lui et Jed vaquent à leurs occupations. Jed est sa bonne conscience…, expliqua-t-il. Une fille de la nature. Vous l'avez vue. Grande. Éthérée. » Il secouait Jonathan par l'épaule. « Allons, réveillez-vous, mon vieux. Je suis de votre côté. Le patron aussi. On n'est pas en Angleterre, ici. On est des gentlemen. Allons, monsieur Pyne. »

Mais sa requête, quoique violente, était tombée dans l'oreille d'un sourd. Jonathan avait volontairement sombré dans un profond sommeil libérateur, comme à l'orphelinat.

15

Goodhew n'en avait parlé à personne excepté à sa femme.

Il n'avait personne d'autre à qui se confier. Pourtant, une histoire aussi extraordinaire requérait un public extraordinaire, et de l'avis de tous, hélas, sa chère Hester était la personne la plus ordinaire au monde.

« Mais enfin, chéri, tu es sûr que tu as bien entendu ? demanda-t-elle d'un ton dubitatif. Tu sais bien comme tu es. Tu entends beaucoup de choses très bien, mais des fois les enfants sont obligés de te raconter ce qu'on dit à la télé. Il devait y avoir une circulation folle un vendredi soir en pleine heure de pointe.

— Hester, il a dit exactement ce que je t'ai répété. Il parlait très distinctement, en couvrant le bruit de la circulation et en me regardant droit dans les yeux. J'ai compris chaque mot, et je les lisais aussi sur ses lèvres.

– Tu devrais peut-être aller à la police, alors. Si tu en es vraiment certain. Enfin, bien sûr que tu es certain. C'est juste que tu devrais en parler au docteur Prendergast, à mon avis, même si tu ne fais rien. »

Dans un rare accès de colère envers la femme de sa vie, Goodhew sortit faire une bonne marche jusqu'en haut de Parliament Hill pour s'éclaircir les idées. En vain. Il ne fit que se raconter de nouveau l'histoire pour la énième fois :

Le vendredi en question était un jour comme un autre. Goodhew se rendit tôt au bureau, à bicyclette, parce que son maître aimait liquider les affaires de la semaine avant de partir à la campagne. À 9 heures, le secrétaire particulier de son maître lui téléphona pour annuler le rendez-vous prévu à 10 heures, parce que le ministre avait été convoqué à l'ambassade des États-Unis. Goodhew ne s'étonnait plus d'être exclu de ce genre de consultations, et il passa la matinée à rattraper du travail en retard, en déjeunant d'un sandwich sur place.

À 15 h 30, le secrétaire particulier vint lui demander s'il pouvait monter immédiatement pour quelques minutes. Goodhew s'exécuta. Dans le bureau de son maître, digérant avec satisfaction un bon repas, entre les tasses de café et l'odeur de cigare, étaient assis les survivants d'un déjeuner auquel Goodhew n'avait pas été invité.

« Rex, merci d'être venu, l'accueillit cordialement son maître. Asseyez-vous donc. Vous connaissez tout le monde ? Parfait. »

De vingt ans son cadet, son maître était riche, fort en gueule, député d'une circonscription tout acquise à son parti, et ancien d'une équipe de rugby à Oxbridge – ce qui, à la connaissance de Goodhew, représentait le summum de ses réussites universitaires. Il avait la vue basse, mais son ambition l'aidait à voir très loin. Il était entouré de Barbara Vandon, de l'ambassade des États-Unis, et Neal Marjoram, de l'Analyse logistique, que Goodhew aimait bien, peut-être à cause de sa carrière dans la marine, son regard franc et son allure de père tranquille. De fait, Goodhew n'avait jamais compris comment un homme dont l'honnêteté se lisait sur le visage pouvait survivre en tant que bras droit de Geoffrey Darker. À côté de Marjoram se tenait Galt, un autre apparatchik de Darker, bien plus à son image : trop bien habillé, il ressemblait fâcheusement à un agent immobilier florissant. Le troisième membre de la délégation de River House était une beauté à la mâchoire volontaire, Hazel Bundy, qui, à en croire la rumeur, partageait le lit aussi bien que le travail de Darker. Mais Goodhew avait pour principe de ne jamais écouter ce genre de rumeur.

Son maître expliquait la raison de leur entrevue d'un ton nettement trop enjoué. « Rex, certains d'entre nous ont décortiqué les rouages de la liaison GB-US..., commença-t-il en décrivant un vague arc de cercle avec son cigare. Nous sommes arrivés à des conclusions relativement embarrassantes, pour être franc, et nous avons cru bon de vous les soumettre. Officieusement. Pas de procès-verbal, pas de conséquences fâcheuses, juste une discussion de principe. Un petit brainstorming. Vous êtes d'accord ?

— Bien évidemment.

— Barbara, très chère, à vous la parole. »

Malgré les études à Vassar, les hivers à Aspen et les étés à Martha's Vineyard, Barbara Vandon, le chef de la station des Cousins à Londres, avait une voix qui semblait hurler sa misère.

« Rex, il y a quelque chose de pas net du tout dans cette opération Bernicle ! s'emporta-t-elle. On nous traite franchement comme des moins que rien. Tout nous passe loin au-dessus de la tête, carrément en orbite, et ça se déroule en ce moment même.

— Barbara trouve qu'on n'est pas en phase avec Langley, Rex..., expliqua Marjoram en aparté à

Goodhew, sur le visage duquel se lisait une incompréhension certaine.
— Qui, ça, "on" ?
— Eh bien, nous, quoi. River House.
— Vous m'aviez dit que c'était une discussion de principe ! s'insurgea Goodhew auprès de son maître.
— Du calme, du calme ! lui intima celui-ci, pointant son cigare en direction de Barbara Vandon. Elle vient à peine de commencer. Bon Dieu, quelle susceptibilité !
— River House n'est pas en phase avec Langley dans l'opération Bernicle ? répéta Goodhew avec incrédulité à Marjoram, sans se laisser abattre. Mais River House n'est même pas impliqué dans l'affaire, sinon pour fournir une aide technique. Bernicle est une opération du Service d'Intervention.
— Eh bien, c'est justement de cela que Barbara voudrait nous voir discuter, rétorqua Marjoram, avec une réserve impliquant qu'il ne partageait pas forcément cette opinion.
— Rex, l'interpella Barbara Vandon, remontant sur la brèche, il faut qu'on fasse un grand, grand nettoyage de printemps, et pas seulement à Langley, mais ici en Angleterre aussi ! enchaîna-t-elle, ayant apparemment préparé son petit discours. Dans l'affaire Bernicle, il faut qu'on reparte de zéro, qu'on reprenne tout depuis le début. Rex, Langley a été court-circuité. Carrément mis sur une voie de garage, même. » Cette fois-ci, Marjoram ne se proposa pas comme interprète. « Nos politicards ne marcheront jamais, Rex. D'un jour à l'autre, ils vont sortir la grosse artillerie. On se trouve dans une situation qu'il faut examiner de près, sur toutes les coutures, en prenant tout notre temps, et là, qu'est-ce qu'on découvre ? Que c'est une opération commune entre d'une part une agence britannique très marginale et très récente - excusez-moi, efficace, dévouée, mais marginale quand même – et d'autre part, une bande de cowboys de l'Intervention à Miami qui n'y connaissent rien en géopolitique. C'est le monde à l'envers, Rex : il y a de méga grands chefs tout là

haut » – elle avait levé la main très au-dessus de la tête – « et tout en bas il y a ces petits rigolos, et pour le moment, c'est les petits rigolos qui mènent la danse. »

Goodhew fut submergé par une vague de colère contre lui-même. Palfrey m'avait bien prévenu, mais je ne l'ai pas pris au sérieux : *Darker prépare un putsch pour récupérer le territoire qu'il a perdu, Rex*, avait dit Palfrey. *Il a l'intention de se rallier au drapeau américain.*

« Rex ! hurla Barbara Vandon, si fort que Goodhew s'agrippa à son siège. Ce qui se passe, c'est une énorme réorganisation des forces géopolitiques juste devant notre porte, et cette affaire est suivie par des amateurs qui ne sont pas qualifiés pour jouer dans cette division, qui courent avec le ballon sans faire de passe, et qui n'ont aucune idée des problèmes actuels. Les cartels qui vendent de la came, c'est une chose. C'est une affaire de drogue, et il y a des gens dont le travail est de s'en occuper. Nous avons dû vivre avec ça, Rex, et nous avons payé le prix fort.

– Oh, oui, le prix fort, Barbara, d'après ce qu'on entend dire... », acquiesça gravement Goodhew. Après quatre ans passés à Londres, Barbara Vandon était totalement insensible à l'ironie. Elle poursuivit sans se laisser démonter.

« Mais les cartels qui font des pactes entre eux, Rex, qui se font des petites faveurs, qui s'achètent du matériel lourd, qui entraînent leurs hommes, qui s'organisent, ça, ça n'a strictement plus rien à voir. Il n'y a pas des masses de gens qui font ce genre de choses en Amérique du Sud. Et là-bas, s'organiser, c'est détenir le pouvoir. C'est aussi simple que ça. Cette affaire dépasse les compétences de l'Intervention. Il ne s'agit pas de jouer aux gendarmes et aux voleurs et de se tirer une balle dans le pied, il s'agit de géopolitique, Rex. Et notre devoir, c'est de pouvoir aller dire aux politiciens de Capitol Hill : "Les gars, on s'incline devant les impératifs. On a parlé à l'Intervention, et ils se sont élégamment retirés du coup, ils s'occuperont de leur type d'activité à plein temps, ce qui est leur droit et leur devoir en tant que flics. En attendant, cette affaire concerne la géopolitique, elle est complexe, elle a beaucoup de facettes, et il est donc évident que la responsabilité en incombe au Renseignement Pur. On est parfaitement équipés pour traiter des informations complexes, fournies par des professionnels du Renseignement Pur expérimentés, et dignes de confiance, qui agiront en fonction d'une ligne géopolitique. " »

Elle avait visiblement fini, car, en comédienne satisfaite de sa prestation, elle se retourna vers Marjoram comme pour lui demander : « Comment j'étais ? » Mais il affecta un dédain bienveillant envers son discours virulent.

« Eh bien, je crois en effet qu'il y a beaucoup de points intéressants dans ce qu'a dit Barbara, affirma-t-il avec son sourire franc et direct. Il est évident que nous, nous ne ferions pas obstacle à une redistribution des responsabilités entre les services. Mais, d'un autre côté, la décision finale ne nous appartient pas. »

Le visage de Goodhew restait de marbre, ses mains obstinément immobiles devant lui.

« En effet, acquiesça-t-il. Ce n'est pas à vous qu'elle appartient, mais au Comité directeur interservices et à personne d'autre.

— Dont votre maître ici présent est le président, et vous-même, Rex, le secrétaire, fondateur, et principal bénéficiaire, lui rappela Marjoram avec un nouveau sourire bon enfant. Et, si je puis me permettre, l'arbitre moral. »

Mais Goodhew refusait de se laisser calmer, même par quelqu'un d'aussi ouvertement conciliateur que Neal Marjoram. « Une redistribution des responsabilités, comme vous dites, n'est en aucun cas du ressort d'agences rivales, Neal, fit-il d'un ton sévère. Même en supposant que l'Intervention accepte volontairement de vous laisser le champ libre, ce dont je doute fortement, les agences n'ont pas le pouvoir de se partager les responsabilités entre elles sans en référer au Comité. Pas d'arrangements en coulisse. C'est précisément pour ça que le Comité existe. Demandez donc à son président... », ajouta-t-il avec un mouvement de tête appuyé en direction de son maître.

Pendant un moment, personne ne demanda rien à personne, jusqu'à ce que le maître de Goodhew émette une sorte de grognement inarticulé qui indiquait tout à la fois son doute, son irritation et une pointe d'indigestion.

« Et bien, de toute évidence, Rex, commença-t-il de cette voix traînante et nasillarde propre aux ministres conservateurs, si les Cousins reprennent vraiment l'exclusivité de l'opération Bernicle de l'autre côté de l'Atlantique, qu'on le veuille ou non, nous autres, de ce côté-ci, on va devoir décider clairement si on les suit, non ? Je dis "si", parce qu'il s'agit entre nous de discussions informelles. Rien n'a encore été stipulé officiellement, n'est-ce pas ?

— Si c'est le cas, ça n'est pas arrivé jusqu'à moi, répondit Goodhew d'un ton glacial.

— Au rythme où travaillent ces foutus comités, on n'aura pas de réponse avant Noël, en ce qui nous concerne. Allons, Rex, on a le quorum, là. Entre vous, moi, et Neal ? Je me disais qu'on pourrait peut-être décider ça de notre propre chef.

— C'est à vous de voir, Rex, fit aimablement Marjoram. Vous êtes l'homme qui édictez les règles. Si vous, vous ne pouvez pas y arriver, qui d'autre ? C'est vous qui avez mis au point la règle du parallélisme : les Intervenants avec les Intervenants, les espions avec les espions, pas d'hybridation. La *Lex Goodhew*, on l'a appelée, et à raison. Vous l'avez fait accepter par Washington, vous avez obtenu l'accord du Cabinet, impeccable. "Les agences secrètes dans l'ère nouvelle" ... c'était bien ça, le titre de votre rapport ? Nous ne faisons que nous incliner devant l'inévitable, Rex. Vous avez entendu Barbara. Entre une jolie pirouette et une collision frontale, je choisis la pirouette tous les jours.

Je ne voudrais pas voir votre propre fusée vous exploser à la figure, ou quoi que ce soit du genre. »

Goodhew était à présent dans une rage inhabituelle chez lui. Mais il avait trop d'expérience pour se laisser emporter. Il parla d'une voix raisonnable, en regardant bien en face Neal Marjoram à l'autre bout de la table. Il dit que les recommandations du Comité directeur inter-services à son président – nouveau hochement de tête vers son maître – avaient été faites en session plénière, et non avec un quorum ad hoc. Le Comité avait affirmé officiellement que River House avait un champ d'action trop large, ajouta-t-il, qu'il devait déléguer plus de ses responsabilités au lieu d'essayer de récupérer les anciennes, et que jusqu'à ce jour le ministre, en tant que président, avait donné son aval – « sauf si vous avez changé d'avis pendant le déjeuner, bien sûr », suggéra-t-il à son maître, qui lui lança un regard noir à travers la fumée de son cigare.

Personnellement, poursuivit-il, il préférerait étendre les pouvoirs du Service d'Intervention pour qu'il puisse atteindre ses objectifs avec plus d'efficacité ; et il conclut en disant à titre officieux qu'il considérait les activités du Groupe d'Analyses logistiques comme inadaptées à l'ère nouvelle et dérogeant à l'autorité parlementaire, et avait l'intention de demander officiellement une enquête sur ses agissements à la prochaine réunion du Comité directeur.

Puis il joignit les mains comme un prêtre après un sermon et attendit l'explosion.

Qui ne vint pas.

Le maître de Goodhew délogea un morceau de cure-dents collé à sa lèvre inférieure, tout en étudiant le devant de la robe de Hazel Bundy. « Boooon... parfait, fit-il de sa voix traînante, évitant les regards de l'assistance. Intéressant. Merci. J'ai pris bonne note de vos remarques.

– Il y a là en effet matière à réflexion », acquiesça joyeusement Galt avec un sourire à l'adresse de Hazel Bundy, qui ne le lui rendit pas.

Mais Neal Marjoram n'aurait pu paraître plus inoffensif. Une paix mystique se lisait sur ses traits fins, reflétant la droiture morale qui était si visiblement la sienne.

« Vous avez un instant, Rex ? » demanda-t-il discrètement comme ils quittaient la pièce.

Et le pauvre Goodhew fut heureux de penser qu'après un échange de vues musclé Marjoram allait prendre la peine de rester après les autres pour s'assurer qu'il n'y avait pas de rancune entre eux deux.

Goodhew lui proposa généreusement d'utiliser son bureau, mais Marjoram, plein d'égards, lui dit : « Rex, vous avez besoin d'un peu d'air frais pour vous calmer. Faisons une petite promenade. »

En cet après-midi d'automne ensoleillé, les feuilles des platanes étaient rose et or, les touristes flânaient agréablement sur les trottoirs de Whitehall, et Marjoram leur adressait un sourire bienveillant. Et oui, Hester avait raison, la circulation d'heure de pointe du vendredi était dense. Mais l'ouïe de Goodhew n'en était pas affectée.

« Barbara s'emporte facilement, commença Marjoram.

— On se demande bien qui la pousse, répliqua Goodhew.

— On lui a dit que ça ne vous ferait pas beaucoup d'effet, mais elle a quand même voulu essayer.

— Ridicule. C'est vous qui l'y avez incitée.

— Qu'étions-nous censés faire ? Venir vous voir comme de timides écoliers et vous dire : "Rex, donnez-nous Bernicle." Ce n'est qu'une opération, après tout ! » Ils étaient arrivés au quai de la Tamise, apparemment leur destination finale. « Il faut plier ou casser, Rex. Vous êtes bien trop vertueux. Tout ça parce que l'idée du parallélisme vient de vous. Un crime est un crime, un espion est un espion, et les deux n'auront jamais rien à voir. Pour vous, c'est tout noir ou tout blanc, c'est ça votre problème.

— Non, Neal, je ne crois pas. Ma vision n'est même pas assez tranchée, j'en ai peur. Si jamais j'écris mon autobiographie, je l'appellerai *Demi-Mesures*. Nous devrions tous être plus fermes. Pas plus souples. »

Le ton des deux hommes était toujours celui d'une totale camaraderie : deux professionnels échangeant leurs points de vue au bord de la Tamise.

« Vous avez bien choisi votre moment, je vous l'accorde, fit Marjoram d'un ton approbateur. Toutes ces histoires d'ère nouvelle vous ont fait bien voir dans les allées du pouvoir. Goodhew, l'ami de l'ouverture de la société. Goodhew, le roi de la décentralisation. À ce point-là, c'est écœurant. Enfin, vous vous êtes fait une jolie place au soleil, avec ça, il faut l'admettre. Vous avez raison de ne pas l'abandonner sans vous battre. Alors, ça vaut quoi, pour vous ? »

Ils se tenaient épaule contre épaule, à contempler la Tamise. Goodhew avait les mains posées sur le parapet, et avait machinalement mis ses gants de cycliste parce qu'il souffrait depuis peu d'une mauvaise circulation sanguine. Sans comprendre la portée de la question, il se tourna vers Marjoram pour lui demander des explications. Mais il ne vit que le saint profil accordant sa bénédiction à un bateau de plaisance qui passait. Puis Marjoram se tourna lui aussi, et ils se trouvèrent face à face, à moins de trente centimètres l'un de l'autre ; si le bruit de la circulation était gênant, Goodhew n'en avait plus aucune conscience.

« Voilà le message de Darker, fit Marjoram toujours en souriant. Rex Goodhew est dépassé par les événements. Il y a des sphères d'intérêt qu'il ne peut pas et ne doit pas connaître, des questions de politique de haut vol, de hautes personnalités de tout premier plan impliquées, bref, la merde habituelle. C'est bien à Kentish Town que vous habitez ? Une petite maison sordide avec des rideaux en filet ?

— Pourquoi ?

— On vient juste de vous dénicher un oncle éloigné qui vit en Suisse. Il a toujours admiré votre intégrité.

Le jour où Bernicle est à nous, votre oncle meurt prématurément et vous lègue sept cent cinquante mille livres. Pas des francs suisses, des livres. Net d'impôts. C'est un héritage. Vous savez ce que disent les Colombiens ? "Vous avez le choix. Grâce à nous, vous serez riche ou vous serez mort. " Darker dit pareil.

– Excusez-moi, je suis lent à la détente, aujourd'hui. Vous êtes en train de menacer de me tuer si je n'accepte pas votre pot-de-vin, c'est ça ?

– On brisera d'abord votre carrière. Il me semble que vous n'êtes pas intouchable. Sinon, on trouvera un autre moyen. Ne répondez pas tout de suite si ça vous gêne. Ne répondez même pas du tout. Agissez, c'est tout. L'action avant les paroles : la *Lex Goodhew.* » Il eut un sourire compatissant. « Et personne ne vous croira, hein ? Pas dans les cercles où vous circulez. Le vieux Rex devient maboul... ça fait un petit moment que ça dure... on voulait pas en parler. Je ne vous enverrai pas de mémo là-dessus, si vous n'y voyez pas d'inconvénient. Je n'ai rien dit. On a juste fait une petite balade au bord du fleuve après une réunion mortelle. Bon week-end. »

Vous partez sur des bases absurdes, avait dit Goodhew à Burr six mois plus tôt, pendant l'un de leurs dîners rituels. *Dangereuses, trompeuses, et indéfendables pour moi. Je vous interdis de m'en reparler. On est en Angleterre, pas dans les Balkans ou en Sicile. Vous aurez votre agence, Leonard, mais pour ça il va falloir oublier vos délires fantasmatiques sur le Groupe d'Analyses logistiques qui serait un racket de plusieurs millions de livres au bénéfice de Geoffrey Darker et d'un consortium réunissant banquiers, courtiers, intermédiaires véreux et des officiers du Renseignement corrompus des deux côtés de l'Atlantique.*

Parce que sinon ça débouche sur la folie, avait-il prévenu Burr.

Sinon, ça débouche sur ce qui m'arrive en ce moment.

Après avoir parlé à sa femme, Goodhew garda son secret pour lui pendant une semaine. Un homme qui ne se fait pas confiance à lui-même ne fait confiance à personne. Burr téléphona de Miami pour lui annoncer que Bernicle était ressuscité, et Goodhew partagea du mieux qu'il put son euphorie. Rooke prit le contrôle des bureaux de Burr dans Victoria Street. Goodhew l'invita à déjeuner à l'Athenaeum, mais ne lui fit pas de confidences.

Puis un soir Palfrey lui rendit visite pour lui raconter une histoire fumeuse sur Darker, qui sondait des marchands d'armes britanniques sur la disponibilité de certains équipements ultrasophistiqués pour utilisation « dans un climat de type sud-américain », utilisateur final à prévenir.

« De l'équipement anglais, Harry ? Ce n'est pas le genre de Roper. Il achète étranger. »

Palfrey se tortilla sur sa chaise, tira sur sa cigarette et demanda un autre whisky. « Eh bien, en fait, Rex, ça pourrait bien être Roper. Je veux dire, s'il voulait couvrir ses arrières. Enfin, si ce sont des joujoux anglais, notre tolérance sera illimitée, vous voyez ce que je veux dire. Aveugles, la tête enfoncée dans le sable. Si c'est made in England. Évidemment. On mettra ça sur le dos de Jack l'Éventreur, dans ce cas ! » ricana-t-il.

C'était une belle soirée, et Palfrey avait besoin de bouger. Ils marchèrent donc jusqu'à l'entrée du cimetière de Highgate, et s'assirent sur un banc tranquille.

« Marjoram a essayé de m'acheter, déclara Goodhew en regardant droit devant lui. Sept cent cinquante mille livres.

— Oh, ça ne m'étonne pas. C'est comme ça qu'ils procèdent à l'étranger. C'est comme ça qu'ils procèdent ici.

— Et il n'y a avait pas que la carotte. Le bâton aussi.

— C'est souvent le cas, oui…, convint Palfrey en prenant une autre cigarette.

— Mais qui sont ces gens, Harry ? »

Palfrey plissa le nez, cligna des yeux plusieurs fois, et sembla étrangement embarrassé.

« Juste quelques petits malins. Avec des relations. Vous voyez le genre.

– Je ne vois rien du tout.

– De bons officiers traitants. Des têtes froides qui nous restent de la guerre froide. Avec la trouille de perdre leur job. Enfin, vous voyez bien, Rex. »

Goodhew songea soudain que Palfrey lui décrivait sa propre situation et que cela ne lui plaisait pas.

« Bien entraînés à l'hypocrisie, évidemment..., continuait Palfrey en une série de courtes phrases toutes prêtes, comme toujours lorsqu'il donnait son opinion sans qu'on la lui ait demandée. Des fanas de l'économie de marché. Gros succès dans les années quatre-vingt. Prends l'oseille et tire-toi, tout le monde le fait, on ne sait jamais où la prochaine guerre éclatera. Sur leur trente et un alors qu'il n'y a plus de nouba... vous comprenez. Toujours au pouvoir, bien sûr. Personne ne leur a enlevé ça. C'est juste une question de savoir comment s'en servir. »

Goodhew ne dit mot, et Palfrey continua sans se faire prier.

« Pas de mauvais bougres, Rex. Faut pas être trop critique. Juste un peu paumés. Plus de Thatcher. Plus d'ours russe à combattre, plus de Rouges cachés sous le lit à la maison. Un jour ils ont le monde entier à leurs pieds, la vie est belle, et le lendemain quand ils se réveillent, ils sont... euh... enfin, vous voyez bien... » Il termina son exposé par un haussement d'épaules. « Enfin, la nature a horreur du vide. Même vous, vous n'aimez pas le vide. Je me trompe ? Soyez franc. Vous détestez ça.

– Par "vide", vous entendez "paix" ? avança Goodhew, sans vouloir aucunement paraître moralisateur.

– L'ennui, surtout. La mesquinerie. Ça n'a jamais réussi à personne, pas vrai ? » Nouveau gloussement, nouvelle longue bouffée de cigarette. « Il y a deux ou trois ans, ils étaient les valeureux combattants de la guerre froide. Meilleures places réservées au club, et tout le reste. C'est dur d'arrêter de courir quand on est remonté à bloc. Alors on continue. Normal.

— Et que sont-ils devenus ? »

Palfrey se frotta le nez du revers de la main, comme s'il lui démangeait. « Oh, moi, je suis quantité négligeable.

— Ça, je sais. Mais eux ? »

Palfrey s'exprima de façon vague, peut-être pour se détacher de ses propres jugements. « Des hommes de l'Atlantique. Ils n'ont jamais cru en l'Europe. L'Europe est une tour de Babel dominée par les Boches. Ils ne jurent que par l'Amérique. Washington est toujours leur Rome, même si César est un peu décevant. » Il se tortilla encore, l'air gêné. « Des sauveurs de l'univers qui jouent à l'échelle planétaire. Des hommes du nouvel ordre mondial, qui veulent laisser leur marque dans l'histoire et se faire un peu de fric au passage, pourquoi pas ? Tous les autres le font. » Nouveau tortillement. « Ils se sont juste un peu pourris en chemin. On ne peut pas leur en vouloir. Whitehall ne sait pas comment s'en débarrasser. Chacun pense qu'ils doivent être utiles à l'autre. Personne n'a une vision complète du tableau, alors personne ne sait qu'il n'y en a pas. » Il se gratta de nouveau le nez. « Tant qu'ils font plaisir aux Cousins, qu'ils ne dépensent pas trop et qu'ils ne se tapent pas dessus en public, ils peuvent faire tout ce qu'ils veulent.

— Faire plaisir aux Cousins, mais comment ? insista Goodhew, se tenant la tête entre les mains comme s'il avait la migraine. Soyez plus précis, vous voulez bien ? »

Palfrey parla comme à un enfant contrariant, avec une indulgence teintée d'agacement. « Les Cousins ont des lois, mon vieux. Ils ont constamment des chiens de garde sur le dos. Ils organisent des tribunaux d'exception, mettent d'honnêtes espions derrière les barreaux, font juger des hauts fonctionnaires. Nous autres

Anglais, on n'a pas ce genre de couilles. Si, il y a bien le Comité directeur. Mais, honnêtement, la plupart d'entre vous êtes légèrement naïfs.

— Continuez, Harry, dit Goodhew, levant la tête avant de la replonger entre ses mains.

— Je ne sais plus où j'en étais.

— À Darker qui fait plaisir aux Cousins quand ils ont des problèmes avec leurs chiens de garde.

— Eh bien..., fit Palfrey, maintenant plus réticent. C'est évident, en fait. Une grosse légume à Washington se réveille et dit aux Cousins : "Vous ne pouvez pas armer les Wozza-Wozza. C'est la loi." Vous me suivez ?

— Jusqu'ici, oui.

— "D'accord, répondent les Cousins. Reçu cinq sur cinq. Nous n'armerons pas les Wozza-Wozza." Une heure après, ils appellent notre bon Darker. "Geoffrey, vieux frère, rends-nous service, tu veux ? Les Wozza-Wozza ont besoin de quelques joujoux." Les Wozza-Wozza sont tous sous embargo, bien sûr, mais tout le monde s'en fout complètement, puisqu'il y a quelques sous à gagner là-dedans pour le Trésor. Darker donne un coup de fil à un de ses hommes de confiance — Joyston Bradshaw, Spikey Lorimer, enfin celui qui a la cote à ce moment-là : "Grande nouvelle, Tony. Feu vert pour les Wozza-Wozza. Tu devras passer par la porte de derrière, mais on fera en sorte qu'elle soit pas fermée à clef." Et après, il y a le PS.

— Le PS ? »

Charmé par l'innocence de Goodhew, Palfrey eut un sourire radieux. « Le post-scriptum, vieux. La cerise sur le gâteau. "Tant que tu y es, Tony, vieux frère, le taux actuel d'introduction est de cinq pour cent du prix de l'action, payable aux Fonds pour les veuves et les orphelins du Groupe d'Analyses logistiques à la Banque des Escrocs et Cousins S.A. au Liechtenstein." C'est du billard, tant qu'on ne vous demande pas des comptes. Et vous avez déjà entendu parler d'un membre des services secrets britanniques pris la main dans la caisse ? D'un ministre de la couronne poursuivi en justice pour avoir violé ses propres lois ? Vous rigolez ? Ils sont intouchables.

— Pourquoi est-ce que le Renseignement Pur veut Bernicle ? »

Palfrey essaya en vain de sourire, et tira sur sa cigarette en se grattant le crâne.

« Pourquoi veulent-ils Bernicle, Harry ? »

Le regard fuyant de Palfrey scruta l'obscurité des bois pour y repérer des gens qui viendraient l'aider ou l'espionner.

« Il faudra trouver ça tout seul, Rex. C'est pas de mon ressort. Ni du vôtre, d'ailleurs. Désolé. »

Il se levait déjà quand Goodhew l'appela en criant : « Harry ! »

Palfrey grimaça d'inquiétude, révélant ses dents gâtées. « Rex, nom de Dieu, vous ne savez pas traiter vos sources. Je suis un lâche. Ne me harcelez pas, sinon je ne dirai plus rien, ou alors n'importe quoi. Rentrez chez vous. Dormez un peu. Vous êtes trop bon, Rex. Ça vous tuera. » Il jeta nerveusement un regard alentour, et sembla céder un instant. « Achetez anglais, mon vieux. C'est ça, le tuyau. Enfin, vous ne comprenez donc rien au mal ? »

Rooke était assis devant le bureau de Burr dans Victoria Street, et Burr dans le centre des communications à Miami. Tous deux tenaient le combiné d'un téléphone sûr.

« Oui, Rob, dit joyeusement Burr. Confirmé et reconfirmé. Allez-y.

— Mettons les choses parfaitement au clair, vous voulez bien ? demanda Rooke, avec ce ton typique du soldat désireux de bien comprendre les ordres d'un civil. Redites-moi tout une dernière fois, d'accord ?

— Rendez son nom public, Rob. Étalez-le partout. Tous ses noms. Partout. Pyne alias Linden, alias Beauregard, alias Lamont, vu pour la dernière fois au Canada à tel endroit. Meurtre, vols multiples, trafic de drogue, obtention et utilisation d'un faux passeport, entrée illégale au Canada, sortie illégale, si ça existe, et tout ce à quoi ils penseront pour pimenter la chose.

— Le grand jeu, quoi ? dit Rooke, refusant de se laisser gagner par la bonne humeur de Burr.

— Oui, Rob, le grand jeu. C'est bien ça que ça veut dire, "partout", non ? Mandat d'arrêt international au nom de M. Thomas Lamont, criminel. Vous voulez que je vous l'envoie en triple exemplaire ? »

Rooke raccrocha, souleva de nouveau le combiné, et composa un numéro à Scotland Yard. Sa main lui parut étrangement contractée, comme à l'époque où il avait affaire à des bombes non désamorcées.

Une fois qu'il aura traversé le pont, nous brûlerons ce pont, avait dit Burr.

16

« Alors, mon cœur ? lança Corkoran, allumant sa première cigarette immonde de la journée et tenant en équilibre sur les genoux un encrier faisant office de cendrier. Si on essayait de séparer les grains de poivre des chiures de mouche ?

— Je ne veux pas de vous ici, répliqua Jonathan, ayant préparé son discours. Je n'ai rien à expliquer, rien à me faire pardonner. Laissez-moi tranquille. »

Corkoran s'assit confortablement dans le fauteuil. Ils étaient seuls dans la chambre, Frisky ayant une fois encore reçu l'ordre de débarrasser le plancher.

« Vous vous appelez Jonathan Pyne, et vous avez travaillé au Meister, au Reine Néfertiti, et autres palaces. Mais à présent vous voyagez sous le nom de Thomas Lamont avec un passeport canadien authentique. Sauf que vous n'êtes pas Thomas Lamont. On dément ? On ne dément pas.

– J'ai récupéré le gamin. Vous m'avez fait soigner. Donnez-moi mon passeport et laissez-moi partir.

– Et entre J. Pyne du Meister et T. Lamont du Canada, sans parler de J. Beauregard, vous avez été Jack Linden de la Cornouailles profonde. En tant que tel, vous avez liquidé un pote à vous, à savoir Alfred alias Jumbo Harlow, un copain de navigation australien condamné plusieurs fois pour trafic de drogue aux antipodes. Sur quoi, vous vous êtes fait la malle avant que les forces de l'ordre ne vous mettent la main dessus.

– La police de Plymouth me recherche pour interrogatoire. Ça ne va pas plus loin que ça.

– Et Harlow était votre associé, ajouta Corkoran en prenant des notes.

– Si vous le dites.

– Pour un petit trafic de drogue, mon trésor? demanda Corkoran en levant les yeux.

– C'était une entreprise commerciale tout ce qu'il y a de plus honnête.

– Ce n'est pas ce que raconte la presse. Ni nos petits doigts, d'ailleurs. Jack Linden alias J. Pyne, alias vous, a barré à lui tout seul un bateau plein de drogue pour Harlow depuis les îles Anglo-Normandes jusqu'à Falmouth... une sacrée traversée, à en croire les journalistes. Et notre associé Harlow a emporté la came à Londres, l'a vendue, et nous a carotté notre commission. Ce qui nous a énervé. Ça se comprend. Alors on a fait ce que tout un chacun fait quand son associé l'énerve, on l'a descendu. Et pas exactement genre opération chirurgicale – alors que ça aurait pu, vu vos talents éprouvés dans ce domaine –, parce que cet imbécile de Harlow a résisté. Alors vous vous êtes battus. Vous avez gagné, et après vous l'avez descendu. Hourrah pour nous. »

Restez de marbre, avait dit Burr. *Vous n'y étiez pas, c'étaient deux autres types, il vous a frappé le premier, c'était avec son consentement, bref... Après, cédez du terrain de mauvaise grâce, et faites-leur croire qu'ils ont coincé le vrai vous.*

« Ils n'ont aucune preuve, répondit Jonathan. Ils ont trouvé du sang, mais jamais le corps. Maintenant foutez le camp, nom de Dieu ! »

Corkoran sembla se désintéresser totalement de cette histoire. Ses soupçons oubliés, il sourit dans le vide comme au souvenir d'une anecdote. « Vous connaissez celle du type qui se présente pour un emploi au Foreign Office ? "Écoutez, Carruthers, qu'on lui répond, vous avez une bonne bouille, mais on ne peut pas négliger le fait que vous avez été incarcéré pour sodomie, incendie criminel et viol..." Vous ne la connaissez vraiment pas ? »

Jonathan grogna.

« Carruthers répond : "Mais je peux tout expliquer. J'aimais une fille qui voulait pas que je la pelote, alors je lui ai donné un grand coup sur la tête, je l'ai violée, j'ai enculé son vieux père, et j'ai foutu le feu à la maison." Vous la connaissez forcément. »

Jonathan avait fermé les yeux.

« Alors le type du comité de sélection lui dit : "Parfait, Carruthers. Nous savions qu'il y aurait une explication rationnelle. Voilà le marché. Restez à l'écart des dactylos, ne jouez pas avec les allumettes, embrassez-moi, et vous êtes embauché." »

Corkoran rit à gorge déployée, les plis de graisse autour de son cou, agités de tremblements, virant au rose, et des larmes roulant sur ses joues. « C'est vraiment chiant pour moi que vous soyez au lit, annonça-t-il. Et le héros du jour, par-dessus le marché. Tandis que, si je vous tenais avec une lumière crue en plein dans les yeux, et que je joue les James Cagney en vous matraquant à coups de gode, ce serait nettement plus simple... » Il prit le ton pompeux d'un policier au tribunal. « "Votre honneur, le suspect est censé avoir une cicatrice révélatrice à la main droite !" Montrez-la-moi », ordonna-t-il soudain d'une voix totalement différente.

Jonathan ouvrit les yeux. Corkoran était de nouveau à côté du lit, tenant sa cigarette en l'air telle une baguette magique jaunâtre, et de l'autre main le poignet droit de Jonathan, le regard fixé sur la large cicatrice qui courait tout le long.

« Ouh là là ! Vous ne vous êtes sûrement pas fait ça en vous rasant. Bon, bon, si vous le prenez comme ça…, grommela-t-il quand Jonathan retira sa main.

— Il m'a menacé avec un couteau. Il le portait accroché autour du mollet, mais je l'ignorais. J'étais en train de lui demander ce qu'il y avait dans le bateau. En fait je le savais déjà. J'avais deviné. C'était un homme costaud. Je n'étais pas sûr de pouvoir le faire tomber, alors je lui ai sauté à la gorge.

— Un bon coup dans la pomme d'Adam, hein ? Le grand classique. Vous êtes un sacré bagarreur, non ? Ça fait plaisir de voir que l'Irlande aura au moins servi à quelqu'un. Vous êtes sûr que le couteau n'était pas à vous, mon grand ? Vous aimez bien ces petits joujoux, à ce qu'il paraît.

— C'était le sien. Je vous l'ai dit.

— À qui Harlow a-t-il revendu la came, vous le savez ?

— Non, j'étais simplement le passeur. Écoutez, ça suffit. Allez donc persécuter quelqu'un d'autre.

— La mule. Le terme qu'on emploie, c'est "mule".

— C'est ça que vous faites, alors ? s'exclama Jonathan, revenant à la charge. Vous et Roper ? Du trafic de drogue ? Oh, génial. Je m'en sors pour retomber en plein dedans. »

Il s'affala sur les oreillers, attendant la réaction de Corkoran, dont la violence le prit de court : avec une agilité remarquable, Corkoran se retrouva d'un bond près du lit, attrapa une bonne poignée des cheveux de Jonathan, et tira violemment dessus.

« Mon ange, murmura-t-il d'un ton de reproche. Mon poussin. Les petits garçons dans votre situation feraient bien de ne pas dire de grossièretés. Nous sommes la Compagnie Ironbrand, gaz, électricité et coke de Nassau aux Bananas, nominée pour le prix Nobel de la respectabilité. La question, c'est qui vous êtes, vous, bordel ? »

Il lâcha les cheveux de Jonathan, qui resta immobile, le cœur battant à tout rompre. « Harlow a dit que c'était une opération de reprise, fit-il d'une voix rauque. Un type auquel il avait vendu un bateau en Australie n'avait pas honoré sa dette. Jumbo avait retracé l'itinéraire du bateau jusqu'aux îles Anglo-Normandes grâce à quelques amis, à ce qu'il m'a dit. Si je le ramenais à Plymouth, on pourrait le revendre et nous sortir d'une situation difficile. À l'époque, ça ne m'a pas paru monstrueux, comme affaire. J'ai eu la bêtise de le croire sur parole.

— Alors, qu'avez-vous fait du corps, mon grand ? demanda amicalement Corkoran, une fois réinstallé dans son fauteuil. Le costard en ciment ? La grande tradition ? »

Casse le rythme. Fais-le attendre. La voix pleine de désespoir. « Appelez donc la police, faites-moi extrader et touchez la récompense », suggéra Jonathan.

Corkoran remplaça sur ses genoux son cendrier de fortune par un classeur chamois comme ceux de l'armée, qui ne contenait apparemment que des fax.

« Et notre ami Meister ? demanda-t-il. Qu'est-ce qu'il vous a fait, lui ?

— Il m'a escroqué.

— Pauvre chéri ! Une vraie victime de la vie... Et comment ça ?

— Tout le personnel recevait une part des pourboires sauf moi. Il y avait une échelle en fonction du rang et de l'ancienneté. Ça se montait à une jolie somme mensuelle, même pour un nouveau. Meister m'a dit qu'il n'était pas obligé d'inclure les employés étrangers dans la répartition. Et puis j'ai découvert qu'ils y avaient tous droit, sauf moi.

— Alors vous vous êtes servi dans le coffre. Eh ben, il a eu sacrément de la veine de ne pas se faire buter aussi, lui ! Ou de se faire couper ce que je pense d'un coup de couteau.

— Je faisais des heures supplémentaires pour lui. Du

travail dans la journée. Et mon jour de congé, l'inventaire des vins millésimés. Tout ça pour rien. Pas même quand j'emmenais les clients faire un tour en bateau sur le lac. Il leur facturait ça une fortune et ne me donnait pas un sou.

— Et puis je vois là qu'on a aussi quitté Le Caire assez précipitamment. Personne ne semble vraiment savoir pourquoi. Attention, là, il y a pas de coup fourré. Pas une souillure sur notre blason, selon le Reine Néfertiti. Ou alors, c'est que vous ne vous êtes pas fait repérer. »

Jonathan avait son histoire toute prête, mise au point avec Burr. « Je me suis retrouvé embringué avec une femme mariée.

— Elle avait un nom ? »

Défendez-vous, avait dit Burr. « Pas pour vous, non.

— Fifi ? Lulu ? Mme Toutankhamon ? Non ? Eh bien, elle peut toujours emprunter un des vôtres, pas vrai ? » Corkoran feuilletait ses fax d'un doigt nonchalant. « Et ce brave docteur ? Il avait un nom, lui ?

— Marti.

— Pas celui-là, andouille.

— Mais qui, alors ? Quel docteur ? Qu'est-ce qui se passe, Corkoran ? On me fait un procès parce que j'ai sauvé Daniel ? Où on va, là ? »

Cette fois-ci, Corkoran attendit patiemment que l'orage passe. « Le docteur qui vous a recousu la main aux urgences de Truro, expliqua-t-il.

— Je ne sais pas son nom. C'était un interne.

— Un Blanc ?

— Non. Indien ou Pakistanais.

— Et comment on est arrivé jusque-là ? Jusqu'à l'hôpital ? Avec un poignet tout plein de sang ?

— Je l'ai entouré de torchons et j'ai conduit la jeep de Harlow.

— De la main gauche ?

— Oui.

— La même voiture qui a servi à déplacer le corps, sans doute ? La police a trouvé quelques traces de votre sang à l'intérieur. Mais il semble que ç'ait été un mélange. Il y en avait aussi à Jumbo. »

Tout en attendant la réponse, Corkoran prenait quelques notes.

« Faites-moi simplement transporter à Nassau, demanda Jonathan. Je ne vous ai pas fait de mal. Je ne demande rien. Vous n'auriez jamais rien su sur moi si je ne m'étais pas comporté comme un imbécile chez Low. Je n'ai besoin de rien, je ne veux rien, pas d'argent, pas de remerciements, pas d'approbation. Laissez-moi partir. »

Corkoran tira sur sa cigarette d'un air pensif tout en tournant encore quelques pages. « Et si on passait à l'Irlande, histoire de changer ? proposa-t-il, comme s'il suggérait un jeu de société pour après-midi pluvieux. Deux anciens soldats qui se racontent le bon vieux temps. Quoi de plus sympathique ? »

Quand vous en arrivez aux parties réelles, ne vous relâchez pas, avait dit Burr. *Il vaut mieux hésiter un peu, oublier quelques détails et vous reprendre, pour leur faire croire que c'est là qu'ils doivent chercher les mensonges.*

« Mais qu'est-ce que vous lui avez fait, à ce mec ? » demandait Frisky, par curiosité professionnelle.

C'était le milieu de la nuit. Il était allongé sur un matelas futon en travers de la porte, avec à côté de lui une discrète lampe de chevet et une pile de magazines pornos.

« Quel mec ? demanda Jonathan.
— Celui qui a emprunté le petit Danny pour la soirée. Il hurlait comme un cochon qu'on égorge, là-haut dans la cuisine, on aurait pu l'entendre jusqu'à Miami.
— J'ai dû lui casser le bras.
— Le casser ? À mon avis, vous le lui avez arraché en le tordant tout doucement dans le mauvais sens, oui ! Vous êtes amateur d'arts martiaux japonais, genre marchand de hari-suchi ?

— Je lui ai simplement attrapé le bras et j'ai tiré dessus.

— Et il vous est tombé en miettes entre les mains, compatit Frisky. Ça arrive aux meilleurs. »

Les moments les plus dangereux sont ceux où vous avez besoin d'un ami, avait dit Burr.

Après l'Irlande, ils se penchèrent sur ce que Corkoran baptisa « notre période de larbin en pleine ascension sociale », c'est-à-dire le passage de Jonathan dans une école hôtelière, ses emplois de sous-chef et de chef, puis son avancement dans la branche administrative de l'hôtellerie.

Ensuite, Corkoran voulut tout savoir sur ses exploits au Château Babette, que Jonathan lui narra avec une scrupuleuse discrétion quant à l'identité d'Yvonne, pour découvrir bientôt qu'il était déjà au courant.

« Mais alors comment diable vous êtes-vous retrouvé chez Mama Low, mon cœur ? demanda Corkoran en allumant une autre cigarette. C'est le point d'eau favori du patron depuis des lustres.

— C'était juste un endroit où je pensais pouvoir me terrer pendant quelques semaines.

— Vous planquer, hein ?

— Je venais de travailler sur un yacht dans le Maine.

— Chef cuisinier et laveur de bouteilles ?

— Majordome. »

Une pause pendant que Corkoran feuilletait ses fax.

« Et alors ?

— J'ai chopé un virus intestinal, et on a dû me débarquer. Je suis resté dans un hôtel à Boston, et après j'ai appelé Billy Bourne à Newport, qui m'a trouvé ce boulot. Il m'a dit : pourquoi ne pas rester quelques mois chez Low, vous vous occuperez seulement des dîners, ça vous reposera. »

Corkoran s'humecta un doigt, et sortit du classeur le papier qu'il cherchait pour le tenir à la lumière.

« Par pitié…, murmura Jonathan comme s'il priait que vienne le sommeil.

– Alors, ce bateau où on est tombé malade, mon chou... Ça devait être le *Lolita*, né *Perséphone*, construit en Hollande, propriété de Nikos Asserkalian, star du show-biz, païen et escroc, soixante mètres de mauvais goût parfait. Le bateau, pas Nikos, lui c'est un nain.

– Je ne l'ai jamais rencontré. Le bateau était loué.

– À qui, mon grand ?

– À quatre dentistes californiens et leurs épouses. »

Jonathan fournit quelques noms, que Corkoran nota dans son petit calepin à trois sous, après en avoir lissé les pages sur sa large cuisse.

« Des petits rigolos ? Ha ha ! qu'est-ce qu'on s'amuse ?

– Ils ne m'ont rien fait de mal.

– Et vous, vous leur avez fait du mal ? suggéra aimablement Corkoran. Vous avez fait sauter leur coffre, vous avez tordu le cou à quelqu'un, poignardé quelqu'un ?

– Allez vous faire foutre. »

Corkoran prit cela pour une suggestion, et sembla la juger bonne. Il ramassa ses papiers, vida son cendrier dans la poubelle en renversant des cendres partout, jeta un coup d'œil dans le miroir, fit la grimace, et essaya de se recoiffer du bout des doigts, sans succès.

« C'est trop beau pour être vrai, mon cœur, déclara-t-il.

– Quoi ?

– Votre histoire. Je ne sais pas pourquoi, comment, ni où. C'est vous, je crois. Avec vous, je me sens marginal. » Il tira encore une fois sur ses mèches, sans succès. « Cela dit, je *suis* un marginal. Un petit pédé déchaîné dans un monde d'adultes. Tandis que vous, vous *jouez* seulement les marginaux. » Il alla faire pipi dans la salle de bains. « Tabby vous a apporté des vêtements, au fait ! cria-t-il par la porte ouverte. Rien d'extraordinaire, mais ça fera l'affaire en attendant que les complets Armani arrivent. » Il tira la chasse, et revint dans la chambre. « Si ça ne tenait qu'à moi, je vous cuisinerais, pour tout vous dire..., déclara-t-il en refermant sa braguette. Je vous priverais de nourriture, je vous mettrais une capuche noire et je vous pendrais par les chevilles jusqu'à ce que la vérité tombe de votre bouche sous l'effet de la pesanteur. Mais bon, on ne peut pas tout avoir, dans la vie. Salut ! »

C'était le lendemain. Daniel avait décidé que Jonathan avait besoin de distraction.

« Tu sais ce que c'est qu'un chalumeau ?
— Un outil. Un appareil pour faire de la soudure.
— Un dromaludaire à deux bosses. Et le comble pour un voleur ?
— Se faire prendre la main dans le sac ?
— Non, emprunter un escalier dérobé. Corky est en train de parler avec Roper dans le bureau. Il dit qu'il est allé aussi loin que possible. Que t'es blanc comme neige ou grand manipulateur devant l'Éternel.
— Quand sont-ils revenus ?
— À l'aube. Roper prend toujours l'avion très tôt le matin. Ils parlent de ton point d'interrogation.
— Avec Jed ?
— Non, elle monte Sarah. Comme toujours à chaque fois qu'elle revient. Sarah l'entend et devient folle furieuse si elle vient pas. Roper dit qu'elles sont comme deux gouines. C'est quoi, une gouine ?
— Une femme qui aime les femmes.
— Roper a parlé de toi avec Sandy Langbourne quand ils étaient à Curaçao. Personne ne doit dire ton nom au téléphone. Silence radio sur Thomas jusqu'à nouvel ordre. Décret du patron.
— Tu ferais peut-être bien d'écouter un peu moins aux portes. Ça va t'épuiser, à force.
— Je n'écoute pas aux portes ! hurla Daniel en levant la tête vers le ventilateur. C'est pas juste ! Je le faisais même pas exprès ! Je ne peux pas m'empêcher d'entendre, c'est tout ! Corky dit que t'es une énigme dangereuse ! Mais c'est pas vrai ! Je sais que c'est pas vrai ! Moi, je t'aime ! Roper va venir voir ce que tu as dans le ventre lui-même, il a dit ! »

C'était juste avant l'aube.

« Vous connaissez le meilleur moyen de faire parler un mec, Tommy ? demanda Tabby depuis le futon, comme s'il donnait un bon conseil pratique. Un moyen infaillible ? À cent pour cent ? Qui ne rate jamais ? Le coup de la boisson gazeuse. On le bâillonne pour qu'il ne puisse respirer que par le nez. Enfin, lui ou elle. On prend un entonnoir, si on en a un sous la main. Et on lui verse la boisson gazeuse dans le nez. Ça vous fait complètement disjoncter, comme si vous aviez le cerveau en ébullition. C'est méchamment diabolique. »

Il était 10 heures du matin.

Marchant d'un pas hésitant au côté de Corkoran sur les graviers de Crystal, Jonathan se rappelait parfaitement avoir traversé la cour d'honneur de Buckingham Palace au bras de sa tante allemande Monika, le jour où elle l'avait emmené recevoir la médaille posthume de son père. Quel est l'intérêt d'une récompense quand on est mort ? s'était-il demandé. Et de l'école quand on est encore vivant ?

Un imposant valet noir en gilet vert et pantalon noir leur ouvrit la porte. Et un vénérable maître d'hôtel noir en gilet de coton rayé s'avança pour les accueillir.

« On va voir le patron, s'il vous plaît, Isaac, dit Corkoran. Dr Jekyll et Mr Hyde. Nous sommes attendus. »

Le bruit de leurs pas résonna dans l'immense hall comme dans une église. Un escalier tournant de marbre s'élevait dans la coupole, avec une rampe dorée et trois paliers avant d'arriver à l'azur du plafond. La lumière réfléchie du soleil venait jouer sur le sol en marbre rose. Deux statues grandeur nature de guerriers égyptiens gardaient une porte cintrée en pierre taillée, que Corkoran et Jonathan franchirent pour entrer dans une galerie où trônait une tête en or représentant le dieu du soleil, Râ, parmi un fouillis hétéroclite de bustes grecs, de têtes, de mains ou d'urnes en marbre, et de panneaux en pierre couverts d'hiéroglyphes. Tout le long des murs s'alignaient des vitrines au cadre en cuivre bourrées de figurines dont des panonceaux écrits à la main indiquaient l'origine : africaine, péruvienne, pré-colombienne, cambodgienne, minoenne, russe, romaine, et en une occasion, simplement « Nil ».

Il pille tous azimuts, avait dit Burr.

Freddie lui vend des objets d'arts volés, avait dit Sophie.

Roper va venir voir ce que tu as dans le ventre lui-même, avait dit Daniel.

Ils entrèrent dans la bibliothèque, où des livres reliés en cuir couvraient les murs du sol au plafond. Un escalier en colimaçon sur roulettes attendait là un éventuel utilisateur.

Ils passèrent dans un couloir de prison entre deux donjons voûtés. Isolées dans leur cellule, des armes anciennes scintillaient à la lueur du crépuscule naissant : épées, lances et massues, armures montées sur des chevaux de bois, mousquets, hallebardes, boulets et canons verdâtres encore incrustés d'anatifes après leur séjour au fond des mers.

Ils traversèrent une salle de billard et arrivèrent au deuxième centre vital de la maison, où des colonnes en marbre soutenant un plafond voûté se reflétaient dans un bassin carrelé de mosaïque bleue, bordé par des allées en marbre. Aux murs, des tableaux impressionnistes représentaient des fruits, des fermes ou des femmes nues – c'est vraiment un Gauguin, ça? Sur une chaise longue en marbre, deux jeunes gens en manches de chemise et pantalons larges des années vingt parlaient affaires, leurs attaché-cases ouverts devant eux.

« Salut, Corky, comment va la vie ? demanda l'un d'une voix traînante.

– Bonjour, mes chéris », répondit Corkoran.

Ils s'approchèrent de hautes portes en bronze poli, devant lesquelles était assis Frisky dans une chaise à porteurs. Une dame d'un certain âge en émergea, son bloc de sténo à la main. Frisky tendit la jambe comme pour lui faire un croche-pied.

« Oh, gros bêta ! » lança gaiement la matrone.

Les portes se refermèrent.

« Mais c'est le major ! s'écria malicieusement Frisky, faisant semblant de ne pas les avoir vus arriver. Comment ça va, aujourd'hui, major ? Bonjour, Tommy. Ça va mieux, à ce que je vois ?

— Crétin ! » lâcha Corkoran.

Frisky décrocha un téléphone intérieur mural et appuya sur un bouton. Les portes s'ouvrirent sur une pièce si vaste, si somptueusement décorée, si baignée de soleil et zébrée d'ombres que Jonathan n'eut pas l'impression d'y entrer mais de léviter. Derrière les vitres en verre fumé, sur la terrasse, étaient disposées des tables blanches aux formes étranges, chacune protégée par un parasol blanc. Après s'étendait un lagon émeraude bordé d'un étroit banc de sable et de sombres récifs, au-delà desquels la haute mer offrait un patchwork irrégulier de bleus.

Jonathan n'eut d'abord conscience que de la splendeur de la pièce. Ses occupants, s'il y en avait, étaient perdus entre la lumière et l'ombre. Puis, quand Corkoran le fit avancer, il distingua un bureau doré en fer à cheval, incrusté d'écaille et de cuivre, devant un trône orné de volutes recouvert d'une riche tapisserie usée par le temps. À côté, dans une chaise longue en bambou avec de larges accoudoirs et un repose-pieds, se prélassait l'homme le plus ignoble au monde, en pantalon blanc de marin, espadrilles et chemise bleu marine à manches courtes dont la poche s'ornait d'un monogramme. Les jambes croisées, ses demi-lunettes sur le nez, il lisait un document dans un classeur relié en cuir, portant le même monogramme que sa chemise. Il souriait en lisant, car il souriait presque tout le temps. Une secrétaire se tenait près de lui, qui aurait pu être la sœur jumelle de la matrone.

« J'ai demandé qu'on ne me dérange pas, Frisky ! dit

une voix atrocement familière, tandis qu'il refermait le classeur et le tendait à la secrétaire. Personne sur la terrasse. Quel est l'imbécile qui fait marcher un hors-bord dans ma baie ?

— C'est Talbot qui le répare, patron, précisa Isaac en arrière-plan.

— Dis-lui d'arrêter tout de suite. Corks, du champ' ! Oh, ça alors, Pyne ! Venez donc par ici. Belle guérison. Bravo. »

Ses lunettes comiquement perchées sur le bout de son nez, il se leva, prit la main de Jonathan et l'attira vers lui jusqu'à ce qu'ils pénètrent chacun dans l'espace privé de l'autre, comme au Meister. Puis il l'examina en fronçant les sourcils derrière ses lunettes. Ce faisant, il leva lentement les mains vers les joues de Jonathan comme s'il avait l'intention de lui donner deux gifles. Et il les laissa là, si près que Jonathan en sentait la chaleur, tandis que Roper inclinait la tête de droite et de gauche, l'examinant avec attention à une distance de quelques centimètres.

« Sacrément réussi ! déclara-t-il finalement, satisfait. Bravo Pyne, bravo Marti, bravo l'argent. C'est à ça que ça sert. Désolé de ne pas avoir été là pour votre arrivée. Je devais vendre deux ou trois fermes. Le pire, c'était quand ? » De façon déconcertante, il s'était tourné vers Corkoran, qui avançait sur le sol en marbre, apportant un plateau avec trois coupes en argent dépoli remplies de Dom Pérignon. « Le voilà. J'ai eu peur que notre navire ne soit en cale sèche.

— Après l'opération, je crois..., répondit Jonathan. Quand je suis revenu à moi. Comme après le dentiste, mais dix fois pire.

— Attention : voilà le meilleur moment. »

Troublé par la conversation décousue de Roper, Jonathan n'avait pas remarqué la musique jusqu'alors. Mais quand Roper leva la main pour imposer le silence, il reconnut les dernières notes de « *La donna è mobile* » chanté par Pavarotti. Tous trois restèrent immobiles le temps que le morceau se termine. Puis Roper leva sa coupe et but une gorgée.

« Nom de Dieu, il est vraiment génial. Je passe toujours cet air le dimanche. Je n'oublie jamais, pas vrai, Corks ? Santé. Et merci.

— Santé », l'imita Jonathan. Le bruit du hors-bord cessa au loin, faisant place à un profond silence. Le regard de Roper se posa sur la cicatrice au poignet droit de Jonathan.

« On est combien pour déjeuner, Corks ?

— Dix-huit, peut-être vingt, patron.

— Les Vincetti viennent ? Je n'ai pas encore entendu leur avion. Ce bimoteur tchèque qu'ils ont, là.

— Aux dernières nouvelles, ils venaient, patron.

— Dis à Jed qu'il faut des cartons avec les noms. Et de belles serviettes. Pas cette espèce de PQ rouge. Et mets la main sur les Vincetti pour savoir s'ils viennent ou pas. Pauli a répondu pour les 130 ?

— On attend toujours, patron.

— Eh ben, il ferait mieux de se dépêcher, sinon ça lui passera sous le nez. Alors vous voilà, Pyne. Asseyez-vous. Pas là. Ici, pour que je vous voie bien. Et dis à Isaac, pour le sancerre. Qu'il soit frais, pour une fois. Apo a fait le projet d'amendement ?

— Il est dans votre corbeille à courrier.

— Un type épatant, commenta Roper après le départ de Corkoran.

— J'en suis sûr, acquiesça poliment Jonathan.

— Il adore servir », fit Roper avec ce regard complice qu'ont les hétérosexuels.

Roper faisait tournoyer le champagne dans sa coupe, et souriait en le regardant décrire des cercles. « Ça vous ennuierait de me dire ce que vous voulez ? demanda-t-il.

— Et bien, j'aimerais retourner chez Low, si possible. Dès que ça vous conviendra, quoi. Juste un avion pour Nassau, ce serait parfait. Je me débrouillerai à partir de là.

— Ce n'est pas du tout ce que je voulais dire. Ma question visait plus loin. Dans la vie. Qu'est-ce que vous voulez ? Quel est votre plan ?

— Je n'ai pas de plan. Pas pour l'instant. Je vadrouille. Je prends du bon temps.

— Mon œil, oui ! Je ne vous crois pas. Vous n'avez jamais pris une minute de repos, à mon avis. Moi non plus, quand j'y pense. J'essaie. Je joue au golf de temps en temps, je fais du bateau, je touche un peu à tout, je me baigne, je baise. Mais mon petit moteur tourne en permanence. Le vôtre aussi. C'est ce que j'aime chez vous. Pas de point mort. »

Il souriait toujours. Jonathan également, alors même qu'il se demandait sur quoi Roper fondait ce jugement.

« Si vous le dites, fit Jonathan.

— La cuisine, l'escalade, la navigation, la peinture, l'armée, le mariage, les langues, le divorce, une fille au Caire, une autre en Cornouailles, une troisième au Canada, un Australien liquidé... Je ne fais jamais confiance à un type qui me dit qu'il ne court pas après quelque chose. Pourquoi vous avez fait ça ?

— Fait quoi ? »

Jonathan n'avait pas gardé souvenir du charme de Roper. D'homme à homme, il vous laissait croire que vous pouviez tout lui dire, et qu'il sourirait toujours à la fin de votre récit.

« Avoir pris des risques pour Daniel. Cassé le cou d'un type un jour, sauvé mon fils le lendemain. Vous avez volé Meister, pourquoi pas moi ? Pourquoi vous ne me demandez pas d'argent ? ajouta-t-il l'air presque frustré. Je vous paierais. Je me fiche de ce que vous avez fait, vous avez sauvé mon gosse. Ma bonté n'a pas de limite, quand il s'agit de mon fils.

— Je ne l'ai pas fait pour de l'argent. Vous m'avez remis sur pied. Vous vous êtes occupé de moi. Je vais simplement partir.

— Vous parlez quelles langues, au fait ? demanda Roper avant de prendre une feuille de papier, de la lire et de la reposer.

— Français, allemand et espagnol.
— La plupart des linguistes sont des crétins. Ils peuvent tout dire dans une langue, alors ils en apprennent une autre pour tout dire dans l'autre. Et l'arabe ?
— Non.
— Ah bon ? Vous êtes resté assez longtemps, pourtant.
— Oh, quelques rudiments, c'est tout.
— Vous auriez dû vous trouver une Arabe. Peut-être l'avez-vous fait, d'ailleurs. Vous avez connu le vieux Freddie Hamid, là-bas, pendant que vous y étiez ? C'est un ami à moi. Un type un peu excentrique. Vous l'avez forcément connu. Sa famille possède l'auberge où vous bossiez. Il avait des chevaux.
— Il faisait partie du conseil d'administration de l'hôtel.
— Selon Freddie, vous avez tout d'un moine. Je lui ai demandé. Un modèle de discrétion. Pourquoi êtes-vous allé là-bas ?
— Le hasard. Il y avait une annonce pour ce poste sur le tableau d'affichage de l'école hôtelière le jour où j'ai reçu mon diplôme. J'avais toujours voulu voir le Moyen-Orient, alors je me suis présenté.
— Freddie avait une petite amie. Plus âgée que lui. Intelligente. Trop bien pour lui, quoi. Un cœur gros comme ça. Elle traînait souvent sur les champs de courses ou au yacht-club avec lui. Sophie. Vous l'avez connue ?
— Elle a été assassinée.
— Oui, juste avant votre départ. Vous l'avez rencontrée ?
— Elle avait une suite au dernier étage de l'hôtel. Tout le monde la connaissait. C'était la femme de Hamid.
— Et la vôtre ? »
Le regard malin et franc n'avait rien de menaçant. Il jugeait. Il offrait camaraderie et compréhension.
« Bien sûr que non.
— Pourquoi bien sûr ?
— Ç'aurait été de la folie. Même si elle avait voulu.

— Pourquoi n'aurait-elle pas voulu ? Une Arabe au tempérament fougueux, la quarantaine passée, ça ne résiste pas à une petite culbute. Un beau garçon comme vous. Dieu sait que Freddie n'a rien d'un Apollon. Qui l'a tuée ?

— L'enquête était toujours en cours quand je suis parti. Je n'ai jamais entendu dire qu'ils aient arrêté quelqu'un. Ils pensaient à un cambrioleur. Elle l'aurait surpris, et il l'aurait poignardée.

— Ce n'était pas vous, en tout cas ? » Le regard malin et franc l'invitait à partager la bonne blague, avec un large sourire de dauphin.

« Non.

— Vous en êtes sûr ?

— Selon une rumeur, c'était Freddie.

— Ah oui ? Pourquoi il aurait fait une chose pareille ?

— Ou en tout cas, il aurait commandité le meurtre. Apparemment, elle l'avait trahi d'une façon ou d'une autre.

— Mais pas avec vous ? fit Roper, amusé.

— Malheureusement non. »

Roper souriait toujours. Jonathan aussi.

« Corky n'arrive pas à vous cerner, voyez-vous. C'est un type suspicieux, Corks. Il sent des mauvaises ondes en vous... Vous êtes différent sur le papier et dans la réalité, à ce qu'il dit. Qu'est-ce que vous avez fait d'autre ? D'autres cadavres à votre tableau de chasse ? Des petits coups fumants qu'on ignore ? Que la police ignore ? D'autres types zigouillés ?

— Je ne fais pas de coups fumants. Les choses m'arrivent et j'y réagis. Ça a toujours été comme ça.

— Eh ben, en tout cas, pour réagir, vous réagissez. On m'a dit que vous avez dû identifier le corps de Sophie, et vous occuper des flics. C'est vrai ?

— Oui.

— Sale boulot, non ?

— Il fallait bien que quelqu'un le fasse.

— Freddie vous en est reconnaissant. Il a dit que je vous remercie, si je vous voyais. Officieusement, bien sûr. Il aurait été bien embêté d'avoir à s'y coller lui-même. Ça aurait pu s'avérer délicat. »

La haine s'emparait-elle enfin de Jonathan? L'expression de Roper restait inchangée, le demi-sourire toujours intact. Jonathan fut vaguement conscient que Corkoran revenait discrètement dans la pièce et s'asseyait sur un sofa. L'attitude de Roper changea imperceptiblement, comme s'il jouait maintenant devant un public.

« Le bateau sur lequel vous êtes venu du Canada, il avait un nom? reprit-il de sa voix de confesseur.
— L'*Étoile de Bethel*.
— Immatriculé à?
— South Shields.
— Comment vous avez réussi à avoir votre couchette? Ce n'est pas facile, si? De se faire prendre en stop sur un sale petit rafiot.
— Je faisais la cuisine. »

Assis dans les coulisses, Corkoran ne put s'empêcher de demander : « Avec une seule main?
— Je portais des gants en caoutchouc.
— Comment avez-vous dégotté cette place? répéta Roper.
— J'ai graissé la patte au cuistot du bateau, et le capitaine m'a pris en surnombre.
— Son nom?
— Greville.
— Votre agent, là, Billy Bourne…, continua Roper. Recruteur d'équipage à Newport, dans le Rhode Island. Comment vous l'avez rencontré?
— Tout le monde le connaît. Demandez à n'importe lequel d'entre nous.
— Nous qui?
— Les équipages, le personnel de cuisine.
— Tu as le fax de Billy, Corks? Il l'aime bien, hein? Trois couches de pommade, si je me rappelle bien?
— Oh, Billy Bourne l'adore! confirma amèrement Corkoran. Lamont est parfait. Bon cuistot, serviable, n'embarque ni l'argenterie ni les invitées, toujours là

quand on a besoin de lui, disparaît dans le cas contraire, bref... la huitième merveille du monde.

— Mais nous avons vérifié ses autres références, me semble-t-il ? Pas toutes si béton que ça, hein ?

— Légèrement fantaisistes, patron, concéda Corkoran. Carrément bidon, pour tout dire.

— Vous les avez contrefaites, Pyne ?

— Oui.

— Et ce type auquel vous avez cassé le bras. Vous l'aviez déjà vu avant ?

— Non.

— Il n'avait pas mangé chez Low un autre soir ?

— Non.

— Vous ne l'aviez jamais emmené faire un tour en bateau ? Cuisiné pour lui ? Passé de la drogue pour lui ? »

Pas de menace apparente dans ces questions, pas d'accélération du rythme. Le sourire amical de Roper restait intact, alors que Corkoran faisait la grimace et se tripotait le lobe de l'oreille.

« Non, répondit Jonathan.

— Tué pour lui, volé pour lui ?

— Non.

— Et son pote ?

— Non plus.

— On s'est dit que vous auriez pu avoir été infiltré par eux au départ, et avoir décidé de changer de camp à mi-course. On s'est demandé si c'était pas pour ça que vous avez tellement massacré ce type. Pour montrer que vous étiez plus blanc que neige, vous voyez ce que je veux dire ?

— C'est ridicule ! s'écria Jonathan, avant de se faire plus virulent encore : C'est même vraiment insultant. » Puis, sur un ton plus recherché : « Je crois que vous feriez mieux de retirer ce que vous venez de dire. Pourquoi devrais-je supporter ce genre d'affront ? »

Soyez bon perdant, avait dit Burr. *Ne rampez jamais. Ça le rend malade.*

Mais Roper sembla n'avoir pas entendu les protestations de Jonathan. « Un loustic comme vous, en cavale, sous un nom d'emprunt, vous n'aviez peut-être pas envie de vous frotter encore à la police. Il valait mieux gagner les bonnes grâces de l'Anglais plein de fric que de kidnapper le gamin. Vous comprenez notre point de vue ?

— Je n'ai rien à voir avec eux. Je vous l'ai dit. Je ne les avais jamais vus avant ce soir-là, je n'avais jamais entendu parler d'eux. J'ai récupéré votre fils, non ? Et je ne veux même pas de récompense. Je veux me tirer, c'est tout. Laissez-moi seulement partir.

— Comment saviez-vous qu'ils se dirigeraient vers la cuisine ? Ils auraient pu aller n'importe où.

— Ils connaissaient les lieux. Ils savaient où était la caisse. Ils avaient de toute évidence reconnu le terrain. Oh, ça suffit !

— Et vous les y aviez aidés ?

— Non !

— Vous auriez pu aller vous cacher. Pourquoi ne l'avez-vous pas fait ? Ça vous aurait évité des ennuis. C'est ce qu'aurait fait n'importe quel fuyard, n'est-ce pas ? Je n'ai jamais été en cavale moi-même. »

Jonathan laissa passer un long moment, soupira, et sembla se résigner devant l'acharnement de ses hôtes. « Je commence à me dire que j'aurais mieux fait…, commença-t-il avec agacement, laissant retomber ses épaules.

— Corks, où est passée cette bouteille ? Tu l'as pas sifflée, au moins ?

— Elle est là, patron. »

Retour à Jonathan. « Je veux que vous restiez là quelque temps. Amusez-vous, rendez-vous utile, allez nager, reprenez des forces, et nous, on va voir ce qu'on fait de vous. Il se pourrait même qu'on vous trouve du travail, quelque chose d'un peu particulier. Ça dépend. » Son sourire s'élargit. « Faites-nous quelques gâteaux aux carottes. Qu'est-ce qui ne va pas ?

— Je suis désolé, je ne peux pas, déclara Jonathan. Ce n'est pas ça que je veux.

– Ben voyons ! Bien sûr que si.

– Où iriez-vous, sinon ? demanda Corkoran. Au Carlyle de New York ? Au Ritz-Carlton de Boston ?

– J'irai mon chemin, c'est tout », lâcha Jonathan, poliment mais fermement.

Il en avait assez. La comédie et la réalité se confondaient sans qu'il puisse faire la différence. J'ai besoin de mon propre espace, de mon propre projet. Je n'en peux plus d'être la chose de quelqu'un. Il se leva, prêt à partir.

« Mais qu'est-ce que vous racontez, bon Dieu ? se plaignit Roper, mystifié. Je vous paierai. Et pas qu'un peu. Je vous donnerai un énorme salaire. Une jolie petite maison de l'autre côté de l'île. Il peut avoir Woody's House, Corks. Équitation, natation, navigation, vous pouvez emprunter un bateau juste à côté de chez vous. Et de toute façon, vous utiliseriez quoi comme passeport ?

– Le mien. Au nom de Thomas Lamont. Il était dans mes affaires ! » fit-il en se tournant vers Corkoran.

Un nuage passa devant le soleil, créant brièvement une lumière crépusculaire irréelle dans la pièce.

« Corky, annonce-lui la mauvaise nouvelle », ordonna Roper, le bras tendu car Pavarotti s'était remis à chanter.

Corkoran haussa les épaules avec un sourire gêné, comme pour demander de ne pas lui en vouloir. « Euh, oui, au sujet de ce passeport canadien, mon cœur. C'est du passé. Je l'ai mis dans la broyeuse. Ça semblait la chose à faire, à l'époque.

– Mais qu'est-ce que vous racontez ? »

Corkoran se frottait la paume d'une main avec le pouce de l'autre, comme s'il avait découvert une bosse rugueuse.

« Du calme, vieux. Je vous ai rendu service. Votre couverture est complètement grillée. Depuis quelques jours, T. Lamont est sur toutes les listes de suspects recherchés dans l'hémisphère occidental. Interpol, l'Armée du Salut, tout... Je vous en montrerai la preuve, si vous voulez. Garanti cent pour cent. Désolé, c'est un fait.

– Mais c'était mon passeport ! »

La même colère s'était emparée de lui dans les cuisines de Mama Low, spontanée, incontrôlable, aveugle – ou presque. C'était mon nom, ma femme, ma trahison, ma couverture ! J'ai menti pour ce passeport ! Trahi pour lui ! Cuisiné, joué les larbins et léché des culs pour lui ! Laissé des cadavres sur la route pour lui !

« On vous en prépare un tout nouveau tout beau, annonça Roper. C'est le moins qu'on puisse faire. Corky, va chercher ton Polaroïd, tire-lui le portrait. Il faut que ce soit en couleur, maintenant. Il vaudrait peut-être mieux maquiller un peu les hématomes. Personne d'autre n'est au courant, vous comprenez ? Les gorilles, les jardiniers, les bonnes, les palefreniers, personne. » Une pause délibérée. « Jed non plus. Elle reste en dehors de tout ça. » Il ne précisa pas tout quoi. « Qu'avez-vous fait de la moto que vous aviez en Cornouailles ?

– Je l'ai abandonnée à côté de Bristol.

– Pourquoi vous ne l'avez pas revendue ? demanda Corkoran avec agressivité. Ou emmenée en France ? Vous auriez pu, non ?

– C'était un signe distinctif. Tout le monde savait que je faisais de la moto.

– Encore une chose. » Roper avait le dos tourné à la terrasse, et son doigt-pistolet pointé sur le crâne de Jonathan. « Je dirige un business très organisé. On vole à droite à gauche, mais on la joue réglo entre nous. Vous avez sauvé mon fils. Mais si vous commettez la moindre incartade, vous souhaiterez n'avoir jamais vu le jour. »

Au son de pas sur la terrasse, Roper se retourna vivement, prêt à s'emporter parce que son ordre n'avait pas été respecté, mais il vit Jed glisser des cartons nominatifs dans des porte-cartes en argent sur les tables. Sa chevelure châtaine lui tombait sur les épaules. Son corps était pudiquement caché par un peignoir.

« Jeds! Viens là une seconde! J'ai une bonne nouvelle pour toi. Une nouvelle qui s'appelle Thomas. Il va faire partie de la famille quelque temps. Il vaudrait mieux le dire à Daniel, ça va lui faire plaisir. »

Elle laissa passer un instant, leva la tête et la tourna, offrant son plus beau sourire à la caméra.

« Oh, ça alors. Thomas, c'est super! » Les sourcils levés pour marquer sa joie et son émotion. « C'est une excellente nouvelle. Roper, on ne devrait pas fêter ça? »

C'était le lendemain matin peu après 7 heures, mais au quartier général de Miami il aurait aussi bien pu être minuit. Les mêmes lumières au néon éclairaient les mêmes murs de brique peints en vert. Dégoûté de son hôtel arts déco, Burr avait fait du bâtiment son chez-lui solitaire.

« Oui, c'est moi, répondit-il calmement dans le combiné rouge. Et c'est bien vous, au son de votre voix. Comment ça va? »

Tandis qu'il parlait, il leva sa main libre au-dessus de sa tête jusqu'à ce que son bras soit tendu vers le ciel invisible. Tout était pardonné. Dieu était au paradis. Jonathan appelait son officier traitant avec sa boîte magique.

« Ils ne veulent pas de moi », dit Palfrey à Goodhew avec satisfaction, alors qu'ils se promenaient dans Battersea en taxi. Goodhew était passé le chercher au Royal Festival Hall. Il faudra faire vite, avait dit Palfrey.

« Qui ne veut pas de vous?
— Le nouveau comité de Darker. Ils se sont inventé un nom de code : Vaisseau amiral. Il faut être sur la liste, sinon on n'est pas habilité Amiral.
— Alors qui est sur cette liste?
— Je n'en sais rien. Ils ont un code couleur.
— C'est-à-dire?
— Ils s'identifient par une bande électronique imprimée dans leur passe de bureau. Il y a une salle de

réunion Amiral. Ils y vont, ils glissent leur passe dans une machine et la porte s'ouvre. Ils entrent et elle se referme. Ils s'asseoient, lisent les documents, font leur réunion. La porte s'ouvre et ils sortent.

— Mais qu'est-ce qu'ils lisent ?
— Les nouveaux développements. Le plan de jeu.
— Où est cette salle de réunion ?
— À l'écart du bâtiment. Loin des regards indiscrets. Louée. Ils paient cash. Pas de reçu. Sans doute un étage dans une banque. Darker adore les banques. » Il continuait à parler, pressé de vider son sac et de partir. « Si vous êtes habilité Amiral, vous êtes Marin. C'est un nouveau jargon d'initiés basé sur le vocabulaire maritime. Si quelque chose est un peu trop "mouillé" pour circuler, ça veut dire qu'il faut que ça soit classé Amiral. Ou alors, c'est trop nautique pour des non Marins. Ou quelqu'un est "marin d'eau douce" et pas vrai Marin. Avec leurs noms de code, ils se sont fait une sorte de rempart extérieur pour protéger le donjon central.

— Tous les Marins sont membres de River House ?
— Il y a des Puristes, des banquiers, des fonctionnaires, deux députés, et des fabricants.
— Des fabricants ?
— Des marchands d'armes, enfin, Rex !
— Ces fabricants sont anglais ?
— Pas loin.
— Américains ? Ce sont des Marins américains, Harry ? Est-ce qu'il existe un Amiral américain ? Il y a un équivalent là-bas ?
— Je passe.
— Pouvez-vous me donner au moins un nom, Harry ? Une piste ? »

Mais Palfrey était trop occupé, trop pressé, trop en retard. Il sauta sur le trottoir, puis replongea la tête dans le taxi pour attraper son parapluie.

« Demandez à votre maître », murmura-t-il si bas que Goodhew, dur d'oreille, ne fut pas certain de l'avoir bien entendu.

17

Il y avait le côté Crystal et le côté Ville, et, bien que seulement séparés par un kilomètre à vol d'oiseau, il aurait pu s'agir d'îles différentes car entre les deux se dressait une butte pompeusement appelée Miss Mabel Mountain, point culminant des îles alentour, ce qui n'était pas un titre de gloire. Elle avait la taille ceinte d'un tablier de brume, des cases d'esclaves en ruines à ses pieds, et sur ses flancs une forêt où filtraient les rayons du soleil comme à travers un toit défoncé.

Le côté Crystal avait tout de la campagne anglaise, avec ses prairies, ses bosquets de magnolias qui, de loin, auraient pu passer pour des chênes, ses enclos à bétail, ses sauts-de-loup et ses échappées sur la mer entre de douces collines paysagères habilement façonnées par les bulldozers de Roper.

Le côté Ville, au contraire, paraissait austère et venté comme une Écosse ensoleillée : la pente recouverte de maigres pâturages pour les chèvres, les ferblanteries, le terrain de cricket en poussière rouge apportée par le vent avec son pavillon de tôle étamée, et le vent d'est dominant qui agitait l'eau de Carnation Bay.

Dans une allée en croissant le long de Carnation Bay, bordée de pavillons aux teintes pastel, avec chacun leur jardinet et une volée de marches menant à la mer, Roper logeait ses employés blancs. De tous ces pavillons, Woody's House était sans conteste le plus attrayant, en raison de son balcon artistiquement ouvragé avec une vue imprenable sur Miss Mabel Island au milieu de la baie.

Dieu seul savait qui était Miss Mabel, bien qu'elle eût donné son nom à une butte prétendûment imposante, une île déserte, un élevage d'abeilles aujourd'hui à l'abandon, une filature de coton mort-née et un certain type de napperons de dentelle que plus personne ne savait faire : « Une vieille lady du temps de l'esclavage, avançaient timidement les autochtones quand l'observateur rapproché les interrogeait. Mieux vaut la laisser reposer en paix. »

Mais tout le monde savait qui était Woody : M. Woodman, lointain prédécesseur du major Corkoran, venu d'Angleterre avec la première vague lorsque M. Roper avait acheté l'île. Un homme charmant, aimable avec les indigènes, jusqu'au jour où le patron avait ordonné qu'il soit enfermé dans sa maison le temps que la sécurité l'interroge et que des comptables de Nassau trouvent trace de ses magouilles dans les livres de comptes. L'île entière avait alors retenu son souffle, car tous les habitants avaient plus ou moins trempé dans ses combines. Au bout d'une semaine d'attente, deux gorilles l'avaient emmené en voiture jusqu'à la piste au sommet de Miss Mabel Mountain, et il avait eu bien besoin de leur aide car il ne pouvait plus marcher normalement. À vrai dire, sa propre mère aurait facilement pu l'enjamber sur le trottoir sans reconnaître son petit garçon. Depuis, Woody's House, avec son balcon ouvragé et sa belle vue sur la baie, était restée vide, avertissement lancé à tous les habitants de l'île que si le patron était un employeur et un propriétaire généreux, un bon chrétien envers les honnêtes gens, outre un membre bienfaiteur et le président à vie du club de cricket, du club de garçons et du steel-band du côté Ville, on pouvait aussi lui faire confiance pour réduire en bouillie toute personne qui l'arnaquerait.

Jouer en même temps et avec assurance le héros, le meurtrier en cavale, l'invité en convalescence, le vengeur de Sophie et l'espion de Burr n'était pas facile, mais Jonathan, avec ses facultés illimitées d'adaptation, semblait assumer ce rôle aisément.

Vous donnez l'impression d'être à la recherche de quelqu'un, lui avait dit Sophie. *Mais je crois que vous vous cherchez vous-même.*

Chaque matin, après son jogging et sa baignade, il enfilait T-shirt, tennis et pantalon, et se mettait en route pour faire son apparition à Crystal vers 10 heures. Le trajet du côté Ville au côté Crystal lui prenait à peine dix minutes, et pourtant, à chaque fois, c'était Jonathan qui partait et Thomas qui arrivait. Il suivait une des six allées cavalières au pied de Miss Mabel que Roper laissait ouvertes à travers bois. Pendant la majeure partie de l'année, c'était en fait un tunnel à cause des arbres formant voûte au-dessus. Il suffisait d'une seule averse pour que les branches dégoulinent d'eau pendant des jours.

Certaines fois, si son intuition ne l'avait pas trompé, il rencontrait Jed revenant de sa promenade matinale sur sa jument arabe Sarah, en compagnie de Daniel, de Claud, le palefrenier polonais, et parfois de deux ou trois invités. Il entendait d'abord un bruit de sabots et de voix plus haut dans les bois, puis retenait son souffle tandis que le groupe, la cavalière ouvrant la marche et Claud la fermant, descendait le chemin sinueux jusqu'à l'entrée du tunnel, où les chevaux se mettaient à trotter en direction de l'écurie. Les reflets roux et or que le soleil faisait parfois jouer dans les cheveux au vent de Jed s'harmonisaient avec la crinière blonde de Sarah en un effet superbe autant qu'irréel.

« Tiens, Thomas, quelle excellente surprise ! » Jonathan en convenait. « Au fait, Thomas, Dan me tarabustait pour savoir si vous alliez l'emmener faire de la voile aujourd'hui – il est tellement gâté... Vraiment ? Vous voulez bien ? répétait-elle l'air presque désespéré. Mais vous avez passé tout l'après-midi à lui apprendre à peindre, hier ! Vous êtes un amour. Qu'est-ce que je lui dis ? 15 heures ? »

N'en rajoute pas, avait-il envie de lui conseiller amicalement. Tu as décroché le rôle, alors arrête d'en faire trop, sois vraie. Mais malgré tout, comme aurait dit Sophie, elle l'avait caressé du regard.

D'autres matins, s'il allait courir de bonne heure sur la plage, il lui arrivait de rencontrer Roper en short, pieds nus dans le sable mouillé au bord de l'eau, en train de faire du jogging, de la marche ou quelques mouvements de gymnastique face au soleil, avec la même autorité qu'en toute chose : ceci est mon eau, mon île, mon sable, mon rythme.

« Bonjour ! Quelle belle journée, criait Roper s'il était d'humeur joyeuse. Vous voulez courir ? Nager ? Allez. Ça vous fera du bien. »

Alors ils couraient ou nageaient côte à côte un moment, en discutant un peu jusqu'à ce que Roper retourne soudain à la grève, ramasse sa serviette et, sans un mot, sans un regard en arrière, reparte à grands pas en direction de Crystal.

« Vous pouvez manger librement des fruits de tous les arbres, avait dit Corkoran à Jonathan alors qu'ils étaient assis dans le jardin de Woody's House à regarder le soleil se coucher sur Miss Mabel Island. Les serveuses, les bonnes, les cuisinières, les dactylos, les masseuses, la dame qui vient couper les griffes du perroquet, et même les invitées sont à vous si vous savez vous servir discrètement. Mais si vous touchez seulement à un cheveu de Notre-Dame de Crystal, il vous tuera. Et moi aussi, je vous tuerai. C'est juste une information d'ordre général, mon trésor. Sans vouloir vous vexer.

— Eh bien, merci, Corky, avait dit Jonathan sur le ton de la plaisanterie. Merci beaucoup. Vous et Roper cherchant à me faire la peau, ça serait le bouquet ! Où l'a-t-il trouvée, au fait ? demanda-t-il en allant chercher une autre bière.

— À une vente de chevaux en France, d'après ce qu'on raconte. »

Alors c'est comme ça que ça se passe, pensa Jonathan. On va en France, on achète un cheval, et on revient avec une pensionnaire de couvent qui s'appelle Jed. Facile.

« Avec qui était-il avant ? » demanda-t-il.

Le regard de Corkoran était posé sur le pâle horizon. « Vous savez quoi ? se plaignit-il, à la fois étonné et frustré. On a retrouvé le capitaine de *l'Étoile de Bethel*, et même lui est incapable de prouver que vous mentez comme un arracheur de dents. »

Corkoran a lancé cet avertissement en pure perte. L'observateur rapproché n'a aucune protection contre la jeune femme. Il la voit partout, les yeux fermés. Il la voit se refléter à la lueur des bougies dans une cuiller en argent de chez Bulgari à Rome, ou dans les chandeliers en argent de chez Paul de Lamarie qui font systématiquement leur apparition sur la table de Roper quand il revient de vendre des fermes, ou dans les miroirs dorés de sa propre imagination. Tout en se méprisant lui-même, il l'étudie nuit et jour pour se confirmer qu'elle est ignoble. Elle lui répugne et donc l'attire. Il la punit du pouvoir qu'elle exerce sur lui, et se punit lui-même de s'y abandonner. *Tu es comme un hôtel où les gens louent une chambre, paient, et s'en vont*! lui hurle-t-il. Et en même temps, il se consume à cause d'elle. Même l'ombre de Jed le nargue quand, à demi nue, elle traverse d'un pas nonchalant les salles de Crystal dont le sol de marbre s'empourpre à son passage. Elle va nager et se faire bronzer, la peau enduite d'huile solaire, se retourne d'un côté, de l'autre, puis sur le ventre, tout en bavardant avec son amie Caroline Langbourne, ou en dévorant ses bibles d'évasion : *Vogue, Tatler, Marie-Claire*, ou le *Daily Express* d'il y a trois jours, tandis que son bouffon Corkoran, assis à trois mètres d'elle avec son panama et son pantalon retroussé, boit des Pimm's.

« Pourquoi est-ce que Roper ne vous emmène plus avec lui, Corks ? demande-t-elle d'un ton indolent en lisant sa revue, d'une de ces nombreuses voix affectées que Jonathan voudrait faire taire pour toujours. Avant, il vous emmenait à chaque fois. » Elle tourne une page. « À ton avis, Caro, est-ce qu'il y a pire au monde que d'être la maîtresse d'un ministre conservateur ?

– Être celle d'un ministre travailliste, par exemple », suggère Caroline, dont le physique banal et l'intelligence ne conviennent pas à une vie d'oisiveté.

Et le rire de Jed, ce rire de gorge convulsif et spontané, qui lui fait fermer les yeux et donne à son visage une expression espiègle, alors que par ailleurs elle essaie de toutes ses forces d'avoir l'air d'une vraie dame.

Sophie aussi était une pute..., pense-t-il, effondré. La différence, c'est qu'elle, elle le savait.

Il la regardait se rincer les pieds sous le robinet réglé électroniquement : elle reculait d'un pas, levait un orteil à l'ongle verni pour accélérer le débit, prenant appui sur son autre pied, ce qui mettait sa hanche en valeur. Puis, sans un regard pour personne, elle allait au bord de la piscine et plongeait. Il la voyait plonger et replonger. Dans son sommeil, il se repassait le film de cette lente et imperceptible lévitation de son corps impeccablement droit qui décrivait une courbe pour entrer dans l'eau sans faire plus de bruit qu'un soupir.

« Allez, viens, Caro ! L'eau est divine. »

Il observait ses changements d'humeur et de personnalité : Jed le clown dégingandé, les pieds écartés pour jouer au croquet, tour à tour jurant ou riant ; Jed la rayonnante châtelaine de Crystal, face à un trio de banquiers de la City au cou trapu invités à dîner et captivés par son incessant bavardage bourré de clichés :

« Mais quand même, ça doit vous briser le cœur de vivre à Hong Kong et de savoir que tout, absolument tout ce qu'on fait pour eux, les super-buildings, les boutiques, les aéroports, tout ça va être absorbé par ces odieux Chinois ? Et les courses de chevaux ? Que vont-elles devenir ? Et les chevaux ? Non, vraiment... »

Ou encore Jed la femme-enfant qui, sur un coup d'œil sévère de Roper, porte la main à sa bouche et dit : « La gaffe ! » Ou, la soirée terminée et le dernier des banquiers parti se coucher, Jed montant le grand escalier, la tête sur l'épaule de Roper et la main sur ses fesses.

« On a été superbes, non ?
– Une soirée merveilleuse, Jeds. Très amusante.

– Quels raseurs, non ? bâille-t-elle. Ah là là, il y a des jours où je regrette l'école. C'est si épuisant d'être adulte. Bonne nuit, Thomas.

– Bonne nuit, Jed. Bonne nuit, patron. »

C'est une tranquille soirée en famille à Crystal. Roper aime qu'il y ait du feu, qu'affectionnent également les six épagneuls nains allongés les uns contre les autres devant la cheminée. Danby et MacArthur sont venus de Nassau par avion pour parler affaires, dîner et repartir à l'aube le lendemain. Jed est perchée sur un tabouret aux pieds de Roper, armée d'un crayon et d'un papier, portant les lunettes à monture dorée dont Jonathan est persuadé qu'elle n'a nul besoin.

« Chéri, on doit vraiment inviter encore ce Grec visqueux et sa métèque genre Minnie Mouse ? objecte-t-elle à l'idée de convier Me Paul Apostoll et son *innamorata* à la croisière d'hiver sur le *Pacha de fer*.

« Apostoll ? *El Apetito* ? s'étonne Roper. Bien sûr. Apo, c'est des affaires sérieuses.

– Ils ne sont même pas grecs, vous le saviez, Thomas ? Les Grecs, je veux dire. Ils sortent de tout un mélange turc, arabe et que sais-je encore. Tous les Grecs dignes de ce nom ont disparu depuis des lustres. Bon, eh ben, on n'a qu'à les mettre dans la suite pêche et ils se démerderont avec une douche.

– C'est hors de question, la rembarre Roper. On leur donne la suite bleue avec le jacuzzi, sinon Apo va bouder. Il aime bien la savonner.

– Il peut la savonner sous la douche, proteste Jed en une feinte rébellion.

– Non, il n'est pas assez grand », rappelle Roper, et tous rient aux éclats parce que le patron vient de dire un truc drôle.

« Ce vieil Apo n'a pas pris le voile ? demande Corkoran en levant le nez de son scotch bien tassé. Je croyais qu'il avait renoncé aux plaisirs de l'alcôve depuis que sa fille s'est foutue en l'air.

– C'était seulement pour le carême », dit Jed.

Son humour et sa grossièreté sont captivants. Tout le monde, y compris elle-même, trouve irrésistiblement drôle cette jeune pensionnaire de couvent utilisant un langage de charretier.

« Chéri, on s'en tape complètement, des Donahue, hein ? Jenny s'est bourrée comme un coing dès qu'elle est montée à bord, et Archie s'est comporté en vrai con. »

Jonathan croise son regard et le soutient avec un manque d'intérêt délibéré. Jed lève les sourcils et lui rend son regard, comme pour dire : « Mais qui diable êtes-vous ? » Jonathan lui retourne la question deux fois plus violemment : « Pour qui vous prenez-vous donc, ce soir ? Moi, je suis Thomas, mais vous, qui êtes-vous, bon sang ? »

Il connaissait son corps par fragments entrevus malgré lui. À la vision du sein nu négligemment exhibé à Zurich s'était ajoutée celle de son buste reflété dans le miroir de sa chambre alors qu'elle se changeait après une promenade à cheval. Les bras levés et les mains jointes derrière la nuque, elle exécutait quelque exercice d'assouplissement sans doute conseillé dans un de ses magazines. Quant à Jonathan, il avait fait de son mieux pour ne pas regarder dans cette direction. Mais elle recommençait chaque après-midi, et un observateur rapproché ne peut pas constamment s'empêcher d'observer.

Il connaissait le galbe de ses longues jambes, les méplats satinés de son dos, l'ossature bien dessinée de ses épaules athlétiques, son côté garçon manqué. Il connaissait la blancheur du dessous de ses bras, et le balancement de ses hanches lorsqu'elle montait à cheval.

Et il y avait un épisode que Jonathan osait à peine se rappeler : le jour où, croyant qu'il s'agissait de Roper, elle lui avait crié : « Donne-moi la serviette, vite ! » Il se trouve qu'il passait devant leur chambre en revenant de lire les *Histoires comme ça* à Daniel, que la porte était entrouverte, que Jed n'avait pas appelé Roper par son nom, que Jonathan croyait vraiment, ou presque, qu'elle l'appelait bien lui, et que le bureau de Roper, de l'autre côté de la chambre, était la cible permanente de la curiosité professionnelle de l'observateur rapproché. Alors il avait doucement poussé la porte, s'apprêtant à entrer, mais s'était arrêté à un mètre d'elle, devant l'incomparable spectacle de son corps nu vu de dos, alors qu'elle appuyait un gant de toilette contre son œil, et jurait en essayant d'enlever le savon. Le cœur battant, Jonathan s'était enfui et, à la première heure le lendemain matin, tout excité, il avait sorti la boîte magique de sa cachette pour faire un rapport de dix minutes à Burr sans mentionner Jed une seule fois.

« Il y a la chambre, le dressing de Roper, et après, son petit bureau. C'est là qu'il garde ses papiers personnels, j'en suis sûr. »

Burr avait aussitôt pris peur. Peut-être avait-il déjà pressenti la catastrophe : « Ne vous en approchez pas. C'est bien trop dangereux. Intégrez-vous d'abord, vous espionnerez ensuite. C'est un ordre. »

« Vous êtes bien installé ? lui avait demandé Roper au cours d'une de leurs promenades le long de la plage en compagnie de plusieurs épagneuls. Vous vous remettez ? Pas de problèmes ? – Couché, Trudy, espèce d'idiote ! – Il paraît que le petit Dan ne s'est pas mal débrouillé à la voile hier.

– Oui, il y est vraiment allé de bon cœur.

– Vous ne seriez pas un peu gauchiste, non ? Corky a pensé que vous pourriez être un rouge.

– Mon Dieu, non. Ça ne m'a jamais effleuré l'esprit.

– Le monde est gouverné par la peur, voyez-vous, fit Roper, semblant ne pas l'avoir entendu. L'utopie, la charité, ça ne marche pas. Pas dans le monde réel. Vous me suivez ? » Mais il n'attendit pas de voir si Jonathan le suivait ou non. « Quand on promet à un type de lui construire une maison, il n'y croit pas. Quand on le menace de faire brûler la sienne, il obéit au doigt et à

l'œil. C'est la vie. » Il s'arrêta et fit du sur-place. « Si une bande de types veulent faire la guerre, ils ne vont pas écouter une bande de pacifistes naïfs. Et s'ils ne veulent pas la faire, peu importe qu'ils aient des arbalètes ou des Stinger. C'est la vie. Désolé si ça vous dérange.
– Ça ne me dérange pas. Pourquoi ça me dérangerait ?
– J'ai dit à Corky qu'il était complètement con. Il est envieux, c'est ça qui ne va pas. Allez-y doucement avec lui. Il n'y a rien de pire qu'un pédé à l'amour-propre chatouilleux.
– Mais j'y vais doucement avec lui. Tout le temps.
– Ouais. Bon. Situation sans issue, faut croire. Qu'est-ce que ça peut foutre, de toute façon ? »

Roper en reparla deux jours plus tard. Pas de Corkoran, mais de ce dégoût qu'il prêtait à Jonathan concernant certaines transactions. Jonathan était monté dans la chambre de Daniel pour lui proposer d'aller nager, mais ne l'y avait pas trouvé. Roper, sortant de la suite royale, lui emboîta le pas et ils redescendirent ensemble.

« Les canons vont là où se trouve le pouvoir, déclara-t-il sans préambule. Le pouvoir armé, voilà ce qui maintient la paix. Le pouvoir sans armes ne dure pas cinq minutes. Règle numéro un de la stabilité. Je ne sais pas pourquoi je vous fais la leçon. Vous êtes soldat, d'une famille de soldats. Cela dit, il n'y a aucune raison de vous fourrer dans quelque chose qui vous déplaît.
– Je ne sais pas dans quoi vous voulez me fourrer. »
Ils traversèrent le grand hall en direction du patio.
« Vous n'avez jamais vendu de joujoux ? Des armes ? Des explosifs ? Du matériel ?
– Non.
– Vous n'êtes jamais tombé dessus par hasard ? En Irlande ou ailleurs ? Sur le trafic ?
– Non, je l'avoue.

— On en reparlera plus tard », fit Roper en baissant la voix.

Il avait repéré Jed et Daniel assis à une table du patio en train de jouer à *L'Attaque*. À elle, il ne lui dit donc rien, avait pensé Jonathan, réconforté. Il la considère aussi comme une enfant, et on ne parle pas devant les enfants.

Jonathan fait du jogging.

Au passage, il dit bonjour au Salon de beauté et d'épanouissement personnel, pas plus grand qu'un appentis de jardin. Il dit bonjour à Spokesman's Dock, où jadis fut étouffée une petite révolte et où Amos, le Rasta aveugle, vit maintenant sur son catamaran amarré, dont le moulin à vent miniature sert à recharger les batteries. Son colley, Bones, dort paisiblement sur le pont. Salut, Bones.

Vient ensuite le grand ensemble en tôle ondulée, baptisé « Studio d'enregistrement de Jam City », envahi aujourd'hui par des poulets, des yuccas et des landaus cassés. Bonjour, les poulets.

Il jette un coup d'œil derrière lui à la coupole de Crystal au-dessus des arbres. Bonjour, Jed.

Grimpant toujours, il atteint les vieilles maisons d'esclaves où personne ne va jamais. Arrivé à la dernière, il passe la porte déglinguée sans ralentir et va jusqu'à un baril de pétrole rouillé couché dans un coin.

Puis il s'arrête, écoute, attend que sa respiration se calme, et agite les mains pour se décontracter les épaules. De la boue et des haillons qui emplissent le baril il extrait une petite pelle en acier et se met à creuser. L'émetteur, dissimulé par Flynn et son commando nocturne sur les instructions de Rooke, se trouve dans une boîte en métal. Pendant que Jonathan appuie sur le bouton blanc, puis sur le noir, et écoute le gazouillis de l'électronique intersidérale, un gros rat brun trottine à travers la pièce comme une petite vieille qui se rend à l'église, et se glisse à pas lourds dans la maison voisine.

« Comment ça va ? » demande Burr.

Bonne question, se dit Jonathan. Comment je vais ? Je vis dans la peur, je suis obsédé par une cavalière avec un QI de 55 par beau temps, je me raccroche à la vie par le bout des ongles vingt-quatre heures sur vingt-quatre, ce qui, si ma mémoire est bonne, correspond exactement à ce que vous m'aviez promis.

Il débite ses nouvelles. Samedi, un gros Italien du nom de Rinaldo est arrivé en Lear pour repartir trois heures plus tard. Âge : quarante-cinq ans ; taille : un mètre quatre-vingt-deux ; deux gardes du corps et une blonde.

« Avez-vous noté le marquage sur son avion ? »

Sans l'avoir inscrit nulle part, l'observateur rapproché le connaît par cœur.

Rinaldo est propriétaire d'un palais dans la baie de Naples. La blonde s'appelle Jutta et vit à Milan. Jutta, Rinaldo et Roper ont mangé de la salade et bavardé dans le pavillon de verdure pendant que les gardes du corps buvaient de la bière hors de portée d'oreille, en contrebas sur la colline.

Burr a des questions complémentaires concernant la visite, vendredi dernier, de banquiers de la City dont on ne connaît que le prénom. Tom était-il gros, chauve, et content de lui ? Angus fumait-il la pipe ? Wally avait-il l'accent écossais ?

Oui aux trois questions.

Et Jonathan a-t-il eu l'impression qu'ils avaient traité des affaires à Nassau pour venir ensuite à Crystal ? Ou bien ont-ils simplement fait Londres-Nassau puis Nassau-Crystal dans le jet de Roper ?

« Ils ont d'abord réglé des affaires à Nassau. C'est là qu'ils concluent des marchés honnêtes, et à Crystal qu'ils gèrent leurs activités clandestines », répond Jonathan.

C'est seulement après le rapport sur les visiteurs de Crystal que Burr aborde la situation de Jonathan.

« Corkoran ne me lâche pas d'une semelle. Il ne peut pas me laisser tranquille, apparemment.

— C'est un has-been, et ça le rend jaloux. Mais ne

tentez pas le diable. Pas de bêtise, hein ? » Burr fait allusion au bureau derrière la chambre de Roper, sachant intuitivement que c'est encore l'objectif de Jonathan.

Jonathan remet l'émetteur dans sa boîte et la boîte dans sa tombe. Il piétine la terre et, du pied, la recouvre de poussière, de feuilles mortes, de pignons et de baies séchées, après quoi il redescend la colline au pas de course vers Carnation Bay.

« Ça va-t-y, missié Thomas le magnifique ? Comment ça va aujourd'hui, dans votre âme ? »

C'est Amos le Rasta et son attaché-case Samsonite. Personne ne lui achète jamais rien, mais cela ne le dérange pas. Il ne vient pas grand monde à la plage. Toute la journée, il reste assis bien droit sur le sable, à fumer de la ganja les yeux dans le vague. Parfois il ouvre sa Samsonite et expose ses offrandes : colliers de coquillages, écharpes fluorescentes, joints de ganja enveloppés dans du papier de soie orange. Parfois il danse, dodelinant de la tête et souriant au ciel, accompagné par les aboiements de son chien Bones. Amos est aveugle de naissance.

« Vous êtes monté là-haut, tout en haut de Miss Mabel Mountain, missié Thomas ? Vous avez communié avec les esprits vaudous aujourd'hui, pendant que vous étiez là-haut, en train de courir ? Vous avez envoyé des messages à ces esprits vaudous, missié Thomas, tout en haut de Miss Mabel Mountain ? » – Miss Mabel Mountain culmine à 250 mètres.

Jonathan continue de sourire, mais à quoi bon, avec un aveugle ?

« Oh oui, bien sûr. Tout là-haut, comme un cerf-volant.

– C'est ça, tiens ! commente Amos avant d'exécuter une petite gigue savante. Je dis rien à personne, missié Thomas. Un mendiant aveugle, il voit le mal nulle part, il entend le mal nulle part, missié Thomas. Et il chante le mal nulle part, non, missié. Il vend des foulards aux messieurs pour vingt-cinq bons dollars, puis il va son chemin. Vous voulez acheter un beau foulard en soie fait main, missié Thomas, pour la dame de vos rêves, d'un goût très raffiné ?

— Amos, dit Jonathan en lui posant amicalement la main sur le bras, si je fumais autant de ganja que toi, j'enverrais des messages au père Noël. »

Mais quand il arrive au terrain de cricket, il remonte la colline à toute vitesse et trouve une autre cachette pour la boîte magique dans la colonie de ruches abandonnées, avant de prendre le tunnel qui mène à Crystal.

Concentrez-vous sur les invités, avait dit Burr.

Il nous faut l'identité des invités, avait dit Rooke. *Le nom et le numéro de téléphone de tous ceux qui mettent le pied sur l'île.*

Roper connaît les gens les plus ignobles au monde, avait dit Sophie.

Il y avait des invités en tous genres pour des séjours en tous genres : invités pour le week-end ou seulement le déjeuner, ou encore le dîner et la nuit, invités qui n'avaient même pas droit à un verre d'eau mais se promenaient sur la plage avec Roper, suivis à distance par leurs gardes du corps, puis repartaient vite, comme des gens qui ont du pain sur la planche.

Invités avec jet ou yacht privés ; invités sans l'un ni l'autre auxquels on envoyait l'avion de Roper ou, s'ils vivaient dans une île voisine, l'hélicoptère de Roper, avec l'insigne de Crystal et les couleurs d'Ironbrand, bleu et gris. Roper les invitait, Jed les accueillait et s'acquittait de ses devoirs d'hôtesse, visiblement fière de tout ignorer de leurs affaires.

« Enfin, quel intérêt, Thomas ? protestait-elle d'une voix de gorge affectée, après le départ de deux Allemands particulièrement détestables. C'est bien assez que l'un de nous deux se fasse du mauvais sang. Je préférerais infiniment pouvoir dire comme les investisseurs de Roper : "Tenez, je remets mon argent et ma vie entre vos mains, et démerdez-vous pour vous en occuper correctement !" Enfin quoi, vous ne trouvez pas que c'est la seule façon de faire, Corks ? Sans ça, je ne dormirais jamais, pas vrai ?

— Parfaitement vrai, mon cœur. Suivez le courant, si vous voulez mon avis », approuvait Corkoran.

Stupide petite cavalière ! pensait Jonathan, furieux contre elle alors même qu'il exprimait respectueusement son assentiment. *Tu t'es mis des œillères grande taille et maintenant tu me demandes de t'approuver !*

Pour les mémoriser, il classait les invités par catégorie, et désignait chacune par un mot tiré du jargon de Roper.

D'abord, il y avait les jeunes ambitieux comme Danby et MacArthur, surnommés les MacDanby, qui travaillaient dans les bureaux d'Ironbrand à Nassau, allaient chez le même tailleur, traînaient le même accent ordinaire, accouraient quand Roper les appelait, se mêlaient aux invités quand il le leur ordonnait, puis partaient en toute hâte pour être sûrs d'arriver à l'heure au bureau le lendemain. Roper ne faisait preuve d'aucune patience avec eux ; Jonathan non plus. Les MacDanby n'étaient pas les alliés de Roper, ni ses amis, mais sa couverture. Toujours obnubilés par des transactions foncières en Floride et les variations des cours à la Bourse de Tokyo, ils fournissaient à Roper son ennuyeux vernis de respectabilité.

Après les MacDanby venaient les Habitués de l'avion de Roper, et aucune soirée à Crystal n'était complète sans quelques Habitués, comme l'éternel lord Langbourne, dont l'épouse infortunée s'occupait des enfants pendant qu'il dansait joue contre joue avec la nurse ; ou le charmant petit joueur de polo titré – Angus pour ses amis – qui partageait un seul objectif de vie avec son adorable femme Julia, en dehors du croquet chez Sally, du tennis chez John et Brian, et des romans à l'eau de rose qu'on lit au bord de la piscine : passer le temps à Nassau en attendant de pouvoir réclamer sans risques la maison de Pelham Crescent, le château en Toscane, le domaine de deux mille hectares dans le Wiltshire avec sa fameuse collection de tableaux, et l'île au large de Queensland, ainsi qu'environ deux millions pour mettre du beurre dans les épinards, tout cela étant pour le moment bloqué dans un paradis fiscal.

Et le code d'honneur des Habitués de l'avion voulait qu'ils amènent leurs propres invités :

« Jeds ! Viens ici ! Tu te rappelles Arno et Georgina, des copains de Julia, qui ont dîné avec nous à Rome, en février ? Un restaurant de poissons, derrière le Byron ? Allons, Jeds ! »

Jeds fronce les sourcils dans une adorable mimique, puis écarquille les yeux avec incrédulité, ouvre la bouche et retient son souffle le temps de pouvoir surmonter la joie que lui procure une telle surprise. « Arno, j'ai du mal à y croire ! Mais vous avez perdu des kilos, très cher ! Georgina, ma chérie, comment allez-vous ? Formidable ! Ça alors ! Bienvenue ! »

Et pour chacun l'inévitable étreinte suivie d'un petit « Mmmh », comme si elle y prenait un peu plus de plaisir qu'elle ne le devrait. Excédé, Jonathan l'imite un ton en dessous, se jurant que, la prochaine fois qu'il la prendra à faire ainsi semblant, il se lèvera et criera : « Coupez ! On la refait, s'il te plaît, Jeds, ma chérie, mais pour de vrai, ce coup-ci ! »

Après les Habitués de l'avion venaient les Têtes couronnées : débutantes anglaises de petits comtés minables accompagnées par les rejetons débiles de branches éloignées de la famille royale, et par une suite de policiers ; Arabes souriants en complet clair, chemise immaculée et souliers à bout verni ; politiciens britanniques de second ordre et anciens diplomates bouffis de leur propre importance ; nababs malais accompagnés de leur cuisinier personnel ; juifs irakiens propriétaires de palais en Grèce et de sociétés à Taiwan ; Allemands avec panse-CEE, se plaignant des Australiens ; juristes rustauds du Wyoming désireux de faire au mieux pour « mes clients et moa-mêmes » ; richissimes investisseurs retraités dénichés dans leurs ranchs-hôtels et leurs bungalows à vingt millions de dollars – de vieux Texans cacochymes aux jambes flageolantes veinées de bleu, portant chemise hawaïenne et chapeau de soleil à slogan humoristique, et s'oxygénant avec de petits inhalateurs ; leur épouse, au visage modelé comme il ne l'avait jamais été, au ventre tiré, aux fesses tirées, et aux yeux tirés brillant d'un éclat artificiel. Mais aucune chirurgie au monde ne pourrait débarrasser ces femmes d'une lenteur de gestes imposée par l'âge quand elles entraient dans le petit bain de la piscine, s'agrippant à l'échelle de peur de faire craquer leur peau et de se voir telles qu'elles craignaient d'être avant de plonger dans la clinique du Dr Marti.

« Mon Dieu, Thomas ! murmure Jed en aparté à Jonathan d'une voix étranglée, alors qu'une comtesse autrichienne aux cheveux bleutés regagne la terre ferme, tout essoufflée, en barbotant comme un petit chien. Quel âge peut-elle donc avoir ?

– Ça dépend de quelle partie du corps on parle. En moyenne, je dirais environ dix-sept ans. » L'adorable rire de Jed résonne – son vrai rire, libre, dynamique –, tandis qu'une fois encore elle le caresse du regard.

Après les Têtes couronnées venaient les bêtes noires de Burr, sans doute celles de Roper également, car il les appelait les Fléaux nécessaires : les banquiers d'affaires londoniens aux joues luisantes, avec la chemise bleue à rayures et col blanc style années quatre-vingt, le nom à double détente, le double menton et le veston à double boutonnage, qui disaient « Absolument » pour « oui », « Rolls » pour « voiture » et « l'École » pour Eton ; dans leur sillage, les comptables agressifs, que Roper appelait les compteurs de haricots, et qui semblaient être venus pour extirper des aveux spontanés ; avec une haleine qui sentait le curry de gargote, des auréoles de sueur sous les aisselles, et une voix chargée de vous avertir officiellement qu'à partir de maintenant tout ce que vous direz sera consigné et pourra être retenu contre vous.

Et enfin leurs homologues non britanniques : Mulder, le notaire rondouillard de Curaçao, au sourire malicieux et au dandinement étudié ; Schreiber de

Stuttgart, qui ne cessait de s'excuser de son anglais trop parfait ; Thierry de Marseille, avec ses lèvres pincées et son gigolo de secrétaire ; les courtiers de Wall Street, qui ne venaient jamais à moins de quatre, comme si le nombre garantissait la sécurité ; et Apostoll, le petit Gréco-Américain ambitieux, avec son postiche semblable à une grosse patte d'ours brun, ses chaînes en or, ses croix en or, et sa malheureuse maîtresse vénézuélienne qui trébuchait derrière lui, mal à l'aise dans ses chaussures à mille dollars, alors qu'ils se dirigeaient vers le buffet. Jonathan croise le regard d'Apostoll et se retourne, mais trop tard.

« Monsieur ? Nous nous connaissons, monsieur. Je n'oublie jamais un visage, déclare Apostoll en enlevant ses lunettes noires et en bloquant toute la file derrière lui. Je m'appelle Apostoll. Je suis un légionnaire de Dieu, monsieur.

— Bien sûr que vous le connaissez, Apo ! l'interrompt prestement Roper. Nous le connaissons tous. C'est Thomas. Vous vous rappelez Thomas, Apo ! Il était directeur de nuit au Meister. Il est venu dans l'Ouest faire fortune. Nous sommes amis de longue date. Isaac, donnez un peu plus de champ' à maître Apostoll.

— Très honoré, monsieur. Pardonnez-moi. Vous êtes anglais ? J'ai beaucoup de relations britanniques, monsieur. Ma grand-mère était parente avec le duc de Westminster, et mon oncle du côté de ma mère a dessiné les plans de l'Albert Hall.

— Vraiment ? Formidable ! » dit poliment Jonathan.

Ils se serrent la main. Celle d'Apostoll est froide comme la peau d'un serpent. Leurs regards se croisent. Celui d'Apostoll est habité et un peu fou – mais qui n'est pas un peu fou à Crystal par une magnifique nuit étoilée, quand le Dom Pérignon coule à flots comme la musique ?

« Vous êtes au service de M. Roper, monsieur ? insiste Apostoll. Vous faites partie d'une de ses grandes entreprises ? M. Roper a un pouvoir exceptionnel.

— Je profite de l'hospitalité de la maison.

— Vous ne sauriez faire mieux, monsieur. Peut-être êtes-vous un ami du major Corkoran ? Il me semble vous avoir vus échanger des plaisanteries il y a quelques instants.

— Corky et moi sommes de vieux copains. »

Mais quand le groupe s'éloigne, Roper entraîne discrètement Apostoll à l'écart, et Jonathan entend « chez Mama Low » glissé à voix basse.

« Au fond, vous voyez, Jed, dit un Fléau nécessaire du nom de Wilfred alors qu'ils s'attardent à des tables blanches sous une lune tropicale, ce que nous, à Harvill Maverich, on offre à Dicky, c'est les mêmes prestations que les escrocs, mais avec les escrocs en moins.

— Oh, Wilfred, ça a l'air tellement ennuyeux. Comment le pauvre Roper va-t-il pouvoir s'amuser ? »

Elle croise le regard de Jonathan une fois de plus, causant de sérieux ravages. Comment cela se produit-il ? Qui regarde l'autre le premier ? Car ce n'est pas de la comédie, elle n'est pas simplement en train de faire du gringue à quelqu'un de son âge. Elle le regarde, puis détourne les yeux, puis le regarde encore. Roper, pourquoi tu n'es jamais là quand on a besoin de toi ?

Les soirées avec les Fléaux nécessaires sont interminables. Parfois, au lieu de bavarder, on fait un bridge ou un jaquet dans le bureau. Chacun se sert à boire lui-même, on dit aux serviteurs de disposer, la porte est gardée par un gorille, les domestiques savent qu'il faut rester à l'écart. Seul Corkoran a le droit d'entrer — et pas toujours, ces temps-ci :

« Corky est un peu tombé en disgrâce », confie Jed à Jonathan, puis elle se mord la lèvre et n'en dit pas plus.

Car Jed est loyale, à sa manière. Elle ne change pas facilement de camp, et Jonathan se le tient pour dit.

« Des types viennent me voir, voyez-vous », explique Roper.

Les deux hommes font une de leurs balades rituelles, le soir cette fois-ci, après une partie de tennis acharnée que personne n'a gagnée. Roper ne se se fatigue pas à compter les points s'il ne joue pas pour de l'argent, et Jonathan n'en a pas. C'est peut-être pour ça que leur conversation se déroule sans contrainte. Roper marche tout près de Jonathan, son épaule frôlant inconsciemment la sienne, comme au Meister. Il a une indifférence d'athlète pour les contacts physiques. Tabby et Gus les suivent de loin. Gus est le nouveau gorille, récemment engagé en renfort. Roper prend une certaine voix pour imiter les gens qui viennent le voir :

« Môssieur Ropeure, dônnez-nous des joujoux dernier cri. » Il s'arrête aimablement pour permettre à Jonathan de rire de son imitation. « Alors je leur demande : "Le dernier cri de quoi, mon vieux ? Comparé à quoi ?" Pas de réponse. Dans certains coins du monde, si on leur donnait un canon datant de la guerre des Boers, ils deviendraient aussitôt les plus forts. » Un geste d'impatience. Jonathan sent le coude de Roper dans ses côtes. « Dans d'autres pays, bourrés de fric, dingues de haute technologie, ils veulent exclusivement la même chose que le voisin. Non, d'ailleurs, pas la même chose. Mieux. Beaucoup mieux. Ils veulent la bombe futée qui entre dans l'ascenseur, monte au troisième étage, tourne à gauche, s'éclaircit la voix et fait sauter le maître de maison sans endommager le téléviseur. » Des petits coups de coude dans le biceps de Jonathan, cette fois. « Ce qu'ils ne comprennent jamais, c'est que, si on veut jouer au plus malin, il faut que l'intendance suive. Et il faut avoir les gars qui sauront faire fonctionner nos joujoux. À quoi ça sert d'acheter le frigo dernier cri pour sa hutte en terre séchée si on n'a pas l'électricité pour le brancher ? Hein ? À quoi ?

— À rien, bien sûr. »

Roper fourre les mains dans les poches de son short et fait un demi-sourire.

« Quand j'avais votre âge, j'aimais bien fournir des armes aux guérilleros. Les idéaux avant l'argent... la défense de la liberté. Ça n'a pas duré longtemps, Dieu merci. Les guérilleros d'aujourd'hui sont les gros bonnets de demain. Je leur souhaite bonne chance. Les vrais ennemis, c'étaient les grandes puissances. Partout elles vous coiffaient au poteau, elles vendaient n'importe quoi à n'importe qui, bafouaient leurs propres règlements, s'entr'égorgeaient, soutenaient le mauvais côté, offraient des compensations au bon. Le bordel total. Nous, les indépendants, on se faisait squeezer à chaque fois. La seule tactique, c'était d'être là avant eux, de les battre d'une longueur. On ne pouvait compter que sur nos couilles et notre intuition. On filait des pots-de-vin à tout le monde. Pas étonnant que certains aient choisi l'illégalité. C'est le seul moyen de traiter des affaires. Le petit Daniel a fait de la voile aujourd'hui ?

— Tout le tour de Mabel Island. Je n'ai pas touché le gouvernail une seule fois.

— Bravo. Vous nous faites bientôt un autre gâteau aux carottes ?

— Quand vous voudrez. »

Tandis qu'ils montent les marches menant aux jardins, l'observateur rapproché remarque Sandy Langbourne qui entre dans le pavillon des invités et, un moment après lui, la nurse des Langbourne. C'est une petite bonne femme réservée, de dix-neuf ans environ, mais, à cet instant précis, elle a l'air dégagé d'une voleuse sur le point de dévaliser une banque.

Il y a les jours où Roper est à la maison et ceux où il est parti vendre des fermes.

Il n'annonce jamais son départ, mais il suffit à Jonathan de s'approcher de l'entrée principale pour savoir. Isaac est-il en gants blancs, au garde-à-vous sous la coupole du grand hall ? Les MacDanby sont-ils en train de se presser dans l'antichambre en marbre, lissant leur coupe de cheveux années trente et vérifiant braguette et cravate ? Oui. Le gorille occupe-t-il le fauteuil baquet près des hautes portes de bronze ? Oui. En passant devant les portes-fenêtres ouvertes pour se rendre à l'arrière de la maison, Jonathan entend le grand homme en train de dicter du courrier : « Mais non, bon Dieu, Kate ! Supprimez le dernier paragraphe et dites-lui que l'affaire est conclue. Jackie, faites une lettre pour Pedro. "Cher Pedro, nous avons eu une conversation il y a une quinzaine de jours…" Bla-bla-bla. Et envoyez-le se faire foutre. Trop peu, trop tard, tard de compétition, vous voyez le topo. D'accord ? Et je vais vous dire, Kate – ajoutez ceci. »

Mais, au lieu d'ajouter ceci, Roper s'interrompt pour téléphoner au capitaine du *Pacha de fer* à Fort Lauderdale et lui demander de repeindre la coque. Ou à Claud, le palefrenier, pour ses factures de fourrage. Ou bien à Talbot, le responsable des bateaux, à propos de l'état épouvantable de la jetée dans Carnation Bay. Ou encore à son antiquaire londonien concernant une paire de chiens chinois assez intéressante qui va être mise en vente chez Bonham la semaine prochaine et pourrait bien aller parfaitement pour les deux coins côté mer de la nouvelle serre, à condition qu'ils ne soient pas d'un vert trop bilieux.

« Oh, Thomas, vous tombez bien ! Comment ça va ? Pas de maux de tête, rien ? Tant mieux. » Jed est dans l'office du maître d'hôtel, assise à son joli bureau anglais, en train de discuter des menus avec Miss Sue la gouvernante et Esmeralda la cuisinière, tout en posant pour le photographe imaginaire de *Maisons et Jardins*. Dès l'entrée de Jonathan, elle s'arrange pour le rendre indispensable : « Ah, Thomas, franchement, qu'en pensez-vous ? Écoutez : langoustines, salade, agneau – ou salade, langoustines, agneau ? … Oh, quel bonheur, c'est exactement ce que nous pensions, n'est-ce pas, Esmeralda ? … À propos, Thomas, votre avis sur le foie gras avec du sauternes ? Le patron adore ça, moi je déteste, et Esmeralda, avec beaucoup de bon sens, propose de tout simplement les laisser continuer au champagne ? … Oh, Thomas » – elle baisse la voix pour se donner l'illusion que les domestiques n'entendent pas –, « Caro Langbourne est dans tous ses états.

Sandy se conduit de nouveau comme un vrai porc. Je me demandais si une petite promenade en bateau pourrait lui remonter le moral, à condition que vous en ayez le courage. Si elle vide son sac, contentez-vous de vous boucher les oreilles, ça ne vous ennuie pas ? ... Et, Thomas, pendant que vous y êtes, vous pourriez demander à Isaac où il a caché les tréteaux ? ... Et puis, Thomas, vous ne le croirez jamais, mais Daniel veut absolument organiser une soirée d'anniversaire-surprise pour Miss Molloy, le dix-huit... si vous avez la moindre suggestion, je vous adorerai pour le restant de mes jours... »

Mais quand Roper n'est pas là, on oublie les menus, les ouvriers chantent et rient – Jonathan aussi, dans son for intérieur – et de joyeuses conversations fusent un peu partout. Le bourdonnement des scies à ruban rivalise avec le grondement des bulldozers des paysagistes, le vrombissement des marteaux-piqueurs avec le carillon des marteaux des menuisiers, chacun essayant de terminer à temps pour le retour du patron. Et Jed, pensive, qui se promène avec Caroline Langbourne dans les jardins italiens, ou reste des heures d'affilée avec elle dans sa chambre du pavillon des invités, se tient à distance respectueuse et se garde bien de promettre d'adorer Jonathan ne serait-ce que pour un après-midi, sans parler de l'éternité.

Il faut dire que les choses tournent au vinaigre, chez les Langbourne.

L'*Ibis*, un beau canot tout neuf mis à la disposition des invités de Crystal, est encalminé. Assise à la proue, Caroline Langbourne a le regard fixé sur la terre comme si elle avait l'intention de n'y jamais revenir. Sans s'occuper de la barre, Jonathan se repose à l'arrière, les yeux fermés.

« Eh bien, on peut ramer, ou on peut siffler, l'informe-t-il paresseusement. Ou alors on peut nager. Je vote pour le sifflet. »

Il siffle. Pas elle. Des poissons sautent, mais le vent

ne se lève pas. Caroline Langbourne adresse un monologue à l'horizon miroitant.

« C'est très étrange de se réveiller un beau matin et de se rendre compte » – lady Langbourne, comme Mme Thatcher, a une façon toute particulière de choisir les mots qui font mal – « que l'on vit, que l'on dort, que l'on gaspille quasiment ses plus belles années, sans compter son argent, pour quelqu'un qui non seulement se fiche pas mal de vous, mais qui en plus, derrière tout son jargon juridique et son hypocrisie, est le plus parfait des escrocs. Si je racontais tout ce que je sais, et j'en ai seulement dit très peu à Jed parce qu'elle est extrêmement jeune, eh bien, on n'en croirait pas la moitié. Pas même le dixième. Impossible. Pas s'il s'agit de gens honnêtes. »

L'observateur rapproché garde les yeux fermés – et les oreilles grandes ouvertes – tandis que Caroline Langbourne continue sa diatribe. *Et parfois*, lui avait dit Burr, *juste au moment où vous croirez que Dieu vous a donné congé, Il se retournera pour vous glisser un si gros pourboire que vous n'en croirez pas vos yeux.*

De retour à Woody's House, Jonathan dort d'un sommeil léger, et se réveille dès qu'il entend le frottement de pas devant sa porte. Il se noue un sarong autour de la taille et descend furtivement au rez-de-chaussée, prêt à tuer. Il trouve Langbourne et la nurse dehors, en train de regarder à travers la vitre.

« Ça vous ennuie qu'on vous emprunte un lit pour la nuit ? demande Langbourne de sa voix traînante. Le palais est sens dessus dessous. Caro est sortie de ses gonds, et maintenant voilà que Jed s'en prend au patron. »

Comme il se doit, Jonathan dort sur le canapé pendant que Langbourne et sa maîtresse font bruyamment de leur mieux à l'étage.

Jonathan et Daniel sont allongés à plat ventre, côte à

côte, sur la berge d'un cours d'eau en haut de Miss Mabel Mountain. Jonathan apprend à Daniel à attraper une truite avec ses mains nues.

« Pourquoi Roper est en colère contre Jed ? demande Daniel dans un souffle, pour ne pas effrayer les truites.

— Continue à regarder en amont, murmure Jonathan.

— Il dit qu'elle devrait plus écouter les bêtises d'une femme bafouée. Qu'est-ce que c'est, une femme bafouée ?

— On l'attrape ce poisson, oui ou non ?

— Tout le monde sait que Sandy baise tout ce qui passe, alors pourquoi tant d'histoires ? » demande Daniel en imitant Roper à la perfection.

Une diversion se présente sous la forme d'une grosse truite bleue, qui nage tranquillement le long de la rive. Jonathan et Daniel redescendent sur terre en portant leur trophée comme des héros. Mais un silence menaçant pèse du côté Crystal : trop de vies secrètes, trop de malaise. Roper et Langbourne ont pris l'avion pour Nassau en emmenant la nurse.

« Thomas, je n'en reviens pas ! » proteste Jed avec trop d'enthousiasme lorsqu'on l'appelle pour admirer la prise de Daniel. La tension se lit sur son visage, sur son front plissé. Il n'était jamais venu à l'esprit de Jonathan qu'elle puisse éprouver un réel désarroi. « À mains nues ? Mais comment avez-vous fait ? Daniel ne tient jamais en place, même pour se faire couper les cheveux, pas vrai, chéri ? Et en plus, il déteste les petites bêtes qui rampent. Dan, c'est super. Bravo. Sensass. »

Mais sa bonne humeur forcée ne satisfait pas Daniel. Il remet tristement la truite sur son assiette. « Ça rampe pas, les truites. Où est Roper ?

— Il vend des fermes, chéri. Il te l'a dit.

— J'en ai marre de ses ventes de fermes. Pourquoi il en achète jamais ? Qu'est-ce qu'il fera quand il en aura plus ? » Il ouvre son livre sur les monstres. « Ça me plaît mieux ici quand il n'y a que Thomas et nous. C'est plus sain.

— Dan, c'est très injuste ce que tu dis là », le réprimande Jed, et, veillant à éviter le regard de Jonathan, elle s'en va vite réconforter Caroline.

« Jeds ! On fait la fête ! Thomas ! On va mettre un peu de gaieté ici, bordel ! »

Roper est rentré depuis l'aube. Le patron voyage toujours au petit matin. Toute la journée, le personnel des cuisines a travaillé, des avions sont arrivés, le pavillon des invités s'est rempli de MacDanby, d'Habitués de l'avion et de Fléaux nécessaires. La piscine illuminée et l'allée de graviers sont impeccables. Des flambeaux éclairent les jardins, et les haut-parleurs du patio diffusent des mélodies nostalgiques puisées dans la célèbre collection de 78 tours que possède Roper. Des filles en tenue légère, Corkoran avec son panama, Langbourne dans sa veste de smoking et son jean blancs se regroupent, changent de partenaires, discutent ou rient. Le barbecue crépite, le Dom Pérignon coule à flots, les domestiques empressés sourient, l'esprit de Crystal renaît. Même Caroline se joint à la fête. Seule Jed semble incapable d'oublier ses soucis.

« Il faut voir les choses autrement », dit Roper (jamais ivre mais toujours grisé par sa propre hospitalité) à une héritière anglaise aux cheveux bleutés qui a tout perdu à Las Vegas – ma chère, ce que je me suis amusée, mais heureusement que toutes mes propriétés étaient sous tutelle, et Dieu merci, ce cher Dicky m'a dépannée. « Si le monde est un tas d'ordures, et qu'on se construit un coin de paradis comme celui-ci, et qu'on y met une fille comme celle-là » – Roper jette un bras autour des épaules de Jed –, « à mon avis on a rendu service au monde.

— Mais, mon cher Dicky, vous nous avez rendu service à tous. Vous avez mis du piquant dans nos vies. N'est-ce pas, ma chère Jed ? Votre homme est absolument merveilleux, et vous avez beaucoup de chance, ma petite fille. Ne l'oubliez jamais.

— Dan ! Viens ici ! »

Roper sait imposer le silence. Même les courtiers américains s'arrêtent de parler. Daniel trotte docilement jusqu'à son père. Roper lâche Jed, pose une main sur chacune des épaules de son fils, et l'offre aux regards de l'assistance. Il se lance impulsivement dans un discours – un discours destiné à Jed, Jonathan s'en rend compte immédiatement. Il cherche à apaiser une querelle de couple, ce qui requiert un auditoire compréhensif.

« Des tribus crèvent de faim à Bonga-Bonga ? lance Roper aux visages souriants. Mauvaises récoltes, fleuves asséchés, pas de médicaments ? L'Europe et l'Amérique regorgent de céréales ? Tout le monde se fout qu'on ait des lacs entiers de lait qu'on n'utilise pas ? Alors, qui sont les assassins ? Pas les types qui fabriquent des armes ! Ceux qui n'ouvrent pas les portes du garde-manger ! » Applaudissements. Applaudissements plus nourris quand il apparaît que Roper y attache de l'importance. « Les martyrs prennent les armes ? Les suppléments couleur se lamentent sur l'indifférence du monde ? Tant pis ! Parce que, si votre tribu n'a pas le cran de se secourir elle-même, plus vite elle est éliminée, mieux ça vaut ! » Il donne une petite secousse amicale à Daniel. « Regardez ce gosse. C'est de la bonne graine. Vous savez pourquoi ? – Ne bouge pas, Dan. Il est issu d'une longue lignée de survivants. Pendant des centaines d'années, ce sont les gosses les plus résistants qui ont survécu et les gringalets qui ont sombré. Des familles de douze enfants… Les survivants se sont reproduits entre eux, et ça donne quelqu'un comme lui. Demandez aux Juifs, pas vrai, Kitty ? Tenez, elle hoche la tête. Des survivants, voilà ce qu'on est. Le haut du panier à tous les coups. » Il fait pivoter Daniel et lui montre la maison : « Au lit, mon vieux. Thomas ira te lire une histoire dans une minute. »

Pendant un moment, Jed est aussi enthousiasmée que les autres. Elle n'applaudit peut-être pas, mais il est évident, à son sourire et sa façon de tenir la main de Roper, que, même pour un bref instant, cette diatribe a allégé son sentiment de culpabilité, de doute ou de perplexité, bref, ce qui jetait un nuage sur le plaisir qu'elle éprouve d'habitude à vivre dans un monde parfait.

Mais, après quelques instants, elle s'éclipse silencieusement pour monter à l'étage. Et ne redescend pas.

Corkoran et Jonathan étaient assis dans le jardin de Woody's House, à boire de la bière fraîche. Le crépuscule auréolait Miss Mabel Island d'un halo rouge. Le nuage s'élevait en un dernier frémissement, recréant le jour avant qu'il ne s'éteigne.

« Il s'appelait Sammy, dit Corkoran d'un ton rêveur. C'était son nom, Sammy.
– Et alors ?
– Sur le bateau avant le *Pacha*. Le *Paula*, grands dieux. Sammy faisait partie de l'équipage. »

Jonathan se demanda si Corkoran allait lui raconter ses amours perdues.

« Sammy, du Kentucky. Un matelot. Toujours à grimper au mât ou à en redescendre comme un héros de *L'Ile au trésor*. Je me demandais pourquoi. Pour crâner ? Pour impressionner les filles ? Les garçons ? Moi ? Mystère. À l'époque, le patron travaillait dans les matières premières. Zinc, cacao, caoutchouc, thé, uranium, tout et n'importe quoi. Il veillait parfois toute la nuit, il vendait et achetait en long, en large et en travers, un achat à long terme, une vente à court terme, un coup à la hausse, un coup à la baisse. Délit d'initié, bien sûr, pourquoi prendre des risques ? Et ce petit con de Sammy qui faisait ses aller et retour le long du mât. Et puis j'ai pigé. Tiens donc, je me suis dit, voilà ce que tu mijotes, mon petit Sammy en sucre. Tu fais ce que je ferais à ta place. Tu espionnes. J'ai attendu qu'on soit à l'ancre pour la nuit, comme d'habitude, j'ai envoyé l'équipage à terre, comme d'habitude. Puis je suis allé chercher une échelle et je suis monté au mât péniblement. J'ai failli y rester, mais j'ai trouvé tout de suite ce que je cherchais, dans un coin près de l'antenne. On pouvait pas le voir du sol. Un micro. Sammy avait mis sur écoute le satcom du patron, et il savait tout sur le

marché. Lui, et ses copains à terre. Ils avaient mis leurs économies en commun. Quand on l'a pincé, leurs sept cents dollars étaient devenus vingt mille dollars.
– Que lui avez-vous fait ? »

Corkoran secoua la tête devant cette bien triste histoire. « Voilà ce qui m'ennuie, vieux, confessa-t-il comme s'il s'agissait d'un problème que Jonathan pourrait l'aider à résoudre. À chaque fois que je regarde dans vos yeux perçants, tous mes systèmes d'alarme me disent que le jeune Sammy est revenu, avec son joli petit cul et ses grimpettes au mât. »

Il est 9 heures le lendemain matin. Frisky, arrivé en Toyota du côté Ville, klaxonne comme pour réveiller les morts.
« Debout là-dedans, bande de fainéants ! Mon petit Tommy, vous êtes de manœuvre ! Le patron veut vous dire deux mots. En route, mauvaise troupe, et que ça saute ! »

Pavarotti était au beau milieu de ses lamentations. Debout devant la grande cheminée, Roper lisait un document légal avec ses demi-lunettes. Langbourne était affalé sur le canapé, une main sur le genou. Les portes de bronze se refermèrent. La musique s'arrêta.
« Un cadeau pour vous », dit Roper sans interrompre sa lecture.
Une enveloppe kraft adressée à M. Derek S. Thomas était posée sur le bureau en écaille. Jonathan la soupesa, et eut un souvenir troublant d'Yvonne, toute pâle dans sa Pontiac au bord de l'autoroute.
« Vous en aurez besoin, ajouta Roper en lui tendant un coupe-papier. Ne le déchirez pas. Il a coûté bien trop cher. »
Abandonnant sa lecture, il continua de regarder Jonathan par-dessus ses demi-lunettes. Langbourne aussi l'observait. Sous leurs regards convergents, Jonathan coupa le rabat de l'enveloppe et en sortie un

passeport néo-zélandais où figuraient sa photo et des renseignements sur Derek Stephen Thomas, cadre, né à Marlborough, South Island, date d'expiration : dans trois ans.

À cette vue, à ce contact, il fut un instant ridiculement ému. Sa vision se troubla, sa gorge se noua. Roper me protège. Roper me protège. Roper est mon ami.

« Je leur ai dit de mettre quelques visas, de lui donner un peu de bouteille…, se vanta Roper, avant de jeter le document qu'il était en train de lire. Faut jamais faire confiance à un passeport neuf, à mon avis. Vaut mieux un vieux. C'est comme les chauffeurs de taxi dans le tiers monde. Doit y avoir une raison pour qu'ils aient survécu.

— Merci. Vraiment, merci. Il est superbe.

— Vous faites partie du système, répondit Roper, profondément satisfait de sa propre générosité. Les visas sont authentiques, et le passeport aussi. Mais ne jouez pas avec le feu. Si vous voulez le renouveler, allez dans un de leurs consulats à l'étranger. »

Langbourne prit volontairement une voix traînante qui tranchait avec la gaieté de Roper. « Il faut le signer. Faites quelques essais avant. »

Sous l'œil des deux hommes, Jonathan écrivit plusieurs fois Derek S. Thomas sur une feuille de papier jusqu'à ce qu'ils soient satisfaits. Il signa le passeport, Langbourne le prit, le ferma et le rendit à Roper.

« Quelque chose ne va pas ? demanda Langbourne.

— Je croyais qu'il était pour moi. Que je le gardais.

— Et qu'est-ce qui a pu vous foutre cette idée en tête ? lança Langbourne.

— J'ai un boulot pour vous, vous n'avez pas oublié ? rappela Roper d'un ton plus amical. Vous le faites, et après vous pouvez partir.

— Quel genre ? Vous ne m'en avez jamais parlé.

— On aura besoin d'un témoin, dit Langbourne à Roper en ouvrant un attaché-case. Quelqu'un qui sait ne pas lire. »

Roper décrocha le téléphone et effleura deux touches. « Miss Molloy ? Le patron à l'appareil. Ça vous ennuierait de descendre au bureau un instant ?

– Qu'est-ce que je signe ? demanda Jonathan.

– Nom de Dieu, Pyne ! jura Langbourne à mi-voix. Pour un assassin en cavale, vous êtes méchamment difficile.

– Je vous donne une société à diriger, expliqua Roper. Quelques voyages. Un peu d'animation. Beaucoup de discrétion. Et un joli magot à la fin de la journée : toutes vos dettes payées, avec intérêt. »

Les portes de bronze s'ouvrirent. Grande, poudrée, la quarantaine, Miss Molloy avait apporté son stylo en plastique imitation marbre, accroché à une chaîne en laiton autour de son cou.

Le premier document se révéla être une renonciation par laquelle Jonathan abandonnait ses droits sur les revenus, les bénéfices, le chiffre d'affaires et les biens d'une société de Curaçao, Tradepaths Limited. Il le signa.

Le second était un contrat de travail émanant de la même société, par lequel Jonathan en acceptait les fardeaux, les dettes, les obligations et les responsabilités qui lui incombaient en tant que directeur général. Il le signa.

Le troisième portait la signature du major Lance Montague Corkoran, prédécesseur de Jonathan à ce poste. Il y avait des paragraphes à parapher, et un emplacement pour la signature.

« Oui, chérie ? » dit Roper.

Jed venait d'entrer dans la pièce. Elle avait dû convaincre Gus de la laisser passer.

« J'ai les Del Oro en ligne. Dîner, séjour et mahjong à Abaco. J'ai essayé de te joindre, mais le standard m'a dit que tu ne prenais pas les appels.

– Chérie, tu sais bien que c'est vrai. »

Le regard froid de Jed embrassa le groupe et s'arrêta sur Miss Molloy.

« Mais qu'est-ce qu'ils vous font faire, Anthea ? Ils

ne vous enrôlent pas pour épouser Thomas, j'espère ? »

Miss Molloy devint pivoine. Roper fronça les sourcils d'un air indécis. Jonathan ne l'avait jamais vu pris de court auparavant.

« Thomas monte à bord, Jeds. Je t'en ai parlé. Je lui mets le pied à l'étrier avec un petit capital. Je lui donne sa chance. Il me semblait qu'on lui devait bien ça, après tout ce qu'il a fait pour Dan. On en a parlé ensemble, tu te rappelles ? Mais qu'est-ce qu'il y a, Jeds ? Nous parlons affaires.

— Oh, c'est formidable. Félicitations, Thomas. » Elle le regarda enfin. Son sourire était distant mais moins théâtral qu'avant. « Faites simplement très attention à ne pas vous laisser entraîner dans quelque chose qui vous déplaît, hein ? C'est que Roper est terriblement persuasif. Chéri, je peux leur dire oui ? Maria est folle de toi, je suis sûre que ça lui brisera le cœur si je dis non. »

« Quoi d'autre ? » demanda Burr quand il eut écouté en silence le rapport de Jonathan sur ces événements.

Jonathan feignit de fouiller dans sa mémoire. « Les Langbourne ont une petite querelle conjugale, mais ça n'a rien d'inhabituel, apparemment.

— Ce sont des choses qui arrivent », dit Burr. Mais il semblait attendre encore quelque chose.

« Et Daniel rentre en Angleterre pour Noël.

— Rien d'autre ?

— Rien d'important. »

Silence gêné. Chacun attendait que l'autre parle.

« Bon, eh bien, allez-y doucement et soyez naturel, dit Burr en renâclant. Et ne me parlez plus de vous introduire dans le Saint des Saints. D'accord ?

— D'accord. »

Il y eut encore un silence avant qu'ils ne raccrochent.

Je vis ma vie, se dit posément Jonathan en descendant la colline au pas de course. Je ne suis pas un pantin. Je ne suis à la solde de personne.

Jonathan projeta sa perquisition interdite dans les appartements du maître des lieux à l'instant où il sut que Roper avait décidé d'aller vendre quelques autres fermes, que Langbourne l'accompagnerait, et que Corkoran s'arrêterait en route à Nassau pour y régler des affaires d'Ironbrand.

Sa décision se confirma lorsque Claud, le palefrenier, lui apprit que, le lendemain du départ de ces messieurs, Jed et Caroline se proposaient d'emmener les enfants faire une randonnée à poney le long de la côte, en fixant le départ à 6 heures afin d'être de retour à Crystal à temps pour le brunch et une baignade avant la canicule de la mi-journée.

À partir de ce moment-là, il prit des dispositions tactiques. Au jour J moins un, il emmena Daniel faire sa première ascension délicate du versant nord de Miss Mabel – plus exactement d'une petite carrière creusée dans la section la plus escarpée de la butte, qui nécessita trois pitons et un passage en cordée avant qu'ils atteignent triomphalement l'extrémité est de la piste d'atterrissage. Au sommet, il cueillit un bouquet de freesias jaunes au parfum suave que les autochtones appelaient des fleurs d'envoi.

« C'est pour qui, le bouquet ? » demanda Daniel en mâchonnant sa barre de chocolat, mais Jonathan réussit à esquiver la question.

Le lendemain, il se leva tôt, selon son habitude, pour faire son jogging sur le sentier côtier et s'assurer que la randonnée était bien en cours comme prévu. Il se retrouva face à face avec Jed et Caroline au détour d'un sentier venté. Claud et les enfants suivaient en file irrégulière.

« Thomas, est-ce que par hasard vous rentrez à Crystal, tout à l'heure ? demanda Jed, se penchant pour flatter l'encolure de sa jument arabe dans une pose typique de publicité pour cigarettes. Formidable.

Auriez-vous l'extrême obligeance de dire à Esmeralda que Caro n'a pas droit à la crème, à cause de son régime ? »

Esmeralda le savait parfaitement – Jonathan avait entendu Jed le lui dire. Mais depuis quelque temps il s'était rendu compte qu'il fallait s'attendre à tout de la part de Jed. Elle avait un sourire distrait, une attitude plus étudiée que jamais, et du mal à entretenir la conversation.

Jonathan continua son jogging jusqu'à sa planque. Il ne sortit pas l'émetteur de sa cache, car aujourd'hui il agissait de son propre chef. Mais il prit son appareil-photo miniaturisé camouflé en briquet Zippo, et un assortiment de passe-partout non camouflés qu'il serra dans sa main pour éviter qu'ils ne cliquettent durant son retour au pas de course. Arrivé à Woody's House, il se changea et s'engagea dans le tunnel conduisant à Crystal, sentant les picotements d'avant la bataille lui courir le long de l'échine.

« Mais bon Dieu, quoi c'est-y qu'vous faites avec ces fleurs d'envoi, m'sieur Thomas ? lui demanda d'un ton jovial le garde au portail. Z'avez été dévaliser c'te pauv'Miss Mabel ? Mince, alors ! Hé, Dover, viens donc fourrer ta tête d'abruti dans ce bouquet. T'as déjà senti quelque chose d'aussi bon ? Sûrement que non ! T'as jamais rien senti d'autre que la chatte de ta bonne femme. »

En arrivant à la maison, Jonathan éprouva la sensation vertigineuse d'être de retour au Meister. Ce n'était pas Isaac mais Herr Kaspar qui l'accueillait à l'entrée. C'était Bobbi, le factotum, perché en haut de l'échelle en aluminium, occupé à changer les ampoules du lustre, et non Parker. Et la jeune nièce de Herr Kaspar, non la fille d'Isaac, qui vaporisait négligemment de l'insecticide sur les fleurs séchées. L'illusion se dissipa et il se retrouva à Crystal. Dans la cuisine, Esmeralda tenait une conférence sur les événements internationaux avec Talbot le marin et Queenie la lingère.

« Esmeralda, auriez-vous la gentillesse de me trouver un vase ? C'est une surprise pour Dan. Oh, à propos, Miss Jed m'a demandé de vous rappeler que lady Langbourne ne doit manger aucun produit laitier. »

Son imitation moqueuse était si réussie que tous s'esclaffèrent, l'écho de leur rire le suivant tandis qu'il montait l'escalier de marbre jusqu'au premier étage, le vase à la main, soi-disant en direction de la chambre de Daniel. Il s'arrêta devant l'entrée de l'appartement des maîtres, toujours suivi d'un flot de joyeux bavardages venant d'en bas. La porte était entrouverte. Il la poussa et se retrouva dans un vestibule aux murs couverts de miroirs. Au bout, une autre porte, fermée. Il tourna la poignée, songeant à l'Irlande et aux serrures piégées. Il entra, mais rien n'explosa. Il referma la porte et embrassa la pièce du regard, honteux d'éprouver une telle exultation.

Filtrant à travers des voilages, le soleil saupoudrait la moquette blanche d'une poussière dorée. Le côté où couchait Roper dans le lit monumental n'était pas défait, et ses oreillers étaient bien gonflés. Sur sa table de chevet s'étalaient les derniers numéros de *Fortune, Forbes* et *The Economist*, et d'anciens catalogues de salles des ventes du monde entier, ainsi que plusieurs blocs-notes, des crayons et un dictaphone. Tournant son regard vers l'autre côté du lit, Jonathan remarqua l'empreinte du corps de Jed, les oreillers aplatis comme après un sommeil agité, une chemise de nuit en soie noire, des magazines d'évasion, une pile de livres illustrés sur l'ameublement, les belles demeures, les jardins, les chevaux célèbres ou pas, les pur-sang arabes, la cuisine anglaise et l'italien en huit jours. Il flottait dans l'air une odeur d'enfance, de talc et de bain moussant. Un luxueux échantillon des vêtements de la veille s'étalait sur la chaise longue, et par la porte ouverte de la salle de bains il vit aussi le bikini de la veille accroché à la tringle de la douche.

Il fit un inventaire plus rapide du reste : sur sa coiffeuse, des souvenirs de night-clubs, de personnalités, de restaurants, de chevaux ; des photos de gens riant bras dessus bras dessous, de Roper en short, sa virilité bien en évidence, de Roper au volant d'une Ferrari et d'un bateau de course, de Roper en casquette blanche à visière et pantalon de coutil sur le pont du *Pacha de fer*, du *Pacha* lui-même, le grand pavois hissé, au mouillage dans le port de New York, les gratte-ciel de Manhattan se découpant à l'arrière-plan ; des pochettes d'allumettes, des lettres d'amies écrites à la main sortant à moitié d'un tiroir ouvert ; un carnet d'adresses d'enfant à la couverture ornée d'une photographie de chiens de meute pensifs, des pense-bêtes gribouillés par Jed sur des carrés de papier jaune collés au cadre de son miroir : « Montre de plongée pour l'anniversaire de Dan ? », « Appeler Marie pour le jarret de Sarah ! », « S. J. Phillips pour boutons de manchettes R. !! »

L'air de la pièce était étouffant. Je suis un pilleur de tombe, mais elle est vivante. Je suis dans le cellier de Herr Meister, lumière allumée. Tire-toi avant qu'on t'emmure. Sauf qu'il n'était pas venu pour fuir mais pour s'immiscer... dans leur vie à tous les deux. Il voulait découvrir les secrets de Roper, mais bien davantage ceux de Jed. Savoir quels mystérieux liens l'unissaient à Roper, si toutefois c'était le cas, savoir la raison de ses minauderies ridicules, et pourquoi ton regard me caresse. Il posa le vase de fleurs sur une table basse, prit un des oreillers de Jed, dans lequel il enfouit son visage, et sentit l'odeur du feu de bois dans la cheminée de sa tante Annie qui chantait si bien. Mais oui, voilà ce que tu as fait hier soir. Tu es restée à bavarder avec Caroline devant la cheminée tandis que les enfants dormaient. Tant de choses à dire. Tant de choses à entendre. Que dis-tu ? Qu'entends-tu ? Et cette ombre sur ton visage. Toi aussi tu es un observateur rapproché, ces temps-ci, ton regard s'attarde trop longtemps sur tout, y compris sur moi. Tu es redevenue une enfant qui découvre tout pour la première fois. Tu as perdu tes repères, tu ne sais plus à quoi te raccrocher.

Il poussa la porte à miroirs du dressing de Roper, et pénétra aussitôt dans sa propre enfance. Mon père possédait-il un coffre militaire comme celui-ci, avec des poignées en cuivre pour le traîner à travers les oliveraies de Chypre ? Et cette table de camp pliante couverte de taches d'encre et d'alcool ? Ces deux cimeterres croisés accrochés au mur dans leur fourreau ? Ces élégantes pantoufles brodées d'un monogramme semblable à un blason régimentaire ? Même les rangées de complets sur mesure et de smokings lie-de-vin, noirs ou blancs, les chaussures également sur mesure raidies par leurs embauchoirs, daims blancs, escarpins vernis, tous évoquaient les uniformes d'un régiment n'attendant que le signal pour avancer.

Soldat de nouveau, Jonathan chercha des signes de danger : fils, contacts ou capteurs suspects, quelque piège tentant pour l'envoyer *ad patres*. Mais rien. Des photos de classe encadrées datant de trente ans, des instantanés de Daniel, une pile de pièces de monnaie de six pays différents, une liste de vins fins de chez Berry Bros & Rudd, les relevés de comptes annuels de son club londonien.

M. Roper va-t-il souvent en Angleterre ? avait demandé Jonathan à Jed au Meister pendant qu'ils attendaient qu'on charge les bagages dans la limousine.

Grands dieux, non ! avait-elle répliqué. *Roper nous trouve très sympathiques, nous autres Anglais, mais terriblement coincés. De toute façon, il ne pourrait pas.*

Pourquoi ?

Je ne sais pas, avait-elle répondu d'un air trop détaché. *Une histoire d'impôts, je crois. Demandez-lui donc.*

Jonathan se trouvait maintenant devant la porte du bureau privé de Roper. Le sanctuaire, songea-t-il. L'ultime secret, c'est le soi – mais lequel, celui de Roper, le mien, celui de Jed ? La porte était en cyprès massif, avec un chambranle d'acier. Il tendit l'oreille. Bruits lointains de conversation, d'aspirateurs, de cireuses.

Prends ton temps, se répéta l'observateur rapproché.

Ne pas se presser, c'est la sécurité, un gage d'innocence. Personne ne va monter l'escalier et te trouver ici. À Crystal, on fait les lits à midi, une fois que les draps propres ont eu le temps de s'aérer au soleil. Ordres du patron – scrupuleusement respectés par Jed. Nous sommes obéissants, Jed et moi. Notre éducation de monastère et de couvent n'a pas été inutile. Il essaya d'ouvrir la porte. Fermée à clé. Une serrure à broche ordinaire. L'isolement de cette pièce est sa meilleure protection. Si on surprend quelqu'un à traîner dans les parages, il sera descendu à vue. Jonathan prit son trousseau de rossignols et entendit la voix de Rooke lui rappeler : *Ne crochetez jamais une serrure avant d'en avoir cherché la clé – règle numéro un du cambrioleur.* Jonathan s'éloigna de la porte. Il passa la main sur quelques étagères, souleva le coin d'une carpette et une plante en pot, puis palpa les poches des complets à proximité, celles d'une robe de chambre, retourna quelques paires de chaussures. Rien. Et merde !

Il étala ses crochets en éventail et choisit celui qui lui sembla le plus approprié, mais il était trop gros. Il en prit un autre, et au moment de l'enfoncer, fut saisi par une peur panique d'érafler le rouet de cuivre poli. *Vandale ! Qui t'a si mal élevé ?* Il laissa retomber ses mains, respira plusieurs fois lentement pour recouvrer son calme et recommença l'opération. Enfoncer doucement... un temps d'arrêt... retirer un tout petit peu... enfoncer de nouveau. Caresse-la, ne la prends pas de force, comme on dit dans l'armée. Écoute-la, sens sa résistance, retiens ton souffle. Tourner. Doucement... retirer encore d'un millimètre... maintenant tourner plus fort... encore un peu plus... *Attention, tu vas casser le crochet ! Tu vas le casser et il restera dans la serrure ! Vas-y maintenant !*

La serrure céda. Sans la moindre casse. Personne ne fit exploser le visage de Jonathan avec un Heckler. Il ressortit son rossignol intact, le rangea dans son portefeuille et celui-ci dans la poche de son jean. Il entendit alors les freins de la Toyota qui se garait dans la cour des écuries. Arrête tout. *Maintenant*. L'observateur rapproché s'avança sans bruit jusqu'à la fenêtre. M. Onslow Roper est revenu de Nassau à l'improviste. Des joueurs de l'autre côté de la frontière viennent récupérer leurs armes. Mais non, c'était seulement la livraison quotidienne de pain qui arrivait du côté Ville.

Bien joué, en tout cas, se dit-il. Tu es resté calme, attentif, aux écoutes, sans paniquer. Bravo. Le digne fils de ton père.

Il était maintenant dans l'antre de Roper.

Et si vous commettez la moindre incartade, vous souhaiterez n'avoir jamais vu le jour, avait dit Roper.

Non, avait dit Burr. *Et Rob est de mon avis. Le Saint des Saints de Roper est territoire interdit. Ceci est un ordre.*

Austère. L'austérité du soldat. La sobriété de monsieur Tout-le-Monde. Pas de trône surchargé de broderies, pas de bureau en écaille, pas de sofa en bambou de trois mètres de long garni de coussins qui invitent au sommeil, pas de coupe en argent ni de catalogue Sotheby's. Un simple petit bureau banal où l'on s'occupe d'affaires et de gros sous. Une table ordinaire à dessus en formica, des plateaux de classement à support pliable, sur lequel il suffit de tirer pour qu'ils avancent tous d'un cran, une chaise à tubulure en acier. Un œil-de-bœuf au regard éternellement fixé sur son petit coin de ciel. Deux machaons. Comment diable étaient-ils arrivés ici? Une mouche bleue, très bruyante. Une lettre sur le haut d'une pile. Adresse : Hampden Hall, Newbury. Signature : Tony. Contenu : son auteur se trouvait dans une passe difficile. Ton général : à la fois suppliant et menaçant. Ne la lis pas, photographie-la. Il sortit calmement les autres papiers du plateau, les étala comme des cartes à jouer sur le bureau, retira la base du briquet Zippo, arma l'appareil-photo caché à l'intérieur et colla son œil contre le minuscule viseur. *Écartez les doigts et faites un pied de nez les deux mains bout à bout*, avait dit Rooke. Jonathan colla son pouce sur son nez. Grâce au champ de 180°, toutes les pages étaient bien cadrées. Vise le haut, vise le bas. Appuie. Change les papiers. Attention à ne pas faire tomber de gouttes de sueur sur le bureau. Revérifie la distance avec ton pouce. Calmement. Maintenant, toujours calme, ne bouge plus. Il resta figé devant la fenêtre. Observe, mais pas de trop près. La Toyota s'éloigne, avec Gus au volant. Retourne à ton travail. Sans te presser.

Il termina le premier plateau, remit les papiers en place et prit ceux du second. Six pages noircies de l'écriture soignée de Roper. Les joyaux de la couronne ? Ou une longue lettre à son ex-épouse au sujet de Daniel ? Jonathan les étala de gauche à droite dans l'ordre. Non, pas une lettre à Paula. Une longue série de noms et de chiffres, écrits au stylo bille sur du papier millimétré, les noms à gauche, les chiffres en face, chacun soigneusement inscrit dans sa case. Des dettes de jeu ? Le budget du ménage ? Une liste d'anniversaires ? Arrête de réfléchir. Espionne pour l'instant, tu penseras plus tard. Jonathan recula d'un pas, essuya la sueur de son visage et expira profondément. C'est alors qu'il le vit.

Un cheveu. Un long cheveu soyeux, raide, d'un beau châtain, qui aurait dû se trouver dans un médaillon ou une lettre d'amour, ou encore sur un oreiller à l'odeur de feu de bois. L'espace d'un instant, Jonathan éprouva une rage subite, comme un explorateur qui touche au but de son infernale expédition pour y trouver les feux de bivouac d'un rival exécré arrivé le premier. Tu m'as menti ! Tu sais très bien ce qu'il fait ! Tu es de mèche avec lui dans l'affaire la plus ignoble de sa carrière ! Aussitôt après, il sourit à l'idée que Jed avait fait le même chemin que lui, mais pas à cause de Rooke, de Burr, ou du meurtre de Sophie.

Soudain, il prit peur. Pas pour lui, mais pour elle, si fragile, si maladroite. Pour sa vie à elle. Pauvre idiote, songea-t-il. Tu as laissé ta signature partout ! N'as-tu jamais vu le visage méconnaissable d'une jolie femme ? Un petit chien éventré ?

Ayant enroulé le cheveu révélateur autour de son petit doigt, Jonathan le glissa dans sa poche de chemise trempée de sueur. Puis il remit le deuxième dossier dans son plateau, et commençait à étaler le troisième lorsqu'il entendit le claquement des sabots de chevaux dans la cour des écuries, se mêlant à des voix d'enfants grognons aussitôt réprimandés.

Il remit méthodiquement les papiers à leur place et alla se planter devant la fenêtre. À cet instant lui parvinrent un bruit de course effrénée dans la cuisine et le hall, la voix de Daniel réclamant sa mère à tue-tête, puis celle de Jed lui criant après. Dans la cour, Jonathan vit Caroline Langbourne et ses trois enfants, Claud le palefrenier tenant par la bride Sarah, la jument arabe de Jed, et Donegal le garçon d'écurie tenant Smoky, le poney de Daniel, qui baissait la tête, comme offensé dans sa dignité par tout ce remue-ménage.

La lucidité avant la bataille.
Le calme avant la bataille.
Le digne fils de son père. Qu'il soit enterré en uniforme.

Jonathan glissa l'appareil-photo dans la poche de son jean et s'assura qu'il ne laissait pas d'indices sur le bureau. Il en essuya le dessus avec son mouchoir, puis les bords des plateaux de classement. Daniel hurlait plus fort que Jed, mais Jonathan ne saisissait pas ce qu'ils disaient. Dans la cour, l'un des enfants Langbourne avait décidé qu'il était temps de se joindre au chœur des doléances. Esmeralda était sortie de sa cuisine pour dire à Daniel de ne pas se conduire comme un garnement – et que dirait papa, hein ? Jonathan passa dans le dressing, refermant derrière lui la porte au chambranle en acier du bureau, et la verrouillant avec son passe, ce qui lui prit un peu plus longtemps que prévu tant il craignait d'abîmer le rouet. Lorsqu'il arriva dans la chambre, il entendit Jed, chaussée de ses bottes, monter l'escalier d'un pas lourd et annoncer à qui voulait l'entendre que plus jamais, plus jamais de sa vie elle n'emmènerait Daniel en randonnée.

Il songea à se réfugier dans la salle de bains ou le dressing de Roper, mais se cacher ne résoudrait rien. Il s'abandonna à une délicieuse inertie, un désir de ralentir le temps, comme quand on fait l'amour. Lorsque Jed apparut dans l'embrasure de la porte en tenue d'équitation, sans la cravache ni la bombe, toute rouge de chaleur et de colère, Jonathan se tenait devant la table basse et arrangeait les fleurs d'envoi, qui avaient perdu un peu de leur fraîcheur en cours de route.

Sur le coup, elle était trop furieuse contre Daniel pour être surprise par quoi que ce soit. Et Jonathan remarqua que sa colère la rendait plus réelle.

« Thomas, franchement, si vous avez la moindre influence sur Daniel, vous devriez lui dire de ne pas se conduire comme une vraie lavette quand il se fait mal. Une petite chute de rien du tout, pas de bobo sauf à son orgueil, et voilà qu'il se met dans un état... Mais au fait, Thomas, qu'est-ce que vous foutez ici ?

— Je vous ai apporté des fleurs d'envoi. Cueillies pendant notre escalade d'hier.

— Vous ne pouviez pas les confier à Miss Sue ?

— Je voulais les arranger moi-même.

— Vous auriez pu faire ça en bas et les donner à Miss Sue. »

Elle jeta un regard furieux au lit défait, à ses vêtements de la veille en tas sur la chaise longue, à la porte de la salle de bains ouverte. Daniel hurlait toujours. « *La ferme, Daniel !* » Son regard revint vers Jonathan. « Thomas, vraiment, je trouve que vous ne manquez pas de culot, fleurs ou pas fleurs. »

La même colère... tu l'as simplement reportée de Daniel sur moi, songea Jonathan tout en tripotant distraitement les fleurs. Il éprouva un désir subit de la protéger. Son trousseau de rossignols pesait une tonne contre sa cuisse, le Zippo-appareil-photo sortait quasiment de sa poche de chemise, et son histoire de bouquet inventée au départ à l'intention d'Esmeralda ne tenait plus guère la route. Pourtant, il ne pensait pas à sa propre vulnérabilité, mais à celle de Jed. Daniel s'était arrêté de hurler, attendant l'effet produit.

« Alors, appelez donc les gros bras, lança Jonathan en s'adressant aux fleurs plus qu'à elle. Le bouton d'alarme en cas d'agression est sur le mur juste à côté de vous. Vous pouvez aussi utiliser le téléphone intérieur, si vous préférez : vous faites le 9, et je serai puni pour mon "sacré culot" selon les règles de la maison. Daniel ne fait pas une scène parce qu'il est tombé. Il ne veut pas retourner à Londres, et il n'aime pas vous partager avec Caroline et ses gosses. Il vous veut pour lui tout seul.

– Sortez. »

Mais il se sentait parfaitement calme, et aussi très inquiet pour elle, ce qui lui donnait un double avantage. Fini les exercices et les balles à blanc. Le temps était venu de sortir la grosse artillerie.

« Fermez la porte, ordonna-t-il à voix basse. Ce n'est pas le meilleur moment pour parler, mais j'ai quelque chose à vous dire, et je ne veux pas que Daniel écoute. Il en entend déjà assez comme ça à travers le mur de votre chambre. »

Elle le regarda, l'incertitude se peignant sur son visage. Elle ferma la porte.

« Vous m'obsédez. Je ne peux pas vous chasser de mon esprit. Ça ne veut pas dire que je suis amoureux de vous. Mais je dors avec vous, je me réveille avec vous, quand je me brosse les dents je brosse les vôtres aussi, et la plupart du temps je me chamaille avec vous. Il n'y a aucune logique ni aucun plaisir dans tout ça. Je ne vous ai pas entendue exprimer la moindre idée intéressante, et vous ne racontez généralement que des idioties d'un ton maniéré. Pourtant, à chaque fois qu'une pensée amusante me passe par la tête, j'ai besoin d'entendre votre rire, et quand je me sens déprimé j'ai besoin de vous pour me remonter le moral. J'ignore qui vous êtes réellement, si tant est que vous soyez quelqu'un. Si vous restez ici pour la vie facile ou parce que vous êtes follement amoureuse de Roper. Et je suis certain que vous l'ignorez vous-même. Je pense que vous êtes complètement paumée. Mais ça ne me rebute pas. Pas le moins du monde. Ça me rend furieux, stupide, et ça me donne envie de vous tordre le cou. Mais ça fait partie du lot. »

Il n'empruntait pas les mots d'un autre. Il parlait en son nom propre, et non sur ordre de quelqu'un. Pourtant, l'orphelin sans pitié ne put résister au plaisir de reprocher à Jed d'être en partie responsable. « Vous n'auriez peut-être pas dû me dorloter autant quand j'étais malade. M'aider à m'asseoir. Vous installer sur mon lit. Disons que c'est la faute de Daniel, parce qu'il s'est fait kidnapper. Non, disons que c'est ma faute, parce que je me suis fait tabasser. Et la vôtre, pour m'avoir lancé des regards si langoureux. »

À cette accusation, elle ferma les yeux, et sembla un instant s'être endormie. Mais elle les rouvrit et porta sa main à son visage. Il craignit soudain d'avoir été trop brutal, d'avoir envahi le jardin secret que chacun d'eux protégeait jalousement.

« C'est la chose la plus impertinente qu'on m'ait jamais dite, nom de Dieu ! » fit-elle en hésitant après une longue pause.

Il ne lui offrit pas de réplique.

« Thomas ! » lança-t-elle comme un appel au secours.

Mais il resta sourd à son appel.

« Mon Dieu, Thomas... Enfin, merde ! Thomas, c'est la maison de Roper, ici !

– Oui, c'est la maison de Roper, et vous êtes la maîtresse de Roper, du moins tant que vous le supporterez. Et mon intuition me dit que ça ne durera pas longtemps. Roper est un escroc, comme Caroline Langbourne vous l'a certainement dit. Ce n'est ni un flibustier, ni un joueur du Mississippi, ni un aventurier romantique, bref, le rôle que vous avez décidé de lui attribuer quand vous vous êtes connus. C'est un trafiquant d'armes, et un assassin à l'occasion. » Jonathan prit une terrible initiative, transgressant toutes les règles de Burr et de Rooke en une seule phrase. « C'est pourquoi des gens comme vous et moi se mettent à l'espionner, et laissent des traces évidentes partout dans son bureau. "Jed est entrée ici." "Jed Marshall a laissé son empreinte, un de ses cheveux coincés dans ses papiers." Il vous tuerait s'il l'apprenait. Parce que c'est ce qu'il est, un tueur. » Il s'arrêta pour juger de l'effet produit par sa confession inopinée, mais elle restait de marbre. « Je ferais bien d'aller parler à Daniel, reprit-il. À propos, qu'est-ce qu'il est censé s'être fait en tombant ?

— Allez donc savoir ! »

Elle eut un étrange réflexe au moment où il partait. Elle se tenait toujours près de la porte, et elle s'écarta d'un pas pour le laisser passer, sans doute par simple courtoisie. Mais, dans un élan qu'elle n'aurait sans doute pu expliquer, elle avança vivement la main vers la poignée, la tourna et ouvrit la porte d'un petit geste sec, comme si Jonathan était paralysé et avait besoin d'aide.

Daniel, allongé sur son lit, dévorait son livre sur les monstres.

« Jed s'est emportée, c'est tout, expliqua-t-il. J'ai seulement voulu l'embêter, mais elle a perdu les pédales. »

19

Le soir du même jour, Jonathan était toujours en vie, le ciel toujours en place, et aucun gorille ne lui sauta dessus d'une branche d'arbre tandis qu'il regagnait Woody's House par le tunnel. Les cigales stridulaient au même rythme, le soleil disparut derrière Miss Mabel Mountain, le soir tomba. Jonathan avait joué au tennis, nagé et navigué avec Daniel et les petits Langbourne, écouté Isaac parler du Tottenham Hotspur, Esmeralda des esprits maléfiques, et Caroline Langbourne des hommes, du mariage et de son mari :

« Ce n'est pas l'infidélité qui m'agace, Thomas, c'est le mensonge. Je ne sais pas pourquoi je vous raconte ça, sans doute parce que vous êtes quelqu'un de droit. Je me fiche de ce qu'il dit sur votre compte. Chacun a ses problèmes, mais je sais reconnaître la droiture. Si seulement il me disait : "J'ai une liaison avec Annabelle" – ou n'importe qui d'autre – "et qui plus est, cette liaison va se poursuivre", eh bien je dirais : "D'accord. Si tu veux jouer à ce petit jeu, très bien. Seulement, ne t'attends pas à ce que moi je te reste fidèle." Je peux faire face à ce genre de situation, Thomas. Il le faut bien, quand on est une femme. Mais je suis vraiment furieuse de lui avoir donné tout mon argent, de l'avoir pratiquement entretenu pendant des années, d'avoir laissé papa payer l'éducation des enfants, tout ça pour m'apercevoir qu'il s'envoyait la première putain qu'il croisait, et nous laissait... oh, je ne dirais pas sans le sou, mais certainement pas dans l'opulence. »

Jonathan avait aperçu Jed à deux reprises, ce jour-là : d'abord dans le pavillon de verdure, vêtue d'un caftan jaune, en train d'écrire une lettre, puis avec Daniel, qu'elle tenait par la main en marchant dans la mer, sa jupe remontée à la taille. Plus tard, lorsque Jonathan quitta la maison, il passa délibérément sous le balcon de sa chambre et l'entendit parler avec Roper au téléphone : « Non, chéri, il ne s'est pas fait mal, je t'assure. Il a piqué une petite crise, c'est tout, mais ça n'a pas duré, et il m'a fait un superbe dessin de Sarah en train de caracoler dans les airs au-dessus du toit de l'écurie, tu vas adorer... »

Jonathan se dit : Maintenant, tu vas tout lui raconter. *Ça, c'étaient les bonnes nouvelles, chéri. Mais devine qui j'ai surpris à rôder dans notre chambre ?*

Ce fut seulement en arrivant à Woody's House que le temps suspendit son vol. Jonathan entra avec une grande prudence, se disant que, si les vigiles avaient été alertés, leur tactique la plus prévisible serait d'arriver à la maison avant lui. Il passa donc par la porte de derrière et fit l'inspection complète des deux étages avant d'oser retirer de son appareil-photo la minuscule cassette en acier et, à l'aide d'un couteau de cuisine effilé, d'aménager une petite cache pour la loger dans les pages d'un exemplaire broché de *Tess D'Urberville*.

Après quoi il prit les choses l'une après l'autre.

Dans son bain, il songea : En ce moment, tu es sous la douche, mais personne n'est là pour te tendre ta serviette.

Il se prépara une soupe au poulet avec des restes qu'Esmeralda lui avait donnés, et il pensa : En ce moment, tu dois être dans le patio avec Caroline à manger du mérou à la sauce citron d'Esmeralda, en l'écoutant te raconter un autre chapitre de sa vie. Pendant ce temps-là, les enfants se gavent de chips, de glaces et de Coca en regardant *Frankenstein junior* dans la salle de jeux de Daniel, et lui est dans sa chambre en train de lire, la porte fermée, parce qu'il déteste toute la bande.

Puis il alla au lit, qui lui semblait le meilleur endroit pour penser à elle. Mais à 0 h 30 l'observateur rapproché se leva sans bruit, tout nu, et ramassa un tisonnier en acier caché sous le lit en permanence, car il avait entendu un bruit de pas furtifs sur le seuil de sa porte. Ça y est, les voilà, songea-t-il. Elle a craché le morceau à Roper et les gorilles vont me faire subir le même traitement qu'à Woody.

Mais une autre voix bien différente s'éleva en lui, une voix qu'il entendait depuis que Jed l'avait découvert dans sa chambre. Si bien qu'au moment où la jeune femme frappa discrètement à la porte il avait rangé le tisonnier et noué un sarong autour de sa taille.

Elle aussi s'était habillée pour la circonstance : une jupe longue et une cape noires. Jonathan n'aurait pas été surpris si elle avait eu remonté le capuchon sur sa tête, mais non, il retombait gracieusement dans son dos. Elle tenait une lampe-torche, qu'elle posa par terre, puis resserra sa cape contre elle tandis qu'il verrouillait la porte. Alors elle lui fit face, les mains croisées sur la gorge en un geste théâtral.

« Vous n'auriez pas dû venir, dit-il en fermant rapidement les rideaux. Qui vous a vue ? Caroline ? Daniel ? Le personnel de nuit ?
— Personne.
— On vous a forcément vue. Les gardes à l'entrée ?
— J'ai marché sur la pointe des pieds. Personne n'a pu m'entendre. »

Il la regarda d'un œil incrédule. Pas parce qu'il la soupçonnait de mentir, mais à cause de la folie totale d'une telle attitude. « Alors, qu'est-ce que je vous offre ? » fit-il sur un ton qui sous-entendait : puisque vous êtes là.

« Du café. Un café, s'il vous plaît. S'il y en a du tout prêt. »

Un café, s'il vous plaît. Égyptien, se souvint-il.

« Ils regardaient la télévision, précisa-t-elle. Les gardes à l'entrée. Je les ai vus par la fenêtre.
— C'est ça. »

Il mit la bouilloire à chauffer, et alluma un feu dans la cheminée. Jed, encore frissonnante, regarda les bûches de pin crépiter. Puis elle embrassa la pièce du regard, pour se faire une idée du lieu, et de lui aussi, remarquant les livres qu'il avait réunis, et le soin apporté aux détails — les fleurs, l'aquarelle représentant Carnation Bay posée sur le dessus de la cheminée à côté du ptérodactyle dessiné par Daniel.

« Dan m'a fait un dessin de Sarah, dit-elle. Pour se faire pardonner.
— Je sais. Je passais devant votre chambre quand vous racontiez ça à Roper. Que lui avez-vous dit d'autre ?
— Rien.
— Vous en êtes sûre ?

— Mais qu'est-ce que vous voulez que je lui dise? s'emporta-t-elle. Thomas pense que je suis une pute à trois sous sans un brin de jugeotte?

— Je n'ai jamais dit ça.

— Vous avez dit pire. Que j'étais une paumée et lui un assassin. »

Il lui tendit un café noir sans sucre. Elle en but quelques gorgées, les deux mains enserrant la tasse. « Mais comment je me suis retrouvée embringuée là-dedans? demanda-t-elle. Pas vous, lui, je veux dire. Cet endroit. Crystal. Tout le merdier.

— D'après Corky, Roper vous a achetée à une vente de chevaux.

— J'avais une chambre à Paris.

— Qu'est-ce que vous faisiez là-bas?

— Je baisais avec deux types. C'est tout moi, ça. Je déniche toujours les mauvais, et je rate les bons. » Elle but une autre gorgée. « Ils avaient un appartement rue de Rivoli. Ils m'ont foutu une trouille bleue. La drogue, les petits garçons, l'alcool, les filles, moi, bref, la totale. Un matin, je me suis réveillée et j'ai vu plein de cadavres dans l'appartement. En fait, tout le monde était tombé dans les pommes. » Elle hocha la tête l'air de dire que ça avait été le bouquet final. « Ça suffit, Jemima, tu ne touches pas les deux cents livres, tu te tires. Je n'ai même pas pris mes affaires. J'ai enjambé les corps et je suis allée à une vente aux enchères de pur-sang à Maisons-Laffitte, dont j'avais lu l'annonce dans le *Herald Tribune*. Je voulais voir des chevaux. J'étais encore à moitié défoncée, et je n'avais qu'une pensée en tête : les chevaux. Jusqu'à ce que mon père soit obligé de vendre, je n'ai fait que monter à cheval et prier. Nous sommes des catholiques du Shropshire, expliqua-t-elle d'un air lugubre, comme s'il s'agissait d'une malédiction familiale. Je devais sourire, parce qu'un beau mec d'un certain âge m'a dit : "Lequel aimeriez-vous avoir?" Et j'ai répondu : « Le grand, là, derrière la vitre." Je me sentais légère... et libre. Comme dans un film, vous comprenez. Très spirituelle.

Alors, il l'a achetée. Sarah. L'enchère est allée si vite que je n'ai pas vraiment suivi. Il avait un Pakistanais avec lui, et ils faisaient des offres à tour de rôle. Après, il s'est tourné vers moi et il m'a dit : "Elle est à vous. Où doit-on la faire livrer ?" J'avais une frousse terrible, mais c'était une sorte de défi, et j'ai décidé d'aller au bout. Il m'a emmenée dans une boutique sur les Champs-Élysées où nous étions les seuls clients. Il avait appelé pour demander qu'on évacue le menu fretin avant notre arrivée. Il était la clientèle à lui tout seul. Il m'a acheté pour dix mille livres de fringues, m'a emmenée à l'Opéra, puis au restaurant, et là il m'a parlé d'une île appelée Crystal. On est allés à son hôtel, et il m'a baisée. Et je me suis dit, tu peux franchir le fossé d'un bond. Il n'est pas méchant, Thomas. Il fait de vilaines choses, c'est tout. Comme Archie le chauffeur.

— Qui c'est, ça ? »

Elle oublia sa présence pendant un instant, préférant regarder le feu et boire son café. Elle ne frissonnait plus. Elle eut un léger tressaillement et rentra le cou dans les épaules, mais c'était à cause de ses souvenirs, pas du froid. « Mon Dieu, qu'est-ce que je vais faire, Thomas ?

— Qui est Archie ? répéta-t-il.

— Il était de notre village. Il conduisait l'ambulance de l'hôpital du coin. Tout le monde l'adorait. Il allait à tous les steeple-chases et soignait les blessés. Il récupérait les ivrognes après les gymkhanas des gamins, tout ça. Un amour, Archie. Et puis il y a eu une grève des ambulanciers, et il a fait un piquet à lui tout seul devant les portes de l'hôpital. Il a empêché les ambulanciers amenant des malades d'entrer, sous prétexte que les conducteurs étaient des briseurs de grève. C'est comme ça que Mme Luxome, la femme de ménage des Prior, est morte, fit-elle avec un frisson. Vous allumez toujours un feu, ici ? Ça semble ridicule, sous les tropiques.

— Vous en allumez bien à Crystal.

— Il vous aime vraiment beaucoup, vous le savez ?
— Oui.
— Vous êtes un peu comme son fils. Je lui ai pourtant dit depuis le début de vous renvoyer. Je sentais que vous vous rapprochiez, et je n'y pouvais rien. Vous avez le talent de vous infiltrer partout, mais il n'a pas l'air de le voir. Ou il ne veut pas, peut-être. Ça doit être à cause de Dan. Vous l'avez sauvé. Mais ça ne dure pas toute la vie, si ? » Elle but encore une gorgée. « Alors bon, et puis merde ! S'il ne veut pas voir ce qu'il a sous le nez, tant pis pour lui. Corky l'a mis en garde. Sandy aussi. Mais il ne les écoute pas.
— Pourquoi avez-vous fouillé dans ses papiers ?
— Caro m'a raconté des tas d'histoires sur lui. Des choses horribles. Ce n'était pas chic de sa part. J'étais déjà un peu au courant. Je préférais rester en dehors, mais c'est impossible. Tout ce qui se raconte dans les soirées. Et les bribes que Dan ramasse. Ces horribles banquiers vantards. Je suis incapable de juger les gens. Je pense toujours que c'est moi qui suis au banc des accusés, pas eux. L'ennui, c'est que chez nous on était très stricts. Mon père, surtout. Il aurait préféré mourir plutôt que de voler le percepteur. Il payait toujours les factures le jour où il les recevait. C'est comme ça qu'il s'est ruiné. Parce que bien sûr les gens ne le payaient pas, lui, mais il ne s'en apercevait pas. » Elle lui jeta un coup d'œil, puis posa sur lui un vrai regard. « Mon Dieu ! murmura-t-elle de nouveau.
— Vous avez découvert quelque chose ?
— C'était impossible, non ? fit-elle en hochant la tête. Je ne savais même pas ce que je cherchais. Alors je me suis dit : "Et merde", et je lui en ai parlé.
— *Quoi ?*
— J'ai lancé le sujet, un soir après dîner. J'ai dit : "C'est vrai que tu es un escroc ? Dis-moi la vérité. Une femme a le droit de savoir." »
Jonathan respira profondément. « Ça au moins, c'était franc, dit-il avec un sourire discret. Comment Roper a-t-il pris la chose ? Il a tout avoué, en jurant

qu'il ne ferait plus jamais rien de mal et en rendant responsable une enfance malheureuse ?
— Non. Son visage s'est fermé.
— Qu'est-ce qu'il a dit ?
— Que c'était pas mes affaires. »

Des réminiscences du récit que Sophie lui avait fait de sa conversation avec Freddie Hamid à la Cité des morts au Caire détournèrent un instant ses pensées.

« Et là, vous avez dit que si, c'était vos affaires ?
— Il a répondu que, comme de toute façon je ne comprendrais pas, je ferais mieux de la boucler et de ne pas parler de choses qui me dépassaient. Il a ajouté : "Il ne s'agit pas de délits, il s'agit de politique". Et j'ai dit : "Mais c'est quoi ? De quoi tu parles ? Dis-moi tout, même le pire. Le fin mot de l'histoire, que je sache ce que je partage."
— Et alors ?
— Il m'a dit : "Il n'y a pas de fin mot de l'histoire.". Des gens comme mon père croient le contraire, et ce sont tous des gogos. Il a ajouté qu'il m'aimait et que ça devait me suffire. Alors je me suis mise en colère et j'ai dit que ça avait peut-être suffi à Eva Braun, mais pas à moi. J'ai cru qu'il allait me frapper. Mais non, il a seulement pris bonne note. Rien ne le surprend, voyez-vous. Il y a les faits, c'est tout. Un fait de plus, un de moins. Et à la fin, on fait ce que la logique impose de faire. »

Comme pour Sophie, songea Jonathan.

« Et vous ? demanda-t-il.
— Quoi, moi ? » Elle voulait du cognac, mais il n'en avait pas et lui offrit un scotch. « C'est un mensonge.
— Un mensonge ?
— Oui, la vie que je mène. Quelqu'un me dit qui je suis, je le crois et je m'en tiens là. C'est vrai. Je crois ce que disent les gens. Je n'y peux rien. Vous débarquez ici, vous me dites que je suis une pauvre paumée, mais ce n'est pas l'avis de Roper. Lui affirme que je suis sa bonne conscience. Que c'est pour Daniel et moi qu'il fait tout ça. Il l'a dit tout de go un soir devant Corky,

fit-elle en buvant une gorgée de scotch. Caro prétend qu'il fourgue de la drogue. Vous le saviez ? Une énorme cargaison, en échange d'armes et Dieu sait quoi d'autre. Il ne s'agit pas simplement d'affaires louches, ni de se faire un peu d'argent de poche, ou de se passer un joint dans une soirée, a-t-elle dit. Il s'agit de méga-crime organisé à grande échelle. Elle dit aussi que je suis la pépée d'un gangster. Encore une autre version de moi que j'essaie d'analyser. Passionnant, toutes ces facettes de ma personnalité à la minute. »

Elle le regarda de nouveau, bien en face, sans ciller. « Je suis dans la merde. Je me suis fourrée dans ce pétrin les yeux fermés. Je mérite ce qui m'arrive. Mais ne me traitez pas de paumée. Je n'ai besoin de personne pour me sermonner. Et d'ailleurs, qu'est-ce que vous manigancez, vous, bordel de merde ? Vous n'êtes pas vraiment un parangon de vertu.

— Qu'en dit Roper ?

— Que vous avez de sérieux problèmes mais que vous êtes un brave type. Qu'il vous met le pied à l'étrier. Il en a assez d'entendre Corky déblatérer sur vous. Seulement, il ne vous a pas piqué en train de rôder dans notre chambre, n'est-ce pas ? lança-t-elle d'un ton agressif. Alors dites-moi tout. »

Il mit longtemps avant de répondre, songeant d'abord à Burr, puis à lui-même et à toutes les règles imposées de silence. « Je suis un volontaire, dit-il finalement.

— Pour le compte de la police ? demanda-t-elle avec une moue réprobatrice.

— En quelque sorte.

— Quel est le vrai vous ?

— J'espère le découvrir un jour.

— Qu'est-ce qu'ils lui feront ?

— Ils l'arrêteront, le jugeront et le jetteront en prison.

— Bon Dieu, comment peut-on se porter volontaire pour un boulot de ce genre ? »

Aucun entraînement ne l'avait préparé à cette situation. Il se laissa le temps de réfléchir, et ce long silence, comme la distance entre eux, sembla les rapprocher au lieu de les séparer.

« Tout a commencé à cause d'une fille... je veux dire, d'une femme, rectifia-t-il. Roper et un autre type l'ont fait assassiner. Je me suis senti responsable. »

Les épaules remontées, la cape bien serrée autour du cou, elle laissa son regard errer dans la pièce, puis le reposa sur lui. « Vous l'aimiez ? La fille ? Enfin, la femme ?

— Oui, sourit-il. Elle était ma bonne conscience. »

Elle enregistra, sans savoir s'il fallait approuver. « Quand vous avez sauvé Daniel chez Mama, c'était un mensonge, aussi ?

— En gros, oui. »

Il vit toutes ses pensées défiler dans sa tête : la répulsion, la lutte pour comprendre, les valeurs morales conflictuelles dues à son éducation.

« D'après le Dr Marti, ils ont failli vous tuer, dit-elle.

— Moi, j'ai failli les tuer. J'ai perdu mon sang-froid. C'était une comédie qui a mal tourné.

— Comment s'appelait-elle ?

— Sophie.

— J'ai besoin de vous en entendre parler. »

Elle voulait dire ici, dans cette maison, maintenant.

Il la fit monter dans la chambre et s'allongea sur le lit à côté d'elle, sans la toucher, pour lui raconter l'histoire de Sophie. Elle finit par s'endormir tandis qu'il montait la garde. Elle se réveilla et demanda un soda qu'il alla chercher dans le réfrigérateur. À 5 heures, avant que le jour se lève, il enfila sa tenue de jogging et emmena Jed jusqu'au poste de garde par le tunnel, lui interdisant d'allumer sa lampe électrique et la faisant marcher un pas derrière lui sur sa gauche, comme s'il conduisait un bleu au combat. Arrivé au poste, il se planta devant la vitre, sa tête et ses épaules bloquant la vue, et entama son bavardage habituel avec Marlow, le gardien de nuit, tandis que Jed filait, sans être vue, espéra-t-il.

Son angoisse ne disparut pas pour autant, car au retour il trouva Amos le Rasta assis sur le pas de sa porte, qui venait quémander une tasse de café.

« Votre âme a connu une belle expérience enrichissante hier soir, m'sieu Thomas, pas vrai ? s'enquit Amos en versant quatre grosses cuillerées de sucre dans son café.

– Oh, un soir comme les autres, Amos. Et toi ?

– M'sieu Thomas, j'avais pas senti l'odeur du feu de bois à 1 heure du matin, côté Ville, depuis le temps où M. Woodman recevait ses dames pour les régaler de musique et d'amour.

– M. Woodman aurait mieux fait de lire un livre instructif, d'après l'opinion générale. »

Amos poussa des gloussements hystériques : « Y a qu'un type à part vous sur cette île qui lit, m'sieu Thomas. Et il est complètement défoncé et aveugle. »

Cette nuit-là, à la consternation de Jonathan, Jed revint le voir.

Elle ne portait pas sa cape, mais sa tenue d'équitation, dont elle croyait sans doute qu'elle lui conférait une sorte d'immunité. Jonathan était atterré mais non surpris, car il avait décelé chez elle la même obstination que chez Sophie et savait qu'il ne pourrait pas plus la renvoyer qu'empêcher jadis Sophie de retourner au Caire affronter Hamid. Alors une certaine paix l'envahit, qu'ils partagèrent. Elle lui prit la main et l'entraîna en haut, où elle fit preuve d'une curiosité inattendue pour sa garde-robe, chemises et sous-vêtements. Elle replia soigneusement ce qui était mal plié, réassortit les paires de chaussettes. Puis elle l'attira à elle et lui donna un petit baiser, comme si elle avait décidé à l'avance ce qu'elle pouvait se permettre de lui offrir. Après quoi ils redescendirent et, debout sous le plafonnier, elle lui effleura le visage du bout des doigts, en étudiant les détails, le photographiant de ses yeux pour emporter ces instantanés avec elle. À cet instant, il eut le souvenir incongru du vieux couple d'émigrés en train de danser chez Mama Low le soir du kidnapping, chacun caressant le visage de l'autre avec émerveillement.

Elle lui demanda un verre de vin, et ils s'assirent sur le sofa pour boire et savourer cette paix qu'ils savaient maintenant pouvoir partager. Puis elle le fit se lever et l'embrassa de nouveau, laissant aller son corps contre celui de Jonathan cette fois, et plongeant longuement son regard dans le sien, comme pour s'assurer de sa sincérité. Après quoi elle le quitta, parce que, selon ses termes, elle ne pourrait en supporter plus pour l'instant, jusqu'à la prochaine intervention du destin.

Quand elle sortit de la maison, Jonathan monta à l'étage pour la guetter par la fenêtre, puis il glissa son exemplaire de *Tess* dans une enveloppe brune sur laquelle il inscrivit en majuscules maladroites THE ADULT SHOP, boîte numéro tant, Nassau, une adresse que Rooke lui avait donnée une éternité plus tôt. Il alla ensuite jeter l'enveloppe dans la boîte aux lettres sur le front de mer, où elle serait ramassée et s'envolerait le lendemain pour Nassau dans le jet de Roper.

« Alors, on a apprécié cette petite période de solitude, mon chou ? demanda Corkoran, buvant une cannette de bière fraîche dans le jardin de Jonathan.

— Oui, merci, répondit poliment Jonathan.

— C'est ce que j'ai cru entendre dire. Frisky dit que vous avez apprécié, Tabby aussi, et les gardes, et la plupart des habitants du côté Ville.

— Parfait. »

Corkoran but une gorgée. Il portait son panama d'Eton et son affreux complet de Nassau. « Et la déprime de la Langbourne ne nous a pas gâché le plaisir ? s'enquit-il en regardant la mer.

— Non, on a fait quelques sorties. Caroline est un peu déprimée, alors les enfants étaient assez contents de la quitter de temps en temps.

— Quel amour nous sommes ! commenta Corkoran. Quel chic type ! Quel parfait animal de compagnie. Juste comme Sammy. Et je ne me suis même pas fait ce petit enfoiré. » Il baissa son chapeau sur ses yeux et chanta *Nice work if you can get it* à la manière d'une Ella Fitzgerald mélancolique. « Il y a un message pour vous de la part du patron, monsieur Pyne. L'heure H s'approche. Préparez-vous à faire vos adieux à Crystal et à ses habitants. Le peloton d'exécution est convoqué à l'aube.

– Je vais où ? »

Sautant sur ses pieds, Corkoran descendit la volée de marches jusqu'à la plage comme s'il ne pouvait plus supporter Jonathan. Il ramassa un galet et, malgré son embonpoint, réussit à le faire ricocher très loin dans l'eau sombre.

« Vous allez prendre mon poste, enfoiré ! cria-t-il. Grâce aux jolies petites manœuvres de sales pédés de mes deux, qui sont tous contre moi. Et dont je vous soupçonne fortement d'être la créature !

– Corky, vous délirez, ou quoi ?

– Je n'en sais rien, mon cœur…, fit Corkoran en réfléchissant à la question. J'espère. Soit je raconte n'importe quoi, soit j'ai vu juste. » Nouveau galet. « Moi, je prêche dans le désert. Le patron ne l'admettra jamais, mais c'est un romantique indécrottable à cent pour cent. Il croit qu'il y a une lumière au bout du tunnel. Genre moucheron autour d'une lampe… » Autre jet de galet, accompagné d'un grognement poussif. « Alors que votre serviteur Corky est un sceptique pur et dur. Et mon opinion personnelle et professionnelle, c'est que vous êtes dangereux. » Encore un galet, puis un autre. « Je le lui ai dit, mais il ne me croit pas. Il vous a fait. Vous avez sauvé son bébé des flammes. Alors que votre serviteur Corky, grâce à certains que je ne nommerai pas – des amis à vous, j'imagine –, est cuit. » Il vida sa cannette de bière et la jeta dans le sable avant de chercher un autre galet, que Jonathan lui tendit gentiment. « Enfin, il faut pas se cacher les yeux, trésor, on est devenu un tantinet avachi.

– Je crois surtout qu'on est un tantinet dérangé, Corky », rectifia Jonathan.

Corkoran se frotta les mains l'une contre l'autre pour en chasser le sable. « Quel boulot, quand même, le métier de criminel ! se plaignit-il. Tous ces gens, toutes ces rumeurs. Cette boue. Les endroits où on n'a pas envie d'être. Vous ne trouvez pas ? Bien sûr que non. Vous êtes au-dessus de ça. C'est ce que je ne cesse de dire au patron. Et est-ce qu'il m'écoute ? Hein, mon ange en sucre ?

– Je ne peux rien y faire, Corky.

– Oh, ne vous inquiétez pas, je vais me débrouiller tout seul. » Il alluma une cigarette et tira dessus avec satisfaction. « Et pour couronner le tout, ça ! fit-il en agitant la main vers Woody's House. Deux nuits de suite, à en croire mes espions. J'aimerais bien aller le raconter au patron, évidemment. Rien ne me ravirait davantage. Mais je ne peux pas faire ça à Notre-Dame de Crystal. Cela dit, je ne peux pas me porter garant pour les autres. Quelqu'un vendra la mèche, c'est inévitable. » Miss Mabel Island devint comme un stencil noir sous la lune. « J'aime pas le soir. J'ai horreur de ça. Les matins aussi, d'ailleurs. Avec toutes ces putains de cloches qui sonnent. Quand on s'appelle Corky, on ne vaut quelque chose que dix minutes par jour. Un petit dernier à la santé de la Reine ?

– Sans façon. »

Le départ ne s'annonçait pas simple. Ils se regroupèrent sur la piste d'envol de Miss Mabel aux premières lueurs de l'aube, comme un groupe de réfugiés. Jed portait des lunettes noires, décidée à ne voir personne. Une fois à bord, sans les ôter, elle s'affala dans un siège à l'arrière entre Corkoran et Daniel, tandis que Frisky et Tabby encadraient Jonathan à l'avant. Quand ils atterrirent à Nassau, MacArthur les attendait à la barrière. Corkoran lui remit les passeports, y compris celui de Jonathan, et tout le monde franchit le contrôle sans problème.

« Jed va vomir », annonça Daniel en montant dans la nouvelle Rolls. Corkoran lui dit de la boucler.

La résidence de Roper, une imitation en stuc de style Tudor, avait l'air sinistre et étrangement à l'abandon.

L'après-midi, Corkoran emmena Jonathan faire la tournée des magasins dans Freetown. Corkoran était d'humeur fantasque. À plusieurs reprises, il s'arrêta pour se rafraîchir le gosier dans des petits bars sordides, tandis que Jonathan buvait du Coca. Tout le monde semblait connaître Corkoran, certains un peu trop bien. Frisky les suivait à distance. Ils achetèrent trois complets-veston italiens très chers – retouches à faire sur-le-champ, Clive, s'il vous plaît, sinon le patron sera furieux –, une demi-douzaine de chemises de ville, chaussettes et cravates assorties, des chaussures, des ceintures, un imperméable bleu marine très léger, des sous-vêtements, des mouchoirs en lin, des pyjamas et une élégante trousse de toilette en cuir contenant un rasoir électrique et deux superbes brosses à cheveux ornées d'un T en argent : « Mon ami n'achète que des trucs T-rribles, pas vrai, mon cœur ? » De retour à la villa de Roper, Corkoran paracheva sa création en exhibant un portefeuille en peau de porc bourré des principales cartes de crédit au nom de Thomas, un attaché-case en cuir noir, un bracelet-montre en or de chez Piaget, et une paire de boutons de manchettes également en or portant les initiales DST gravées.

Si bien que, lorsque tout le monde se trouva réuni dans le salon pour boire du Dom Pérignon, Jed et Roper radieux et détendus, Jonathan était devenu le parfait modèle du jeune cadre dynamique.

« Alors, qu'est-ce qu'on en pense, mes enfants chéris ? demanda Corkoran avec la fierté d'un Pygmalion.

– Sacrément bien, fit Roper l'air indifférent.

– Super ! » s'écria Jed.

Après le Dom, ils allèrent au restaurant chez Enzo sur Paradise Island, et c'est là que Jed commanda une salade de homard.

C'est ce qui déclencha tout. Une salade de homard.

Jed avait passé un bras autour du cou de Roper tandis que celui-ci transmettait sa commande au propriétaire. Ils étaient assis côte à côte parce que c'était leur dernière soirée ensemble et qu'ils s'adoraient, comme chacun le savait.

« À vous, mes enfants chéris, fit Corkoran en levant son verre de vin. Un couple parfait. Deux êtres si beaux ! Que personne ne vous sépare jamais, ajouta-t-il, tandis que le propriétaire, un Italien, annonçait d'un air penaud qu'il n'y avait plus de salade de homard.

— Du veau, ça te dirait, Jed ? suggéra Roper. C'est bon le *penne*. Ou du *pollo* ? Prends un *pollo*. Non, c'est plein d'ail. Il faudrait te mettre en quarantaine. Du poisson, tiens. Servez-lui un poisson. Tu aimes ça, Jed ? Une sole, par exemple. Qu'est-ce que vous avez comme poisson ?

— N'importe quel poisson devrait se sentir honoré... », intervint Corkoran.

Jed prit du poisson à la place du homard.

Jonathan en commanda également et le trouva délicieux. Jed dit que le sien était succulent. Les MacDanby aussi, qu'on avait invités impromptu pour grossir les rangs des invités de Roper.

« Il me paraît pas si succulent que ça, remarqua Corkoran.

— Corks, c'est bien meilleur que du homard. J'adore, vraiment j'adore.

— Il y a du homard au menu, l'île entière en regorge, alors pourquoi ils n'en ont pas ici, nom de Dieu ? s'entêta Corkoran.

— Ils ont merdé, Corks. On ne peut pas tous être des génies comme vous. »

Roper semblait préoccupé, sans être cassant. Il avait seulement des problèmes en tête... et la main posée sur la cuisse de Jed. Daniel, qui allait bientôt retourner en Angleterre, décida de se rebeller contre cette indifférence.

« Roper a des narco-dollars à blanchir, déclara-t-il au milieu d'un silence malvenu. Il a une méga-opération en cours, qui le mettra à l'abri du besoin pour longtemps.

– Dan, mets-la en veilleuse, fit Jed fort à propos.

– Qu'est-ce qui tourne sans tourner ? demanda Daniel. Le lait, répondit-il lui-même devant le silence général.

– Dan, ça suffit, mon vieux. »

Mais ce soir-là Corkoran jouait le mauvais génie, et il s'était lancé dans l'histoire d'un de ses amis conseillers en investissements, Shortwar Wilkins, qui, au début de la guerre Iran-Irak, avait affirmé à ses clients que tout serait terminé en six semaines.

« Qu'est-ce qu'il est devenu ? demanda Daniel.

– Un oisif, malheureusement, Dan. Bourré la plupart du temps. Il tape ses potes. Un peu comme moi dans deux ou trois ans. Souvenez-vous de moi, Thomas, quand vous passerez au volant de votre Rolls et que vous reconnaîtrez un clodo sur le trottoir. Une petite pièce en souvenir du bon vieux temps, mon cœur ? Longue vie, Thomas. Longue vie. Que toutes vos vies soient longues. Santé.

– Santé, Corky », dit Jonathan.

Un MacDanby essaya lui aussi de raconter une histoire, mais Daniel intervint de nouveau.

« Comment on peut sauver le monde ?

– Dis-le-moi, mon poussin, demanda Corkoran. Je brûle de le savoir.

– On tue l'humanité.

– Dan, arrête ! ordonna Jed. C'est horrible, ce que tu dis.

– Mais j'ai juste dit "on tue l'humanité" ! C'est une blague ! Tu comprends pas, ou quoi ? » Levant les bras, il déchargea une mitraillette imaginaire sur tous les convives. « Pan-pan-pan-pan-pan – voilà ! Maintenant, le monde est sauvé. Il n'y a plus personne.

– Thomas, emmenez Dan faire un tour, ordonna Roper depuis l'autre bout de la table. Ramenez-le quand il aura retrouvé ses bonnes manières. »

Mais au moment où il faisait cette suggestion – sans

grande conviction car Daniel avait droit à un peu d'indulgence le soir de la séparation –, une salade de homard passa à proximité, portée par un serveur noir. Corkoran le remarqua, lui saisit le poignet et l'attira brutalement vers lui.

« Hé ho ! » s'écria le serveur surpris, adressant aussitôt un sourire gêné à la salle dans l'espoir que tout cela faisait partie d'un étrange happening.

Le propriétaire se précipitait déjà vers eux. Frisky et Tabby, assis dans un coin à la table des gardes du corps, se levèrent aussitôt, déboutonnant leur blazer. Toute la salle se figea sur place.

Corkoran était debout et, avec une force surprenante, faisait pression sur le bras du pauvre serveur, l'obligeant à se contorsionner tandis que le plateau s'inclinait dangereusement. Le visage de Corkoran était rouge brique, son menton relevé avec défi.

« Vous parlez anglais, monsieur ? hurla-t-il au propriétaire pour que toute la salle entende. Moi, oui. Et la dame à cette table a commandé du homard, monsieur. Vous avez dit qu'il n'y en avait plus. Vous êtes un menteur, monsieur. Et vous avez offensé cette dame et son époux, monsieur. Il restait du homard.

– Commandé d'avance, se défendit le propriétaire avec plus de cran que Jonathan ne s'y attendait. Une commande spéciale. Passée à 10 heures ce matin. Si vous voulez être sûr d'avoir du homard, vous n'avez qu'à le commander. Maintenant, lâchez cet homme ! »

Personne n'avait bougé à la table. La tragédie impose ses propres règles. Même Roper semblait hésiter à intervenir.

« Comment vous appelez-vous ? demanda Corkoran au propriétaire.

– Enzo Fabrizzi.

– Ça suffit, maintenant, Corks, dit Roper. Ne joue pas les trouble-fête. Tu nous ennuies.

– Corks, arrête, renchérit Jed.

– Si madame choisit un plat, monsieur Fabrizzi,

continua Corkoran, que ce soit du homard, du foie, du poisson ou tout simplement un steak ou du veau, vous devez toujours le lui donner. Sinon, monsieur Fabrizzi, je serai obligé d'acheter ce restaurant. Je suis immensément riche, monsieur. Et vous, vous vous retrouverez à gratter le pavé, monsieur, pendant que M. Thomas roulera sous votre nez dans sa Rolls-Royce. »

Superbe dans son nouveau complet, Jonathan s'était levé à l'autre bout de la table et arborait son sourire du Meister.

« Il est temps de s'en aller, n'est-ce pas, patron ? fit-il d'un ton fort aimable en se dirigeant vers Roper. Nous sommes tous un peu fatigués par le voyage. Monsieur Fabrizzi, il y a longtemps que je n'ai pas fait un aussi bon repas. Maintenant, il ne reste plus qu'à régler l'addition, si vous voulez bien nous l'apporter. »

Jed se leva, le regard absent. Roper lui mit son étole sur les épaules, tandis que Jonathan lui tirait sa chaise. Elle lui adressa un vague sourire de remerciement. Un des MacDanby régla la note. On entendit un cri étouffé au moment où Corkoran se jeta sur Fabrizzi d'un air résolu. Mais Frisky et Tabby le retinrent fermement – heureuse initiative car plusieurs employés du restaurant brûlaient maintenant d'envie de venger leur collègue. Finalement toute la bande de Roper se retrouva sur le trottoir au moment où la Rolls arrivait.

Je ne partirai pas, avait-elle dit passionnément en tenant le visage de Jonathan entre ses mains, son regard plongeant dans le sien où se reflétait la solitude. *J'ai fait semblant jusque-là, je peux continuer. Aussi longtemps qu'il le faudra.*

Il vous tuera, avait dit Jonathan. *Il l'apprendra. C'est sûr. Tout le monde parle de nous deux dans son dos.*

Mais, comme Sophie, elle semblait se croire immortelle.

Une douce pluie automnale tombe dans les rues de Whitehall tandis que Rex Goodhew s'en va-t-en guerre. Doucement. À l'automne de sa carrière. Avec la certitude bien ancrée que sa cause est juste. Sans tambour ni trompette, sans déclaration fracassante. L'extériorisation en douceur du combattant en lui. Une guerre personnelle autant qu'altruiste contre ce qu'il en est inévitablement venu à appeler les Forces de Darker.

Une guerre à mort, dit-il sereinement à sa femme. C'est ma peau ou la leur. Une lutte au couteau style Whitehall, il faut qu'on se serre les coudes. Si tu es sûr de toi, mon chéri, dit-elle. Je le suis. Chaque initiative soigneusement étudiée. Rien de trop précipité, trop prématuré, trop sournois. Il veut envoyer des signaux très clairs à ses ennemis cachés au sein du Renseignement Pur. Faites qu'ils m'entendent, faites qu'ils me voient, se dit-il. Faites qu'ils tremblent. Goodhew joue cartes sur table. Plus ou moins.

Ce n'est pas seulement la proposition indécente de Neal Marjoram qui l'a poussé à agir. Il y a une semaine, il a failli se faire écraser en allant à vélo au bureau. Sur son trajet préféré – d'abord à l'ouest à travers Hampstead Heath en empruntant les pistes cyclables, puis par St John's Wood et Regent's Park jusqu'à Whitehall – il s'est retrouvé pris en sandwich entre deux poids lourds, l'un d'un blanc sale avec un vieux logo indéchiffrable, l'autre vert et anonyme. Dès qu'il freinait, ils en faisaient autant. S'il pédalait plus vite, ils accéléraient. Sa perplexité se mua en rage. Pourquoi les chauffeurs lui lançaient-ils un regard glacial dans le rétroviseur extérieur, avant d'échanger un coup d'œil sans cesser de se rapprocher, le prenant en étau. Et ce troisième camion derrière lui, qui lui bloquait toute issue ? Il cria « Faites attention ! Rangez-vous ! », mais ils l'ignorèrent. Le camion derrière collait au pare-chocs des deux de devant. Le pare-brise crasseux dissimulait le visage du chauffeur. Les deux poids-lourds le coinçaient de si près que, s'il avait tourné le guidon, il se serait heurté à l'un ou l'autre.

Se levant de sa selle, Goodhew donna un grand coup de son poing ganté dans le panneau du camion de gauche, puis poussa sur sa main pour rétablir son équilibre. Les yeux froids dans le rétroviseur l'observèrent avec indifférence. Il répéta l'opération avec celui de droite qui réagit en se rapprochant davantage.

Seul un feu rouge lui évita de se faire écraser. Les camions s'y arrêtèrent, mais Goodhew, pour la première fois de sa vie, le grilla, échappant de peu à la mort en rasant le capot rutilant d'une Mercedes.

Le même après-midi, Rex Goodhew récrit son testament. Le lendemain, utilisant ses ruses d'initié, il court-circuite la lourde machinerie de son propre ministère – et le bureau privé de son maître – pour réquisitionner une partie du dernier étage, une longue enfilade de pièces mansardées antédiluviennes, bourrées d'équipement électronique à l'abandon, installé là en prévision du jour proche où l'Angleterre serait vaincue par le bolchevisme. Cette éventualité est aujourd'hui oubliée, mais les hommes en gris de la Section administrative de Goodhew n'en ayant pas encore été avertis, ils se montrent extrêmement coopératifs lorsqu'il réclame cet étage pour des raisons secrètes. Du jour au lendemain, des millions de livres en matériel dépassé partent pourrir dans un garage à camions d'Aldershot.

Le lendemain, la petite équipe de Burr prend possession de douze mansardes qui sentent le renfermé, de deux toilettes défectueuses aussi grandes qu'un court de tennis, d'une salle des communications dénudée, d'un escalier privé avec une rampe en marbre et des marches recouvertes de linoléum troué, et d'une porte en acier avec judas de chez Chubb. Le surlendemain, Goodhew fait inspecter électroniquement les lieux pour déceler des micros cachés, et supprime toute ligne de téléphone susceptible d'avoir été mise sur écoute par River House.

Quand il s'agit de soutirer des deniers publics à son ministère, ses vingt-cinq ans de bons et loyaux services dans l'administration s'avèrent utiles. Il devient un Robin des Bois de Whitehall, falsifiant les comptes de l'État pour en piéger les serviteurs dévoyés.

Burr a besoin de trois hommes en renfort et il sait où les trouver ? Engagez-les, Leonard, engagez-les.

Un informateur a un tuyau mais il réclame deux mille d'emblée ? Payez-le, Leonard, donnez-lui ce qu'il veut.

Rob Rooke voudrait emmener deux guetteurs avec lui à Curaçao ? Deux, ça suffira, Rob ? Il ne vaudrait pas mieux en prendre quatre ?

Envolés, les objections tatillonnes, les sarcasmes, les apartés pessimistes. Il lui suffit de passer la porte d'acier menant au nouveau repaire de Burr sous les combles pour que tombe son masque de persifleur. Chaque soir, après la comédie officielle de la journée, il se présente pour ce qu'il appelle modestement son travail de nuit, et Burr a fort à faire pour se démener autant que lui. Goodhew a insisté pour qu'on lui attribue la pièce la plus sordide, au bout d'un couloir désert, avec des fenêtres donnant sur un parapet annexé par les pigeons, dont les roucoulements rendraient fou un homme moins endurci, mais qu'il entend à peine. Résolu à ne pas empiéter sur le territoire opérationnel de Burr, il sort seulement de son antre pour prendre une nouvelle pile de rapports ou se faire une tisane en échangeant courtoisement quelques plaisanteries avec l'équipe de nuit. Puis, de retour à son bureau, il passe en revue les dernières initiatives de l'ennemi.

« J'ai l'intention de faire sombrer leur Vaisseau Amiral corps et biens, Leonard, annonce-t-il à Burr avec un tic nerveux au visage que celui-ci n'avait jamais remarqué. Il ne restera pas le moindre Marin à Darker, quand j'en aurai fini avec lui. Et votre Dicky Roper de mes deux sera à l'ombre derrière les barreaux, croyez-moi. »

Burr veut bien le croire, mais il n'est pas sûr qu'il ait raison. Non qu'il doute de la volonté de Goodhew, ni qu'il ait peine à admettre que les hommes de Darker ont délibérément entrepris de persécuter, d'effrayer, voire même d'envoyer à l'hôpital leur adversaire. Depuis des mois, Burr lui-même surveille ses propres faits et gestes. Aussi souvent que possible il conduit les enfants à l'école le matin, et s'arrange pour que quelqu'un aille les chercher le soir. Ce qui l'ennuie, c'est que, même aujourd'hui, Goodhew ne se rend pas compte de la taille de la pieuvre. Trois fois dans la seule semaine passée, Burr s'est vu refuser l'accès à des documents qu'il sait pourtant disponibles. Trois fois il a protesté en vain. La dernière, il est allé voir l'archiviste du Foreign Office en personne.

« J'ai bien peur que vous n'ayez été mal informé, monsieur Burr, a répondu l'archiviste, qui portait une cravate noire de croque-mort, et des manchettes de lustrine noire par-dessus les manches de son complet noir. Le dossier en question a été envoyé au pilon il y a des mois.

– Vous voulez dire que c'est classé Amiral. Pourquoi ne pas le reconnaître ?

– Classé quoi, monsieur ? Je ne vous suis pas. Pourriez-vous vous expliquer plus clairement ?

– Bernicle est mon opération, monsieur Atkins. J'ai moi-même ouvert le dossier que je vous réclame. Mon service a créé et indexé six dossiers liés à l'opération Bernicle : deux "sujet", deux "organisation", deux "personnel". Pas un ne remonte à plus de dix-huit mois. Qui a jamais entendu parler d'un archiviste qui autorise la destruction d'un dossier dix-huit mois après son ouverture ?

– Désolé, monsieur Burr. Bernicle est très certainement votre opération. Je n'ai aucune raison de mettre votre parole en doute. Mais, comme on dit au Fichier central, ce n'est pas parce que vous avez l'opération que vous avez le dossier. »

Néanmoins, le flot d'informations est loin de se tarir. Burr et Strelski ont chacun leurs sources :

L'affaire se confirme... la connection panaméenne est sur les rangs... six cargos battant pavillon panaméen affrétés par Ironbrand de Nassau traversent l'Atlantique sud à destination de Curaçao, arrivée prévue d'ici quatre à huit jours. Ils transportent en tout près de cinq cents conteneurs vers le canal de Panamá... la description du fret va de « pièces détachées pour tracteurs » à « machines agricoles », en passant par « équipement de forage » et « produits de luxe divers »...

Des instructeurs militaires soigneusement sélectionnés, dont quatre paras français, deux ex-colonels israéliens des forces spéciales et six anciens Spetsnaz soviétiques, se sont retrouvés à Amsterdam la semaine dernière pour un somptueux *rijsttafel* d'adieu dans un des meilleurs restaurants indonésiens de la ville. Après, ils ont pris l'avion pour le Panamá...

Des bruits selon lesquels les intermédiaires de Roper passent de grosses commandes de matériel circulent dans les bazars d'armes depuis plusieurs mois, mais un élément nouveau de source indépendante vient confirmer les informations de Palfrey, qui prédisait un changement dans la liste des courses de Roper. Le « frère Michael » de Strelski, alias Apostoll, a parlé avec un autre avocat des cartels, Moranti, basé à Caracas, que l'on croit être le ciment de la fragile alliance entre les cartels.

« Votre M. Roper devient patriote, annonce Strelski à Burr sur la ligne sûre. Il achète américain. »

Le cœur serré, Burr feint pourtant le détachement : « Ça n'a rien de patriotique, Joe ! Un Anglais devrait acheter anglais.

— Il fait passer un nouveau message auprès des cartels, continue Strelski sans relever. S'ils considèrent l'oncle Sam comme leur ennemi, ils ont intérêt à se servir des mêmes joujoux que lui. Comme ça, ils peuvent se procurer directement des pièces de rechange, s'entraîner au maniement de ces armes avec celles prises à l'ennemi, et se familiariser avec ses techniques. Côté made in England, ils auront des HVM Starstreak d'épaule, des grenades à fragmentation, de la technologie, ça fait partie du deal. Mais leurs plus gros joujoux doivent être la réplique exacte de ceux de leur ennemi supposé. Un peu d'anglais, le reste américain.

– Qu'en disent les cartels ?

– Ils adorent. Ils sont fous de technologie américaine. Et anglaise. Ils adulent Roper. Ils veulent ce qu'il y a de mieux.

– Quelqu'un vous a expliqué ce qui a provoqué ce changement d'allégeance ? »

Burr décèle un malaise comparable au sien dans la voix de Strelski.

« Non, Leonard. Personne n'a rien expliqué. Pas au Service d'Intervention. Pas à Miami. Peut-être pas à Londres non plus. »

L'histoire est confirmée le lendemain par un marchand que connaît Burr à Belgrade. Sir Anthony Joyston Bradshaw, célèbre signataire de Roper sur les marchés plus ou moins occultes, a changé la veille une commande de Kalashnikov tchèques pour un montant de trois millions de dollars contre des Armalite américains à concurrence de la même somme, destination théorique : la Tunisie. Les armes sont censées se perdre en route et repartir en tant que machines agricoles pour Gdansk, où sont prévus leur stockage et leur réexpédition vers Panamá à bord d'un cargo. Joyston Bradshaw s'est également déclaré intéressé par des fusées sol-air de fabrication anglaise, mais en exigeant une commission apparemment prohibitive.

Tandis que Burr note d'un air sombre cette nouvelle information, Goodhew semble incapable d'en saisir les implications :

« Je me fous qu'ils achètent des armes américaines ou des sarbacanes chinoises, Leonard. Je me fous qu'ils dépouillent les fabricants anglais. Ça reste toujours un échange drogue contre armes, et il n'y a pas un tribunal au monde qui laissera passer ça. »

Burr remarque alors que Goodhew devient tout rouge, apparemment incapable de garder son sang-froid.

Et les informations continuent d'affluer :

Le lieu de l'échange n'est pas encore fixé. Seules les deux parties intéressées connaîtront les derniers détails à l'avance...

Les cartels ont choisi le port de Buenaventura, sur la côte ouest de la Colombie, comme point de départ pour leur cargaison, et sans doute, si l'on se fie à leurs pratiques passées, comme point d'arrivée du matériel...

Des unités bien armées quoique incompétentes de l'armée colombienne à la solde des cartels ont été envoyées dans la région de Buenaventura pour couvrir la transaction...

Cent camions de l'armée attendent à vide dans les entrepôts sur les docks, mais quand Strelski demande à voir les photos satellite susceptibles de confirmer ou d'infirmer ce renseignement, comme il le raconte à Burr, il se heurte contre un mur. Les espiocrates de Langley décrètent qu'il n'a pas l'habilitation nécessaire.

« Leonard, voulez-vous me dire quelque chose ? Qu'est-ce que vient foutre Amiral dans cette affaire ? »

La tête de Burr lui tourne. À sa connaissance, le nom de code Amiral implique une double restriction côté anglais. Les documents ne sont pas simplement réservés aux habilités Amiral, ils sont classés « À garder », c'est-à-dire à ne pas montrer aux collègues américains. Alors comment se fait-il que Strelski, un Américain, se voie refuser l'accès d'Amiral par les barons du Renseignement Pur à Langley en Virginie ?

« Amiral n'est qu'une barrière pour mettre notre agence hors du coup ! fulmine Burr auprès de Goodhew quelques minutes plus tard. Si Langley est au courant, pourquoi pas nous ? Amiral, c'est Darker et ses amis de l'autre côté de l'Atlantique. »

Goodhew reste sourd à l'indignation de Burr. Il étudie des cartes marines, se dessine des itinéraires au crayon de couleur, s'informe sur les relevés au compas, les durées des escales et les formalités portuaires. Il se plonge dans des ouvrages sur les lois maritimes et déniche un juriste de haute volée avec lequel il était à l'école : « Brian, est-ce que par hasard tu sais quelque chose sur l'interdiction en mer ? Burr l'entend-il dire au bout du couloir dépouillé. Non, je ne vais certainement pas te payer tes honoraires exorbitants ! Je vais t'offrir un très mauvais déjeuner à mon club et te voler deux heures de ton précieux temps professionnel au nom de ta patrie. Ta femme te supporte toujours, maintenant que tu es lord ? Eh bien, souhaite-lui bon courage, et retrouve-moi jeudi à une heure tapante. »

Tu y vas trop fort, Rex, songe Burr. Calme-toi. On est loin d'être au bout de nos peines.

Des noms, avait dit Rooke. Des noms et des chiffres. Jonathan en fournit à la pelle. Pour les non initiés, ses informations auraient pu de prime abord paraître anodines : des surnoms relevés sur les cartons autour de la table du dîner, des bribes de conversation, une lettre aperçue sur le bureau de Roper, les notes de Roper sur qui, combien, comment et quand. Prises séparément, ces broutilles faisaient pâle figure à côté des photographies clandestines prises par Pat Flynn des Spetsnaz devenus mercenaires à l'aéroport de Bogota ; des récits ébouriffants d'Amato sur les orgies secrètes de Corkoran dans les cabarets de Nassau ; ou des relevés bancaires de respectables établissements financiers, révélant après interception que des dizaines de millions de dollars s'acheminaient vers des compagnies de Curaçao liées à Roper.

Une fois réunis, pourtant, les rapports de Jonathan fournirent des révélations aussi sensationnelles que les grands coups de théâtre. Au bout d'une nuit, Burr déclara qu'il avait le tournis. Au bout de deux, Goodhew affirma qu'il ne serait pas surpris de lire que le banquier de son village s'était rendu à Crystal avec une valise bourrée d'argent liquide volé à ses clients.

C'était moins les tentacules de la pieuvre que sa capacité à pénétrer les sanctuaires les plus sacrés qui les laissait abasourdis, outre l'implication d'institutions que même Burr avait jusqu'alors crues irréprochables, au-dessus de tout soupçon.

Pour Goodhew, c'était comme si la tradition anglaise même s'effondrait sous ses yeux. En se traînant chez lui au petit matin, il s'arrêtait pour observer fiévreusement une voiture de police en stationnement, se demandant si les histoires quotidiennes de violence et de corruption dans la police n'étaient pas vraies, après tout, et non inventées par les journalistes et les mécontents. En entrant dans son club, il repérait un éminent banquier d'affaires ou courtier de sa connaissance et, au lieu de lui faire un joyeux signe de main comme trois mois plus tôt, l'étudiait depuis l'autre bout de la salle de restaurant, sourcils froncés, lui demandant mentalement : Faites-vous partie de la bande, hein ? Hein ?

« Je vais entreprendre une démarche, déclara-t-il lors de l'une de leurs tardives réunions à trois. Je suis décidé. Je vais convoquer le Comité directeur interservices. Je vais commencer par mobiliser le Foreign Office, ils sont toujours partants pour une lutte contre les Darkériens. Merridew répondra présent à l'appel, j'en suis sûr.

– Pourquoi ferait-il ça ? demanda Burr.

– Pourquoi pas ?

– Son frère est un gros bonnet chez Jason Warhole, si je me souviens bien. Jason a souscrit cinq cents obligations au porteur dans la compagnie de Curaçao pour un demi-million pièce la semaine dernière. »

« Je suis vraiment désolé, mon vieux, murmura Palfrey du fond des ténèbres qui semblaient toujours l'envelopper.

– À cause de quoi, Harry ? » s'enquit gentiment Goodhew.

Palfrey posa un regard anxieux sur la porte de ce pub du nord de Londres qu'il avait choisi lui-même, tout près de la maison de Goodhew dans Kentish Town. « D'avoir paniqué. De vous avoir appelé au bureau. SOS. Comment avez-vous fait pour venir si vite ?

— À bicyclette, évidemment. Qu'est-ce qui se passe, Harry ? Vous avez l'air d'avoir vu un fantôme. Ils ne vous ont pas menacé de vous tuer, vous aussi ?

— À bicyclette, répéta Palfrey en buvant une gorgée de scotch et en se tamponnant aussitôt les lèvres avec un mouchoir comme pour supprimer les traces compromettantes. C'est ce qu'il y a de mieux, le vélo. Parce qu'on ne peut pas vous suivre à pied, et qu'en voiture on est obligé de faire sans arrêt le tour du pâté de maisons. Ça vous gênerait qu'on passe à côté ? Il y a plus de bruit. »

Ils allèrent s'installer dans la salle de jeux, où le juke-box couvrirait leur conversation. Deux garçons musclés aux cheveux coupés ras jouaient au billard. Palfrey et Goodhew s'assirent côte à côte sur un banc en bois.

Palfrey craqua une allumette et eut grand-peine à en approcher la flamme de sa cigarette. « Les choses s'emballent, murmura-t-il. Burr commence à brûler. Je les ai prévenus, mais ils n'ont pas voulu m'écouter. Maintenant, on ne prend plus de gants.

— Vous les avez prévenus, Harry ? s'exclama Goodhew, mystifié comme toujours par le fonctionnement complexe des trahisons de Palfrey. Prévenu qui ? Pas Darker, quand même ? Vous n'êtes pas en train de me dire que vous avez prévenu Darker, si ?

— Il faut ménager la chèvre et le chou, mon vieux..., déclara Palfrey, plissant le nez et jetant un nouveau regard nerveux derrière le bar. C'est la seule façon de survivre. Conserver sa crédibilité. Des deux côtés. » Sourire dément. « Ils ont mis mon téléphone sur écoute, expliqua-t-il, en montrant son oreille du doigt.

— Qui ça ?

— Geoffrey. Les hommes de Geoffrey. Les Marins. Les gens d'Amiral.

— Comment le savez-vous ?

— Oh, c'est impossible à affirmer. Impossible à prouver, de nos jours. À moins que ce soit fait par des amateurs, ou que les flics s'y prennent comme des pieds. Impossible. » Il but une gorgée en secouant la tête. « C'est vraiment la merde, Rex. Ça prend des proportions énormes. » Il but de nouveau quelques petites gorgées, et murmura « Santé ! », oubliant qu'il l'avait déjà dit. « On m'a fait passer le mot. Les secrétaires. Les vieux potes du Service juridique. Ils ne le disent pas ouvertement, vous comprenez. Inutile. Ce n'est pas le genre : "Au fait, Harry, mon patron a mis votre ligne sur écoute." Non. C'est des allusions. » Deux motards en blouson de cuir venaient de commencer un jeu d'arcade. « Excusez-moi, ça vous ennuierait qu'on aille ailleurs ? »

Il y avait une trattoria déserte en face du cinéma. Il était 18 h 30. Le serveur italien les détesta.

« Ils sont venus visiter mon appartement, aussi, dit Palfrey, gloussant comme s'il racontait une histoire cochonne. Ils n'ont rien pris. C'est mon propriétaire qui m'a prévenu. Deux amis à moi. Ils ont dit que je leur avais donné la clé.

— C'était vrai ?

— Non.

— Vous avez confié la clé à quelqu'un d'autre ?

— Oh, à des filles, oui... Mais la plupart les rendent.

— Alors ils vous ont bien menacé, j'avais raison. » Goodhew commanda deux plats de spaghettis et une bouteille de chianti. Le serveur fit grise mine et cria la commande à travers la porte de la cuisine. La peur de Palfrey se lisait sur son visage. Tempête sous un crâne qui lui coupait les jambes et le souffle avant même qu'il ne parle.

« C'est un peu dur de se déboutonner, en fait, Rex, s'excusa-t-il. Les vieilles habitudes, on ne s'en défait pas. On ne peut pas remettre la pâte dentifrice dans le tube une fois qu'on s'est assis dessus. C'est ça le problème. » Il posa vivement les lèvres sur le bord du verre pour éviter que le vin ne coule. « J'ai besoin d'aide, pour tout dire. Je suis désolé. »

Comme souvent avec Palfrey, Goodhew eut l'impression d'écouter une émission de radio brouillée dont le message ne passait que par bribes hachées. « Je ne peux rien vous promettre, Harry. Vous le savez bien. Rien n'est gratuit, dans la vie. Il faut tout mériter. J'y crois, à ça. Vous aussi, me semble-t-il.

— Oui, mais vous, vous avez du cran, objecta Palfrey.

— Et vous, vous avez des renseignements.

— C'est exactement ce qu'a dit Darker ! fit Palfrey, les yeux ronds d'étonnement. Trop de renseignements. Des renseignements dangereux. C'est bien ma veine ! Vous êtes génial, Rex. Une vraie voyante.

— Alors vous avez parlé à Geoffrey Darker. De quoi ?

— C'est plutôt lui qui m'a parlé. J'ai écouté.

— Quand ça ?

— Hier. Non, vendredi. Il est venu me voir dans mon bureau. À une heure moins dix. J'étais en train de mettre mon imper. "Qu'est-ce que vous faites pour déjeuner ?" Je pensais qu'il allait m'inviter. "J'ai un vague rendez-vous à mon club, mais je peux annuler." Il m'a répondu : "Parfait. Annulez." Je l'ai fait, et après on a parlé. Pendant l'heure du déjeuner. Dans mon bureau. Personne dans les parages. Même pas un verre de Perrier ou un biscuit sec à se mettre sous la dent. Une bonne tactique. Geoffrey a toujours été très fort, sur le terrain. »

Il sourit de nouveau.

« Et qu'est-ce qu'il a dit ? insista Goodhew.

— Il a dit... » Palfrey prit une profonde inspiration, comme avant de plonger en apnée. « Il a dit qu'il était temps que des hommes de qualité viennent en aide au parti. Que les Cousins voulaient avoir les mains libres dans l'opération Bernicle. Qu'ils se débrouilleraient tout seuls avec leurs Intervenants, mais qu'ils comptaient sur nous pour nous occuper des nôtres. Il voulait être sûr que je marchais.

– Et vous avez répondu quoi ?
– Que je marchais à cent pour cent. Ce qui est vrai, non ? » Il prit la mouche. « Enfin, ne me dites pas que j'aurais dû l'envoyer se faire foutre, quand même !
– Bien sûr que non, Harry. Vous devez faire au mieux pour vous. Je le comprends parfaitement. Alors vous avez dit que vous marchiez. Et après ? »

Palfrey retomba dans une hostilité boudeuse. « Il voulait une opinion de juriste sur l'accord de répartition des tâches entre River House et l'agence de Burr avant mercredi 17 heures. L'accord dont j'ai fait le brouillon pour vous. J'ai entrepris de lui fournir un rapport.
– Et alors ?
– Et alors, c'est tout. Ma date limite, c'est mercredi 17 heures. L'équipe Amiral se réunira le lendemain matin. Entre-temps, il aura étudié mon rapport. J'ai dit : ça marche. »

La pause soudaine, sur une intonation montante en fin de phrase, accompagnée d'un haussement de sourcils, fit réfléchir Goodhew. Quand son fils Alastair avait la même attitude, cela signifiait qu'il cachait quelque chose. Goodhew soupçonna qu'il en allait de même avec Palfrey.

« C'est tout ?
– Pourquoi ça ne serait pas tout ?
– Darker était content de vous ?
– Très.
– Pourquoi ? Vous aviez seulement accepté d'obéir aux ordres, Harry. Pourquoi aurait-il été si content ? Vous n'auriez pas accepté de faire autre chose pour lui ? » Goodhew eut l'étrange impression que Palfrey lui demandait de pousser le bouchon un peu plus loin. « Vous lui avez peut-être révélé quelque chose ? » avança-t-il avec un sourire, pour l'encourager à se confesser.

Palfrey eut un sourire angoissé.

« Mais Harry, qu'auriez-vous pu dire à Darker qu'il ne sache déjà ? »

Palfrey y mettait vraiment du sien, comme s'il butait

constamment contre un obstacle qu'il avait décidé de franchir tôt ou tard.

« Vous lui avez parlé de moi ? avança Goodhew. Non, impossible. Ç'aurait été suicidaire. Si ?

— Jamais, murmura Palfrey en secouant la tête. Parole de scout, Rex. Je n'y aurais même pas pensé.

— Mais alors, quoi ?

— Juste une théorie, Rex. Des présomptions, c'est tout. Une hypothèse. La loi des probabilités. Pas des secrets, rien de terrible. Juste des théories. Des théories en l'air. Du bavardage. Pour passer le temps. Il y a un type dans mon bureau, c'est l'heure du déjeuner, il me regarde, il faut bien que je lui dise quelque chose.

— Des théories fondées sur quoi ?

— Sur le rapport que je vous ai soumis. Sur le type d'accusation contre Roper qui tomberait sous le coup de la loi anglaise. J'ai travaillé là-dessus dans votre bureau, vous vous rappelez ?

— Bien sûr. Quelle était votre théorie ?

— C'est une annexe secrète des Américains qui m'a mis la puce à l'oreille. Rédigée par leurs Intervenants de Miami. La synthèse de toutes les preuves à ce jour. Par Strelski, c'est bien ça ? La proposition initiale de Roper aux cartels, les grandes lignes du marché, tout ça très mystérieux, très top secret. Destiné à Burr et vous exclusivement.

— Et vous, bien sûr..., avança Goodhew, essayant de réprimer un pressentiment écœurant.

— Ben, je me suis amusé à chercher. On ne peut pas s'en empêcher quand on lit un rapport comme ça. On le fait tous, pas vrai ? Obligé. C'est de la curiosité naturelle. Votre esprit travaille à votre insu. Il cherche la faille. Ces longs passages avec seulement trois types dans la pièce. Parfois deux. Où qu'ils se trouvent, il y avait toujours cette source sur laquelle on pouvait compter pour raconter ce qu'ils s'étaient dit. Alors, je sais bien que la technologie moderne n'a pas de limites, mais là, c'était trop gros.

— Et vous avez trouvé la faille. »

Palfrey avait l'air très fier de lui, comme un homme qui prend enfin son courage à deux mains, et accomplit son devoir.

« Et vous avez dit à Darker qui vous avez repéré ? avança Goodhew.

— Le Grec. Cul et chemise avec les cartels. Il allait tout raconter aux Intervenants dès que les autres avaient le dos tourné. Apostoll. Un juriste, comme moi. »

Informé le soir même par Goodhew de l'indiscrétion de Palfrey, Burr se vit confronté au dilemme que tout officier traitant redoute le plus.

Comme toujours chez lui, sa première réaction vint du cœur. Il rédigea un message personnel urgent pour Strelski à Miami, disant qu'il avait tout lieu de croire que « des Puristes ennemis sont à présent conscients de l'identité de votre frère Michael ». Il remplaça « conscients » par « au courant de », en considération du jargon des espiocrates américains, et l'envoya. Il s'abstint de sous-entendre que la fuite était d'origine anglaise. Strelski le devinerait tout seul. Son devoir accompli vis-à-vis de Strelski, le descendant des tisserands du Yorkshire resta stoïquement assis dans son bureau mansardé, à contempler le ciel orangé de Whitehall par le vasistas. Fini de se ronger les sangs dans l'attente d'un signe, n'importe quel signe de son agent. À présent il lui incombait de décider s'il fallait le faire revenir ou prendre le risque de continuer. Toujours en quête d'une décision, il enfila le couloir jusqu'au bureau de Goodhew et alla se percher sur le radiateur, les mains dans les poches, tandis que les pigeons se chamaillaient sur le parapet.

« Si on envisageait le pire ? suggéra Goodhew.

— Le pire, c'est qu'ils foutent une lumière vive dans la tronche d'Apostoll et qu'il leur avoue qu'on lui a ordonné de discréditer Corkoran comme signataire, répondit Burr. Alors ils démasquent mon agent, le nouveau signataire.

— Dans ce scénario, c'est qui, "ils", Leonard ?

— Les clients d'Apo ou les Puristes..., fit Burr en haussant les épaules.

— Bon sang, Leonard, le Renseignement Pur est de notre côté ! Nous avons des différends, mais ils ne mettraient pas notre source en danger simplement à cause d'une guerre d'influence entre des...

— Oh que si, Rex, rectifia gentiment Burr. Ils sont comme ça, voyez-vous. C'est comme ça qu'ils procèdent. »

Une fois de plus, Burr était assis dans son bureau, à soupeser seul sa décision. Une lampe de bureau en opaline verte. Un vasistas de tisserand avec vue sur les étoiles.

Roper, encore deux semaines et je peux te coincer. Je connaîtrai le bateau, les noms, les chiffres et les endroits. J'aurai un dossier contre toi que tu ne pourras pas acheter, malgré tous tes privilèges, tes amis bien placés et tes juristes retors.

Jonathan, le meilleur *Joe* que j'aie jamais eu, le seul que je n'ai jamais percé à jour. D'abord, un visage impénétrable. Maintenant, une voix impénétrable : *Oui, très bien, Leonard. Eh bien, Corkoran a des soupçons à mon sujet, mais le pauvre n'arrive pas à savoir de quoi il me suspecte... Jed ? Elle est toujours la favorite, à ce que je sais, mais elle et Roper sont tellement caméléons que c'est foutrement difficile de savoir ce qui se passe derrière la façade.*

Caméléons, songea gravement Burr. Mon Dieu, dans le genre, vous avez le pompon, Jonathan ! Et cette petite crise de colère chez Mama Low ?

Les Cousins ne bougeront pas, décida-t-il dans une subite volte-face. Un agent repéré est un agent utilisable. Même s'ils arrivent à identifier Jonathan, ils rongeront leur frein en attendant de voir ce qu'il donne.

Les Cousins vont sûrement réagir, se dit-il, dans un retour de balancier. Apostoll est un pion sacrifiable. Si les Cousins veulent s'attirer les bonnes grâces des cartels, ils leur offriront Apostoll. S'ils pensent qu'on s'approche trop près, ils le grilleront et nous priveront de notre source...

Le menton dans la main, Burr leva les yeux vers le vasistas, regardant l'aube automnale se lever entre les nuages effilochés.

On arrête l'opération, décida-t-il. On met Jonathan en sécurité, on lui refait le visage, on lui donne un nouveau nom, on ferme les volets et on rentre à la maison.

Et on passe sa vie à se demander lequel des six bateaux actuellement affrétés par Ironbrand transportait la gigantesque cargaison d'armes.

Et où s'est fait l'échange de marchandises ?

Et comment des centaines, voire des milliers de livres en obligations ont disparu dans les poches des complets bien taillés de leurs porteurs anonymes ?

Et comment des dizaines de tonnes de cocaïne raffinée premier choix au prix de gros se sont discrètement évaporées entre la côte ouest de la Colombie et la zone franche de Colón, pour refaire astucieusement surface par petites quantités, jamais trop à la fois, dans les tristes rues de l'Europe des Balkans ?

Et Joe Strelski, Pat Flynn, Amato et leur équipe ? Toute cette énergie dépensée ? Pour rien ? On abandonne tout ça au Renseignement Pur ? Et pas même au Renseignement Pur, mais à une funeste fraternité interne ?

Le téléphone sûr sonna. Burr décrocha. C'était Rooke, qui faisait son rapport depuis Curaçao avec son téléphone de campagne.

« Le jet de notre homme a atterri il y a une heure, annonça-t-il, avec une répugnance atavique à citer des noms. Notre ami était à bord.
— Il avait l'air d'aller comment ? demanda Burr, impatient.
— En pleine forme. Pas de cicatrices visibles. Beau complet. Chaussures élégantes. Il avait un gorille de chaque côté, mais ça n'avait pas l'air de le gêner. Impeccable, si vous voulez mon avis. Vous m'avez dit de vous appeler, Leonard. »

Burr regarda les cartes et relevés marins autour de lui. Les photographies aériennes de jungle avec des lieux encerclés de rouge. Les piles de dossiers jonchant le vieux bureau en sapin. Il se remémora tous les mois de labeur, maintenant suspendus à un fil.

« On poursuit l'opération », dit-il.

Il s'envola pour Miami le lendemain.

21

Comme Jonathan s'en apercevait à présent, l'amitié qui était née entre lui et Roper au cours des semaines passées à Crystal connut son plein épanouissement lorsque le jet de Roper décolla de l'aéroport international de Nassau. À croire que les deux hommes avaient attendu d'un commun accord ce moment de détente partagée pour s'avouer leur sympathie réciproque.

« Enfin ! s'écria Roper en débouclant avec plaisir sa ceinture de sécurité. Les femmes ! Les questions ! Les gosses ! Thomas, je suis bien content de vous avoir à bord. Megs, apporte-nous du café, chérie. C'est trop tôt pour le champ'. Un café, Thomas ?

— Avec plaisir, répondit l'hôtelier avant d'ajouter aimablement : Après le numéro de Corky hier soir, j'en ai grand besoin.

— Qu'est-ce que c'est que cette histoire sur vous au volant d'une Rolls ?

— Aucune idée. Il a dû se persuader que j'allais voler la vôtre.

— Quel imbécile ! Venez près de moi. Ne restez pas de l'autre côté de la travée. Il y a des croissants, Megs ? De la gelée de fruits rouges ? »

Meg était l'hôtesse, originaire du Tennessee.

« Monsieur Roper, est-ce que ça m'est déjà arrivé d'oublier les croissants ?

— Du café, des croissants chauds, des petits pains, de la gelée, apporte tout. Vous éprouvez ça, parfois, Thomas ? Se sentir libre ? Pas de gosses, d'animaux, de domestiques, d'investisseurs, d'invités, de jeunes femmes curieuses ? Retrouver son petit monde à soi. Être libre de ses faits et gestes. Les femmes, c'est un poids à traîner, si on les laisse faire. La vie est belle, aujourd'hui, ma petite Megs ?

— Tout à fait, monsieur Roper.

— Et les jus de fruits ? On les a oubliés, hein ? C'est typique, ça. Tu es virée, Megs. Tu peux partir tout de suite. Saute. »

Sans se démonter, Meg plaça des plateaux devant eux et rapporta deux oranges pressées, du café, des croissants chauds et de la gelée. Elle avait la quarantaine, un léger bec de lièvre, et un charme toujours provocant, alors que visiblement elle avait souffert dans la vie.

« Vous voulez que je vous dise, Thomas ? Il me fait ça à chaque fois. On dirait qu'il veut se mettre en condition avant d'aller gagner son prochain million. Croirez-vous que je dois lui faire sa gelée moi-même ? Je reste chez moi à préparer de la gelée de fruits rouges, voilà tout ce que je fais quand on n'est pas en vol. M. Roper ne mange que *ma* gelée. »

Roper éclata d'un gros rire. « Mon prochain million ? Tu ne sais pas ce que tu racontes, ma fille. Faudrait plus d'un million rien que pour payer le savon dans cet avion. Oui, la meilleure gelée au monde. C'est bien pour ça qu'elle est encore avec nous, commenta-t-il en rompant un petit pain d'une seule main. L'art de vivre est un devoir. La seule chose qui compte. L'art de vivre est la meilleure des revanches. Qui a dit ça ?

— Je l'ignore, mais il avait tout à fait raison, répliqua Jonathan avec sincérité.

— Il faut mettre la barre très haut, et se donner du mal pour l'atteindre. C'est la seule façon. Tant que l'argent circule, le monde continue à tourner. Vous avez travaillé dans des hôtels de luxe. Vous connaissez la chanson. La gelée n'est pas bonne, Megs. Elle est piquée. Pas vrai, Thomas ?

— Mais non, elle est divine », affirma Jonathan en faisant un clin d'œil à Meg.

Hilarité générale. Le patron était d'excellente humeur. Jonathan aussi. Ils semblaient brusquement avoir tout en commun, y compris Jed. Une fine dentelle d'or ourlait les nuages, et la lumière du soleil inondait l'avion. Ils auraient pu se croire en route pour le paradis. Tabby était assis à l'arrière et Frisky à l'avant, côté hublot, d'où il couvrait la porte de la cabine de pilotage. Au centre de l'avion, les deux MacDanby pianotaient sur leurs ordinateurs portables.

« Les femmes posent beaucoup trop de questions, n'est-ce pas, Megs ?

— Pas moi, monsieur Roper. Jamais.

— Tu te souviens de cette pute quand j'avais seize ans, Megs ? Elle en avait trente. Tu te rappelles ?

— Bien sûr, monsieur Roper. Elle vous a donné votre première leçon.

— J'étais nerveux. Encore vierge », dit-il à Jonathan. Ils mangeaient côte à côte, pouvant ainsi s'échanger des confidences sans avoir à se regarder en face. « Pas elle, moi... précisa-t-il en soulevant un nouvel éclat de rire général. Je ne connaissais pas la marche à suivre, alors j'ai joué les étudiants sérieux, persuadé qu'elle devait avoir un problème quelque part. "Ma pauvre petite, comment en êtes-vous arrivée là ?" Je pensais qu'elle allait me raconter que son père avait le cancer et que sa mère était partie avec le plombier quand elle avait douze ans. Elle me regarde. Pas vraiment aimable. "Comment tu t'appelles ?" On aurait dit un petit fox terrier. Gros cul. Un mètre cinquante au maximum. "Je m'appelle Dicky", j'ai répondu. "Alors écoute-moi bien, Dicky. Tu peux me baiser et ça te coûtera cinq livres. Mais tu touches pas à mes pensées, parce que ça, c'est défense d'entrer." Je n'ai jamais oublié ça, pas vrai, Megs ? Quelle femme ! J'aurais dû l'épouser. Pas Megs. La pute. Vous voulez savoir comment ça fonctionne ? demanda-t-il en se rapprochant de Jonathan, son épaule de nouveau contre la sienne.

— Si ce n'est pas un secret d'État.

— C'est une opération feuille de vigne. Et la feuille de vigne, c'est vous. Un homme de paille, comme on dit. Le gag, c'est que vous n'êtes même pas un homme de paille, vous n'existez pas. Tant mieux. Derek Thomas, cadre d'entreprise commerciale, honnête, efficace, présente bien, très sain. Passé respectable dans les affaires, pas de sale magouille, que des bonnes critiques. Donc, Dicky et Derek. On a peut-être travaillé ensemble avant — ça ne regarde personne que nous. Je vais voir les clowns, enfin, les courtiers, les spéculateurs, les banquiers complaisants, et je dis : "J'ai un type très malin sous la main. Un projet brillant, des profits à court terme, il a besoin d'une aide discrète. Il s'agit de tracteurs, de turbines, de pièces détachées, de minerais, de terrains, bref... Je vous le présenterai si vous êtes sages. Il est jeune, il a des relations, mais ne me demandez pas auprès de qui, il est plein de ressources, comme il faut politiquement, il connaît les gens bien placés, c'est une occasion à ne pas rater. Je ne voulais pas vous laisser en dehors du coup. Vous doublerez la mise en quatre mois maxi. Vous achèterez du papier. Si vous n'en voulez pas, ne me faites pas perdre mon temps. Tout se fera en titres au porteur, pas de nom, pas de démon, aucun lien avec aucune autre compagnie, y compris la mienne. Le genre : Faites confiance à Dicky. Je suis derrière sans l'être. La compagnie est basée dans un coin du monde où il n'y a pas besoin de tenir la comptabilité à fins de contrôle, rien à voir avec l'Angleterre, ce n'est même pas une ancienne colonie à nous, c'est le merdier de quelqu'un d'autre. Une fois l'affaire conclue, la compagnie se retire des affaires, ferme boutique, arrête les comptes, au revoir et à un de ces jours. Un tout petit cercle, le moins de monde possible, pas de questions stupides, c'est à prendre ou à laisser, je voudrais que vous fassiez partie du club." Vous me suivez, jusque-là ?

— Est-ce qu'ils vont vous croire ?

— Mauvaise question ! fit Roper en riant. Est-ce que l'histoire tient la route ? Est-ce qu'ils peuvent la faire gober à leurs boursicoteurs ? Est-ce que votre tronche leur revient ou non ? Êtes-vous seulement une belle gueule sur le prospectus ? Si on la joue serrée, la réponse est oui à chaque fois.

— Vous voulez dire qu'il y a un prospectus ? »

Roper éclata à nouveau de rire. « Mais il est pire qu'une bonne femme, ce type ! lança-t-il à Meg, l'air radieux, tandis qu'elle leur resservait du café. Pourquoi, pourquoi, pourquoi ? Comment, quand, où ?

— Moi, je ne fais jamais ça, monsieur Roper, protesta sévèrement Meg.

— C'est vrai, Meg. T'es un brave petit soldat.

— Monsieur Roper, vous êtes encore en train de me peloter les fesses.

— Désolé, Megs. J'ai dû me croire à la maison. » Il se retourna vers Jonathan. « Non, il n'y a pas de prospectus. C'était une image. Si on a de la chance, le temps qu'on l'ait fait imprimer la compagnie n'existera même plus. »

Roper reprit son briefing. Jonathan l'entendait et lui répondait, depuis le cocon où l'emprisonnaient d'autres pensées. Il revoyait Jed. Des images si nettes que seul un miracle devait empêcher Roper, assis à quelques centimètres de lui, d'en recevoir le signal télépathique. Jonathan sentait encore les mains de Jed sur son visage qu'elle étudiait, se demandant ce qu'elle y avait vu. Il se souvenait aussi de Burr et Rooke dans la maison londonienne où il avait subi son entraînement, tout en écoutant Roper lui décrire Thomas, le jeune cadre dynamique, et se disant qu'une fois encore il se rendait complice de la transformation de son personnage. Il entendit Roper dire que Langbourne était allé devant pour préparer le terrain, et se demanda si ce ne serait pas le moment de l'avertir que Caroline le trahissait dans son dos, pour gagner ainsi quelques galons de plus auprès du patron. Puis il jugea qu'il devait déjà être au courant, étant donné que Jed lui avait reproché ses vilaines actions. Il réfléchit, comme il ne cessait de le faire, au mystère insoluble de la notion de bien et de mal chez Roper, se rappelant que, selon Sophie, l'homme le plus ignoble au monde se faisait gloire de laisser de côté ses sentiments. *Il détruit les gens et il amasse une fortune fabuleuse, alors il se prend pour Dieu*, avait-elle ironisé, furieuse.

« Naturellement, Apo vous reconnaîtra, disait Roper. Le type qu'il a rencontré à Crystal, qui travaillait au Meister, un copain de Dicky. C'est sans problème. De toute façon, Apo est avec l'autre partie. »

Jonathan se tourna vivement vers Roper, comme s'il venait de lui rappeler un détail.

« Justement, je voulais vous demander qui est l'autre partie. C'est très joli de vendre, mais qui est l'acheteur ? »

Roper émit un faux cri de douleur. « Encore un, Megs ! Un type qui ne me fait pas confiance. C'était trop beau.

— Moi, je ne lui donne pas tort, monsieur Roper. Vous pouvez être très dur, quand ça vous prend. Je suis bien placée pour le savoir, ce n'est pas vous qui direz le contraire. Vous êtes méchant, pervers, et très très charmant, aussi. »

Roper s'assoupit. Jonathan l'imita docilement, bercé par le cliquetis des ordinateurs des MacDanby couvrant le vrombissement des moteurs. Quand il se réveilla, Meg apportait du champ'et des canapés de saumon fumé. Les bavardages et les rires reprirent. Puis encore une courte sieste. À son réveil, l'avion survolait une petite ville d'architecture hollandaise ensevelie sous une brume de chaleur argentée, parfois déchirée par des rafales de tir d'artillerie – les torchères de la raffinerie de pétrole de Willemstad brûlant les excédents de gaz.

« Je vais garder votre passeport, Tommy, si ça ne vous dérange pas, dit Frisky comme ils traversaient la piste miroitante. Juste pour le moment, OK ? Vous avez des devises sur vous ?

— Pas du tout.

— Bon. Alors on n'a pas à s'en faire. Au fait, les cartes de crédit que Corky vous a données, c'est pour la frime, Tommy. Vous n'irez pas loin si vous les utilisez, vous comprenez ? »

Roper avait déjà passé la douane comme une fleur, et serrait les mains de gens qui le respectaient. Assis sur un banc orange, Rooke lisait le *Financial Times* à travers les lunettes à monture d'écaille qu'il portait en fait pour voir de loin. Un groupe de jeunes filles missionnaires chantait « *Jesus, Joy of Man's Desiring* » avec des voix enfantines, sous la conduite d'un unijambiste. La vue de Rooke ramena presque Jonathan sur terre.

Situé à la périphérie de la ville, l'hôtel, un ensemble de bâtiments à toit rouge disposés en fer à cheval, possédait deux plages et un restaurant en plein air face à la mer houleuse. Dans l'impressionnante bâtisse principale, une enfilade de vastes pièces au dernier étage abritait la bande à Roper, celui-ci occupant une suite d'angle, et le cadre Derek S. Thomas, une autre. Le salon de Jonathan ouvrait sur un balcon avec une table et des chaises, sa chambre avait un lit assez grand pour quatre personnes, et des oreillers qui ne sentaient pas le feu de bois. La maison lui avait offert une bouteille de champagne, style Herr Meister, et des grappes de raisin blanc que Frisky engloutissait tandis que Jonathan s'installait. Il avait un téléphone qui n'était pas enterré deux pieds sous terre, et dont la sonnerie retentit pendant qu'il déballait ses affaires. Il décrocha le combiné sous l'œil vigilant de Frisky.

C'était Rooke, qui demandait à parler à Thomas.

« Ici Thomas, fit Jonathan de sa plus belle voix d'homme d'affaires.

— Un message de Mandy : elle arrive.

— Je ne connais pas de Mandy. Qui êtes-vous ? »

Un temps, pendant que Rooke, à l'autre bout de la

ligne, feint de se reprendre. « Vous êtes bien monsieur Peter Thomas ?

— Non, moi c'est Derek. Vous vous trompez de Thomas.

— Désolé. Ça doit être celui de la chambre 22. »

Jonathan raccrocha en marmonnant « quel imbécile », prit une douche, s'habilla et revint dans le salon, où Frisky, affalé dans un fauteuil, feuilletait les programmes de la chaîne privée à la recherche d'excitation érotique. Jonathan appela la chambre 22, et la voix de Rooke dit « Allô ».

« Je suis M. Thomas, chambre 319. J'ai du linge sale à donner. Je laisserai le sac devant ma porte. Merci.

— Entendu, monsieur », dit Rooke.

Jonathan passa dans la salle de bains, sortit quelques feuillets de notes rédigées à la main qu'il avait coincés derrière la chasse d'eau, les glissa dans une chemise sale, la chemise dans le sac plastique de l'hôtel prévu à cet effet, ajouta ses chaussettes, un mouchoir et son caleçon, et accrocha le sac à la poignée extérieure de la porte de sa suite. En la refermant, il aperçut Millie, de l'équipe d'entraînement de Rooke à Londres, s'avancer d'un pas lourd dans le couloir, vêtue d'une stricte robe en coton ornée d'un badge au nom de « Mildred ».

Le patron nous dit de tuer le temps en attendant les ordres, annonça Frisky.

Pour le plus grand plaisir de Jonathan, ils tuèrent donc le temps – Frisky armé de son téléphone portable, Tabby les suivant l'air maussade, pour augmenter la force de frappe. Malgré ses angoisses, Jonathan se sentait le cœur plus léger que jamais depuis son départ du Lanyon pour son odyssée. La beauté surprenante des vieux immeubles l'emplissait d'une douce nostalgie. Le marché et le pont flottants le ravirent, comme de bien entendu. Tel un homme sortant de prison, il regarda sans se lasser les essaims bruyants des touristes bronzés et écouta avec ravissement le créole local, le papiamento, se mêler aux accents chantants du hollandais. Il se retrouvait enfin au milieu de gens vrais. Des gens qui riaient, baguenaudaient, faisaient des emplettes, se bousculaient et mangeaient des beignets dans la rue. Des gens qui ignoraient tout, absolument tout de ses affaires.

À un moment, il aperçut Rooke et Millie en train de boire un café à une terrasse et, dans son insouciance présente, faillit leur adresser un clin d'œil. À un autre moment, il reconnut un certain Jack, qui lui avait expliqué comment se servir de papier carbone pour l'écriture secrète à la maison d'entraînement de Lisson Grove. Jack, ça va bien ? Et à ses côtés ce n'était ni Frisky ni Tabby que son regard intérieur voyait, mais la chevelure châtaine de Jed flottant au vent.

Je ne comprends pas, Thomas. Est-ce qu'on aime quelqu'un pour ce qu'il fait dans la vie ? Moi, je ne suis pas comme ça.

Et s'il dévalise une banque ?

Tout le monde peut dévaliser les banques. Les banques dévalisent bien tout le monde.

Et s'il tuait votre sœur ?

Thomas, je vous en prie.

J'aimerais tant que vous m'appeliez Jonathan.

Pourquoi ?

Parce que c'est mon nom. Jonathan Pyne.

Jonathan, Jonathan. Et merde ! C'est comme s'il fallait recommencer tout un gymkhana depuis le début. Jonathan... Ce nom ne me plaît même pas... Jonathan... Jonathan.

Ça viendra peut-être, avait-il suggéré.

De retour à l'hôtel, ils tombèrent dans le hall d'entrée sur Langbourne, entouré d'un groupe de brasseurs d'affaires en complet sombre. Il avait l'air furieux, comme si sa voiture était en retard pour le prendre ou si une fille refusait de coucher avec lui. Et la bonne humeur de Jonathan ne fit que l'irriter davantage.

« Vous avez vu Apostoll dans les parages ? demanda-t-il sans même un bonjour. Cette espèce d'enfoiré a disparu.

— Pas vu le bout de sa queue », répliqua Frisky.

On avait déblayé le mobilier dans le salon de Jonathan. Des bouteilles de Dom Pérignon reposaient dans des seaux à glace sur une table à tréteaux et, sans se presser, deux serveurs déchargeaient d'un chariot des assiettes garnies de canapés.

« Vous serrez les mains, avait dit Roper. Vous embrassez les bébés, vous prenez l'air bien présentable.
— Et s'ils m'attaquent sur le terrain des affaires ?
— Les clowns seront trop occupés à compter l'argent avant même de l'avoir.
— Vous pourriez apporter des cendriers, s'il vous plaît ? demanda Jonathan à l'un des serveurs. Et ouvrir les fenêtres, si possible. Qui est le responsable, ici ?
— Moi, monsieur, fit un serveur du nom d'Arthur, d'après son badge.
— Frisky, donnez vingt dollars à Arthur, s'il vous plaît. »

Frisky s'exécuta de mauvaise grâce.

C'était Crystal avec seulement les professionnels. Crystal sans le regard de Jed à l'autre bout de la pièce. Crystal ouvert au public, et envahi par des Fléaux nécessaires très puissants — sauf que ce soir Derek Thomas était la vedette. Sous le regard bienveillant de Roper, l'ex-directeur de nuit stylé serrait des mains, lançait des sourires, se rappelait les noms, tenait des propos pleins d'esprit, chauffait son public.

« Bonjour, monsieur Gupta, comment va le tennis ? Sir Hector, quel plaisir de vous revoir ! Madame del Oro, comment allez-vous ? Ça marche bien pour votre petit génie de fils, à Yale ? »

Un banquier anglais mielleux de Rickmansworth prit Jonathan à part pour lui faire une conférence sur l'importance du commerce dans les pays en voie de développement. Deux vendeurs d'obligations de New York au teint cendreux l'écoutaient, impassibles.

« Je vais vous le dire comme je le pense, je n'en ai pas honte, je l'ai déjà dit à ces messieurs, et je le répète maintenant : dans le tiers monde, de nos jours, ce qui compte, ce n'est pas tant la façon d'obtenir des fonds que la façon de les dépenser. Il faut réinvestir. C'est la seule règle du jeu. Améliorer l'infrastructure, élever le niveau social. En dehors de ça, tous les coups sont permis. Je ne plaisante pas. Brad est d'accord avec moi. Et Sol aussi. »

Brad intervint, les lèvres tellement pincées que Jonathan ne s'aperçut pas tout de suite qu'il parlait. « Vous, euh, avez une quelconque expérience, Derek ? Vous êtes, euh, ingénieur, monsieur ? Arpenteur ? Quelque chose, euh, du genre ?

— Mon domaine, c'est les bateaux, pour tout dire..., répondit joyeusement Jonathan. Pas comme ceux de Dicky. Des voiliers. Pour moi, dix-huit mètres, c'est un maximum.

— Les bateaux, hein ? J'adore ça. Il, euh, aime les bateaux.

— Moi aussi », dit Sol.

La fête se termina par une nouvelle orgie de poignées de mains. Derek, c'était très instructif. Absolument. Prenez bien soin de vous, Derek. Absolument. Derek, un mot de votre part et vous avez un boulot qui vous attend à Philadelphie... Derek, quand vous passerez par Detroit... Absolument... Grisé par sa prestation, Jonathan se tenait debout sur le balcon, à sourire aux étoiles dans le vent marin chargé de relents de pétrole. *Que fais-tu, en ce moment ? Tu dînes avec Corkoran et la bande de Nassau — Cynthia qui a un élevage de terriers Sealyham, Stephanie qui tire les cartes ? Tu discutes encore des menus pour la croisière hivernale avec Delia, le chef disputé et hors de prix du* Pacha de fer *? Ou tu es couchée, la tête posée sur le coussin soyeux de ton bras d'albâtre, en murmurant : Jonathan, pour l'amour de Dieu, qu'est-ce que je dois faire ?*

« Allez, à la bouffe, Tommy ! On ne fait pas attendre la noblesse.

— À vrai dire, je n'ai pas faim, Frisky.

– Pas plus que les autres, Tommy. Mais c'est comme la messe. On y va. »

Le dîner a lieu dans un ancien fort sur une colline dominant le port. Vue de là le soir, la petite ville de Willemstad semble aussi gigantesque que San Francisco, même les tuyaux bleu acier de la raffinerie ont une élégance magique. Les MacDanby ont retenu une table pour vingt, mais on n'a dégotté que quatorze convives. Jonathan commente le cocktail avec un humour dévastateur qui fait mourir de rire Meg, le banquier anglais et sa femme. Roper, lui, est absorbé dans d'autres pensées. Il regarde rêveusement le port où un grand yacht de croisière paré de guirlandes lumineuses avance vers un pont lointain entre des cargos à l'ancrage. Roper le convoiterait-il ? Vendre le *Pacha*. Acheter un bâtiment de taille respectable.

« L'avocat de remplacement arrive, c'est pas trop tôt ! annonce Langbourne, revenant une fois de plus du téléphone. Il a juré qu'il serait à l'heure pour la réunion.

– Qui envoient-ils ? s'informe Roper.
– Moranti, de Caracas.
– Ce bandit ! Qu'est-ce qui est arrivé à Apo ?
– Ils m'ont dit de le demander à Jésus. Une plaisanterie, j'imagine.
– Il y aura d'autres absents ? demande Roper, les yeux toujours fixés sur le yacht.
– Non, tout le monde sera là », répond sèchement Langbourne.

Jonathan entend cette conversation, ainsi que Rooke, assis à une table près de celle des gardes du corps avec Millie et Amato, occupés à consulter un guide de l'île en feignant de préparer leur excursion du lendemain.

Jed flottait, comme à chaque fois que sa vie déraillait : elle flottait, et continuait ainsi jusqu'à ce qu'un autre homme, une autre fiesta, ou un autre malheur familial lui indique une nouvelle direction qu'elle-même baptisait selon le cas destin, fuite, maturité, amusement, ou – avec moins de désinvolture, ces temps-ci – son bon plaisir. Et ce flottement la poussait entre autres à faire mille choses en même temps, un peu comme son whippet quand elle était jeune, qui pensait qu'en courant très vite jusqu'au coin de la rue on était sûr de lever quelque gibier. Mais si le whippet semblait heureux que la vie soit une série d'épisodes sans lien logique, Jed se demandait depuis trop longtemps où la conduisaient ceux de sa propre vie.

Alors, à la minute même où Roper et Jonathan quittaient Nassau, Jed se lança dans un tourbillon d'activités. Elle alla chez le coiffeur, chez la couturière, reçut tout le monde à la maison, s'inscrivit au tournoi de tennis féminin de Windermere Cay, accepta toutes les invitations, acheta des chemises pour y ranger les paperasses domestiques à emporter pendant la croisière d'hiver, téléphona au chef et à la gouvernante du *Pacha* pour établir les menus et le placement des invités, tout en sachant parfaitement que Roper annulerait ses instructions car il aimait prendre lui-même ces initiatives.

Mais le temps ne passait guère.

Elle prépara le retour de Daniel en Angleterre, l'emmena faire des achats, invita des amis de son âge alors qu'il les détestait et ne s'en cachait pas, et organisa pour eux un barbecue sur la plage ; et tout ce temps-là, elle affirmait que Corky était largement aussi amusant que Jonathan – franchement, Dan, il est impayable, non ? – en s'efforçant de ne pas remarquer que, depuis leur départ de Crystal, Corkoran faisait la tête, fumait comme une cheminée, et lui lançait des regards réprobateurs, exactement comme son frère aîné William qui baisait toutes les filles à la ronde y compris les amies de Jed mais estimait que sa petite sœur devait rester vierge jusqu'à la fin de ses jours.

Seulement, Corkoran était encore pire que William. Il avait décidé de jouer à la fois les chaperons, les chiens de garde et les geôliers. Il louchait sur son courrier avant même qu'elle l'ait ouvert, surveillait ses conversations téléphoniques et ne la lâchait pas d'une semelle à longueur de journée.

« Mon petit Corks, vous êtes casse-pieds, à la fin. J'ai l'impression d'être Marie Stuart dans sa prison. Je sais bien que Roper vous a chargé de veiller sur moi, mais vous ne pourriez pas vous occuper tout seul de temps en temps ? »

Au lieu de cela, Corkoran restait obstinément près d'elle, assis dans le salon avec son panama sur la tête à lire le journal pendant qu'elle téléphonait, traînant dans la cuisine quand elle et Daniel préparaient du fondant, rédigeant les étiquettes destinées aux bagages de Daniel pour son retour au pays.

Finalement, à l'instar de Jonathan, Jed se replia sur elle-même. Elle abandonna les échanges de banalités, les efforts épuisants pour paraître toujours en pleine forme – sauf en la compagnie de Daniel – et renonça à compter les heures qui passaient, pour se consacrer à l'exploration de son jardin secret. Elle pensa à son père, à son sens de l'honneur qu'elle avait toujours trouvé inutile et dépassé, et s'aperçut qu'en fait il lui importait plus que toutes les catastrophes qu'il avait entraînées : la vente de leur maison de famille et des chevaux, l'installation de ses parents dans l'affreux petit cottage sur leur ancien domaine, la colère de l'oncle Henry et des autres administrateurs.

Elle songea à Jonathan, essayant de définir ce qu'elle ressentait, sachant maintenant qu'il travaillait à la perte de Roper. Comme l'aurait fait son père, elle essaya de démêler le bien du mal. Il en ressortit que Roper représentait dans sa vie un très mauvais tournant, alors que Jonathan avait sur elle une sorte d'emprise fraternelle différente de toutes celles qu'elle avait subies ; elle trouvait même agréable qu'il lise en elle, à condition qu'il croie en ses bons côtés, ceux-là même qu'elle voulait exhumer, dépoussiérer et remettre en service. Ainsi, elle voulait retrouver son père, retrouver sa foi catholique, même si cela réveillait la rebelle en elle dès qu'elle y pensait. Elle voulait sentir la terre ferme sous ses pieds, et cette fois était décidée à s'y employer. Elle était même prête à écouter gentiment son horrible mère.

Lorsque le jour du départ de Daniel arriva enfin, il sembla à Jed qu'elle l'attendait depuis une éternité. Corkoran et elle emmenèrent Daniel et ses bagages à l'aéroport dans la Rolls, et dès qu'ils arrivèrent Daniel alla traîner seul devant le kiosque à journaux pour s'acheter des sucreries, des revues, et tout ce dont a besoin un enfant qui retourne chez son horrible mère. Jed et Corkoran l'attendirent au milieu de la foule, tous deux soudain malheureux à l'idée de ce départ, d'autant plus que Daniel était au bord des larmes. Et Jed entendit alors avec surprise Corkoran lui chuchoter sur un ton de conspirateur :

« Vous avez votre passeport, mon cœur ?
— Mon petit Corks, c'est Daniel qui part, pas moi.
— Vous l'avez ou non ? C'est urgent.
— Je l'ai toujours sur moi.
— Alors partez avec le petit, supplia Corkoran, sortant son mouchoir et feignant de s'en servir pour qu'on ne remarque pas qu'il parlait. C'est l'occasion ou jamais. Tout de suite. Corks n'a rien à voir là-dedans. C'est votre décision. Il y a plein de places. Je me suis renseigné. »

Mais Jed ne saisit pas l'occasion. Elle ne l'envisagea même pas, ce qui la ravit. Jadis, elle avait tendance à foncer et se poser des questions après coup. Mais ce matin-là elle s'aperçut qu'elle avait déjà répondu aux questions en suspens, et qu'elle ne saisirait aucune occasion de partir pour se retrouver encore plus loin de Jonathan.

Jonathan faisait un rêve agréable quand la sonnerie du téléphone retentit. Mais l'observateur rapproché réagit promptement, décrochant à la première sonnerie, allumant la lumière et attrapant bloc et crayon pour noter les directives de Rooke.

« *Jonathan* », fit-elle toute fière.

Il ferma vivement les yeux et colla son oreille au

combiné, pour éviter que la voix de Jed n'en sorte. Tous ses sens en alerte lui conseillaient de répondre « Jonathan comment ? Vous faites erreur », et de raccrocher. *Pauvre idiot !* faillit-il lui crier. *Je t'avais dit de ne pas appeler, de ne pas chercher à me joindre, d'attendre. Mais tu fais tout le contraire, et tu murmures mon vrai prénom aux oreilles indiscrètes.*

« Pour l'amour de Dieu, raccrochez et rendormez-vous ! » murmura-t-il.

Mais sa voix manquait de conviction, et il était trop tard pour dire « faux numéro ». Alors il garda le combiné contre son oreille et écouta Jed s'entraîner à répéter son nom, *Jonathan, Jonathan*, s'habituer à toutes ses nuances afin que personne ne l'oblige à tout recommencer depuis le début.

Ils viennent me chercher.

C'était une heure plus tard. Jonathan entendit des pas furtifs près de sa porte. Il se redressa dans son lit. Il reconnut un pied nu au glissement moite sur les dalles de céramique. Puis un autre, cette fois sur le tapis du couloir. Il remarqua que la lumière, visible par le trou de sa serrure, était occultée au moment où quelqu'un passait devant, de gauche à droite, jugea-t-il. Frisky prenant ses repères avant de l'attaquer ? Allant chercher Tabby pour qu'il lui donne un coup de main ? Millie lui rapportant son ligne propre ? Un petit cireur venant ramasser pieds nus les chaussures des clients ? L'hôtel n'assure pas ce service, pourtant. Il entendit alors le cliquetis d'un verrou de chambre de l'autre côté du couloir, et comprit que c'était en fait Meg qui revenait en catimini de la suite de Roper.

Il n'éprouva rien. Ni indignation, ni soulagement de sa conscience. *Je baise*, avait dit Roper. Eh bien, il baisait. Jed la première.

Il regarda l'aube se lever derrière la vitre, imaginant le visage de Jed se rapprochant tendrement du sien. Il appela la chambre 22, laissa sonner quatre fois, refit le numéro mais ne dit rien.

« Vous faites un boulot impeccable, murmura Rooke. Maintenant, écoutez bien. »

Jonathan, pensait-il tout en enregistrant les instructions de Rooke. *Jonathan, Jonathan, Jonathan*... Un jour tout ça va t'exploser au visage. Mais quand ?

22

Dans le bureau de Mulder le notaire, il y avait des meubles en acajou, des fleurs artificielles et des stores gris. Sur les murs lambrissés, la grande famille royale hollandaise offrait des visages au sourire épanoui, comme celui de Mulder. Langbourne et Moranti, l'avoué suppléant, étaient assis à une table ; renfrogné comme à son habitude, Langbourne feuilletait des papiers dans un classeur, mais Moranti, avec la vigilance d'un vieux chien d'arrêt, suivait tous les mouvements de Jonathan de ses yeux marron aux sourcils broussailleux. C'était un sexagénaire méditerranéen au front large, aux cheveux blancs, à la peau mate et grêlée. Sans un seul geste, il faisait peser une atmosphère lourde dans la pièce : une bouffée de justice populaire, de luttes paysannes pour la survie. À un moment, il lâcha un grognement furieux et frappa brutalement la table de son gros poing, pour simplement tirer un document vers lui, le regarder de près et le repousser. L'instant d'après, il renversa la tête en arrière et scruta les yeux de Jonathan comme s'il cherchait à y déceler des sentiments colonialistes.

« Vous êtes anglais, monsieur Thomas ?
— Néo-Zélandais.
— Bienvenue à Curaçao. »

Mulder, lui, était rondouillard et dickensien, un

Pickwick vivant dans un monde grotesque. Quand il souriait, ses joues brillaient comme des pommes d'api. Et quand il ne souriait plus, on éprouvait l'envie de se précipiter aimablement vers lui pour savoir ce qu'on avait fait de mal.

Mais sa main tremblait.

Pourquoi, à cause de qui, de quoi ? La débauche, une infirmité, la boisson, la peur ? Jonathan n'en savait rien, mais elle tremblait malgré lui. En recevant le passeport de Jonathan des mains de Langbourne, en recopiant laborieusement sur un formulaire les fausses informations, en le rendant à Jonathan et non à Langbourne, en posant d'autres papiers sur la table, elle tremblait. Même l'index potelé tremblait en indiquant à Jonathan l'endroit où il devait signer pour renoncer au contrôle de sa propre vie, et celui où ses initiales suffiraient.

Et quand Mulder lui eut fait signer tous les documents possibles et imaginables, outre les inimaginables, cette même main tremblante lui tendit les bons au porteur, un paquet de documents bleus impressionnants émis par Tradepaths Limited, la société de Jonathan, numérotés, ornés d'un sceau aristocratique et gravés sur cuivre comme des billets de banque, ce qu'ils étaient quasiment puisqu'ils servaient à enrichir le porteur sans révéler son identité. Jonathan devina aussitôt, sans qu'on ait à le lui dire, qu'ils avaient été conçus par Roper – pour rigoler, comme il disait ; pour intéresser la partie, impressionner les clowns.

Puis, sur un signe de tête candide de Mulder, Jonathan signa aussi les obligations, en tant qu'unique titulaire du compte en banque de la société. Dans la foulée, il signa un billet doux dactylographié adressé à Mulder le notaire, qui le confirmait dans son poste de directeur régional de Tradepaths Limited à Curaçao, en accord avec les lois du pays.

Soudain, tout fut terminé. Restait seulement à serrer cette main si efficace, ce qu'ils firent tous, Langbourne y compris. Après quoi Mulder, le quinquagénaire rubicond à l'air juvénile, leur fit de grands signes de sa main potelée tandis qu'ils descendaient l'escalier, leur promettant presque de leur écrire toutes les semaines.

« Je vous reprends le passeport, Tommy, si ça ne vous fait rien », dit Tabby avec un clin d'œil.

« Mais je crois bien que Derek et moi nous connaissons déjà, Dicky ! minaudait le banquier hollandais à l'adresse de Roper, qui se tenait à l'endroit où se serait trouvée la cheminée s'il y en avait eu dans les banques de Curaçao. Et pas seulement d'hier soir, me semble-t-il ! Nous sommes de vieilles connaissances, nous nous sommes rencontrés à Crystal, si je ne m'abuse ! Nettie, apportez du thé à M. Thomas, s'il vous plaît ! »

L'observateur rapproché eut un instant du mal à faire le rapprochement, puis il se rappela une soirée à Crystal, Jed assise en bout de table, portant une robe décolletée en satin bleu et des perles qui se détachaient sur sa peau, et ce même malotru de banquier hollandais ennuyant tout le monde avec ses relations parmi les grands hommes d'État du moment.

« Mais bien sûr ! Ravi de vous revoir, Piet », s'exclama l'aimable hôtelier avec un temps de retard, en tendant sa main de signataire. Et puis, comme s'il ne les avait jamais vus auparavant, Jonathan se retrouva en train de serrer la main de Mulder et de Moranti pour la deuxième fois en vingt minutes. Mais il ne s'en soucia pas plus qu'eux, car il commençait à comprendre que dans ce théâtre où il venait de pénétrer un acteur pouvait jouer plusieurs rôles dans la même journée.

Ils s'assirent des quatre côtés de la table. Moranti se contenta d'observer sans rien dire, comme un arbitre, et le banquier qui présidait monopolisa la parole, semblant considérer que son premier devoir consistait à fournir à Jonathan une masse d'informations inutiles.

Le capital-actions d'une société étrangère ayant son siège à Curaçao pouvait être libellé dans n'importe quelle devise, expliqua-t-il, et des étrangers pouvaient détenir une quantité illimitée de titres.

« Formidable », commenta Jonathan.

Langbourne leva vers lui son regard paresseux. Moranti ne broncha pas. Roper, qui avait rejeté la tête en arrière pour étudier les vieilles moulures hollandaises, se sourit à lui-même.

La société était exemptée de tout impôt sur la plus-value ou les donations, toute retenue à la source, tous droits de succession, poursuivit le banquier. Il n'y avait aucune restriction sur les assignations d'actions, aucun droit de mutation, aucun droit de timbre *ad valorem*.

« Eh bien, voilà qui me soulage », dit Jonathan avec le même enthousiasme.

M. Derek Thomas n'était pas obligé par la loi de nommer un audit externe, enchaîna gravement le banquier comme s'il s'agissait d'un honneur digne d'une bénédiction papale. M. Thomas était libre à tout moment de transférer le siège de sa société dans toute juridiction de son choix, pourvu que celle-ci n'y voie pas d'inconvénient légal.

« Je ne l'oublierai pas », fit Jonathan, et, cette fois, à sa grande surprise, l'impassible Moranti eut un large sourire en disant : « La Nouvelle-Zélande », comme s'il avait décidé que le nom sonnait bien, après tout.

Un minimum de six mille dollars était requis pour la libération du capital-actions, mais, dans le cas présent, on avait déjà satisfait à cette exigence, poursuivit le banquier. Il ne restait plus à « notre ami Derek » qu'à apposer sa signature sur un certain nombre de documents *pro forma*. En montrant un stylo noir fiché dans un support en teck sur le bureau, le banquier eut un sourire qui s'élargit comme un élastique.

« Excusez-moi, Piet, intervint Jonathan, perplexe mais toujours souriant. Je n'ai pas bien saisi ce que vous venez de dire. On a déjà satisfait à quelle exigence exactement ?

— Votre société a la chance de regorger de liquidités, Derek, répondit le banquier hollandais de sa manière la plus informelle.

— Magnifique, je ne m'en rendais pas compte. Alors,

peut-être me permettrez-vous de jeter un coup d'œil à ces comptes ? »

Le banquier ne quitta pas Jonathan du regard, mais d'un léger signe de tête transmit la question à Roper, qui cessa enfin de contempler le plafond.

« Bien sûr qu'il peut voir les comptes, Piet. C'est sa société, quand même, c'est son nom sur les papiers, c'est son business. Laissez-le voir les comptes s'il le souhaite. Pourquoi pas ? »

Le banquier prit dans le tiroir de son bureau une mince enveloppe orange ouverte qu'il fit passer de l'autre côté de la table. Jonathan en souleva le rabat et sortit un relevé mensuel indiquant que le compte courant de Tradepaths Limited de Curaçao avait un actif de cent millions de dollars.

« Quelqu'un d'autre souhaite le voir ? » demanda Roper.

Moranti tendit la main. Jonathan lui donna le relevé, que Moranti examina avant de le passer à Langbourne, qui le rendit au banquier sans le lire, l'air de s'ennuyer à mourir.

« Donnez-lui son foutu chèque et qu'on en finisse », dit-il en faisant un signe de tête vers Jonathan mais en lui tournant toujours le dos.

Une jeune femme qui attendait à l'arrière-plan avec un classeur sous le bras fit cérémonieusement le tour de la table jusqu'à Jonathan. Le classeur en cuir grossièrement repoussé de fabrication locale contenait un chèque de vingt-cinq millions de dollars à l'ordre de la banque, tiré sur le compte de Tradepaths.

« Allez, Derek, signez-le, ordonna Roper, amusé par la réticence de Jonathan. Il n'est pas en bois. C'est le genre de somme qu'on laisse comme pourboire, pas vrai, Piet ? »

Tout le monde rit sauf Langbourne.

Jonathan signa le chèque. La fille le remit dans le classeur qu'elle referma pudiquement. C'était une très belle métisse aux grands yeux étonnés et aux airs de sainte nitouche.

Roper et Jonathan étaient assis sur un canapé dans le renfoncement de la fenêtre, pendant que le banquier hollandais et les trois hommes de loi réglaient des détails pratiques.

« L'hôtel vous plaît ? demanda Roper.

— Oui, merci. Il est assez bien tenu. C'est insupportable de descendre à l'hôtel quand on est du métier.

— Meg est une brave fille.

— Elle est formidable.

— C'est clair comme du jus de chaussettes pour vous, toutes ces conneries de paperasserie légale, j'imagine ?

— J'en ai peur.

— Jed vous envoie son bon souvenir. Dan a gagné une coupe aux régates, hier. Il était tout content. Il va en emporter une copie à sa mère. Il voulait que vous soyez au courant.

— Magnifique !

— J'ai pensé que ça vous ferait plaisir.

— Ça oui. C'est une grande victoire.

— Allez, ne vous excitez pas. On a une soirée importante, ce soir.

— Encore une réception ?

— En quelque sorte. »

Il y avait une dernière formalité à remplir, pour laquelle il fallait un magnétophone et un texte écrit. La fille s'occupa du magnétophone, le banquier hollandais fit répéter son rôle à Jonathan.

« Votre voix normale, s'il vous plaît, Derek. Exactement comme tout à l'heure, quoi. C'est pour nos archives. Auriez-vous cette amabilité ? »

Jonathan lut d'abord pour lui-même les deux lignes dactylographiées, puis à haute voix : « *C'est votre ami George qui vous parle. Merci d'avoir veillé cette nuit.* »

« Encore une fois, s'il vous plaît, Derek. Vous êtes un tout petit peu nerveux. Détendez-vous. »

Il relut.

« Encore une fois, s'il vous plaît. Vous êtes toujours

un peu tendu, je crois. Peut-être ces grosses sommes vous ont-elles troublé ? »

Jonathan fit son sourire le plus affable. Il était leur vedette, et les vedettes ont leurs caprices. « Piet, je crois que j'ai fait le maximum, là.

— Piet, vous pinaillez, acquiesça Roper. Éteignez ce truc. Allez, Signor Moranti. Il est grand temps que vous fassiez un vrai repas. »

Nouvelle tournée de poignées de main, chacun à son tour serrant celle des autres, comme de bons amis le soir du nouvel an.

« Alors, qu'est-ce que vous en dites ? demanda Roper avec son sourire de dauphin, affalé dans un fauteuil en plastique sur le balcon de la suite de Jonathan. Vous avez compris quelque chose ? Ou bien ça vous passe encore au-dessus de la tête ? »

C'était le moment difficile. Celui où on attend dans le camion, le visage barbouillé de noir, en échangeant des banalités intimes pour refouler l'adrénaline. Roper avait posé ses pieds sur la balustrade. Penché en avant, son verre à la main, Jonathan contemplait la mer qui s'assombrissait. Il n'y avait pas de lune. Un petit vent agitait les vagues. Les premières étoiles apparaissaient à travers des amas de nuages bleu nuit. Dans le salon éclairé derrière eux, Frisky, Gus et Tabby bavardaient à voix basse. Seul Langbourne, vautré sur un sofa, plongé dans la lecture de *Private Eye*, semblait ne pas percevoir la tension ambiante.

« Il y a une société de Curaçao, Tradepaths, qui a un capital de cent millions de dollars moins vingt-cinq, dit Jonathan.

— Mais... ? suggéra Roper, avec un sourire qui s'élargit.

— Mais elle ne possède rien du tout, parce que Tradepaths est une filiale à cent pour cent d'Ironbrand.

— Faux.

— Officiellement, Tradepaths est une société indépendante, sans aucun lien avec aucune autre. En réalité, elle est à vous et vous tirez toutes les ficelles. On ne peut pas faire apparaître qu'Ironbrand investit dans Tradepaths. Alors Ironbrand prête l'argent des investisseurs à une banque complaisante et, comme par hasard, la banque complaisante investit cet argent dans Tradepaths. La banque sert de coupe-circuit. Une fois l'affaire réglée, Tradepaths rembourse les investisseurs avec un beau bénéfice, tout le monde est content, et vous gardez le reste.

— Qui va en pâtir ?
— Moi, si les choses tournent mal.
— Ça n'arrivera pas. Quelqu'un d'autre ? »

Il vint à l'esprit de Jonathan que Roper avait besoin de son absolution.

« Sûrement.
— Disons les choses autrement. Est-ce que quelqu'un en pâtit qui n'en pâtirait pas autrement ?
— On vend des armes, non ?
— Et alors ?
— Eh bien, on peut supposer qu'on les vend pour qu'elles servent. Et puisqu'il s'agit d'une transaction secrète, on peut raisonnablement penser qu'on les vend à des gens qui ne devraient pas en avoir.
— Qui a décrété ça ? fit Roper en haussant les épaules. Qui a le droit de décider qui doit tuer qui, dans ce monde ? Qui fait les lois ? Les grandes puissances ? Mon Dieu ! » S'animant de façon inattendue, il désigna le paysage marin de plus en plus sombre. « On ne peut pas changer la couleur du ciel. C'est ce que j'ai dit à Jed. Elle n'a pas voulu m'écouter. Je ne peux pas lui en vouloir. Elle est jeune, comme vous. Dans dix ans, elle changera d'avis. »

Enhardi, Jonathan revint à la charge : « Alors, qui achète ? demanda-t-il, répétant la question qu'il lui avait posée dans l'avion.

— Moranti.
— Non, il ne vous a pas donné un sou. Vous avez apporté cent millions de dollars — vous ou les investisseurs, du moins. Mais Moranti ? Vous lui vendez des

armes. Il les achète. Où est donc son argent ? Ou bien vous paie-t-il avec quelque chose qui a plus de valeur que l'argent ? Quelque chose que vous pouvez vendre beaucoup, beaucoup plus cher que cent millions de dollars ? »

Dans l'obscurité, le visage de Roper resta de marbre, mais il affichait toujours ce large sourire impénétrable.

« Vous connaissez la chanson, non ? Vous et l'Australien que vous avez tué. D'accord, vous niez. Vous n'avez pas vu assez grand, c'est ça votre problème. Il faut faire les choses en grand ou pas du tout, à mon avis. Vous êtes malin, quand même. Dommage qu'on ne se soit pas rencontrés plus tôt. Vous auriez pu m'être utile en quelques autres occasions. »

Un téléphone sonna dans la pièce derrière eux. Roper se retourna vivement, et Jonathan suivit son regard à temps pour voir Langbourne, le récepteur contre l'oreille, en train de consulter sa montre tout en parlant. Il reposa le combiné, hocha la tête en direction de Roper et alla se replonger dans *Private Eye* sur son canapé. Roper se réinstalla dans son fauteuil en plastique.

« Vous vous rappelez le commerce chinois d'autrefois ? demanda-t-il d'un ton nostalgique.

— Dans les années 1830, c'est ça ?

— Vous avez lu des choses là-dessus, non ? Vous avez tout lu, apparemment.

— Oui.

— Vous vous rappelez ce que ces Britanniques de Hong Kong transportaient par le fleuve jusqu'à Canton ? En évitant les douanes chinoises, en enrichissant l'Empire, en se faisant des fortunes ?

— De l'opium.

— Qu'ils échangeaient contre du thé. De l'opium contre du thé. Le troc. Quand ils rentraient en Angleterre, c'étaient des capitaines d'industrie. Titres, décorations et tout le tremblement. Où est la différence, nom de Dieu ? Faut y aller ! Y'a que ça qui compte. Les Américains le savent. Pourquoi pas nous ? Nous, on a

des pasteurs à cheval sur les principes qui beuglent en chaire tous les dimanches, des vieilles chouettes qui prennent le thé, du gâteau au carvi, cette pauvre madame Untel qui est morte de je ne sais quoi... Et merde! C'est pire que la tôle! Vous savez ce que Jed m'a demandé?
— Non.
— "As-tu vraiment les mains sales? Dis-moi tout, même le pire." Mon Dieu!
— Et qu'avez-vous répondu?
— "Foutrement pas assez sales! Il y a moi et il y a la jungle. Pas de policier au coin de la rue. Pas de justice rendue par des types en perruque qui connaissent bien les lois. *Rien*. Je croyais que c'était ça ce qui te plaisait. " Ça l'a un peu ébranlée. Ça lui apprendra. »

Langbourne tapait à la vitre.

« Dans ce cas, pourquoi assistez-vous aux réunions? demanda Jonathan alors qu'ils se levaient. Pourquoi avoir un chien si c'est pour aboyer vous-même? »

Roper s'esclaffa et lui donna une claque dans le dos. « Parce que je ne fais pas confiance au chien, voilà pourquoi, mon vieux. À aucun de mes chiens. Vous, Corky, Sandy – il n'y en a pas un seul que je lâcherais dans un poulailler vide. Ne le prenez pas mal. Je suis comme ça. »

Deux voitures attendaient au milieu des hibiscus éclairés dans la cour de l'hôtel. La première était une Volvo, conduite par Gus. Langbourne s'assit à l'avant, Roper et Jonathan à l'arrière. Tabby et Frisky suivaient en Toyota. Langbourne tenait un porte-documents.

Ils traversèrent un pont suspendu d'où ils voyaient les lumières de la ville en contrebas, zébrée de noir par les sombres canaux hollandais. Ils descendirent une pente abrupte. Aux vieilles maisons succédèrent les bidonvilles. Soudain, l'obscurité menaçante les enveloppa. Ils suivaient une route plate, avec de l'eau sur leur droite et, sur leur gauche, des conteneurs éclairés, empilés par quatre les uns sur les autres, marqués de noms tels que Sealand, Nedlloyd et Tiphook. Ils tournèrent à gauche, et Jonathan aperçut un toit blanc et bas et des poteaux bleus, sans doute un poste de douane. Un pavage différent fit chanter les roues.

« Arrête-toi aux grilles et éteins tous les feux », ordonna Langbourne.

Gus lui obéit, et Frisky l'imita dans la Toyota derrière eux. Sur les barreaux blancs du portail devant eux étaient punaisées des notices en hollandais et en anglais. Les lumières alentour s'éteignirent elles aussi, et avec l'obscurité vint le silence. Au loin, Jonathan distingua un paysage surréaliste de grues et de chariots élévateurs éclairés par des lampes à arc, et les pâles contours de gros navires.

« Laissez vos mains bien en vue et ne faites pas un geste », ordonna Langbourne.

Sa voix avait pris de l'autorité. Ce soir, quel que fût le spectacle, il tenait le devant de la scène. Il entr'ouvrit sa portière et l'actionna, faisant clignoter deux fois la lumière intérieure. Puis il la referma et ils se retrouvèrent à nouveau dans l'obscurité. Enfin, il baissa la vitre, et Jonathan vit une main tendue s'introduire dans la voiture. Une main d'homme, blanche et vigoureuse, puis un avant-bras nu et la manche courte d'une chemise blanche.

« Une heure, dit Langbourne en levant la tête dans l'obscurité.

— C'est trop long, protesta une voix bourrue avec un accent étranger.

— On était d'accord pour une heure. C'est ça ou rien.

— O.K., O.K. »

Alors seulement Langbourne fit passer une enveloppe par la fenêtre ouverte. Une minuscule lampe électrique s'alluma, le contenu fut rapidement compté, et le portail blanc s'ouvrit. Toujours phares éteints, ils avancèrent, suivis de près par la Toyota. Ils passèrent devant une vieille ancre encastrée dans du béton, puis empruntèrent une allée de conteneurs multicolores, chacun marqué d'une série de lettres et de sept chiffres.

« À gauche », dit Langbourne. Ils tournèrent, suivis par la Toyota. Jonathan baissa la tête quand le bras d'une grue orange piqua vers eux.

« À droite, maintenant. Ici », dit Langbourne.

Ils prirent à droite, et la coque noire d'un tanker surgit de la mer devant eux. Encore à droite, et ils longèrent une demi-douzaine de navires au mouillage, dont deux magnifiques et fraîchement repeints, les autres de miteux bateaux de ravitaillement. Chacun était relié au quai par une passerelle éclairée.

« Stop », ordonna Langbourne.

Ils s'arrêtèrent, toujours dans l'obscurité, la Toyota derrière eux. Cette fois, ils n'attendirent que quelques secondes avant qu'une autre lampe électrique minuscule n'apparaisse devant le pare-brise : rouge d'abord, puis blanc, puis rouge encore.

« Baisse toutes les vitres », dit Langbourne à Gus. De nouveau, il se préoccupait de leurs mains. « Sur le tableau de bord, là où ils peuvent les voir. Patron, mettez-les sur le siège devant vous. Vous aussi, Thomas. »

Avec une docilité inhabituelle, Roper obéit aux ordres. L'air était frais. L'odeur de pétrole se mêlait à celles de la mer et du métal. Jonathan se retrouva en Irlande, sur les docks de Pugwash, caché à bord du cargo crasseux, attendant de se glisser à terre quand il ferait nuit. Deux lampes électriques blanches s'allumèrent de chaque côté de la voiture. Leurs faisceaux balayèrent les mains et les visages, puis le plancher.

« M. Thomas et ses amis, annonça Langbourne. Venus voir quelques tracteurs et régler l'autre moitié.

— Qui est Thomas ? demanda une voix masculine.

— Moi. »

Un silence.

« O.K.

— Tout le monde descend lentement, ordonna Langbourne. Thomas, derrière moi. Tous en file indienne. »

Leur guide, grand et maigre, avait l'air trop jeune

pour le Heckler qui se balançait contre son flanc droit. La passerelle était courte. En arrivant sur le pont, Jonathan aperçut les lumières de la ville et les torchères de la raffinerie au-delà de l'étendue d'eau sombre.

Le bateau était vieux et petit. Jonathan supposa qu'il faisait au plus quatre mille tonnes, et avait vécu beaucoup d'autres aventures. Le panneau en bois d'une écoutille était ouvert. À l'intérieur, une lampe murale jetait une lueur rougeâtre sur un escalier d'acier en colimaçon. Une fois de plus, le guide passa devant. L'écho de leurs pas évoquait le piétinement d'un troupeau de forçats enchaînés. Dans la faible lumière, Jonathan distingua un peu mieux l'homme qui les précédait. Il portait un jean et des tennis, et avait sur le front une mèche blonde qu'il repoussait de la main gauche quand elle le gênait. Sa main droite tenait toujours le Heckler, l'index recourbé sur la détente. Le bateau lui aussi commençait à se dévoiler. Il était équipé pour un chargement mixte. Capacité : environ soixante conteneurs. C'était un rafiot roulier, une bête de somme en fin de carrière. Sacrifiable si les choses tournaient mal.

Le groupe s'arrêta. Trois hommes se trouvaient en face d'eux devant une porte d'acier fermée, tous blancs, blonds et jeunes – suédois, devina Jonathan –, et armés de Hecklers, comme le guide qui, de toute évidence, était leur chef. Cela se voyait à son aisance et à son comportement quand il les rejoignit, à son sourire inquiétant, carnassier.

« Comment se porte l'aristocratie, Sandy ? » cria-t-il. Jonathan n'arrivait toujours pas à déterminer son accent.

« Salut, Pepe. Très bien, merci. Et toi ?

– Vous êtes tous étudiants en agronomie ? Vous aimez les tracteurs ? Les pièces détachées ? Vous voulez faire de belles récoltes et nourrir tous les pauvres ?

– Passons aux choses sérieuses, tu veux ? rétorqua Langbourne. Où est Moranti ? »

Pepe saisit la porte d'acier, la tira et l'ouvrit au moment où Moranti surgissait de l'ombre.

Sa Seigneurie Langbourne est fana d'armes, avait dit Burr... *Il a joué au gentleman soldat dans plusieurs sales guerres... Il se vante de son habileté à tuer... Pendant ses loisirs, il joue les collectionneurs, comme Roper... Ça les excite, de penser qu'ils font partie de l'histoire...*

La cale occupait la majeure partie de la coque du navire. Langbourne et Moranti marchaient à côté de leur hôte, Pepe, suivis par Jonathan et Roper, puis les assistants : Frisky, Tabby et les trois matelots armés de leur Heckler. Vingt conteneurs amarrés au pont par des chaînes. Sur les sangles, Jonathan lut les noms de divers ports de transfert : Lisbonne, les Açores, Anvers, Gdansk.

« Celle-là, on l'appelle la caisse saoudienne, annonça fièrement Pepe. On la fabrique avec l'ouverture sur le côté pour que les autorités saoudiennes puissent entrer et vérifier qu'il n'y a pas d'alcool. »

Les scellés de la douane étaient des épingles d'acier accrochées les unes dans les autres. Les hommes de Pepe les séparèrent au cutter.

« Vous inquiétez pas, on en a de rechange, confia Pepe à Jonathan. Demain matin, tout aura l'air impeccable. Les douanes s'en contrefoutent. »

On baissa lentement le côté du conteneur. Les armes imposent leur silence, le silence des futurs morts.

« Des Vulcan, disait Langbourne pour la gouverne de Moranti. Une version sophistiquée du Gatling. Six canons de vingt millimètres qui tirent trois mille coups à la minute. C'est le fin du fin, à l'heure actuelle. Les munitions qui vont avec, et il y en a encore d'autres. Chaque balle est grosse comme le doigt. Une salve fait autant de bruit qu'un essaim de frelons. Les hélicos et les petits avions n'ont aucune chance. C'est tout nouveau. Il y en a dix. Ça vous va ? »

Moranti ne pipa mot. Seul un imperceptible hochement de tête trahit sa satisfaction. Ils allèrent au conteneur suivant. Il avait été rempli par le bout, ce qui signifiait qu'ils ne pouvaient en voir le contenu que par le devant. Mais ce qu'ils virent était bien suffisant.

« Des Quad cinquante, annonça Langbourne. Quatre mitrailleuses coaxiales calibre 0. 5 conçues pour faire feu en même temps sur une seule cible. Ça vous déchiquette n'importe quel avion d'un seul coup. Camions, transports de troupes, tanks légers, le Quad vous les éliminera. Montez-les sur des châssis de deux tonnes et demie, ils seront mobiles et feront très mal. Ils sont aussi tout neufs. »

Pepe en tête, ils traversèrent le navire pour aller à tribord, où deux hommes étaient en train d'extraire avec précaution un missile en forme de cigare d'un cylindre en fibre de verre. Cette fois, Jonathan n'eut pas besoin des explications de Langbourne. Il avait vu les films de démonstration et en avait entendu parler. *Si les Irlandais mettent la main sur ces trucs-là, vous êtes morts*, avait promis le sergent-major, un fana de la bombe. *Et ça arrivera, c'est sûr*, avait-il ajouté gaiement. *Ils en piqueront dans les décharges à munitions des Yankees en Allemagne, ils dépenseront une fortune pour en acheter aux Afghans, aux Israéliens ou aux Palestiniens, ou à toute autre nation à qui les Yankees auront jugé bon de les donner. C'est des armes supersoniques, emballées à la main, trois par carton. Vive le Stinger...*

La visite continua. Canons légers anti-chars. Radios de campagne. Équipement médical. Uniformes. Munitions. Rations. Starstreak britanniques. Chargeurs fabriqués à Birmingham. Boîtes à mitraille d'acier fabriquées à Manchester. Impossible de tout examiner. Il y avait trop de marchandise et pas assez de temps.

« Ça vous plaît ? » demanda doucement Roper à Jonathan.

Leurs visages étaient tout près l'un de l'autre, celui de Roper avec une expression intense, étrangement triomphante, comme s'il avait en quelque sorte prouvé qu'il avait raison.

« C'est de la bonne marchandise, répondit Jonathan, ne sachant que dire d'autre.

— On met un peu de tout dans chaque cargaison. C'est ça le truc. Si le bateau s'égare, on perd un peu de tout, mais pas tout de la même chose. Question de bon sens.

— Sans doute. »

Roper ne l'entendait pas. Face à sa propre réussite, il était littéralement en état de grâce.

« Thomas ? » C'était Langbourne qui l'appelait du fond de la cale. « Par ici. C'est le moment de signer. »

Roper l'accompagna. Sur une planchette, Langbourne avait fixé avec une pince un reçu dactylographié pour des turbines, des pièces détachées de tracteurs et de l'équipement lourd tels que décrits dans le document ci-joint, vérifié et certifié en bonne et due forme par Derek S. Thomas, directeur général, au nom de Tradepaths Limited. Jonathan le signa, puis apposa ses initiales sur le descriptif. Il le tendit à Roper, qui le montra à Moranti puis le repassa à Langbourne qui le donna à Pepe. Pepe prit le téléphone sans fil posé sur une étagère près de la porte, et composa le numéro inscrit sur un bout de papier que lui tendait Roper. Non loin d'eux, Moranti, les mains le long du corps, le ventre en avant, avait l'air d'un Russe devant un cénotaphe. Pepe passa le téléphone à Roper. Ils entendirent la voix du banquier qui disait allô.

« Piet ? Un de mes amis veut vous transmettre un message important. »

Roper tendit à Jonathan le téléphone et un autre bout de papier tiré de sa poche.

Jonathan y jeta un coup d'œil, puis lut à haute voix. « C'est votre ami George qui vous parle. Merci d'avoir veillé cette nuit.

— Passez-moi Pepe, s'il vous plaît, Derek, dit la voix du banquier. Je voudrais lui confirmer une bonne nouvelle. »

Jonathan tendit le combiné à Pepe qui écouta, rit, raccrocha et donna une tape sur l'épaule de Jonathan.

« Vous êtes un type généreux ! »

Il s'arrêta de rire quand Langbourne sortit une feuille dactylographiée de sa serviette. « Le reçu », dit-il sèchement.

Pepe saisit le stylo de Jonathan et, sous le regard de tous, signa un reçu à l'ordre de Tradepaths Limited d'un montant de vingt-cinq millions de dollars qui représentaient le troisième et avant-dernier paiement pour l'envoi de turbines, de pièces détachées de tracteurs et d'équipement lourd, livré à Curaçao afin d'être expédié en transit, selon les termes du contrat, à bord du SS *Lombardy*.

Il était 4 heures du matin quand elle l'appela.

« Nous partons demain pour aller sur le *Pacha*. Moi et Corky. » Jonathan garda le silence.

« Il dit qu'il faut que je file. Que j'oublie la croisière et que je file pendant qu'il en est encore temps.

— Il a raison, murmura Jonathan.

— Ça ne sert à rien de filer, Jonathan. Ça ne marche pas. On le sait bien, tous les deux. On ne fait que se retrouver face à soi-même à l'escale suivante.

— Partez, c'est tout. N'importe où. Je vous en prie. »

Ils étaient de nouveau côte à côte sur leurs lits séparés, écoutant la respiration de l'autre.

« *Jonathan*, murmura-t-elle. *Jonathan.* »

23

Dans l'opération Bernicle, tout avait marché comme sur des roulettes. C'est ce que disaient Burr dans son sinistre bureau gris de Miami, et Strelski dans celui d'à côté. Goodhew, qui téléphonait de Londres deux fois par jour sur la ligne sûre, en était également convaincu. « Les autorités en place commencent à changer d'avis, Leonard. Il ne nous manque plus que la sommation.

– Quelles autorités ? demanda Burr, toujours aussi soupçonneux.
– Mon maître, pour commencer.
– Quoi ?
– Il y vient, Leonard. Il le dit, et je suis obligé de lui accorder le bénéfice du doute. Comment puis-je lui passer par-dessus s'il m'offre toute son aide ? Il m'a serré contre son cœur hier.
– Ravi d'apprendre qu'il en a un. »
Mais ces jours-ci Goodhew n'était pas d'humeur à goûter ce genre de boutade. « Il a dit que nous devrions avoir des contacts beaucoup plus rapprochés. Je suis de son avis. Il y a trop de gens dans les parages qui sont directement intéressés à l'affaire. Il a dit qu'il y avait une odeur de pourri dans l'air. Je ne l'aurais pas mieux formulé. Il voudrait passer à la postérité comme l'un de ceux qui n'ont pas eu peur de chercher d'où ça venait. Je veillerai à ce qu'il en soit ainsi. Il n'a pas mentionné le nom d'Amiral et moi non plus. Parfois, c'est plus payant de rester sur la réserve. Mais il a été très impressionné par votre liste, Leonard. C'est ça qui a sauvé la mise. Elle était claire et nette. Incontournable.
– Ma liste à moi ?
– La liste, Leonard. Celle que notre ami a photographiée. Les commanditaires. Les investisseurs. Les organisateurs et les instigateurs, pour reprendre vos propres termes. » Le ton de Goodhew avait quelque chose d'implorant que Burr aurait préféré ne pas entendre. « Le flingue encore fumant, quoi ! Ce qu'on ne trouve jamais, avez-vous dit, et que notre ami a trouvé. Leonard, vous faites exprès de ne rien comprendre. »
Mais Goodhew se trompait sur l'origine du malaise de Burr, qui avait immédiatement su de quelle liste il s'agissait. Ce qu'il n'arrivait pas à saisir, c'est l'usage que Goodhew en avait fait.
« Vous n'êtes pas en train de me dire que vous avez montré la liste des commanditaires à votre ministre, quand même ?

— Grands dieux, non, pas la matière brute ; comment aurais-je pu ? Rien que les noms et les numéros. Sous une nouvelle présentation, bien sûr. On aurait pu les obtenir en interceptant une conversation téléphonique ou du courrier, ou encore en plaçant un microphone, n'importe quoi.

— Rex, Roper n'a pas dicté cette liste, il ne l'a pas lue au téléphone, et il ne l'a pas postée. Il l'a écrite sur un bloc de papier jaune. Il n'y en a qu'un exemplaire au monde, et il n'y a qu'un seul homme qui l'ait photographiée.

— Ne coupez pas les cheveux en quatre, Leonard ! Mon maître est horrifié, c'est ça que j'essaie de vous expliquer. Il reconnaît qu'une sommation est imminente et que des têtes doivent tomber. D'après ce qu'il me dit, et je le croirai jusqu'à preuve du contraire – il a sa fierté, Leonard, comme nous tous, chacun a sa façon d'éviter des vérités désagréables tant qu'on ne nous les jette pas à la figure –, il a l'impression que le moment est venu pour lui de prendre clairement position et de ne plus compter pour du beurre. » Courageusement, il tenta une plaisanterie : « Vous connaissez son goût pour la métaphore. Je suis surpris qu'il n'ait pas lancé dans la conversation que les vrais justiciers vont renaître de leurs cendres. »

Si Goodhew s'attendait à un joyeux éclat de rire, Burr ne lui fit pas ce plaisir.

« Leonard, je n'avais pas le choix ! s'emporta Goodhew. Je suis au service de la Couronne. Je suis au service d'un ministre de la Couronne. C'est mon devoir d'informer mon maître de l'avancement de votre opération. S'il me dit qu'il a trouvé son chemin de Damas, je ne suis pas payé pour le traiter de menteur. Je dois être fidèle à mes principes, Leonard, comme à lui et à vous. Nous déjeunons ensemble jeudi après son rendez-vous avec le secrétaire du Cabinet. Je dois m'attendre à des nouvelles importantes. J'avais espéré que vous seriez content, et pas amer.

— Qui d'autre a vu la liste des commanditaires, Rex ?

— En dehors de mon maître, personne. J'ai attiré son attention sur le fait qu'elle était secrète, bien entendu. On ne peut pas passer sa vie à dire aux gens de la fermer, parce qu'à force de crier au loup... L'essentiel en sera transmis au secrétaire du Cabinet quand ils se verront jeudi, ça va de soi, mais nous pouvons être sûrs que ça s'arrêtera là. »

Le silence de Burr lui devint insupportable.

« Leonard, je crains que vous ne soyez en train d'oublier les principes de base. Tous mes efforts des derniers mois ont eu pour objectif d'arriver à une plus grande transparence dans cette nouvelle ère. Le secret est la plaie de notre système britannique. Je n'encouragerai ni mon maître ni aucun autre ministre de la Couronne à la dissimulation. Ils le font déjà bien assez comme ça. Pas un mot de plus là-dessus, Leonard. Ne retombez pas dans vos vieux travers de River House.

— Compris, Rex, fit Burr après une profonde inspiration. Compris. Dorénavant, j'observerai les principes de base.

— Ravi de l'entendre, Leonard. »

Burr raccrocha, puis appela Rooke. « Rob, on n'envoie plus un seul rapport Bernicle à Goodhew sans les avoir expurgés. Ceci avec effet immédiat. Je vous le confirme par le courrier de demain. »

En dehors de cela, tout avait marché comme sur des roulettes, et si Burr restait préoccupé par l'indiscrétion de Goodhew, ni lui ni Strelski ne vivaient dans l'angoisse d'une catastrophe imminente. Ce que Goodhew avait baptisé « sommation », Burr et Strelski l'appelaient le « coup de filet », et c'était de cela qu'ils rêvaient maintenant. Le moment où les drogues, les armes et les joueurs se trouveraient tous regroupés, où le montage financier serait retracé et où – à supposer que l'équipe mixte ait les pouvoirs et les autorisations nécessaires – des guerriers tomberaient des arbres en criant : « Haut les mains ! »; alors, les méchants diraient avec un sourire chagrin : « Bien joué, inspecteur » ou, s'ils étaient américains, « J'aurai ta peau, Strelski, espèce d'enfoiré. »

C'est du moins ainsi qu'ils s'amusaient à se représenter la scène entre eux.

« On a laissé les choses aller aussi loin que possible, ne cessait d'insister Strelski lors des réunions, au téléphone, en prenant le café ou en marchant sur la plage. Plus ils sont avancés en affaires, moins il y a d'endroits où ils peuvent se cacher, plus on se rapproche de Dieu. »

Burr acquiesçait. Attraper des escrocs ou des espions, c'est la même chose, disait-il : il faut simplement un coin de rue bien éclairé, des caméras bien placées, un homme en imperméable qui a les plans, un autre en chapeau melon qui a la valise pleine de billets usagés. Alors, la chance aidant, on a un dossier en béton. Le problème avec l'opération Bernicle c'était de savoir quelle rue, quelle ville, quelle mer, quelle juridiction. Car une chose était déjà claire : ni Richard Onslow Roper ni ses partenaires colombiens n'avaient la moindre intention de conclure la transaction sur le sol américain.

Prescott, le nouveau procureur fédéral chargé de l'affaire, était une autre source de réconfort et de satisfaction, car il faisait preuve de plus d'enthousiasme que l'ancien : aux dires de tous les informateurs de Strelski, Ed Prescott était le meilleur procureur général adjoint sur la place, vraiment le meilleur, Joe, croyez-moi. Tous les Prescott sortaient de Yale, bien sûr, et deux d'entre eux avaient des liens avec l'Agence – comment aurait-il pu en être autrement ? Le bruit courait même qu'Ed était vaguement parent du vieux Prescott Bush, le père de George Bush. Il n'avait jamais vraiment démenti cette rumeur, mais tenait à faire savoir qu'il s'en souciait comme d'une guigne. C'était un professionnel de Washington avec un travail à faire, et quand il allait au bureau, il laissait les relations de famille à la porte.

« Qu'est-il arrivé au gars qu'on avait jusqu'à la semaine dernière ? demande Burr.

– Il a dû se lasser d'attendre, répondit Strelski. Ces types-là ne traînent jamais bien longtemps. »

Stupéfait comme toujours par la rapidité avec laquelle les Américains engageaient et renvoyaient des gens, Burr n'en dit pas plus. Trop tard seulement s'aperçut-il que lui et Strelski faisaient les mêmes réserves mais, par respect mutuel, refusaient de les exprimer. Entre-temps, comme tous les autres, ils s'attelèrent à l'impossible tâche consistant à persuader Washington de lancer une interdiction en mer contre le SS *Lombardy*, immatriculé à Panamá, appareillant de Curaçao à destination de la zone franche de Colón, réputé transporter pour cinquante millions de dollars en armement de pointe que le descriptif du navire répertoriait comme turbines, pièces détachées de tracteurs et équipement agricole. Là encore, Burr devait plus tard se reprocher – comme il se reprocha à peu près tout, d'ailleurs – d'avoir passé trop de temps avec un Ed Prescott au charme de gentleman farmer et aux manières d'ancien élève d'université dans ses somptueux bureaux du centre-ville, et pas assez au centre des communications de l'équipe mixte à s'occuper de ses responsabilités en tant qu'officier traitant.

Cela dit, qu'aurait-il pu faire d'autre ? Les ondes secrètes entre Miami et Washington fourmillaient de messages jour et nuit. On avait réuni un bataillon de jurisconsultes officiels ou clandestins, bientôt rejoints par des compatriotes que Burr connaissait bien : Darling Katie, de l'ambassade à Washington, Manderson, de la liaison navale, Hardacre, des Transmissions, et un jeune avoué de River House, bien placé selon la rumeur pour remplacer Palfrey comme conseiller juridique du Groupe d'Analyses logistiques.

Certains jours, tout Washington semblait se retrouver à Miami ; d'autres, le staff du procureur se réduisait à deux dactylos et une standardiste quand le procureur général adjoint Prescott et ses assistants levaient le camp pour aller batailler à Capitol Hill. Décidé à ignorer les subtilités des luttes internes de la politique américaine, Burr se consolait en s'affairant fébrilement, supposant, un peu comme le whippet de Jed, que, lorsqu'on a tant de moyens et qu'on s'agite autant, on avance sûrement.

Ainsi, il n'y avait pas eu de mauvais augure, simplement les petits tracas inhérents à une opération clandestine : par exemple, le fait irritant que des documents essentiels – interceptions de messages, photographies de reconnaissance et rapports secrets de Langley – semblaient toujours mettre beaucoup de temps à atterrir sur le bureau de Strelski ; et le sentiment étrange, éprouvé secrètement par Burr et Strelski chacun de son côté, que l'opération Bernicle était menée en parallèle avec une autre dont ils subodoraient l'existence sans en avoir la preuve.

Sinon, leur seule cause d'inquiétude était comme toujours Apostoll qui, une fois de plus au cours de sa carrière cahotique en tant que super-mouchard de Flynn, avait disparu dans la nature. C'était d'autant plus ennuyeux que Flynn avait pris l'avion pour Curaçao dans le seul but de se mettre à sa disposition, et qu'il attendait maintenant dans un hôtel de luxe avec la même impression qu'une fille qui se fait poser un lapin le soir du bal.

Mais, même à ce sujet, Burr ne voyait aucune raison de s'inquiéter. En toute honnêteté, Apo avait des excuses. Ses officiers traitants avaient beaucoup exigé de lui. Peut-être trop. Pendant des semaines, il avait renâclé et menacé de rendre son tablier, jusqu'à ce que son décret d'amnistie soit signé et tamponné. Pas étonnant, l'heure H approchant, qu'il ait préféré garder ses distances plutôt que de risquer six autres condamnations à perpétuité pour complicité avant et après ce qui s'annonçait comme le plus grosse prise de drogue et d'armes de ces dernières années.

« Pat vient d'appeler le père Lucan, rapporta Strelski

à Burr. Ni Lucan ni lui n'ont eu la moindre nouvelle d'Apostoll. Ses clients savaient qu'il n'allait pas à Curaçao. Sinon, pourquoi auraient-ils envoyé Moranti ? S'il a pu les prévenir eux, pourquoi pas Flynn, bon Dieu ?

— Il a sans doute voulu lui donner une leçon », suggéra Burr.

Ce soir-là, les contrôleurs apportèrent l'interception d'un message capté par hasard en écoutant les appels téléphoniques provenant de Curaçao :

Lord Langbourne aux bureaux de Menez & Garcia, avocats à Cali en Colombie, associés de Me Apostoll et identifiés comme agissant pour le cartel de Cali. Maître Juan Menez prend la communication.

« Juanito ? C'est Sandy. Qu'est-il arrivé à notre ami ? Il n'est pas venu. »

Un silence de dix-huit secondes. « Demandez à Jésus.

— Qu'est-ce que ça veut dire, ça ?

— Notre ami est très pieux, Sandy. Peut-être fait-il une retraite ? »

Étant donné la proximité de Caracas et de Curaçao, on tomba d'accord pour envoyer Me Moranti en remplacement.

Une fois de plus, comme ils devaient le reconnaître plus tard, Burr et Strelski se cachaient mutuellement le fond de leur pensée.

D'autres interceptions relataient les efforts frénétiques de sir Anthony Joyston Bradshaw pour joindre Roper depuis diverses cabines téléphoniques aux quatre coins du Berkshire. D'abord, il avait essayé d'utiliser sa carte AT&T, mais une voix enregistrée l'avait informé qu'elle n'était plus valable. Il avait demandé le chef de service en faisant jouer son titre. Comme il avait l'air saoul, on avait raccroché poliment mais fermement. Les bureaux d'Ironbrand à Nassau n'avaient pas donné grand-chose non plus. À la première tentative, le standard avait refusé son appel en PCV ; à la seconde, un MacDanby l'avait accepté, uniquement pour lui battre froid. Il avait finalement réussi à joindre le capitaine du *Pacha de fer*, qui mouillait à Antigua :

« Alors, où est-il ? J'ai essayé Crystal. Il n'y est pas. J'ai essayé Ironbrand, et un petit con m'a répondu qu'il était parti vendre des fermes. Et maintenant, c'est vous qui me dites qu'on l'attend. Je m'en contrefous qu'on l'attende ! C'est maintenant que je veux lui parler ! Je suis sir Anthony Joyston Bradshaw. C'est une urgence. Vous savez ce que c'est, une urgence ? »

Le capitaine avait suggéré d'appeler le numéro personnel de Corkoran à Nassau. Bradshaw avait déjà essayé, sans résultat.

Il dut néanmoins finir par trouver son homme et lui parler à l'insu des contrôleurs, comme la suite ne le révéla que trop.

L'appel de l'officier de service arriva à l'aube. Il fit preuve du même calme absolu que l'équipe de Cap Canaveral quand la fusée menace d'exploser en mille morceaux.

« Monsieur Burr ? Pourriez-vous venir tout de suite, s'il vous plaît ? M. Strelski est déjà en route. Nous avons un petit problème. »

Strelski fit le voyage seul. Il aurait préféré emmener Flynn, mais celui-ci se rongeait toujours les sangs à Curaçao avec Amato, aussi y alla-t-il pour eux deux. Burr avait proposé de l'accompagner, mais Strelski avait des réserves sur le côté britannique de l'affaire. Pas sur Burr – Leonard était un copain. Pourtant ça ne suffisait pas. Plus maintenant.

Il laissa donc Burr au quartier général en compagnie d'écrans clignotants et d'un personnel de nuit atterré, avec ordre strict de ne laisser personne entreprendre quoi que ce soit, qu'il s'agisse de Pat Flynn, du procureur ou de quiconque, tant qu'il n'avait pas vérifié l'information et appelé pour la confirmer.

« C'est compris, Leonard ? Message bien reçu ?
– Cinq sur cinq.
– Parfait. »

Son chauffeur, Wilbur, l'attendait au parking – un type assez sympathique mais pas très futé. Ils traversèrent le centre-ville désert avec le gyrophare allumé et les sirènes hurlantes, ce que Strelski jugea complètement ridicule puisque, après tout, il n'y avait pas le feu, alors pourquoi réveiller tout le monde ? Mais il ne dit rien à Wilbur car il savait bien, au fond, que, si lui-même avait tenu le volant, il aurait conduit comme lui. Quelquefois, on fait ça par déférence. D'autres fois, c'est tout ce qui reste à faire.

D'ailleurs, il y avait bien le feu. Quand il arrive malheur à un témoin-clé, on peut dire sans risque de se tromper qu'il y a le feu. Quand tout marche un petit peu trop de travers depuis un petit peu trop longtemps, quand on est mis de plus en plus à l'écart alors que tout le monde se met en quatre pour vous persuader que vous êtes au cœur des événements – Bon Dieu, Joe, qu'est-ce qu'on ferait sans vous ? –, quand on a entendu par hasard dans les couloirs un petit peu trop de théorie politique – il était question d'*Amiral*, plus seulement un nom de code mais une *opération*, il était question de *changer nos buts* et de *faire un peu le ménage devant notre porte* –, quand on s'est vu gratifié de cinq sourires de trop, de cinq rapports secrets vitaux de trop dont aucun ne vaut un clou, quand rien ne change autour de soi si ce n'est que le monde dans lequel on croyait vivre disparaît en douceur et vous laisse avec l'impression d'être seul sur un radeau à contre-courant dans un fleuve infesté de crocodiles – et Joe, bon Dieu, Joe, vous êtes tout simplement le meilleur officier du Service d'Intervention – eh bien, oui, on peut se dire sans risque de se tromper qu'il y a le feu et qu'il est sacrément urgent de découvrir qui fait quoi à qui.

Quelquefois, on est témoin de son propre échec, pensait Strelski. Il adorait le tennis, et ce qu'il préférait c'était les gros plans sur les joueurs en train de boire du Coca entre les jeux : on voyait le visage du vainqueur se préparant à vaincre et celui du perdant se préparant à perdre. Et les perdants avaient la même expression que lui en ce moment. Ils lâchaient tous leurs coups et se démenaient comme des diables mais, au bout du compte, le score reste le score, et à l'aube de cette nouvelle journée, celui de Strelski n'était pas bon du tout. On sentait arriver le jeu, set et match pour les princes du Renseignement Pur des deux côtés de l'Atlantique.

Ils passèrent devant le Grand Bay Hotel, le refuge préféré de Strelski quand il avait besoin de croire que le monde est harmonieux et calme, ils tournèrent pour monter la colline, s'éloignant du front de mer, de la marina et du parc et, par un portail de fer forgé contrôlé électriquement, entrèrent dans un endroit où Strelski n'avait jamais mis les pieds : un immeuble de grand luxe appelé Sunglades, où les richards de la drogue trichent, baisent, et vivent leur vie, avec des vigiles et des portiers noirs, un bureau et des ascenseurs blancs, et le sentiment qu'on se trouve dans un lieu plus dangereux que le monde contre lequel ces portes servent de protection. Parce qu'être aussi riche dans cette ville représente un tel risque qu'on s'étonne que tous les occupants ne se soient pas fait assassiner depuis longtemps dans leurs immenses lits.

Ce matin-là, à l'aube, la cour était pleine de voitures de police, de cars de télévision, d'ambulances et de tous les signes d'une hystérie contrôlée destinée à calmer une situation de crise alors même qu'elle l'amplifie. Le bruit et les lumières ajoutaient à l'impression de bouleversement qui n'avait cessé de harceler Strelski depuis que la voix rauque du policier lui avait appris la nouvelle, parce que « nous savons que vous vous intéressez à ce type ». Je ne suis pas ici, se dit-il. J'ai déjà vécu cette scène en rêve.

Il reconnut deux hommes de la Criminelle. Salutations brèves. Salut, Glebe. Salut, Rockham. Content de vous voir. Mon Dieu, Joe, qu'est-ce qui vous a retardé ? Bonne question, Jeff ; peut-être quelqu'un a-t-il voulu qu'il en soit ainsi. Il reconnut des membres de sa propre agence. Mary Jo, qu'il avait baisée un jour à leur surprise réciproque, après une soirée au bureau, et puis un garçon sérieux du nom de Metzger qui semblait avoir grand besoin d'air frais, sauf qu'à Miami il n'y en a pas.

« Qui est là-haut, Metzger ?

— À peu près tous ceux que la police a pu trouver. C'est affreux, monsieur. Cinq jours sans air conditionné en plein soleil, c'est vraiment dégoûtant. Pourquoi a-t-on coupé l'air conditionné ? Je veux dire, c'est barbare.

— Qui vous a dit de venir, Metzger ?

— La Criminelle, monsieur.

— Il y a combien de temps ?

— Une heure.

— Pourquoi ne m'avez-vous pas appelé, moi, Metzger ?

— Ils ont dit que vous étiez retenu au centre des communications, mais que vous arriviez. »

Ils, pensa Strelski. *Ils* envoient encore un signal. *Joe Strelski : excellent officier, mais un peu trop vieux pour le terrain. Joe Strelski : trop lent pour être embarqué sur le vaisseau Amiral.*

L'ascenseur central l'emmena directement au dernier étage, occupé par un seul appartement de luxe. L'architecte avait eu l'idée suivante : on arrivait dans cette galerie de verre éclairée par les étoiles qui servait aussi de sas de sécurité, et, pendant qu'on attendait là à se demander si on allait être jeté en pâture aux fauves ou régalé d'un dîner fin et d'une pute nubile en guise de digestif, on pouvait admirer la piscine, le jacuzzi, le jardin suspendu, le solarium, le fornicatorium, et tous les autres raffinements indispensables au style de vie d'un modeste avoué du monde de la drogue.

Un jeune flic portant un masque blanc réclama la carte d'identité de Strelski, qui la lui montra plutôt que de gaspiller sa salive. Le jeune flic lui proposa un masque, comme si Strelski venait d'être admis au club. Ensuite, il y eut les flashs des photographes, des gens en blouse qu'il fallait éviter, et la puanteur, qui semblait encore plus âcre sous le masque. Il fallut saluer Scranton du Renseignement Pur, et Rukowski du bureau du procureur. Se demander comment le Renseignement Pur s'était démerdé pour arriver avant vous. Dire bonjour à toute personne qui semblait pouvoir se mettre en travers de votre chemin, et jouer des coudes pour atteindre la partie la plus claire de la salle des ventes – car hormis la puanteur, c'est à cela que ressemblait l'appartement bondé : chacun regardait des objets d'art, prenait des notes, calculait les prix et ne prêtait guère attention aux autres.

Et une fois arrivé à destination, on pouvait voir, non pas une réplique ou une statue en cire de Me Paul Apostoll et de sa défunte maîtresse du moment, mais les originaux authentiques, tous deux nus car c'était dans cette tenue qu'Apo aimait profiter de ses loisirs – toujours à genoux, disait-on, et souvent appuyé sur les coudes –, tous deux exsangues, agenouillés face à face, les mains et les talons entravés, la gorge tranchée, et la langue sortie par l'incision – ce qu'on appelle une cravate colombienne.

*

Burr avait compris dès l'instant où Strelski avait reçu le message, bien avant d'en connaître la teneur. Il avait suffi de ce terrible affaissement du corps de Strelski quand il avait essuyé le choc, de la façon dont son regard avait instinctivement trouvé celui de Burr puis s'était détourné, préférant se fixer sur autre chose pendant qu'il écoutait la suite. Ce mouvement rapide des yeux avait tout dit. Un regard à la fois d'accusation et d'adieu, qui disait : C'est vous qui m'avez fait ça, vos gens. Et : À partir de maintenant, ça me gêne d'être dans la même pièce que vous.

Tout en écoutant, Strelski griffonna quelques notes, puis demanda qui avait identifié les corps et inscrivit distraitement autre chose. Il déchira ensuite la feuille du bloc et la fourra dans sa poche ; Burr supposa qu'il s'agissait d'une adresse et, à voir l'expression glaciale de Strelski quand il se leva, comprit qu'il s'y rendait et que c'était une mort horrible. Puis il le regarda fixer son holster sous l'aisselle, songeant qu'en d'autres temps, d'autres circonstances, il lui aurait demandé pourquoi il avait besoin d'un revolver pour aller voir un cadavre, que Strelski aurait trouvé une réponse prétendûment anglophobe, et qu'ils y seraient allés ensemble.

Aussi quand Burr se remémora la scène par la suite, il se revit apprenant deux morts d'un coup : celle d'Apostoll, et celle de son amitié professionnelle avec Strelski.

« D'après les flics, un homme a été trouvé mort dans l'appartement du frère Michael à Coconut Grove. Circonstances suspectes. Je vais vérifier. »

Et puis l'avertissement adressé à tous sauf à Burr, et pourtant à lui plus particulièrement :

« Ça peut être n'importe qui. Ça peut être son cuisinier, son chauffeur, son frère, n'importe qui. Personne ne bouge tant que j'en ai pas donné l'ordre. Compris ? »

Compris mais, tout comme Burr, ils savaient que ce n'était ni le cuisinier, ni le chauffeur, ni le frère. Quand Strelski eut appelé du lieu du crime pour dire que oui, c'était bien Apostoll, Burr entreprit dans l'ordre prévu les choses qu'il avait projeté de faire dès qu'il aurait eu cette confirmation. Il appela d'abord Rooke pour lui annoncer que l'opération Bernicle devait être considérée comme compromise avec effet immédiat. Et que par conséquent on devait donner à Jonathan le signal d'urgence pour la première phase du plan d'évacuation, ce qui exigeait qu'il fusse compagnie à Roper et à son entourage et aille se réfugier de préférence au consulat britannique le plus proche, à défaut dans un commissariat où Jonathan Pyne se livrerait en tant que criminel recherché par la police, prélude à un rapatriement express.

Mais l'appel arriva trop tard. Le temps pour Burr de joindre Rooke, assis à l'avant dans la camionnette de surveillance d'Amato, les deux hommes admiraient l'avion de Roper qui montait vers le soleil levant, en route pour le Panamá. Selon ses habitudes, le patron s'envolait à l'aube.

« Quel aéroport de Panamá, Rob ? demanda Burr, le crayon à la main.

— La destination donnée à la tour de contrôle était Panamá, sans autre précision. Il vaudrait mieux poser la question à la surveillance aérienne. »

Ce que Burr était déjà en train de faire sur une autre ligne.

Ensuite, il appela l'ambassade britannique au Panamá et parla au secrétaire chargé des Affaires économiques, par ailleurs le représentant de son agence, qui avait une ligne directe avec la police panaméenne.

Enfin, il contacta Goodhew pour lui expliquer que, les traces sur le corps d'Apostoll indiquant qu'il avait été torturé avant d'être assassiné, il fallait, pour la suite des opérations, envisager comme certaine la possibilité que Jonathan soit grillé.

« Oui, bon, je vois », fit distraitement Goodhew. Cela le laissait-il indifférent – ou bien était-il en état de choc ?

« Ça ne signifie pas qu'on ne peut pas poursuivre Roper, insista Burr, se rendant compte qu'il lui insufflait de l'espoir pour essayer de reprendre courage lui-même.

— Je suis de votre avis. Il ne faut pas le lâcher. La ténacité, c'est ça le secret. Vous en avez à revendre, je le sais. »

Autrefois, il disait toujours « nous », pensa Burr.

« Ça pendait au nez d'Apostoll, Rex. C'était un mouchard. Ses jours étaient comptés. C'est la règle du jeu. Si les fédéraux ne vous dévorent pas tout cru, les bandits s'en chargent. Il l'a toujours su. Notre tâche, c'est de tirer notre homme de là. On peut y arriver. Ce n'est pas un problème. Vous verrez. Simplement, ça fait beaucoup de choses en même temps. Rex ?

— Oui, je suis toujours là. »

Luttant contre son propre désarroi, Burr éprouva de la pitié pour Goodhew. Rex ne devrait pas être soumis à ce genre d'épreuve ! Il n'est pas blindé, il prend les choses trop à cœur ! Burr se rappela qu'à Londres c'était l'après-midi. Goodhew avait déjeuné avec son maître.

« Comment ça s'est passé ? C'était quoi, cette nouvelle importante ? demanda Burr, essayant toujours de lui arracher une parole optimiste. Le secrétaire du Cabinet se range enfin à notre point de vue ?

– C'était très plaisant, merci, répondit Goodhew, terriblement poli. La cuisine qu'on vous sert dans les clubs, et c'est d'ailleurs pour ça qu'on adhère. » Il est sous calmants, pensa Burr. Il divague. « Vous serez content de savoir qu'on crée un nouveau service. Un Comité d'observation de Whitehall, le premier du genre, me dit-on. Il représente tout ce pour quoi nous nous battons, et je le dirigerai. Il dépendra directement du secrétaire du Cabinet, ce qui est assez génial. Tout le monde a donné sa bénédiction, et même River House a promis de le soutenir à fond. Je dois faire une étude en profondeur de tous les aspects officiels des services secrets : recrutement, restructuration, rentabilité, répartition des tâches et des responsabilités. À peu près tout ce que je croyais avoir déjà fait, mais il faut que je recommence, et en mieux. Je dois m'y mettre tout de suite. Pas une seconde à perdre. Ça signifie que j'abandonne mon travail actuel, bien sûr. Mais il a laissé entendre assez clairement qu'il y aurait un titre à la clé, pour moi, ce qui fera plaisir à Hester. »

La surveillance aérienne était à nouveau sur l'autre ligne. Aux abords de Panamá, l'avion de Roper était descendu au-dessous des niveaux de captage des radars. On pouvait supposer qu'il avait obliqué vers le nord-ouest pour se diriger vers la côte des Mosquitos.

« Alors, où est-il, nom de Dieu ? cria Burr désespéré.

– Monsieur Burr, dit un garçon du nom de Hank, il a disparu. »

Burr était seul au centre des communications à Miami, depuis si longtemps que les contrôleurs ne faisaient plus attention à lui. Ils lui tournaient le dos, jouaient avec leurs écrans, et s'occupaient de mille autres choses. Burr avait les écouteurs sur les oreilles. Et avec des écouteurs, il n'y a pas de compromis, pas de partage, pas de critique possible du matériau. On est seul avec le son. Ou l'absence de son.

« Ce message-là est pour vous, monsieur Burr, lui avait dit vivement une contrôleuse en lui montrant les boutons de la machine. On dirait que vous avez un problème, là. »

Ce fut le maximum de compassion dont elle fit preuve. Ce n'était pas une femme indifférente, loin de là, mais une professionnelle, et d'autres choses réclamaient son attention.

Il passa la bande une première fois, mais il était si tendu et perplexe qu'il préféra ne pas comprendre. Même l'annonce le déconcertait. *Marshall, de Nassau, à Thomas, de Curaçao.* Qui diable peut bien être Marshall dans le privé ? Et pourquoi diable appelle-t-il mon *Joe* à Curaçao en pleine nuit, juste au moment où l'opération commence à prendre son envol ?

En effet, qui aurait pu supposer d'emblée, avec tant d'autres soucis en tête, que *Marshall* était une femme ? Et pas n'importe quelle femme, mais Jemima, alias Jed, alias Jeds, qui appelait depuis la résidence de Roper à Nassau ?

Quatorze fois.

Entre minuit et 4 heures du matin.

De dix à dix-huit minutes entre chaque appel.

Les treize premières fois, elle demanda poliment M. Thomas au standard de l'hôtel, s'il vous plaît et, après les tentatives d'usage pour le lui passer, on l'informa qu'il ne répondait pas au téléphone.

Mais la quatorzième fois, son acharnement fut récompensé. À 3 h 57, pour être précis, on passa Thomas de Curaçao à Marshall de Nassau. Vingt-sept minutes sur la ligne de Roper. Jonathan, d'abord furieux. À juste titre. Puis un peu moins. Et enfin, si Burr lisait bien entre les lignes, plus furieux du tout. Résultat : au bout de leurs vingt-sept minutes, ce n'était plus que *Jonathan... Jonathan... Jonathan...* et que je soupire et que je respire en écoutant la respiration de l'autre.

Vingt-sept minutes à ne rien se dire du tout comme le font les amants. Entre la femme de Roper, Jed, et Jonathan, mon *Joe*.

24

« Fabergé, répondit Roper quand Jonathan s'enquit de leur destination.
— Fabergé, confirma Langbourne du bout des lèvres.
— Fabergé, Thomas, renchérit Frisky avec un sourire peu aimable tandis qu'ils bouclaient leur ceinture. Vous avez entendu parler du célèbre joaillier Fabergé, non ? Eh bien, c'est là qu'on va, pour prendre un peu de repos. »

Jonathan se réfugia dans ses pensées, conscient depuis longtemps qu'il était de ces gens condamnés à suivre plusieurs idées simultanément et non à la file. Ainsi, il comparait les verts de la jungle avec ceux de l'Irlande, et à ce jeu-là la jungle l'emportait à tous coups. Il se souvenait que, dans un hélicoptère militaire, le principe était de s'asseoir sur son casque lourd au cas où les méchants au sol décideraient de vous tirer dans les couilles — mais aujourd'hui il n'avait pas de casque, juste un jean, des baskets et des couilles très peu protégées. Et à chaque fois qu'il était monté en hélicoptère à l'époque de l'Irlande, tout son corps lui picotait à l'approche du combat tandis qu'il envoyait un dernier au revoir à Isabelle et serrait son fusil contre sa joue — la même sensation qu'aujourd'hui. Et les hélicoptères, parce qu'ils lui faisaient peur, avaient toujours été le lieu de réflexions philosophiques particulièrement niaises, du genre : Dans ce grand voyage qu'est la vie, je suis encore dans l'utérus, mais je me dirige déjà vers ma tombe. Ou bien : Dieu, si vous me sortez de là vivant, je suis à vous, euh... pour la vie. Ou encore : La paix c'est l'esclavage, la guerre c'est la liberté, maxime qui lui faisait honte à chaque fois et le poussait à chercher un bouc émissaire, comme par exemple Dicky Roper, son tentateur. Et s'il approchait bien de son but, quel qu'il fût, tant qu'il ne l'aurait pas atteint Jed ne serait pas sauvée, ne vaudrait pas la peine d'être sauvée, ni Sophie vengée, parce que sa quête se faisait au nom et au bénéfice d'elles deux — comme on dit chez les signataires.

Il jeta un regard en coin à Langbourne qui lisait un long contrat, assis derrière Roper, et, comme à Curaçao, fut impressionné par le fait qu'il semblait renaître à la moindre bouffée de cordite. Sans aller pour autant jusqu'à l'en apprécier davantage, il constatait avec satisfaction qu'il existait autre chose que les femmes sur terre pour le sortir de son indolence, ne fût-ce que les techniques sophistiquées de boucherie humaine.

« Attention, Thomas, ne laissez pas M. Roper tomber en de mauvaises mains ! l'avait prévenu Meg depuis la passerelle de l'avion tandis que les hommes entassaient leurs bagages dans l'hélicoptère. Vous savez ce qu'on dit du Panamá ? C'est Casablanca sans les héros, pas vrai, monsieur Roper ? Alors n'allez pas jouer aux héros, surtout. Personne n'apprécie. Bonne journée, lord Langbourne. Thomas, ça a été un vrai plaisir de vous avoir à bord. Monsieur Roper, ce n'était pas une accolade bien convenable, ça. »

Prenant de la hauteur à mesure que s'élevait la sierra, l'hélicoptère traversa une zone de turbulences. Il n'appréciait ni les nuages ni l'altitude, et son moteur soufflait et renâclait comme un vieux cheval poussif. Jonathan mit son casque en plastique et, du coup, eut l'impression d'avoir les tympans vrillés par une fraise de dentiste. La température en cabine passa de glaciale à insoutenable. Une embardée au-dessus d'une petite chaîne de calottes neigeuses, et ils redescendirent comme une feuille morte pour survoler un archipel d'îlots occupés chacun par une demi-douzaine de taudis et des pistes de terre rouge. Puis la mer de nouveau, et une autre île vers laquelle ils foncèrent si vite et si bas que Jonathan crut que les mâts serrés des bateaux de pêche allaient réduire l'hélicoptère en miettes ou l'envoyer faire des tonneaux le long de la plage sur ses rotors.

À présent, l'espace se divisait devant eux : mer d'un côté, jungle de l'autre. Au-dessus de la jungle, les collines bleues. Au-dessus des collines, des petits nuages blancs de tir d'artillerie. Et en contrebas, les rouleaux réguliers de lentes vagues blanches entre des langues de terre vert émeraude. L'hélicoptère vira sec, comme pour éviter le tir ennemi. Passé des bananeraies aux contours carrés de rizières, semblables aux landes détrempées de l'Armagh, le pilote suivit une route de sable jaune, qui menait à la ferme délabrée où l'observateur rapproché avait fait exploser le visage de deux hommes, devenant ainsi la gloire de son régiment. Ils pénétrèrent dans une vallée entre des murailles de jungle verte, et Jonathan éprouva soudain une terrible envie de dormir. Ils s'élevèrent graduellement le long de la colline, survolant des fermes, des chevaux, des villages, des gens. Demi-tour, on est assez haut comme ça. Mais non. Ils continuèrent jusqu'à ce qu'il n'y ait que le vide au-dessus d'eux, et plus aucune trace de vie au-dessous. Même dans un gros avion, s'écraser ici, c'est se faire engloutir par la jungle avant d'avoir touché le sol.

« Apparemment, ils préfèrent le côté Pacifique, avait expliqué Rooke sur le téléphone intérieur depuis la chambre 22, huit heures et une éternité plus tôt à Curaçao. Côté Caraïbes, ils sont plus facilement repérables au radar. Mais une fois dans la jungle, ça n'a plus d'importance, parce que vous serez gommés de la surface de la terre. Le chef instructeur s'appelle Emmanuel. L'endroit n'est même pas indiqué sur la carte. Ça s'appelle Cerro Fabrega, mais Roper dit plutôt Fabergé. »

Roper avait enlevé son masque de sommeil et consultait sa montre, peut-être pour vérifier l'exactitude de la compagnie aérienne. Ils descendaient en chute libre, comme aspirés au fond d'un puits par les poteaux rouge et blanc d'une aire d'atterrissage pour hélicoptère au cœur d'une sombre forêt. Des hommes armés en tenue de combat les observaient du sol.

S'ils vous emmènent avec eux, ce sera parce qu'ils ne voudront pas vous perdre de vue, avait prédit Rooke.

Roper avait tenu à peu près les mêmes propos avant de monter à bord du *Lombardy*. Il ne me fera pas même confiance dans un poulailler vide, jusqu'au jour où il me tiendra tant j'aurai signé de documents compromettants.

Le pilote coupa les moteurs, et les cris des oiseaux prirent la relève. Un Latino-Américain trapu en uniforme de brousse courut à leur rencontre. Derrière lui, Jonathan vit six bunkers bien camouflés, chacun gardé par deux hommes, qui devaient avoir pour ordre de ne pas quitter le couvert des arbres.

« Salut, Manny ! cria Roper en sautant lestement sur le tarmac. Je meurs de faim. Tu te souviens de Sandy ? Qu'est-ce qu'on mange ? »

Ils avancèrent prudemment le long d'un sentier, Roper en tête avec le colonel trapu qui lui parlait, se tournant vers lui tout d'un bloc pour l'agripper des deux mains quand il voulait insister sur un point. Juste derrière venaient Langbourne, qui avait adopté une démarche élastique pour la jungle ; les instructeurs, parmi lesquels Jonathan reconnut Forbes et Lubbock, les deux Anglais sportifs du Meister que Roper appelait les gars de Bruxelles ; deux Américains rouquins quasiment jumeaux, en pleine conversation avec un blond filasse du nom d'Olaf ; Frisky et deux Français qu'il connaissait visiblement d'ailleurs ; et enfin Jonathan, Tabby et Fernandez, un garçon avec un visage balafré et seulement deux doigts à une main. Si c'était l'Irlande, j'en aurais déduit que tu es démineur, songea Jonathan. Les cris des oiseaux devenaient assourdissants, la chaleur étouffante chaque fois qu'ils se retrouvaient au soleil.

« On est dans la région la plus escarpée du Panamá, s'il vous plaît, déclara Fernandez d'une voix mélodieuse et enthousiaste. Personne ne peut marcher, ici. On est à trois mille mètres, la colline très raide, la jungle partout, pas de route, pas de sentier. Des fermiers sont venus de Terebeno, ils ont brûlé les arbres, fait pousser du plantin, et ils sont repartis. Pas de terreur.

– Formidable », commenta poliment Jonathan.

Pour une fois, Tabby fut plus rapide que lui à dissiper le malentendu. « De la terre, Ferdie, rectifia-t-il aimablement. Pas terreur, terre. Il n'y a pas assez de terre.

– Les fermiers de Terebeno sont très tristes, monsieur Thomas. Avant, ils se battaient avec tout le monde. Maintenant, ils doivent se marier avec des gens de tribus qu'ils n'aiment pas. »

Jonathan exprima sa sympathie par un grognement.

« On dit qu'on est prospecteurs, monsieur Thomas. Qu'on cherche du pétrole. De l'or. De la *huaca*, des grenouilles en or, des aigles en or, des tigres en or. On est des gens pacifiques, ici, monsieur Thomas. » Éclat de rire général auquel Jonathan se joignit aimablement.

De derrière le mur de feuillage lui parvint une salve de mitrailleuse, puis l'explosion sèche d'une grenade. Un instant de silence, et le tohu-bohu de la jungle reprit. C'était pareil en Irlande, se souvint-il : après une explosion, les bruits ambiants s'interrompaient jusqu'à ce que le calme revienne. La végétation se referma sur eux, et il se retrouva dans le tunnel de Crystal. Des fleurs blanches en forme de trompette, des libellules et des papillons jaunes le frôlaient, lui rappelant Jed dans son chemisier jaune, un matin où elle l'avait caressé du regard.

Il fut ramené au présent par un détachement de soldats qui passa devant lui en descendant la colline au pas de course, transpirant sous le poids de bazookas d'épaule, de roquettes et de machettes. Leur chef était un garçon aux yeux bleu glacier portant un chapeau de brousse. Ses troupes amérindiennes gardaient un regard empli d'une douloureuse animosité rivé sur le chemin devant eux. Tout ce que Jonathan put retenir d'eux fut l'expression implorante sous la peinture de camouflage des visages épuisés, les croix suspendues autour de leur cou, l'odeur de sueur et de boue maculant les uniformes.

Ils pénétrèrent dans une zone de fraîcheur alpine et Jonathan se retrouva transporté dans les forêts au-dessus de Mürren, se dirigeant vers le pied du Lobhorn pour une ascension d'une journée. Il se sentait profondément heureux. La jungle est comme un retour au foyer. Le sentier longeait des rapides bouillonnants sous un ciel couvert. En traversant le lit d'une rivière desséchée, le vétéran de nombreux cours d'entraînement au combat qu'il était repéra des cordes, des fils d'alarme, des obus et des filets, des herbes noircies de la pampa et des traces d'explosion sur les troncs d'arbres. Ils escaladèrent une pente entre herbe et roc, atteignirent une crête et regardèrent en bas. Le camp qui s'étendait à leurs pieds semblait désert, à première vue. De la fumée s'élevait de la cheminée des cuisines, et on entendait un chant plaintif en espagnol. Tous les hommes valides sont dans la jungle. Seuls les cuisiniers, les cadres et les malades ont la permission de rester au camp.

« Sous Noriega, beaucoup de paramilitaires étaient entraînés là, expliqua méthodiquement Fernandez quand Jonathan se retourna vers lui. Du Panamá, du Nicaragua, du Guatemala, d'Amérique, de Colombie. Des Latinos, des Indiens, tout le monde était très bien entraîné ici. Pour lutter contre Ortega. Pour lutter contre Castro. Pour lutter contre beaucoup de gens méchants. »

Ce fut seulement lorsqu'ils eurent descendu la pente et pénétré dans le camp que Jonathan s'aperçut que Fabergé était un véritable asile d'aliénés.

Une aire de rassemblement dominait le camp, devant un mur blanc triangulaire couvert de slogans. En-dessous, un cercle de maisons en parpaing, la fonction de chacune représentée par un symbole obscène peint sur la porte : une cuisinière aux seins nus pour les cuisines, des baigneurs nus pour les douches, des corps ensanglantés pour l'infirmerie ; il y avait aussi l'école pour l'instruction technique et l'éveil politique, la maison des tigres, celle des serpents, celle des singes, la volière et, sur une petite butte, la chapelle aux murs enluminés avec une Vierge à l'enfant pulpeuse, surveillés par des combattants de la jungle armés de Kalashnikov. Entre les maisons se dressaient de petites effigies peintes, contemplant d'un œil féroce les allées cimentées : un marchand pansu en tricorne, redingote bleue et collerette, une belle Madrilène fardée en mantille, une paysanne indienne aux seins nus, la tête tournée, l'air terrorisé, yeux et bouche grands ouverts, en train de tirer frénétiquement l'eau d'un puits imaginaire. Enfin, sortant des fenêtres et des fausses cheminées des maisons, des bras, des pieds et des visages épouvantés en plâtre rose chair, maculés de sang comme s'il s'agissait de membres arrachés à des prisonniers cherchant à s'évader.

Mais l'aspect le plus dément de Fabergé n'était ni les graffitis sur les murs, ni les statues vaudou, ni les formules magiques en dialecte indien se mêlant aux slogans espagnols, ni le Crazy Horse Saloon au toit de jonc, avec ses tabourets de bar, son juke-box et ses filles nues se trémoussant sur les murs. C'était le zoo. Le tigre des montagnes devenu fou, coincé dans une cage à peine de sa taille à côté d'un morceau de viande pourrie. Les daims attachés et les félins de la jungle dans des caisses. Les perroquets, les aigles, les grues, les milans et les vautours dans leur immonde volière, agitant leurs ailes rognées, exaspérés par la nuit tombante. Les singes désespérés, muets dans leur cage, et les rangées de coffres à munitions verts recouverts d'un treillis métallique, contenant chacun une espèce différente de serpent pour que les combattants de la jungle apprennent la différence entre ami et ennemi.

« Le colonel Emmanuel aime beaucoup les animaux, expliqua Fernandez en montrant leurs quartiers à ses hôtes. Pour lutter, il faut être un enfant de la jungle, monsieur Thomas. »

Les fenêtres de leur hutte étaient garnies de barreaux.

Soirée de gala au mess de Fabergé, grande tenue de rigueur. L'invité d'honneur du régiment est M. Richard Onslow Roper, notre mécène, commandant en chef, camarade d'armes et héros de nos cœurs. Tous les visages sont tournés vers lui et le petit lord assis à son côté, ne donnant pour une fois aucun signe d'indolence.

Ils sont trente à manger de la poule au riz et à boire du Coca-Cola. Des bougies fichées dans des bocaux, et non dans des chandeliers Paul de Lamarie, éclairent les convives tout autour de la table. On dirait que le XXe siècle a déchargé sa benne à ordures de guerriers au rebut et de causes perdues dans un camp appelé Fabergé : des vétérans américains écœurés d'abord par la guerre, puis par la paix ; des Spetsnaz russes, entraînés à protéger un pays qui a disparu pendant qu'ils avaient le dos tourné ; des Français reprochant toujours à de Gaulle d'avoir abandonné l'Afrique du Nord ; un Israélien qui n'a connu que la guerre et un Suisse qui n'a connu que la paix ; des Anglais en quête de gloire militaire parce que leur génération a été privée de ce plaisir (si seulement on avait eu un Vietnam, nous aussi !), un ramassis d'Allemands introspectifs, déchirés entre la culpabilité de la guerre et son panache. Et le colonel Emmanuel qui, selon Tabby, a participé à toutes les sales guerres, de Cuba au Salvador en passant par le Guatemala et le Nicaragua, entre autres, pour plaire aux Yanquis détestés : eh bien maintenant, Emmanuel va remettre un peu les pendules à l'heure.

Enfin, Roper lui-même, qui a convié cette armée de fantômes au festin, préside la tablée comme un bon génie, tantôt commandant, tantôt impresario, tantôt sceptique, tantôt parrain gâteau.

« Les *Moudj* ? répète-t-il entre deux éclats de rire, après une remarque de Langbourne sur la réussite des missiles Stinger américains en Afghanistan. Les *Moudjahiddins* ? Courageux comme des lions et fous comme des lapins ! » Quand Roper parle de la guerre, il prend une voix calme et fait des phrases complètes, pour une fois. « Ils apparaissaient comme par magie devant les chars soviétiques, ils tiraient dans tous les sens avec leurs Armalite vieux de dix ans, et ils regardaient leurs balles ricocher comme des grêlons. Des sarbacanes contre des lasers, mais ils s'en contrefoutaient ! Les Américains ont vu ça, et ils se sont dit : Les Moudj ont besoin de Stinger. Alors Washington leur fournit discrètement des Stinger. Et les Moudj pètent les plombs. Ils écrabouillent les chars soviétiques, ils abattent leurs hélicoptères de combat. Et maintenant, qu'est-ce qui se passe ? Moi, je vais vous le dire. Les Soviets se sont tous barrés, et les Moudj, avec leurs Stinger, ils ne tiennent plus en place. Alors tous les autres veulent des Stinger parce que les Moudj en ont. Quand on avait des arcs et des flèches, on était des singes avec des arcs et des flèches. Maintenant, on est des singes avec des ogives multiples. Vous savez pourquoi Bush est parti en guerre contre Saddam ? »

La question s'adresse à son ami Manny, mais un vétéran américain répond.

« Pour le pétrole, pardi ! »

Roper ne semble pas satisfait. Un Français tente sa chance.

« Pour l'argent. Pour la souveraineté de l'or koweïtien !

— Pour l'expérience, rétorque Roper. Bush voulait de l'expérience. » Il désigne les Russes du doigt. « En Afghanistan, vous avez eu quatre-vingt mille officiers rompus au combat qui se sont battus dans une guerre de mouvement moderne, des pilotes qui ont bombardé de vraies cibles, des troupes qui sont allées au feu pour de vrai. Et Bush, il avait quoi ? Des vieux généraux hérités du Vietnam et des jeunes héros de la campagne triomphale contre Grenade, population trois hommes et un agneau. Alors Bush est parti en guerre. Il s'est fait un petit parcours du combattant. Il a testé ses gars contre les joujoux qu'il avait vendus à Saddam à l'époque où les Iraniens étaient les gros mauvais. Acclamations de l'électorat. Pas vrai, Sandy ?

– Si, patron.

– Les gouvernements ? Ils sont pires que nous. Ils traitent leurs affaires et c'est sur nous que ça retombe. Toujours la même histoire. » Il marque une pause, croyant peut-être qu'il en a assez dit. Mais personne n'est de cet avis.

« Racontez-leur l'Ouganda, patron ! Vous étiez le roi, là-bas. Intouchable. Idi Amin vous mangeait dans la main », dit Frisky de l'autre bout de la table, où il est assis avec ses vieux amis.

Comme un musicien qui hésite à jouer un bis, Roper se tâte, puis se lance.

« Eh bien, il ne fait aucun doute qu'Idi était du genre excité. Mais il ne détestait pas qu'on le freine un peu. N'importe qui d'autre que moi l'aurait manipulé, lui aurait vendu tout et n'importe quoi dont il rêvait. Pas moi. J'adapte le produit au consommateur. Si on l'avait laissé faire, Idi aurait utilisé des armes nucléaires pour tuer ses faisans. Toi aussi tu y étais, McPherson.

– Pour être spécial, il était spécial, patron, confirme un Écossais taciturne assis à côté de Frisky. Sans vous, on était cuits.

– Un pays dangereux, l'Ouganda, hein, Sandy ?

– C'est le seul endroit où j'ai vu un type bouffer son sandwich au pied d'un gibet, réplique lord Langbourne à l'amusement général.

– "Ben, Dicky, là dis donc, fait Roper en imitant l'accent noir africain. Viens voir comment qu'elles marchent, tes armes." J'ai refusé de l'accompagner. "Non, monsieur le président. Faites de moi ce que vous voudrez. Mais des hommes bien comme moi sont rares." Si j'avais été de son pays, il m'aurait zigouillé sur-le-champ. Il se met à rouler des yeux et à hurler. "C'est ton devoir de venir avec moi!" qu'il dit. "Non, j'ai répliqué. Si je vous vendais des cigarettes, et pas des joujoux, vous ne me traîneriez pas à l'hôpital au chevet des types qui meurent d'un cancer du poumon, si?" Il a rigolé comme un bossu, ce bon vieux Idi. Non que je ne me sois pas méfié de son rire. Rire, c'est mentir, fausser la vérité. Je ne fais jamais confiance à un type qui raconte beaucoup de blagues. Je ris, mais je me méfie. Mickey était spécialiste, dans le genre. Tu te souviens de lui, Sands?

— Oh ça oui, merci bien! » fait Langbourne de sa voix traînante, déclenchant une fois de plus l'hilarité de l'assemblée : ces lords anglais, il y a pas à dire, ils sont impayables!

Roper attend que le calme revienne. « Toutes ces histoires de guerre que Mickey racontait, ça faisait mourir de rire tout le monde. Celles sur les mercenaires qui portaient les oreilles de leurs victimes en sautoir, tout ça, tu te rappelles?

— Ça ne lui a pas réussi, au bout de compte, hein? » dit le lord, ravissant une fois de plus ses admirateurs.

Roper se retourne vers le colonel Emmanuel. « Je lui ai dit : "Mickey, tu pousses le bouchon un peu loin." La dernière fois que je l'ai vu, c'était à Damas. Les Syriens l'adoraient sans réserve, comme un grand manitou qui pouvait leur obtenir tout ce qu'ils voulaient. S'ils avaient voulu faire exploser la lune, Mickey leur aurait trouvé la quincaillerie adéquate. Ils avaient mis à sa disposition un appartement grand standing dans le centre-ville, tendu de rideaux en velours, pas la moindre lumière du jour ne filtrait, tu te souviens, Sandy?

— On aurait dit un funérarium pour pédés marocains! » commente Langbourne, déclenchant un fou rire général. Une fois encore, Roper attend que les esprits se calment.

« Quand on entrait dans ce bureau en venant de la

rue ensoleillée, on était aveuglé. Il y avait six ou huit gros malabars dans l'antichambre. » Il désigne les convives d'un geste large. « Ils avaient des mines encore plus patibulaires que certains de ces garçons. Incroyable, non ? »

Emmanuel rit de bon cœur. Langbourne hausse le sourcil, pour faire dandy. Roper reprend :

« Et Mickey à son bureau, avec trois téléphones, qui dicte du courrier à une secrétaire débile. "Mickey, ne te fais pas d'illusions ! l'ai-je prévenu. Aujourd'hui, tu es un invité d'honneur. Si tu les déçois, tu es un invité d'honneur mort." La règle d'or, à l'époque, c'était de ne surtout pas avoir de bureau. Dès qu'on en a un, on devient une cible. Ils posent des micros, ils lisent vos papiers, ils épient vos moindres faits et gestes, et quand ils ne vous aiment plus, ils savent où vous trouver. Tout le temps qu'on s'est démenés sur ces marchés, on n'a jamais eu un bureau. On vivait dans des hôtels miteux, tu te rappelles, Sands ? À Prague, Beyrouth, Tripoli, La Havane, Saigon, Taipei, et même Mogadishu. Tu te rappelles, Wally ?

— Ça pour sûr, patron.

— Les seules fois où j'ai supporté de lire un livre, c'était quand je me retrouvais coincé dans ces bleds. En règle générale, j'ai horreur de l'inactivité. Dix minutes de lecture, et il faut que je me lève pour faire quelque chose. Mais là-bas, quand je tuais le temps dans des villes pourries en attendant une transaction, je n'avais rien d'autre à faire que de me cultiver. L'autre jour, quelqu'un m'a demandé comment j'avais gagné mon premier million. Tu étais là, Sands. Tu vois de qui je parle. "En restant assis sur mon cul à Nulle-Part-City, j'ai répondu. On n'est pas payés pour la marchandise, on est payés pour perdre son temps."

— Et qu'est-ce qui est arrivé à Mickey ? » demande Jonathan à l'autre bout de la table.

Roper lève les yeux vers le plafond, comme pour dire : « Il est là-haut. »

C'est donc Langbourne qui se charge de révéler la

chute de l'histoire au groupe. « J'ai jamais vu un corps dans cet état-là ! dit-il d'un air d'innocente incrédulité. Ils ont dû passer des jours à lui régler son compte. Évidemment, il avait joué sur plusieurs tableaux à la fois. Et il s'était entiché d'une jeune personne à Tel Aviv. Certains diront qu'il a bien mérité ça, mais moi, je trouve qu'ils y sont allés un peu fort, quand même.

— La vie, c'est comme une chasse à courre, annonce Roper d'un air satisfait en se levant pour s'étirer. On suit une piste, on s'épuise. On trébuche, on perd du temps, on continue quand même. Et un jour, on entraperçoit le gibier convoité, et avec un peu de chance, on a l'occasion de lui tirer dessus. L'endroit idéal. La femme idéale. La compagnie idéale. D'autres types mentent, hésitent, trichent, magouillent leurs comptes, font du lèche-cul. Nous, on agit et on assume ! Bonne nuit, les amis. Merci, cuistot. Où il est, le cuistot ? Il est parti se coucher. Il a bien raison. »

« Vous voulez que je vous raconte un truc vraiment drôle, Tommy ? demanda Tabby tandis qu'ils allaient au lit. Un truc qui va vraiment vous faire marrer ?

— Allez-y, l'encouragea aimablement Jonathan.

— Voilà. Vous savez que les Amerloques ont des AWACS à la base aérienne de Howard, juste à côté de Panamá, pour repérer les trafiquants de drogue. Eh ben, ce qu'ils font, c'est qu'ils montent très très haut et qu'ils observent tous les petits avions qui volent autour des plantations de coca en Colombie. Alors les Colombiens, eux, toujours aussi malins, ils engagent un petit mec qui passe ses journées dans un café en face de la base aérienne. Et à chaque fois qu'un AWACS américain décolle, le mec téléphone en Colombie pour prévenir les autres. Ça me plaît bien, ça. »

Ils atterrirent dans une autre partie de la jungle, et l'équipe au sol treuilla l'hélicoptère jusque sous le couvert des arbres, où étaient garés deux vieux avions cargos protégés par un filet de camouflage. La piste d'envol, qui longeait un bras de rivière, était si étroite que, jusqu'à la dernière seconde, Jonathan crut qu'ils allaient s'écraser dans les rapides, mais la portion empierrée était assez longue pour un décollage de jet. Un camion transport de troupes vint les chercher. Ils passèrent un poste de garde et un panneau disant BLASTING en anglais – quant à savoir qui le lirait jamais et le comprendrait... mystère. Le soleil matinal faisait chatoyer toutes les feuilles. Après avoir traversé un pont mobile, ils roulèrent entre des rochers de vingt mètres de haut jusqu'à un amphithéâtre naturel bruissant des échos de la jungle et des chutes d'eau. La courbe de la colline formait des tribunes, avec vue sur une cuvette herbeuse abritant quelques massifs d'arbres et traversée par une rivière sinueuse. Au centre, un décor de cinéma représentait des rues bordées de maisons avec des voitures apparemment flambant neuves garées le long du trottoir : une Alfa jaune, une Mercedes verte, une Cadillac blanche. Des drapeaux flottaient au vent sur les toits des bâtiments, que Jonathan identifia comme ceux de pays officiellement engagés dans la répression de l'industrie de la cocaïne : la bannière étoilée américaine, le Union Jack britannique, le drapeau allemand noir, rouge et jaune et, curieusement, la croix blanche de la Suisse. D'autres avaient de toute évidence été créés pour l'occasion : DELTA, lisait-on sur l'un, DEA sur un autre, et au sommet d'une petite tour blanche rien que pour lui, QG ARMÉE US.

À huit cents mètres du centre de cette ville fantôme, dans une pampa proche de la rivière, se trouvait un faux aérodrome militaire avec une piste rudimentaire, une chaussette jaune et une tour de contrôle en contre-plaqué mouchetée de vert. Des carcasses d'avions antédiluviens encombraient la piste, parmi lesquels Jonathan reconnut des DC-3, des F-85 et des F-94. Le long de la rive était disposée la protection de l'aérodrome : d'antiques chars et transports de troupes blindés peints en vert olivâtre, marqués de l'étoile blanche américaine.

Se protégeant les yeux de la main, Jonathan leva son regard vers la crête surplombant le côté nord du fer à cheval, où l'équipe d'observateurs était déjà rassemblée. Parmi les silhouettes arborant brassards blancs et casques lourds, munies de talkies-walkies et de jumelles, occupées à étudier des cartes, Jonathan reconnut Langbourne avec son catogan, en jean et gilet de protection.

Un petit avion arriva en rasant la crête. Pas de marquage. Les huiles débarquaient.

C'est la livraison, songe Jonathan.

C'est la dernière revue des troupes avant que Roper ne ramasse son argent.

C'est un tir aux pigeons, mon petit Tommy, avait dit Frisky, sur ce ton trop familier qu'il avait adopté récemment.

C'est une démonstration de puissance de tir, avait dit Tabby, pour montrer aux Colombiens ce qu'ils obtiendront en échange de leur vous-savez-quoi.

Même les poignées de main semblent sceller définitivement une alliance. Debout à une extrémité des tribunes, Jonathan voit nettement les cérémonies. À leur arrivée, Roper conduit lui-même les invités à une table garnie de boissons non alcoolisées et de glaçons dans des gamelles. Puis Emmanuel et Roper présentent leurs invités d'honneur aux chefs instructeurs, et après une nouvelle tournée de poignées de main, les escortent à une rangée de chaises pliantes kaki où tous prennent place en demi-cercle, échangeant des propos du même air guindé que les hommes d'État quand ils posent pour la photo officielle.

L'attention de l'observateur rapproché est surtout fixée sur d'autres hommes, assis au loin dans l'ombre. Leur chef obèse, jambes écartées, a posé ses mains de paysan sur ses grosses cuisses. À côté de lui, un vieux toréador aussi efflanqué que son compagnon est gras, avec une joue toute couturée de blanc comme si elle avait été encornée. Au deuxième rang, les jeunes loups aux dents longues prenant l'air assuré, avec de la gomina plein les cheveux et des bottes en cuir moiré, des bombers de chez Gucci et des chemises en soie, trop de bijoux en or, trop de bosses sous leurs bombers, trop de meurtres imprimés sur leurs visages de métis.

Mais Jonathan n'a plus le temps de les étudier. Au-dessus de la crête nord vient d'apparaître un avion cargo bimoteur marqué d'une croix noire. Aujourd'hui, devine-t-il aussitôt, les croix noires c'est les bons et les étoiles blanches les mauvais. La porte latérale s'ouvre, un groupe de parachutistes s'élance dans le ciel délavé, et Jonathan tournoie et vrille avec eux, l'esprit envahi par le défilé de tous ses souvenirs militaires depuis l'enfance. Il se retrouve au camp de parachutistes d'Abingdon où il a fait son premier saut depuis un ballon, songeant que divorcer d'Isabelle ne l'obligeait pas pour autant à se tuer. Ou pendant sa première patrouille dans la rase campagne de l'Armagh, serrant son fusil contre son gilet de protection et se disant qu'il est enfin le digne fils de son père.

Nos paras atterrissent en beauté, bientôt rejoints par un deuxième puis un troisième stick. Une équipe s'affaire de parachute en parachute, récupérant l'équipement et le matériel tandis qu'une autre les couvre. Car il y a de la résistance. Un des chars à la lisière de l'aérodrome tire déjà sur eux : son canon crache des flammes, et des charges enterrées explosent tout autour des paras qui se hâtent vers le couvert de la pampa.

Soudain, le tir du char s'arrête net, réduit au silence par les paras. La tourelle est de guingois, de la fumée noire s'échappe de l'intérieur, une des chenilles s'est cassée comme un bracelet-montre. Ils font rapidement subir le même traitement aux autres chars, puis envoient valdinguer les avions sur la piste jusqu'à ce que leur carcasse défoncée s'immobilise.

Des armes légères anti-chars, se dit Jonathan. Portée réelle : deux à trois cents mètres. L'arme préférée des escadrons de la mort.

La vallée est de nouveau déchirée par un tir défensif de mitrailleuse qui provient des immeubles en une contre-attaque tardive. Simultanément, l'Alfa jaune télécommandée file sur la route pour tenter de fuir. Pleutres! Poules mouillées! Enfoirés! Pourquoi ne restez-vous pas pour vous battre? Mais les croix noires ont une riposte tout prête. Depuis la pampa, par salves de dix ou vingt balles, les mitrailleuses Vulcan aspergent de traceuses les positions ennemies, traversant les blocs de béton, les criblant de tant de trous qu'ils ressemblent à de gigantesques râpes à fromage, tandis que des Quad soulèvent l'Alfa de la route par rafales de cinquante, et l'envoient dans un bosquet d'arbres morts qu'elle enflamme en explosant.

Mais à peine ce péril passé, un autre menace nos héros! D'abord le sol explose, puis le ciel se déchaîne. Ne craignez rien, une fois de plus, nos hommes sont prêts à toute éventualité! Des drones (des cibles aériennes) sont les méchants. Les six canons des Vulcan exploitent à présent leur site maximum de quatre-vingts degrés. Le télémètre radar est co-monté, sa réserve de munitions de deux mille balles, et il tire par salves de cent à la fois, si fort que Jonathan grimace de douleur en se bouchant les oreilles.

Un nuage de fumée, les drones se désintègrent et tombent comme des bouts de papier enflammés dans les profondeurs de la jungle. Sur les tribunes, l'heure est au caviar Beluga servi dans des boîtes glacées, avec du lait de coco frappé, du Rum Reserva panaméen, ou du scotch single malt on the rocks. Mais pas de champ'– pas encore. Le patron n'abat jamais toutes ses cartes d'un coup.

La trêve est terminée. Le déjeuner aussi. Il est temps de prendre enfin la ville. Depuis la pampa, un courageux peloton marche droit sur les bâtiments des colonialistes honnis, en tirant et en se faisant tirer dessus. Ailleurs, couverts par cette diversion, des assauts plus discrets sont lancés. Des troupes de débarquement au visage barbouillé de noir avancent le long de la rivière sur des canots pneumatiques, masquées par les roseaux.

D'autres, en tenue de combat spéciale, escaladent furtivement les murs du QG Armée US. Soudain, sur un signal secret, les deux équipes attaquent, lançant des grenades à travers les fenêtres avant de sauter à l'intérieur parmi les flammes en déchargeant leurs armes automatiques. Quelques secondes plus tard, toutes les voitures garées restantes sont immobilisées ou réquisitionnées. Sur les toits des bâtiments, les drapeaux détestés de l'oppresseur sont baissés, et remplacés par notre croix noire. Tout est victoire, triomphe, nos combattants sont des surhommes !

Mais attendez ! Que se passe-t-il ? La bataille n'est pas encore gagnée.

Alerté par le vrombissement d'un avion, Jonathan lève de nouveau les yeux vers la crête, où l'équipe d'observateurs se penche fébrilement sur ses cartes et ses radios. Un jet blanc – civil, flambant neuf, sans marquage, bimoteur, avec deux hommes clairement visibles dans le cockpit – rase le sommet, plonge en piqué et survole la ville. Que fiche-t-il là ? Fait-il partie du spectacle ? Ou est-ce vraiment la Brigade des stups qui arrive pour profiter des réjouissances ? Jonathan se retourne pour se renseigner, mais tous les regards sont rivés sur l'avion, comme le sien, et tous expriment la même stupéfaction.

Le jet repart, la ville demeure calme, pourtant sur la crête les observateurs restent aux aguets. Dans la pampa, Jonathan repère un groupe de cinq hommes à l'affût, prêts à tirer, dont les deux instructeurs jumeaux américains.

Le jet blanc fait un deuxième passage au-dessus de la crête sans se diriger sur la ville, cette fois, et il amorce une ascension. Puis un long sifflement en provenance de la pampa déchire l'air, et le jet disparaît.

Il ne se brise pas, ne perd pas une aile, ne tombe pas en vrille vertigineusement dans la jungle. Il y a le sifflement, l'explosion, la boule de feu, le tout si vite terminé que Jonathan se demande s'il n'a pas rêvé. Puis les minuscules escarbilles de la coque, telles des gouttes de pluie dorées, qui s'évanouissent dans leur chute. Le Stinger a fait son œuvre.

Pendant un terrible instant, Jonathan croit vraiment que le spectacle s'est terminé par un sacrifice humain. Dans la tribune, Roper et ses hôtes distingués se tombent dans les bras en se félicitant mutuellement. Roper attrape une bouteille de Dom Pérignon et la débouche. Le colonel Emmanuel l'assiste. Se retournant vers la crête, Jonathan voit les membres réjouis de l'équipe d'observateurs qui se congratulent également, se tapent dans les mains, s'ébouriffent les cheveux et se donnent de grandes claques dans le dos, Langbourne y compris. C'est seulement en levant les yeux que Jonathan aperçoit les deux taches blanches de parachutes à huit cents mètres en arrière sur la trajectoire du jet.

« Ça vous a plu ? lui demande Roper à l'oreille, tout en se déplaçant parmi la foule pour recueillir les opinions et les félicitations de tous.

— Mais qui c'était, ces types ? s'enquiert Jonathan, toujours sous le choc. Ces pilotes dingues ? Et l'avion ? Il valait des millions de dollars !

— Deux Russes plutôt malins. Et casse-cou. Ils sont allés à l'aéroport de Carthagène, ils ont piqué un jet, ils l'ont mis sur pilote automatique au deuxième passage et ils ont sauté. J'espère que le pauvre propriétaire n'aura pas envie de le récupérer !

— Mais c'est scandaleux ! s'emporte Jonathan avant d'éclater de rire. C'est la chose la plus honteuse que j'aie jamais entendue. »

Il rit toujours quand il se trouve pris sous les regards convergents des deux instructeurs américains, qui viennent d'arriver en jeep de la vallée. Leur ressemblance est troublante : le même sourire, les mêmes taches de rousseur, les mêmes cheveux roux et la même façon de poser les poings sur les hanches tout en l'observant.

« Vous êtes anglais, monsieur ? demande l'un des deux.

— Pas particulièrement, répond plaisamment Jonathan.

— Vous êtes bien monsieur Thomas, non ? fait le second. C'est Thomas Quelque chose ou Quelque chose Thomas, monsieur ?

— En gros, oui », convient Jonathan encore plus aimablement. Tabby, tout près de lui, entend la tension dans sa voix et pose discrètement mais fermement la main sur son bras. Pas très malin de sa part, car ce faisant il permet à l'observateur rapproché de le délester d'une liasse de dollars fourrée dans la poche de sa saharienne.

Malgré la satisfaction que lui procure son geste, Jonathan jette un regard inquiet aux deux Américains qui suivent Roper. Des vétérans désabusés qui ont un compte à régler avec l'Oncle Sam ? Alors prenez donc l'air désabusé, leur dit-il mentalement. À vous voir, on croirait plutôt que vous voyagez en première classe aux frais de la princesse.

Fax manuscrit intercepté lors de sa retransmission au jet de Roper, mention TRÈS URGENT, de la part de sir Anthony Joyston Bradshaw, Londres, Angleterre, à l'attention de Dicky Roper, aux bons soins du SS *Pacha de fer* à Antigua, reçu à 9 h 20 et envoyé au jet à 9 h 28 par le capitaine du *Pacha de fer*, précédé d'une note d'excuse au cas où il aurait eu tort de prendre cette initiative. L'écriture surchargée de cet analphabète de sir Anthony, avec des fautes d'orthographe, des soulignages et par-ci par-là des fioritures très XVIIIe siècle. Style télégraphique.

Cher Dicky,
Concernant conversation d'il y a deux jours, ai discuté avec Responsables Tamise il y a une heure et ai obtenu assurance que l'information compromettante est document de votre main, irréfutable. Pense maintenant que feu Me Loi était utilisé par éléments hostiles pour éliminer ancien signataire en faveur de l'actuel. Tamise prend mesures pour se couvrir, suggère que vous fassiez de même.

Vu cette aide vitale, suppose que vous enverrez autres ex gratia immédiats à banque habituelle pour futures dépenses nécessitées par votre intérêt urgent.
Meilleur souvenir,
Tony.

Ce message intercepté n'avait pas été transmis au Service d'Intervention, mais subrepticement obtenu par Flynn d'une source sympathisante au sein du Renseignement Pur. Dans sa douleur consécutive à la mort d'Apostoll, Flynn avait du mal à surmonter sa méfiance instinctive des Anglais. Mais après une demi-bouteille de Bushmills single malt dix ans d'âge, il se sentit assez fort pour fourrer le document dans sa poche et, après avoir conduit au radar jusqu'au centre des communications, le soumettre officiellement à Burr.

Cela faisait des mois que Jed n'avait pas volé sur une ligne régulière, et elle trouva d'abord l'expérience libératrice, comme s'asseoir sur l'impériale d'un bus londonien après tant de courses monotones en taxi. Je suis de nouveau dans la vraie vie, songea-t-elle. Je suis sortie de mon carrosse de verre. Mais quand elle le dit en plaisantant à Corkoran, assis à côté d'elle dans l'avion pour Miami, il traita cette supériorité avec mépris, ce qui la surprit et la peina, parce qu'il n'avait jamais été dur avec elle auparavant.

À l'aéroport de Miami, il eut également le mauvais goût d'insister pour prendre le passeport de Jed le temps d'aller chercher un chariot à bagages, puis de la laisser plantée là pendant qu'il parlait à deux hommes aux cheveux filasse près du guichet de départ pour la correspondance à destination d'Antigua.

« Mais qui sont ces types, Corky ? lui demanda-t-elle à son retour.

— Des amis d'amis, mon cœur. Ils vont se joindre à nous sur le *Pacha*.

— Des amis des amis de qui ?

— Du patron.

— Impossible, Corky ! C'est des vraies brutes !

— Protection renforcée, si vous voulez savoir. Le patron a décidé de porter le nombre des vigiles à cinq.

— Mais pourquoi donc, Corky ? Il s'est toujours contenté de trois, jusque-là ! »

Puis elle vit son expression de triomphe revanchard et prit peur, comprenant qu'il s'agissait là d'un Corkoran qu'elle ne connaissait pas : un courtisan éconduit en passe de regagner les faveurs du roi, après avoir trop longtemps contenu sa rancune. Dette payable avec intérêts.

Et dans l'avion il ne but pas. Les nouveaux gorilles étaient assis à l'arrière de l'avion, Jed et Corkoran en première. Il aurait pu se soûler, comme elle s'y attendait. Au lieu de quoi il commanda une eau minérale avec glaçons et rondelle de citron, qu'il sirota en admirant son propre reflet dans le hublot.

25

Jonathan était aussi un prisonnier.

Peut-être depuis toujours, comme l'avait suggéré Sophie. Ou bien depuis qu'on l'avait emmené à Crystal. Mais jamais on ne lui avait ôté son illusion de liberté. Du moins jusqu'à présent.

Le premier avertissement lui fut donné à Fabergé, quand Roper et sa suite s'apprêtaient à prendre congé, une fois les invités partis avec Langbourne et Moranti. Le colonel Emmanuel et Roper échangeaient une dernière et chaleureuse accolade quand un jeune soldat remonta la colline au pas de course, en criant et en agitant un morceau de papier au-dessus de sa tête. Emmanuel le prit, y jeta un coup d'œil et le tendit à

Roper, qui chaussa ses lunettes et s'éloigna d'un pas pour le lire dans l'intimité. Jonathan le vit alors se départir de sa nonchalance habituelle et se raidir, avant de replier méticuleusement le papier pour le ranger dans sa poche.

« Frisky !
— Monsieur !
— J'ai à te parler. »

Pour plaisanter, Frisky se mit à marcher au pas comme à la parade sur le terrain irrégulier et vint se mettre au garde-à-vous devant son maître. Mais quand Roper le prit par le bras et lui murmura un ordre à l'oreille, il dut regretter d'avoir fait le mariolle. Il monta le premier dans l'hélicoptère d'un air décidé, et ordonna d'un geste impératif à Jonathan de prendre le siège voisin.

« J'ai la courante, Frisk, prévint Jonathan. J'ai dû choper un truc dans la jungle.
— Assieds-toi où on te dit, bordel ! » dit Tabby derrière lui.

Dans l'avion, Jonathan dut s'asseoir entre eux, et à chaque fois qu'il allait aux toilettes, Tabby l'attendait devant la porte. Seul à l'avant, Roper ne parla à personne sauf à Meg, quand elle lui apporta du jus d'orange et, à mi-chemin, un fax manuscrit qui venait d'arriver. L'ayant lu, Roper le replia et le rangea dans sa poche intérieure, puis mit son masque et sembla s'endormir.

À l'aéroport de Colón, où Langbourne les attendait près de deux Volvo avec chauffeur, Jonathan sentit nettement de nouveau que son statut avait changé.

« Patron, il faut que je vous parle tout de suite. Seul à seul », cria Langbourne depuis la piste d'atterrissage dès que Meg eut ouvert la porte.

Tout le monde attendit donc à bord de l'avion que Roper et Langbourne se soient consultés au pied de la passerelle.

« Deuxième voiture ! ordonna Roper quand Meg laissa descendre les autres passagers. Vous tous.

— Il a la courante, confia Frisky à Langbourne en aparté.

— Rien à foutre ! rétorqua Langbourne. Qu'il se retienne.

— Retiens-toi », rapporta Frisky.

C'était l'après-midi. Le poste de douane était désert, ainsi que la tour de contrôle et l'aéroport, à l'exception de jets privés blancs immatriculés en Colombie garés en rang près de la large piste. Tandis que Langbourne et Roper montaient dans la voiture de devant, Jonathan remarqua un quatrième homme coiffé d'un chapeau, assis derrière le chauffeur. Frisky ouvrit la porte arrière de la deuxième voiture, Jonathan monta, et Frisky le suivit. Tabby prit place de l'autre côté, laissant vide la place du mort. Personne ne dit mot.

Sur un énorme panneau d'affichage, une fille en short frangé serrait entre les jambes un paquet de cigarettes d'une nouvelle marque. Sur un autre, elle léchait d'un air provocant l'antenne d'un poste de radio. Quand ils entrèrent en ville, un remugle de pauvreté emplit la voiture. Jonathan se revit assis près de Sophie au Caire, où les déshérités de la terre se vautraient dans la fange. Dans des rues anciennement luxueuses, entre des taudis en planches et en tôle ondulée, se dressaient de vieilles maisons en bois décrépites. Du linge aux couleurs vives séchait sur les balcons pourris. Des enfants jouaient sous les arcades noires de crasse et faisaient flotter des gobelets en plastique dans les égouts à ciel ouvert. Sous des porches de style colonial, des chômeurs par vingtaines regardaient la circulation d'un œil vide, et depuis les fenêtres d'une usine désaffectée, des centaines de visages figés en faisaient autant.

Ils s'arrêtèrent à un feu. Glissant la main gauche derrière le siège du conducteur, Frisky visa avec un revolver imaginaire quatre policiers armés qui descendaient du trottoir et se dirigeaient vers la voiture. Comprenant aussitôt son signe, Tabby s'appuya contre le dossier pour déboutonner sa saharienne.

Les policiers, très costauds, portaient des uniformes

bien repassés en tissu léger kaki, avec des aiguillettes et des décorations, et des automatiques Walther dans des holsters en cuir verni. La voiture de Roper s'était garée cent mètres plus loin. Le feu passa au vert, mais deux des agents bloquaient le passage de la Volvo tandis qu'un troisième parlait au chauffeur et que le quatrième jetait un regard soupçonneux dans la voiture. L'un des hommes examina les pneus avant, et un autre remua la voiture pour en tester la suspension.

« Je pense que ces messieurs voudraient un joli petit cadeau, tu crois pas, Pedro ? » suggéra Frisky au chauffeur.

Tabby tâtait les poches de sa saharienne. Ils réclamaient vingt dollars. Frisky en passa dix au chauffeur, qui les tendit au policier.

« Un enfoiré m'a piqué mon fric au camp, se plaignit Tabby quand ils eurent redémarré.
— Tu veux retourner le chercher ? demanda Frisky.
— J'ai besoin d'aller aux toilettes, fit Jonathan.
— C'est d'un putain de bouchon que t'as besoin », lança Tabby.

Serrant de près la voiture de Roper, ils pénétrèrent dans une enclave de style nord-américain : pelouses, églises blanches, salles de bowling et femmes de militaires en bigoudis poussant des landaus. Ils en sortirent pour se retrouver sur un front de mer bordé de villas roses des années vingt avec d'immenses antennes de télévision, des grillages hérissés de lames de rasoir et de hauts portails. L'inconnu dans la voiture de devant repérait les numéros. Ils tournèrent dans un parc aux belles pelouses et continuèrent de chercher. Au large, bateaux cargos, yachts de croisière et pétroliers attendaient leur tour pour emprunter le canal. La voiture de tête s'arrêta devant une vieille maison entourée d'arbres. Le chauffeur klaxonna. La porte de la maison s'ouvrit, un homme étroit d'épaules en veste blanche descendit l'allée. Langbourne baissa sa vitre et lui dit de monter dans la deuxième voiture. Frisky se pencha en avant et ouvrit la portière du passager. À la lumière du plafonnier, Jonathan distingua un jeune homme à l'air sérieux, de type arabe, qui portait des lunettes. Il prit place sans mot dire et la lumière s'éteignit.

« Ça va mieux, la courante ? demanda Frisky.

— Un peu, fit Jonathan.

— Parfait. Démerde-toi pour que ça dure », déclara Tabby.

Ils empruntèrent une route toute droite qui rappela à Jonathan l'école militaire : un haut mur de pierre festonné de câbles s'élevait à leur droite, surmonté d'une triple épaisseur de barbelés. Il se souvint de Curaçao et de la route menant aux docks. Des panneaux apparurent sur leur gauche : Toshiba, Citizen, Toyland. C'est donc là que Roper achète ses joujoux, songea bêtement Jonathan. Mais en fait non. C'était là qu'il touchait sa récompense pour tout le travail et l'argent investis. L'étudiant arabe alluma une cigarette. Frisky toussa ostensiblement. La voiture de tête passa sous une arche et s'arrêta. La deuxième fit de même. Un policier apparut à la vitre du chauffeur.

« Passeports », demanda celui-ci.

Frisky avait le sien et celui de Jonathan. L'étudiant arabe assis à l'avant leva la tête pour se faire reconnaître du policier, qui leur fit signe de passer. Ils venaient d'entrer dans la zone franche de Colón.

De magnifiques vitrines de bijoux et de fourrures rappelèrent à Jonathan le hall du Meister. Partout à l'horizon, des panneaux vantant des marques des antipodes, les vitres bleutées des banques, des voitures étincelantes garées le long des trottoirs. De sinistres camions porte-conteneurs faisaient marche arrière, manœuvraient et crachaient des gaz d'échappement sur les trottoirs bondés. Les boutiques n'avaient pas le droit de vendre au détail mais toutes le faisaient. Les Panaméens n'avaient pas le droit de s'approvisionner ici, mais il y en avait de toutes races dans les rues, la plupart venus en taxi parce que les chauffeurs ont des arrangements au poste de contrôle.

Chaque jour, avait raconté Corkoran à Jonathan, les

travailleurs officiels arrivent dans la zone, le cou, les poignets et les doigts sans le moindre bijou, mais le soir venu, ils ont tous l'air de se rendre à un mariage avec leurs bracelets, colliers et bagues étincelants. De toute l'Amérique centrale, les clients font des aller et retour en avion sans être inquiétés par l'immigration ou les douanes, et certains dépensent même un million de dollars dans la journée, tout en déposant quelques millions à la banque en vue du prochain séjour.

La voiture de tête entra dans une rue sombre bordée d'entrepôts, suivie de près par la deuxième. Des gouttes de pluie roulaient comme de grosses larmes sur le pare-brise. L'inconnu au chapeau dans la première voiture étudiait les noms et les numéros :

Alimentation Khan, Garage Maxdonald, Conserves alimentaires Hoi, Compagnie de conteneurs Goodwill de Tel Aviv, Fantaisies El Akhbar, Produits agricoles Hellas, Le Baron de Paris, Goûts de Colombie Limitada, café et comestibles.

Puis, après un mur noir de cent mètres, un panneau « Eagle », devant lequel ils descendirent de voiture.

« On va à l'intérieur ? Peut-être qu'ils ont des WC, dit Jonathan. Ça redevient pressé », ajouta-t-il pour la gouverne de Tabby.

Moment de tension, alors qu'ils attendent dans la ruelle non éclairée. Le crépuscule tropical tombe rapidement. Le ciel est illuminé par des néons colorés, mais dans ce canyon de murs et d'allées miteuses l'obscurité est déjà palpable. Tous les regards convergent vers l'homme au chapeau. Frisky et Tabby encadrent Jonathan, qui sent la main de Frisky enserrer son bras : pas vraiment fort, Tommy, mais soyons sûr de ne perdre personne en route. L'étudiant arabe est allé rejoindre le groupe de tête. Jonathan voit l'homme au chapeau s'enfoncer dans l'ombre d'un porche, suivi par Langbourne, Roper et l'étudiant.

« Allez, hue ! » murmure Frisky. Ils avancent.

« Si vous pouviez juste me trouver les toilettes », dit

Jonathan. La main de Frisky se resserre autour de son bras.

Une fois passé la porte, une lumière réfléchie brille au bout d'un corridor de briques tapissées d'affiches illisibles dans la pénombre. Ils atteignent un croisement en T et prennent à gauche. La lumière s'intensifie, les menant à une porte en verre dont les vitres du haut sont recouvertes de contre-plaqué pour cacher une inscription. Une odeur de droguerie envahit l'air étouffant : de la ficelle, de la farine, du goudron, du café et de l'huile de lin. La porte est ouverte. Ils entrent dans une luxueuse antichambre. Fauteuils en cuir, fleurs en soie, cendriers en verre taillé. Sur une table centrale, des brochures en papier glacé vantant le commerce en Colombie, au Venezuela et au Brésil. Et dans un coin, une discrète porte verte avec une plaque en céramique sur laquelle une dame et un monsieur partent pour une promenade bucolique.

« Vas-y vite ! » dit Frisky en poussant Jonathan, qui fait attendre ses geôliers pendant deux terribles minutes et demie à sa montre, alors que, assis sur le couvercle, il gribouille à la hâte un morceau de papier déplié sur ses genoux.

Ils entrent ensuite dans le bureau principal, vaste, blanc, sans fenêtres, éclairé par des lampes dissimulées derrière des lambrequins le long du plafond en carreaux ajourés, avec une table de conférences entourée de chaises, sur laquelle crayons, sous-main et verres sont disposés comme pour un dîner. Roper et Langbourne prennent place à un bout avec leur guide, qui se révèle être Moranti. Mais il semble changé physiquement : dans un accès de colère ou d'impatience, son visage se fend en un rictus inquiétant, comme une citrouille de Halloween. Au fond de la pièce, près d'une autre porte, se tient le paysan que Jonathan a vu ce matin lors de la démonstration militaire, et près de lui le toréador, accompagné de l'un des jeunes dandys renfrogné en bomber de cuir. Tout autour de la pièce, six autres garçons, tous en jean et tennis, tous délurés et en pleine forme après leur séjour prolongé à Fabergé, tous serrant discrètement contre leur flanc le plus petit modèle de mitraillette Uzi.

La porte se referme derrière eux, et l'autre s'ouvre sur un entrepôt digne de ce nom, pas des oubliettes aux murs d'acier comme la cale du *Lombardy*. On y décèle une certaine ambition esthétique : sol dallé, piliers de fer qui s'évasent en palmiers au niveau du plafond et abat-jour arts déco poussiéreux suspendus aux poutrelles. En bordure de rue, Jonathan compte dix portes de garage fermées, chacune avec sa serrure, son numéro, son quai de chargement pour conteneurs et sa grue. Au centre, des cartons marron par milliers, empilés en montagnes cubistes, et des chariots élévateurs pour les transporter sur les soixante mètres qui les séparent des conteneurs entreposés côté rue. Rares sont les marchandises exposées : un lot d'immenses urnes en poterie attendant un emballage spécial, une pyramide de magnétoscopes, ou des bouteilles de scotch qui, dans une vie antérieure, avaient dû porter des étiquettes moins prestigieuses.

Mais, qu'il s'agisse des chariots élévateurs ou du reste, il n'y a aucune trace d'activité : pas de gardien, pas de chiens, pas d'équipe de nuit s'activant aux postes d'emballage ou nettoyant les sols. Juste une plaisante odeur de droguerie et les claquements et crissements de leurs pieds sur les dalles.

Comme sur le *Lombardy*, le protocole dicta alors l'ordre de marche : le fermier avec Moranti, le toréador et son fils, Roper, Langbourne et l'Arabe, puis Frisky et Tabby encadrant Jonathan.

Et elle était là.

Leur récompense, leur coin de paradis. La plus grande montagne cubiste de toutes, s'élevant jusqu'au plafond dans son propre enclos privé, gardée par un cordon de combattants armés de mitraillettes. Chaque carton numéroté s'ornait d'un joli logo de couleur représentant un gamin colombien souriant qui jonglait avec des grains de café au-dessus de son grand chapeau de paille, modèle tiers-mondiste de l'enfant heureux, avec des dents parfaites, un visage rayonnant de joie, un amour de la vie, un bel avenir sans drogue. Après un coup d'œil de gauche à droite et de haut en bas, Jonathan fit un calcul rapide : deux ou trois mille cartons... il en perdait son arithmétique. Quand Langbourne et Roper s'avancèrent en même temps, la lumière dure des plafonniers à arc tomba sur le visage du patron, que Jonathan revit alors comme la toute première fois, sous le lustre au Meister, grand et altier, à première vue, brossant la neige de sur ses épaules avant de faire un signe de main à Fräulein Eberhardt. Le parfait golden boy impitoyable des années quatre-vingt, même si c'étaient les années quatre-vingt-dix : *Je suis Dicky Roper. Mes hommes ont retenu des chambres ici. Enfin, des tas de chambres...*

Qu'est-ce qui avait changé ? Après tout ce temps, tous ces kilomètres, qu'est-ce qui avait changé ? Les cheveux légèrement plus gris ? Le sourire de dauphin un tantinet plus crispé ? Jonathan ne décela aucune transformation, aucun indice révélateur dans les gestes propres à Roper qu'il avait appris à déchiffrer – un petit signe de la main, le lissage des épis au-dessus des oreilles, l'inclinaison pensive de la tête quand le grand homme affectait de réfléchir.

« Feisal, la table là-bas. Sandy, prends vingt cartons dans des endroits différents. Frisky, tout va bien, derrière ?

– Oui, patron.

– Où est donc Moranti ? Ah, le voilà. Señor Moranti, au travail. »

Les hôtes des lieux restèrent dans leur coin. Assis dos au public, l'étudiant arabe sortit des objets de sa veste et les posa sur la table en attendant d'intervenir. Quatre des jeunes combattants couvraient la porte, l'un muni d'un téléphone portable collé à l'oreille. Les autres se dirigèrent rapidement vers la montagne cubiste, passant entre les gardes qui tournaient toujours le dos aux cartons et serraient leur mitraillette contre leur poitrine.

Langbourne désigna du doigt un des cartons, que deux des garçons tirèrent hors du tas, posèrent par terre près de l'étudiant, et ouvrirent, aisément car il n'était pas scellé. L'étudiant plongea la main à l'intérieur et en sortit un paquet rectangulaire enveloppé dans de la toile de sac et du plastique, et orné du même enfant colombien radieux. Il le posa sur la table devant lui, et se pencha dessus, son corps le cachant à la vue des autres. Le temps s'arrêta. Jonathan s'imagina un prêtre pendant la communion, qui se sert d'hostie et de vin le dos tourné, avant d'en apporter à ses ouailles. L'étudiant se pencha encore plus, comme pour un autre rituel de dévotion. Puis il se redressa et fit un signe de tête approbateur à Roper. Langbourne choisit un autre carton à un autre endroit de la montagne, qui s'effondra et se reconstitua quand les garçons l'en extirpèrent. Le rituel se répéta, se répéta encore. Environ trente cartons furent ainsi testés. Personne ne joua avec son fusil ni ne prononça une parole. Les garçons à la porte restèrent immobiles. Le seul bruit était celui des cartons qu'on transportait. L'étudiant jeta un coup d'œil à Roper et hocha la tête.

« Señor Moranti », appela Roper.

Moranti fit un petit pas en avant mais ne dit rien. Ses yeux pleins de hargne semblaient jeter un sort. Mais qui haïssait-il donc ? Les colonialistes blancs qui violaient son continent depuis si longtemps ? Ou lui-même parce qu'il s'abaissait à cette transaction ?

« Ça avance bien. La qualité ne pose pas de problème. Passons à la quantité, vous voulez bien ? »

Sous la supervision de Langbourne, les combattants chargèrent vingt caisses au hasard sur un chariot élévateur qu'ils conduisirent jusqu'à un pont-bascule. Langbourne lut le poids sur un cadran lumineux, utilisa sa calculette de poche et montra le résultat de l'opération à Roper, qui sembla d'accord. Sur son signe approbateur, Moranti pivota sur ses talons et, le fermier à ses côtés, emmena le groupe à la salle de conférences. Entre-temps Jonathan vit le chariot élévateur transporter son chargement vers le premier des deux conteneurs ouverts qui se trouvaient près des quais de chargement numéros 8 et 9.

« Ça recommence, dit-il à Tabby.

— Je vais te faire la peau dans une minute, rétorqua Tabby.

— Non, pas toi. C'est moi qui vais lui faire la peau », contra Frisky.

Restait la paperasserie qui, chacun le savait, était l'entière responsabilité du directeur plénipotentiaire de la maison Tradepaths Limited de Curaçao, assisté par son conseiller juridique. Langbourne à son côté et les parties contractantes conseillées par Moranti en face de lui, Jonathan signa trois documents. Pour autant qu'il pût en juger, l'un accusait réception de cinquante tonnes de café colombien premier choix en grains torréfiés, le deuxième certifiait exacts les bordereaux d'expédition, connaissements et déclarations de douane concernant cette même cargaison, transportée sur le SS *Horacio Enriques*, actuellement affrété par Tradepaths Limited, en partance de la zone franche de Colón pour Gdansk en Pologne dans les conteneurs numéros 179 et 180, et le dernier demandait au capitaine du SS *Lombardy*, qui mouillait actuellement à Panamá, d'accepter un nouvel équipage colombien et de se rendre sans délai au port de Buenaventura sur la côte ouest de la Colombie.

Quand Jonathan eut apposé sa signature autant de fois qu'il le fallait à l'endroit où il fallait, il reposa son stylo avec un petit claquement sec et jeta un coup d'œil à Roper comme pour dire : « Voilà qui est fait. »

Mais Roper, pourtant si expansif jusqu'à récemment, fit mine de ne pas le voir. Il marcha seul devant quand ils retournèrent aux voitures, son attitude semblant suggérer que le plus dur restait à faire — point de vue partagé par Jonathan, à présent, car l'observateur rapproché venait d'accéder à un état de lucidité exceptionnel. Assis entre ses gardes, regardant défiler les lumières, il prit la décision d'agir avec dissimulation, résolution qui l'étonna lui-même. Il avait les cent quatorze dollars en liquide de Tabby, et les deux enveloppes préparées aux toilettes. Dans sa tête, le numéro des conteneurs, des bordereaux d'expédition et même celui de la montagne cubiste, repéré sur une plaque noire cabossée accrochée au-dessus comme l'ardoise pour les scores de cricket à l'école : chargement numéro 54 dans l'entrepôt « Eagle ».

Arrivée au front de mer, la voiture s'arrêta pour laisser descendre l'étudiant arabe, qui s'enfonça sans un mot dans l'obscurité.

« Je suis désolé, mais je ne peux pas me retenir plus longtemps, annonça calmement Jonathan. Dans trente secondes, je ne serai plus responsable des conséquences.

— Mais c'est pas vrai, merde ! » soupira Frisky.

La voiture de tête accélérait déjà.

« C'est pour très bientôt, Frisky. À vous de décider.

— Pauvre mec », lâcha Tabby.

En agitant les mains et en criant « Pedro », Frisky persuada le chauffeur de faire des appels de phares à la voiture de devant, qui stoppa de nouveau. Langbourne sortit la tête par la vitre pour crier : « Mais qu'est-ce qu'il y a maintenant, bordel ? » Il y avait une station-essence éclairée de l'autre côté de la route.

« Tommy a encore la chiasse », lui répondit Frisky.

Langbourne rentra la tête dans la voiture pour consulter Roper, et la ressortit. « Va avec lui, Frisky. Ne le perds pas de vue. Et grouillez-vous. »

La station avait beau être neuve, les sanitaires laissaient à désirer. Il y avait en tout et pour tout une minuscule cabine avec des toilettes à la turque. Tandis que Frisky attendait devant la porte, Jonathan poussa des grognements de douleur et s'appuya sur son genou pour écrire son dernier message.

Le bar Wurlitzer de l'hôtel Riande Continental de Panamá est tout petit et très sombre. Quand Rooke se fut accoutumé à la pénombre, il découvrit que la matrone au visage poupin qui le tenait le dimanche soir ressemblait étrangement à sa femme. Ayant vu qu'il n'était pas du genre bavard, elle remplit une seconde soucoupe de cacahuètes et le laissa siroter son Perrier en paix pour retourner lire son horoscope.

Des soldats américains en treillis formaient de tristes petits groupes dans le hall parmi la débauche de couleurs de Panamá by night. Un petit escalier menait à la porte du casino de l'hôtel, avec une notice interdisant courtoisement le port d'armes. Rooke distinguait de vagues silhouettes jouant au baccara ou aux machines à sous. Dans le bar, à moins de deux mètres de lui, trônait le magnifique orgue Wurlitzer blanc, évocateur des cinémas de son enfance où un organiste en veste criarde émergeait des profondeurs sur son navire blanc pour jouer des chansons à reprendre en chœur.

Rooke ne s'intéressait guère à ce genre de choses, mais un homme qui attend sans espoir doit bien se distraire, sinon il sombre dans la morosité.

Il était d'abord resté assis dans sa chambre, tout près du téléphone de peur que le bruit de l'air conditionné ne couvre la sonnerie. Puis il avait coupé la climatisation et avait ouvert les portes-fenêtres donnant sur le balcon, mais il y avait un tel vacarme sur la via España qu'il les avait aussitôt refermées. Au bout d'une heure allongé sur son lit à étouffer sans le moindre souffle d'air, il avait été à deux doigts de s'assoupir. Il avait alors appelé le standard pour prévenir qu'il allait maintenant au bord de la piscine, et souhaitait qu'on fasse patienter tout appel pour lui jusqu'à ce qu'il puisse répondre. Sitôt arrivé à la piscine, il avait donné dix dollars au maître d'hôtel en lui demandant de prévenir le concierge, le standardiste et le portier que M. Robinson de la chambre 409 dînait à la table six, si on le demandait.

Puis il avait contemplé l'eau bleue de la piscine éclairée et déserte, les tables vides, les fenêtres des gratte-ciel voisins, le téléphone intérieur posé sur le bar, les gars qui faisaient cuire son steak au barbecue, et l'orchestre qui jouait des rumbas pour lui seul.

Il avait arrosé son repas avec une bouteille de Perrier, car, même s'il avait les idées parfaitement claires, il n'aurait pas plus dormi en étant de faction que bu de l'alcool le soir où il espérait à mille contre un qu'un *Joe* grillé allait réussir à le contacter.

Vers 22 heures, quand les tables avaient commencé à se remplir, il avait craint que l'effet de ses dix dollars ne se dissipe. Alors, ayant prévenu le standard sur la ligne intérieure, il était parti s'asseoir au bar. Et c'est là que la serveuse qui ressemblait à sa femme raccrocha le téléphone en lui faisant un sourire triste.

« Vous êtes bien M. Robinson, chambre 409 ?
— En effet.
— Vous avez une visite, mon chou. Très personnel, très urgent. Mais c'est un homme. »

C'était bien un homme. Un petit Panaméen asiatique à la peau lisse, aux paupières lourdes, aux cheveux frisés et à l'air innocent, qui portait un costume noir irréprochable, comme un garçon de bureau ou un croque-mort, et une chemise blanche gaufrée immaculée. Sa carte de visite, une étiquette autocollante à fixer près de votre téléphone, le présentait en espagnol et en anglais comme Sánchez Jesús-María Romarez II, chauffeur de limousines jour et nuit, parlant anglais, mais hélas pas aussi bien qu'il ne l'aurait souhaité, señor. Son anglais, plus populaire que scolaire – sourire désapprobateur en levant les yeux au ciel – lui venait surtout du contact avec des clients américains et britanniques. Il avait bien suivi des cours à l'école quand il était jeune, mais, hélas, moins nombreux qu'il ne l'aurait souhaité, car son père n'était pas riche, señor. D'ailleurs Sánchez non plus.

Après ce triste aveu, Sánchez fixa un regard concupiscent sur Rooke et passa aux choses sérieuses.

« Señor Robinson. Mon cher monsieur. S'il vous plaît. Excusez-moi, fit-il en plongeant sa main potelée dans son veston noir. Je suis venu vous réclamer les cinq cents dollars. Merci bien, monsieur. »

Rooke sentait déjà venir le piège à touristes élaboré, visant à lui faire acheter des objets d'art pré-colombien, ou passer une nuit avec la fille du pauvre diable. Mais Sánchez lui tendit une épaisse enveloppe dont le rabat s'ornait du mot *Crystal* estampé au-dessus de ce qui ressemblait à un diamant. Rooke en sortit une lettre manuscrite de Jonathan en espagnol, souhaitant au porteur bon usage des cent dollars qu'elle renfermait, et lui en promettant cinq cents de plus s'il remettait personnellement et en mains propres l'enveloppe ci-jointe au señor Robinson à l'hôtel Riande Continental de Panamá.

Rooke retint son souffle.

Malgré sa secrète euphorie, une nouvelle crainte venait de s'emparer de lui, à savoir que Sánchez avait conçu un plan tordu pour l'appâter et faire augmenter la récompense — par exemple, de mettre la lettre dans un coffre pour la nuit, ou de demander à sa *chiquita* de la cacher sous son matelas au cas où le gringo essaierait de la lui arracher de force.

« Alors où est-elle, cette deuxième enveloppe ?

— Juste là dans ma poche, señor, fit Sánchez en portant la main sur son cœur. Je suis un honnête chauffeur, monsieur, et quand j'ai vu la lettre par terre à l'arrière de la Volvo, ma première idée, ça a été de conduire à tombeau ouvert jusqu'à l'aéroport, tant pis pour la limite de vitesse, et de la rendre à celui de mes nobles clients qui l'avait laissée là par mégarde, dans l'espoir — mais pas forcément dans l'attente — d'une récompense, car mes passagers n'étaient pas de la classe de ceux de mon collègue Dominguez, dans la voiture de tête. Si je peux me permettre, monsieur, sauf le respect de votre bon ami, mes clients étaient nettement moins distingués — l'un a même eu l'affront de m'appeler Pedro. Mais là, monsieur, dès que j'ai lu l'inscription sur l'enveloppe, j'ai compris où mon devoir me dictait d'aller... »

Sánchez Jesús-María eut l'obligeance d'interrompre

son récit le temps que Rooke aille au bureau du concierge pour changer cinq cents dollars de chèques de voyage.

26

À 8 heures du matin, il faisait à Heathrow un temps humide d'hiver anglais, et Burr portait les mêmes vêtements qu'à Miami. Goodhew, qui l'attendait en imperméable et casquette de cycliste dans le hall des arrivées, avait l'air décidé, mais le regard trop brillant. Il avait maintenant un léger tic nerveux à l'œil droit, remarqua Burr.

« Quelles nouvelles ? demanda Burr à peine eurent-ils échangé une poignée de main.
— De quoi ? De qui ? On ne me dit rien, à moi.
— De l'avion. On a retrouvé sa trace ?
— On ne me dit rien, répéta Goodhew. Si notre homme se présentait en armure médiévale à l'ambassade de Grande-Bretagne à Washington, je n'en saurais rien. Tout transite par des canaux d'information. Les Affaires étrangères, la Défense, River House, et même le Cabinet. Tout le monde est l'intermédiaire de tout le monde.
— Ça fait deux fois en deux jours qu'on perd cet avion », dit Burr. Dédaignant les chariots à bagages, il se dirigeait vers la station de taxis, tenant sa lourde valise à bout de bras. « Une fois, c'est de la négligence ; deux fois, c'est du sabotage. Cet avion a quitté Colón à 21 h 20. Mon gars était à bord, avec Roper et Langbourne. Ils ont des AWACS dans le ciel, des radars sur tous les atolls, et j'en passe. Comment peuvent-ils perdre la trace d'un jet de treize places ?
— Je suis en dehors du coup, Leonard. J'essaie de me tenir au courant, mais le courant ne passe plus. Ils me

tiennent occupé toute la journée. Vous savez quel titre ils m'ont donné ? Contrôleur du Renseignement. Comme si je contrôlais quelque chose… Je suis surpris de découvrir que Darker manie l'humour.

— Strelski s'en prend plein la figure. Il a négligé ses responsabilités vis-à-vis de son informateur, il a outrepassé son mandat, il a caressé les Rosbifs dans le sens du poil… Bref, ils l'accusent quasiment du meurtre d'Apostoll.

— Amiral », marmonna Goodhew, comme s'il lisait une marque sur un panneau publicitaire.

Son teint a changé, nota Burr. Des taches rouges sur les pommettes. De curieux cernes pâles.

« Où est Rooke ? demanda-t-il. Où est Rob ? Il devrait être rentré, maintenant.

— Il arrive, à ce qu'on m'a dit. Tout le monde arrive, quoi ! »

Ils prirent place dans la file d'attente. Un taxi noir s'arrêta, une femme policier dit à Goodhew d'avancer. Deux Libanais essayèrent de passer devant lui, mais Burr leur bloqua la route et ouvrit la portière du taxi. Dès qu'il fut assis, Goodhew commença à débiter son histoire d'un ton lointain, comme s'il revivait l'accident dont il avait failli être victime.

« La décentralisation, "c'est du passé", me déclare mon maître devant une assiette d'anguille fumée. Les armées privées sont une "entrave à la bonne marche du navire", m'explique-t-il au moment du rôti. Sans perdre leur autonomie, les petites agences devront désormais accepter la "tutelle bienveillante" de River House. Un nouveau concept administratif est né : le Comité directeur interservices est mort, vive le Conseil de tutelle ! Au porto, on discute des possibilités de "restructuration", et il m'annonce en me félicitant que c'est à moi qu'on va confier ce soin. Je "restructurerai", mais sous une "tutelle bienveillante". C'est-à-dire selon le caprice de Darker. À ceci près… » Il se pencha soudain en avant, puis tourna la tête pour fixer Burr droit dans les yeux. « À ceci près, Leonard, que je suis toujours secrétaire du Comité directeur. Je le resterai tant que mon maître, dans sa grande sagesse, n'en décidera pas autrement, ou que je n'aurai pas démissionné. Ce ne sont pas les types bien qui manquent. J'ai fait un petit recensement. On ne peut pas jeter la pierre à tout le monde sous prétexte qu'il y a quelques mauvais sujets. On peut convaincre mon maître. L'Angleterre reste l'Angleterre. Nous sommes des gens bien. Il peut se produire des ratés de temps à autre, mais tôt ou tard l'honneur reprend le dessus et les gentils gagnent. J'y crois vraiment.

— Les armes à bord du *Lombardy* étaient de fabrication américaine, comme prévu. Ils achètent à l'Oncle Sam, et un peu aux Rosbifs quand ça en vaut la peine. En plus, ils fournissent des instructeurs, et ils offrent des démonstrations à leurs clients à Fabergé. »

Goodhew se retourna d'un bloc vers la portière, comme si on l'avait privé de sa liberté de mouvements. « Ça ne veut rien dire, le pays d'origine, répliqua-t-il avec la conviction excessive de qui défend une théorie peu valable. Les crapules, c'est les revendeurs. Vous le savez parfaitement.

— Il y avait deux instructeurs américains au camp d'entraînement, d'après les notes de Jonathan. Parmi les officiers, du moins. Il soupçonne qu'il y en a aussi chez les sous-offs. Deux vrais jumeaux qui brassaient beaucoup d'air, ces types. Ils ont même eu le culot de lui demander ce qu'il venait faire là. D'après Strelski, ça doit être les frères Yoch, de Langley. Ils opéraient à Miami, avant, comme agents recruteurs pour les sandinistes. Amato les a repérés il y a trois mois à Aruba, en train de boire du Dom Pérignon avec Roper à un moment où il était censé vendre des fermes. Une semaine plus tard, jour pour jour, notre distingué sir Anthony Joyston Bradshaw se met à acheter américain, au lieu de russe ou est-européen, avec l'argent de Roper. Roper n'avait jamais engagé d'instructeurs américains auparavant, il ne leur faisait pas confiance. Alors qu'est-ce que ces gars foutent là? Ils travaillent pour qui? Ils font leurs rapports à qui ? Pourquoi le Renseignement américain cafouille-t-il complètement, tout d'un coup ? Et ces bandes de brouillage radar qui surgissent partout ? Pourquoi leurs satellites n'ont-ils pas signalé ces mouvements militaires à la frontière du Costa Rica ? Les hélicoptères de combat, les 4 x 4 militarisés, les chars légers ? Qui parle aux cartels ? Qui les a prévenus, pour Apostoll ? Qui a décrété qu'ils pouvaient lui faire ce qu'ils voulaient et priver le Service d'Intervention de son super-mouchard par la même occasion ? »

La tête toujours tournée vers la portière, Goodhew refusait d'écouter. « Chaque problème en son temps, Leonard, conseilla-t-il d'une voix crispée. Vous avez une cargaison d'armes, peu importe leur provenance, qui fait route vers la Colombie, et une de drogue vers l'Europe. Un salaud à arrêter et un agent à sauver. Concentrez-vous sur vos objectifs. Ne vous laissez pas distraire. Ça a été ça, mon erreur. Darker... la liste des commanditaires... les contacts dans la City... les grandes banques... les institutions financières... Darker encore... les Puristes... Ne vous laissez pas égarer par tout ça – vous n'y arriverez jamais, ils ne vous laisseront jamais les atteindre, vous allez tourner en bourrique. Tenez-vous-en au domaine du possible. Aux événements. Aux faits. Un problème à la fois. Je n'ai pas déjà vu cette voiture ?

– C'est l'heure de pointe, Rex. Vous les avez toutes déjà vues. » Puis de la même voix douce, comme pour consoler un perdant : « Mon homme a réussi, Rex. Il a volé les joyaux de la couronne. Les noms et les numéros des bateaux et des conteneurs, l'emplacement de l'entrepôt à Colón, les numéros des bordereaux d'expédition, et même les cartons où ils ont placé la came. » Il tapota sa poche de chemise. « Je n'ai rien transmis de tout ça, je n'en ai touché mot à personne. Pas même à Strelski. Il n'y a que Rooke, moi, vous et mon homme à savoir. Ce n'est pas Amiral, Rex. On reste dans Bernicle.

– On m'a pris mes dossiers, dit Goodhew, de nouveau sourd. Je les avais rangés dans le coffre de mon bureau. Ils ont disparu. »

Burr consulta sa montre. Il se raserait au bureau. Pas le temps de passer à la maison.

Burr partit à pied demander que soient honorées certaines promesses dans le Triangle d'or du monde officiel du Renseignement londonien : Whitehall, Westminster, Victoria Street. Il portait un imperméable bleu emprunté au concierge et un costume fauve très léger dans lequel il semblait avoir dormi, ce qui était le cas.

Debbie Mullen était une vieille amie de l'époque où Burr travaillait à River House. Ils avaient fréquenté le même lycée, réussi brillamment aux mêmes examens. Son bureau se trouvait en contrebas de la rue, derrière une porte d'acier peinte en bleu, ACCÈS INTERDIT. Derrière des parois de verre, Burr vit des employés des deux sexes à l'œuvre devant leurs écrans ou parlant au téléphone.

« On a pris des vacances, à ce que je vois ? demanda Debbie en jetant un œil sur son costume. Que se passe-t-il, Leonard ? Il paraît qu'on démonte ta plaque de cuivre et qu'on te réexpédie de l'autre côté de la Tamise.

— Debbie, il y a un porte-conteneurs immatriculé à Panamá, le *Horacio Enriques*, commença Burr en forçant son accent du Yorkshire, comme pour souligner le lien qui les unissait. Il y a quarante-huit heures, il était à quai dans la zone franche de Colón, destination Gdansk, en Pologne. À mon avis, il est déjà dans les eaux internationales, en route vers l'Atlantique. Selon nos renseignements, il transporte un chargement suspect. Je voudrais qu'il soit suivi et placé sur écoute, mais sans qu'on lance d'avis de recherche. C'est à cause de ma source, tu vois, Deb..., lui confia-t-il avec un sourire complice. Tout ça est très sensible, très top secret. Il faut que ça reste officieux. Tu aurais la gentillesse de faire ça pour moi ? »

Debbie Mullen avait un visage agréable et une façon bien à elle d'appuyer la jointure de son index droit contre ses dents quand elle réfléchissait, peut-être pour dissimuler ses sentiments. Mais son regard les trahit. D'abord, elle écarquilla les yeux, puis fixa le dernier bouton de l'affreux veston de Burr.

« Le *Enrico*-quoi, Leonard ?
— *Horacio Enriques*, Debbie. Ne me demande pas qui c'était. Immatriculé à Panamá.
— C'est bien ce que j'avais cru entendre. »

Détachant son regard du veston de Burr, elle fouilla dans une corbeille où s'empilaient des chemises cartonnées barrées de rouge, finit par trouver celle qu'elle cherchait, et la lui tendit. Elle contenait une unique feuille de papier bleu, estampé, armorié, et du poids adéquat pour une correspondance ministérielle. Après les mots *Horacio Enriques* suivait un paragraphe tapé en gros caractères :

Le navire susnommé, qui fait l'objet d'une opération très sensible, se signalera probablement à l'attention de vos services par des changements de cap sans raison apparente ou d'autres manœuvres inexplicables, en haute mer ou dans les ports. Tout renseignement obtenu par votre section ayant trait à ses mouvements, de source confidentielle ou non, devra être transmis UNIQUEMENT ET SANS DÉLAI au directeur du Groupe d'Analyses logistiques, River House.

Le document était frappé d'un cachet À GARDER, AMIRAL, TOP SECRET.

Burr rendit la chemise à Debbie Mullen avec un sourire chagrin. « On s'est un peu emmêlé les pinceaux, apparemment, avoua-t-il. Enfin, le résultat est le même, au bout du compte. Tant que j'y suis, Debbie, tu as quelque chose sur le *Lombardy*, qui traîne aussi dans ces eaux-là, très probablement à l'autre bout du canal ?
— Tu es un Marin, Leonard ? fit-elle en regardant Burr bien en face.

— Qu'est-ce que tu ferais si je répondais oui ?
— Je serais obligée de téléphoner à Geoff Darker pour savoir si tu m'as raconté des bobards, non ?
— Tu me connais, Debbie, il n'y a pas plus honnête que moi ! répliqua Burr, jouant à fond de son charme. Qu'est-ce que tu as sur un palace flottant appelé le *Pacha de fer*, propriété d'un Anglais, parti d'Antigua il y a quatre jours et faisant route vers l'ouest ? Vous avez fait des écoutes ? J'ai besoin des renseignements, Debbie. J'en ai désespérément besoin.
— Tu m'as déjà dit ça une fois, Leonard, et moi aussi j'étais désespérée et j'ai fait ce que tu as voulu. À l'époque, ça ne nous a causé du tort ni à l'un ni à l'autre, mais les choses ont changé. Tu pars, ou j'appelle Geoffrey. À toi de choisir. »

Debbie ne cessa pas de sourire, et Burr non plus. Il arborait toujours son sourire en remontant l'enfilade des bureaux jusqu'à la rue. Là, le froid humide de Londres lui fit l'effet d'une gifle maladroite et transforma son calme en indignation.

Trois navires. Partis tous les trois dans des directions différentes. Merde ! Mon Joe, *mes armes, ma came, mon dossier – et on me dit que c'est pas mes oignons !*

Mais quand il parvint aux imposants bureaux de Denham, il reprit son attitude austère pour mieux lui plaire.

Curieusement, Denham était le juriste qui avait précédé Harry Palfrey en qualité de conseiller juridique du Groupe d'Analyses logistiques à l'époque où ce n'était pas devenu le fief de Darker. Quand Burr s'était lancé dans sa lutte impitoyable contre les illégaux, Denham l'avait encouragé, relevé quand il avait pris des coups, et renvoyé poursuivre ses efforts. Quand Darker avait réussi son putsch et que Palfrey l'avait suivi à pas feutrés, Denham avait coiffé son chapeau et tranquillement retraversé la Tamise. Mais il demeurait le supporter de Burr. S'il y avait parmi les mandarins de la profession juridique à Whitehall un allié sur qui Burr savait pouvoir compter, c'était bien lui.

« Ah, Leonard, te voilà. C'est gentil d'avoir téléphoné. Tu ne gèles pas ? La maison ne fournit pas de couvertures, malheureusement. Je me dis parfois qu'elle devrait. »

Denham jouait les dandys. Dégingandé, ténébreux, avec des cheveux gris aussi abondants que la tignasse d'un gamin, il portait des costumes à larges rayures et des gilets criards par-dessus des chemises bicolores. Mais au tréfonds de lui-même, comme Goodhew, il avait un côté ermite. Compte tenu de son grade élevé, son bureau aurait dû être splendide. Or la pièce haute de plafond, avec de jolies moulures et un mobilier de bonne facture, dégageait une atmosphère de salle de classe, et la cheminée sculptée était bourrée de cellophane rouge recouverte d'une pellicule de poussière. Une carte de vœux vieille de onze mois représentait la cathédrale de Norwich sous la neige.

« On se connaît. Je m'appelle Guy Eccles », dit un homme trapu à la mâchoire saillante, qui lisait des télégrammes à la table centrale.

Oui, on se connaît, acquiesça Burr à part lui, en lui rendant son salut. Tu es Eccles des Transmissions, et je n'ai jamais pu te sentir. Tu joues au golf et tu roules en Jaguar. Qu'est-ce que tu fais ici à t'incruster, alors que j'ai rendez-vous ? Il s'assit sans y avoir vraiment été invité. Denham essayait de monter la température du radiateur antédiluvien, mais le bouton devait être coincé, ou alors il le tournait dans le mauvais sens.

« J'ai besoin de vider mon sac, Nicky, si ça ne t'embête pas trop, dit Burr en ignorant délibérément Eccles. Le temps joue contre moi.

— S'il s'agit de cette opération Bernicle, répondit Denham en tripotant une dernière fois le bouton, ce ne serait peut-être pas une mauvaise idée que Guy reste. » Il se percha sur un fauteuil, ne semblant pas vouloir s'asseoir à son propre bureau. « Guy fait la navette avec le Panamá depuis des mois, expliqua-t-il. Pas vrai, Guy ?

— Dans quel but ? demanda Burr.

— En simple touriste, répondit Eccles.

— Je veux une interdiction, Nicky. Je veux que tu remues ciel et terre. C'est pour ce genre de coup qu'on fait ce métier, tu te rappelles ? On a passé des nuits blanches à parler de ce moment précis.

— Ça c'est vrai », accorda Denham, comme si Burr avait soulevé un argument de poids.

Eccles souriait à la lecture d'un télégramme. Il utilisait trois corbeilles, prenait un télégramme dans l'une, le lisait et le balançait dans l'une des deux autres, ce qui semblait être son unique tâche de la journée.

« Mais il s'agit quand même bien de faisabilité, non ? demanda Denham, toujours assis sur l'accoudoir du fauteuil, ses longues jambes étirées devant lui, ses longues mains enfoncées dans ses poches.

— Mon rapport aussi. Et les propositions de Goodhew au Cabinet aussi, si elles arrivent jusque-là. Quand on veut, on peut, tu te rappelles, Nicky ? On ne se cachera jamais derrière la langue de bois – tu te souviens ? On fera venir tous les pays concernés autour d'une table. On les mettra au pied du mur, on les défiera de refuser. Un match de base-ball international, tu appelais ça. Moi aussi, d'ailleurs. »

Denham alla au mur derrière son bureau et tira sur un cordon caché dans les plis d'un épais rideau de mousseline. Une carte à grande échelle de l'Amérique centrale apparut, recouverte d'une pellicule transparente.

« Nous avons bien réfléchi à ton affaire, Leonard, dit-il d'un ton narquois.

— Ce sont des actes que j'attends, Nicky. J'ai déjà beaucoup réfléchi de mon côté. »

Un bateau rouge était épinglé au large du port de Colón, en ligne avec une demi-douzaine de bateaux gris. À l'extrêmité sud du canal étaient reportées en tracés de couleurs différentes les routes qu'ils étaient susceptibles de suivre vers l'est ou l'ouest du golfe de Panamá.

« On n'est pas restés à se tourner les pouces pendant que tu te démenais, je t'assure. Alors, navire en vue ! Le *Lombardy*, bourré d'armes jusqu'aux écoutilles. Du moins, il faut espérer, parce que sinon on est dans la merde la plus noire, mais c'est une autre histoire.

— Est-ce que c'est la dernière position connue ?

— Je crois bien.

— C'est en tout cas la dernière, à notre connaissance », intervint Eccles en laissant tomber un télégramme vert dans la corbeille du milieu. Il avait un accent des basses terres d'Écosse. Burr l'avait oublié, mais il se souvenait, à présent. S'il y avait un accent aussi désagréable à son oreille qu'un crissement d'ongle sur un tableau noir, c'était celui-là. « Les Cousins avancent au ralenti, ces derniers temps, fit observer Eccles après un léger claquement de langue contre ses dents de devant. C'est la faute à cette fichue Vandon, Bar-ba-ra. Elle veut tout en trois exemplaires. » Second claquement de langue désapprobateur.

Soucieux de ne pas s'emporter, Burr persista à ne s'adresser qu'à Denham. « Il y a deux vitesses, Nicky. Une pour Bernicle, une pour l'autre opération. Le Service d'Intervention américain s'est fait rouler dans la farine par les Cousins.

— L'Amérique centrale est la chasse gardée des Cousins, dit Eccles avec son fort accent des basses terres, sans lever les yeux de ce qu'il lisait. Ils écoutent et observent, et nous, on bénéficie de ces renseignements. Inutile de s'y mettre à deux quand un seul suffit. C'est du gaspillage. Complet. Surtout par les temps qui courent. » Il posa un télégramme dans une corbeille. « Ce serait jeter l'argent par les fenêtres, pour tout dire. »

Denham reprit la parole avant même qu'Eccles ait fini, apparemment soucieux de presser l'allure : « Supposons donc qu'il se trouve là où il se trouvait aux dernières nouvelles, suggéra-t-il avec enthousiasme, son index osseux posé sur la poupe du *Lombardy*. Il a un équipage colombien – ce n'est pas encore confirmé, mais supposons –, il fait route vers le canal et Buenaventura. En tout point exactement comme indiqué par ta merveilleuse source. Bravo. Si les choses suivent un cours normal, et l'on suppose que c'est l'objectif recherché, il atteindra le canal dans la journée d'aujourd'hui. D'accord ? »

Personne ne lui répondit.

« Le canal est à sens unique. Descente le matin, remontée l'après-midi. Ou bien est-ce le contraire ? »

Une grande jeune femme aux longs cheveux châtains entra dans la pièce, et sans mot dire, tirant sa jupe sous elle, s'assit d'un air guindé devant un écran d'ordinateur comme si elle s'apprêtait à jouer du clavecin.

« Ça dépend, dit Eccles.
– Rien ne l'empêche de faire demi-tour et de gicler sur Caracas, j'imagine, poursuivit Denham tandis qu'il poussait du doigt le *Lombardy* dans le canal. Excusez mon langage, Priscilla. Ou de remonter vers le Costa Rica, n'importe où. Ou, en suivant cette route-là, d'arriver en Colombie par l'ouest, pour peu que les cartels lui garantissent un port sûr. Et ils peuvent garantir tout ce qu'ils veulent. Mais bon, on en reste à l'hypothèse Buenaventura, parce que c'est ce que tu nous as dit. D'où ces lignes sur ma jolie carte.
– Des dizaines de camions militaires attendent de les réceptionner à Buenaventura, fit Burr.
– On n'a pas eu de confirmation, contra Eccles.
– Oh que si, répondit Burr sans élever la voix. Grâce à la défunte source de Strelski via Moranti, et indépendamment, à des photographies par satellite de camions sur la route.
– Il y en a en permanence, sur cette route, fit remarquer Eccles avant de s'étirer, les deux bras en l'air, comme si la présence de Burr lui ôtait toute énergie. De toute façon, la source défunte de Strelski est discréditée. Pas mal de gens sont d'avis qu'il a raconté des conneries depuis le début. Tous ces mouchards inven-

tent. Ils s'imaginent que leur peine en sera réduite d'autant.

— Nicky, dit Burr à Denham, qui lui tournait le dos pour faire entrer le *Lombardy* dans le golfe de Panamá.

— Leonard ?

— Est-ce qu'on va l'arraisonner ? L'arrêter ?

— Tu veux dire les Américains ?

— Peu importe qui. Oui ou non ? »

Avec un hochement de tête devant l'entêtement de Burr, Eccles expédia ostensiblement un autre télégramme dans une corbeille. La claveciniste avait ramené ses cheveux derrière les oreilles, passé le bout de la langue entre ses dents, et pianotait devant son écran, que Burr ne pouvait voir.

« Eh bien, comprends-tu, Leonard, c'est là que ça commence à merder, répondit Denham, à nouveau débordant d'enthousiasme. Pardon, Priscilla. Pour les Américains, Dieu merci, pas pour nous. Si le *Lombardy* ne s'écarte pas de la côte... » – son bras décrivit un arc de cercle pour venir s'arrêter sur un tracé qui suivait la côte irrégulière reliant le golfe de Panamá et Buenaventura – « ... alors, pour autant qu'on puisse en juger, les Américains l'ont dans l'os. Le *Lombardy* passera directement des eaux territoriales panaméennes aux colombiennes, vois-tu, de sorte que nos pauvres Américains n'auront pas l'occasion d'aller y voir de plus près.

— Pourquoi ne pas l'arrêter dans les eaux panaméennes ? Les Américains sont partout au Panamá. Ils y sont comme chez eux, du moins c'est ce qu'ils croient.

— Pas du tout. S'ils veulent prendre le *Lombardy* à l'abordage en crachant des obus par toutes leurs pièces, il faudra qu'ils restent dans le sillage de la marine panaméenne. Ne ris pas.

— Je ne ris pas, c'était Eccles.

— Et pour faire bouger les Panaméens, il faudrait prouver que le *Lombardy* a commis une infraction aux lois du Panamá. Or ce n'est pas le cas. Il fait route vers la Colombie après une escale à Curaçao.

— Mais il regorge d'armes de contrebande, bon Dieu !
— C'est toi qui le dis. Ou plutôt ta source. Et on espère sacrément que tu as raison, inutile de le préciser. Enfin, qu'elle a raison. Mais le *Lombardy* ne constitue pas une menace pour le Panamá, et il se trouve aussi qu'il est immatriculé là-bas. Et les Panaméens n'ont pas le moindre envie d'être pris à accorder des pavillons de complaisance pour ensuite inviter les Américains à les arracher. En fait, à l'heure actuelle, c'est presque impossible de convaincre les Panaméens de faire quoi que ce soit. *Post Noriega tristis*, je dirais. Pardon, Priscilla. L'humeur est plutôt à la rancœur sourde. Ils pansent une fierté nationale très atteinte. »

Burr se leva. Eccles l'observait d'un œil mauvais, tel un policier qui a repéré quelque chose de louche. Denham l'avait probablement entendu se lever, mais il s'était réfugié dans l'observation de sa carte. La dénommée Priscilla avait cessé de pianoter.

« Très bien, frappons dans les eaux territoriales colombiennes ! lança Burr presque en criant, un doigt menaçant pointé vers la côte au nord de Buenaventura. Faisons pression sur le gouvernement colombien. On les aide bien à faire le ménage chez eux, non ? À se débarrasser de la plaie des cartels de la cocaïne ? À démanteler les labos clandestins à leur place ? » Sa voix chevrotait un peu, ou peut-être beaucoup, mais il ne s'en rendait pas bien compte. « Ça ne devrait pas franchement réjouir le gouvernement colombien de voir des armes affluer dans Buenaventura pour équiper la nouvelle armée des cartels. Enfin, Nicky, tout ce qu'on s'est dit, c'est oublié ? Hier a été classé top secret, ou quoi ? Explique-moi la logique de cette histoire.

— Si tu crois qu'on peut dissocier le gouvernement colombien des cartels, tu te fourres le doigt dans l'œil, rétorqua Denham avec une fermeté surprenante chez lui. Et si tu crois qu'on peut dissocier la cocaïne de l'économie des pays d'Amérique latine, tu l'as dans le baba.

— Dans le cul, corrigea Eccles sans offrir d'excuses à Priscilla.

— Pour beaucoup de gens, là-bas, la coca est doublement une bénédiction divine, reprit Denham, qui se lançait dans une litanie disculpatrice. Non seulement l'Oncle Sam décide de s'empoisonner, mais du même coup il enrichit les Latinos opprimés ! Quoi de plus épatant ? Oh, ils vont être ravis de coopérer avec l'Oncle Sam sur ce coup, les Colombiens, tu penses ! Mais ils ne seront peut-être pas tout à fait prêts à temps pour intercepter la cargaison. Désolé, ça exige des semaines d'efforts diplomatiques, et beaucoup de gens sont en vacances... Et puis ils vont absolument vouloir une garantie de remboursement pour quand ils la ramèneront au port. Tout ce travail de déchargement, les heures supplémentaires, les horaires de nuit... » La simple force de son sermon imposait le calme. Il n'est pas facile de fulminer et d'écouter en même temps.

« Et puis, ils demanderont à être indemnisés au cas où le *Lombardy* serait en situation régulière. Et si ce n'est pas le cas, ce que je ne demande qu'à croire, ils vont marchander à mort pour savoir à qui reviendront les armes après confiscation. Qui en aura la garde, qui pourra les revendre aux cartels quand tout sera fini. Et qui ira en prison, et où, pour combien de temps, et avec combien de putains pour rendre son séjour plus agréable. Et de combien de malabars il pourra disposer pour s'occuper de lui, de lignes téléphoniques pour diriger ses affaires, commanditer ses assassinats, et parler à ses cinquante directeurs de banques. Et qui touchera un pot-de-vin quand il décidera que sa détention a assez duré, au bout de six semaines environs. Et qui tombera en disgrâce, qui recevra une promotion, qui aura une médaille pour acte de bravoure quand il s'évadera. Pendant ce temps-là, d'une manière ou d'une autre, tes armes seront parvenues sans encombre aux mains de ceux qu'on a formés à les utiliser. Bienvenue en Colombie ! »

Burr rassembla ce qui lui restait de sang-froid. Il était

à Londres, au pays de la puissance illusoire, dans les allées du pouvoir. Il avait gardé la solution la plus évidente pour la fin, peut-être parce qu'il savait que, dans le monde où évoluait Denham, l'évidence n'allait pas de soi.

« Bon, entendu, concéda-t-il en frappant un petit coup sec sur le centre du Panamá avec le dos de la main. Coinçons le *Lombardy* pendant la remontée du canal. Il est exploité par les Américains, c'est eux qui l'ont construit. Ou bien y a-t-il dix autres bonnes raisons qu'on reste comme ça, le cul sur une chaise ?

— Oh, mais mon cher ! s'offusqua un Denham toujours enthousiaste. Ce serait contraire à l'article le plus sacré du traité. Personne — ni les Américains, ni même les Panaméens — n'a le droit de fouiller un navire suspect. À moins de pouvoir prouver qu'il représente un danger physique pour le canal. Ça pourrait peut-être marcher s'il était bourré de bombes prêtes à exploser. Et encore, il faudrait qu'elles soient vieilles, pas neuves. Et qu'on arrive à prouver qu'elles sont prêtes à exploser. Il y aurait intérêt à être sûr et certain — si elles sont bien emballées, c'est fichu. Tu peux les fournir, toi, ces preuves ? Enfin, de toute façon, c'est une affaire qui ne concerne que les Américains. Nous sommes là en simples observateurs, Dieu merci. Prêts à donner un coup de main en cas de besoin. Discrets, le reste du temps. On fera sans doute une démarche auprès des Panaméens si on nous le demande. De concert avec les Américains, bien sûr. Juste pour les soutenir un peu. On pourrait peut-être même en faire une auprès des Colombiens, si le Département d'État nous force la main. Il n'y a pas grand-chose à perdre en ce moment.

— Quand ?

— Quand quoi ?

— Quand allez-vous tenter de mobiliser les Panaméens ?

— Demain, probablement. Ou après-demain. » Il consulta sa montre. « Quel jour sommes-nous ? » Il paraissait important pour lui de ne pas savoir. « Ça dépend de l'emploi du temps des ambassadeurs. Quand a lieu le carnaval, Priscilla, j'oublie ? Au fait, je te présente Priscilla. Désolé de ne pas l'avoir fait plus tôt. »

Priscilla, qui tapait sans bruit à l'ordinateur, répondit que ce n'était pas avant une éternité. Eccles lisait toujours ses télégrammes.

« Mais tu as déjà examiné toutes les solutions, Nicky ! implora Burr en une ultime prière au Denham qu'il croyait connaître. Qu'est-ce qui a changé ? Le Comité directeur interservices a tenu des réunions stratégiques à la pelle ! Tu avais trois plans en réponse à toutes les éventualités ! Si Roper fait ci, on fait ça. Ou ça. Ou ça. Tu te rappelles ? J'ai lu les minutes. Toi et Goodhew, vous aviez tout mis au point avec les Américains. Plan A plan B. Qu'est-il advenu de tout ce travail ?

— Pas facile de négocier une hypothèse, Leonard, répondit Denham, impassible. Surtout avec des Latins. Je voudrais te voir à mon bureau pendant quelques semaines. Il faut leur présenter des faits. Les Latins ne lèvent pas le petit doigt tant qu'il n'y a pas du concret.

— Et même là..., murmura Eccles.

— Note bien, fit Denham d'un ton encourageant, à ce que j'entends, les Cousins se donnent un mal fou pour que ça aboutisse. Nous, là-dedans, on compte pour du beurre. Et bien sûr, Darling Katie remuera ciel et terre à Washington.

— Katie est épatante », approuva Eccles.

Burr fit une dernière tentative, affreusement mal inspirée. Elle était de la même veine que d'autres actes irréfléchis qu'il commettait parfois, et comme d'habitude il regretta aussitôt d'avoir parlé.

« Et le *Horacio Enriques*, hein ? C'est trois fois rien, Nicky, mais il fait route vers la Pologne avec une cargaison de cocaïne suffisante pour que toute l'Europe de l'Est se défonce pendant six mois.

— Désolé, tu te trompes de service, répondit Denham. Essaie l'Hémisphère Nord, à l'étage en dessous. Ou les Douanes.

— Comment pouvez-vous être si sûr que c'est le bon bateau ? demanda Eccles en souriant à nouveau.
— Par ma source.
— Il y a douze cents conteneurs à bord. Vous allez tous les inspecter ?
— Je connais les numéros, dit Burr, n'en revenant pas.
— Vous voulez dire que votre source les connaît.
— Je veux dire que je les connais, moi.
— Les numéros des conteneurs ?
— Oui.
— Tant mieux pour vous. »

A la porte de l'immeuble, alors que Burr enrageait encore contre le monde entier, le concierge lui tendit un mot. Il émanait d'un autre vieil ami, cette fois au ministère de la Défense, qui regrettait, en raison d'un grave imprévu, de ne pouvoir finalement se rendre à leur rendez-vous convenu à midi.

En passant la porte de Rooke, Burr sentit une odeur d'après-rasage. Rooke était assis à son bureau, droit comme un I, impeccable, s'étant changé après son voyage, un mouchoir propre dans la manche, le *Daily Telegraph* du jour posé dans sa corbeille à courrier. On aurait pu croire qu'il n'avait jamais quitté Tonbridge.

« J'ai téléphoné à Strelski il y a cinq minutes. Le jet de Roper est toujours introuvable, dit Rooke avant que Burr puisse lui poser la question. Le contrôle aérien raconte une histoire invraisemblable sur des trous noirs radars. Des salades, si vous voulez mon avis.
— Tout se passe comme ils l'ont prévu. La came, les armes, l'argent, tout ça gentiment acheminé à destination. C'est l'art de l'impossible porté à la perfection, Rob. Tous les bons moyens sont illégaux, et la seule marche à suivre est pourrie. Vive Whitehall.
— Goodhew veut le point sur Bernicle avant la fin de la journée, dit Rooke en signant un papier. Trois mille mots. Pas d'adjectifs.
— Où est-ce qu'ils l'ont emmené, Rob ? Qu'est-ce qu'ils sont en train de lui faire, à cette minute même ?

Pendant qu'on est là à se préocuper d'adjectifs ? »

Stylo en main, Rooke continua son examen des documents posés devant lui. « Votre Bradshaw bidouille les comptes, fit-il observer que le ton d'un homme du monde qui en blâme un autre. Il arnaque Roper en faisant des courses pour lui. »

Burr jeta un coup d'œil par-dessus l'épaule de Rooke. Sur le bureau se trouvaient une liste des achats illégaux d'armes américaines et anglaises par sir Anthony Joyston Bradshaw en sa qualité de représentant de Roper, et une photographie grandeur nature, prise par Jonathan, de la feuille où Roper avait crayonné des chiffres, sortie de ses corbeilles de classement dans ses appartements. La différence représentait une commission non déclarée de plusieurs centaines de milliers de dollars pour Bradshaw.

« Qui a vu ces documents ? demanda Burr.
— Vous et moi.
— Ça ne sort pas d'ici. »

Burr appela sa secrétaire et, dynamisé par sa colère, lui dicta une remarquable synthèse de l'opération Bernicle, sans adjectifs. Après avoir donné ordre qu'on le prévienne de tout élément nouveau, il partit retrouver sa femme, et ils firent l'amour pendant que les enfants se chicanaient au rez-de-chaussée. Puis il joua avec eux pendant qu'elle faisait sa tournée. Il retourna au bureau et, après avoir examiné les chiffres de Rooke dans l'intimité de son antre, se fit apporter un paquet de fax et de transcriptions d'appels interceptés entre Roper et sir Anthony Joyston Bradshaw de Newbury, dans le Berkshire. Puis il sortit le volumineux dossier personnel de Bradshaw, qui commençait dans les années soixante, à l'époque où il n'était guère qu'une nouvelle recrue de plus dans le monde du trafic d'armes, croupier à temps partiel, chevalier servant de riches femmes plus âgées que lui, et informateur zélé mais malaimé du Renseignement britannique.

Burr passa le restant de la nuit à son bureau, devant les téléphones muets. Goodhew l'appela à trois reprises pour avoir des nouvelles. Les deux premières fois, Burr lui répondit : « Rien à signaler ». Mais la troisième, il renversa la situation :

« On n'entend plus beaucoup parler de votre Palfrey, Rex, n'est-ce pas ?

— Leonard, on n'aborde pas ce genre de sujet. »

Mais pour une fois Burr n'avait que faire des procédures de protection des sources. « Dites-moi voir, est-ce que Harry Palfrey signe toujours les mandats de River House ?

— Les mandats ? Quels mandats ? Vous voulez dire les mandats d'autorisation pour mettre les téléphones sur écoute, ouvrir le courrier, placer des micros ? Ils doivent être signés par une ministre, Leonard. Vous le savez parfaitement.

— Je veux dire, c'est toujours lui le juriste de service ? fit Burr en ravalant son impatience. Il prépare leurs rapports, veille à ce qu'ils soient conformes à la ligne ministérielle...

— C'est une de ses tâches, oui.

— Et à l'occasion, il signe leurs mandats. Quand le ministre de l'Intérieur est coincé dans un embouteillage, par exemple. Ou quand le ciel leur tombe sur la tête. Dans les cas extrêmes, Harry est autorisé à user de sa discrétion, et à régulariser les choses avec le ministre après coup. C'est ça ou le système a changé ?

— Leonard, vous divaguez, ou quoi ?

— Probablement.

— Rien n'a changé, répondit Goodhew, d'une voix au désespoir contenu.

— Bien. Je m'en réjouis, Rex. Merci du renseignement. »

Et il se replongea dans la longue liste des péchés de Joyston Bradshaw.

La réunion plénière de crise du Comité directeur interservices était fixée à 10 h 30 le lendemain, mais Goodhew arriva en avance pour s'assurer que tout était en ordre dans la salle de conférences au sous-sol, et distribuer l'ordre du jour et les minutes de la précédente réunion. L'expérience lui avait appris que l'on délègue ce genre de choses à ses risques et périls.

Comme un général avant la bataille décisive, il avait dormi d'un sommeil léger et s'était réveillé à l'aube, l'esprit clair et résolu. Il savait pouvoir compter sur de nombreux soldats. Il les avait recensés, avait fait pression sur eux et, pour aviver leur dévouement, leur avait donné à chacun un exemplaire de son désormais célèbre rapport liminaire au Comité directeur, « Une ère nouvelle », démontrant qu'en matière de gouvernement à huis clos, de lois sur la rétention d'information et de méthodes inavouables pour dissimuler les affaires d'État aux citoyens, la Grande-Bretagne dépassait toutes les autres démocraties occidentales. Dans une note jointe au rapport de Burr, il les avait aussi prévenus que le Comité allait subir une mise à l'épreuve légitime de son autorité.

La première personne à arriver dans la salle de conférences après lui fut son ancien camarade d'école Padstow, l'hypersensible qui avait fait exprès de danser avec les filles les moins attirantes pour leur donner confiance en elles.

« Au fait, Rex, tu te rappelles cette lettre personnelle top secrète que tu m'as envoyée pour me couvrir quand ton Burr préparait sa petite mise en scène dans l'ouest du pays ? Pour mon dossier personnel ?

– Bien sûr, Stanley.

– Euh, tu n'en aurais pas une copie, par hasard ? Je n'arrive pas à remettre la main dessus. J'aurais pourtant juré l'avoir rangée dans mon coffre.

– Il me semble qu'elle était manuscrite.

— Mais tu ne l'aurais pas photocopiée avant de me l'envoyer ? »

Leur conversation fut interrompue par l'arrivée de deux secrétaires adjoints du Cabinet. L'un fit à Goodhew un sourire rassurant, l'autre, Loaming, s'occupa d'épousseter sa chaise avec son mouchoir. *Loaming est un des leurs*, avait dit Palfrey. *Il a toute une théorie sur la nécessité d'un sous-prolétariat mondial. Les gens pensent qu'il plaisante.* Ils furent suivis par les chefs des divers services de Renseignement militaire, puis par deux barons des Transmissions et de la Défense, et Merridew de l'Hémisphère Nord au Foreign Office, avec une assistante à l'air sérieux prénommée Dawn. La nouvelle nomination de Goodhew était un secret de polichinelle. Certains lui serrèrent la main, d'autres lui murmurèrent maladroitement quelques mots d'encouragement. Merridew, ailier avant pour Cambridge quand Goodhew était demi d'ouverture à Oxford, alla même jusqu'à lui donner une petite tape sur le bras – ce à quoi Goodhew réagit par une pantomime exagérée, affecta une douleur terrible et cria : « Oh là là, vous m'avez cassé le bras, Tony ! ».

Mais les rires forcés s'arrêtèrent net à l'arrivée de Geoffrey Darker et de son adjoint à l'air rassurant, Neal Marjoram.

Ils volent Rex, avait dit Palfrey. *Ils mentent, ils conspirent... L'Angleterre est trop petite pour eux... L'Europe des Balkans est une tour de Babel... Washington est leur Rome...*

La réunion commença.

« À l'ordre du jour, l'opération Bernicle, monsieur le ministre », déclare Goodhew du ton le plus neutre possible. Comme toujours, il est secrétaire de séance, et son maître président d'office. « Il y plusieurs problèmes très urgents à résoudre. Pour agir aujourd'hui. La situation est résumée dans le rapport de Burr, et jusqu'à il y a une heure en tout cas, il n'y avait pas d'élément nouveau. Il faut également discuter de la compétence des différents services concernés.

— Mais où sont les représentants de l'Intervention ? grommelle son maître, apparemment d'humeur maussade. C'est quand même curieux de parler d'une affaire concernant l'Intervention sans un seul Intervenant parmi nous.

— Le Service d'Intervention est toujours une agence cooptée, monsieur le ministre, je suis au regret de le dire. Certains d'entre nous ont pourtant insisté pour qu'il obtienne une charte. Seuls les corps officiels et les chefs de service sont représentés aux réunions plénières du Comité.

— Eh bien, je pense qu'on devrait faire venir votre Burr. Enfin, c'est un comble ! Il a mené toute l'opération, il la connaît par cœur, et il n'est pas là pour nous en parler. Vous ne trouvez pas ? Non ? » insiste-t-il avec un regard circulaire.

Goodhew n'avait pas espéré pareille occasion. Il sait que Burr est assis dans son bureau à moins de cinq cents mètres de là. « Si c'est votre avis, monsieur le ministre, permettez-moi de convoquer Leonard Burr à cette réunion et de consigner qu'un précédent vient d'être établi, à savoir que des agences cooptées impliquées dans des affaires centrales aux délibérations de votre Comité peuvent être considérées comme officielles, en attendant leur obtention d'une charte.

— Objection ! interrompt Darker. L'Intervention, ce ne sera qu'un début. Si on admet Burr ici, on se retrouvera avec toutes les petites agences bidon de Whitehall. Or elles sont inefficaces. Elles créent des problèmes, et après elles n'ont pas le poids pour les régler. On a tous lu le rapport de Burr, et pour la plupart on connaît aussi l'opération par d'autres biais. D'après l'ordre du jour, on doit parler de commandement et de contrôle. La dernière chose dont on a besoin, c'est que le sujet de notre discussion soit assis là à écouter.

— Mais Geoffrey, c'est vous le sujet permanent de nos discussions », objecte Goodhew d'un ton badin.

Le ministre marmonne quelque chose comme « Bon, bon, restons-en là pour le moment ». Au terme du premier round, les deux adversaires sont à égalité, légèrement égratignés.

Petit interlude tandis que les chefs du Renseignement aérien et naval relatent leurs succès respectifs pour retrouver la trace du *Horacio Enriques*. À la fin de leur rapport, ils font fièrement circuler des photographies plein cadre.

« Ça m'a l'air d'un pétrolier tout ce qu'il y a de plus normal, remarque le ministre.

– Ça l'est sans doute », convient Merridew, qui déteste les espiocrates.

Quelqu'un tousse. Une chaise grince. Goodhew entend une sorte de braiment nasal étonnamment aigu, celui si familier d'un politicien britannique de haut rang se préparant à développer un argument.

« Mais en fait, pourquoi est-ce à nous de nous en occuper, Rex ? souhaite savoir le ministre. Il va en Pologne, c'est un bateau panaméen, une compagnie de Curaçao. À mes yeux, ça n'est pas du tout notre problème. Vous me demandez de faire monter l'affaire jusqu'au 10 Downing Street. Moi, je vous demande pourquoi on se trouve même assis ici à en parler.

– Ironbrand est une compagnie anglaise, monsieur le ministre.

– Non, bahamienne, me semble-t-il. » Petite interruption. Avec les gestes maniérés et ostentatoires d'un homme plus âgé, le ministre feuillette le résumé en trois mille mots de Burr. « Mais oui, bahamienne, c'est écrit là.

– Les directeurs sont anglais, les commanditaires sont anglais, et les preuves contre eux ont été réunies par une agence anglaise sous l'égide de votre ministère.

– Alors donnez nos preuves aux Polonais, et on peut tous rentrer chez nous ! fait le ministre, très content de lui. Un plan génial, à mon humble avis. »

Toujours glacial, Darker sourit pour marquer son appréciation de ce trait d'humour, puis, fait sans précédent, reprend Goodhew sur le choix de ses termes. « Pourrait-on dire "témoignage" plutôt que "preuves", Rex ? Avant qu'on ne se laisse tous emporter.

– Je ne me laisse pas emporter, Geoffrey, et je ne me laisserai jamais emporter, sauf les pieds devant ! rétorque Goodhew avec trop de véhémence, pour le plus grand malaise de ses supporters. Quant à donner nos preuves aux Polonais, l'Intervention le fera à sa discrétion, et pas avant qu'une décision n'ait été prise concernant la façon d'agir contre Roper et ses complices. La responsabilité de l'arraisonnement du bateau transportant les armes a déjà été concédée aux Américains. Je ne me propose pas de céder le reste de nos responsabilités aux Polonais, sauf si je reçois des instructions en ce sens de mon ministre. Il s'agit d'un syndicat du crime riche et bien organisé dans un pays très pauvre. Les criminels ont choisi Gdansk parce qu'ils pensent pouvoir tout contrôler là-bas. S'ils ont vu juste, ce que nous dirons au gouvernement polonais ne fera aucune différence, la cargaison sera débarquée de toute façon, et on grillera la source de Burr pour rien, sinon le plaisir de prévenir Onslow Roper qu'on est sur sa piste.

– Peut-être que la source de Burr est déjà grillée, suggère Darker.

– C'est toujours une possibilité, Geoffrey. L'Intervention a de nombreux ennemis, dont certains de l'autre côté de la Tamise. »

Pour la première fois, l'ombre fantomatique de Jonathan plane sur eux. Goodhew ne le connaît pas personnellement, mais il a suffisamment partagé les angoisses de Burr pour les éprouver à nouveau en ce moment. Peut-être cette expérience ranime-t-elle son indignation, car une fois de plus il change soudain de couleur en reprenant son exposé, la voix légèrement plus haute qu'à l'accoutumée.

Selon les règles concertées du Comité directeur, dit-il, toute agence, aussi petite soit-elle, est souveraine en son domaine.

Et toute agence, aussi importante soit-elle, doit fournir aide et soutien à toute autre, et respecter ses droits et ses libertés.

Dans l'opération Bernicle, poursuit-il, ce principe a été constamment critiqué par River House, qui exige le contrôle de l'opération sous prétexte que leurs homologues aux États-Unis en font autant…

Darker interrompt. Sa grande force, c'est de ne jamais faire dans la demi-mesure. Il joue soit d'un silence assourdissant, soit, in extremis, de sa capacité à retourner sa veste quand la bataille semble irrémédiablement perdue, soit, comme à présent, de sa force d'attaque. « Mais qu'est-ce que ça veut dire "leurs homologues aux États-Unis en font autant"? lance-t-il d'un ton cassant. Le contrôle de Bernicle a été *accordé* aux Cousins. Les Cousins *dirigent* cette opération, mais pas River House. Pourquoi donc? Il devait pourtant y avoir parallélisme, Rex, selon votre règle savante. C'est vous qui l'avez rédigée. Maintenant, il faut assumer. Si les Cousins dirigent Bernicle là-bas, alors River House devrait en faire autant ici. »

À la fin de l'envoi, il se renfonce dans son siège, attendant la prochaine occasion de toucher. Marjoram attend comme lui. Et si Goodhew fait mine de ne pas avoir entendu, l'attaque de Darker l'a atteint. Il s'humecte les lèvres, jette un coup d'œil à son vieux complice Merridew dans l'espoir qu'il dira quelque chose. En vain. Alors il revient à la charge, mais commet une erreur fatale : il s'écarte de son plan de bataille et fait un discours au pied levé, empreint d'une ironie excessive.

« Quand on invite le Renseignement Pur à nous expliquer pourquoi l'opération Bernicle devrait être retirée au Service d'Intervention… » – il regarde autour de lui d'un air furieux, et voit son maître contempler le mur de brique blanc en affectant l'ennui – « on nous fait comprendre qu'il y a un mystère. Un mystère qui s'appelle Amiral, une opération si secrète et si vaste, apparemment, qu'elle autorise à peu près tout crime mentionné dans le code pénal.

Ça s'appelle la "géopolitique", ça s'appelle... » Il voudrait pouvoir abandonner une telle emphase rhétorique, mais il est incapable de s'arrêter sur sa lancée. Comment Darker ose-t-il le dévisager ainsi ? Et ce poseur de Marjoram ! Ces escrocs ! « Ça s'appelle la "normalisation". Ça s'appelle "des réactions en chaîne trop compliquées à décrire". Des "intérêts qui ne peuvent être divulgués". » Il s'entend chevroter sans pouvoir se contrôler. Il se rappelle avoir supplié Burr de ne jamais emprunter cette voie. Mais lui-même ne peut s'en empêcher. « On nous parle d'un "schéma plus vaste", que nous ne pouvons pas comprendre parce que ça nous "dépasse". En d'autres termes, le Renseignement Pur doit récupérer Bernicle et on n'a rien à dire ! » Il a de l'eau dans les oreilles, les yeux embués, et doit s'interrompre un instant pour que sa respiration se calme.

« Parfait, Rex, dit son maître. Content de voir que vous êtes en forme. Maintenant, parlons sérieusement. Geoffrey, vous m'avez envoyé un rapport selon lequel toute cette opération Bernicle telle que la traite l'Intervention est une vaste fumisterie. Pourquoi ?

— Pourquoi n'ai-je pas eu copie de ce rapport ? intervient Goodhew contre toute sagesse.

— Amiral, réplique Marjoram dans un silence de mort. Vous n'avez pas l'habilitation requise pour Amiral, Rex. »

Loin de soulager Goodhew, l'explication plus détaillée que fournit Darker lui retourne le couteau dans la plaie : « Amiral est le nom de code du côté américain de l'opération, Rex. Comme condition à notre participation, ils nous ont imposé une compartimentation très stricte. Désolé. »

Darker a la parole. Il ouvre un dossier que lui tend Marjoram, s'humecte le doigt et tourne une page. Il sait choisir le moment propice, quand tous les regards sont rivés sur lui. Il aurait pu faire un évangéliste médiocre. Il en a le faux brillant, la posture, le derrière étrangement proéminent. « Vous voulez bien que je vous pose quelques questions, Rex?

— Je crois que votre service a pour maxime que seules les réponses sont dangereuses, Geoffrey », contre Goodhew. Mais l'humour n'étant pas son fort, sa remarque paraît simplement acerbe et stupide.

« Est-ce la même source qui a parlé à Burr de la came et de la cargaison d'armes pour Buenaventura?

— Oui.

— Est-ce cette même source qui a été à l'origine de l'opération? Ironbrand, la drogue contre les armes, l'affaire qui se monte?

— Cette source-là est morte.

— Vraiment? fait Darker, l'air plus intéressé qu'attristé. Alors tout ça est venu d'Apostoll, hein? L'avocat de la drogue qui jouait sur tous les tableaux à la fois pour une réduction de peine?

— Je n'ai pas l'habitude d'appeler une source par son nom comme ça!

— Oh, ça n'est pas un problème quand elle est morte. Ou bidon. Ou les deux. »

Nouvelle pause théâtrale tandis que Darker étudie le dossier de Marjoram. Les deux hommes ont des affinités évidentes.

« Est-ce la source de Burr qui a révélé toutes ces horreurs sur l'implication prétendue de certaines institutions financières anglaises dans l'affaire? s'enquiert Darker.

— Une seule et même source a fourni ces renseignements et bien d'autres. Je ne trouve pas correct de discuter plus longtemps des sources de Burr.

— *Des* sources ou de *la* source?

— Je ne me laisserai pas piéger.

— Est-elle vivante, cette source unique?

— Vivante, oui. Sur le reste, je ne dis rien.

— Homme ou femme?

— Je passe. Monsieur le ministre, j'objecte.

— Alors vous êtes en train de nous dire qu'une source vivante, homme ou femme, a signalé le deal à Burr, ainsi que la dope, les armes, les bateaux, le blanchiment de l'argent et l'implication de la haute finance britannique, c'est ça?

— Vous omettez – délibérément, me semble-t-il – que presque toutes les informations fournies par la source de Burr ont été corroborées par de multiples sources techniques. Malheureusement, nous nous sommes récemment vu refuser l'accès à la plupart des renseignements techniques. J'ai l'intention de soulever cette question officiellement dans un instant.

— "Nous", ça veut dire le Service d'Intervention?

— En l'occurrence, oui.

— L'éternel problème, quand on fournit du matériau sensible à ces petites agences que vous aimez tant, c'est de savoir si elles sont sûres, voyez-vous.

— J'aurais cru que leur petite taille les rendait beaucoup plus sûres que des agences plus importantes avec des contacts douteux! »

Marjoram prend le relais, mais ça ne fait pas grande différence, car Darker continue à regarder Goodhew droit dans les yeux, et la voix de Marjoram, quoique plus douce, a les mêmes inflexions accusatrices.

« Il y a néanmoins certains cas où il n'y a pas de confirmation indépendante, avance Marjoram avec un large sourire compréhensif à la ronde. Des cas où seule la source a parlé, pourrait-on dire. Où elle vous a fourni des données qui, de fait, étaient impossibles à vérifier. "Voilà ce que j'ai pour vous, c'est à prendre ou à laisser", en quelque sorte. Et Burr a pris. Et vous aussi. Je me trompe?

— Puisque vous nous refusez l'accès à toutes les données collatérales récentes, nous avons appris à nous débrouiller sans. Monsieur le ministre, quand une source fournit des renseignements inédits, on ne peut pas les vérifier tous, c'est normal, non?

— C'est un peu théorique, tout ça, se plaint le

ministre. On pourrait passer au vif du sujet, Geoffrey ? Si je dois transmettre le dossier en haut lieu, il faut que je mette la main sur le secrétaire du Cabinet avant l'heure des questions au gouvernement. »

Marjoram sourit pour marquer son assentiment, mais ne change pas sa stratégie d'un iota. « C'est une sacrée source, Rex, je dois le reconnaître. Et une sacrée vacherie s'il vous mène en bateau. Il ou elle, pardon. Je ne suis pas sûr que je voudrais parier sur lui si je conseillais le Premier ministre, moi. Pas sans en savoir un peu plus sur lui ou elle. La foi illimitée en son agent, c'est très beau sur le terrain. Burr était un peu excessif, de ce côté-là, quand il travaillait encore à River House. On était obligé de le freiner.

— Le peu que je sache sur cette source me convainc totalement, rétorque Goodhew, s'embourbant davantage. Elle est loyale, et elle a fait d'immenses sacrifices dans l'intérêt de la nation. J'insiste pour qu'on l'écoute, qu'on la croie, et qu'on agisse sur la base de ses renseignements aujourd'hui. »

Darker reprend les rênes. Il regarde d'abord le visage de Goodhew, puis ses mains posées sur la table. De plus en plus tendu, celui-ci imagine, écœuré, que Darker trouverait amusant de lui arracher les ongles.

« Eh bien ça, dans le genre impartial ! commente Darker avec un coup d'œil au ministre pour s'assurer qu'il a pris note de l'auto-accusation du témoin. Je n'ai pas entendu une déclaration d'amour aussi passionnée depuis... » Il se tourne vers Marjoram. « Qu'est-ce que c'est son nom, déjà, au criminel en fuite ? Il en a tellement que j'ai oublié le vrai.

— Pyne, répond Marjoram. Jonathan Pyne. Je crois qu'il n'a pas de deuxième prénom. Il y a un mandat international contre lui depuis des mois.

— Vous n'êtes pas en train de me dire que Burr a écouté Pyne, Rex ? reprend Darker. Impossible. Il ne trompe personne. C'est comme si le poivrot du coin vous demandait de l'argent pour rentrer chez lui. »

Pour la première fois, Marjoram et Darker sourient

en même temps, avec un rien d'incrédulité à l'idée que quelqu'un d'aussi intelligent que ce bon vieux Rex Goodhew ait pu faire une bourde aussi monumentale.

Goodhew a la sensation de se trouver seul dans une grande pièce vide, à attendre une longue mise à mort publique. De très loin, il entend Darker lui expliquer obligeamment qu'il est assez normal, quand on envisage d'agir au plus haut niveau, que des services de renseignement ne cachent rien sur leurs sources.

« Enfin, voyez les choses de leur point de vue, Rex. Vous ne voudriez pas savoir si Burr a acheté les joyaux de la couronne ou une vulgaire imitation, vous ? On ne peut pas franchement dire qu'il ait des sources à la pelle, si ? Sur ce seul coup, il a dû payer au gars l'équivalent de son budget annuel. » Il se tourne vers le ministre. « Entre autres talents, ce Pyne contrefait des passeports. Il y a environ dix-huit mois, il est venu nous raconter une sombre histoire de cargaison d'armes sophistiquées voguant vers l'Irak. On a vérifié, on n'a rien trouvé de solide et on lui a montré la porte. On l'a même cru un peu timbré, pour tout dire. Il y a quelques mois, il refait surface comme factotum chez Dicky Roper à Nassau. Tuteur à temps partiel de son fils à problèmes. Et pendant ses loisirs, il essaie de colporter des rumeurs contre Roper dans les milieux du Renseignement. »

Il jette un coup d'œil sur le dossier ouvert devant lui pour s'assurer qu'il est aussi objectif que possible : « Il a un sacré casier. Meurtre, nombreux vols, trafic de drogue, possession illégale de divers passeports. J'espère vraiment qu'il n'ira pas dire à la barre qu'il a fait tout ça pour le Renseignement britannique. »

Toujours serviable, Marjoram désigne de l'index un passage plus bas sur la page. Darker le repère et hoche la tête en signe de remerciement.

« Oui, ça aussi c'est une histoire bizarre sur son compte. Quand Pyne était au Caire, il s'est apparemment frotté à un homme appelé Freddie Hamid, un des tristement célèbres frères Hamid. Pyne travaillait dans son hôtel, et devait probablement revendre de la drogue pour lui. Selon notre agent Ogilvey, il semblerait bien que Pyne ait tué la maîtresse de Hamid en la tabassant à mort. Il l'a emmenée à Louxor pour le week-end, et il l'a tuée dans un accès de jalousie. » Darker hausse les épaules et referme le dossier. « Il s'agit d'un personnage vraiment très instable, monsieur le ministre. Je ne trouve pas qu'on devrait demander au premier ministre d'autoriser une action radicale sur la base des élucubrations de Pyne. Ni à vous, d'ailleurs. »

Tout le monde regarde Goodhew, et la plupart détournent rapidement les yeux pour ne pas l'embarrasser. Marjoram semble particulièrement compatissant. Le ministre prend la parole, mais Goodhew se sent las. Peut-être est-ce là l'effet du mal, songe-t-il : la fatigue.

« Rex, vous devez répondre à ces accusations, se plaint le ministre. Burr a conclu un accord avec cet homme ou pas ? J'espère qu'il n'a rien à voir avec ses crimes ? Que lui avez-vous promis ? Rex, je tiens à ce que vous restiez. Il y a eu récemment beaucoup trop d'affaires où le Renseignement britannique a employé des criminels en leur promettant une remise de peine. Ne le faites surtout pas revenir dans ce pays, en tout cas. Burr lui a-t-il dit pour qui il travaillait ? Il lui a sans doute donné mon numéro de téléphone, pendant qu'il y était. Rex, revenez. » La porte semble terriblement loin. « Geoffrey m'apprend qu'il était dans les forces spéciales en Irlande. Il ne manquait plus que ça ! Ils vont vraiment nous remercier, les Irlandais. Enfin quoi, Rex, on a à peine entamé l'ordre du jour. Il y a des décisions importantes à prendre. Rex, ça fait vraiment mauvais effet. Ce n'est pas votre genre du tout. Je ne suis l'homme de personne, Rex. Au revoir. »

L'air est délicieusement frais dans l'escalier extérieur. Goodhew s'appuie contre le mur. Il a l'ombre d'un sourire.

« Vous devez attendre le week-end avec impatience, monsieur », dit respectueusement le concierge.

Touché par sa sollicitude, Goodhew cherche désespérément une réponse aimable.

Burr était en train de travailler. Son horloge interne était à l'heure américaine et son âme avec Jonathan, quel que fût l'enfer qu'il endurait. Mais son intellect, sa volonté et son inventivité étaient concentrés sur le travail devant lui.

« Votre homme a tout fichu en l'air, commenta Merridew quand Burr l'appela pour savoir comment la réunion du Comité directeur avait marché. Geoffrey l'a réduit en bouillie.

– Évidemment, Geoffrey Darker ment comme un arracheur de dents ! » expliqua Burr, prenant cette peine au cas où Merridew ne serait pas au parfum. Puis il se remit au travail.

À la mode River House.

Il était redevenu un espion, sans principes et sans scrupules. La vérité était le dernier de ses soucis.

Il envoya sa secrétaire en mission à Whitehall, dont elle revint à 14 heures, calme mais légèrement essoufflée, avec l'échantillonnage de papier à lettres qu'il lui avait ordonné de voler.

« Au travail », dit-il, et elle alla chercher son bloc sténo.

La plupart des lettres qu'il dicta étaient adressées à lui-même, certaines à Goodhew, deux à son maître. Les formules variaient : « Cher monsieur Burr », « Mon cher Leonard », « À l'attention du directeur du Service d'Intervention », « Monsieur le ministre »... Pour les plus formelles, il écrivait « Cher Untel » à la main en haut, et la première formule de politesse qui lui passait par la tête en bas. « Sincèrement », « Votre dévoué », « Meilleur souvenir », « Respectueusement »...

Il variait aussi l'inclinaison et les traits distinctifs de son écriture, ainsi que les encres et les stylos qu'il utilisait pour les divers correspondants.

Quant au papier officiel, il le choisissait de plus en plus épais à mesure qu'il escaladait l'échelle des postes de Whitehall. Pour les lettres ministérielles, il utilisa du bleu pâle, avec les armoiries officielles estampées en en-tête.

« On a combien de machines à écrire ? demanda-t-il à sa secrétaire.
– Cinq.
– Utilisez-en une pour chaque correspondant et une pour nous. Gardez la même pour chacun. »

Elle avait déjà pensé à ce détail.

De nouveau seul, il appela Harry Palfrey à River House d'un ton sibyllin.

« Mais il me faut une raison valable, protesta Palfrey.
– Vous l'aurez quand vous viendrez. »

Il téléphona ensuite à sir Anthony Joyston Bradshaw à Newbury.

« Je n'ai pas d'ordres à recevoir de vous, bordel ! s'exclama Bradshaw d'un ton hautain, presque l'écho de celui de Roper. Vous n'avez aucun pouvoir exécutif, vous êtes une bande de branleurs sur des sièges éjectables.
– Soyez là, c'est tout », lui conseilla Burr.

Hester Goodhew appela de Kentish Town pour dire que son mari n'irait pas travailler pendant quelques jours : l'hiver était toujours une saison difficile pour lui, expliqua-t-elle. Ensuite, Goodhew lui-même téléphona, sur le ton d'un otage auquel on aurait fait répéter son texte. « Vous gardez votre budget jusqu'à la fin de l'année, Leonard. Personne ne peut vous le supprimer. » Puis, soudain, sa voix craqua affreusement. « Ce pauvre garçon. Qu'est-ce qu'ils vont lui faire ? Je n'arrête pas de penser à lui. »

Burr également, mais il avait du pain sur la planche.

La salle d'interrogatoires au ministère de la Défense est blanche, dépouillée, éclairée et récurée comme une prison. C'est un placard aux murs de brique avec une fenêtre condamnée et un radiateur électrique qui pue la poussière brûlée dès qu'on le branche. L'absence de graffitis est inquiétante, car on a tendance à se demander si les derniers messages sont recouverts de peinture une fois l'occupant exécuté. Burr arriva en retard exprès. Quand il entra, Palfrey s'efforça de le regarder d'un air dédaigneux par-dessus son journal qui tremblait, et eut un petit sourire pincé.

« Eh bien, vous voyez, je suis venu », lança-t-il d'un ton agressif. Il se leva et replia son journal avec un soin exagéré.

Burr ferma soigneusement la porte à clé derrière lui, posa son attaché-case, accrocha son manteau à la patère, et donna une grande gifle à Palfrey. Mais sans passion, presque à contre-cœur. Comme à un épileptique pour stopper une attaque, ou à son propre enfant pour calmer une crise de nerfs.

Palfrey retomba sur le banc où il était assis et porta la main à sa joue.

« Sale brute ! » murmura-t-il.

Oui, sauf que Burr contrôlait totalement cette cruauté. Ses plus proches amis et sa femme ne l'avaient jamais vu d'une humeur si noire. Même lui s'était rarement senti ainsi. Il ne s'assit pas sur son gros derrière, mais s'agenouilla comme à l'église près de Palfrey, en collant presque son visage au sien. Et pour l'aider à mieux capter son message, il saisit à deux mains la cravate tachée d'alcool du pauvre diable et en fit un nœud coulant redoutable.

« J'ai été très très gentil avec vous jusqu'à aujourd'hui, Harry Palfrey, commença-t-il, dans un long discours qui gagnait à n'avoir pas été préparé. Je ne vous ai pas mis de bâtons dans les roues. Je ne vous ai pas dénoncé. J'ai regardé d'un œil indulgent vos aller et retour à travers la Tamise. Et que je fais des faveurs à Goodhew pour mieux le vendre ensuite à Darker, et que je joue sur tous les tableaux, comme d'habitude. Vous promettez toujours de divorcer à toutes les filles que vous rencontrez ? Bien sûr que oui ! Et puis vous rentrez chez vous ventre à terre pour jurer fidélité à votre femme ? Mais bien sûr ! Harry Palfrey et sa bonne conscience du samedi soir ! » Burr resserra le nœud coulant contre la pomme d'Adam du pauvre bougre. « "Oh, tout ce que je suis obligé de faire pour l'Angleterre, Mildred ! se plaignit-il en l'imitant. Tout ce qu'il en coûte à mon intégrité, Mildred ! Si tu en savais seulement le dixième, tu n'en dormirais plus pour le restant de tes jours – sauf avec moi, bien sûr. J'ai besoin de toi, Mildred. De ta chaleur, de ton réconfort. Mildred, je t'aime... Seulement, n'en parle pas à ma femme, elle ne pourrait pas comprendre. " » Il tira un grand coup sur la cravate. « Vous racontez toujours le même baratin, Harry ? Vous changez toujours de camp six fois par jour ? Vous mouchardez, vous remouchardez, vous reremouchardez au point de ne plus savoir où vous en êtes ? Mais bien sûr ! »

Il eût été malaisé pour Palfrey de répondre intelligiblement à ces questions, car Burr ne relâchait pas l'emprise de ses deux mains sur la cravate en soie. Elle était d'un gris argenté qui faisait ressortir les taches. Peut-être l'avait-il portée lors d'un de ses nombreux mariages. Elle semblait indestructible.

« La période du mouchardage est terminée, Harry, fit Burr d'une voix légèrement nostalgique. Le bateau a coulé. Il ne reste plus qu'un rat, et c'est vous. » Toujours sans lâcher prise, il rapprocha la bouche de son oreille. « Vous savez ce que c'est, ça, Harry ? demanda-t-il en soulevant le bout de la cravate. C'est la langue de maître Paul Apostoll, qui lui ressortait par la gorge, à la colombienne, grâce au mouchardage de Harry Palfrey. Vous avez *vendu* Apostoll à Darker. Vous vous souvenez ? Du même coup, vous avez aussi *vendu* mon agent Jonathan Pyne à Darker. » Il étouffait Palfrey un peu plus à chaque fois qu'il prononçait le mot *vendu*. « Vous avez *vendu* Geoffrey Darker à Goodhew – sauf qu'en fait, non. Vous avez fait semblant, et après vous avez joué double jeu et vous avez *vendu* Goodhew à Darker. Qu'est-ce que ça vous rapporte, Harry ? La survie ? Je ne parierais pas là-dessus. Tel que je le vois, vous gagnez les cent vingt pièces d'argent sorties de la caisse noire, et après, vous finissez pendu comme Judas. Parce que, sachant ce que je sais et que vous ignorez, mais que vous n'allez pas tarder à savoir, vous êtes complètement et définitivement cuit. » Il relâcha sa prise et se leva brusquement. « Vous pouvez encore lire ? Vous avez les yeux légèrement exorbités. C'est la peur ou le repentir ? » Il se tourna vers la porte et attrapa l'attaché-case noir, celui de Goodhew, en fait, qui avait des égratignures à l'endroit où il avait reposé sur le porte-bagages de sa bicyclette pendant un quart de siècle, et des armoiries officielles à moitié effacées. « Ou est-ce que la myopie alcoolique affecte votre vision, ces temps-ci ? Asseyez-vous *ici* ! Non, *là* ! La lumière est meilleure. »

En disant *ici* et *là*, Burr souleva Palfrey par les aisselles comme une vulgaire poupée de chiffon et le rassit très brutalement. « Je suis un peu violent aujourd'hui, Harry, s'excusa-t-il. Il va falloir vous y faire. Ça doit être à l'idée que le jeune Pyne se fait brûler vif par les joyeux acolytes de Dicky Roper. Je dois me faire trop vieux pour ce boulot. » Il jeta sur la table un dossier estampillé AMIRAL en rouge. « Ces papiers que je souhaite vous voir parcourir, Harry, indiquent que vous êtes personnellement et socialement fini. Rex Goodhew n'est pas le bouffon pour lequel vous l'avez pris. Il en a plus sous la casquette qu'on ne le croyait. Maintenant, lisez. »

Palfrey obéit, mais la lecture dut être pénible, ce qu'avait visé Burr en se donnant tant de mal pour l'affoler au préalable. Et avant même d'en avoir terminé, il se mit à pleurer, si fort que des larmes vinrent s'écraser sur les signatures, les « Cher ministre » et les « Sincèrement » qui ouvraient et refermaient la fausse correspondance.

Alors que Palfrey pleurait toujours, Burr sortit un mandat du ministère de l'Intérieur, encore vierge de toute signature. Ce n'était pas un mandat de pleins pouvoirs, mais simplement d'intervention, autorisant les Oreilles à provoquer un défaut technique sur trois numéros de téléphone, deux à Londres et un dans le Suffolk. Cette défaillance simulée aurait pour effet de détourner tous les appels à ces trois numéros sur un quatrième, dont les coordonnées étaient reportées dans la case adéquate. Palfrey considéra le papier d'un œil vide, secoua la tête et essaya de protester malgré sa gorge serrée.

« Ce sont les numéros de Darker, objecta-t-il. À la campagne, en ville et au bureau. Je ne peux pas signer ça. Il me tuerait.

— Mais si vous ne signez pas, Harry, c'est moi qui vous tuerai. Parce que si vous passez par la voie hiérarchique et que vous amenez ce mandat au ministre de tutelle, ledit ministre courra voir Tonton Geoffrey. Nous ne voulons pas de ça, Harry. Alors vous allez personnellement signer ce mandat de votre propre autorité, ce que vous avez le droit de faire en des circonstances exceptionnelles. Et je vais personnellement envoyer le mandat aux Oreilles par coursier de confiance. Et vous allez personnellement passer une agréable soirée avec mon ami Rob Rooke dans son bureau, pour vous épargner personnellement la tentation de moucharder entre-temps par habitude. Et si vous faites des histoires, mon bon ami Rob vous enchaînera sans doute au radiateur jusqu'à ce que vous vous repentiez de vos nombreux péchés, parce qu'il est brutal. Tenez. Utilisez mon stylo. Très bien. En trois exemplaires, s'il vous plaît. Vous connaissez les bureaucrates. Avec qui êtes-vous en rapport, en ce moment, chez les Oreilles ?

— Personne en particulier. Maisie Watts.

— Qui est-ce, Harry ? Je ne suis plus très au courant, ces temps-ci.

— La reine de la ruche. C'est par elle que tout passe.

— Et si Maisie est sortie déjeuner avec Tonton Geoffrey ?

— Gates. On l'appelle Pearly. » Un sourire pathétique. « Elle est un peu masculine. »

Burr souleva de nouveau Palfrey, et le relâcha lourdement devant un téléphone vert.

« Appelez Maisie. C'est bien ce que vous feriez en cas d'urgence ? »

Palfrey acquiesça dans une sorte de sifflement.

« Dites qu'une autorisation prioritaire arrive par coursier spécial. Qu'elle la traite elle-même. Ou alors Gates. Pas de secrétaire, pas d'employé subalterne, pas de protestation, pas de question. Vous voulez une obéissance muette et servile. Dites que c'est signé de votre main, et qu'une confirmation ministérielle du plus haut niveau suivra sous peu. Pourquoi hochez-vous la tête comme ça en me regardant ? » Il lui donna une gifle. « Je n'aime pas ça. Arrêtez tout de suite. »

Palfrey réussit à sourire malgré les larmes tout en portant la main à sa lèvre. « Je prendrais un ton badin, Leonard, c'est tout. Surtout pour un aussi gros coup. Maisie aime bien rigoler, Pearly aussi. "Dis donc, Maisie ! Attends d'entendre celle-là ! Ça va t'en boucher un coin !" C'est une fille intelligente, vous comprenez. Elle finit par s'ennuyer, par nous détester tous. La seule chose qui l'intéresse, c'est de savoir qui sera le prochain à finir sur l'échafaud.

— Alors c'est comme ça que vous vous y prenez ? dit Burr, posant une main amicale sur son épaule. Parfait, mais n'essayez pas de me doubler, Harry, sinon le prochain à monter à l'échafaud, c'est vous. »

Tout impatient de pouvoir rendre service, Palfrey décrocha le combiné du téléphone vert interne à Whitehall et, sous le regard de Burr, composa les cinq chiffres que tout mouchard de la Tamise apprend dans les jupons de sa mère.

28

Le procureur fédéral adjoint Ed Prescott était un homme, un vrai, comme tous les anciens de Yale de sa génération. Aussi, quand Joe Strelski entra dans son grand bureau blanc du centre de Miami après une demi-heure d'attente dans l'antichambre, Ed lui annonça la nouvelle tout de go, sans fioritures, sans prendre de gants, comme il se doit entre hommes, qu'ils soient de vieille souche de la Nouvelle-Angleterre comme Ed, ou de simples bouseux du Kentucky comme Strelski. Parce que franchement, Joe, ces types m'ont eu en beauté, moi aussi : ils m'ont fait venir de Washington pour cette affaire, et j'ai dû refuser un boulot très intéressant à une époque où personne, je dis bien personne, même au plus haut niveau, ne crache sur le boulot — Joe, je ne vous le cacherai pas, ces gens n'ont pas joué franc jeu avec nous. Alors sachez bien qu'on est dans le même bateau. Ça vous a pris une année de votre vie, mais le temps que je remette de l'ordre dans mes services, ça fera aussi un an pour moi. Et à mon âge, Joe, eh ben, un an c'est précieux.

« Je suis désolé pour vous, Ed », compatit Strelski.

Et si Ed Prescott saisit le sous-entendu, il préféra ne pas le relever, dans l'intérêt de ces deux hommes réunis là pour essayer de résoudre un dilemme commun.

« Joe, que vous ont dit exactement les Anglais sur cet agent infiltré qu'ils avaient, Pyne, le type avec des tas de noms ?

— Pas grand-chose, répondit Strelski sans manquer de remarquer que Prescott avait employé l'imparfait.

— Mais quoi ? insista Prescott, d'homme à homme.

— Que ce n'était pas un pro, mais une sorte de volontaire.

— Un *walk-in* ? Je ne leur fais jamais confiance, à ces gars-là, Joe. À l'époque où l'Agence me faisait l'honneur de me consulter à l'occasion, pendant la guerre froide qui nous paraît maintenant à des années-lumière, je leur conseillais toujours la prudence envers ces soi-disant transfuges soviétiques qui clamaient vouloir nous offrir leurs renseignements. Qu'est-ce qu'ils vous ont dit d'autre, Joe ? Ou alors est-ce qu'ils ont judicieusement laissé planer le mystère ? »

Strelski restait délibérément impassible. Avec des hommes comme Prescott, c'était la seule attitude à adopter : se dérober jusqu'à ce qu'on ait découvert ce qu'il voulait entendre, et là, soit le dire, soit plaider le cinquième amendement, soit l'envoyer se faire voir.

« Ils m'ont dit qu'ils lui avaient fabriqué un passé, répondit-il. Une légende qui le rendrait plus attirant pour la cible.

— Qui vous a dit ça, Joe ?
— Burr.
— Vous a-t-il parlé de la nature de cette légende, Joe ?
— Non.
— Vous a-t-il indiqué ce qui se basait sur des faits réels et ce qui était inventé ?
— Non.
— Saleté de mémoire, Joe. Réfléchissez. Vous a-t-il dit que ce type était censé avoir commis un meurtre, voire plusieurs ?
— Non.
— Qu'il avait fait du trafic de drogue ? Au Caire et en Angleterre ? Peut-être aussi en Suisse. Les vérifications sont en cours.
— Non, rien de précis. Juste qu'ils lui avaient fabriqué cette légende. À partir de là, on pouvait demander à Apostoll de discréditer un des lieutenants de Roper, et supposer que Roper engagerait le nouveau comme signataire. Il utilise des signataires, alors ils lui en ont fourni un. Il aime les gens louches, alors ils lui ont envoyé un type louche.
— Donc les Anglais étaient au courant, pour Apostoll. Je l'ignorais.
— Évidemment qu'ils l'étaient. On a même eu une entrevue avec lui. Burr, l'agent Flynn et moi.
— Était-ce bien raisonnable, Joe ?
— On travaillait en collaboration, dit Strelski d'une voix soudain plus tendue. C'était le grand principe, vous vous rappelez ? Ça s'est un peu dégradé, mais à l'époque l'organisation était commune. »

Le temps s'arrêta tandis qu'Ed Prescott faisait le tour de son grand bureau. À travers les vitres teintées en verre blindé de deux centimètres et demi, le soleil matinal perdait de son éclat. Les doubles portes en acier galvanisé étaient fermées pour que personne n'entre. Les propriétés privées de Miami subissaient une vague d'effractions, se rappela Strelski. Des bandes d'hommes masqués menaçaient les occupants d'une arme, puis dérobaient tout ce qui leur plaisait. Strelski se demanda s'il irait à l'enterrement d'Apo, cet après-midi. Il est encore tôt, je me déciderai plus tard. Ensuite, il se demanda s'il retournerait auprès de sa femme, comme toujours à chaque fois que les choses tournaient si mal. Parfois, la séparation lui semblait une liberté surveillée – cet ersatz valait-il vraiment mieux que la réclusion ? Il songea qu'il aurait voulu avoir le sang-froid de Pat Flynn, qui vivait sa marginalité comme d'autres la célébrité et la richesse. Quand ils lui avaient ordonné de ne plus revenir au bureau jusqu'à ce que l'affaire soit éclaircie, il avait dit merci, serré les mains à la ronde, pris un bain et descendu une bouteille de Bushmills. Ce matin, toujours ivre, il avait appelé Strelski pour lui dire qu'une nouvelle forme de sida ravageait Miami. Un sida qui s'attrapait par l'oreille à force d'écouter les connards de Washington. Quand Strelski lui demanda s'il avait par hasard du nouveau sur le *Lombardy* – si quelqu'un l'avait arraisonné, coulé ou baptisé – Flynn lui fit la meilleure imitation qu'il ait jamais entendue d'un pédé sorti d'une grande université de la côte Est : « Allons, mon petit Joe, vilain garçon, tu sais bien que tu ne peux pas être dans le secret, avec ta petite habilitation minable, hein ? » Mais où diable Pat allait-il chercher toutes ces voix ? Peut-être que si je buvais une bouteille de whisky irlandais par jour, j'y arriverais aussi. Le procureur adjoint Prescott essayait à nouveau de lui tirer les vers du nez, donc il se dit qu'il ferait mieux d'écouter.

« De toute évidence, Burr n'a pas été aussi franc concernant son M. Pyne que vous avec votre maître Apostoll, Joe, disait Prescott avec assez de reproche dans la voix pour le blesser.

– Pyne et Apostoll étaient deux sources de type différent, sans comparaison possible, rétorqua-t-il, heureux de se sentir plus détendu, sans doute au souvenir de la blague de Flynn sur le sida.

— Vous pourriez m'expliquer, Joe ?

— Apostoll était un sale type, un pervers. Pyne... était un type bien qui a pris des risques pour la bonne cause. Burr a toujours insisté là-dessus. Pyne était un agent, un collègue, un membre de la famille. Personne n'a jamais considéré Apo comme un membre de la famille. Pas même sa fille.

— C'est bien ce même Pyne qui a failli arracher un bras à votre agent, Joe ?

— Il était stressé, à cause de toute la mise en scène. Il s'est laissé emporter, il a pris ses consignes un peu trop à cœur.

— C'est ce que vous a dit Burr ?

— On a préféré voir ça sous cet angle.

— Très généreux de votre part, Joe. Un de vos agents se fait tabasser au point d'en avoir pour vingt mille dollars de soins médicaux plus un congé maladie de trois mois et sans doute un procès à la clé, et vous me dites que son agresseur s'est peut-être laissé emporter. Ces Anglais d'Oxford savent se montrer très persuasifs. Leonard Burr vous a-t-il jamais paru retors ? »

Tout le monde parle au passé, songea Strelski. Moi y compris. « Je ne saisis pas bien, mentit-il.

— Dissimulateur ? Hypocrite ? Malhonnête moralement ?

— Non.

— Non, c'est tout ?

— Burr est un bon agent, un type bien. »

Prescott fit de nouveau le tour de la pièce. En type bien qu'il était aussi, il semblait avoir du mal à affronter les dures réalités de la vie.

« Joe, on a quelques problèmes avec les Anglais, à l'heure actuelle. Au niveau du Service d'Intervention. M. Burr et ses subalternes nous avaient promis un témoin irréprochable en la personne de M. Pyne, une opération très organisée, du gros gibier en ligne de mire. On a marché. On espérait beaucoup de M. Burr et M. Pyne. Je dois vous dire qu'en ce qui concerne l'Intervention, les Anglais n'ont pas été à la hauteur de leurs promesses. Dans leurs rapports avec nous, ils ont fait montre d'une duplicité que certains d'entre nous n'auraient pas attendue d'eux. D'autres en revanche, dont la mémoire remonte plus loin, l'avaient prévue. »

Strelski supposa qu'il devrait soutenir Prescott dans sa condamnation globale des Anglais, mais il n'en avait pas envie. Il aimait bien Burr. C'était le genre d'homme avec qui on pouvait abattre un sacré boulot. Il avait appris à apprécier Rooke, pourtant très guindé. Mais c'étaient deux types bien, et ils avaient monté une bonne opération.

« Joe, votre héros – pardon, celui de M. Burr –, ce type honorable, ce M. Pyne, a un dossier criminel qui remonte à des années. Barbara Vandon à Londres et des amis à elle à Langley ont découvert des histoires très troublantes à son sujet. Apparemment, c'est un psychopathe et on l'ignorait. Malheureusement, les Anglais ont flatté ses plus bas instincts. Il y a eu un meurtre assez sordide en Irlande, avec un semi-automatique. On ne connaît pas le fin mot de l'histoire parce qu'ils ont étouffé l'affaire. » Prescott soupira. Les voies de l'homme étaient bien impénétrables. « M. Pyne est un assassin, Joe. Il tue, il vole et il fait du trafic de drogue, et ce qui m'épate vraiment, c'est qu'il ne se soit pas servi de ce couteau avec lequel il a menacé votre agent. M. Pyne est aussi cuisinier, noctambule, expert en close-combat et peintre. Joe, c'est le schéma classique du psychopathe dilettante. Je n'aime pas M. Pyne. Je ne lui confierais pas ma fille. Il a eu une relation psychopathique avec la nana d'un trafiquant au Caire, et il a fini par la tabasser à mort. Je ne pourrais pas compter sur lui si je devais l'appeler à témoigner, et je fais les plus sérieuses réserves, je dis bien les plus sérieuses, quant aux renseignements qu'il a fournis jusqu'ici. Je les ai vus, Joe. Je les ai étudiés à chaque fois qu'on n'avait que son témoignage sans corroboration et que c'était vital pour la crédibilité de notre dossier. Les hommes comme lui sont les imposteurs secrets de notre société. Ils vendraient leur propre mère tout en se prenant pour Dieu. Aussi efficace soit-il, votre ami Burr était un ambitieux qui se démenait pour lancer son agence et jouer dans la cour des grands. Le parfait gibier pour un affabulateur. Je ne pense pas que M. Burr et M. Pyne faisaient la paire. Je ne dirais pas qu'ils ont consciemment conspiré, mais des hommes qui travaillent dans le secret peuvent s'influencer mutuellement et en arriver à négliger la vérité. Si maître Apostoll était encore parmi nous... eh bien il était avocat et, même s'il avait des côtés bizarres, je suis sûr qu'il aurait fait bonne figure à la barre. Les jurys considèrent toujours d'un bon œil un homme qui a retrouvé la foi. Mais oublions ça. Apostoll n'est plus disponible comme témoin.

— Tout ça n'a pas eu lieu, Ed, c'est ça? demanda Strelski, lui tendant la perche. On décide que l'histoire était fabriquée de toutes pièces? Qu'il n'y a pas de dope, pas d'armes, que M. Onslow Roper n'a jamais rompu le pain avec les cartels, qu'il y avait erreur sur la personne, bref...

— Il s'agit de pouvoir prouver les faits, Joe, rectifia Prescott avec un sourire contrit, comme pour dire qu'il n'irait pas aussi loin. C'est un boulot de juriste. Le citoyen moyen a le luxe de croire en la vérité. Un juriste doit se contenter de ce qu'il peut prouver. Voyons les choses ainsi.

— Bien sûr, approuva Strelski en souriant également. Ed, je peux vous dire quelque chose? demanda-t-il, s'avançant sur son fauteuil en cuir et ouvrant les mains en un geste magnanime.

— Allez-y, Joe.

— Détendez-vous, Ed. Ne vous fatiguez pas. L'opération Bernicle est morte. Langley l'a liquidée. Vous n'êtes que le croque-mort. Je le comprends parfaitement. L'opération Amiral vit toujours, mais je ne suis pas habilité Amiral. Et à mon avis, vous l'êtes. Vous voulez me baiser, Ed? Alors écoutez, c'est pas ma première fois, pas la peine de m'inviter à dîner avant. Je me suis fait baiser tant de fois et de tellement de façons que je suis devenu expert. Cette fois-ci, c'est Langley et des Anglais ripoux, plus quelques Colombiens. La dernière fois, c'était Langley et d'autres ripoux, peut-être des Brésiliens, mais non, suis-je bête, des Cubains qui nous avaient rendu service dans des temps difficiles. La fois d'avant encore, c'était Langley et des Vénézuéliens richissimes, mais il me semble aussi qu'il y avait des Israéliens dans le coup... à vrai dire, j'ai un peu oublié, et les dossiers se sont perdus. Et je crois qu'il y avait aussi une opération Tir groupé, mais je n'étais pas habilité Tir groupé. »

Furieux mais très à l'aise, confortablement installé dans le profond fauteuil en cuir, il aurait pu rester une éternité ainsi, rien qu'à s'imprégner du luxe d'un bureau panoramique sans le désagrément d'avoir toujours quelqu'un dans les pattes, ou de voir un mouchard à genoux sur son lit avec la langue qui lui pendait sur la poitrine.

« L'autre chose que vous vouliez me dire, Ed, c'est motus et bouche cousue, reprit-il. Parce que, si je parle, quelqu'un va me saquer et me supprimer ma retraite. Et si je parle jusqu'au bout, quelqu'un se sentira peut-être obligé malgré lui de me faire exploser la cervelle. Je comprends tout ça, Ed. J'ai appris les règles. Vous pourriez me rendre un service ? »

Prescott n'avait pas l'habitude d'écouter sans interrompre, et il n'avait jamais rendu un service à sens unique. Mais il savait ce qu'était la colère, il savait qu'elle finit toujours par passer, chez les hommes comme chez les animaux, alors il prit son mal en patience, sourit et répondit rationnellement, comme en présence d'un fou furieux. Il savait aussi qu'il était capital de ne pas trahir ses angoisses, et qu'il pouvait appuyer sur le bouton rouge caché derrière son bureau.

« Je ferai tout ce que je peux pour vous, Joe, répondit-il élégamment.

— Ne changez pas, Ed. L'Amérique a besoin de gens comme vous. Ne laissez pas tomber vos amis haut placés ni vos contacts avec l'Agence, ni le joli poste de directrice qu'a votre femme dans certaines compagnies douteuses. Continuez à arranger nos affaires. Le citoyen honnête en sait déjà trop, Ed. Toute information supplémentaire nuirait sérieusement à sa santé. C'est comme la télé : cinq secondes sur n'importe quel sujet, c'est déjà trop, pour les gens. Ils doivent être standardisés, Ed, pas déstabilisés. Et vous êtes l'homme qui peut faire ça pour nous. »

En rentrant chez lui les nerfs à vif, Strelski conduisit prudemment sous le soleil hivernal. De jolies maisons blanches sur le front de mer. Des yachts de plaisance blancs au bout de pelouses émeraude. Le facteur faisant sa tournée de midi. Une Ford Mustang rouge garée devant chez lui, celle d'Amato. Il le trouva assis sur la terrasse en tenue d'enterrement, à boire un Coca sorti de la glacière. Affalé près de lui sur la banquette en rotin, vêtu d'un complet noir de chez Bogside, d'un gilet et d'un chapeau melon noir, gisait un Pat Flynn comateux, qui serrait sur son cœur une bouteille vide de whisky Bushmills single malt dix ans d'âge.

« Pat a eu un petit déjeuner d'affaires avec son ancien boss, expliqua Amato avec un coup d'œil à son camarade. L'informateur de Leonard est sur le *Pacha de fer*. Deux types l'ont aidé à descendre du jet de Roper à Antigua et deux autres à monter dans l'hydravion. L'ami de Pat tient ça de rapports compilés par des personnes très pures du Renseignement, qui ont l'honneur d'être habilitées Amiral. Pat dit que vous pourriez prévenir votre ami Lenny Burr, lui transmettre son meilleur souvenir au passage, et l'assurer qu'il a beaucoup apprécié son contact malgré les difficultés qui en ont découlé. »

Strelski consulta sa montre et rentra rapidement. Il n'avait pas de ligne sûre. Burr décrocha immédiatement, comme s'il attendait que ça sonne.

« Votre gars fait du bateau avec ses riches amis », dit Strelski.

Burr était content qu'il pleuve des cordes, car à deux reprises il dut se garer sur le talus herbeux et attendre que les trombes d'eau qui se déversaient sur le toit s'apaisent. L'averse lui procurait un petit répit. Elle permettait au tisserand de retrouver son grenier.

Il était en retard sur son horaire. « Veillez bien sur lui », avait-il dit sans raison en confiant l'abject Palfrey à Rooke. Veillez bien sur Palfrey, pensait-il peut-être. Ou bien : mon Dieu, veillez bien sur Jonathan.

Il est sur le *Pacha*, se répétait-il en conduisant. Il est vivant, même s'il le regrette. Pendant un temps, ce fut le seul message que lui envoya son cerveau : Jonathan vivant, Jonathan torturé en ce moment même. Passé cette période d'angoisse légitime, il se découvrit capable de mettre à l'œuvre ses considérables capacités de raisonnement et de passer lentement en revue ses minces motifs de réconfort.

Il est vivant. Donc, c'est que Roper veut le maintenir en vie. Sinon, il l'aurait fait tuer aussitôt signé le dernier papier : un mystérieux cadavre de plus sur le bas-côté d'une route panaméenne, qui s'en soucie ?

Il est vivant. Un escroc de la trempe de Roper ne fait pas monter un homme sur son yacht de croisière pour le tuer, mais parce qu'il veut lui poser des questions. S'il doit le liquider après, il le fera à une distance décente du bateau, par respect pour l'hygiène à bord et la sensibilité de ses invités.

Alors qu'est-ce que Roper veut savoir qu'il ne sache déjà ?

Peut-être : Jonathan a-t-il divulgué les moindres détails de l'opération ?

Peut-être : Quel risque précis Roper encourt-il à présent – poursuite en justice, échec de son beau plan, révélations dans la presse, scandale, tollé général ?

Peut-être : Roper jouit-il encore de la protection de

ses protecteurs ? Ou vont-ils filer par-derrière sur la pointe des pieds dès que l'alarme sonnera ?

Peut-être : Pour qui tu te prends, à t'infiltrer dans mon palais et à me voler ma femme ?

La voiture s'engagea sous la voûte des arbres, et Burr se rappela Jonathan assis dans la cabane du Lanyon le soir où ils l'avaient envoyé en mission. Il lisait la lettre de Goodhew à la lueur de la lampe à pétrole : *Je suis sûr, Leonard. Moi, Jonathan. Et je serai toujours sûr demain matin. Je signe comment ?*

T'as trop signé, nom de Dieu ! le rembarra mentalement Burr. Et c'est moi qui t'y ai poussé.

Avoue, le supplia-t-il. *Trahis-moi, trahis-nous tous. On t'a bien trahi, nous. Alors rends-nous la pareille et sauve ta peau. L'ennemi n'est pas là-bas, mais ici, parmi nous. Trahis-nous.*

À seulement seize kilomètres de Newbury et soixante de Londres, il se trouvait au cœur de la campagne anglaise. Il gravit une colline et emprunta une allée de bouleaux dénudés. Les champs de chaque côté avaient été récemment labourés. L'odeur de fourrage ensilé lui rappela les goûters en hiver devant la cuisinière de sa mère dans le Yorkshire. Nous sommes des gens honnêtes, songea-t-il en pensant à Goodhew. Des Anglais honnêtes avec le sens de l'autodérision et le sens des convenances, du cran et de la bonté d'âme. Comment avons-nous pu tomber si bas ?

Un abribus déglingué lui rappela l'appentis de tôle en Louisiane où il avait rencontré Apostoll, trahi par Harry Palfrey à Darker, et par Darker aux Cousins, et par les Cousins à Dieu sait qui. Si Strelski était là, il aurait pris un pistolet, se dit-il. Flynn aurait ouvert la marche, son Howitzer dans les bras. On serait armés, et contents de l'être.

Mais les armes ne sont pas la réponse, songea-t-il. Les armes, c'est du bluff. Et moi aussi, sans permis, sans arme, je suis une menace bidon. Mais j'ai rien de mieux pour impressionner cet enfoiré de sir Anthony Joyston Bradshaw.

Il pensa à Rooke et Palfrey, assis en silence dans le bureau de Rooke, le téléphone entre eux. Pour la première fois, il faillit sourire.

Il repéra un panneau routier, tourna à gauche dans une allée à l'abandon et fut convaincu à tort de connaître cet endroit. C'est la rencontre du conscient et de l'inconscient qui crée l'impression de déjà vu, avait-il lu dans un magazine d'intellectuels. Il ne croyait pas un mot de ces conneries, dont la simple formulation le rendait fou. Rien qu'à y penser en ce moment, il sentait la violence monter en lui.

Il arrêta la voiture.

Il y avait beaucoup trop de violence en lui. Il attendit qu'elle s'apaise. Mon Dieu, qu'est-ce qui m'arrive ? J'ai bien failli étrangler Palfrey. Il baissa la vitre, sortit la tête et respira l'air de la campagne. Il ferma les yeux et se mit dans la peau de Jonathan. Jonathan souffrant le martyre, la tête rejetée en arrière, incapable de parler. Jonathan crucifié, presque mort, aimé de la maîtresse de Roper.

Deux poteaux de pierre se dressèrent dans l'obscurité, mais pas de panneau indiquant Lanyon Rose. Burr arrêta la voiture, décrocha le téléphone, composa le numéro direct de Geoffrey Darker à River House et entendit la voix de Rooke dire « Allô ? »

« Simple vérification », fit Burr, avant d'appeler la maison de Darker à Chelsea. Il obtint de nouveau Rooke, grogna et raccrocha.

Il répéta l'opération avec le numéro de Darker à la campagne. Le mandat d'intervention était en application.

Burr passa les poteaux et entra dans un parc traditionnel devenu sauvage. Des daims le regardaient d'un air stupide par-dessus la barrière cassée. L'allée était envahie par les mauvaises herbes. Un panneau crasseux disait JOYSTON BRADSHAW ET ASSOCIÉS, BIRMINGHAM. On avait barré ce dernier mot et peint à la main RENSEIGNEMENTS avec une flèche en dessous. Burr longea un petit lac de l'autre côté duquel se découpait sur le ciel tourmenté la silhouette d'une grande bâtisse, et au-delà un petit groupe de serres délabrées et d'écuries abandonnées, dont certaines avaient jadis servi de bureaux ; des escaliers extérieurs en fer et des passerelles menaient à des rangées de portes cadenassées. Dans la demeure, seuls le porche et deux fenêtres au rez-de-chaussée étaient éclairés. Burr coupa le moteur, prit l'attaché-case noir de Goodhew sur le siège du passager, ferma la portière et monta les marches. Un poing en acier était fiché dans la pierre. Il le tira, puis le poussa, mais rien ne bougeait. Il saisit le heurtoir et martela la porte. Les échos des coups se perdirent dans un tumulte d'aboiements.

« Whisper, tais-toi ! cria une voix d'homme graillonnante. Couché, nom de Dieu ! Laisse, Veronica, j'y vais. C'est vous, Burr ?
– Oui.
– Vous êtes seul ?
– Oui. »

Le cliquetis d'une chaîne de sécurité. Le grincement d'un gros verrou.

« Restez où vous êtes et laissez-les vous flairer », ordonna l'homme.

La porte s'ouvrit, deux énormes dogues reniflèrent les chaussures de Burr, bavèrent sur son pantalon et lui léchèrent les mains. Il entra dans un grand hall sombre qui empestait l'humidité et la cendre de bois. De pâles rectangles indiquaient l'ancien emplacement de tableaux. Une seule ampoule fonctionnait dans le lustre. À sa lueur, Burr reconnut les traits relâchés de sir Anthony Joyston Bradshaw. Il portait une veste d'intérieur élimée et une chemise de ville sans col.

Veronica, une femme d'âge incertain aux cheveux gris, se tenait à l'écart sous une porte cintrée. Une épouse ? Une nounou ? Une maîtresse ? Une mère ? Burr n'en avait pas la moindre idée. À côté d'elle, une fillette d'environ neuf ans, en robe de chambre bleu marine au col brodé de fil doré. Le bout de ses chaussons s'ornait de lapins dorés. Avec ses longs cheveux blonds soigneusement brossés dans le dos, on aurait dit une fille de l'aristocratie française en route pour l'échafaud.

« Bonjour, lui dit Burr. Je m'appelle Leonard.
– Allez, au lit, Ginny ! ordonna Bradshaw. Veronica, emmène-la se coucher. J'ai des affaires importantes à régler, ma chérie, je ne dois pas être dérangé. C'est des histoires d'argent, tu comprends ? Allez, fais-moi une bise. »

« Ma chérie », c'était Veronica ou l'enfant ? Ginny embrassa son père sous l'œil de Veronica. Burr suivit Bradshaw le long d'un couloir mal éclairé jusqu'à un salon. Il avait oublié que les grandes demeures imposent une certaine lenteur. Le trajet jusqu'au salon prit autant de temps que de traverser une rue. Deux fauteuils devant la cheminée. Des taches d'humidité sur les murs. De l'eau qui dégouttait du plafond dans des moules à pudding victoriens posés sur le plancher. Les dogues se couchèrent prudemment devant le feu. Comme Burr, ils ne quittaient pas Bradshaw des yeux.

« Un scotch ?
– Geoffrey Darker est en état d'arrestation. »

Bradshaw encaissa le coup comme un vieux boxeur, presque sans ciller, immobile, ses yeux bouffis mi-clos tandis qu'il calculait l'étendue des dégâts. Il jeta un regard à Burr comme s'il s'attendait à ce qu'il revienne à la charge et, voyant que non, fit un petit pas en avant pour contre-attaquer en une longue série de coups mal ajustés.

« Des conneries, tout ça. Des salades. Qui a arrêté Darker ? Vous ? Vous ne seriez même pas capable d'arrêter une pute bourrée. Geoffrey ? Non, vous n'oseriez jamais ! Je vous connais. Je connais aussi la loi. Vous êtes un moins que rien. Vous n'êtes même pas de la police. Vous ne pourriez pas plus arrêter Geoffrey que... » – il ne trouvait pas la métaphore appropriée – « qu'une mouche ! acheva-t-il piteusement, essayant de rire. Quel coup tordu ! lança-t-il, se retournant vers un plateau de boissons. Nom de Dieu ! » Et il secoua la tête pour donner du poids à ses paroles tout en se servant un scotch d'une superbe carafe qu'il avait dû oublier de vendre.

Toujours debout, Burr avait posé son attaché-case à côté de lui par terre. « Ils n'ont pas encore pincé Palfrey, mais c'est le prochain sur la liste, annonça-t-il, parfaitement calme. Darker et Marjoram ont été mis en garde à vue en attendant l'inculpation. La nouvelle sera probablement connue demain matin, ou demain après-midi si on peut tenir la presse à l'écart. Dans une heure exactement, sauf contrordre de ma part, des officiers de police en uniforme viendront ici dans de grosses voitures reluisantes et très bruyantes et, sous les yeux de votre fille et de qui d'autre est dans cette maison, ils vous emmèneront au poste de Newbury, menottes aux poignets, et vous enfermeront. Votre cas sera traité séparément. Histoire de corser le dossier, on ajoute la fraude fiscale. Double comptabilité, violation délibérée et systématique des lois de la Régie, sans parler de collusion avec des fonctionnaires corrompus et quelques autres chefs d'accusation que nous nous proposons d'inventer quand vous vous languirez dans une cellule, à préparer votre âme pour purger sept ans après remise de peine et à essayer de faire porter le chapeau à Dicky Roper, Corkoran, Sandy Langbourne, Darker, Palfrey et tous les autres que vous pourrez nous donner. Mais nous n'avons pas besoin de ce genre de collaboration, voyez-vous. On tient Roper, aussi. Il n'y a pas un seul port occidental où un gros costaud ne l'attende sur les docks avec des papiers d'extradition en bonne et due forme. La seule vraie question, c'est : est-ce que les Américains vont arraisonner le *Pacha* en mer, ou laisser tout ce beau monde profiter de ses vacances parce que ce sera très certainement les dernières avant bien longtemps ? » Il sourit. Un sourire vengeur, victorieux. « Pour une fois, les forces du bien ont gagné la bataille, sir Anthony, désolé. Moi, Rex Goodhew et quelques Américains assez futés, si vous voulez savoir. Langley a joyeusement berné notre ami Darker. Ils appellent ça une arnaque, me semble-t-il. Je ne crois pas que vous connaissiez Goodhew. Enfin, vous le verrez quand il témoignera à la barre, j'en suis sûr. Rex s'est révélé un acteur-né. Il aurait pu faire fortune sur les planches. »

Bradshaw composait un numéro. Sous le regard de Burr, il avait fouillé dans un immense bureau en marqueterie, poussé des factures et des lettres, trouvé un Filofax fatigué et, à la lumière d'une lampe banale, s'était léché le pouce pour tourner les pages jusqu'à D.

Burr le vit se raidir d'un air suffisant et exaspéré quand il aboya dans le combiné.

« Passez-moi M. Darker, s'il vous plaît. M. Geoffrey Darker. Sir Anthony Joyston Bradshaw voudrait lui parler. C'est urgent, alors faites vite, voulez-vous ? »

Sa suffisance s'évapora et ses lèvres s'entrouvrirent, remarqua Burr.

« Qui ? Inspecteur quoi ? Mais enfin, de quoi s'agit-il ? Passez-moi Darker. C'est urgent. Quoi ? »

En entendant à l'autre bout du fil la voix confiante de Rooke, qui avait pris un accent provincial, Burr visualisa la scène : Rooke dans son bureau, debout près du poste, comme toujours, le bras gauche rigide le long de son corps et le menton baissé – la posture réglementaire pour répondre au téléphone.

Et le petit Harry Palfrey avec sa figure de papier mâché, terriblement coopératif, attendant son tour.

« Il y a eu un cambriolage, annonça Bradshaw en raccrochant avec une feinte assurance. La police a investi les lieux. C'est la procédure habituelle. M. Darker travaille tard au bureau. Ils l'ont contacté. Tout est totalement normal. On me l'a confirmé.

— C'est ce qu'ils disent toujours, sir Anthony, fit Burr en souriant. Vous ne croyez tout de même pas qu'ils vont vous dire de faire vos bagages et de filer, non ?

— Foutaises ! s'exclama Bradshaw en le regardant, avant de consulter son agenda sous la lampe. C'est des conneries, tout ça. Un petit jeu idiot. »

Cette fois, il appela le bureau de Darker, et de nouveau Burr se représenta la scène : Palfrey décrochant le téléphone pour son heure de gloire en tant qu'agent loyal de Rooke, qui se tient près de lui et écoute sur l'autre poste, sa grosse main posée amicalement sur son bras, son regard droit et franc l'encourageant à dire son texte.

« Passez-moi Darker, Harry, disait Bradshaw. J'ai besoin de lui parler tout de suite. C'est vital. Où est-il ? ... Comment ça, vous ne savez pas ? ... Enfin, merde, Harry, qu'est-ce qui vous prend ? ... Il y a eu un cambriolage chez lui, la police est sur place, ils l'ont contacté, ils lui ont parlé. Où est-il ? ... Ne me faites pas chier avec le secret opérationnel, hein ? Je fais partie de l'opération. Et cette conversation la concerne. Trouvez-le ! »

Long silence pour Burr. Bradshaw avait le combiné collé à l'oreille. Soudain plus pâle, il semblait terrifié. Palfrey lui débitait son texte dans un murmure, comme pendant les répétitions avec Burr et Rooke. Sincèrement, car il y croyait dur comme fer.

« Tony, raccrochez, nom de Dieu ! supplia-t-il d'une voix de conspirateur, se grattant l'arête du nez avec les jointures de sa main libre. Le coup de filet a commencé. Geoffrey et Neal sont prêts pour le grand plongeon. Burr et compagnie nous accusent de tous les crimes imaginables. Tout le monde se débine dans les couloirs. Ne rappelez pas. N'appelez personne d'autre. La police est dans l'entrée. »

Puis, le clou du spectacle : Palfrey (ou peut-être Rooke) raccrocha, laissant Bradshaw pétrifié, le combiné toujours à l'oreille, et la bouche ouverte comme pour mieux entendre.

« J'ai apporté les documents, si vous souhaitez les voir, dit tranquillement Burr tandis que Bradshaw se retournait vers lui. Ce n'est pas réglementaire, mais je dois admettre que j'en retire un certain plaisir. Quand j'ai dit sept ans, j'étais loin du compte. C'est mon tempérament du Yorkshire qui me freinait, j'imagine. À mon avis, vous en prendrez pour dix ans. »

Il haussait le ton, mais sans accélérer son débit. Comme un magicien qui joue sur le suspense, il déballa lentement le contenu de sa mallette, un dossier froissé après l'autre. Parfois il en ouvrait un et parcourait une lettre avant de le poser. Ou bien il souriait en secouant la tête. Incroyable, semblait-il dire.

« C'est drôle comme une affaire comme ça peut basculer d'un seul coup, l'espace d'un après-midi, dit-il sans interrompre sa tâche. Moi et mon équipe, on se tue à essayer de convaincre les gens, mais personne ne veut nous écouter, et on se heurte systématiquement à un mur. On a un dossier en béton contre Darker depuis, oh… » Il s'accorda une pause pour sourire. « Depuis si longtemps que j'ai oublié. Quant à vous, sir Anthony, eh bien vous deviez déjà être dans la ligne de mire quand j'étais en culottes courtes. Vous comprenez, je vous déteste vraiment. Il y a des tas de gens que je voudrais envoyer à l'ombre et je sais que je ne pourrai pas, c'est vrai. Mais vous, vous êtes un cas à part, depuis toujours. Vous le savez déjà, je pense ? » Un autre dossier arrêta son regard, et il prit le temps de le feuilleter. « Et puis tout d'un coup le téléphone sonne – à l'heure du déjeuner, comme toujours, mais Dieu merci je suis au régime. C'est un type du bureau du procureur que je connais à peine : "Leonard, venez donc à Scotland Yard, prenez deux policiers avec vous et allez arrêter Geoffrey Darker. Il est temps de nettoyer Whitehall, Leonard, de se débarrasser de tous ces fonctionnaires véreux et de leurs contacts louches dans le monde extérieur – comme sir Anthony Joyston Bradshaw, pour ne citer que lui – et de faire un exemple aux yeux du grand public. Les Américains le font bien, pourquoi pas nous ? Il est temps de prouver qu'on est sérieux quand on dit ne pas vouloir armer nos futurs ennemis, et toutes ces conneries." » Il sortit un autre dossier, estampillé TOP SECRET, À GARDER, PERSONNEL, et tapa gentiment dessus du plat de la main. « Pour l'instant, Darker reste volontairement en résidence surveillée, comme on dit. En fait, c'est l'heure des aveux, mais on n'appelle pas ça comme ça. On préfère interpréter un peu l'*habeas corpus*, quand on a affaire aux gens du métier. Il faut bien contourner la loi de temps à autre, sinon on n'arrive à rien. »

Aucun bluff ne ressemble à un autre, hormis un élément commun : la complicité entre le bluffeur et le bluffé, le mystérieux point de rencontre entre deux motivations divergentes. Pour le hors-la-loi, cela peut être le besoin inconscient de revenir dans le droit chemin. Pour le criminel solitaire, un désir secret de rallier un groupe, n'importe lequel, du moment qu'il peut être membre. Pour le playboy sur le retour mâtiné d'escroc qu'était Bradshaw – du moins le tisserand du Yorkshire l'espérait-il tout en regardant son adversaire lire, tourner les pages, revenir en arrière, prendre un autre dossier et poursuivre sa lecture –, ce fut la quête habituelle d'un traitement exclusif à tout prix, d'un compromis en béton, d'une revanche contre ceux qui réussissaient mieux que lui, qui en firent la victime consentante du bluff de Burr.

« Nom de Dieu ! marmonna enfin Bradshaw, en lui rendant les dossiers d'un air écœuré. Pas la peine de s'affoler. On va forcément trouver un terrain d'entente. J'ai toujours été un homme raisonnable.

– Oh, je n'appellerais pas ça un terrain d'entente, sir Anthony, répliqua Burr, plus réticent, de nouveau en proie à la colère, tandis qu'il reprenait les dossiers et les fourrait dans son attaché-case. Plutôt partie remise jusqu'à la prochaine fois. Ce que je veux, c'est que vous appeliez le *Pacha de fer* pour moi, et que vous ayez une gentille petite conversation avec notre ami commun.

– À quel sujet ?

– Vous lui dites que c'est la merde noire. Vous lui racontez ce que je vous ai appris, ce que vous avez vu, ce que vous avez fait, ce que vous avez entendu. » Il jeta un coup d'œil par la fenêtre sans rideaux. « Vous voyez la route, d'ici ?

– Non.

– Dommage, parce qu'ils sont là, maintenant. Je croyais qu'on verrait une petite lumière bleue clignotante de l'autre côté du lac. Même pas de l'étage ?
– Non.
– Dites-lui qu'on vous a démasqué, que vous n'avez pas pris de précautions, qu'on a remonté la piste de vos utilisateurs bidon jusqu'à la source et qu'on suit avec intérêt les progrès du *Lombardy* et du *Horacio Enriques*. Sauf si... Dites-lui que les Américains lui réservent une jolie petite cellule à Marion. Ils veulent le traduire en justice de leur côté. Sauf si... Dites-lui que ses amis haut placés à la cour ne sont plus des amis. » Il tendit le téléphone à Bradshaw. « Dites-lui que vous êtes mort de trouille. Pleurez, si vous en êtes encore capable. Dites-lui que vous ne supporterez pas la prison. Laissez-le vous détester pour votre faiblesse. Dites-lui que j'ai failli étrangler Palfrey de mes mains, parce que pendant un moment je l'ai pris pour Roper. »

Bradshaw s'humecta les lèvres, attendant la suite. Burr traversa la pièce et se posta dans l'ombre d'une fenêtre.

« Sauf si quoi ? demanda nerveusement Bradshaw.
– Après, vous lui direz ceci, reprit Burr d'un ton très réticent. Je laisserai tomber toutes les accusations. Contre vous et contre lui. Pour cette fois. Ses bateaux peuvent aller où bon leur semble. Darker, Marjoram et Palfrey iront là où ils le méritent. Mais pas lui, ni vous, ni les bateaux. » Il haussa la voix. « Et dites-lui que je le poursuivrai, lui et les gens de son engeance, jusqu'au bout du monde avant de renoncer. Dites-lui que je veux respirer un air pur avant de mourir. » Il se perdit un moment dans ses pensées, puis se ressaisit. « Sur son bateau, il retient un homme du nom de Pyne. Vous avez peut-être entendu parler de lui. Corkoran vous a appelé de Nassau à son sujet. Les rats de la Tamise vous ont tout raconté sur son passé. Si Roper laisse partir Pyne dans l'heure qui suit votre conversation... » Il hésita de nouveau. « J'enterre l'affaire. Il a ma parole. »

Bradshaw le regardait, médusé et soulagé à la fois.

« Nom de Dieu, Burr. Pyne doit être un sacré gibier ! » Il eut une idée brillante. « Dites donc, mon vieux, vous ne seriez pas mêlé à ce trafic, par hasard ? demanda-t-il, mais, voyant le regard de Burr, il perdit cet espoir.

— Vous lui direz que je veux aussi la fille, ajouta Burr, comme s'il venait d'y penser.

— Quelle fille ?

— Occupez-vous de vos oignons. Pyne et la fille, sains et saufs. »

Se maudissant lui-même, Burr lui lut le numéro de satcom du *Pacha de fer*.

Tard le même soir. Palfrey marchait sous la pluie sans y prêter attention. Rooke l'avait mis dans un taxi, mais Palfrey avait payé le chauffeur et lui avait dit de partir. Il était près de Baker Street, et se serait cru dans une ville arabe. Derrière les vitres éclairées au néon des petits hôtels, des hommes aux yeux sombres formaient des groupes çà et là, tripotant leurs chapelets et gesticulant tandis que les enfants jouaient avec leur nouveau train miniature, et que des femmes voilées se parlaient dans leur coin. Entre les hôtels se trouvaient les cliniques privées. Au bas des marches de l'une d'elles, Palfrey s'arrêta devant l'entrée éclairée, songeant un instant à se faire interner. Il décida que non et continua sa route.

Il n'avait ni manteau, ni chapeau, ni parapluie. Un taxi ralentit à sa hauteur, mais l'expression profondément troublée de Palfrey n'était pas engageante. On aurait dit un homme qui a perdu quelque chose d'essentiel, peut-être sa voiture – dans quelle rue l'avait-il laissée ? – ou sa femme, sa maîtresse – où étaient-ils convenus de se retrouver ? À un moment, il tâta les poches de sa veste trempée, cherchant ses clés, ses cigarettes ou son argent. Puis il entra dans un pub juste avant la fermeture, posa un billet de cinq livres sur le bar, but un double whisky sec et partit sans récupérer sa monnaie, en grommelant tout haut le mot « Apostoll » – mais le seul témoin qui raconta la scène par la suite, un étudiant en théologie, crut qu'il se disait apostat. De nouveau dans la rue, il poursuivit sa quête, observant tout mais rejetant tout – non, ce n'est pas le bon endroit, ni là, ni là. Une vieille prostituée aux cheveux teints en blond l'interpella aimablement depuis une porte, mais il secoua la tête – pas toi non plus. Il trouva un autre pub, juste au moment où le barman annonçait la fermeture imminente.

« Un type qui s'appelait Pyne, dit Palfrey à un client avec lequel il avait distraitement trinqué. Très amoureux. » L'homme but en silence avec lui, parce qu'il trouvait à Palfrey l'air abattu. Quelqu'un a dû lui piquer sa nana, songea-t-il. Pas étonnant, pour un nabot comme lui.

Palfrey se décida pour l'îlot central, un triangle de trottoir surélevé encerclé par un garde-fou – pour enfermer les gens ou les empêcher d'entrer… mystère. Mais apparemment, là n'était toujours pas ce qu'il cherchait, plutôt une sorte de point de vue ou un repère familier.

Il ne se réfugia pas derrière la rambarde, mais, selon un autre témoin, fit comme les gamins sur les aires de jeux : il se planta sur le bord du trottoir extérieur, s'adossa au garde-fou, s'y accrocha en passant les bras derrière son dos et resta ainsi à réfléchir, comme ligoté à un manège immobile, regardant foncer les bus de nuit à impériale vides pressés de rentrer bien vite au bercail.

Finalement, l'air d'avoir retrouvé ses esprits, il se redressa, rejeta ses maigres épaules en arrière comme un ancien combattant un jour de défilé, choisit un bus qui arrivait à toute vitesse, et se jeta dessous. Et honnêtement, à cet endroit précis, à cette heure de la nuit, et avec l'averse qui rendait les rues aussi glissantes qu'une patinoire, le pauvre chauffeur ne pouvait absolument rien faire. Palfrey aurait d'ailleurs été le dernier à lui en vouloir.

Un testament manuscrit rédigé selon les règles de l'art fut retrouvé légèrement froissé dans sa poche. Il annulait toutes les dettes et faisait de Goodhew son exécuteur testamentaire.

29

Le *Pacha de fer*, mille cinq cents tonnes, soixante-seize mètres de long, coque en acier fabriquée en Hollande par Feadship en 1987 selon les directives du propriétaire actuel, décoration intérieure par Lavinci de Rome, deux moteurs diesel MWM deux mille chevaux, stabilisateurs Vosper, système de télécommunications par satellite Inmarisat avec radio anti-chocs et veille radar – sans oublier les fax, les télex, les douze caisses de Dom Pérignon et un houx dans un bac pour les festivités de Noël, quitta le chantier naval de Nelson dans le port anglais d'Antigua aux Petites Antilles avec la marée du matin, en route pour une croisière hivernale dans les îles Sous-le-Vent et les Grenadines, à destination de Curaçao via les îles de Blanquilla, Orchila et Bonaire.

Quelques-unes des personnalités les plus éminentes du très en vogue St James's Club d'Antigua se pressaient sur le quai pour assister au départ du *Pacha* à grand renfort de cornes de brume et de sifflets de bateaux. À l'arrière du yacht en partance, le très populaire entrepreneur international Dicky Onslow Roper et ses invités élégamment vêtus faisaient de grands signes d'adieu en réponse aux « Bon voyage ! » et « Amusez-vous bien, Dicky, vous l'avez bien mérité ! » criés depuis la côte. La flamme personnelle de M. Roper, ornée d'un cristal étincelant, flottait au grand mât. Les amateurs de potins mondains eurent le plaisir d'apercevoir des grands favoris du jet-set, tels lord Langbourne (Sandy pour les intimes) au bras de sa femme Caroline, ce qui démentait les rumeurs de rupture, et l'exquise Miss Jemima Marshall (Jed pour les intimes), fidèle compagne de M. Roper depuis plus d'un an, et hôtesse renommée de son paradis dans les Exuma.

Les seize autres invités, triés sur le volet parmi des grands décideurs internationaux, comprenaient des grosses légumes de la haute comme Petros (Patty) Kaloumenos, qui avait récemment essayé d'acheter l'île de Spetsai au gouvernement grec, Bunny Saltlake, héritière d'une marque de soupe américaine, Gerry Sandown, le coureur automobile anglais et sa femme française, et le producteur de films américain Marcel Heist, dont le yacht personnel, la *Marceline*, était en construction à Bremerhaven. Pas d'enfants à bord. Les invités qui n'avaient encore jamais fait de croisière sur le *Pacha* passeraient sûrement les premiers jours à s'extasier sur ses trésors : ses huit cabines de luxe avec lit géant, chaîne hi-fi, téléphone, télévision couleur, imprimés Redouté et lambris authentiques ; son salon édouardien en velours rouge, aux lumières tamisées, avec une table à jeux ancienne et des bustes en bronze du XVIIIe siècle, chacun dans une niche cintrée en noyer massif ; sa salle à manger en érable avec des fresques sylvestres dans le style de Watteau ; sa piscine, son jacuzzi et son solarium, sa plage arrière à l'italienne pour les dîners intimes.

Mais de M. Derek Thomas, le Néo-Zélandais, les échotiers ne dirent mot. Il n'apparaissait dans aucun communiqué de presse d'Ironbrand. Il ne se trouvait pas sur le pont pour dire au revoir aux amis restés à terre, non plus qu'au dîner à régaler la compagnie de sa conversation raffinée. Il était dans ce qui ressemblait le plus au cellier de Herr Meister sur le *Pacha*, enchaîné, bâillonné, dans l'obscurité totale, sa misérable solitude seulement interrompue par les visites du major Corkoran et de ses aides.

L'équipage et le personnel du *Pacha* regroupaient vingt personnes, parmi lesquelles le capitaine, le second, le mécanicien, le mécanicien adjoint, un chef cuisinier pour les passagers et un pour l'équipage, une gouvernante générale, quatre matelots et un commissaire de bord, ainsi qu'un pilote pour l'hélicoptère et un pour l'hydravion. La sécurité, augmentée des deux Germano-Argentins qui avaient pris l'avion avec Jed et

Corkoran depuis Miami, était aussi somptueusement équipée que le bateau qu'elle protégeait. Les actes de piraterie dans ces eaux avaient toujours cours, et l'arsenal de bord permettait de soutenir un combat prolongé en mer, de dissuader des avions maraudeurs et de couler un bâtiment ennemi s'il s'aventurait trop près. Tout était stocké dans la cale avant, où l'équipe de sécurité avait aussi ses quartiers, derrière une porte en acier étanche elle-même protégée par une grille. Était-ce là qu'ils avaient enfermé Jonathan ? Au bout de trois jours en mer, c'est ce que craignait fortement Jed. Elle posa la question à Roper, qui fit la sourde oreille, puis à Corkoran, qui redressa le menton et fronça un sourcil réprobateur.

« Terrain glissant, chère petite, dit-il entre ses dents. Un bon conseil : montrez-vous, mais taisez-vous. Profitez du lit et du couvert, mais gardez un profil bas. Pour le bien de tous. Et je n'ai rien dit. »

La transformation survenue chez Corkoran était maintenant complète. Une vigilance de prédateur avait remplacé son indolence habituelle. Il souriait rarement et aboyait des ordres brefs aux hommes d'équipage, qu'ils soient mignons ou pas. Il avait épinglé une batterie de médailles sur son smoking défraîchi et se lançait dans des discours pompeux sur les grands problèmes internationaux dès que Roper n'était pas là pour le faire taire.

Pour Jed, le jour de l'arrivée à Antigua fut le pire de sa vie. Elle en avait pourtant connu beaucoup de terribles auparavant, dus à sa conscience de catholique. Ainsi, le jour où la mère supérieure était entrée d'un pas résolu dans le dortoir pour lui dire de ramasser ses affaires car un taxi l'attendait devant la porte ; après quoi son père lui avait ordonné de monter dans sa chambre le temps qu'il consulte un prêtre sur la conduite à adopter envers une vierge dépravée de seize ans surprise toute nue dans la serre de bouturage avec un gars du village qui tentait désespérément de la déflorer. Et puis le jour à Hammersmith, où deux types avec lesquels elle avait refusé de coucher s'étaient saoulés et avaient décidé de faire cause commune, l'un la maintenant tandis que l'autre la violait, à tour de rôle. Et les jours déments à Paris, jusqu'à ce qu'elle enjambe les corps endormis pour aller se jeter tout droit dans les bras de Roper. Pourtant, celui où elle monta sur le *Pacha* dans le port anglais d'Antigua avait de loin dépassé tous les autres.

À bord de l'avion, elle s'était plongée dans ses magazines pour échapper aux insultes à peine déguisées de Corkoran. À l'aéroport d'Antigua, il avait passé la main avec prévenance sous le bras de Jed, mais, quand elle avait voulu se dégager, il avait vivement resserré son étreinte tandis que les deux blonds leur emboîtaient le pas. Dans la limousine, il s'était installé à l'avant et les deux types de chaque côté d'elle, la serrant de près. En montant sur la passerelle du *Pacha*, les trois avaient formé un triangle rapproché autour d'elle, sans doute pour bien montrer à Roper, s'il les guettait, qu'ils exécutaient ses ordres. Ainsi conduite *manu militari* jusqu'à la cabine principale, elle dut attendre que Corkoran ait frappé à la porte.

« Qui est-ce ? demanda Roper.

— Une certaine Miss Marshall, patron. À peu près saine et sauve.

— Fais-la entrer, Corks.

— Avec ou sans bagages, patron ?

— Avec. »

Assis à son bureau le dos tourné, Roper resta dans cette position en la présence de Jed, tandis qu'un steward déposait ses bagages dans la chambre avant de se retirer. Il lisait quelque chose, peut-être un contrat, en suivant avec son stylo. Jed attendait qu'il termine, ou le pose et se tourne vers elle, voire même qu'il se lève, mais il n'en fit rien. Il arriva au bas de la page, gribouilla quelque chose, sans doute ses initiales, puis passa à la suivante et continua sa lecture. Il s'agissait d'un épais document dactylographié en rouge sur bleu, avec un trait de marge rouge. Il lui restait encore un bon nombre de pages. Il rédige son testament, décida Jed. *Et à mon ancienne maîtresse, Jed, je ne lègue pas un radis...*

Il portait sa robe de chambre en soie bleu marine faite sur mesure, avec un col châle et un liseré bordeaux, qu'il enfilait généralement juste avant ou juste après l'amour. Tout en lisant, il bougeait légèrement les épaules sous le tissu, comme s'il sentait le regard admiratif de Jed fixé sur elles. Il était très fier de ses épaules. Jed resta debout, à deux mètres de lui, vêtue d'un jean et d'un débardeur, et parée de plusieurs colliers en or. Il aimait qu'elle porte de l'or. Le tapis tout neuf était couleur puce, très cher, très moelleux. Ils l'avaient choisi ensemble parmi des échantillons, assis devant le feu à Crystal. Jonathan avait même donné son avis. C'était la première fois qu'elle le voyait posé.

« Je te dérange ? demanda-t-elle comme il ne tournait toujours pas la tête.

— Si peu », répliqua-t-il sans lever le nez de ses papiers.

Elle s'assit au bord d'un fauteuil, serrant son sac en tapisserie sur ses genoux. Elle avait senti un tel excès de maîtrise dans les gestes de Roper et de tension dans sa voix qu'elle s'imagina qu'il allait se lever pour la frapper, sans doute en un seul et même mouvement : détente rapide et large revers de main qui la mettrait K.O. pour une semaine. Elle avait eu autrefois un amant italien qui l'avait frappée ainsi pour la punir de son effronterie. Le coup, qui l'avait projetée à l'autre bout de la pièce, aurait dû la faire tomber sur place, mais l'équitation lui avait donné un bon sens de l'équilibre. Elle avait rapidement ramassé ses affaires et, sur sa lancée, avait quitté les lieux.

« J'ai demandé du homard, pour ce soir, l'informa Roper tout en paraphant un autre passage. J'ai pensé que tu le méritais bien après le petit numéro de Corky chez Enzo. Ça te va, le homard ? »

Elle ne répondit pas.

« Les gars m'ont dit que tu avais pris du bon temps avec l'ami Thomas. Ça t'a plu ? Son vrai nom est Pyne, au fait. Jonathan pour les intimes comme toi.

– Où est-il ?

– J'étais sûr que tu voudrais savoir », fit-il en tournant une page. Puis il leva un bras et tripota ses demi-lunettes de lecture. « Ça dure depuis longtemps ? Des petits coups vite fait dans le pavillon d'été ? Des parties de jambes en l'air dans les bois ? Vous êtes très forts, tous les deux, je dois dire. Avec tout le personnel autour, et moi qui ne suis pas aveugle, personne n'a rien vu.

– Si on t'a dit que je dormais avec Jonathan, c'est faux.

– Personne n'a parlé de sommeil.

– Nous ne sommes pas amants. »

Elle avait dit la même chose à la mère supérieure jadis, en pure perte. Roper interrompit sa lecture, sans pour autant tourner la tête.

« Alors, si vous n'êtes pas amants, vous êtes quoi, au juste ? »

Amants, reconnut-elle bêtement. Ça ne faisait guère de différence qu'il y ait relation sexuelle ou pas. Son amour pour Jonathan et sa trahison envers Roper étaient deux faits bien réels. Le reste, comme jadis dans le serre, était un simple détail technique.

« Où est-il ? » insista-t-elle.

Absorbé par sa lecture. Un léger mouvement des épaules tout en corrigeant quelque chose avec le Mont Blanc géant.

« Il est à bord ? »

Figé dans une totale immobilité, à présent. Le même silence pensif que le père de Jed, qui craignait que le monde ne coure à sa perte et ne savait comment l'en empêcher, pauvre cher homme. Alors que Roper, lui, l'y poussait.

« Il prétend qu'il a agi seul, dit Roper. C'est vrai, ça ? Jed n'a rien à y voir. Pyne est le gros méchant, il a tout fait tout seul. Jed est blanche comme neige. Trop bête

pour savoir où elle va, de toute façon. Fin du communiqué de presse. C'est le boulot de Pyne tout seul.
— Quel boulot ? »

Roper reposa son stylo et se leva, évitant toujours de la regarder. Il traversa la pièce et appuya sur un bouton dans le mur lambrissé qui commandait électriquement les portes du bar. Il ouvrit le réfrigérateur, en sortit une bouteille de Dom Pérignon, fit sauter le bouchon et se remplit une coupe. Puis, comme cherchant un compromis entre regarder Jed ou pas, il s'adressa à son reflet dans les miroirs qui tapissaient l'intérieur du bar, du moins ce qu'il en apercevait entre les bouteilles de vin, de vermouth et de Campari.

« Tu veux une coupe ? demanda-t-il d'un ton presque tendre en levant la bouteille.
— Quel boulot ? Qu'est-ce qu'il est censé avoir fait ?
— Il refuse de le dire. On lui a bien demandé, mais il s'obstine. Quel genre de boulot, pour qui, avec qui, pourquoi, depuis quand, payé par qui... rien. Pourtant, ça lui éviterait bien des ennuis s'il parlait. Un type courageux, c'est sûr. Tu as fait un bon choix. Félicitations.
— Mais pourquoi faut-il absolument qu'il ait fait quelque chose ? Et vous, qu'est-ce que vous lui faites ? Laissez-le partir. »

Roper se tourna et marcha vers elle, la regardant enfin bien en face de ses yeux délavés. Cette fois, elle fut certaine qu'il allait la frapper, à cause de son sourire si incroyablement assuré et de son indifférence soigneusement étudiée, signes qu'il devait bouillir intérieurement. Il portait toujours ses demi-lunettes et dut baisser la tête pour regarder Jed par-dessus. Il était tout sourire et tout près d'elle.

« Un vrai chevalier, hein, ton bel amour ? Blanc comme neige, pas vrai ? Monsieur Propre. Foutaises, ma chère. Si je l'ai accueilli, c'est uniquement parce qu'un tueur à gages avait un revolver pointé sur la tête de mon fils. Et tu veux me faire croire qu'il ne faisait pas partie du coup ? C'est du délire, ma chérie. Le jour où tu me présenteras un saint, je paierai les cierges.

Mais en attendant je garde mes sous. » Le fauteuil qu'elle avait choisi était dangereusement bas, et les genoux de Roper penché au-dessus d'elle arrivaient à hauteur de son menton. « J'ai bien réfléchi à ton sujet, Jeds. Je me suis demandé si tu étais aussi stupide que je le pensais. Si tu ne serais pas dans le coup avec Pyne. Qui a dragué l'autre à la vente de chevaux, hein ? Hein ? fit-il en lui tordant gentiment l'oreille, comme à un gosse. Les femmes sont sacrément malignes. Très très malignes. Même quand elles disent ne pas avoir un gramme de cervelle. Elles vous font croire que c'est vous qui les choisissez, et en fait c'est l'inverse. Tu es un agent infiltré, Jeds ? T'en as pas l'air. T'as l'air d'une sacrée beauté. Sandy croit que t'es un agent. Il regrette de ne pas t'avoir sautée avant. Corks, ça ne l'étonnerait pas que tu sois un agent, fit-il avec une minauderie efféminée. Quant à ton petit ami, lui, il ne dit rien, ajouta-t-il en lui tordant l'oreille à chaque mot accentué, sans lui faire mal, juste pour rire. Sois franche avec nous, Jed, je t'en prie, chérie. Mets-nous dans la confidence. Sois fair-play. Tu es un agent infiltré, n'est-ce pas, ma belle ? Un agent avec un joli cul. Oui ou non ? »

Lui prenant le menton entre le pouce et l'index, il lui fit lever la tête pour mieux la regarder. Elle remarqua cette étincelle de gaieté dans ses yeux qu'elle avait si souvent prise pour de la tendresse, et se dit qu'une fois de plus elle s'était construit une image de l'homme qu'elle aimait à partir de fragments de sa personnalité qui lui plaisaient, en écartant les autres.

« Je ne sais pas de quoi tu parles, protesta-t-elle. C'est toi qui m'as draguée. J'avais peur. Tu étais un ange. Tu ne m'as jamais fait de mal. Jusqu'à aujourd'hui. Et je t'ai donné le meilleur de moi-même. Tu le sais. Où est-il ? » demanda-t-elle en le regardant droit dans les yeux.

Il lui lâcha le menton et s'éloigna, levant haut sa coupe de champagne.

« Bonne idée, ma chère, fit-il d'un ton approbateur.

Bien vu. Aide-le à fuir. Aide ton amant à fuir. Glisse une lime dans son pain et passe-lui le tout à travers les barreaux le jour de visite. Dommage que Sarah ne soit pas à bord. Vous auriez pu la monter tous les deux pour fuir au coucher du soleil. Tu ne connais pas un type du nom de Burr, Jeds ? enchaîna-t-il sur le même ton. Prénom Leonard. Un paysan du nord, qui sent la sueur. Éducation religieuse. Tu ne l'as jamais rencontré ? Il t'a jamais sautée ? Il doit se faire appeler Smith, j'imagine. Dommage. Je pensais que peut-être...

— Je ne connais pas cet homme.

— Bizarre. Pyne non plus. »

Ils s'habillèrent pour le dîner, dos à dos, choisissant soigneusement leur tenue. Le tourbillon de folie programmée jour et nuit à bord du *Pacha* venait de commencer.

Les menus. Discussion avec le maître d'hôtel et les cuisiniers. Mme Sandown étant française, son opinion est considérée comme parole d'évangile aux cuisines, même si elle ne mange que de la salade et affirme ne rien connaître dans ce domaine.

Le blanchissage. Quand les invités ne sont pas en train de manger, ils se changent, se lavent ou forniquent. Il faut donc leur fournir chaque jour des draps, des serviettes, des vêtements et du linge de table propres. La réputation d'une croisière repose sur la nourriture et le blanchissage. Une section entière des quartiers des domestiques est occupée par des rangées de lave-linge, de sèche-linge et de fers à repasser à vapeur dont deux femmes de chambre ont la charge du matin au soir.

La coiffure. L'air marin cause de sérieux dégâts à la chevelure. Tous les jours vers 17 h 00, le pont des invités s'emplit du ronronnement des sèche-cheveux, dont la particularité est de tomber en panne au beau milieu de la toilette. En conséquence, à 17 h 50 très exactement, Jed est sûre de croiser une invitée furibonde qui rôde dans la coursive, à moitié vêtue, les cheveux hérissés comme un balai-brosse, qui brandit un sèche-cheveux détraqué et lui demande : « Jed, ma chère, pourriez-vous... ? » car à cette heure-là la gouvernante générale met la touche finale à la table du dîner.

Les fleurs. Chaque jour, l'hydravion s'envole vers l'île la plus proche pour y faire provision de fleurs, de poisson frais, de fruits de mer, d'œufs et de journaux, et poster le courrier. Mais ce sont les fleurs qui importent pour Roper, car elles font la gloire du *Pacha*, au point que la vue de fleurs fanées ou mal disposées entraîne immanquablement de sévères répercussions sous le pont.

Les divertissements. Où allons-nous jeter l'ancre, nager, faire de la plongée, à qui rendrons-nous visite, dînerons-nous à terre pour changer, devrons-nous envoyer l'hélicoptère ou l'hydravion chercher les Untel, ou emmener les Machin à terre ? Car les invités à bord du *Pacha* se renouvellent sans cesse. Ils changent d'une île à l'autre selon la durée programmée de leur séjour, apportent du sang neuf, de nouvelles banalités, une nouvelle conception des fêtes de Noël : Je suis terriblement en retard pour mes préparatifs, ma chérie, je n'ai même pas encore cherché mes cadeaux, et au fait il serait temps de convoler, Dicky et toi, vous formez un couple tellement adorable.

Et dans la folie collective, Jed se conforme à la folle routine quotidienne, tout en attendant de trouver le défaut de la cuirasse. L'idée émise par Roper de glisser une lime dans le pain du prisonnier n'est pas si absurde. Jed se ferait sauter par les cinq gorilles, Langbourne et même Corkoran, s'il le voulait, pour arriver jusqu'à Jonathan.

Et elle continue d'attendre. Emprisonnée dans l'étau humiliant des règles strictes de son éducation religieuse, elle serre les dents et sourit. Tant qu'elle les respecte, rien n'est vraiment réel, mais rien ne va à la dérive non plus, heureusement, et elle se raccroche à l'éventualité d'un défaut de la cuirasse. Lorsque

Caroline Langbourne lui fait un beau discours sur les joies de la vie conjugale avec Sandy, maintenant que cette petite traînée de nurse est retournée à Londres, Jed l'assure avec un sourire : « Caro, ma chérie, je suis tellement heureuse pour vous deux. Et pour les enfants, bien sûr. » Quand Caroline ajoute qu'elle a dû raconter de grosses bêtises à propos des affaires de Dicky et Sandy, noircir énormément les choses – et puis franchement, comment gagner des sous de nos jours sans se salir un petit peu les mains ? –, Jed lui déclare béatement qu'elle n'a aucun souvenir de cette conversation, car tout ce qui touche aux affaires lui entre par une oreille et ressort par l'autre, Dieu merci...

La nuit, elle couche avec Roper, en guettant le défaut de la cuirasse.

Dans le lit de Roper.

Après s'être habillée et déshabillée en sa présence, avoir porté ses bijoux et charmé ses invités.

L'affrontement a généralement lieu à l'aube, au moment où la volonté de Jed offre le moins de résistance, comme celle d'un mourant. Roper l'attire à lui, et elle répond aussitôt à son désir avec une terrible ardeur, s'imaginant qu'ainsi elle met l'oppresseur de Jonathan hors d'état de nuire, le dompte, l'achète, fait la paix avec lui, pour le salut de Jonathan. En attendant de trouver le défaut de la cuirasse.

Car c'est là ce qu'elle attend de Roper pour le prix qu'elle paye, dans le silence effrayant qu'ils partagent après leur première étreinte sauvage : l'occasion de lui faire baisser sa garde. Ils sont toujours capables de rire ensemble pour une broutille, mais, même pendant leurs fougueux ébats sexuels, ils évitent le seul sujet qui les lie encore : Jonathan.

Roper attend-il quelque chose, lui aussi ? Jed le pense. Sinon, pourquoi Corkoran frapperait-il à la porte de leur cabine à des heures indues avant de passer la tête par l'entrebâillement, de la secouer d'un air navré, et de se retirer ? Dans ses cauchemars, Jed voit en Corkoran le bourreau de Jonathan.

À présent, elle sait où il est. Roper ne lui a rien dit, mais s'est bien amusé à la voir repérer et rassembler les indices. Et maintenant, elle sait.

Tout d'abord, elle a remarqué une affluence inhabituelle à l'avant, sur le pont inférieur, passé les cabines des invités : un attroupement, comme après un accident. Rien qu'elle puisse vraiment définir, et de toute façon elle connaît mal cette partie du bateau, qu'elle avait entendu appeler « zone de sécurité » ou « infirmerie » à l'époque où elle était encore naïve. C'est la seule qui n'est réservée ni aux invités ni à l'équipage, et comme Jonathan n'appartient à aucune de ces catégories, Jed se dit que c'est le lieu approprié pour l'emprisonner. Rôdant exprès dans les cuisines, elle remarque des plateaux de nourriture pour convalescent qu'elle n'a pas commandés. Chargés quand on les emporte à l'avant, et vides au retour.

« Il y a quelqu'un de malade ? demande-t-elle à Frisky en l'arrêtant au passage.

— Pourquoi donc ? rétorque-t-il d'un ton maintenant impertinent, le plateau en équilibre sur une main.

— Alors c'est pour qui, ces bouillies, là ? Les yaourts, le bouillon de poulet ? Pour qui ?

— Ah, ça ? dit-il, feignant de remarquer pour la première fois ce qu'il porte sur son plateau. C'est pour Tabby, mademoiselle. » Il ne l'a jamais appelée « mademoiselle » auparavant. « Il a une légère rage de dents. On lui a arraché une dent de sagesse à Antigua. Il a beaucoup saigné. Il prend des analgésiques. Voilà. »

Elle a commencé à repérer qui rend visite à Jonathan et quand. Elle-même pétrie de règles de vie très strictes, elle s'aperçoit des moindres allées et venues inhabituelles : elle sait instinctivement si la jolie femme de chambre philippine a couché avec le capitaine, le second ou Sandy Langbourne, comme ce fut le cas un après-midi où Caroline se faisait bronzer sur le pont arrière. Jed a remarqué que ce sont les trois fidèles serviteurs de Roper, Frisky, Tabby et Gus, qui couchent dans la cabine au-dessus de l'escalier privé conduisant à ce qu'elle pense être la cellule de Jonathan. Et que les Germano-Argentins de l'autre côté de la coursive soupçonnent peut-être quelque chose mais ne sont pas dans le secret. Et que Corkoran – le nouveau Corkoran, bouffi d'orgueil et de zèle – fait l'aller et retour au moins deux fois par jour, qu'il part avec une mine de circonstance et revient l'air furieux.

« Corky, le supplie-t-elle en comptant sur leur vieille amitié. Corks, mon ange, s'il vous plaît, pour l'amour de Dieu, comment va-t-il ? Est-il malade ? Sait-il que je suis là ? »

Mais le visage de Corkoran reste sombre, encore marqué par les ténèbres d'où il revient. « Je vous avais prévenue, Jed, répond-il avec humeur. Je vous ai donné votre chance, mais vous n'avez pas voulu m'écouter. Vous vous êtes obstinée. » Et il poursuit son chemin comme un bedeau offensé.

Sandy Langbourne est lui aussi un visiteur occasionnel. Il y va de préférence après dîner, au cours de ses excursions nocturnes sur les ponts en quête d'une compagnie plus attrayante que celle de sa femme.

« Sandy, espèce de salaud, murmure Jed au moment où il passe devant elle d'un air dégagé. Espèce d'enfoiré de merde. »

Mais ces injures le laissent indifférent. Il est bien trop beau et désœuvré pour y prêter attention.

Jed sait aussi qu'un des autres visiteurs est Roper, à son air singulièrement songeur et à son allure générale lorsqu'il revient de l'avant du bateau, même si elle ne l'a jamais vu s'y rendre. Comme Langbourne, il a une préférence pour le soir. Il fait une petite promenade sur le pont, bavarde avec le capitaine ou téléphone à l'un de ses nombreux courtiers, agents de change et banquiers dans n'importe quel coin du globe : Et si on s'attaquait au mark, Bill ? Au franc suisse, Jack ? Au yen, à la livre sterling, à l'escudo, au caoutchouc malais, aux diamants russes, à l'or canadien ? Puis peu à peu, d'étape en étape de ce genre, il se trouve attiré comme par un aimant vers l'avant du bateau. Et il disparaît. À son retour, il a le visage sombre.

Jed a la sagesse de ne pas supplier, pleurer, hurler ou faire une scène. Ce serait le meilleur moyen pour rendre Roper dangereux, une scène. Ou une atteinte injustifiée à son amour-propre. Une idiote de femme pleurnichant à ses pieds.

Et Jed sait aussi, du moins le croit-elle, que Jonathan fait ce qu'il a essayé de faire en Irlande : se tuer à force de courage.

C'était à la fois mieux que le cellier de Herr Meister et bien bien pire. Pas question de tourner en rond entre les murs sombres, pour la bonne raison que Jonathan y était enchaîné. On ne l'abandonnait pas, sa présence étant connue de diverses personnes attentionnées, qui lui avaient fourré de la peau de chamois dans la bouche avant de lui scotcher les lèvres. Malgré leur accord, selon lequel ils s'engageaient à lui retirer ces entraves dès qu'il manifesterait par un signe son désir de parler, ils lui avaient déjà prouvé que, s'il se décidait à la légère, il en subirait les conséquences. Depuis lors, il avait fermement adopté une politique de silence total ; pas même un « bonjour » ou un « salut », sa terreur étant que sa tendance occasionnelle à la confidence, cultivée quand il était hôtelier, le conduirait à sa perte. Un simple « salut » entraînerait un « J'ai communiqué à Rooke les numéros des conteneurs et le nom du bateau », ou tout autre aveu fortuit qui lui échapperait tant il était au supplice.

Mais au fond, quels aveux attendaient-ils de lui ? Que désiraient-ils apprendre qu'ils ne sachent déjà ? Ils savaient qu'il était un agent infiltré et que la plupart des histoires sur son passé étaient pure invention. S'ils ignoraient encore jusqu'à quel point il les avait trahis, ils en savaient assez pour modifier ou annuler leur opération avant qu'il ne fût trop tard. Alors pourquoi cette insistance, cette frustration ? Puis, peu à peu, au fil des séances de plus en plus cruelles, Jonathan comprit que ses aveux représentaient un dû à leurs yeux. Ils l'avaient démasqué comme espion, et leur orgueil exigeait la confession repentie du condamné.

Mais ils avaient compté sans Sophie. Ils ne savaient rien de sa secrète compagne d'infortune. Sophie, qui était passée par là avant lui. Et qui se trouvait maintenant à ses côtés, lui souriant en buvant son café... égyptien, s'il vous plaît. Lui accordant son pardon. Le distrayant, le séduisant un peu, l'encourageant à vivre au grand jour. Lorsqu'ils le frappaient au visage – une longue correction aux coups savamment placés, ravageurs –, il comparait avec ironie leurs deux visages et, pour faire diversion, lui parlait du jeune Irlandais et du Heckler. Mais jamais sur un ton larmoyant, elle s'y opposait fermement. Toujours éviter de s'apitoyer sur son propre sort, garder son sens de l'humour. *Vous tuer cette femme?* le taquinait-elle avec son rire de gorge, levant ses sourcils noirs bien épilés. Non, lui pas la tuer. Ils avaient réglé la question depuis longtemps. Elle avait écouté le récit de ses tractations avec Ogilvey, entendu sa confession jusqu'au bout, tantôt avec un petit sourire, tantôt l'air écœuré. « Je pense que vous avez fait votre devoir, monsieur Pyne, avait-elle déclaré en conclusion. Malheureusement, on peut se sentir des devoirs envers différentes choses et ne pas pouvoir les honorer tous. Comme mon mari, vous avez cru agir en patriote. La prochaine fois, vous ferez un meilleur choix. Nous le ferons peut-être ensemble, d'ailleurs. » Quand Tabby et Frisky le travaillaient au corps, notamment en l'enchaînant dans des postures qui entraînaient de longues et atroces souffrances, Sophie lui rappelait comment son corps à elle avait été martyrisé, roué de coups jusqu'à l'anéantissement. Et lorsqu'il était au fond de l'abîme, à demi inconscient, se demandant comment il réussirait à remonter la pente, il lui racontait des escalades périlleuses qu'il avait entreprises dans l'Oberland : la face nord du Jungfrau, où ça s'était très mal passé ; un bivouac sous un vent de cent soixante kilomètres à l'heure. Si Sophie s'ennuyait, elle ne le montrait jamais. Elle l'écoutait, fixant sur lui ses grands yeux marron, l'encourageant avec tendresse : *Je suis sûre que vous ne vous trahirez plus pour rien, monsieur Pyne*, lui avait-elle dit. *Nos bonnes manières font parfois écran à notre courage. Vous avez de quoi lire pendant le vol de retour au Caire ? Moi, je vais lire. Ça m'aidera à me retrouver.* Et à sa grande surprise, il était de nouveau dans le petit appartement à Louxor, la regardant faire son sac de voyage, un objet à la fois, méthodiquement, comme si elle choisissait des amis pour un trajet bien plus long que celui jusqu'au Caire.

Naturellement, c'était aussi Sophie qui l'avait encouragé à se taire. N'était-elle pas morte sans le trahir ?

Lorsqu'ils avaient décollé l'adhésif et retiré le tampon de sa bouche, c'était encore sur les conseils de Sophie qu'il avait demandé à parler à Roper.

« Tommy devient raisonnable, approuva Tabby, hors d'haleine après une séance musclée. Tu fais un brin de causette avec le patron, et après on pourra tous boire une bière ensemble, comme au bon vieux temps. »

Roper, à son heure, descendit le voir dans sa tenue de croisière – y compris les souliers en daim blanc à semelles de crêpe que Jonathan avait remarqués dans son dressing à Crystal –, et s'assit sur une chaise à l'autre bout de la pièce. Jonathan songea que Roper le voyait avec son visage en bouillie pour la deuxième fois, et affichait la même expression : le nez plissé de dégoût, il faisait un constat critique des dégâts et des chances de survie. Jonathan se demandait comment Roper aurait réagi s'il avait vu Sophie battue à mort.

« Tout va bien, Pyne ? s'enquit-il plaisamment. Pas de récriminations ? On s'occupe bien de vous ?
— Les lits sont un peu durs.
— On ne peut pas tout avoir, fit Roper en riant de bon cœur. Vous manquez beaucoup à Jed.
— Eh bien, envoyez-la-moi.
— Ce n'est pas vraiment son genre de décor. Une fille élevée au couvent, ça aime se sentir en sécurité. »

Jonathan lui expliqua qu'au cours de ses premiers

entretiens avec Langbourne, Corkoran et les autres, il avait été suggéré à maintes reprises que Jed se trouvait plus ou moins impliquée dans ses propres activités. Il déclara catégoriquement avoir toujours agi seul, sans l'aide de Jed. Et aussi qu'on avait fait trop grand cas d'une ou deux visites amicales de Jed à Woody's House alors que la compagnie de Caroline Langbourne l'ennuyait à mourir et que Jonathan était seul. Il exprima ensuite ses regrets de ne pouvoir répondre à d'autres questions. Roper, habituellement si prompt à la réplique, sembla pris de court.

« Vos complices ont kidnappé mon fils, finit-il par dire. Vous vous êtes introduit chez moi grâce à des mensonges, vous m'avez pris ma femme, et vous avez essayé de saboter mon opération. J'en ai rien à foutre que vous parliez ou non. Vous êtes un homme mort. »

Ainsi donc c'est une punition qu'ils veulent, pas seulement des aveux, songea Jonathan au moment où on le bâillonnait de nouveau. Son sentiment de complicité avec Sophie s'en trouva renforcé, si faire se pouvait. Je n'ai pas trahi Jed, lui dit-il. Et je ne le ferai jamais, je le jure. Je serai aussi irréductible que Herr Kaspar pour sa perruque.

Herr Kaspar portait une perruque ?

Quoi, je ne vous l'ai jamais dit ? Grands dieux ! Herr Kaspar est un héros suisse ! Il a renoncé à vingt mille francs annuels nets d'impôts par pur respect de sa personne !

Vous avez raison, monsieur Pyne, reconnut Sophie d'un air grave, lorsqu'elle eut écouté attentivement tout ce qu'il avait à lui raconter. Vous ne devez pas trahir Jed. Il faut être fort comme Herr Kaspar, et ne pas vous trahir non plus. À présent, posez votre tête sur mon épaule, s'il vous plaît, comme avec Jed, et nous allons dormir.

Tandis que les questions continuaient de pleuvoir, une à une ou en vrac, sans entraîner de réponse, Jonathan revit parfois Roper assis sur la même chaise, mais sans ses souliers de daim blanc. Et Sophie se tenait toujours derrière Jonathan, pas pour réclamer vengeance mais pour lui rappeler qu'ils se trouvaient en présence de l'homme le plus ignoble au monde.

« Ils vont vous tuer, Pyne, l'avertit Roper à plusieurs reprises. Un de ces jours, Corky ne se contrôlera plus, et ce sera la fin. Les pédés ont tendance à dépasser les bornes. Un bon conseil : renoncez avant qu'il ne soit trop tard. » Puis il se reculait sur sa chaise avec cette expression de frustration commune à tous ceux qui se sentent incapables d'aider un ami.

Alors Corkoran le remplaçait sur la chaise, se penchait en avant d'un air avide pour mitrailler Jonathan de questions d'un ton péremptoire, et comptait jusqu'à trois en attendant la réponse. À trois, Frisky et Tabby se remettaient à l'œuvre jusqu'à ce que Corkoran manifeste lassitude ou apaisement.

« Tu m'excuseras, trésor, mais je vais enfiler mon sari pailleté, me coller un rubis dans le nombril, et aller bouffer quelques langues de paon, disait-il en s'inclinant avec un petit sourire narquois avant de gagner la porte. Désolé que tu ne sois pas de la fête. Mais on n'y peut rien si tu refuses de te mettre à table. »

Au bout d'un certain temps, personne, pas même Corkoran, ne resta très longtemps dans la cellule. Quand un homme refuse de parler et n'en démord pas, le spectacle acquiert une certaine monotonie. Seul Jonathan, explorant son monde intérieur avec Sophie, en retirait quelque satisfaction. Il ne possédait rien qu'il lui déplaisait de posséder, sa vie était en ordre, il était libre. Il se félicitait de ne plus avoir d'obligations familiales ou sociales. Son père, sa mère, les orphelinats, la tante Annie qui chantait si bien, sa patrie, son passé, et Burr – tous ses créanciers avaient été payés rubis sur l'ongle. Quant à ses créancières, elles ne pouvaient plus l'atteindre de leurs accusations.

Et Jed ? Eh bien, il éprouvait un certain contentement à payer d'avance les péchés qu'il n'avait pas encore commis. Bien sûr, il l'avait dupée – chez Mama Low, en réussissant à s'introduire en douce au château, en projetant une fausse image de lui-même. Mais il avait aussi l'impression de l'avoir sauvée, ce qui était également l'opinion de Sophie.

« Et vous ne la trouvez pas trop superficielle ? demanda-t-il à Sophie comme tout jeune homme cherchant l'avis d'une femme avisée sur l'objet de son amour.

— Monsieur Pyne ! fit-elle, feignant de se fâcher. Je trouve que vous jouez un peu les difficiles. Vous êtes un amant, pas un archéologue. Jed a une nature encore inviolée. Elle est belle et a donc l'habitude d'être adulée, adorée, et parfois mésestimée. C'est normal.

— Je ne l'ai pas mésestimée.

— Mais vous ne l'avez pas non plus adulée. Vous ne lui donnez pas confiance. Elle vient à vous pour obtenir votre approbation, que vous lui refusez. Pourquoi ?

— Mais, madame Sophie, quel effet croyez-vous qu'elle me fait, à moi ?

— Les extrêmes s'attirent, ça vous agace tous les deux, c'est normal. C'est la face cachée de l'amour. Vous avez tous deux obtenu ce que vous souhaitiez. Il est temps de voir ce que vous devez en faire.

— Je ne suis pas prêt pour elle. C'est une fille insignifiante.

— Non, monsieur Pyne. Mais je suis certaine que vous ne serez jamais prêt pour qui que ce soit. En tout cas, vous êtes amoureux, ça c'est un fait. Alors maintenant, essayons de dormir. Vous avez du travail devant vous, et il nous faudra rassembler toutes nos forces pour aller au bout de notre entreprise. À propos, est-ce que le traitement à la boisson gazeuse a été aussi horrible que Frisky l'avait annoncé ?

— Pire. »

Il faillit mourir une fois de plus et, quand il reprit connaissance, Roper était là à sourire d'un air intéressé. Mais, n'étant pas alpiniste, il ne pouvait pas comprendre l'obstination inébranlable de Jonathan : Pourquoi est-ce que j'escalade les montagnes, sinon pour atteindre le sommet ? confiait-il à Sophie. Par ailleurs, l'hôtelier en lui éprouvait de la sympathie pour un homme qui avait su s'affranchir de tout sentiment. Il avait vraiment envie de lui tendre la main en un geste amical et de l'attirer au fond de l'abîme, juste pour que le patron ait une petite idée de ce que c'était : toi si fier de ne croire en rien, et moi au fond des ténèbres, ma foi en tout demeurée intacte.

Puis il somnola. À son réveil il était au Lanyon, se promenant sur les falaises avec Jed, sans plus se demander qui l'attendait au détour du chemin, mais en paix avec lui-même et la femme à ses côtés.

Il refusait toujours de parler à Roper.

Et ce refus devenait plus qu'un simple vœu. C'était un atout, une source d'énergie.

Le fait même de garder le silence l'aidait à se récupérer.

Chaque parole non prononcée, chaque violent coup de poing, de pied ou de coude qui lui faisait perdre connaissance, chaque nouvelle souffrance bien distincte lui insufflaient une quantité d'énergie à garder précieusement en réserve pour un jour à venir.

Quand la douleur devenait insoutenable, il s'imaginait s'offrant volontairement à elle pour en emmagasiner les pouvoirs dispensateurs de vie.

Et ça marchait. Réfugié dans les affres de l'agonie, l'observateur rapproché faisait appel à son intelligence opérationnelle et élaborait son plan pour déployer son énergie cachée.

Personne n'a de revolver, pensait-il. *C'est la loi de toutes les bonnes prisons. Les gardiens n'ont pas d'arme.*

Il s'était passé quelque chose d'incroyable.

Quelque chose de bon ou d'horrible, mais en tout cas sans appel. La fin de la vie que Jed avait connue jusque-là.

L'appel téléphonique les avait surpris en début de soirée. Un appel confidentiel avec préavis, patron, avait dit prudemment le capitaine. C'est sir Anthony, patron, je ne sais pas si vous voulez le prendre. Roper s'était tourné sur le côté en grommelant, et avait décroché le combiné. Il portait de nouveau son peignoir. Lui et Jed étaient allongés sur le lit après avoir fait l'amour, ou plutôt la guerre, car Dieu sait que leur sentiment réciproque s'apparentait plus à la haine. Leur ancien désir de baiser l'après-midi s'était récemment réveillé. Leur envie l'un de l'autre semblait croître en proportion inverse de leur tendresse, au point que Jed finissait par se demander si le sexe avait quelque chose à voir avec l'amour. « Je suis un bon coup », lui avait-elle dit juste après, les yeux au plafond. « Ça c'est sûr, avait-il reconnu. Tout le monde est de cet avis. » Et puis le téléphone. Roper le dos tourné à Jed. « Et merde, oui, je le prends. » Soudain son dos se raidit. Les muscles dorsaux tendus sous le tissu soyeux, les petits mouvements du bassin, les jambes allongées l'une sur l'autre en un réflexe de protection.

« Tony, vous dépassez les bornes. Encore bourré ?... Qui ça ? Bon, passez-le-moi. Pourquoi pas ?... OK, parlez si vous voulez. J'écouterai. Ça n'a rien à voir avec moi, mais je veux bien écouter... Épargnez-moi vos pleurnicheries, Tony, ce n'est pas ma tasse de thé... » Mais bientôt ces bribes de phrases se firent plus courtes et l'intervalle entre elles plus long, jusqu'au moment où Roper se mit à écouter dans le plus grand silence, attentif et complètement immobile.

« Une seconde, Tony, ordonna-t-il brusquement. Ne quittez pas. » Puis, se tournant vers Jed sans se donner la peine de poser sa main sur le microphone : « File dans la salle de bains, ferme la porte, et ouvre les robinets. Tout de suite. »

Elle lui obéit, et décrocha le combiné caoutchouté, mais Roper entendit l'eau couler et lui ordonna de raccrocher. Elle tourna les robinets jusqu'au débit minimum et colla son oreille au trou de la serrure, mais la porte s'ouvrit brutalement, l'envoyant rouler à l'autre bout de la pièce sur le sol en faïence de Delft, une de leurs récentes innovations décoratives. Puis elle entendit Roper dire : « Continuez, Tony. Petit problème domestique. »

Ensuite, elle l'entendit écouter, mais rien de plus. Elle entra dans son bain, se rappelant que jadis Roper aimait s'installer à l'autre bout de la baignoire et glisser un pied entre ses jambes tout en lisant le *Financial Times*, tandis qu'elle le titillait avec ses orteils en essayant de provoquer une érection. Quelquefois même il la portait jusqu'au lit pour un deuxième round, trempant les draps de l'eau du bain.

Mais cette fois-ci il se tenait dans l'embrasure de la porte.

Toujours vêtu de son peignoir. Et la regardait fixement. Se demandant ce qu'il allait bien pouvoir faire d'elle. De Jonathan. De lui-même.

« Surtout ne m'approche pas », affichait son visage glacial, figé en une expression qu'il revêtait rarement, et jamais devant Daniel. Seulement quand il décidait du sort de ce qui menaçait son salut.

« Tu ferais bien de t'habiller, Corkoran sera là d'une minute à l'autre, dit-il.
– Pourquoi ?
– Habille-toi. »
Puis il retourna vers le téléphone, commença de composer un numéro, mais changea d'avis et reposa le combiné sur son support avec une telle maîtrise de ses gestes que Jed sut aussitôt qu'il avait envie de le briser en mille morceaux et tout le bateau avec. Les mains sur les hanches, il la regarda s'habiller d'un œil désapprobateur.

« Tu ferais mieux de mettre de bonnes chaussures de marche », conseilla-t-il.

Jed sentit son cœur s'arrêter de battre, car tout le monde à bord se promenait en docksides ou pieds nus, sauf le soir, où les femmes avaient le droit de mettre des escarpins mais sans talons aiguilles.

Elle s'habilla donc, et mit une paire de chaussures lacées en daim à semelle de caoutchouc qu'elle avait achetée chez Bergdorf lors d'un de leurs séjours à New York. Lorsque Corkoran frappa à la porte, Roper l'emmena dans le salon, où il lui parla pendant dix bonnes minutes, tandis que Jed, assise sur le lit, pensait au défaut de la cuirasse qu'elle n'avait toujours pas trouvé, à la formule magique qui assurerait le salut de Jonathan et le sien. Mais en vain.

Elle avait songé à faire sauter le bateau avec l'arsenal stocké dans la cale avant – une sorte de remake d'*African Queen* avec tout le monde à bord y compris Jonathan et elle-même ; à empoisonner les gardes ; à révéler les crimes de Roper en plein dîner à tous les invités, coup de théâtre qui se terminerait par une recherche générale du prisonnier au secret ; ou tout simplement à prendre Roper en otage sous la menace d'un couteau de cuisine. D'autres solutions, qui marchent toujours parfaitement dans les films, s'étaient présentées à elle, seulement le personnel et l'équipage la surveillaient sans relâche, plusieurs invités avaient remarqué sa grande nervosité, certaines rumeurs la disaient enceinte, mais surtout aucun passager à bord ne croirait son histoire, ni n'agirait, et encore moins ne s'en soucierait, même si elle réussissait à les convaincre de sa bonne foi.

Roper et Corkoran sortirent du salon. Roper enfila des vêtements, après s'être mis tout nu devant eux, ce qui ne l'avait jamais gêné et lui plaisait plutôt. Pendant un instant, Jed craignit qu'il ne la laissât seule avec Corkoran pour une raison quelconque, et elle n'en trouvait aucune agréable. Mais, à son grand soulagement, Corkoran suivit Roper.

« Attends ici », ordonna celui-ci à Jed avant de sortir. Puis, dans un dernier réflexe, il verrouilla la porte derrière lui, ce qu'il n'avait jamais fait auparavant.

Jed s'assit sur le lit puis s'y allongea, avec l'impression d'un prisonnier de guerre se demandant qui des bons ou des méchants va prendre le camp d'assaut. Parce que l'assaut se préparait, elle en était certaine. Même enfermée dans la cabine, elle distinguait les ordres donnés d'une voix tendue au personnel, et des pas précipités dans le couloir. Puis elle sentit les moteurs vrombir et le bateau virer légèrement. Roper avait choisi un nouveau cap. En regardant par le hublot, elle vit l'horizon basculer. Elle se leva et remarqua avec surprise qu'elle portait un jean au lieu d'une des tenues hors de prix que lui imposait Roper pendant leurs croisières. Et elle se rappela la magie du dernier jour d'un trimestre au couvent, où on pouvait enfin quitter son uniforme gris tant détesté et mettre une tenue vraiment osée, comme une petite robe en coton, dans l'attente de cet instant béni où la voiture des parents arriverait en bringuebalant sur les ralentisseurs du couvent de mère Angela pour vous emmener.

Mais aujourd'hui personne sauf elle-même ne lui avait annoncé qu'elle partait. C'était son idée personnelle, qu'elle devait maintenant mener à bien.

Elle décida donc de préparer un sac de voyage. Si elle allait avoir besoin de chaussures de marche, elle aurait aussi sûrement besoin d'autres choses pratiques. Elle attrapa son sac à bandoulière sur l'étagère du haut de sa penderie et y fourra sa trousse de toilette, sa brosse à dents et quelques sous-vêtements de rechange. Elle ouvrit les tiroirs du bureau où elle trouva son passeport, à son grand étonnement – Corkoran avait dû le confier à Roper. Quand elle se posa la question des bijoux, elle décida de se montrer magnanime. Roper avait toujours aimé lui en offrir, et selon le code qu'il avait établi, chaque bijou commémorait une occasion : la rivière de diamants roses pour leur première nuit ensemble à Paris, le bracelet d'émeraudes pour l'anniversaire de Jed à Monaco, les rubis pour un Noël à Vienne. Laisse-les, se dit-elle avec un frisson d'horreur. Laisse tes souvenirs dans le tiroir. Puis elle se dit : merde, après tout, c'est seulement de l'argent, et en rafla trois ou quatre à monnayer pour financer sa future vie de couple. Mais à peine les avait-elle rangés dans son sac qu'elle les en retira et les jeta sur la table de toilette de Roper. Je ne serai plus jamais ta femme aux bijoux.

En revanche, elle n'éprouva aucun scrupule à prendre deux chemises de Roper faites sur mesure, et des caleçons en soie au cas où Jonathan n'aurait plus rien, ainsi qu'une paire d'espadrilles de chez Gucci que Roper affectionnait particulièrement et qui semblait correspondre à la pointure de Jonathan.

Son courage l'abandonna soudain, et elle se laissa tomber sur le lit. C'est un piège, songea-t-elle. Je ne vais nulle part. Ils l'ont tué.

*

Jonathan avait toujours su que lorsque la fin arriverait, quelle qu'elle fût, ils viendraient le chercher à deux. Son expérience en la matière lui faisait deviner que ce serait Frisky et Tabby, car les tortionnaires ont leur protocole, comme tout le monde : ça c'est mon boulot, ça c'est le tien, et les plus importants sont réservés aux gens les plus importants. Gus avait toujours été un simple auxiliaire. C'étaient Frisky et Tabby qui avaient traîné Jonathan aux toilettes, eux aussi qui l'avaient lavé en grand, pour des raisons personnelles bien précises et non pour son bien-être à lui : ils ne s'étaient jamais remis de ce jour à Colón où il avait menacé de faire sous lui, et dès qu'ils étaient furieux après lui, ils ne manquaient pas de le traiter de sale porc. Quel culot il avait eu rien que d'y penser.

Donc lorsqu'ils ouvrirent brutalement la porte et allumèrent la lampe-tempête bleue au plafond, que Frisky le gaucher se posta à la droite de Jonathan, gardant son bras gauche libre en cas de coup dur, que Tabby s'agenouilla à la gauche de Jonathan près de sa tête – tripotant son trousseau de clés comme d'habitude, car il n'avait jamais la bonne prête à l'avance –, tout se déroulait exactement comme l'observateur rapproché l'avait prévu, sauf qu'il ne s'attendait pas à une telle franchise sur le but de leur visite.

« On en a tous marre de toi, Tommy, vraiment marre. En particulier le patron, déclara Tabby. Alors on va t'emmener faire un tour. Désolé, Tommy, on t'a donné ta chance, mais t'as pas voulu la saisir. »

Sur quoi, il lui décocha sans conviction un coup de pied dans le ventre, juste au cas où il déciderait de leur créer des ennuis.

Jonathan avait en fait dépassé ce stade depuis longtemps, comme ils pouvaient le constater. Pendant un instant pénible, Frisky et Tabby se demandèrent même si les ennuis n'étaient pas terminés pour de bon en le voyant affalé en avant, la tête pendant sur le côté, la bouche ouverte, au point que Frisky s'agenouilla, lui souleva une paupière avec le pouce et lui examina l'œil.

« Tommy ? Allons, mon vieux, debout. On ne va pas te laisser rater ton propre enterrement, pas vrai ? »

Alors, geste merveilleux, ils le laissèrent allongé par terre. Ils lui ôtèrent ses chaînes, son bâillon, et pendant que Frisky lui passait une éponge mouillée sur le visage puis lui collait un scotch neuf sur la bouche mais pas de tampon à l'intérieur, Tabby lui retira les derniers lambeaux de sa chemise et lui en enfila une propre, un bras après l'autre.

Mais si Jonathan jouait les poupées de chiffon, sa réserve secrète d'énergie alimentait déjà chaque partie de son corps. Ses muscles, meurtris et à demi paralysés par des crampes, lui criaient leur besoin d'activité. Ses mains écrabouillées et ses jambes recroquevillées se réveillaient, et sa vue brouillée s'éclaircissait pendant que Frisky lui tamponnait les yeux.

Il attendit, se souvenant de l'avantage qu'offraient toujours quelques instants de sursis.

Endors leur vigilance, songea-t-il tandis qu'ils l'aidaient à se mettre debout.

Endors leur vigilance, songea-t-il en passant chacun de ses bras autour de leurs épaules et en pesant sur eux de tout son poids tandis qu'ils le traînaient le long de la coursive.

Endors leur vigilance, songea-t-il encore alors que Frisky montait en crabe devant lui l'escalier en colimaçon et que Tabby soutenait Jonathan par-derrière.

Oh! mon Dieu, songea-t-il en voyant le ciel sombre clouté d'étoiles et le reflet d'une grosse lune rouge flottant sur l'eau. Mon Dieu, accordez-moi ce dernier instant.

Ils étaient sur le pont, tous les trois, comme les membres d'une même famille, et Jonathan entendait les échos de chansons des années trente, la musique préférée de Roper, venant du bar à l'arrière, et les joyeux bavardages indiquant que les festivités nocturnes avaient commencé. L'avant du bateau était plongé dans l'obscurité, et Jonathan se demanda s'ils avaient l'intention de le tuer par balle. Un seul coup de feu au plus fort de la musique, personne n'entendrait.

Le bateau avait changé de cap, et on apercevait une bande de terre à quelques kilomètres de là, ainsi qu'une route flanquée de réverbères dont Jonathan voyait la lumière sous les étoiles. Plutôt le continent qu'une île. Ou alors un atoll? Comment savoir? Allons, Sophie, faisons ça ensemble. Le moment est venu de dire un tendre adieu à l'homme le plus ignoble au monde.

Ses gardes s'étaient arrêtés, semblant attendre quelque chose. Affalé entre eux, ses deux bras toujours passés autour de leurs épaules, Jonathan attendait lui aussi, heureux de sentir que ses lèvres s'étaient remises à saigner sous la bande adhésive, ce qui aurait le double avantage de la ramollir et de donner encore plus piètre mine au prisonnier.

C'est alors qu'il vit Roper. Il devait être là depuis le début, mais Jonathan ne l'avait pas tout de suite remarqué, son smoking blanc se confondant avec la blancheur du pont. Corkoran était là aussi, mais pas Sandy Langbourne, sans doute en train de baiser une femme de chambre.

Et entre Corkoran et Roper, il crut distinguer Jed, ou alors son image que Dieu aurait mise là. Mais non, c'était bien elle, et elle le voyait aussi, elle ne voyait même que lui. Seulement, Roper avait dû lui ordonner de se taire. Elle portait un simple jean, et pas de bijoux, ce qui ravit Jonathan outre mesure – il détestait la manière dont Roper faisait étalage de son fric sur elle. Oui, elle le regardait, et il lui rendait son regard, mais, vu le triste état de son visage, elle ne pouvait le savoir. Et comme il exagérait ses gémissements et l'inertie de son corps, elle ne devait pas avoir une image très romantique de lui.

Il s'affaissa davantage entre ses deux gardes, qui se penchèrent obligeamment pour le rattraper plus fermement par la taille.

« Je crois qu'il nous quitte, murmura Frisky.
– Pour aller où ? » demanda Tabby.

Ce fut le signal pour Jonathan, qui cogna leur tête l'une contre l'autre avec plus de violence qu'il n'en avait jamais eue de sa vie. L'énergie jaillit d'abord du bond qu'il fit, comme s'il avait pris son envol depuis le fond de la cellule où ils l'avaient enfermé. Puis elle gagna ses épaules, et il écarta tout grand les bras avant de les refermer brutalement en un formidable étau, écrasant les deux têtes tour à tour : tempe contre tempe, visage contre visage, oreille contre oreille, crâne contre crâne. Elle fusa dans son corps quand il jeta les deux hommes à terre et décocha à chacun deux coups de pied monstrueux, le premier à la tête, le second à la gorge. Puis il fit un pas en avant, arracha la bande adhésive de son visage et marcha sur Roper qui lui criait des ordres, comme au Meister.

« Pyne, vous n'auriez pas dû faire ça. N'approchez pas. Corks, montre-lui ton arme. On vous dépose à terre. Tous les deux. Vous avez fait votre boulot mais vous avez échoué. Perte de temps totale. Un petit jeu absurde. »

Jonathan avait trouvé à tâtons la rambarde et s'y accrochait des deux mains. Mais il ne faiblissait pas, il prenait seulement un peu de repos. Il donnait à ses forces secrètes le temps de se rassembler.

« La marchandise a été livrée, Pyne. Ils ont raflé un ou deux bateaux, fait quelques arrestations, peu importe. Vous ne croyez quand même pas que je fasse ce genre d'affaires tout seul ? » Puis il répéta ce qu'il avait dit à Jed : « Ce n'est pas un crime. C'est de la politique. Ça ne sert à rien de se donner de grands airs. C'est la vie ! »

Jonathan marchait de nouveau sur lui, quoique d'un pas incertain, chancelant. Corkoran arma son revolver.

« Vous pouvez rentrer chez vous, Pyne. Non, d'ailleurs, Londres vous a coupé l'herbe sous le pied. On a lancé un mandat contre vous en Angleterre. Descends-le, Corks. Tout de suite. Une balle dans la tête.

– Jonathan, arrête ! »

Était-ce la voix de Jed ou de Sophie ? Il avait du mal à marcher, maintenant. Il aurait bien voulu retrouver l'appui de la rambarde, mais il se tenait au milieu du pont. Il traînait les pieds. Il voyait le pont osciller. Ses genoux se dérobaient sous lui. Pourtant, il était toujours possédé par son implacable volonté, résolu à s'attaquer à l'inattaquable, à éclabousser de sang le superbe smoking blanc de Roper, à lui faire ravaler son sourire de dauphin, à l'entendre hurler : *Je tue, je fais le mal, il y a le bien et le mal, et moi je suis le mal.*

Roper comptait, comme Corkoran avait aimé le faire, mais soit il comptait très lentement, soit Jonathan perdait son sens du temps. Il entendit *un*, puis *deux*, mais pas *trois*, et il se demanda si c'était une autre façon de mourir : on vous tue, mais vous continuez votre vie exactement comme avant, sauf que personne ne sait que vous êtes toujours là. Puis il entendit la voix de Jed, avec ce ton autoritaire qui l'avait toujours agacé.

« Jonathan, pour l'amour de Dieu, regarde ! »

Et de nouveau la voix de Roper, comme une station de radio lointaine captée par hasard.

« Oui, regardez. Regardez, Pyne. Regardez ce que j'ai. Je lui fais le coup de Daniel, Pyne, mais cette fois, ce n'est pas de la frime. »

Jonathan réussit à regarder, mais tout devenait flou. Il vit que Roper, tel un bon commandant en chef, avait fait un pas en avant, laissant son adjudant en retrait, et se tenait presque au garde-à-vous dans sa belle veste blanche. D'une main il tenait Jed par ses longs cheveux châtains, et de l'autre appuyait le pistolet de Corkoran contre sa tempe – typique, que ce cher Corky ait gardé son bon vieux Browning neuf millimètres de l'armée. Alors Jonathan s'allongea, ou tomba, et cette fois, il entendit Sophie et Jed lui crier en chœur de ne pas perdre connaissance.

On était allé lui chercher une couverture. Après avoir aidé Corkoran à le remettre debout, Jed lui en couvrit les épaules avec la même attention de garde-malade qu'à Crystal. Jed et Corkoran le soutenant, Roper le revolver toujours prêt en cas de récidive, Jonathan se vit ainsi escorté jusqu'au flanc du bateau, trouvant au passage ce qui restait de Frisky et de Tabby.

Corkoran fit passer Jed devant, puis à eux deux ils aidèrent Jonathan à descendre les échelons, tandis que Gus tendait sa main depuis le canot. Mais Jonathan la refusa, et du coup faillit tomber à l'eau, un réflexe typique de son obstination, constata Jed, alors que justement tout le monde essayait de l'aider. Corkoran dit quelque chose à propos de l'île appartenant au Venezuela, mais Jed lui ordonna de la fermer, ce qu'il fit. Gus voulut lui donner des directives concernant le hors-bord, mais elle en connaissait autant que lui sur ce sujet et le lui signifia. Jonathan, enveloppé comme un moine dans sa couverture, était recroquevillé au milieu du bateau, l'équilibrant instinctivement. Il leva les yeux, à peine visibles tant ils étaient tuméfiés, vers le *Pacha*, qui les dominait comme un gratte-ciel.

Jed leva aussi les yeux vers le bateau, et aperçut Roper dans son smoking blanc, qui se penchait au-dessus de l'eau comme s'il y avait perdu quelque chose. L'espace d'un instant, elle le vit tel que lors de leur première rencontre à Paris : un amusant gentleman anglais tiré à quatre épingles, un modèle de sa génération. Puis il disparut et elle crut entendre la musique venant du pont arrière augmenter un peu de volume, au moment où Roper regagnait le bal.

31

Ce furent les frères Hosken qui le virent les premiers. Ils étaient au large à relever leurs casiers à homards. Pete le vit, mais ne dit mot. Il ne parle jamais en mer. Pas plus sur terre, d'ailleurs. C'était leur jour de chance, ils avaient pris quatre superbes pièces de cinq kilos, mes amis.

Donc Pete et son frère Redfers allèrent à Newlyn dans leur vieille fourgonnette des Postes pour toucher l'argent de leur prise, en liquide comme toujours. Et sur le chemin du retour à Porthgwarra, Pete se tourna vers Redfers. « T'as vu la lumière dans la maison du Lanyon, ce matin ? » lui demanda-t-il.

Il s'avéra que Redfers l'avait vue lui aussi, mais sans en tirer de conclusion. Il avait simplement pensé qu'il devait s'agir de quelque hippie, ou d'un adepte du New Age, comme on dit maintenant, bref, un de ces types qui venaient du camping de St. Just.

« C'est peut-être un yuppie du nord qu'a racheté la baraque, suggéra Redfers après réflexion. Ça fait longtemps qu'elle est vide. Presque un an. C'est pas des gens d'ici qui auront une somme pareille à mettre làdedans. »

Mais Pete ne l'entendait pas de cette oreille. Cette

suggestion avait quelque chose d'offensant, pour lui. « Et comment que t'achètes une maison si tu trouves pas le proprio ? demanda-t-il sèchement à son frère. C'est la maison de Jack Linden. Personne peut l'acheter, sauf à le retrouver.

– Alors, c'est peut-être Jack qui est de retour. »

C'est ce que Pete pensait aussi, mais sans vouloir l'avouer. Il éclata de rire et traita Redfers d'imbécile.

Pendant les quelques jours suivants, les deux frères ne trouvèrent rien à dire de plus sur le sujet, ni entre eux, ni à personne d'autre. Le temps s'était radouci, les maquereaux et les brêmes mordaient bien si l'on savait où les dénicher, alors pourquoi se seraient-ils inquiétés de voir de la lumière à la fenêtre de la chambre du haut chez Jack Linden ?

Ce fut seulement une semaine plus tard, le soir, alors qu'ils jetaient un dernier coup d'œil à un petit plan d'eau peu profond qu'affectionnait Pete à quelques kilomètres au sud-est du Lanyon, que le vent du littoral leur porta une odeur de feu de bois. Sans se concerter, ils arrivèrent à la même décision et descendirent tranquillement sur le chemin pour aller voir qui diable occupait les lieux – sans doute ce vieux filou crasseux, Lucky, avec son horrible bâtard de chien. Si c'était le cas, il n'avait rien à faire là. Pas dans la maison de Jack Linden. Pas Lucky. Ce ne serait pas convenable.

Mais bien avant d'avoir atteint la porte d'entrée, ils surent que ce n'était pas lui, ni un clodo dans son genre. Quand Lucky s'installait dans une baraque, il ne commençait pas par faucher l'herbe de chaque côté de l'allée centrale ou astiquer la poignée en cuivre de la porte. Et il ne mettait pas non plus une belle jument alezane dans le paddock – bon sang qu'elle était belle, on aurait presque dit qu'elle vous souriait ! Et puis Lucky n'accrochait pas des vêtements de femme sur la corde à linge, même s'il était un peu tordu. Il ne resterait pas non plus planté là devant la fenêtre du salon comme un vieux vautour, plutôt une ombre qu'un homme, d'ailleurs, mais une ombre reconnaissable malgré tout le poids perdu, qui vous défiait d'avancer au risque de vous faire casser les jambes, comme ça avait bien failli arriver à Pete Pengelly la fois de leur chasse nocturne aux lapins.

Il s'était laissé pousser la barbe, remarquèrent-ils avant de tourner les talons et de rebrousser chemin. Une bonne grosse barbe bien fournie à la mode de Cornouailles, plus le genre masque complet que simple collier. Mon Dieu ! Jack Linden en Jésus-Christ !

Mais quand Redfers, qui courtisait Marilyn en ce moment, rassembla son courage et annonça à Mme Trethewey, sa future belle-mère, que Jack Linden était de retour au Lanyon, pas son fantôme, lui, en chair et en os, elle le rembarra vertement :

« Si c'est Jack Linden, je suis la reine Victoria ! répliqua-t-elle. Alors ne fais pas le mariolle, Redfers Hoşken. Ce monsieur vient d'Irlande avec sa dame, ils vont élever des chevaux et faire de la peinture. Ils ont acheté la maison, réglé leurs dettes et ils tournent une nouvelle page de leur vie. Tu devrais en faire autant, d'ailleurs.

— Il ressemble sacrément à Jack », insista Redfers, surpris de son propre aplomb.

Mme Trethewey resta silencieuse un instant, se demandant ce qu'elle pouvait dire en toute sécurité à un garçon aussi manifestement stupide.

« Bon, écoute-moi bien, Redfers. Jack Linden, qui s'était installé ici il y a longtemps, est parti bien loin. Quant à celui qui vit aujourd'hui au Lanyon, c'est peut-être un parent de Jack, je te l'accorde. Il y a surtout une ressemblance pour ceux d'entre nous qui ne le connaissaient pas bien. Mais quelqu'un de la police m'a rendu visite, Redfers. Un monsieur très bien, très convaincant, originaire du Yorkshire, bourré de charme, qu'est venu exprès de Londres pour parler à certaines personnes ici. Et celui qui rappelle Jack Linden aux uns est un simple étranger pour les autres, les plus malins. Alors tu vas me faire le plaisir de ne plus raconter de bêtises, sinon tu risques de causer du tort à deux êtres charmants. »

Remerciements

Je souhaite remercier chaleureusement pour leur aide Jeff Leen du *Miami Herald*, et Rudy Maxa, Robbyn Swan, Jim Webster de chez Webster et associés, Edward Nowell des Antiquités Nowell, Billy Coy de chez Enron, Abby Redhead d'ABS, Roger et Anne Harris du restaurant Harris à Penzance, Billy Chapple de St Buryan et des amis à la Drug Enforcement Agency et au Trésor américains, qui pour des raisons évidentes ne peuvent être cités ici. Il ne conviendrait pas non plus de nommer les marchands d'armes qui m'ont ouvert leurs portes, contrairement à ceux qui se sont enfuis à toutes jambes en me voyant arriver, ni un ancien soldat britannique en Irlande qui m'a permis de piller ses souvenirs. La direction d'un certain grand hôtel de Zurich, fidèle à ses traditions, a fait preuve d'une bienveillante indulgence pour les travers d'un vieux client. Scott Griffin m'a guidé au Canada, Peter Dorman et ses collègues du Chicago House à Louxor ont été d'une courtoisie exceptionnelle, et m'ont fait découvrir les splendeurs de l'Égypte ancienne. Frank Wisner m'a révélé des aspects inconnus du Caire que je n'oublierai jamais. Les Mnushin m'ont prêté leur coin de paradis, Keven Buckley m'a mis dans la bonne voie, Dick Koster m'a remis les clés de Fabergé, Gerasimos Kanelopulos m'a donné accès aux trésors de sa librairie, Luis Martinz m'a initié à la magie du Panamá. Jorge Ritter m'a montré Colón et bien d'autres choses, Barbara Deshotels m'a fait visiter Curaçao. Si je n'ai pas été à la hauteur de leur hospitalité et de leurs conseils avisés, la faute en est mienne entièrement. Parmi toutes les personnes qui m'ont encouragé et aidé en cours de route, John Calley et Sandy Lean sont trop proches pour recevoir des remerciements, mais sans eux le *Pacha de fer* n'aurait jamais appareillé.

DU MÊME AUTEUR

Chez le même éditeur :

LE MIROIR AUX ESPIONS
UNE PETITE VILLE EN ALLEMAGNE
UN AMANT NAIF ET SENTIMENTAL
LA TAUPE
COMME UN COLLÉGIEN
LES GENS DE SMILEY
LA PETITE FILLE AU TAMBOUR
UN PUR ESPION
LE BOUT DU VOYAGE (*théâtre*)
LA MAISON RUSSIE
LE VOYAGEUR SECRET
L'ŒUVRE ROMANESQUE de John le Carré,
en 3 volumes, dans la collection « Bouquins »

Aux éditions Gallimard :

CHANDELLES NOIRES
L'ESPION QUI VENAIT DU FROID

Composition réalisée par Infoprint

IMPRIMÉ EN FRANCE
par la Société Nouvelle Firmin-Didot (31073)
LIBRAIRIE GÉNÉRALE FRANÇAISE - 6, rue Pierre-Sarrazin - 75006 Paris.
ISBN : 2-253-13765-0